이효석 전집

1

이효석
전집

1
단편 소설

초판 1쇄 펴낸 날 | 2025년 11월 21일

지은이 | 이효석
펴낸이 | 홍정우
펴낸곳 | 도서출판 가람기획

책임편집 | 김다니엘
편집진행 | 김진호, 정채현, 박혜림
디자인 | 이예슬
마케팅 | 방경희

주소 | (03908) 서울시 마포구 월드컵북로 375 (상암동 1654, DMC이안상암1단지 2303호)
전화 | (02)3275-2915~7
팩스 | (02)3275-2918
이메일 | brainstore@publishing.by-works.com

등록 | 2007년 3월 17일(제17-241호)

ⓒ 도서출판 가람기획, 이효석, 2025
ISBN 978-89-8435-628-3 (04810)
ISBN 978-89-8435-627-6 (04810)(세트)

* 이 책은 저작권법에 따라 보호받는 저작물이므로 무단전재와 무단복제를 금하며, 이 책 내용의
  전부 또는 일부를 이용하려면 반드시 저작권자와 도서출판 가람기획의 서면 동의를 받아야 합니다.
* 잘못 만들어진 책은 구입하신 서점에서 교환하실 수 있습니다.
* 독자의 부주의로 훼손된 도서나 필요 이상의 물리적인 힘이 가해져 파손된 도서는 교환, 환불이
  불가합니다.

장편소설 『화분』을 집필하던 시절의 이효석.(오른쪽), 평양 창전리 '푸른 집'에서의 가족사진(아래) 이 무렵 이효석은 대학교수라는 안정된 직장과 단란한 가정 환경 속에서 가장 왕성한 집필 활동을 보였다.

1938년 크리스마스 날 저녁 평양 창전리 자택에서 이효석 그의 엑조티시즘이 잘 드러난다.

이효석 문학 마을에 조성된 생가터(위)와 단편 「메밀꽃 필 무렵」의 배경이 된 물레방앗간(아래)

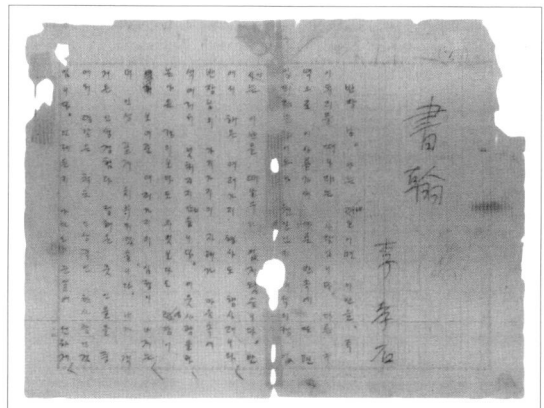

이효석 친필 원고

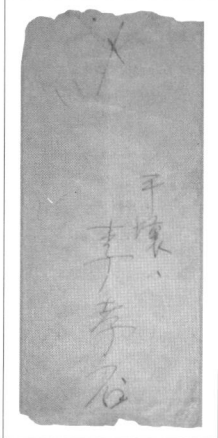

평생의 벗이자 문학적 동지였던
현민 유진오에게 보낸 편지

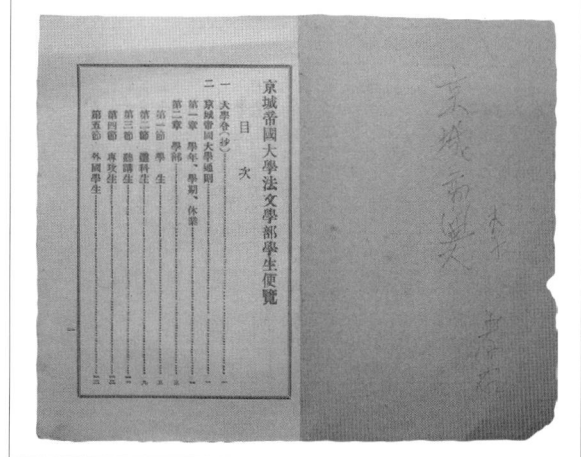

경성제국대학
재학 시절의 학생 수첩

2002년에 개관한 이효석문학관 정경, © 이효석문화예술촌, 2019

다시 읽는 우리 문학 ❷

이효석 전집

순수와 서정의 작가 이효석 깊이 읽기

가람 기획

1

단편 소설

화려한 '순수'에의 미몽

김우종
(문학평론가·덕성여대 명예교수)

'순수'의 시대적 배경

1930년대는 프롤레타리아 문학이 끝장나고 순수문학이 화려한 비너스의 날개를 펼치던 시절이다. 프로 문학과 순수문학은 다같이 문학이라는 것 이외에는 아무런 공통성도 없었다. 우선 그 이질적인 요소는 방법론에서 나타났다. 프로 문학은 현실적 공리성을 추구해 나간 문학이고 순수문학은 그것을 적극적으로 배제한 문학이다. 현실적 공리성은 예술의 순수본질이 아니었기 때문이다.

순수문학은 예술의 순수본질 이외의 모든 것을 배제한다는 의미에서의 순수문학이다. 그 순수본질을 미의식에 둔다고 한다면 순수 문학은 바로 비너스의 날개와 같은 아름다운 의상을 마름질하는 것만을 문학의 본령으로 삼은 것이다.

이효석의 문학은 순수문학이었다. 그 작품 속에는 선악이 대립되는 인간 사회의 신음소리와 그 분노와 좌절과 윤리적 감정 따위는 나타나지 않는다. 일제의 탄압이 절정에 이르던 시기요, 그로 말미암은 민족의 슬픔이 처절한 오열을 자아내던 시기이건만 효석의 문학은 화려하기만 했다. 물론 그가 프로 문학의 동반작가로서 1930년대에 「도시와 유령」을 발표했을 때는 그렇지 않았다. 그러나 1931년에 카프의 핵심 멤버들 약 70명이 검거되고 다시 1934년에 80여 명이 검거되고 다음 해 임화가 카프의 해산계를 내게 되는 과정 속에서 그의 문학은 역사적 현실을 외면하기 시작했다. 그리고 이것은 물론 효석의 문학에만 국한된 일은 아니었다. 프로 문학 자체가 창작이 불가능해진 외부적 상황 속에서 대부분의 작가들은 방법론의 전환을 꾀할 수밖에 없게 되었다. 그것이 바로 순수문학이었다. 그러므로 이효석 이외의 어느 누구든 이 같은 문예사조의 새로운 경향에 전신轉身한 작가들은 모두 문학사적으로 새로운 단계에 참여하게 된 것이다. 그리고 여러 작가들 중에서 소설로서는 이태준 다음가는 순수문학의 대표적인 소설가였다. 그리고 역사적 현실을 작품 속에서 배제해 버렸다는 조건으로 따져 보자면 효석이 훨씬 더 순수문학적 지성을 나타낸 셈이다.

프로 문학의 전성기에 있어서 누구보다도 고고하게 순수문학의 영역을 지켜 나갔던 작가는 이태준이다. 그러나 아무리 문학에 있어서 사회적 공리성을 거부했다고 하더라도 그의 문학 속에는 흘러 가는 세월의 변천과 그 흐름 속에서 뒤처지고 있는 인간의 애수가 담뿍 표현되어 있었던 것은 사실이다. 그런데 효석의 문학에는 그 같은 세월의 흐름은 나타나지 않는다. 효석의 문학에는 역사가 존재하지 않고 사회가 존재하지 않는다. 시계가 멈추어져 있고 그 속에서 모든 인간들은 환상 세계의 괴물처럼 인간적 마찰도 없이 둥둥 떠다니고 있었을 뿐이다. 이런 의미에서 매우 부정적인 측면에서 다룰 수 있는 순수문학이라고 한다면 그런 점에서도 이효석만큼 순수했던 작가도 드물다고 봐야 할 것이다.

이효석 씨의 「메밀꽃 필 무렵」은 아마 조선어 예술이 도달할 수 있는 한 정점일 것입니다.

『문장』 1권 9호 김종한 「시문학의 정도」에서

이효석 씨의 단편은 우리 문단에서 단편소설을 의식하고 쓰는 희귀한 작가의 작품이다. 내용의 공박을 책하기엔 너무나 탁마된 형식!

임화

한국 현대문학의 한 지점에 서서 진정한 서구적 현대성을 문학으로써 구상화하여 보였고 단편소설이 가져야 할 예술성과 기법면에 새로운 개척의 공헌은 귀중한 것이 있다고 생각한다.

정한모, 「이효석론」에서

이와 같은 찬사는 문학사적인 면에서 새로운 작가적 존재가 확인되었음을 나타내는 것이다. 순수문학이라는 것 자체만으로라도 새로운 문학사적 가치가 있는 것인데 그는 그 작가군 속에서라도 가장 많은 찬사를 받고 있는 셈이다. 그중에서도 「메밀꽃 필 무렵」이 받고 있는 찬사나 임화가 그의 단편을 가리켜서 너무나 탁마된 형식이라고 치켜세운 것은 특히 효석의 문학이 지닌 문학사적 가치의 큰 비중을 설명한 것이 되겠다. 인용문의 찬사들을 요약한다면 효석은 단편소설의 기법면에 있어서 매우 우수한 실력을 발휘했다는 것, 그리고 문학을 언어예술의 한 형태로서 그 순수성을 의식하기 시작한 대표적인 작가라는 뜻이 되겠다. 그리고 이렇게 요약해 본다면 그는 문학을 언어의 예술적인 효과면에서 다룬 기교파요, 또 단편소설이라는 것이 그 내용보다는 구성과 서술의 기교면에서 생명이 있는 것이라는 걸 작품으로 보여 주었다는 점에서 우수한 작가라는 얘기가 되겠다. 이 같은 평가를 참작하면서 효석 문학의 내용과 기법을 다시 분석하고 문학사적 가치를 찾아봐야겠다.

복합적 서술의 기법

그의 대표작은 「메밀꽃 필 무렵」이다. 작품의 기법이나 작자의 정신세계를 말해 주는 점에서나 이것은 가장 두드러지게 효석 문학의 특징을 나타내고 있기 때문이다.

우선 작품은 종래의 소설 일반이 지니고 있던 평면적 서술형식을 벗어나고 있다. 여기는 허 생원, 조 선달, 충줏집, 동이 같은 인물 이외에 나귀가 등장하며 그것은 인간과 마찬가지로 중요한 역할을 한다. 그리고 나귀의 역할은 바로 허 생원의 역할도 되고 허 생원의 역할은 나귀 역할이 될 수도 있다. 이것은 또 나귀 새끼와 동이와의 역할에도 다같이 적용된다. 그리하여 인간과 짐승이 동시에 안팎으로 등장하며 묘한 대응관계를 유지하고 이중적 복합적으로 구성이 짜여져 나가기도 한다. 그리고 인간과 짐승이 동격이라는 의미에서는 어느 한쪽만이 등장한 경우에도 양쪽이 모두 등장하고 있는 셈이 된다.

허 생원과 조 선달이 충줏집에 들어가 보니 그 자리엔 조 선달이 귀띔해 준 대로 동이와 충줏집이 마주 앉아 있었다. 허 생원은 충줏집을 좋아한다. 그렇지만 허 생원에겐 평생을 두고 여복이라는 것이 없다. 단 한 번 달밤에 우연히 맺어졌던 정사 이외엔 아무 인연도 없다. 충줏집을 좋아한다는 것도 자기 혼자의 생각일 뿐이다. 지금 허 생원 앞에서는 새파랗게 젊은 동이 녀석이 충줏집과 앉아서 즐거운 시간을 갖고 있는 것이다. 동이는 허 생원이나 조 선달을 따라다니는 애송이 장돌뱅이다. 허 생원은 늙은 주제에 샘이 나서 투정을 부리기 시작했다. 동이의 뺨까지 쳤다. 그런데 이와 거의 같은 시간에 밖에서는 허 생원의 나귀가 바를 끊고 야단이었다. 암놈을 보고 발광한 것이다. 나귀도 늙은 주제에 발정을 하면 허 생원이 동이의 뺨을 때리듯 이

성을 잃은 셈이었다.

  이 작품은 이렇게 짐승과 인간이 시간적으로 동일선상에서 거의 비슷한 일을 저질러 나간다. 그뿐 아니라 나귀 얘기는 바로 사람의 얘기요, 사람의 얘기는 바로 나귀의 얘기가 된다.

> "진종일 실수만 하니 웬일이요, 생원?"
> 조 선달은 바라보며 기어이 웃음이 터졌다.
> "나귀야. 나귀 생각하다 실족을 했어. 저 꼴에 제법 새끼를 얻었단 말이지. 읍내 강릉집 피마에게 말일세. 귀를 쫑긋 세우고 달랑달랑 뛰는 것이 나귀 새끼같이 귀여운 것이 있을까. 그것 보러 나는 일부러 읍내를 도는 때가 있다네."
> "사람을 물에 빠뜨릴 젠 딴은 대단한 나귀 새끼군."

  허 생원이 물에 빠진 것은 동이 때문이었다. 옛날에 단 한 번 인연을 맺었던 성 서방네집 처녀가 낳은 허 생원의 아들이 바로 동이였다. 그동안 허 생원과 조 선달 틈에 끼어 장돌뱅이로 떠돌아다니던 이 청년이 바로 자기 아들이었다는 사실을 짐작하게 된 허 생원이 흥분 안 할 수 있었으랴. 그래서 그만 냇물을 건너다가 풍덩 빠져 버렸던 것이다. 그런데 그는 나귀 생각하다가 실족했다고 대답하고 있다. 저 꼴에 제법 새끼를 얻었다고 나귀 새끼를 자랑하고 있는 것이다. 그리고 그 나귀 새끼가 귀엽다고 대견해하고 있는 것이다. 그러니까 나귀는 바로 허 생원 자신이고 나귀 새끼는 바로 동이를 가리키고 있는 셈이다. 그런데 허 생원은 자기들 얘기는 젖혀 놓고 나귀 얘기만 하고 있다. 이 같은 표현이 가능한 것은 나귀의 얘기가 사람의 얘기가 되고 사람의 얘기가 나귀의 얘기가 될 수도 있기 때문이다. 즉 인간과 짐승을 동격으로 표현하고 작품은 이중적인 구성으로 진행되고 있는 것이다.

그리고 이처럼 인간과 짐승을 동격으로 다룰 수 있다는 것은 양자의 생태가 꼭 같기 때문이다. 허 생원이나 나귀나 한자리에 머무르고 있는 생활 방법은 갖고 있지 않다. 그들은 이 고장 저 고장으로 먹이를 찾아 떠돌아다니며 사회적인 구속으로부터 거의 벗어난 생활양식을 갖고 있다. 그리고 종족 유지의 생식 방법이 꼭 같다. 나귀가 결혼식 안 올리고 새끼 낳은 것은 당연하지만 허 생원도 그랬었다. 허 생원은 누구하고도 결혼한 일이 없다. 짐승과 마찬가지로 떠돌아다니다가 우연히 만난 여자와 단 한번 인연을 맺고 헤어졌을 뿐이다. 나귀가 강릉집에서 한 짓과 꼭 같다. 그러므로 강릉집에서 낳은 나귀 새끼나 성 서방네 처녀가 낳은 동이나 꼭 같은 셈이다. 즉 이들은 모두 문명 사회의 굴레를 벗어난 인간상에 속한다. 그리고 이 같은 수법은 「돈」이나 「들」에서도 마찬가지로 나타난다. 등장하는 짐승들이 「돈」에서 문자 그대로 돼지이고 「들」에서는 개가 나타날 뿐이다.

「돈」에서 보면 '식이'가 암돼지를 끌고 종묘장에 가서 교미를 시킨다. 씨돈(種豚) 암돼지에게 화통차처럼 달려들어 교미를 하고 암돼지는 비명을 지른다. 이때 하필이면 '식이'는 '분이' 생각을 한다. 암돼지가 아직 어린 것처럼 '분이'도 사춘기에 갓 들어선 처녀였다. 그런데 작자는 돼지들이 교미하는 순간에 '식이'는 '분이' 생각을 하게 만들고 돼지들의 교미가 끝나자 '식이'도 '분이' 생각을 그치게 하고 있는 것이다. 이건 「메밀꽃 필 무렵」에서 인간과 짐승이 같은 시간에 같은 방법으로 그런 관계를 갖고 있는 것과 동일 한 수법이다.

이처럼 효석의 소설에서는 짐승도 인간과 마찬가지로 등장인물 아닌 등장동물로서 동격의 소설적 직능을 발휘해 나간다. 그리고 이 양자는 동시에 비슷한 사건을 만들어 나가며 소설로서 이중적 구조를 이루고 있다. 한국문학이 프로 문학 시대를 거쳐서 새로 등장한 순수문학 속에서 이 같은 작품이 나타났다는 것은 문학사적으로 매우 중요한 사실에 속한다. 그것은 소설의 기법상 새로운 변화요 발전이며 프로 문학이 예술적 기법을 무시했던 까닭으로 한국문학이 기교면에서 정체 상태에 있었다는 사실에 비추어 보자면 이것은 더욱 반가운 일이었기 때문이다.

'순수'와 언어예술

효석의 문학은 또 다른 면에서 문학사적 가치를 드러냈다. 문학은 그 표현 수단으로 볼 때 언어예술임이 틀림없다. 언어는 물론 개념을 전달하는 수단이다. 그러나 개념을 전달하는 것은 문학만이 아니다. 철학·역사·법률 등 모든 인문사회과학이 언어를 통해서 개념을 전달하고 있다. 그렇다면 문학은 다같이 언어를 표현수단으로 한다 하더라도 이질적인 특성을 지님으로써 비로소 문학일 수 있을 것이다. 그 특성은 다같이 언어를 매개체로 하는 것이면서도 인문사회과학과는 달리 언어를 다른 측면에서 구사하고 있다는 데 있다. 즉 그것은 언어가 지닌 개념과 함께 개념 이상의 것까지도 동원하고 있다는 것이다. 즉 언어를 그 일부의 속성으로서가 아니라 언어 전체를 투자하고 있다는 사실이다. 특히 그 전체에서 우러나는 감각적 이미지를 십분 활용한다는 것이다.

> 이지러는 졌으나 보름을 갓 지난 달은 부드러운 빛을 흐뭇이 흘리고 있다. 대화까지는 70리의 밤길. 고개를 둘이나 넘고 개울을 하나 건느고 벌판과 산길을 걸어야 된다. 길은 지금 긴 산허리에 걸려 있다. 밤중을 지난 무렵인지 죽은 듯이 고요한 속에서 짐승 같은 달의 숨소리가 손에 잡힐 듯이 들리며 콩포기와 옥수수 잎새가 한층 달에 푸르게 젖었다. 산허리는 온통 메밀밭이어서 피기 시작한 꽃이 소금을 뿌린 듯이 흐뭇한 달빛에 숨이 막힐 지경이다. 붉은 대궁이 향기같이 애잔하고 나귀들의 걸음도 시원하다. 길이 좁

은 까닭에 세 사람은 나귀를 타고 외줄로 늘어섰다. 방울 소리가 시원스럽게 딸랑딸랑 메밀밭께로 흘러간다.

「메밀꽃 필 무렵」에서

프로 문학의 여러 작품 속에서는 이 같은 표현을 찾아보기 힘들다. 프로 문학이 제3기에 들어가면서 예술적 표현 기교의 필요성을 주장한 것은 바로 이 같은 표현이 필요했기 때문이다. 그러나 관념적 개념적인 표현으로 이데올로기만을 강조하던 프로 문학은 그에 제3기의 반성기에 들어서고서도 일제 탄압으로 말미암아 시간적 여유를 갖지 못한 채 파산해 버리고 말았다. 그후 등장한 순수문학은 프로 문학이 지니지 못했던 예술적 표현 기교를 가지고 오히려 문학의 전재산을 이루어 나갔다. 이데올로기는 없어도 표현의 기교는 그 사상의 공백을 탓하기 어려울 만큼 능숙한 솜씨를 나타내기 시작했다.

여기 인용된 예문은 그 같은 표현 기법의 매우 세련된 솜씨를 자랑할 만한 것에 속한다. 그 언어는 개념 이상으로 감각적 이미지를 전달하는 데 있어서 십분 활용되고 있다. 옥수수 잎새가 한층 달에 푸르게 젖었다는 것은 관념적인 세계보다는 이상적으로 또는 촉각적으로 느낄 수 있는 감상의 세계이다. 메밀꽃이 소금을 뿌린 듯이 흐뭇한 달빛에 숨이 막힐 지경이라는 것도 눈으로 보고 코로 숨쉴 수 있는 감상적인 세계이다. 특히 효석은 한자어를 빼 버리고 순수한 우리말을 많이 애용하고 있으며 더구나 그 말들은 토착적인 언어에 속한다.

궁싯거리다, 칩칩스럽다, 농탕치다, 각다귀, 애잔하다 등등 모두 토착적 이미지를 발휘하는 용어들로서 작품이 지녀야 할 자연적인 환경 조건을 개념이 아닌 감상으로써 전달하고 있다. 그리고 「들」에서는 꽃다지, 질경이, 땅장이, 민들레, 솔구장이 등 풀이름 꽃이름들이 음악처럼 굴러 나오고 있다. 딴 문장에 있어서도 언어가 지닌 음악적 가치를 충분히 고려하고 있다. 3·4조의 낡은 리듬은 아니지만 그의 문장은 적당히 리듬의 호흡을 깔아 나가고 있다.

　이와 같은 것은 우리가 한국의 소설사상 처음으로 대할 수 있는 새로운 발견이었다. 즉 문학이 사상만을 전달하는 데 목적이 있는 게 아니라 우선 사상은 제쳐 놓고서라도 그것은 언어의 예술이어야한다는 점을 강조해 준 것이다. 그리고 이것은 언어가 지닌 '개념의 굴레'로부터 벗어나고 언어를 순수한 감상적 이미지로서만 살려 나가려 했던 시인 정지용과 함께 기법으로서는 순수의 쌍벽을 이루고 있었던 셈이다.

루소의 자연회귀

　효석의 문학은 자연주의 문학이다. 그러나 플로베르, 모파상, 졸라로 이어지는 자연주의 문학은 아니다. 그의 문학은 장자크 루소의 철학에 속하는 자연주의 문학이다. 우리는 루소의 사상을 성선설이라는 말로 표현하기도 한다. 문명의 영향을 받기 이전에는 모든 인간들이 착하다는 것이다. 그는 교육마저도 문명 속에 포함시키고 있다. 그러므로 인간은 교육에 의해서 훌륭하게 인격적으로 성장해 나가는 것이 아니라 오히려 교육받은 인간은 나빠진다는 것이다. 그의 문제작 「에밀」은 이 같은 교육사상을 나타낸 그의 대표작이다. 이 작품 속의 주인공은 문명사회를 떠나 자연의 들판에서 살며 그대로 건전한 인격체로 성장해 나가고 있다. 그래서 우리는 루소의 사상을 자연회귀 사상이라고도 표현하고 있다.

　효석의 문학은 이 같은 루소의 자연회귀 사상을 나타내고 있다. 「메밀꽃 필 무렵」에서는 나귀가 인간을 닮은 것이 아니고 인간이 나귀를 닮고 있다. 그리고 나귀는 자연에 속하며 인간은 문명의 세계에 속한다. 그러므로 인간이 나귀를 닮는다는 것은 문명을 버리고 자연으로 돌아가는 자연회귀 사상이다.

작품 「들」에서도 마찬가지다. 산속에서 교미하는 개들을 바라보고 있던 처녀와 총각은 서로 이 망측한 장면을 저 혼자서만 감상하는 줄 알고 있다가 서로 만나게 된다. 교미 장면을 마음껏 음미한 후 그놈들에게 돌팔매질을 하며 킬킬대던 '옥분이'는 '나'에게 들켜서 당황하지만 피차간의 마음속은 이심전심으로 통하게 된 셈이다. 그후 그들은 "하늘을 겁내지 않고 들을 부끄러워하지 않고" 숲속의 밝은 태양 아래서 정을 통하는 것이다. 마치 개새끼들처럼. 이건 역시 인간이 문명을 버리고 자연으로 돌아갔다는 얘기가 된다.

「분녀」의 경우에도 마찬가지다. 그녀는 아무하고도 단 한 번 결혼식을 올린 일이 없다. 부모의 허락을 받은 일도 없다. 또 연애마저도 한 일이 없다. 오직 강간을 당했을 뿐이다. '명준이', '만감이', '철수', '왕가' 이렇게 여러 사내들에게 차례차례 강간을 당해 나갔을 뿐이다. 그리고서도 강간을 당한 후에는 그들이 좋아서 함께 살아나갔었다.

이것은 확실히 들판에서 뛰노는 짐승들의 생활이다. 수놈이 쫓으면 도망가는 암놈들을 우리는 산과 들에서 흔히 발견한다. 그러다가 그놈들은 교미를 하고 또 함께 짝이 된다. 그리고 반드시 한 남편 한 아내만을 찾지도 않는다. 인간사회의 어떠한 규칙도 그들에게는 적용되지 않는다. '분녀'의 서글픈 일생은 이 같은 짐승들의 세계와 꼭 같다. 문명사회의 도덕적 규범, 풍속 같은 것과도 관계 없이 자연 속에서 마음대로 뛰노는 암컷이 바로 '분녀'다.

이와 같은 작품들은 문명을 거부하고 자연으로 돌아가는 인간의 모습을 긍정적으로 그린 것이다. 특히 그 같은 거부와 자연에의 동경은 작품 속의 등장인물들이 얼마나 미화되고 있느냐에 의해서 충분히 설명되고 있다. 그의 능숙한 표현 기술은 이처럼 자연으로 돌아간 인간의 생활이 얼마나 아름다운 것인지를 나타내는 데 있어서 그 효과를 100프로 발휘하고 있다. 그러므로 그의 문학은 루소의 자연회귀 사상에 속한다. 그리고 물론 남녀의 성관계를 주로 다룬 것은 루소의 경우와는 다르겠지만 효석은 성관계를 떠나서도 역시 이 같은 생각을 나타내고 있다. 작품 「산」에 나타나는 주인공은 마을을 버리고 산속으로 들어가 버린다. 그는 인간들이 모여 사는 문명의 세계를 떠나서 아주 산속에서 살기로 마음먹는 것이다. 모닥불을 피워 놓고 땅바닥에 드러누워 밤하늘을 바라보며 별을 세기도 한다.

별 하나 나 하나, 별 둘 나 둘, 별 셋 나 셋…….
세는 동안에 중실은 제 몸이 스스로 별이 됨을 느꼈다.

「산」의 마지막을 작자는 이렇게 끝맺고 있다. 인간이 풀과 나무와 달과 별과 함께 이 커다란 우주의 자연 속에 그대로 동화되고 있는 것이다. 이렇게 본다면 효석의 문학은 루소가 말하는 자연주의 사상을 지니고 있으며 그것은 서구의 문예사조에 나타나는 자연주의 문학의 통념과는 근본적으로 다르다. 그리고 이 같은 작품세계의 특수성 역시 순수문학이 사상적 공박의 약점을 지니고 있었던 시대로 보자면 일단은 값있게 받아들일 수도 있는 것이겠다. 다만 이 같은 사상은 그의 문학 속에서 더 많이 성숙하고 발전해 나가지 못했을 뿐만 아니라 그 이후도 한국문학에 별로 영향을 끼치지도 못했다. 왜냐면 그것은 한국문학에 토착화될 만한 근거를 갖지 못 했기 때문이다.

로렌스 문학의 도입

또 이 같은 자연주의는 자연에 동화되려는 동양적인 의미의 자연주의라고도 볼 수 있겠지만 그 사상적 근거는 동양이 전통적으로 지니고 있었던 것과는 다르다. 동양에서는 문명에 대한 비판의식으로서 그처럼 자연에 돌아가자는 자연주의가 발생하지는 않았다. 동양의 사상적 근거는 처음부터 자연 속에 정착해 있었다. 음양의 원리를 비롯하여 동양에서는 처음부터 그 사상을 현실에 적용시켜 왔다. 그런데 루소의 사상은 자연을 파괴하고 문명의 세계로 뛰어든 인간이 문명에 실망하고 다시 자연의 품으로 돌아가자는 사상이었다. 그러므로 동양의 그것과는 근본적으로 다르다.

이 같은 자연주의 사상의 효석 문학은 D. H. 로렌스의 문학과 매우 흡사한 데가 있다. 로렌스의 문학을 자연주의 문학이라고 부르지는 않는다. 서구의 문예사조가 지닌 통념으로 보자면 로렌스의 문학을 자연주의라고 부르기는 어렵기 때문이다. 그러나 로렌스 역시 문명을 비판하고 자연으로 돌아가고 있다. 자연에 동화된 생존 양식만이 인간의 가장 긍정적인 생명의 의미를 찾아낼 수 있다는 것이 로렌스의 생각이다.

「채털리 부인의 사랑」은 그 같은 자연 찬양의 대표작이다. 특히 로렌스는 효석의 경우처럼 남녀 간의 동물적인 애정관계를 미화하고 있다. 그리고 위선으로 가득 차 있는 문명사회를 비판하고 있다. 그뿐만 아니라 그는 산과 들과 풀 한 포기, 나무 한 줄기까지도 효석과 마찬가지로 찬양하고 있다. 그리고 그 같은 자연은 인간이 그저 바라보고 감상하는 자연이 아니라 인간과 함께 서로 피가 통하고 호흡이 통하며 하나의 커다란 유기체로서 한 덩어리가 된 자연으로 묘사되고 있다. 바라보고 감상하는 자연이 아니라 서로 한 몸이 된 자연인 이상 그 자리를 벗어난 인간은 그 순간부터 생명의 참된 기능을 상실하는 것이다. 이것은 효석의 문학에 있어서 인간이 나무와 마찬가지로 발밑에서 뿌리가 돋고 파란 물이 우러나오는 것처럼 표현한 것과 같은 것이었다. 그러므로 효석의 문학은 로렌스의 문학사상을 도입해서 그의 토착적인 언어와 순수문학의 기법으로 가공한 문학이다.

국산으로 포장된 아류

이 같은 특징을 더듬어 본다면 효석 문학의 성격과 그 문학사적 가치는 어느 정도 밝혀진 셈이다. 그러나 몇 가지 점에 있어서 우리는 그의 문학을 좀 더 비판해 볼 필요가 있을 것이다.

첫째로 그의 자연주의 사상에는 문제점이 있다. 외국문학의 방법이나 사상을 도입한다는 점에 있어서는 물론 시비를 가릴 바가 아니다. 그러나 어떠한 외국문학이라도 그것이 우리 문학에 들어왔을 때에는 새로운 문학 풍토와의 마찰을 통해서 진통을 겪고 한국적인 것으로서, 그리고 독자적인 것으로서 토착화되지 않으면 안 된다. 그런데 효석의 문학은 외국 상품을 구입해서 한국의 포장지로 다시 꾸려 놓은 물건에 지나지 않는다. 지극히 순수한 우리말을, 더구나 토착적인 언어를 가졌으면 무슨 소용이 있을 것인가. 적어도 그 작품에 나타난 사상적인 면에서만 보자면 그의 문학은 로렌스 문학의 아류에 지나지 않는다. 더구나 그 사상은 한국에서는 별로 쓸모가 없는 것이었다. 왜냐하면 우리는 비판되고 거부되어야 할 만큼 성숙한 근대문명을 갖고 있지도 않았기 때문이다. 이것은 로렌스가 살고 있던 영국의 문명사회와 일제말기 한국을 비교해 보면 알 수 있는 일이다.

일제의 군국주의 문명이라면 문제가 되겠지만 효석이 문명사회를 거부한 이유는 그것이 아니다. 효석의 작품 중에서 후기의 장편물들은 별로 문제가 되지 않으므로 제쳐 놓기로 하자. 그리고 그의 문학관이 두드러지게 나타난 여러 단편들 특히 자연주의 사상을 나타낸 작품들을 보면 거기에는 거부되어야 할 문명사회가 처음부터 존재하지 않는다. 애초부터 그의 문학에는 역사도 없고 사회도 없다. 순수문학의 특징이 바로 그것인 것처럼 효석 역시 현실에는 눈을 감고 환상 속에서 자연회귀 사상을 주장한 것이다. 또 그가 눈을 뜨고 자연으로 돌아가자고 부르짖었다 해도 결과는 마찬가지였을 것이다. 루소나 로렌스는 고도의 교육을 받은 인간들과 그 문명사회에 대해서 환멸을 느끼고 보다 진실한 인간의 삶을 구하려고 했었다. 더구나 그들은 교육받은 인간들의 고답적인 지성이 숨기고 있는 위선에 진저리를 쳤다. 그러나 한국에는 그 같은 근대문명도 없었고 그처럼 교육받은 인간들도 별로 없는 환경에 있었다. 그런데 무엇이 섭섭해서 우리는 문명사회를 거부하고 그처럼 들과 산으로 달아나서 짐승들의 생존양식을 탐내야 했을까. 결국 효석은 우리 체질에 맞지 않는 물건을 도입해서 이 박래품에다 한국의 포장지만 씌워서 쓸모없는 상품을 팔아먹은 것이다.

이처럼 맹목적으로 외국 사조를 도입한 효석은 그 습성에 의해서 사물을 바라보는 심미적 안목에서도 차질을 빚고 있다.

> 미의 특정한 기준이 다른 것은 아니겠으나 바닷빛 눈과 낙엽빛 머리카락이 단색의 검은 그것보다는 한층 자연율에 합치되는 것이며 따라서 월등히 아름다운 사실이다.
>
> 「미美의 변辯」에서

이것은 효석이 서양인과 동양인을 비교한 것이다. 여기서 말하는 "바닷빛 눈"은 물론 서양인의 눈이요, "낙엽빛 머리카락" 역시 그들의 노랑머리를 가리키고 있다. 그리고 이 백인종들의 눈빛과 머리칼 빛이 우리들의 것보다는 "월등히 아름답다"는 것이다. 물론 '제 눈에 안경'이라고 미적 가치에는 특별한 기준을 두기가 어렵다. 그렇지만 특별한 기준을 두기가 어려울수록 객관적 분석이 따라야 한다.

효석의 이 말에는 자칫하면 민족적 감정이 폭발되기도 쉽지만 아무리 그것을 감춰 놓고 보더라도 효석의 안목은 빗나가 있다. 효석의 주장이 거꾸로 시정되어야 한다는 뜻은 아니다. 다만 백인종의 빛깔이 자연율에 합치되기 때문에 월등히 아름답다는 논리와 그 논리를 이끌어 낸 심미적 안목에 문제가 있다. 서양화와 동양화를 비교하자면 서양화는 채색이 풍부한 대신 동양화는 묵화나 담색화를 비롯하여 성격이 아주 반대다. 이것은 서양인과 동양인의 빛깔이 서로 다른 것과 꼭 같다. 그리고 아무리 서양화를 좋아해 온 서양인이라 하더라도 그것이 자연율에 합치되는 색채를 지녔다고 해서 동양화보다 월등히 아름답다고 주장하는 사람은 별로 보지 못했다. 왜냐하면 양자는 모두 그것대로의 예술적 가치를 따로 지니고 있는 것이며 그 개성의 차이를 발견하는 것이 바로 심미적 안목이기 때문이다. 그러므로 서양인이나 동양인이나 지저분하면 모두 거지같이 추악하고 곱게 가꾸면 다같이 아름다운 것이다. 그러니까 효석은 결국 편견에 의해서 난시가 되어 버린 것이다. 로렌스의 문학 사상을 맹목적으로 도입하고 흡족해하던 아류 근성에 의해서 박래품이라고 한다면 사람까지도 저쪽은 월등히 아름답고 이쪽은 상대적으로 그만큼 추악하다는 논리에 도달해 있는 것이다.

또 이 같은 오류는 사건 묘사에 있어서도 나타나고 있다. 「메밀꽃 필 무렵」에서 보자면 허 생원과 조 선달과 동이는 좁은 길에 들어서자 모두 나귀 등에 올라탄다. 외줄로 늘어서서 골짜기를 지나간다. 방울 소리가 시원스럽게 딸랑딸랑 메밀밭게로 흘러가고 있다. 그런데 어떻게 이 사람들이 나귀 등에 올라탈 수 있었을까. 나귀 등에는 짐이 실려 있다. 이 장에서 저 장으로 떠돌아다니는 그들은 장바닥에서 풀어 놓을 필목과 그 밖의 일상 생활 도구 일체를 나귀 등에 실었을 것이다.

나귀를 끌고 가는 아비와 자식의 유명한 우화도 있다. 한번은 아비와 자식이 다같이 나귀 등에 올라탔다가 사람들의 지탄을 받았다. 그런데 이 작품 속에서는 짐을 모두 싣고 또 사람이 올라타 있다. 그러므로 이것 역시 남들이 봤다면 지탄받을 노릇이다. 물론 억지로 탈 수야 있었겠지만 대관령을 넘어 대화로 가는 멀고도 험한 길이었을 것이다. 더구나 나귀는 이들에게 있어서 그들의 생명과 마찬가지로 소중한 것이다. 과연 그들이 나귀를 그토록 무리하게 탈 수 있는 사람들일까. 도무지 현실적으로는 가능한 얘기가 아니다. 그럼에도 불구하고 이 장면은 지극히 아름다운 풍경의 한 토막으로 나타나고 있다. 그것은 작자가 현실적 감각을 잃고 다만 환상 적인 미몽 속에서 사건을 서술해 나갔기 때문이다.

'순수'에의 미몽과 문학사적 가치

이 같은 문제점들을 종합해 본다면 그의 문학에는 커다란 바람구멍이 뚫려 있다. 가장 큰 구멍은 그의 문학에 역사와 사회가 존재하지 않는다는 것이다. 그의 작품세계는 어떤 시대의 어떤 사회가 나타나고 있는지 알 수가 없다.

문학은 바로 인간학이다. 그리고 인간은 사회적 동물이다. 그 속에서는 진실과 거짓이 충돌하고 또는 진실과 진실이 충돌하며 고민을 낳는다. 그 고민이 바로 인간학으로서의 문학이 출발하는 기점이다. 그런데 이 작품들 속에는 그 같은 사회가 없고 사회가 없으니 그 사회가 존재하는 위치로서의 역사가 있을 수 없다. 그러므로 그의 문학은 환상의 문학일 뿐이다. 그리고 물론 문학에선 환상적 수법도 훌륭한 예술적 효과를 나타내기는 하지만 환상이 작품 기법에 주류를 이루고 있는 아동문학에 있어서도 그것은 현실을 바탕으로 한 환상이다.

그런데 그의 문학은 거부되어야 할 문명사회조차도 없는 마당에서 그것이 거부되고 있듯이, 환상을 낳는 현실도 없이 환상이 나타나고 있다. 그러므로 그것은 어리석은 미몽 속의 환상이다. 그리고 일제 말기의 문학이 지녔던 대부분의 경향으로 본다면 이 같은 효석의 문학은 의식적인 현실도피에서 나타난 것이며 그같은 현실도피의 온상 속에서 안일한 환상의 미학에만 빠져 있던 나머지, 사물을 보는 시력 자체가 너무 지나치게 약화되었기 때문일 것이다. 마치 수만 년 동안 어둠 속에 사는 벌레들의 눈이 완전히 퇴화해서 결국은 밝은 세계에 나와서도 아무것도 볼 수 없는 눈을 갖게 되는 것과 마찬가지로.

 그러므로 효석의 문학은 순수문학이 지닌 내용의 공백이라는 약점을 누구보다도 두드러지게 지닌 문학이며 한편 언어예술로서의 기법으로서도 역시 대표적으로 장점을 지닌 문학이다. 효석의 문학이 지니는 문학사적 가치는 프로 문학 이후의 순수문학이 지녔던 가장 큰 장점과 단점을 이렇게 다같이 두드러지게 구비하고 있어서 그 문학의 정체를 대표적으로 증명하고 있다는 것이겠다.

일러두기

1. 작품 배열은 발표 연대 순으로 했다. 단, 발표 기록은 있으나 구할 수 없는 한두 작품은 부득이 싣지 못했음을 밝힌다.
2. 오늘날 맞춤법과 띄어쓰기 규정에 어긋나는 것은 바로잡되, 작가가 의도적으로 표현한 것은 잘못되었더라도 그대로 두었다.
3. 표기는 대체로 원문을 존중하였으나, 한자는 한글로 고치고 의미상 필요하다고 판단되는 경우에만 한글과 병기하는 방식으로 처리했다. 아울러 원문 자체가 교정 및 인쇄 과정의 실수로 명백하게 잘못 쓰인 것은 바로잡았으며, 이미 사라진 말이나 근거를 찾을 수 없는 말들도 문맥에 맞도록 고쳤다.
4. 속어, 방언, 구어체는 원문을 그대로 살렸다.
5. 주석 및 뜻을 파악하기 힘든 어휘는 미주尾註로 처리했다. 아울러 부록에 따로 '어휘 풀이'를 덧붙여서 본문에 나오는 어려운 어휘는 쉽게 찾아볼 수 있도록 했다.
6. 띄어쓰기와 맞춤법은 국립국어원에서 펴낸 『표준국어대사전』을 기준으로 삼았다.

차례

작가 앨범 _ 003
해설 | 화려한 '순수'에의 미몽 · 김우종 _ 011
일러두기 _ 029

단편 소설

여인 _ 035
황야 _ 038
누구의 죄 _ 041
나는 말 못했다 _ 044
달의 파란 웃음 _ 047
홍소 _ 050
맥진 _ 053
필요 _ 056
노인의 죽음 _ 059
가로의 요술사 _ 062
주리면…… _ 065
도시와 유령 _ 073
행진곡 _ 090
가우 _ 109
노령 근해 _ 132

깨트려진 홍등 _ 143
추억 _ 165
상륙 _ 176
마작 철학 _ 181
약령기 _ 213
북국 사신 _ 239
오후의 해조 _ 255
프렐류드 _ 261
북국 점경 _ 288
오리온과 능금 _ 301
10월에 피는 능금꽃 _ 311
돈 _ 315
수탉 _ 322
독백 _ 328
마음의 의장 _ 333

일기 _ 347
수난 _ 356
성수부 _ 369
계절 _ 375
데생 _ 397
산 _ 400
분녀 _ 408
들 _ 439
천사와 산문시 _ 457
인간 산문 _ 466
석류 _ 488
고사리 _ 498

단편소설

이효석
전집

여인旅人

"용기를 내고 일어나라."

그는 피곤하여 길 복판에 쓰러진 동행을 분려奮勵[1]시킨다.

온 천지는 회색 분위기로 변하고 고요히 잠들어 간다. 앞에도 뒤에도 험한 산맥이 그들을 둘러싸고 있다. 온 겨울 동안 침묵이 계속되어 고요하고도 무서운(사람의 그림자도 구할 수 없는) 산중이다. 눈은 세상을 정화시키려는 듯이 대지를 포옹하고 요 10여 일간은 통행이 절무하였던 것같이 도로를 전연 분간할 수 없다. 깊은 눈 구덩이에 새로운 도로를 개척하면서 그들은 진행하였다.

금절성金切聲[2]으로 부르짖는 찬바람은 날카로운 칼날을 가지고 협박하고 모든 것은 전율한다. 새의 무리도 어느덧 폭신한 둥우리 속에 다 돌아가고 세상은 물속같이 고요하여졌다.

그의 목소리는 떨린다. 사나운 재별관裁別官 앞에서 자기의 죄를 고백한 소나무는 마저마저 넘어져 가면서도 독한 바람과 암투하고 있다.

일생을 위하여 진실하고 격렬한 쟁투를 침묵 속에서 계속하고 있다. 눈바람은 그들을 더욱 위축시키고 발은 점점 뒤로 퇴각하는 듯도 하다. 그들은 광막한 벌판도 표박漂泊하고 높은 절벽 위로도 헤매고 꽤 쓸쓸한 묘지 부근도 방황하였다. 그러나 더 걸을 수는 없다. 안색은 푸르러지고 감각은 마비되고 발은 더 떼어 놓을 수 없다. 그 자리에 한 사람은 또 정신을 잃고 그만 쓰러져 버렸다.

그에게는 이제 동행을 일으킬 힘도 안 남았다. 다만 자기들의 운명을 알아주는 듯한 별을 우러러보았다. 그러나 푸르고 처참한 웃음을 띤 별은 오히려 공포의 염을 일층 더 일으켰다.

그러나 모든 절망, 전율, 공포의 염이 이제는 도리어 그의 굳센 의지를 환기시켰다. 용기를 흥분시켰다. 태연히 부르짖는다.

"동무야 일어나라. 가자. 오, 우리는 가야 한다…… 그렇다, 우리는 가야 한다. 여기 머무를 수는 없다. 우리의 감각을 잃을 때까지 가야 하겠다."

"나는 더 갈 수 없다. 나의 발은 감각을 잃은 지가 오래다. 오- 춥고 어둡고 어렵다!"

"그래도 가야 한다. 이 고개를 넘어가자. 행복의 고개를!"

"행복의 재는 너무도 험하다."

"물론 험하나 우리의 생애에는 험하고 적막인 길이 많다. 그리고는 반복된다."

"오- 춥고 어둡고 어렵다!"

"그래도 우리는 가야 한다. 어디까지라도, 아무리 하여도 우리는 여기에서 체재할 수는 없다. 깊은 암흑의 바다에서 헤맬 수는 없다.

밝은 곳으로 광명으로 돌진하여야 한다. 나아가자! 동무야, 자 나의 손을 붙잡아라!"

그들은 역시 걸음을 계속하였다.

무거운 보조步調로.

눈바람은 간단없이 획획 컴컴한 그믐밤 속에 불고 있다.

— **주**

1) 분려奮勵: 기운을 내어 힘씀.
2) 금절성金切聲: 쇳소리.

황야

 기차는 심히 적막한 시골 역에서 근소한 승객을 주워 싣고 또다시 달아나기 시작하였다. 그 승객은 3인의 농부다. 이웃 마을에라도 가는 모양이다. 담뱃대와 삿갓이 그들의 중한 짐이요, 또 전 재산이었으니까. 의외에 그들은 나앉은 앞 공석을 차지하였으나 나는 조금도 신문에서 시선을 옮기지 않았다. 그러나 마음의 권태를 지우려면 너무도 평범한 기사로 충만하여 있다. 왜 이리도 평범한 사실로 세상은 찼을까. 그것도 내일과 같이 3면 기사는 아마 영원히 그 존재를 감추고 있겠지. 인간이 이 세상에 생을 받고 있을 동안까지는 세상은 겨우 요것뿐이던가……

 아! 참, 이제는 싫어졌다……. 이런 끝도 없는 관념이 피곤한 두뇌 속에 막연히 번뜩였다.

 큰 하품을 하나 하자, 그 순간에 기차는 돌연히 암흑 세계로 떨어져서 꺼멍[1] 섞인 연기가 확 얼굴에 불어와서 호흡도 괴롭다. 훤조喧噪[2]에서 벗어나서 기차는 어느덧 넓은 벌판으로 들어서고 있다. 망망한 황야를, 아니 사실 그것은 황야와 다름없다. 전연 늪[沼]이다. 늪보다 바다라고 하는 것이 더 적당할걸. 수일 전 거기가 푸른 논이던가는 도저히 생각할 수가 없을 만큼 우울의 잿빛 하늘을 배경으로 삼고 흐린 물이 끝없이 가득 괴어 있다. 나무는 고민에 신음하고 모든 것은 불안과 초조로 매 맞은 통절한 형상을 하고 있다. 요번 비는 실로 큰 재화災禍였다.

나는 들은 새 없이 그네들의 이야기에 귀를 기울였다.

"요번 비는 정말 대단했지. 수십 년의 큰비라고 노인들은 다 같이 말하던데."

"그렇고말고. 어떻든지 우리 동리같이 내도 없고 비교적 고요한 데서도 인축의 피해가 막심하였으니까. 소문에는 어느 촌 같은 데서는 사람은 말할 것도 없이 거진 전멸하다시피 했다는데."

"그러니까 농작물이야 말할 것 없지. 밭은 물론 논까지도 모래에 파묻혀 버렸지. 저기 좀 보게. 차마 말이 아니네."

"그래도 가을만 되면 또 어떻구. 수확이 적거나 말거나 불한당의 지주는 받을 것은 다 받고 안 받고 배기나. 아무리 비가 와도 가물어도 그들은 태연하다. 놀래? 오히려 좋아할걸."

"아무튼지 결국 고생…… 아니, 죽는 놈은 우리지 뭔가?"

"어쩐 일인지 세상이 점점 이상해 가는 것 같애."

셋째 사람(근 60이나 되는 백발노인)이 탄식하고 계속했다.

"확실히 점점 흉악해 가, 모든 것이…… 사람은 물론 초목, 금수나 토지라도 진화가 아니고 오히려 퇴화하는 것 같애. 그렇지들 않은가? 나 젊었을 때는 땅도 지천이요 일만 하면 먹고 살았는데 지금은 모 한 폭 심을 땅도 없는 사람이 얼마나 많은지! 심어도 우리의 것은 되지 않으니 참 기막혀!"

나는 점점 그 이야기에 쏠려 들어가는 자신을 발견했다. 그 노인의 엄숙한 태도에 경건의 염까지 생겼다.

노인은 담뱃불을 붙이더니 또 계속하였다.

"그리고 근래 재화가 자꾸 일어나서 사람은 점점 망해 가네. 그중에도 포식가는 복종 관계를 우리에게 요구하고 적자생존을 입에 담고 되지 못한 영웅주의를 부르짖지 않나? 이것이 다 그들의 포만한 식후의 장난이지 뭔가? 그러는 동안에 약자부터 점점 멸망하여 가지."

노인의 목소리는 차차로 떨려 왔다. 두 농부의 얼굴에는 암담한 표정이 보였다. 나도 그 지자智者다운 태도에 경탄하고 가슴은 비곡悲曲의 금선琴線[3]에 부딪친 것 같았다.

그때처럼 감격에 느꼈을 때는 없었다. 꽤 긴 불안한 침묵이 계속되었다.

기차는 아직도 황야를 질주하고 있다.

새 그림자 하나 없는 바다를 나뭇잎은 경련적으로 떨고 극도로 피로한 하늘 밑에 비장한 광경이 한없이 연해 있었다.

― 주

1) 꺼멍: '그을음'의 방언.
2) 훤조喧噪: 시끄럽게 지껄이며 떠듦.
3) 금선琴線: ① 가야금이나 거문고 따위의 줄. ② 예민하게 느낄 수 있는 마음결.

누구의 죄

"또 헛걸음이나 안 하나?"

그의 얼굴에는 암담한 기색이 돌았다.

무서운 피로와 주림을 의식한 그는 결과를 예감한 듯이 혼자 중얼거렸다.

그의 발은 다만 본능적으로 움직일 따름이다.

오늘까지 수일간 먹지 못한 그는 말하지 못할 만큼 피로하였다.

몸도 마음도.

분주하게 가고 오는 사람 속에 섞여 힘없이 걸어간다. 그는 벌써 수주일 동안 직업을 구하러 다녔다. 그러나 간 데마다 거절을 당했다. 직업 소개소에도 여러 번 갔었고 또 매일 아침마다 가두에 게시되는 각 신문의 직업 안내판을 끝까지 일일이 살폈다. 혹시 잘못 보지나 않을까, 놓치지나 않을까 하여 충분한 주의를 다하여 보았다. 그리고 즉시 찾아가거나 혹은 이력서를 제출하였다. 그러나 결국은 불채용이다. 피눈물 나는 수수료만 뺏기고 생에 대한 용기만 소진해졌다.

나중에는 근육 노동을 하려고 철도 공사, 수도관 배설…… 등 노동을 원

했으나 역시 거절이다.

요번에는 최후로 유일의 희망인 ○○공장에 가 보기로 했다. 그러나 역시 의문이다.

'밝아 가야 할 나의 생의 서광이 왜 점점 어두워져 가나. 나에게는 살아갈 권리가 없을까. 혹 무슨 죄를 졌는가? 게을리 했는가? 화려한 생활을 했는가……? 아니다. 내 기억 속에 그런 적은 조금도 없다. 나는 일하기를 싫어하지 않았다. 그러나 세상은 일을 시키지 않았다. 직업을 주지 않았다.'

극도로 피로한 발을 옮기면서 그는 이런 생각에 잠겼다. 그러나 피로보다도 그를 더 협박하는 것은 견딜 수 없는 주림이다. 주림! 그것이 목전의 가장 문제이다. 억지로 침을 삼키며 방금이라도 죄어 드는 창자의 공허만 면하려 하였다. 고기와 기름 타는 냄새가 코를 찌르자 그의 발은 본능적으로 머물렀다. 신선한 양식옥이다. 들여다보이는 것은 흰 벽, 흰 테이블, 그 위에는 죄될 만큼 아름다운 음식, 양기 있는 웃음소리.

"요것이 소위 포식가의 천국이지."

그가 중얼거리자 속에서 사람 나오는 기척이 난다. 그는 곧 그곳을 등지고 달아나는 듯이 걸음을 계속했다. 저주의 눈초리를 남겨 놓고.

몇 시간이나 되었는지 무거운 몸을 끌고 ○○공장에 다다랐다.

그러나 그는 잠깐 주저했다.

'이런 경우에 조금도 주저할 것은 없다. 사활 문제니까.'

이렇게 마음을 분려시켰을 때에 그는 대담해졌다. 용기가 났다.

문을 선뜻 들어서는 순간에 몸에 전기나 끼얹은 듯하다. 고개를 들고 약한 몸을 굳세게 보이려고 힘을 담뿍 주고 주먹을 부르쥐고 가슴을 쑥 내밀었다. 소위 일 본다는 자는 차디찬 태도와 털끝 하나 놓치지 않을 만한 독한 눈초리로 발끝까지 훑어본다. 그 냉각한 태도에서 생기는 불유쾌한 기분은 참 말할 수 없다. 곧 단념하여 뛰어나오려고 하였으나 '그래도 혹……'

하면서 억지로 꾸역꾸역 참았다. 그러나 결국은?

'오, 하느님. 너무도 심합니다. 서럽구나. 또 거절? 죽으란 말이지요?'

그는 이제 절망이다. 가늘게 타오르는 생의 불꽃이 마저마저 꺼지려 한다.

발길로 차서 불비 오는 지옥 속에 떨어뜨리고 싶은 야속한 운명의 신이다.

'나는 살아가려고 모든 수단, 방책을 다했다. 그러나 결국은 죽어 가나? 나에게 노력과 근면의 도덕을 가르친 놈은 누구이던가?'

그는 무의식적으로 손가락을 입에 넣고 빨기 시작했다.

'나는 어떡하면 좋을까? 이 자리에서 얌전하게 죽어야 할까?' 좀 더, 일순간이라도 좀 더 살아가려고 그는 싸움하고 애썼다.

눈물은 벌써 안 난다.

푸른 얼굴에는 광적 웃음을 띠고 부르짖었다.

"누구의 죄이냐?"

경련적으로 돌리는 발은 어디로? 왜? 가는지도 모르고 한 걸음 두 걸음 떼 놓았다.

나는 말 못했다

"이년……."

"에이, 고약한 년들 같으니……."

오늘도 또 싸움. 동리의 이야깃거리가 될 만큼 싸움으로 유명한 그 집은 오늘도 또 훤조에 끓어오른다.

두 동서는 멱살을 맞붙잡고 산발한 허벅숭이[1]를 끄들며 발길은 배에까지 올라간다. 심장은 찢어지는 듯이 벌떡이며 분노의 눈에는 핏줄이 서고, 흥분에 전신은 떨며 경련하는 입술에서는 붉은 피가 흐른다.

동리 사람들이 웃으면서 한 말이지만 사실 그들은 '개와 고양이'인 셈이다.

그들의 눈초리는 조금이라도 같은 피 흐르는 동족을 보는 눈은 아니다. 마치 적을 보는, 아니 무서운 사자끼리 서로 노려보는 듯한 험상스러운 눈초리다.

무서운 짓이다. 단란해야 할 동족이 서로 적대시하다니.

살이 살을 찢으려 하며 같은 피가 피를 흘리려 하다니…… 오! 무섭다. 선량한 신이여! 왜 속히 진정시키지 못하나?

"며느리, 시에미 년이 동리에 다니면서 말질이 뭐야, 응?"

외삼촌 댁과 외삼촌 동서에게 하는 말이다. 외삼촌 댁(거진 50이나 되는)은 가만있지 않았다. 급격한 분노로 인하여 눈썹이 가볍게 경련하자 몽둥이를 들더니 생질 며느리에게 타격을 주면서,

"어째, 이년? 넌 왜 밤낮 큰집에 가서 요사를 떠니? 오늘도 그게 뭐냐, 이년!"

"그럼, 왜 그리 술주정을 하나? 열 번 얻어먹다가 한 번만 못 얻어먹어도 벌써 투정이지."

사실 못 얻어먹기만 하면 그는 욕으로 갚았다. 그에게 주기를 거절하는 사람은 모두 다 그의 조嘲²⁾의 과녁이 되었다. 그리고 또 그의 무폭無暴에는 누구든지 놀란다. 그는 그의 무폭을 그 자신으로 허용함에 대하여 일종의 우월감(이라고 하는지 쾌감이라 할는지)을 느낀다. 그리고 거기에서 자위自慰를 발견한다. 그만큼 병적이다.

미친 개들(그렇게 안 부르고는 못 배길 만큼 그들은 광란한다)은 한데 어우러졌다. 옷은 가리가리 나고 젖통조차 드러났다. 한편 구석으로 점점 작아져 들어가는 어린이는 공포에 전율하면서 아우성을 친다.

늘 이런 불안에 싸인 살풍경의 기분이 그 집에 돌아 있다.

매일과 같이.

"어쩌면 남의 사랑에 있으면서도 그렇게 밤낮 빈충대?"

"뭘, 빈충대? 이까짓 잘난 집 하나 가지고 세를 쓰니? 세를 써!"

"그렇다. 그래, 얼른들 나가거라. 나가, 나가!"

"갈 테다. 갈 테야! 이까짓 사랑 아니면 집이 없겠니?"

뱉어 내는 듯이 소리를 지른다.

"그래, 얼른 나가! 글쎄."

영양 부족으로 하여 푸른 얼굴이 더 푸르러지고 숨은 괴로워지고 자기 분

에 못 이겨 옷만 바락바락 찢는다.

　나의 맘은 공연히 쓰렸다.

　그들은 벌써 기진맥진하였다. 몸은 나른해지고 그래도 손은 가볍게 떨며 흥분기를 띤 얼굴에는 아직도 독기가 좀 남아 있었으나 눈 속에는 애수를 담뿍 품은 눈물이 깊이 빛났다. 잔예하는 듯한, 기도 드리는 듯한 눈동자를 나는 똑똑히 볼 수 있었다.

　날마다 날마다 살아가기 어려운 데서 생기는, 거의 횡포에 가까운 광적 태도의 노인 역시 생활난으로 그를 섬기기 어렵기 때문에 도리어 그를 옹호하려는 며느리 자기도 살기 애달픈 데다가 항상 개기는 고로 자연히 증오의 염을 일으키게 되는 동서가 눈앞에 떠올랐다.

　나의 마음에 남는 것은 우울의 감상뿐이었다.

　두 집 중에 어느 편이 그른지 나는 알지 못했다. 다만 묵묵할 뿐, 아니 어찌 감히 말하리오?

　─죄는 양편에 없고 다른 데 있는걸!

── 주

1) 허벅숭이: '머리카락'의 방언.
2) 조嘲: 조롱.

달의 파란 웃음

　차디찬 월륜月輪은 넓은 하늘을 자수刺繡하고 음향 없이 고요한, 그러나 푸른 웃음을 암흑의 바다에 던지고 있다. 해변에는 감미한 바다의 향기가 고요한 공기를 유린하고 있을 뿐이다.
　"당신은 처음부터도 나를 사랑하지는 않았소그려…… 지금도 또 누구를 생각하고 있지요? 아마."
　얼굴 흰 청년은 떨리는 목소리로 고요히 말한다.
　그러나 그의 애인은 역시 잠자코 있다. 마치 생명 있는 조상彫像같이. 그리고 달에서 시선을 옮기려고도 하지 않는다. 다만 죽은 듯이 고요하다. 그래, 과거의 환상에 잠겨 있는 것이다.
　―자, 얼른 나를 사랑한다고 말하여 주우, 얼른…….
　그러던 그날 밤에 이 해변에서 이별한 얼굴 푸른 애인의 목소리가 귀에 들려오는 듯하다.
　승낙을 해 주는 그는 다만 고개를 숙였을 따름이었다.
　그의 가슴에는 이제 회한의 정이 가득하다.
　―그이에게 너무도 냉정하게 굴었다, 나는…….

바다에서 불어오는 바람은 해변을 살짝 쓸었다. 예민한 나뭇잎은 가엾게 떤다. 또다시 처참한 침묵.

"정말 당신은 나를 사랑하지 않소그려. 당신의 애정은 마치 새파란 저 달과 같이……."

청년은 슬픔에 떨고 있다. 사실 그의 애인의 애정은 벌써 다 휘발하여 있었다. 독사같이 차디찬 감촉이 그의 맥으로 흘러오는 듯하다.

여자는 해변 모래 위에 교란되는 그의 발자취 소리를 들었다. 찢어진 심장에서 흐르는 핏방울 소리 같다. 넓은 모래밭은 각각刻刻으로 적막한 발자취 소리를 빼앗아 간다. 마침내 그가 깊은 암흑 속에 전연히 흡수되어 버릴 때까지.

그러나 여자는 아직도 그것을 묵살하고 있다. 다음 해 그날 밤.

해변에 여자는 전년과 같이 또 서 있다. 그러나 얼굴은 무섭게도 파리하고 손에는 다 시들어진 꽃 한 송이를 잡고 있다.

얼굴 흰 애인은 안 보이고 그 대신 빛 검은 청년이 서 있다.

"나는 마음속으로부터 당신을 사랑합니다. 자, 사랑한다고 꼭 한 마디만 하여 주어요?"

청년은 애원하는 듯이—그러나 협박하는 듯이 열정에 찬 목소리로 말한다.

여자는 다만 시들은 꽃송이에 입술을 대고 그 말에는 대답하려고도 안 한다. 그 한 송이가 얼굴 흰 애인이 남겨 놓은 유일의 선물이다.

그의 가슴은 지금 그 애인을 사모하는 정으로 가득하다. 그리고 또 그만큼 회한과 적막의 파도가 울렁거린다.

"내가 잘못했다."

무서운 자책에 번뇌하고 있다.

"그이의 열정은 이 새빨간 꽃과 같았지!"

그는 시들은 꽃송이에서 벌써 저세상 사람이 된 애인의 입술을 보았다. 그러나 이제는 커다란 한숨밖에는 안 나온다.

"자, 얼른 사랑한다고 한 마디만 말하여 주어요."

청년은 역시 애달프게 애원한다.

그러난 여자는 아주 고요하다. 아니, 애수에 담뿍한 그 눈 밑은 월광에 반짝 빛났다. 진주 같은 눈물이 어느새 양편 볼에 희게 두 줄을 그렸다.

"그래, 역시 그이가……."

목소리가 떨려서 말도 채 채우지 못한다.

언제든지 변치 않는 달은 한결같이 새파란 웃음을 띠고 있을 뿐.

홍소哄笑

외투(라고 하여도 우스우리만큼 다 떨어져서 몸 하나 쌀 데도 없는) 섶에 목을 될 수 있는 대로 깊이 싸고 쌀쌀한 바람에 대항하면서 그는 골목을 벗어져 나온다.

주인 없는 듯이 쓸쓸한 거리는 점점 깊은 침묵 속에 끌려 들어가고 찬바람에 잠 못 든 전등은 눈을 더 밝게 뜨고 있다.

"뭐 어째! 물이나 먹으라구?"

그는 술집 주인에게 모욕을 당한 생각을 하니 이가 부르르 갈린다.

"망할 놈의 늙은이 같으니, 술 좀 달라니 물을 먹으라?"

흰 입김을 불면서 중얼거린다.

"요런, 가난뱅이 주제에 술이 다 뭐야? 하하하하."

그러나 그 웃음 속에는 참을 수 없는 울분이 가득하였다. 더구나 애써서 외상 말한 노력도 주인의 한번 웃음에 깨트려진 생각을 하니 더욱 분한 마음이 솟아오른다.

그는 몽롱한 눈앞에 나타난 술집 주인의 환상에 침을 탁 뱉었다.

"돈 좀 있는 놈들은 다 그 모양이지, 어디 보자 요놈의 늙은이!"

하면서 골목을 다 벗어져 나오자 웬 양복쟁이 하나가 비틀거리면서 저쪽 길을 간다. 그러자 또 하나 시커먼 것이 그 건너편에서 굴러 온다. 확실히 빈 인력거다. 둘이 한데 다닥치자 잠깐 머무르더니 또다시 한 동체動體가 되어 양복쟁이가 가던 방향으로 굴러간다.

"흥, 잘 먹고 잘 탄다."

하면서 그 자리까지 오자 시커먼 것이 번뜻 눈에 띄었다. 그의 호기심은 그만 그의 보조를 머무르게 하였다.

집어 보니 돈지갑, 그의 호기심은 오히려 냉담하여 집기는 하였으나 그것을 열어 보기에는 아무 주저도 안 주었다.

"지화가 한 장, 두 장……."

그의 눈은 무섭게 빛났다. 그러나 태연히 양기 있게 웃는다.

"너도 이것 가지고 한껏 요릿집밖에 더 가겠니. 어디 가서 경 좀 쳐 보아라. 하하하하."

그는 발꿈치를 돌려서 오던 골목을 도로 들어섰다.

밝은 빛과 어두운 빛이 번차례로 그의 얼굴을 덮었다. 그러나 마침 결단한 듯이,

"못생기게 주저할 것은 없다. 하늘이 준 것이니까. 술 먹으라구 당연히 준 것을 인제야 주웠을 뿐이지만……. 그래, 그래, 하하하하, 너는 가야 혼자 먹을 테지? 나는 우리 동료들과 함께…… 가만있거라, 몇 사람이냐? 하나, 둘, 셋……. 오라! 김 서방까지 넣어서 여섯 사람. 한 장어치씩 먹으면 꼭 알맞는구나. 지금 가서 깨울까? 아니 좋은 수가 있다. 먼저 먹고 가서 술값으로는 안 주면 되지. 하하하."

꽤 긴 골목을 다 지나서 술집에 다다르자 그는 결심이 식어지는 것을 두려워하는 듯이 조금도 주저 않고 대담스럽게 술집에 쑥 들어갔다.

"술을 다우, 술을!"

주인의 코밑에 지갑을 쑥 내밀면서 명령하는 듯이 부르짖었다.

미리 맘먹었던 대로 목소리도 위엄 있게 잘 나온 것을 그는 속으로 기뻐하였다.

주인은 그를 '가난뱅이'라고 조소하였던 때와는 아주 딴판이요, 마치 새로 탄생한 듯도 하였다. 굴복한 듯이 쪼그라들어 갖은 아양을 다 떠는 주인의 태도가 그에게 무한한 우월감을 주었다.

"더 부어라. 더."

"네, 네."

그는 마시고 또 마셨다. 얼굴은 빛 좋게 붉어지고 마음은 활연하여졌다. 불과 술 몇 잔에 그는 지배감을 훌륭히 맛보았다.

"이놈! 가난뱅이라구, 날더러? 하하하."

"……."

"엇다, 돈!"

그는 지폐 한 장을 홱 던지고 술집을 나왔다.

적에게 도전하여 그것을 정복하였다는 과긍과 만족에 얼굴이 보기 좋게 빛났다. 그리고 술로 인하여 생기는 체열과 쌀쌀한 의기가 알맞게 조화하여 무상의 쾌감을 그에게 주었다. 거리는 죽은 듯이 고요하고 뾰족이 빛나는 달이 구름 사이를 달리고 있다.

"하하하하, 하하하하, 이만하면 훌륭하게 갚았지!"

그는 커다랗게, 커다랗게, 마치 승리자의 그것과 같이 거리 한복판에서 홍소하였다.

맥진驀進[1)]

짧은 비명에 그는 문득 뛰어올랐다. 기계 소제에 밤을 새우느라고 극도의 피곤에 술 취한 듯이, 꿈꾸는 듯이, 의식이 몽롱한 그는 가벼운 전류나 받은 듯이 뛰어올랐다.

전신은 부르르 떨리고 숨도 크게 아니 나온다.

전 능률과 속력을 다하여 회전하는 모터 앞에는 직공들이 벌써 담을 쌓고 있었다.

'또……?'

그의 결론은 전류와 같이 빠르다.

또 기계의 희생이 된 것이다.

'그러나 누가?'

순간 호기심보다도 불안과 공포의 염이 그를 꽉 잡았다. 직공들은 물론 기사들도 감독들도 벌써 모여 있었다. 그도 간신히 그 틈에 끼어서 그 희생자를 목격할 수 있었다. 그는 또다시 가벼운 전류를 받았다. 전신은 잠깐 동안 화석이 되었다.

K일 줄이야!

그는 그의 마음의 착각이나 아닌가 의심하고 또 한번 들여다보았다. 그러나 어찌할 수 없는 현실! 또다시 거대한 현실의 힘이 그를 꽉 잡았다.

피의 세례를 받은 듯이 그는 전신 피투성이를 하고 엎어져서 고통에 신음하고 있다. 푸른 얼굴은 핼쑥하여지고 눈은 움푹 빠졌다. 전속력으로 돌아가는 바퀴에 쓸려 들어가서 넘어진 것인 줄은 즉시 알았다.

그 지옥의 고통을 목격하였을 때 그는 등날에 새파란 칼날이나 받은 듯한 촉감을 느꼈다. 누구나 그 국면을 어떻게 대처하면 좋을까도 아무 선후책도 모르고 그의 고통을 인용하는 듯이 묵묵히 목격하고 있을 따름이다.

무서운 불안과 동요가 주위를 둘러싸고 그들도 이제 숙명적으로 저렇게 될 것이요, 그것도 머지않다는 것을 의식하였을 때에는 암암한 절망의 빛이 돌았다.

마수같이, 괴물같이 공장 한복판에 군림하고 있는 시커먼 모터는 아무 변화도 안 일어난 듯이 여전히 밉살스러우리만큼 태연히 돌고 있다.

신경을 가리가리 찢고 정신을 산란케 할 만한 음향을 요란하게 내면서, 그리고 사람 피로 포만하였다는 만족과 과긍의 잔인한 웃음을 무섭게 띠고 있었다.

무서운 마수! 도살자!

그는 모든 기계를 저주하였다. 아니, 기계를 만들어 놓은 사람을, 그것을 부리는 현대 문명을……. 그리고 거기에 부딪쳐서 모든 고통을 다 받고 마침내는 그 희생이 되어 버리고 마는 그들의 운명을 저주하였다.

K는 벌써 기력이 다 빠진 듯이 팔을 쭉 뻗치고 단말마의 고통에 신음하고 있다. 견디지 못할 고통보다는 차라리 속히 죽음 오기를 애원하는 눈을 벙긋이 뜨고 그는 더 참을 수 없었다. 동료의 무한한 고통과 초조를 측면으로 더 들여다볼 수 없었다.

불이 처르르 흐르는 시선이 또다시 앞 모터를 향하더니 얼굴은 무서우리

만큼 엄숙하여졌다.

'그는 미쳤다'고 모두 생각하였다.

그는 주먹에 힘을 불끈 주고 가슴을 쑥 내밀었다. 그리고 단번에 부서 치우겠다는 듯이 모터를 노란 눈동자로 노리더니 다음 순간에는 그리로 향하여 성난 사자같이, 앞장 선 영웅같이 일직선으로 맥진驀進하였다.

"위험하닷!"

하는 동료의 소리에는 귀도 안 기울이고.

— 주

1) 맥진驀進: 좌우를 돌아볼 겨를이 없이 힘차게 나아감.

필요

얼음장으로 짜 놓은 굴속 북극 같은 방. 그 속에 시간이 가고 주름이 오고 무서운 적—추움은 각일각으로 그들, 그와 그의 처를 씹어 먹으려 한다. 그는 혼까지 얼어 버렸다. 다만 '아직 살아 있기는 하지' 하는 희미한 의식밖에는 아무것도 없다.

방 한쪽 구석에서 마저마저 죽어 가려는 처는 어떻게 되었던가. 아니 벌써 죽지 않았나.

'죽음! 차라리 죽음이 오너라. 죽음은 안식이고 영원의 망각이라, 처도 죽고 나도 죽고……. 아니 나는 눈이 있고 손이 있고 발이 있지! 그런데 그대로 죽어? 나무…… 불…… 그래, 나무만 있으면…….'

바람은 천지를 뒤집으려는 듯이 불고 추움은 점점 협박하여 온다.

'아니, 나는 어리석게도 무엇을 생각하고 있었나.'

그는 새로운 자극이나 받은 듯이 자아로 돌아오면서 중얼거린다.

'지금은 생각할 때가 아니다. 적이 문 앞에 협박하여 있고 죽음이 멱살을 잡고 있는데 생각을 하다니 너무도 어리석다. 일을 해야지…… 그래, 일! 지혜를 있는 대로 짜내고 수단을 다 써서 손과 발을 놀려야지.'

거기까지 생각하여 왔을 때에 그의 두뇌 속에는 무서운 희망의 빛이 번득였다.

'나무! 그래, 거기에는…… 거기에는 산같이 쌓여 있더라. 산같이. 그 나무만 있으면 앓는 처도 따뜻하게 해 줄 수 있고 나도…… 그래 나도 좀 더 살 수 있지. 좀 더!'

하며 그의 양팔은 무의식적으로 허공을 껴안았다. 그러자 그의 얼굴에는 무서운 결심의 빛이 보였다.

웅크렸던 몸을 쭉 펴고 우선 처에게 시선을 부었다.

'하늘 밑에 하나인 사랑하는 처를 얼어 죽이는 나야말로 참 못생긴 녀석이다. 그러나 그렇게만 말할 수 없었겠지. 어떻든 용서해 다오.'

하는 말마디가 마저마저 목을 넘으려 하였으나 갑자기 감상적 정서가 그의 목을 꾹 눌러 거의 눈물까지 나오려 한다. 그러나 다음 순간에 억지로 그는 새 정신을 돌려,

'아니, 이제 불을 갖다 주마. 불을…….'

하며 애달픈 위안과 힘없는 자신을 남겨 놓고 굴속 같은 방을 나왔다.

독한 바람은 마치 그를 기다리고 있었던 듯이 칼날을 가지고 그의 볼을 에려 하였다. 바람과 싸움하면서 걸어가려니 눈앞이 캄캄하였다. 지옥에 가는 듯도 싶었다.

'필요…… 생의 본능…… 그야말로 무섭다. 그 앞에 무엇이 있으랴. 하느님도, 천당, 지옥, 감옥도 아무것도 없다. 다만 절절한 필요! 불꽃 같은 생의 본능…… 진실한 사람의 요구!'

이렇게 그는 막연히 생각하였다.

그는 벌써 오려는 곳에 다 왔다.

그곳은 두어 집 거른 이웃집이었다.

반쯤 열려 있는 대문을 가만히 들어서 눈 익혀 놓았던 뜰 한쪽 구석까지

왔다.

산더미같이 쌓여 있는 장작 가지를 보았을 때 눈에 보이지 않는 악마가 갑자기 그의 목을 꼭 죄어 가슴은 두근두근하고 심장은 벌떡벌떡하기 시작하였다.

'가만있거라. 저기 누구야! 아니다. 아직 아무도 없다. 아무도 보이지는 않는다. 아니, 보면 어때? 있으면 어때? 이후에야 아무 일이 일어나도 좋다. 철창? 콩밥? 하하하, 그까짓 다 뭐야, 다만 지금만 살아가면 좋다. 지금만! 내일? 모레? 그걸 누가 알아? 다만 지금만 살아가면 뒤에야 아무 일이 일어나거나…….'

마침내 그는 대담스럽게 나무에 손을 넘짓 대었다. 그러나 그는 떨지 않을 수는 없었다. 아무리 마음을 단단히 먹기는 하였으나 전신이 무섭게 떨려져 왔다.

떨리는 손으로 떨리는 팔에 한 개비, 두 개비씩 옮기고 또 떨리는 손을 장작개비에 대었을 때에 어쩐 일인지 빠지지를 않는다. 그는 조급한 마음으로 있는 힘을 다하여 잡아당겼다.

그 순간이다.

뜰 안편에 무서운 음향을 진동시키고 위대한 산을 헐어 버렸다.

'세상은 끝났다'고 그는 직각하였다. 그다음 순간에는?

오, 그다음 순간에는 마치 마술사의 그것과 같은 주인의 무서운 눈에 부닥친 그는 알 재운 총 끝에 박은 새와 같이 부르르 떨고만 있었다.

노인의 죽음

"뭐? 또 걸렸어?"

불안과 절망에 떨리는 소리이다.

그 말 속에는 비정에 담뿍한 음조가 반향되어 있다. '내가 걸린 것은 아니다' 하는 얼마간의 안심하는 빛을 엿볼 수 있었으나 자기들도 장차 숙명적으로 한번은 꼭 잡힐 것이요, 또 그것이 머지않다는 것을 의식할 때에 역시 암담한 기색이 돌았다.

그만큼 산림 기수의 횡포는 그 동리 사람들에게 불안의 과녁이 되고 공포의 대상이었다.

오늘 밤에도 그것이 그들 사이에 이야깃거리가 되었다.

"아, 또 걸렸어?"

"그렇다네."

"누가?"

"아랫말 김 서방이."

"그 노인 말이지?"

의지할 곳 없이 외로운 그 노인이란 말의 놀람보다도 걱정하는 듯한 애정

哀情이 담뿍 보였다.

 그리고 그 순간에 그들 머릿속에는 극도로 초조한 노인의 자태가 마치 전류같이 떠올랐다.

 수십 년 무거운 짐에 못 이겨서 꼬부라진 허리, 쓴 약이나마 마실 때같이 찡그린 오랫동안의 신고를 그대로 새겨 놓은 얼굴, 거미줄같이 잡혀 있는 주름, 그리고 정녕 멀리 공중으로 가고 보기에도 무시우리만큼 파리한 허약한 체구(그것이 늙도록 맛보아 온 구로의 선물이요, 노력의 전 보수이다)가 눈앞에 완연히 떠올랐다.

 "얼굴에는 상처가 나고 피 흔적이 군데군데 보이던데, 양편 다리에는 시퍼렇게 멍이 들고……."

 노인의 참태를 목격한 박 서방은 절실히 그것을 설명하는 듯한 어조로 말하고,

 "이렇게 늙도록 살아왔어야 그런 변은…… 분하고 원통하고……."

 하던 노인의 목소리까지 일일이 전하였다. 그것을 일과로 하는 노인은 오늘도 또 뒷동산에 가서 마른 나뭇가지와 검불을 주우러 다녔다. 또 나무나 하는 줄만 알았던 산림 기수는 좋은 미끼나 본 듯이 달려오더니 다짜고짜로 그를 난타하였다. 발길로 차고, 주먹으로 치고, 과도의 놀람에 노인은 한 마디 말도 못하였다. 하물며 반항? 아니, 사실 그는 맥 있는 조상彫像이었다. 그럴 수밖에. 사나운 사자 앞 양처럼 죽도록 맞고 나중에는 나뭇짐까지 뺏겼다.

 이런 일은 결코 한두 번이 아니었다. 아니 매일과 같이…… 그래 어저께는 이 서방이 잡히고 접때는 금동이가 잡혀 들어갔다.

 교활한 산림 기수의 눈은 미우리만큼 명확하였다. 가혹한 산림 기수! 이 사람 때문에 촌인의 생활이 얼마나 동요하여 가고 불안에 전율하여 가는지 모른다.

넓은 방 안에는 산림 기수를 저주하고 원망하는 빛이 가득하였다.

"그러니 이 어데 살아갈 수 있나. 나중에는 나무도 못하게 하니…… 참, 흉악한 놈의 세상일세. 점점 못살게 되니 어찌하면 좋을지. 산림 기수 집이 그렇게 껍죽대고 제 세상으로, 아니 기막히는 세상일세. 무호동중이작호無虎洞中狸作虎[1]라 하더니 꼭 옳다."

박 서방은 여전한 구변으로 탄식하면서 또 계속한다.

"그렇게 제도니 뭐니 야단법석을 하고, 백성을 위하느니 살게 하느니 하지 말고 위선 사람을 골라 써야 하겠데. 그따위가 있기 때문에 될 일도 안될 테야."

고요하던 이야기가 점점 높아져 나중에는 연설같이도 되고 토론 비슷하게도 되었다. 그러나 짧은 밤이 점점 깊어 감에 따라 그들의 눈도 저절로 감겨 왔다. 마침내 넓은 방에는 낮 동안 피로를 아주 잊어버린 듯한 안식의 코 고는 소리가 고요히 울린다. 유리 같은 하얀 달은 파란 웃음을 띠고 올빼미 우는 소리는 무섭게도 동리를 진동시켰다. 처참한 밤이었다.

그 이튿날 아침, 뒷동산 소나무 밑에서 교사絞死하여 세상을 마친 노인의 시체를 발견할 줄은 아무도 생각지 못하였다.

─ 주

1) 무호동중이작호無虎洞中狸作虎: '범이 없는 곳에서는 너구리가 범 노릇을 한다'는 뜻으로, 못난 사람만 있는 곳에서 잘난 체하는 못난 사람을 비유하는 말.

가로의 요술사

"자, 똑똑히 들어 보세요, 똑똑히."

다 낡아서 구리쇠[1] 빛으로 변한 양복바지를 푸른빛 나는 오버로 감추고 머리에는 합 같은 검은 토이기土耳其[2] 모자를 쓴 호리호리한 사나이는 부르짖었다.

십자가 한편에는 어느덧 군중의 파도를 일으켜 그를 복판에 두고 쭉 돌려서 사람의 담을 쌌다.

그의 윗입술은 쉴 새 없이 경련적으로 실룩실룩하면서 마치 참새 무리 속에서 세례나 받은 듯이 놀랄 만큼 힘 좋은 구변으로 지껄인다. 적에게 포위되어 나갈 구멍을 찾지 못하는 짐승같이 좁은 권내를 빙빙 돌아다니면서,

"똑똑히 보세요, 똑똑히……."

그러자 시선을 앞으로 바싹 다가선 어린아이에게,

"얘, 이 녀석은 좀 나서라. 어린 녀석이 바싹바싹 식전부터 어린애가 날뛰면 아무것도 안 되는 법이야. 그래도 그 녀석이."

그 유창한 어조는 군중들에게 웃음의 파도를 일으켰다. 그의 얼굴은 더욱 더욱 만족에 빛나고 변설은 고무풍선같이 가볍게 그의 입술을 흘러나온

다.

"자, 똑똑히 보세요."

하면서 단련된 손목을 능청스럽게 움직이자 오른손에 쥐었던 은전이 하나씩 둘씩 가벼운 음향을 남기면서 왼손 속으로 옮겨져 간다. 그는 '어떻시요?' 하는 듯한 자기의 기술에 대한 자신과 과긍에 넘치는 눈초리로 군중을 둘러보았다. 주위 사람들의 경탄하는 듯한 침묵이 극도로 긴장한 공기는 그의 용기에다 더욱 더욱 불을 질렀다. 그는 자기 의식을 아주 잃어버린 것과 같이 자기의 감격적 몸짓과 기술에 취한 듯하였다.

"그러나 잘한다구 돈은 주지 말아요. 돈! 돈하구는 원수진 사람이에요."

침묵을 깨트리고 웃음소리는 또 일어났다. 그러나 그의 태도 속에는 그 어딘지 엄숙한 곳이 있었다. 경박한 듯한 그의 몸짓 손짓에도 말하지 못할 만한 진실한 노력과 담뿍한 열정이 품어 있었다. 그리고 그의 쉬운 듯한 구변과 웃음은 주위에 대한 무서운 도전도 같았고 항의도 같았다. 말하자면 그의 태도는 항상 장구한 쟁투에 긴장하였다.

"그러나 여러분! 쓰리[3]는 주의하세요. 암만 똑똑한 체하여도 한 눈만 팔면 코 떼먹을 세상이니까요. 사람은 똑똑만 해도 이 세상에 살아가기 어려워요. 저 혼자는 똑똑하고, 약고, 꾀 있고, 잘생기고, 영리한 체하여도 한 발만 삥끗하면 일조일석에 어떻게 될는지 모르지요. 아침에는 갑부라고 땅땅거리다가도 한번 사기에 걸리면 저녁에는 거지가 되는 수 없지 않아요. 그러니까 사람에게는 무엇이든지 아는 것밖에 필요한 것은 없지요. 상식이 있어야……."

그의 손에는 어느덧 흰 표지의 얇은 책 한 권이 쥐어 있었다.

"일선 대약의 법률대요! 이것 한 권만 가지면 그 아무리 똑똑치 못하고 무식하여도 남의 꾐에 빠지거나 사기에 걸릴 염려는 조금도 없어요."

하면서 그는 여전히 빙빙 돌아다니면서 표지와 내용을 들춰 보이고 흥분한 어조로 설명하였다. 그러나 동시에 군중은 동요하기 시작하더니 한 사람 두 사람씩 흩어졌다. 그들은 볼 것은 이미 다 보았다는 듯이, 그러나 그 무엇을 염려하는 듯한 보조로 비실비실 흩어지기 시작하였다.

마침내 사람의 파도로 끓어오르던 십자가 한편은 혼까지 잃은 듯하고 갑자기 쓸쓸한 폐허로 변한 듯도 하였다.

그러나 젊은 요술사의 흥분한 변설은 여전히 끊어지지 않았다. 그리하여 높은 목소리의 여음만은 고요한 아침 가로에 힘 있게 반향되어 있었다.

— **주**

1) 구리쇠: 구리.
2) 토이기土耳其: '터키(Turkey)'의 음역어.
1) 쓰리: '소매치기'란 뜻의 일어.

주리면……
—어떤 생활의 단편

뒷골목은 저녁때이다.

행랑 부엌에서는 나무 패는 소리가 요란히 들리고 집집마다 저녁 연기가 자욱하다. 수도 구멍에서는 아낌없이 물이 쏟아지고 장사치의 외는 목소리가 뒷골목을 떠들어 갈 듯하며 가게에서는 싸움이나 하는 듯이 반찬거리를 흥정한다. 마치 하룻날 생활의 총계산을 하려는 듯이 사람들은 마지막 악을 다 쓰는 듯하였다.

"괘씸한 놈!"

확실치 못한 걸음으로 비틀거리면서 분주한 뒷골목을 벗어져 나온 그는 또 한번 중얼거렸다. 그의 얼굴에는 아직도 노기가 등등하고 가슴은 요란히 두근거리고 주먹이 부르르 떨렸다.

"아무리 원 배우지 못한 놈이기루 나더러 거지라구? 옛, 도적 같은 놈!"

그러나 이렇게 생각하면 할수록 그놈에게 봉변당한 것이 치가 떨리고 또 분하기 짝이 없다. 한주먹에 당장 그놈을 때려눕히지 못한 생각을 하면 속이 다 뉘엿거리고[1] 또 한편으로는 땅이라도 파고 들어가고 싶은 느낌을 느꼈다.

"세상에 주인이라는 놈들은…… 아니, 돈 있는 놈들은 다 그런 게지."

하고 속으로 멋대로 결론을 지어 억지로 분을 풀려고 하였으나 울분이 가득히 넘치는 가슴은 그리 쉽게 가라앉을 리는 만무하였다.

생각하여 보면 그런 봉변은 비단 오늘뿐이 아니었다. 날마다 당하는 일이었다. 그가 방 안에 있는 눈치만 알면 주인은 살그머니 와서 문을 바시시 열었다. 그리고 들어오라는 말이 있거나 없거나 아무 주저 없이 넝큼 방으로 들어왔다. 인사도 개뿔도 다 치워 버리고 다짜고짜로,

"그것 어떻게 좀……."

하고 또 재촉하기 시작하였다. 물론 방세 말이다.

몇 달 전에 회사를 사직(이라고 하면 제법 듣기나 좋지 똑바로 말하면 쫓겨 나온 것이었다)하고 나온 그는 그럭저럭 몇 달 동안을 거저 놀게 되었다. 갑자기 다른 생활의 수단을 구함은 그다지 쉬운 일은 아니었다. 아무리 수가 놀려도 자기는 아랫사람이라 속에 거슬리는 일을 추군추군히 참아 왔으면 아무 일도 없었을 것을 원래 마음이 울꾼불꾼한지라 과장이니 무엇이니 하는 자들의 업신여기는 아니꼬운 태도를 보고 그대로 꿀꺽꿀꺽 참을 수는 없었다.

하루는 아니꼽기 짝이 없고 잔소리 심한 과장과 말다툼을 하다가 그것도 옆에 있는 친구들이 말릴 적에 못생긴 체하고 참았더라면 아무 일도 없었을 것을 비위가 틀린다고 나중에는 손찌검까지 하였다. 그 결과가 그에게 불리한 것은 정한 이치였다. 즉시 미역국을 먹고 쫓겨 나왔다. 그리고는 이때까지 줄곧 넉 달 동안을 아무 직업도 못 구하고 셋방 구석에서 밤낮 졸리기만 왔다. 내일 모레 하고 미뤄 오기는 왔으나 그다지 쉽게 돈이 생길 이치는 만무하였다. 그러나 그 눈치를 짐작하면서도 주인은 피근피근하게[2] 날마다 졸랐다.

오늘도 그가 며칠 동안 굶었더니(두말 말고 온갖 사흘 동안을 굶었다면 그만이지) 힘 한 푼어치 없이 아침부터 방구석에 드러누웠으려니 잊어버리지도 않고 주인은 또 들어왔다.

그러나 오늘은 처음부터 수작이 틀렸었다. 여느 때 같으면 그래도 초판에는 웃어도 보고 녹여도 보고 간질러도 보고 별별 앓는 소리도 다하던 것이 오늘은 댓바람에 나오는 것이 욕이었다.

"인제 보니 왼 못된 거지를 두지 않았나."

"밤낮 낼 모레, 배짱 유한 녀석도 참 다 보겠다."

"멧 달이냐, 글쎄 이놈아! 너도 염치가 있으면 좀 생각해 봐라."

갖은 욕을 다 늘어놓았다. 그러나 그것은 오히려 그렇다고 하여 두고 나중에는,

"이놈아 어서 나가거라, 넷 따위 놈은 안 두어도 좋다."

하면서 책상, 고리짝 할 것 없이 함부로 그의 세간에 손을 대면서 너분즈레하게 늘어놓았다.

하나 하도 기가 막히고 어이가 없는 그는 그 무례하고 비위 틀리는 수작을 마치 남의 일인가시피 다만 물끄러미 바라다볼 따름이요, 대항을 하여 무엇이라고 말 한마디 못하였다. 그도 그만한 밸이 없는 바가 아니었다만 배가 짝 들어붙어 힘이라고는 한 푼어치 없었던 까닭이다. 꼭 하나 남았던 양복바지를 마저 잡혀 때를 잇다 나니 그것도 어느 결에 떨어지고 말았다. 어쨌든 그가 밥맛을 본 것은 사흘 전이었다. 창자는 홀쭉하여지고 피는 다 말라 버린 듯하고 힘이라고는 일어날 기맥도 없었다.

주인은 흐트러진 짐을 주섬주섬 싸더니 꼭꼭 묶어서 한편 구석에 밀치고,

"짐은 맡겨 두고 어서 나가라 이놈아!"

하면서 개나 돼지 쫓는 시늉을 한다. 아무리 근력이 없을망정 그는 더 참을 수 없었다. 전신에 힘을 주고 벌떡 일어났다. 분대로 하면 곧 그 자리에

서 그놈을 때려눕혀도 시원치 않았지만 원체 속이 비어 맥 한 푼어치 없는지라,

"예끼, 도야지만도 못한 놈!"

단 한마디를 뱉는 듯이 남겨 놓고 비틀거리면서 밖으로 나온 것이었다.

뒷골목을 다 벗어져 나서 힘없는 걸음으로 큰 거리에 나섰을 때에도 분기는 아직 풀어지지 않았다.

"도야지만도 못한 놈!"을 연발하면서 눈앞에 어리는 박박 얽은 주인의 환영에다 가래침을 탁탁 뱉었다.

하나 기다랗게 말할 것 없이 간단명료히 주인집을 쫓겨난 그는 어디로 갔으면 좋을는지 아주 앞이 캄캄하였다. 아는 동무도 몇 사람 있기는 있지만 때 아닌 때에 별안간 찾아가서 폐를 끼치기도 무엇하였다. 그러나 지금은 무엇보다도 배가 고파 죽을 지경이다. 정신은 있는지 만지 하고 맥없는 허리는 무겁게 늘어지고 한 걸음 두 걸음 걸어가는 것이 무한히 괴롭다. 그 허기 중에다가 또 목이 말라서 뜨거운 모래나 씹는 듯이 속이 탔다. 그는 오던 길을 돌려 또다시 뒷골목으로 들어서 수도 있는 데로 갔다. 줄줄 쏟아지는 수도 구멍에 입을 대고 두어 모금 뻘떡뻘떡 찬물을 들이켰다.

집집에서는 벌써 설거지하는 소리와 그릇 부딪치는 소리가 흘러오고 구수한 찌개 냄새가 그를 무한히 유혹하였다.

그는 또다시 큰 거리로 나섰다. 하루 동안 밟고 짜고 끌리고 부르짖고 들볶아치던 도회는 꽤 어수선하고 난잡하게 벌어졌다. 잰 사람들의 걸음, 잔치나 벌어진 듯한 공설 시장, 사람들은 살기 위하여 마지막 악을 쓰는 듯하였다.

그는 문득 하늘을 우러러보았다. 넓고 높고 유구한 하늘은 마치 영원 그것과 같았다. 그 밑에 벌어진 조그마한 도회 그 속에서 볶아 치는 더욱 작은

사람들, 그 사이에 전개되는 생활이라는 것은 무한히 작게 보였다. 하늘은 이 사람의 세상에서 일어나는 모든 일을 인정한다는 듯이 엄연히 내려다보고 있다.

큰 벽돌집 밑을 지나 공설 시장 옆까지 그는 걸어왔다. 며칠 전에 거지 아이가 죽어 자빠졌다고 곁에 달려들지도 못하던 우체통 옆 바로 그 자리 위에 오늘은 멍석을 펴 놓고 그 위에는 과물전이 열려 있고, 그 앞에는 사람들이 담을 쌓고 과물 흥정을 하고 있다.

'생활이란……'

그는 이렇게 생각만 하여도 지긋지긋하고 골치가 딱딱 울린다. '아니, 나는 무엇을 또 생각하노' 하고 그는 문득 자아로 돌아왔다. 그래 그것보다도 지금 배가 고파 죽을 지경인 그에겐 무엇이든지 먹을 것이 필요하였다. 음식점에서는 갖은 음식물이 그에게 손짓을 하고 과물전 앞에는 산더미같이 쌓인 과물이 그를 부르는 듯하였다. 그의 전신의 신경은 그리로 몰리고 온 감각은 과물 그것이었다. 달려들어 그 속에 코를 쑤셔박고 시원한 과물을 마음껏 씹어 먹었으면 속에 들어가자마자 신선한 피가 되어 다시 몸을 순환할 때에 전신을 펄펄 뛰게 재생시킬 것 같았다. 이런 것을 눈앞에 잔뜩 두고도 못 먹는 생각을 하면 기가 막힐 일이었다.

'저렇게 먹을 것을 풍성히 두고도 사람을 굶어 죽이는 놈의 세상!'

하고 커다랗게, 하나 그는 다만 그렇게 생각하였을 뿐이다. 그것을 부르짖을 만한 힘조차 없었다.

어느새 또 느슨하여진 허리띠를 또 한번 꼭 졸라매려고 하였다. 그러자 갑자기 무슨 좋은 수나 생긴 듯이 눈을 번쩍이면서 그는 자기 몸뚱아리를 한번 훑어보았다. 그리고 새로운 발견이나 한 듯이 미소를 띠었다. 모자와 두루마기, 그것만 갖다 잡혔으면 한 때 아니라 하루라도 훌륭히 지낼 수 있을 것이다. 맨몸뚱이 아니라 나중에는 발가숭이가 되는 한이 있더라도 당장

죽을 것을 면해야지 하고 그는 생각하였다. 이 우연한 발견에 그는 인제는 살았다는 듯이 떼 놓기 어려운 걸음에 억지로 힘을 주면서 늘 다니던 집으로 부리나케 향하였다.

그러나 벌써 문은 꼭 닫혀 있었다. 마치 이제는 아무것도 더 일이 없다는 듯이 배부른 흥정으로 거만히 손님을 배척하였다. 그는 겨우 시간이 지난 줄을 깨달았다. 이제는 모두 절망이었다. 그는 어떻게 하면 좋을는지 눈앞이 암암하였다.

거리는 꽤 어두워지고 전등불이 말뚱말뚱 차차 더 밝아져 간다. 입술에 기름이 번지르 흐르는 사람들은 모두 행복스럽게 보였다.

행복이란…… 행복이란 뜨거운 국에 밥 한 그릇 때려눕히는 것이었다.

하나 그는 배가 고파 반은 죽어 간다. 네거리를 구부러 돌아설 때에 그는 문뜩 자기 주먹을 쭐쭐 빨고 있는 자신을 발견하였다. 주림과 피로에 짓이겨서 다리에는 맥이 한 푼어치 없고 전신은 톱밥같이 나른하여 서투른 광대같이 발밑이 뒤뚝뒤뚝하였다. 머릿속은 아지랑이같이 어른어른하고 눈에는 도회가 다 찌그러져 보였다.

'아…… 어떻게 하면 좋단 말인가?'

그는 죽으려고 생각하였다. 그리하여 자살의 수단을 일일이 머릿속에 그려 보았다. 그러나 다음 순간에 그는 내가 죽는다고 세상이 금방 잘될 것도 아니고 여러 사람이 행복을 누릴 것도 아니다. 다만 나만 죽어 버릴 따름이지 하고 생각하고는 죽기를 단념하였다. 죽음보다도 지금 배가 고파 못 견딜 판이다.

큰 벽돌집 꼭대기에는 소화제의 광고가 화려하게 빛났다.

'배고파 죽는 사람도 있는데 배부른 놈을 위한 소화제…….'

이러한 평범한 이론이 그의 머릿속에 새로 일어나기보다도 먼저 그는 그저 이놈의 도회를 하고 주먹을 불끈 쥐자 도회가 한꺼번에 와르르 부서지는 환영이 그의 눈앞에 어렸다. 그는 말할 수 없는 쾌감을 느꼈다. 그러나 행복스러운 환영이 깨진 순간에 주림이 또다시 복받쳐 올라왔다. 실룩실룩 경련하는 눈에는 눈물이 가득히 고였다.

'못생기게…….'

그는 마저마저 울려 하는 마음을 매질하고 자조로 눈물을 뿌려버렸다. 그리고 걸어오던 거리를 획 꾸부러질 때에 건너편 향기로운 식당 문이 덜컥 열리면서 얼굴이 영양 좋게 빛나는 사람들이 웃음을 치면서 나왔다. 그 뒤로는 맛 좋은 냄새가 진동 쳐 흘러왔다. 그것은 그에게 그 무엇을 암시하였다…….

그의 발은 거의 반사적으로 그 식당 앞으로 향하였다. 이제 살 곳을 찾은 듯이 염치 좋게 식당 문을 열고 금방 쓰러질 듯한 몸을 식당 안으로 던졌다.

배를 든든히 채워 놓으니까 겨우 확실한 의식이 회복되고 머릿속에는 파르스름한 똑바른 사상의 싹이 움직이기 시작하였다.

사실이지 그는 며칠 동안 쫄쫄 굶은 벌충을 한꺼번에 채우려는 듯이 탐식하였다. 행여 다른 손님 없었던 것이 다행이었지 만일 그의 탐식하는 꼴을 보았더라면 누구든지 사람으로는 안 여겼을 것이다. 정말 배부른 사람들에게 주림이라는 것이 어떤 것인가를 보여주고 싶으리만큼 그는 먹음직스럽게 먹었다. 얼마나 많이 먹었는지는 테이블 위에 꼭 찬 그릇의 수가 증명할 것이다.

그 자신도 이제 테이블 위를 바라볼 때에 새삼스럽게 놀랐다. 동시에 그것이 무엇을 의미하는가를 깨달았을 때에 갑자기 공포를 느꼈다.

그는 무의식적으로 주머니에 손을 넣어 보았다. 그러나 텅텅 빈 주머니는 오히려 그를 비웃는 듯하였다. 다시 무르지 못할 큰일을 저질러 놓았다고 의식하였을 순간 그는 깊은 구렁에나 빠지는 듯한 느낌을 느꼈다.

그러나 한편으로는 이왕 이렇게 된 바에야 하는 배짱 유한 생각이 났다. 그리고 알지 못할 용기도 솟아올랐다.

식당 보이는 이 양 큰 손님을 진중히 접대하였다.

그는 가장 침착하게 능장으로 차를 마셨다. 다 마시고는 비위 좋게 또 청하였다. 그는 점점 대담하여졌다. 마음을 가라앉히고 배에다 힘을 잔뜩 주고 나서,

"주린 판에 잘 먹어서 대단히 고맙다."

하고 뱃심 좋게 부르짖었다. 그 말 속에 곧 '돈은 없으니 너 할 대로 해라' 하는 배짱부리는 한마디가 반향되어 있었다.

─ 주

1) 뉘엿거리고: 속이 메스꺼워 자꾸 토할 듯하고.
2) 피근피근하게: 뻔뻔스러울 정도로 고집이 세고 완고하게.

도시와 유령

어슴푸레한 저녁, 몇 리를 걸어도 사람의 그림자 하나 찾아볼 수 없는 무아지경인 산골짝 비탈길, 여우의 밥이 다 되어 버린 해골 덩이가 똘똘 구르는 무덤 옆, 혹은 비가 축축이 뿌리는 버덩[1]의 다 쓰러져 가는 물레방앗간, 또 혹은 몇 백 년이나 묵은 듯한 우중충한 늪가!

거기에는 흔히 도깨비나 귀신이 나타난다 한다. 그럴 것이다. 고요하고, 축축하고, 우중충하고. 그리고 그것이 정칙일 것이다. 그러나 나는 아직도 그런 것을 본 적은 없다. 따라서 그런 것에 관하여서는 아무 지식도 가지지 못하였다. 하나 나는(자랑이 아니라) 더 놀라운 유령을 보았다. 그리고 그것이 적어도 문명의 도시인 서울이니 놀랍단 말이다. 나는 그래도 문명을 자랑하는 서울에서 유령을 목격하였다. 거짓말이라구? 아니다. 거짓말도 아니고 환영도 아니었다. 세상 사람이 말하여 '유령'이라는 것을 나는 이 두 눈을 가지고 확실히 보았다.

어떻든 길게 말할 것 없이 다음 이야기를 읽으면 알 것이다.

동대문 밖에 상업학교가 가제假製[2]될 무렵이었다. 나는 날마다 학교 집터에 미장이로 다니면서 일을 하였다. 남과 같이 버젓하게 일정한 노동을 못하고 밤낮 뜨내기 벌이군으로밖에는 돌아다니지 못하는 나에게는 그래도 몇 달 동안은 입에 풀칠을 할 수 있었다만 과격한 노동이었다. 그러므로 하루라도 늦게 가 본 적도 없었다. 원수같이 지글지글 타 내리는 여름 태양 아래에서 이른 아침부터 저녁때까지 감독의 말 한 마디 거스르는 법 없이 고분고분히 일을 하였다. 체로 모래를 쳐라, 불 같은 태양 아래에 새카맣게 타는 석탄으로 노리[3]를 끊여라, 시멘트에다 모래를 섞어라, 그것을 노리로 반죽하여라 하여 쉴 새 없는 기계같이 휘돌아쳤다. 그 열매인지 선물인지는 알 수 없으나 우리들이 다지는 시멘트가 몇 백 칸의 벌집 같은 방으로 변하고 친구들의 쨍쨍 울리는 끌 소리가 여러 층의 웅장한 건축으로 변함을 볼 때에 미상불 우리의 위대한 힘을 또 한번 자랑하지 않을 수 없었다. 어리석은 미련둥이들이라……(중략)……어떻든 콧구멍이 다 턱턱 막히는 시멘트 가루를 전신에 보얗게 뒤집어 쓰고 매캐한 노린 냄새와 더구나 전신을 한바탕 쪽 씻어 내리는 땀 냄새를 맡으면서 온종일 들볶아치고 나면 저녁 물[4]에는 정말이지 전신이 나른하였다. 그래도 집안 식구들을 생각하고 끼니거리를 생각하면 마지막 힘이 났다. 일을 마치고 정신을 가다듬어 가지고 일인 감독의 집으로 간다. 삯전을 얻어 가지고 그길로 바로 술집에 가서 한 잔 빨고 나면 그제야 겨우 제 세상인 듯싶었던 것이다.

 술! 사실 술처럼 고마운 것은 없었다. 버쩍버쩍 상하는 속, 말할 수 없는 피로를 잠시라도 잊게 하는 것은 그래도 술의 힘이었다.

 그날도 나는 술김에 얼근하였다. 다른 때와 같이 역시 맨 꽁무니에 떨어진 김 서방과 나는 삯전을 받아 들고 나서자마자 행길 옆 술집에서 만판 먹어 댔다.

 술집을 나와 보니 벌써 밤은 꽤 저물었다. 잠을 자도 한잠 너그러지게 잤을 판이었다. 잠이라니 말이지 종일 피곤하였던 판에 주기조차 돌아 놓으니 사실이지 글자대로 눈이 스르르 내리 감겼다. 김 서방과 나는 즉시 잠자리로 향하였다.

잠자리라니 보들보들한 아름다운 계집이 기다리고 있는 분홍 모기장 속 두툼한 요 위인 줄은 알지 말아라. 그렇다고 어둠침침한 행랑방으로 아는 것도 아니다. 비록 빈대에는 뜯길망정 어둠침침한 행랑방 하나 나에게는 없었다. 단지 내 몸뚱이 하나인 나는 서울 안을 못 돌아다닐 데 없이 돌아다니면서 노숙을 하였던 것이다. (그래도 그것이 여름이었으니 말이지 겨울이었던들 꼼짝없이 얼어 죽었을 것이다.) 따라서 세상에 못 볼 것을 다 보고 겪어 왔었다. 참말이지 별별 야릇하고 말 못할 일이 많았다. 여기에 쓰는 이야기 같은 것은 말하자면 그중에서 가장 온당한 이야기의 하나에 지나지 못한다.

어떻든 김 서방(도 이미 늦었으니 행랑 구석에 가서 빈대에게 뜯기는 것보다는 오히려 노숙하기를 좋아하였다)과 나는 도수장께를 지나서 동묘 앞까지 갔었다.

어느 결엔지 가는 비가 보실보실 뿌리기 시작하였다. 축축한 어둠 속에 칙칙한 동묘가 그 윤곽을 감추고 있었다. 사방은 고요하였다.

"이놈들, 게 있거라!"

별안간에 땅에서 솟은 듯이 이런 음성이 들렸다. 나는 깜짝 놀라는 대신에 빙긋 웃었다.

"이래 보여두 한여름 동안을 이런 데루 댕기면서 잠자는 놈이다. 그렇게 쉽게 놀래겠니."

하는 담찬 소리를 남겨 놓고 동묘 대문께로 갔다. 예기豫期한 바와 다름없이 거기에는 벌써 우리 따위의 친구들이 잠자리를 차지하고 있었다. 그래도 꽤 넓은 대문간이지만 그 속에 그득하게 고기 새끼 모양으로 와르르 차 있었다. 이리로 눕고 저리로 눕고 허리를 베고 발치에 코를 박고 드르렁드르렁 코를 골고,

"이놈들, 게 있거라!"

"아이그, 그년……."

"이런 경칠 자식 보게."

엎치락뒤치락 연해연방 잠꼬대 소리가 뒤를 이었다. 그러면 이쪽에서는,

"술맛 좋다!"

하고 입맛을 쩍쩍 다시는 사람도 있었다. 그 바람에 나도 끌려서 어느 결에 쩍쩍 다시려던 입을 꾹 다물어 버리고 나는 어이가 없어 웃으면서 김 서방을 둘러보았다.

"어떡하려나?"

"가세!"

"가다니?"

"아, 아무 데래두 가 자야지."

김 서방 역시 웃으면서 두 손으로 졸린 눈을 비볐다.

"이 세상에선 빠른 게 첫째야. 이 잠자리두 이젠 세가 나네그려. 허허허."

하면서 발꿈치를 돌리려 할 때이다. 나는 으레 닫혀 있어야 할 동묘 안으로 통한 문이 어쩐 일인지 반쯤 열려 있는 것을 발견하였다. 나는 앞선 김 서방의 어깨를 탁 쳤다.

"여보게, 저리로 들어가세."

"어데루 말인가?"

김 서방은 시원치 않은 듯이 역시 눈만 비볐다.

"저 안으로 말야. 지금 가면 어델 간단 말인가. 아무 데래두 쓰러져 한잠 자면 됐지."

"그래두."

"뭐, 고지기한테 들킬까 봐 말인가? 상관 있나, 그까짓 거 낼 식전에 일찍이 달아나면 그만이지."

그래도 시원치 않은 듯이 머리를 긁는 김 서방의 등을 밀치면서 나는 안으로 들어갔다. 중문턱까지 들어서니 더한층 고요하였다. 여러 해 동안 버려 두었던 빈 집터같이 어둠 속으로 보아도 길이 넘는 잡풀이 숲 속같이 우거져 있고 낮에 보아도 칙칙한 단청이 어둠에 물들어 더한층 우중충하고 게다가 비에 젖어서 말할 수 없이 구중중한 느낌을 주었다. 똑바로 말이지 청 안에 안치한 그림 속에서 무서운 장사가 뛰어 내닫지나 않을까 하고 생각할 때에 머리끝이 쭈뼛하여지는 것을 어찌할 수 없었다.

거진 옷을 적실 만하게 된 빗발을 피하여 앞뜰을 지나 넓은 처마 밑에 이르렀다. 그 자리에 그대로 푹 주저앉아 겨우 안심한 듯이 숨을 내쉬었다.

그때였다.

"에그, 저게 뭔가 이 사람아!"

김 서방은 선뜻 나의 팔을 꽉 잡았다. 그의 가리키는 곳에 시선을 옮긴 나는 새삼스럽게 놀라지 않을 수 없었다. 별안간에 소름이 쭉 돋고 머리끝이 또다시 쭈뼛하였다.

불과 몇 간 안 되는 건너편 정전正殿 옆에! 두어 개의 불덩이가 번쩍번쩍하였다. 정신의 탓이었던지 파랗게 보이는 불덩이가 땅을 휘휘 기다가는 훌쩍 날고 날다가는 꺼져 버렸다. 어디선지 또 생겨서는 또 날다가 또 꺼졌다.

무섬 잘 타기로 유명한 왕눈이 김 서방은 숨을 죽이고 살려 달라는 듯이 나에게로 바짝 붙었다.

"하하하……."

나는 모든 것을 다 이해하였다는 듯이 확연히 웃고 땀을 빠지지 흘리고 있는 김 서방을 보았다.

"미쳤나, 이 사람!"

오히려 화가 버럭 난 김 서방은 말끝도 채 못 마쳤다.

"하하하! 속았네, 속았어."

"……."

"속았어, 개똥불을 보고 속았단 말야. 하하하."

"뭐, 개똥불?"

김 서방은 그래도 못 미덥다는 듯이 그 큰 눈을 아직도 휘둥그렇게 뜨고 있었다.

"그래, 개똥불이야. 이거 볼려나?"

하고 나는 손에 잡히는 작은 돌멩이를 하나 집어 들었다. 그리고 두어 걸음 저벅저벅 뜰 앞까지 나가서 역시 반짝거리는 개똥불을 겨누고 돌을 던졌다.

하나 나는 짜장5) 놀랐다. 돌을 던지면 헤어져야 할 개똥불이 헤어지긴커녕 요번에는 도리어 한군데 모여서 움직이지도 않고 그 무슨 정세를 살피는 듯이 고요히 이쪽을 노리고 있지 않은가!

나는 또 숨을 죽이고 그곳을 들여다보았다. 오…… 그때에 나는 더 놀라운 것을 발견하였다. 꺼졌다 또 생긴 불에 비쳐 협수룩한 산발과 똑똑지 못한 희끄무레한 자태가 완연히 드러났다. 그제야 "흥, 흥" 하는 후렴 없는 신음 소리조차 들려오는 줄을 알았다.

"에그머니!"

나는 순식간에 달팽이같이 오무라졌다. 그리고 또 부끄러운 말이지만 겨우 정신을 차렸을 때에 나는 동묘 밖 버드나무 밑에 쓰러져 있는 내 자신을 발견하였다. 사실 꿈에서나 깨어난 듯하였다. 곁에는 보나 안 보나 파랗게 질린 김 서방이 신장대6) 모양으로 벌벌 떨고 있었다.

밤이 이슥하였는데 집으로 돌아가기도 무엇하니 나머지 밤을 동대문께로 가서 새우자고 김 서방이 제안하였다.

비는 여전히 뿌리고 있었다. 뒤에서 뭔가 쫓아오는 듯하여 연해 연방 뒤를 돌아보면서 큰 행길에 나섰을 때에는 파출소 붉은 전등만 보아도 산 듯싶었다.

허둥허둥 동대문 담 옆까지 갔었다.

고요한 담 밑에는 아무것도 없었다. 모든 것을 집어삼킨 캄캄한 어둠밖에는, 물론 파란 도깨비불도 없다.

"애초에 이리로 왔더라면 아무 일도 없었을걸……."

후회 비슷하게 탄식하고 어디가 어딘지 분간할 수 없어서 "에라, 아무 데나" 하고 그 자리에 푹 주저앉았다. 하자…….

나는 놀라기 전에 간이 싸늘해졌다. 도톨도톨한 조약돌이나 그렇지 않으면 축축한 흙이 깔려 있어야만 할 엉덩이 밑에…… 하나님 맙소사!…… 나는 부드럽고 물큰한 촉감을 받았다.

뿐이 아니다. 버들껑하는 동작과 함께 날카로운 소리가 독살스러운 땡삐[7]같이 나의 귀를 툭 쏘았다.

"어떤 놈야, 이게!"

나는 고무공같이 벌떡 뛰었다. 그리고는 쏜살같이(그 꼴이야말로 필연코 미친놈 모양이었을 것이다) 줄행랑을 놓았다.

"제발 사람을 죽이지 마라."

김 서방은 거의 울음 겨운 목소리로 부르짖었다.

"이놈의 서울이 사람 사는 곳이 아니구 도깨비굴이었던가."

나 역시 나중에는 맡길 데 없는 분기가 솟아올랐다.

그러나 또 한편으로는 한없이 어리석고 못생긴 우리의 꼴들을 비웃고도 싶었다. 잘 알지는 못하지만 세상에 원 도깨비나 귀신치고 몸뚱아리가 보들보들하고 물큰물큰하고…… 아니 그건 그렇다고 해 두더래도 "어떤 놈야, 이게!" 하고 땡삐 소리를 치다니 그게 원…… 하고 의심하여 볼 때에는 더구나 단단치 못하게 겁을 집어먹은 것이 짝 없이 어리석게 생각되었다. 그렇다고 그 자리에서 또 발을 돌려 그 정체를 탐지하러 갈 용기가 있었느냐 하면 그렇지도 못하였다.

하는 수 없이 보슬비를 맞으면서 수구문 밖 김 서방네 행랑방까지 가지 않으면 안 되었다. 가제나[8] 덕실덕실 끓는 식구 틈에 끼어서 하룻밤의 폐를 끼쳤다(고 하여도 불과 두어 시간의 폐일 것이다). 막 한잠 자려고 드러누웠을 때에는 벌써 날이 훤히 새었으니까.

이렇게 하여 나는 원 무엇이 씌었던지 하룻밤에 두 번씩이나 도깨비인지 귀신한테 혼이 났었다. 사실 몇 해 수는 감하였을 것이다. 그러나 대체 누구를 원망하면 좋았으리오? 술 먹고 늑장을 댄 내 자신일까, 노숙하지 않으면 아니 된 나의 운명일까, 혹은 도깨비나 귀신 그것일까, 그렇지 않으면 그 외에 무엇일까…… 나는 이제야 겨우 이 중의 어느 것을 원망하는 것이 마땅하다는 것을 똑똑히 깨달았다.

어떻든 유령 이야기는 이만이다. 하나 참 이야기는 이로부터다.

잠 못 자 곤한 것도 무릅쓰고 나는 열심으로 일을 하였다. 비는 어느 결에 개어 버렸던지 또 푹푹 내리 찌는 태양 아래에서 시멘트 가루를 보얗게 뒤집어쓰고 줄줄 흐르는 땀에 젖어 가면서.

그러는 동안에도 나는 전날 밤에 당한 무서운 경험을 머릿속으로 되풀이하여 보지 않을 수 없었다. 도깨비면 도깨빈가 보다 하고만 생각하여 두면 그만이었지만 그래도 그것을 그렇게 단순하게 씩 닦아 버릴 수는 없었다.

'대체 원 도깨비가…….'

하고 요리조리로 무한히 생각하였다. 하나 아무리 생각한다 하더라도 결국 나에게는 풀지 못할 수수께끼에 지나지 못하였다.

하는 수 없이 나는 점심 시간을 타서 친구들에게 그 이야기를 하였다. 모두들 적지 않은 흥미를 가지고 들었다.

"뭐, 도깨비?"

2층 꼭대기에 시멘트를 갖다 주고 내려온 맹꽁이 유 서방은 등에 메었던

통을 내려놓기도 전에 눈을 휘둥그렇게 떴다.

"내가 있었더라면 그까짓 걸 그저……."

벤또[9]를 박박 긁던 덜렁이 최 서방은 이렇게 뿜냈다.

그러나 가장 침착하게 담배를 푹푹 피우던 대머리 박 서방만은 그다지 신통치 않은 듯이,

"그래 그것한테 그렇게 혼이 났단 말인가…… 딴은 왕눈이 따위니까."

하면서 밉지 않게 싱글싱글 웃으면서 김 서방과 나를 건너보았다. 그리고,

"도깨비, 도깨비 해두 나같이 밤마다야 보겠나."

하고 빨던 담배를 툭툭 털더니 이야기를 꺼냈다.

"바로 우리 집 옆에 빈집이 하나 있네. 지금 있는 행랑에 든 지가 몇 달 안 되어 모르긴 모르겠으나 어떻게 된 놈의 집이 원 사람이 들었던 집인지 벽은 다 떨어지구 문짝 하나 없단 말야. 그런데 그 빈집에 말일세."

여기서 박 서방은 소리를 한층 높였다.

"저녁을 먹구 인제 골목쟁이를 거닐지 않겠나. 그러면 그때일세. 별안간 고요하던 빈집에 불이 하나씩 둘씩 꺼졌다 켜졌다 하겠지. 그것이 진 서방(나를 가리켜 하는 말이다) 말마따나 무엇을 찾는 듯이 슬슬 기다는 꺼지고 꺼졌단 또 생긴단 말야. 그런데 그런 불이 차차 늘어 가겠지. 그리곤 뭔지 지껄지껄하는 소리가 나자 한쪽에서는 돈을 세는지 은 방망이로 장난을 하는지 절걱절걱하다간 또 무엇을 먹는지 쭉쭉하는 소리까지 들리데. 그나 그뿐인가. 어떤 날은 저희끼리 싸움을 하는지 씨름을 하는지 후당탕하면서 욕지거리, 웃음소리 참 야단이지. 그러다가두 밤중만 되면 고요해지지만 그때면 또 별 괴괴망측한 소리가 다 들려오데."

박 서방은 여기서 말을 문득 끊더니,

"어때 재미들 있나?"

하고 좌중을 둘러보면서 싱글싱글 웃었다.

"정말유 그게?"

웅크리고 앉았던 덜렁이 최 서방은 겨우 숨을 크게 쉬면서 눈을 까불까불 하였다.

"그럼, 정말 아니구. 내가 그래 자네들을 데리구 실없는 소리를 하겠나."

하면서 박 서방은 말을 이었다.

"하나 너무 속지들은 말게. 그런 도깨비는 비단 그 빈집에나 진 서방들 혼난 데만 있는 것은 아닐세. 위선 밤에 동관이나 혹은 종묘께만 가 보게. 시글시글[10]할 테니."

나의 도깨비 이야기를 하여 의심을 풀려던 나는 박 서방의 도깨비 이야기로 하여 그 의심을 더한층 높였을 따름이었다. 더구나 뼈 있는 그의 말과 뜻 있는 듯한 그의 웃음은 더한층 알지 못할 수수께끼였다.

"그럼 대체 그 도깨비가 무엇이란 말유?"

"내가 이 자리에서 길다케 말할 것 없이 자네가 오늘 저녁에 또 한번 가서 찬찬히 살펴보게. 그러면 모든 것이 얼음장같이……."

할 때에 박 서방의 곁에 시커먼 것이 나타났다.

"무슨 얘기했소?"

일인 감독의 일할 시간이 왔다는 것을 고하는 듯한 소리였다.

"오소 오소 일이 해야지."

모두들 툭툭 털고 일어났다.

나도 하는 수 없이 박 서방에게 더 캐묻지도 못하고 자리를 일어나서 나 맡은 일터로 갔다.

그날 저녁이다.

결국 나는 또 한번 거기를 가 보기로 작정하였다. 물론 김 서방은 뺑소니를 치고 나 혼자다. 뻔히 도깨비가 있는 줄 알면서 또 가기는 사실 속이 켕

졌다. 하나 또 모든 의심을 풀어 버리고 그 진상을 알려 하는 나의 욕망은 그보다 크면 컸지 적지는 않았다. 나는 장차 닥쳐올 모험에 가슴을 벌떡이면서 발에다 용기를 주었다.

'그까짓 것 여차직하면 이걸로.'

하고 손에 든 몽둥이(나는 만일의 경우를 염려하여 몽둥이 하나를 준비하였던 것이다)를 번쩍 들 때에 나는 절로 흘러나오는 미소를 금할 수 없었다. 도깨비를 정복하러 가는 유령 장군같이도 생각되어서 사실 한다하는 ○자 놈들이면 몰라도 무엇을 못 먹겠다고 하필 가난뱅이 노숙자들을 못살게 굴고 위협과 불안을 주는 유령을 정복해 버리는 것은 사실 뜻있고도 용맹스러운 사업일 것이다……고 나는 생각하였다.

어떻든 장차 닥쳐올 모험에 가슴을 벌떡이면서 발에다 용기를 주었다.

어두워 가는 황혼 속에 음침한 동묘는 여전히 우중충하였다.

좀 이르다고 생각하였으나 나오기를 기다리면 되지 하고 제멋대로 후둑후둑 뛰는 가슴을 가라앉히고 아직도 열려 있는 대문을 서슴지 않고 들어섰다.

중문을 들어서 정전 앞으로 몇 발짝 걸어갔을 때이다.

전날 밤에 나타났던 정전 옆 바로 그 자리에 협수룩하게 산발한 두 개의 그림자가 있었다. 그러나 나는 벌써 어리석은 전날 밤의 나는 아니었다.

'원 요런 놈의 도깨비가…….'

몽둥이를 번쩍 들고 사실 장군다운 담을 가지고 나는 그 자리까지 달려갔다.

하나!

나의 손에서는 만신의 힘이 맺혔던 몽둥이가 힘없이 굴러 떨어졌다. 유령 장군이 금시에 미치광이 광대 새끼로 변하여 버렸던 것이다.

'원 이런 놈의…….'

틀림없던 도깨비가 순식간에 두 모자의 거지로 변하다니! 이런 기막힌 일이 어디 있단 말인가?

다음 순간 그 무엇을 번쩍 돌려 생각한 나는 또다시 몽둥이를 번쩍 들었다.

"요게 정말 도깨비 장난이란 거야."

하나 도깨비란 소리에 영문을 모르는 두 모자는 손을 모으고 썩썩 빌었다.

"아이구 왜 이럽니까?"

이건 틀림없는 사람의 목소리였다.

"나가라면 그저 나가라든지 그래 이 병신을 죽이시럽니까. 감히 못 들어올 덴 줄은 알면서도 할 수 없이……."

눈물겨운 목소리로 이렇게 사죄를 하면서 여인네는 일어나려고 무한히 애를 썼다. 어린애는 울면서 그를 붙들었다.

역시 광대에 지나지 못한 나는 너무도 경솔한 나의 행동을 꾸짖고 겨우 입을 열었다.

"아니우 앉아 계시우. 나는 고지기두 아무것두 아니니."

"네?"

모자는 안심한 듯한 동시에 감사에 넘치는 눈으로 나를 쳐다보았다.

"어젯밤에 여기에 아무것도 나오지 않았소?"

뭐가 뭔지 분간할 수 없는 나는 이렇게 물었다.

"네? 나오다니요? 아무것도 나오지 않았습니다. 그리구 단지 우리 모자밖에는 여기 아무것두 없었습니다."

여인네는 어사무사於思無思[11]하여서 이렇게 대답하였다.

"그럼 대체 그 불은?"

나는 그래도 속으로 의심하면서 주위로 눈을 휘둘렀다.

"무슨 일이나 생겼습니까? 정말 저희들밖에는 아무것두 없었습니다. 그리구 저희는 저지른 것두 없습니다. 밤중은 돼서 다리가 하두 아프길래 약을 바르려고 찾으니 생전 있어야지유. 그래 그것을 찾느라구 성냥 한 갑을 다 거어 내버린 일밖에는 아무것도 없습니다."

하고 여인네는 한쪽 다리를 훌떡 걷었다. 그리고 눈물이 그 다리 위에 뚝뚝 떨어지기 시작하였다.

나는 모든 것을 얼음장 풀리듯이 해득하기는 하였으나 여기서 또한 참혹한 그림을 보지 않으면 안 되었다. 그의 훌떡 걷은 한편 다리! 그야말로 눈으로는 차마 보지 못할 것이었다.

발목은 끊어져 달아나고 장딴지는 나뭇개비같이 마르고 채 아물지 않은 자리가 시퍼렇게 질려 있었다.

"그놈의 원수의 자동차…… 그나마 얻어 먹지도 못하게 이렇게 병신을 맨들어 놓고……."

여인네는 울음에 느끼기 시작하였다.

"자동차에요?"

"네, 공원 앞에서 그놈의 자동차에……."

나는 문득 어슴푸레한 나의 기억의 한 귀퉁이를 번개같이 되풀이하였다.

달포 전.

어느 날 밤이었다…….

그날도 나는 이유 없이(가 아니라 바로 말하면 바람 쏘이러) 밤 장안을 헤매고 있었다. 장안의 여름밤은 아름다웠다.

낮 동안에 이글이글 타는 해에 익은 몸뚱아리에 여름밤은 둘 없이 고마운 선물이었다. 여름의 장안 백성들에게는 욱신욱신한 거리를 고무풍선같이 떠다니는 파라솔이 있고, 땀을 들여 주는 선풍기가 있고, 타는 목을 식혀 주는 맥주 거품이 있고, 은 접시에 담긴 아이스크림이 있다. 그리고 또 산 차고 물 맑은 피서지 삼방이 있고, 석왕사가 있고, 인천이 있고, 원산이 있다. 그러나 그런 것은 꿈에도 못 보는 나에게는 머루알빛 같은 밤하늘만 쳐다보아도 차디찬 얼음 냄새가 흘러오는 듯하였다. 이것만 하더라도 밤 장안을 헤매는 것은 무의미한 일은 아니었다. 게다가 무엇보다도 거리 위에 낮거미 새끼같이 흩어진 계집의 얼굴은 화려한 분 냄새만 맡을 수 있는 것만 하여도 사실 밤 장안을 헤매는 값은 훌륭히 될 것이다.

그러나 장안의 여름밤을 아름다운 꿈으로만 생각하는 것은 큰 실수이다. 거기에는 생활의 무거운 짐이 있다. 잔칫집 마당같이 들볶아치는 야시에는 하루면 스물네 시간의 끊임없는 생활의 지긋지긋한 그림이 벌여져 있었다. 거기에는 낮과 다름없이 역시 부르짖음이 있고 싸움이 있고 땀이 있었다.

그러나 아무튼지 간에 가슴을 씻어 주는 시원한 맛은 싫은 것은 아니었다. 여름밤은 아름다웠다. 그런고로 나는 공원 앞 큰 행길 옆에 사람이 파도를 일으키면서 요란히 수물거리는 것은 구태여 볼 것 없이 술김에 얼근한 주객이나 그렇지 않으면 야시의 음악가 깡깡이 타는 친구를 둘러싸고 있는 것이려니 생각하고,

"흥, 여름밤이니까!"

혼자 중얼거리면서 무심코 그곳을 지나려 하였다.

그러나 사람들의 수물거리는 품이 주정꾼이나 혹은 깡깡이꾼의 경우와는 달랐다.

그리고 무엇보다도,

 노자 노자
 젊어 노자
 먹구 마시구

만판 노자

하는 주객의 노래는 안 들렸다. 그렇다고 밤사람을 취하게 하는 '아름다운' 깡깡이 노래도 들려오지는 않았다.

'그러문 대체……'

나의 발길은 부지중에 그리로 향하였다.

'뭐? 겨우 요술꾼 약장수야!'

나는 거의 실망에 가까운 어조로 이렇게 중얼거리고 대수롭지 않은 듯이 발길을 돌이키려 할 때였다. 사람들의 수물거리는 틈으로 나는 무서운 것을 보았다.

군중의 숲에 싸여서 안 보이는 한 채의 자동차와 그 밑에 깔린 여인네 하나를 보았다. 바퀴 밑에는 선혈이 임리淋漓[12]하고 그 옆에는 거지 아이 하나가 목을 놓고 울면서 쓰러져 있었다.

'자동차 안에는.'

하고 보니 아니나 다를까 불량배와 기생 년들이 그득하였다.

'오라질 연놈들!'

'자동찰 타니 신이 나서 사람까지 치니.'

'원, 끔찍두 해라.'

이런 말마디를 주으면서 나는 어느 결에 그 자리를 밀려져 나왔었다.

"그래 당신이 그……."

나는 되풀이하던 기억의 끝을 문득 돌려 이렇게 물었다.

"네, 그렇답니다. 달포 전에 그 원수의 자동차에 치여 가지구 병원엔지 무엔지를 끌구 가니 생전 저 어린것이 보구 싶어 견딜 수 있어야지유. 그래 한 달두 채 못 돼 도루 나오지 않았어요. 그랬더니 이놈의 다리가 또 아프기 시작해서 배길 수 있어야지유. 다리만 성하문야 그래두 돌아댕기면서 얻어 먹을 수는 있지만…….”

여인네는 차마 더 볼 수 없는 다리를 두 손으로 만지면서 울음에 느꼈다.

나는 그의 과거를 더 캐물으려고도 하지 않았다. 아니 묻지 않아도 그의 대답은 뻔한 것이었다.

'집이 원래 가난했습니다. 그런 데다가 남편이 죽구 나니…….'

비록 이런 대답은 안 할지라도 그 운명이 그 운명이지 무슨 더 행복스러운 과거를 찾아낼 수 있으리오.

나의 눈에는 어느 결엔지 눈물이 그득히 고였다. '동정은 우월감의 반쪽'일는지 아닐는지는 모른다. 하나 나는 나도 모르는 동안의 주머니 속에 든 대로의 돈을 모두 움켜서 뚝 떨어지는 눈물과 같이 그의 손에 쥐어 주었다. 그리고는 아무 말 없이 부리나케 그 자리를 뛰어나왔다.

이야기는 이만이다.

독자여, 이만하면 유령의 정체를 똑똑히 알았겠지. 사실 나도 이제는 동대문이나 동관이나 종묘나 또 박 서방 말한 빈 집터에 더 가 볼 것 없이 박 서방의 뼈 있는 말과 뜻있는 웃음을 명백히 이해하였다.

그리고 나는 모두 나와 같은 운명을 가진 애매한 친구들을 유령으로 생각하고 어리석게 군 나를 실컷 웃어도 보고 뉘우쳐 보기도 하였다.

독자여, 뭐? 그래도 유령이라고? 그래, 그럼 유령이라고 해 두자. 그렇게 말하면 사실 유령일 것이다. 살기는 살았어도 기실 죽어 있는 셈이니!

어떻든 유령이라고 해 두고 독자여 생각하여 보아라. 이 서울 안에 그런 유령이 얼마나 많이 늘어 가는가를!

늘어 간다고 하면 말이다. 또 되풀이하는 것 같지만 첫 페이지로 돌아가서…….

어슴푸레한 저녁, 몇 리를 걸어도 사람의 그림자 하나 찾아볼 수 없는 무인지경 산골짝 비탈길, 여우의 밥이 다 되어 버린 해골 덩이가 똘똘 구르는 무덤 옆, 혹은 비가 축축이 뿌리는 버덩의 다 쓰러져 가는 물레방앗간, 또 혹은 몇 백 년이나 묵은 듯한 우중충한 늪가!

거기에 흔히 나타나는 유령이 적어도 문명의 도시인 서울에 오히려 꺼림 없이 나타나고 또 서울이 나날이 커 가고 번창하여 가면 갈수록 유령도 거기에 정비례하여 점점 늘어 가니 이게 무슨 뼈저린 현상이냐! 그리고 그 얼마나 비논리적 마술적 알지 못할 사실이냐! 맹랑하고도 기막힌 일이다. 두말할 것 없이 이런 비논리적 유령은 결코 있어서는 안 될 것이다.

그러면 어떻게 하면 이 유령을 늘어 가지 못하게 하고, 아니 근본적으로 생기지 못하게 할 것인가?

현명한 독자여! 무엇을 주저하는가. 이 중하고도 큰 문제는 독자의 자각과 지혜와 힘을 기다리고 있지 않은가!

— 주

1) 버덩: 높고 평평하며 나무는 없이 풀만 우거진 거친 들.
2) 가제假製: 임시로 대강 만듦.
3) 노리: '풀'이란 뜻의 일어.
4) 물: 무렵.
5) 짜장: 과연 정말로.
6) 신장대: 무당이 신장神將을 내릴 때에 쓰는 막대기나 나뭇가지.
7) 땡삐: '땅벌'의 방언.
8) 가제나: '가뜩이나'의 방언.
9) 벤또: '도시락'의 일어.
10) 시글시글: 사람이나 짐승 따위가 많이 모여 우글우글 들끓는 모양.
11) 어사무사於思無思: 생각이 날 듯 말 듯 함.
12) 임리淋漓: 피, 땀, 물 따위의 액체가 흘러 흥건한 모양.

행진곡

혼잡한 밤 정거장의 잡도雜道를 피하여 남에 뒤떨어져서 봉천행 삼등 차 표를 산 그는 깊숙이 쓴 모자 밑 검은 안경 속으로 주위를 은근히 휘돌아보더니 대합실로 향하였다. 중국복에 싸인 청년의 기상은 오직 늠름하였다. 조심스럽게 대합실 안을 살펴보면서 그는 한편 구석 벤치 위에 가서 걸터앉았다.

차 시간을 앞둔 밤의 대합실은 물 끓듯 끓었다. 담화, 훤조, 훈기, 불안한 기색, 서마서마한 동요, 영원한 경영, 엄숙한 생활에 움직이고 움직이고 움직였다. 그 혼잡의 사이를 뚫고 괴상한 눈이 무수히 반짝였다. 시골뜨기같이 차린 친구—도리우치[1], 어색한 양복저고리, 짧고 깡똥한 바지, 어디서 주워 모았는지 너절한 후까고무, 게다가 값싼 금테 안경으로 단장한 그들의 눈은 불유쾌하리만치 날카롭게 빛났다. 영리한 그에게 이 어색하게 분장한 '시골뜨기'쯤이야 감히 두려울 바가 아니었지만 피로를 모르고 새롭게 빛나는 그들의 눈은 몹시도 불유쾌하고 귀찮은 존재였다. 그것은 길을 막고 계획을 부수려고 노리는 무서운 독사의 그것이었다. 그러나 이것이 그의 생활과는 떼려야 뗄 수 없는 고맙지도 않은 존재였다. 그만큼 그의 전 생활은 말하자면 초조와 불안의 연쇄였다. 가정이 있고 아내가 있고 안도가 있고 일신을 보호하여 주는 사회와 법률이 있는 그런 것이 그의 생활은 아니다. 지혜를 짜고 속을 태우고 용기를 내고 힘을 쓰고 하루면 24시간 1년이면 365일의 모험이 있고 죽음이 있다. 이것이 그의 생활이었다. 이러한 자기의 처지와 주위의 군중을 대조하여 생각할 때에 그는 침울해졌다.

나는 뭇사람을 위하여 일한다. 그러나 그들은 그것을 알고 있을까(물론 알아 달라는 것은 아니다). 내가 누구라는 것을 이 호복胡服 입은 사내가 대체 무엇이라는 것을 짐작이라도 할까. 이 조마조마한 애타는 가슴속(그것은 계집애를 생각해서가 아니다)을 살펴 줄 수 있을까. 끓는 청춘의 혈조를 초조와 모험에 방울방울 태워 버리고 마는 나, 그것을 이해는커녕 오히려 경멸하는지도 모르는 수많은 그들, 가난은 모두 전세의 죄라고밖에는 생각할 줄 모르는 그들, 그들과 나 사이에는 간격이 있다. 바다가 있다. 어쩔 수 없는 구렁이 있다.

이 급하고 긴장된 순간에도 그는 쓰린 공허를 느꼈다. 건질 수 없는 영원의 공허를 느꼈다. 평생에 '생각'이라는 것을 경멸하여 온 그였건만 때때로 문득 이렇게 생각나고 반성되는 순간이 있었다.

그러나 또다시 대합실, 혼잡, 훤조, 불안, 동요, 반짝이는 눈, 계획, 직무—현실에 돌아왔을 때에 다시 '생각'의 어리석음을 깨닫고 결심에 불을 질렀다.

'왜 이렇게 어리석게 생각하는가. 군중에 휩쓸려 춤추어라. 빛나는 눈을 속여 계획하여라. 일하여라. 천만번 생각하여도 생각은 생각이다. 세상에 '생각'이라는 것이 해 놓은 무슨 장한 일이 있는가. 있다고 하여도 그것은 다 거룩한 '행동'의 뒷끄트러기에 지나지 못한다. 처음에 '행동'이 없다면 별수 없이 굶어 죽었지 생각할 여유조차 없었을 것이다. 책상 구석에서 뽐내고 진리니 콧구멍이니 외치지 말아라. 한 끼의 밥이 없었다면 철학자의 대가리가

다 무엇 말라죽은 것이냐. 생각보다는 행동하자! 나가자! 일하자!'

언제든지 결국은 정해 놓고 도달하는 이 결론에 다다랐을 때에 그의 결심의 빛은 또다시 새로웠다.

"봉천행 봉천차……."

역부의 외치는 우렁찬 목소리가 대합실에 울리자 소란히 움직이는 군중에 휩쓸려 그는 가방을 들고 늠름하게 자리를 일어섰다. 뒤로 돌아서 남모르는 동안에 코밑에 수염을 붙였다. 모자는 될 수 있는 대로 깊숙이 쓰고 호복은 될 수 있는 대로 질질 끌면서 개찰구로 움직여 가는 군중 속에 섞여 버렸다.

위대한 흐름이었다. 막을 수 없는 흐름이다. 생활의 위대한—그것은 절대의 흐름이었다. 대합실, 개찰구, 층층대, 플랫폼, 열차에까지 뻗친 흐름—그것은 위대한 흐름이었다. 구하러 가는 사람, 찾아 가는 사람, 계획하러 가는 사람들—모든 생활자의 위대한 흐름을 휩싸고 밤 정거장은 비장한 교향악을 울렸다. 이 살아 있는 군중을 볼 때에 그의 용기는 백배하였다.

'불이 번쩍 나게 부딪쳐라!'

아침에 회관에서 작별한 동지의 말소리가 다시 귀에 새로웠다.

열차는 출발의 의기에 씩씩하였다.

차 안은 수많은 얼굴에 생기 있었다.

의지. 결심. 창조. 얼굴. 얼굴. 얼굴. 얼굴. 얼굴…….

얼굴—혼잡한 사이에 겨우 자리를 잡고 앉아서 수염을 떼고 안경을 벗고 수많은 얼굴을 휘돌아보았을 때에 그의 시선은 건너편 구석에 있는 어떤 얼굴 위에 머물렀다. 그것은 몹시도 해쓱하고 부드럽고 약간 강한 맛을 띤 듯한 소년이었다. 다 낡은 양복이며 깊이 쓴 캡이며 흡사 활동사진에 나오는 유랑하는 소년이었다. 다만 빛깔이 너무도 희고 선이 연하고 가늘 따름이다.

그는 일어나 소년의 앞으로 가서 그의 어깨를 잡았다. 소년은 기겁이나 할 듯이 깜짝 놀라 깊이 숙였던 얼굴을 들었다. 한참 동안이나 그를 똑바로 쳐다보더니 겨우 안도한 듯이 후둑이는 가슴을 어루만지면서 웃음을 띠고 입을 방긋 열었다.

"나는 또 누구시라구요."

"그렇게 놀랄 것이야 있습니까."

하고 청년도 웃음을 띠어 보였다.

"그런데 웬일이세요?"

소년은 청년의 의외의 복색을 괴이히 여기면서 아래위를 훑어보았다.

"일이 좀 있어서 봉천까지 갈렵니다."

청년은 나직이 소년에게 속삭였다.

"봉천이요?"

"네, 일이 잘되면 더 들어가구요."

청년은 주위의 눈을 꺼려서 나직한 목소리로 뒤를 흐려 버리고 말길을 돌렸다.

"어데로 이렇게 갑니까?"

"어덴지도 모르지요."

소년의 목소리는 별안간 낮아졌다.

"어덴지도 모르다니요?"

"닿는 곳이 가는 곳이에요."

눈물겨운 소년의 목소리에 청년의 얼굴은 흐려졌다.

"혼자요?"

"글쎄요, 또 쫓아오는지도 모르겠습니다."

하고 소년은 조심스럽게 주위를 돌아보았다.

"대관절 어젯밤에는 어떻게 되었습니까?"

하고 청년은 암담한 얼굴로 소년을 바라보았으니 그 가운데에는 이러한 이야기가 잠겨 있었다…….

그 전날 밤이었다.
오후 6시를 지나 도회의 밤이 시작될 때 노동 숙박소 안은 바야흐로 생기를 띠어 갔다. 노동하러 갔던 사람, 일 못 잡아 해진 거리를 헤매던 사람, 집도 절도 없는 사람—도회의 배반받은 모든 불행한 사람이 해만 지면 하룻밤의 잠자리를 구하여 도회의 찌그러진 이 집안으로 와글와글 모여들었다. 그러나 일루미네이션과 헤드라이트와 사이렌으로 들볶아치는 거리에 비하여 뒷골목의 우중충한 이 숙박소는 버림을 받은 듯이 쓸쓸하였다. 주머니가 든든하니 생활에 윤택이 있단 말인가, 계집이 있으니 세상이 재미가 있단 말인가, 한 닢의 은전으로 때를 에우고 얇은 백통전으로 하룻밤의 꿈을 맺으니 합숙소의 밤은 단순하고 쓸쓸하였다. 다만 이슥히까지 각방에서 새어 나오는 이야기 소리, 코 고는 소리가 묵묵한 단조를 깨칠 뿐이다.

생판 초면의 사람이 예닐곱씩 한방에 모인다. 그 사이에는 체면도 없고 점잖음도 없고 겉반드름한 예절도 없다. 거칠고 무미는 하나 솔직하고 거짓이 없다. 피차에 성도 이름도 모르는 사이지만 외마디에 그들은 마음을 받고 두 마디에 사이는 깊어지고 하룻밤 이야기에 온전히 단합하고 화하여 버렸다.

북편 구석에 외따로 박혀 있는 7호실도 이제 이야기의 꽃이 피었다. 벌써 여러 해를 두고 그 방에 유숙하고 있다는 윤 서방과 홍 서방 외에 감옥에 가 본 일이 있다는 사나이, 항구에서 왔다는 젊은이, 아라사俄羅斯[2]에 갔다 왔다는 청년, 모두 색다른 사람이 모였다. 홍 서방은 낮 노동에 피곤함인지 먼저 잠들고 나머지 사람 사이에는 목침 돌림으로 이야기가 시작되었다. 모인 사람이 각각 색다르니만큼 그들의 이야기도 형형색색이었다. 세상 이야기, 고생 이야기, 감옥 이야기, 항구 이야기, 배 이야기, 아라사 이야기, 이 밤의

7호실은 조그만 세상의 축도였다. 거기에는 넓은 세상의 지식이 있고, 피로 겪어 온 체험이 있고 똑바른 인식이 있었다. 대낮의 거리에서 양장한 색시에게 달려들어 여자를 기절시키고 보름 동안의 구류를 당하고 나왔다는 윤 서방의 이야기도 흥미 있는 것의 하나였으나 원산에서 해삼위海蔘威³⁾까지 캄캄한 선창에 숨어 물 한 모금 못 마시고 밀항을 하였다는 항구 젊은이의 이야기, 노서아露西亞⁴⁾ 어떤 도회에서 노동자의 시위 행렬에 참가하여 거리에서 노래 부르고 ○○기를 휘둘러 보았다는 아라사 갔다 온 청년의 이야기는 여러 사람의 열과 감동을 자아냈다. 더구나 청년의 가지가지의 불만과 조리 닿는 설명은 그들의 산만한 지식에 통일을 주고 생각 못하던 것을 틔어 주었다. 그리고 그의 힘찬 결론은 듣는 사람의 피를 뛰놀게 하였다.

이렇게 하여 방 안이 이야기에 정신없을 때에 낯모르는 소년이 하나 들어왔다. 이야기는 그치고 방 안의 주의는 그리로 향하였다. 낡은 양복에 캡을 깊숙이 쓰고 얼굴빛 해쓱한 소년이었다. 역시 하룻밤의 안식을 구하여 온 불쌍한 소년이었다.

거친 사내들이 들끓는 노동 숙박소는 얼굴이 해쓱하고 가냘픈 소년의 올 곳이 못 된다. 귀한 집 자식이면 집에서 밥투정을 해도 아직 망발이 안 될 그 나이에, 아무 걱정 없이 학교에 가서 공부에만 힘써야 할 그 나이에 이렇게 거친 파도에 밀려 세상의 참혹한 이면에 찾아오지 않으면 안 된 소년의 운명이 첫눈에 애처로웠다.

꼿꼿하고 단단은 해 보였으나 얼굴 모습이며 몸집이며 부드럽고 연약한 소년이었다. 어쩐 일인지 그는 맹수에게 쫓기는 양과 같이 겁을 집어먹고 불안에 실룩실룩 떨었다. 마치 옛이야기에 나오는 '불쌍한 소년'이었다.

"어데서 오는 소년이요?"

하고 물었을 때에 대답은 하지 않고 소년은 쓰다가 버린 숙박 신입서 한 장과 숙박권을 내보였다.

열여덟 살 되는 직업 없는 소년이요 내숙의 이유는 역시 잘 데 없는 까닭이라는 것, 이외에는 아무 별다른 사항도 쓰여 있지는 않았으나 소년의 불안한 기색과 조심스러운 태도로 보아 신변에 어떤 심상치 않은 일이 일어난 것이 확실하였다.

"무슨 불안한 일이나 있소?"

'아라사'가 부드럽게 물었을 때에도 소년은 깊이 쓴 모자를 더욱 깊이 쓰면서 역시 대답을 주저하였다.

밖에서 수군수군하는 이야기가 들리고 별안간 바람이 문을 휙 스치자 소년은 기겁이나 할 듯이 놀라면서 '아라사'의 팔을 꽉 붙들었다. 광채 나는 눈으로 문을 바라보는 그의 전신은 부르르 떨렸다. 그는 마침내 좌중을 돌아보면서 안타까운 목소리로 애원하였다.

"저의 몸을 좀 숨겨 주세요!"

"……?!"

좌중은 이 당돌한 애원에 영문을 몰라서 멍멍하였다.

"제발 잠깐만 은신을 시켜 주세요."

재차 애원하는 목소리는 눈물겨웠다. '아라사'는 소년의 팔을 붙들면서 물었다.

"무엇에 쫓겼단 말요?"

"네, 저를 잡으려는 사람이 있답니다."

"순사란 말요?"

"아니에요, 얼른 좀 감춰 주세요."

밖에서는 발자국 소리가 저벅저벅 났다. 어쩔 줄 모르는 소년은 초조한 마음에 자리를 일어서서 설설 헤매었다. 차마 볼 수 없는 정경이었다. 그것을 보는 사람들의 애가 다 탔다. 한시라도 주저할 경우가 아니다. 어디다 감추어 주면 좋을까. 이불 속에? 그것은 너무도 지혜 없는 은신일 것이다.

좌중은 초조와 당혹에 어찌할 바를 몰랐다. 눈치 빠른 '아라사'는 벌떡 일어서서 건너편 벽장을 손쉽게 열었다. 민첩하게 소년을 들어서 벽장 속에 넣고 부리나케 문을 닫아 버렸다.

아니나 다를까, 벽장을 닫기가 바쁘게 밖에서 기침 소리가 높이 들리더니 방문을 연다. 일동은 긴장된 마음으로 밖을 내다보았다.

순사는 아니었다. 30이 넘어 보이는 수염 거친 사내와 키가 후리후리한 중국 사람 하나가 문밖에 서서 말도 없이 염치 좋게 방 안을 살펴보았다. 자세히 훑어보고 또 훑어보았다. 고개를 갸웃하고 생각하다가는 의심스러운 눈으로 또 들여다보았다. 그러나 결국 그들의 찾는 대상이 없음을 깨달았을 때에 두 사람은 뭐라고 한참 지껄이더니 마침 수염 거친 사내가 방 안 사람을 보고 물었다.

"캡 쓴 아이 하나 여기에 안 왔습니까?"

"안 왔소."

아무 주저 없이 '아라사'는 한마디로 엄연히 대답하여 버렸다.

"정녕 안 왔소?"

고개를 다시 갸웃하더니 그 사내는 재차 눌러 물었다. 그러나 '아라사'의 대답은 여일하였다.

"안 왔소."

"캡 쓰고 양복 입은 아이 말요?"

의심 겨운 사내는 추근추근 또 한번 물었으나 '아라사'의 여일한 대답은 반감을 일으킬 만치 엄연하였다.

"안 왔달밖엔!"

사내는 어그러진 기대에 노기를 품었는지 방 안을 노려보더니 문을 닫고 호인胡人과 무엇인지 의론하면서 나가 버렸다.

방 안의 긴장은 풀렸다. 쭉 일어나 섰던 그들은 안심하고 자리에 앉았다. 겨우 안도가 왔다.

"다들 갔어요?"

하고 소년은 벽장 문을 열고 뛰어나왔다. 적지 아니 안심한 듯하였으나 불안한 기색은 아직도 다 사라지지는 않았다. 너무도 고마운 그들에게 대하여서는 무엇이라고 사의를 표하였으면 좋은지 몰랐다.

"대체 그가 누구란 말요?"

"제 당숙이에요."

"당숙에게 왜 쫓깁니까?"

"……."

소년은 한참이나 말이 없었다. 그러나 하도 여러 번 묻자 그는 나중에 눈물겨운 목소리로 그의 과거와 전후 곡절을 대강대강 이야기하였다.

고향은 황해도의 어떤 해변이었다. 몇 해 전에 단 하나 믿었던 형을 잃어버리고 나니 할 수 없이 늙은 어머니와 그는 당숙에게 의지하게 되었다. 당숙은 원래 넉넉지 못한 데다가 술이 과하였다. 그 후에 장사를 하네 무엇을 하네 하고 동리의 거상인 중국인에게서 많은 빚을 냈다. 갚을 능력이 없는 그에게는 이것이 점점 큰 짐이 되었다. 나중에 할 수 없이 그는 중국인의 요구대로 당질을 호인의 손에 넘기게 되었다.

호인은 소년을 배에 싣고 중국으로 데리고 들어가려 하였다. 괴상한 배 속에서 소년은 공포와 고독에 울었다. 그러는 동안에도 항상 몸을 빼칠 기회만 엿보고 있었다. 마침 배가 어떤 조그만 섬에 돛을 내렸을 때였다. 소년은 그와 운명을 같이한 자기 또래의 동무들과 계획하여 대담히도 탈선을 꾀하였다. 어둠 깊고 바다 검은 어렴풋한 달밤이었다. 무서운 선인들의 눈을 피하여 그들은 완전히 섬 속에 몸을 감출 수 있었다. 섬사람들의 동정과 호의로 인하여 섬 배를 타고 다시 해안으로 건너왔을 때에 소년은 그길로 즉시 서울로 향하였다. 그러나 벌써 그 기미를 알아차린 호인은 뒤를 밟아 당숙을 끌고 서울까지 쫓아왔었다. 낡은 양복과 깊은 캡에 감쪽같이 분장은 하였으나 눈치 빠른 그들은 용하게도 뒤를 쫓았던 것이다.

의지할 곳 없는 가정, 몹쓸 당숙, 어린 소년, 흉한 호인…… 흔히 있는 일이다. 좌중은 이 어린 소년의 기구한 운명에 놀라지 않을 수 없었다.

"그래서 나중에는 여기까지 뛰어 들어왔습니다."

하면서 소년은 눈물을 씻었다.

"아까의 그들이 바로 당숙과 그 호인이요?"

"그렇답니다."

소년의 대답이 끝나기도 전에 방 안에는 벼락이 내렸다. 소년은 파랗게 질려서 그 자리에 화석하여 버린 듯하였다. 문이 번개같이 열리면서 아까의 수염 거친 사내와 호인이 또다시 나타났던 것이다. 노기에 상은 찌그러지고 거친 수염이 밤송이같이 가스러졌었다. 날쌔게 그 사내는 문지방에 몸을 걸치더니 소년의 팔을 거칠게 잡아 낚는다.

"이년아, 가면 네가 어딜 간단 말이냐!"

소년을 보고 별안간에 년이라고 하는 모순된 말소리에 방 안은 다시 놀랐다. 모두 멍멍하여 말할 바조차 모르고 사내와 소년을 등분으로 바라보았다.

사내는 반항하는 소년을 온전히 끌어당겼다. 노기에 전신을 떨면서 어쩔 줄 몰랐다.

"못된 계집아이 같으니, 요리조리 피해 다니면 어떻게 할 소견이란 말이냐."

하면서 험상궂게 소년을 쥐어박았다. 그 바람에 깊이 썼던 소년의 모자가 벗어져 달아나고(방 사람의 놀람은 컸다) 서리서리 틀어 올렸던 머리채가 거멓게 풀려 내렸다. 가냘프던 '소년'은 별안간 늠름한 처녀로 변하였다. 가는 눈썹, 흰 이마, 검은 머리, 다시 보아도 늠름한 처녀였다.

방 안 사람들은 믿을 수 없는 듯이 의아한 눈으로 그를 똑바로 바라보았다. 중세기의 연극에서나 일어남 직한 일이지 현실에서는 생각키 어려운 일이기 때문이다. 그러나 아무리 보아도 엄연히 그는 늠름한 처녀였다.

"당숙 말대로 하면 그만이지 어린 계집년이 이게 무슨 요망한 짓 이냐, 응!"

당숙이란 자는 호인에게 대한 변명인 듯도 하게 호인을 바라보면서 처녀를 꾸짖었다. 그러나 처녀는 말없이 울 따름이었다.

"그렇게 굴면 굶어만 죽었지 별수 있나?"

"죽어도 좋아요, 그런 놈에게는 가기 싫어요."

참을 수 없어 처녀는 느끼는 목소리로 대꾸를 하였다.

"그래도 요망을 피우네. 집의 늙은 어머니를 좀 생각해 봐라."

하면서 그자는 처녀를 모질게 끌어냈다.

"이 안된 놈아!"

잠자코 있던 '아라사'는 불끈 일어나서 다짜고짜로 궐자厥者를 주먹으로 쥐어박아 그 자리에 쓰러트렸다.

예기치 않은 공격에 힘없이 쓰러진 그는 다시 일어나서 대적하였다. '아라사'의 의분도 크니만치 그 사내의 위세도 험상궂으니만치 두 사람의 싸움은 맹렬하였다.

문밖에는 어느덧 사람의 파도를 이루었다. 잠들었던 각방 사람이 때 아닌 밤 소동에 깨어나서 곤한 눈을 비비면서 모여들었다. 나중에는 사무원과 주임까지 사람을 헤치고 들어왔으나 그들 역시 어쩔 줄을 몰랐다.

싸움은 어우러졌다. 방 안 사람들도 가만히 보고 있지는 않았다. 같은 의분에 타오르는 수많은 주먹이 그 '못된 놈' 위에 날았다.

늦은 밤의 숙박소는 어지러웠다. 이 어지러운 사이에 휩쓸려 이때까지 서 있던 호인의 그림자는 사라져 버렸다. 처녀의 자태도 금시에 보이지 않았다.

정신없이 싸우던 그들은 겨우 그런 줄을 알았다. 호인에게 끌려 간 처녀를 생각하고 이때까지 싸운 것이 물거품으로 돌아간 것을 깨달았을 때에 '아라사'의 실망은 컸다. 전신 피투성이가 된 사내도 이 틈을 타서 슬금슬금 도망질을 쳐 버렸다.

이렇게 하여 쓸쓸하던 밤의 합숙소는 한바탕 끓어올랐던 것이다.

이 밤의 '아라사'와 처녀가 즉 이제 이 봉천행 열차 안의 호복한 청년과 캡 쓴 '소년'임은 다시 말할 것도 없다. 중대한 직무를 띤 관계상 하룻밤의 피신이 절대로 필요하여 일부러 궁벽한 합숙소를 찾아왔던 청년은 이렇게 하여 역시 마수를 피하여 은신하러 왔던 처녀와 알게 되었던 것이다.

열차는 힘차게 달리기 시작하였다. 복잡한 자리 옆에 기대선 청년은 한편 반가운 마음에도 의심쩍어서 '소년'에게 물었다.

"대체 호인 손에서는 어떻게 빠져나왔습니까?"

'소년'은 얕은 목소리로 전날 밤에 일어난 그 뒷일을 일일이 이야기하였다. 호인에게 끌려 거리에 나오자 돌연히 높은 고함을 질렀다는 것, 파도같이 모여드는 군중에 울면서 호소하였다는 것, 군중이 호인을 잡고 시비하는 동안에 사람의 틈을 빠져서 달아났다는 것을 자세히 이야기하고는 부끄러운 듯이 청년을 바라보면서,

"그 뒤에 바로 가서 머리까지 깎아 버렸어요."

하더니 모자를 벗고 새빨간 머리를 드러내 보였다. '소년'의 대담하고 용감스러운 마음에 청년은 자못 놀랐다.

"아니, 그렇게 하고 대체 어떻게 할 작정이요?"

"멀리멀리 가 버리고 싶어요."

"늙은 어머님은 어떻게 하구요?"

"뵙고는 싶으나 시골 가면 또 붙잡히고야 말 것입니다."

"……"

"서울도 위험하고 고향도 못 살 곳이라면 차라리 낯선 곳에 멀리 멀리 가 버리는 것이 낫지요."

"그러나 잔약한 몸을 가지고 거칠은 세상에 정처 없이 나가면 어떻게 한단 말요."

청년은 하도 딱해서 암담한 얼굴로 '소년'을 바라보면서 이렇게 말하였으나 그것은 그렇게까지 결심한 '소년'에게는 아무 광명도 도움도 되지는 못하였다. 꽃피고 배 익는 아름다운 삼천리 동산을 두고도 밀려 나가고 쫓겨 나가는 우리의 정경을 '소년'은 이미 '서울도 위험하고 고향도 못 살 곳'이라고 느꼈거늘 청년은 새삼스럽게 무엇이라고 말할 수 있었으랴.

요란한 열차 안에서 그들 사이에만은 침묵이 흘렀다.

열차는 열정을 가지고 달렸다. 잡도를 싣고 생활을 싣고 비극을 싣고 쉬지 않고 북으로 북으로 달렸다.

열차의 달리는 소리에 귀 기울인 청년의 마음속은 '소년'의 생각으로 그득하였다. 잔약한 처녀가 거칠은 세상에 길 떠난다. 의기는 용감스럽고 사랑스러우나 결국 파도의 아가리에 넘어가 버릴 잔약한 수부水夫일 것이다. 그 나어린 수부는 배 떠나기 전에 건져야 한다. 그러나 그렇게 생각하는 내 자신도 일각 후의 운명을 헤아리지 못하는 위험한 몸이다. 무슨 힘으로 그를 건질수 있을까.

여기까지 생각하여 왔을 때에 청년의 마음은 슬펐다. 자기 자신의 무력을 분개도 하였다. 결국은 늘 다다르는 결론 '나가자, 일하자!'에 까지 이르자 수많은 군중의 잡도를 뚫고 무섭게 빛나는 '시골뜨기'의 시선이 돌연히 청년의 눈과 부딪쳤다. 청년은 깜짝 놀랐다. 그는 겨우 '소년'의 생각으로 하여 잊어버렸던 자기의 중대한 직무와 책임에 깨어났다. 이동 경찰의 그물은 물샐틈없이 풀려 있었다. 그 그물을 뚫고 나가지 않으면 안 될 그의 책임이 천근같이 무겁게 의식되었다.

쇼멩의 위에 창의를 입고 그 위에 쇼마괴, 다시 그 위에 마괴 이렇게 여러 겹으로 감쪽같이 차린 호복도 끊임없이 빛나는 수많은 눈 앞에는 오히려 안전을 보증하지는 못할 것 같았다.

그의 손은 무의식적으로 쇼마괴의 구대(주머니) 속으로 갔다. 그 속에는 중요한 서류와 만일의 경우에 몸을 막아야 할 ○○가 들어 있었던 것이다. 손아귀에 뿌듯이 드는 무기의 감촉은 산뜻하고 신선하였다.

구대 속에서 손을 빼고 어두운 창밖을 향하였던 몸을 이쪽으로 돌리자 청년의 시선은 이쪽을 노리던 독사 같은 눈과 또 마주쳤다. 그는 불의에 소스라쳤다. 작달막한 '시골뜨기'의 그 날카로운 시선이 점점 불안해 왔다.

그는 우울한 마음에 '소년'을 그 자리에 앉혀 놓고 문을 열고 갑판 위로 나갔다. 그러나 거기에도 사람은 그득하였다. 그 사이로 괴상한 눈이 역시 빛났다.

다시 자리로 돌아왔다. 열차의 속력은 차차 줄어지더니 기적을 울리면서 정거장에 들어왔다. 오르고 내리는 사람으로 차 안은 동요하였다. '시골뜨기'들도 각각 내리고 새것과 교체하였다. 그럴 때마다 청년은 안도와 불안의 모순된 이 두 가지 감정을 동시에 느꼈다.

내릴 것은 내리고 실을 것은 실은 뒤 차는 다시 움직이기 시작하였다. 차 안은 여전히 혼잡하였다.

청년은 감았던 눈을 가늘게 뜨고 검은 안경 밑으로 저편 구석을 바라보자! 아까의 그 독사 같은 눈과 또 마주쳐 버렸다. 가슴이 뭉쿳하였다. 손이 또다시 무의식적으로 구대 속에 들어갔다.

그는 벌떡 자리를 일어나서 '소년'에게로 갔다. 피곤함인지 무엇을 생각함인지 자리에 깊이 묻혀 눈을 감고 있던 '소년'은 청년의 목소리에 눈을 번쩍 떴다.

"여기 있는 것이 불안한 듯하니 식당차로 갑시다."

청년은 '소년'을 데리고 객차를 두엇 거쳐서 식당차로 갔다.

텅 빈 식당차는 조용하고 시원하였다. '소년'에게는 차와 먹을 것을 시켜 주고 그는 울울한 마음에 맥주를 들이켰다. 주기는 전신에 돌았으나 정신은 더욱 맑아졌다. 그의 맑은 정신에는 새삼스럽게 현재가 또렷이 내다보였다. 불안한 밤 열차, '소년', 자기—자연의 성을 감추지 '않으면 안 되는' 소년, 국적을 감추지 '않으면 안 되는' 자기—를 응시할 때에 그는 마음이 아팠다. 더구나 살풍경한 양복 쪼가리에 천부의 성을 가리고 그 위에 떳떳한 용모까지 이지러트러 버리지 '않으면 안 된' 처녀를 바라볼 때에는 자기의 누이동생과도 같은 어린 그에게 대하여 눈물을 금할 수 없었다. 누이동생이라면 그에게도 '소년'과 같은 누이동생이 있었고 '소년'에게도 청년과 같은 오빠가 있기는 있었다. 청년은 문득 오래간만에 누이 생각이 났다. 그는 오래전에 죽었다. 굶고 병들어 죽었던 것이다. 주사 한 대면 훌륭히 살릴 것을 그것도 못 해 준 그였다. 그 생각을 하면 가슴이 아프고 뼈가 저렸다. 그는 한갓 굳은 결심으로 그 아픈 가슴 저린 뼈를 억제하여 왔던 것이다.

창밖에 어둠은 깊고 식당차는 경쾌히 흔들렸다.

맥주와 생각에 취하였던 그는 그 옆 테이블에 진 치고 앉은 두 사람의 새 손을 겨우 발견하였다. 매섭게 이쪽을 노리는 눈, 낯익은 눈이다—아까부터 그를 좇는 무서운 눈이었다. 이 지긋지긋한 '시골뜨기'의 출현은 마치 위고의 자벨[6]의 출현과도 같이 청년을 위협하였다.

그래도 청년은 태연하고 침착을 잃지는 않았다. 그러나 그 자리에 오래 버티고 있는 것이 불리함을 깨달았을 때에 그는 '소년'을 이끌고 그 자리를 일어섰다.

불현듯이 그의 어깨를 탁 잡는 것이 있었다. 그리고 그의 앞을 탁 막는 것은 그 '시골뜨기'였다. 청년은 뭉쿳하였으나 자약하게 앞을 뿌리치고 나가려 하였다. 그러나 그들은 청년의 팔을 붙잡았다.

'일은 일어나고야 말았구나.'

그는 퍼뜩 느끼자 있는 대로의 용기와 힘을 다 냈다. 이렇게 된 이상 해 볼 대로는 해 봐야 할 것이다 하고 이를 꼭 물었다. 그의 앞에는 벌써 아무것도 없었다. 힘차게 팔을 뻗치고 쏜살같이 문께로 향하였다. 그들도 부리나케 뒤를 쫓았다.

별안간 불이 탁 꺼지고 식당차는 암흑으로 변하였다.

영문을 모르는 '소년'은 한편 구석에서 숨을 죽이고 소스라쳤다.

캄캄한 어둠 속에서 살 부딪치는 소리, 거친 숨소리가 들렸다. 사내와 사내는 맞붙고 힘과 힘은 충돌하고…… 맹렬한 격투가 시작되었던 것이다.

부딪치는 소리가 났다. 넘어지는 소리가 났다. 옷 찢어지는 소리가 났다. 가쁜 숨소리가 들렸다. 비명이 올랐다.

탁자가 쓰러졌다. 병과 잔이 깨트러졌다. 산산이 부서지는 유리 조각이 어둠 속에 희끗희끗 날렸다. 다시 비명이 오르고 호각 소리가 울렸다.

열차는 자꾸 달렸다. 레일 위에 나는 바퀴 소리는 호각 소리를 집어삼켜 버렸다.

돌연히! 차 안의 어둠을 뚫고 찰나의 불꽃이 번쩍였다. 창이 깨트러지고 유리 조각이 날았다. 화약 연기가 피어올랐다. 총성이 어둠 속에 진동하였다.

열차는 달리고 밤은 어두웠다.

두 번째 총성이 어둠을 깨트렸다.

사람의 비명이 오르고 자리에 쓰러지는 소리가 났다.

세 번째의 총성이 또다시 차 안에 진동하자 한편 구석에서 공포에 떨고 있던 '소년'은 문득 숨찬 청년의 목소리를 단 한마디 귀밑에 들었다…….

"언제든지 또다시 만납시다!"

식당차의 문이 열리면서 날쌘 사람의 그림자가 밖으로 번개같이 사라져 버렸다.

폭풍우는 지나갔다. 어둠 속은 다시 고요하였다.

역시 한편 구석에 오므라쳐 있던 보이들은 무시무시 떨면서 서두르기 시작하였다. 스위치를 트니 차 안은 다시 밝아졌다. 지긋지긋한 수라장이었다. 쓰러진 탁자, 부서진 의자, 흩어진 유리 조각, 깨트러진 창, 찢어진 옷 조각, 바닥에는 피가 임리하였고 그 속에 코를 박고 두 사람의 사내가 끔찍하게 쓰러져 있었다. 그것이 청년이 아님을 알았을 때에 '소년'은 청년의 그림자를 찾아서 밖으로 나갔다.

열차 안은 요란하였다. 사람들은 이 무서운 사건에 전율하고 수군거렸다.

식당차는 발끈 뒤집혔다. 기수가 뛰어오고 차장이 달려왔다. '시골뜨기'들이 몰려들고 보이들이 심문을 당하였다.

객차와 객차의 길은 끊기고 찻간이란 찻간은 물샐틈없이 수색되었다. 그러나 청년의 그림자는 꿩 귀 먹은 자리요, 그의 종적은 묘연하였다.

객차의 자리로 돌아와 밤 깊은 창밖을 바라보는 '소년'의 가슴속은 괴상한 청년의 생각으로 그득하였다. 그에게는 퍽도 친절하였다. 의리가 밝았다. 의협이 불같이 탔다. 얼굴은 엄숙하였다. 힘이 장사요, 용기는 맹호 같았다. 이 괴상한 청년을 생각하는 '소년'에게는 문득 오랫동안 잊었던 그의 오빠 생각이 떠올랐다. 그 역시 색다른 옷도 입고 급할 때에는 코밑에 수염도 붙여 보았다. 눈 날리는 북국에 가서 얼어도 보고 요란한 중국에 가서 연설도 하였다. 아라사도 갔었고 옥에도 가 보고 서울에서 도망질도 쳐 보았다. 그러다가 지금에는 죽었는지 살았는지 여러 해 동안 자취가 아득하였다. 풍설에 의하면 브라질에 갔다는 말도 있고 혹은 인도에 갔다는 사람도 있고 다시 아라사에 갔다는 소문도 들렸다. 그러나 어느 말이 옳은지 하나도 걷잡을 수는 없었다. 그 오빠의 생각이 불현듯이 '소년'의 가슴에 떠올랐던 것이다. 그 오빠가 지금 고향에 있었더라면 자기의 이러한 비극도 일어나지는 않았을 것이다 하고 생각할 때 '소년'의 눈은 뜨거워졌다. 그는 다시 오빠와 청년을 비교하여 보았다. 기상이라든지 용기라든지 그들은 어쩌면 그리도 똑같은가. 그 청년이 지금 나의 오빠라면 오죽이나 기쁠까. 그러나 그는 어디론지 사라져 버렸다. 늠름하고 훌륭한 그들이 왜 싸우고 피하고 쫓기고 사라지지 않으면 안 되는가…… 어렸을 때에 이야기 잘하던 오빠 밑에서 자라난 '소년'은 이제 와서 똑바로 그 무엇을 파악하였다.

기차는 여전히 달렸다.

차 안은 아직도 소란하고 수물거렸다. '시골뜨기'들의 눈은 더한층 반짝였다.

그러나 그것이 '소년'에게는 한없이 어리석게 보였다. 지혜 있는 청년, 비호 같은 청년은 이미 감쪽같이 종적을 감춰 버린 뒤이다. 그는 지금에는 벌써 다른 곳에서 다른 길을 뚫고 나갈 것이다.

'아무쪼록 조심해 잘 나가세요!'

'소년'은 마음속으로 청년의 앞길을 축복하여 주었다. 그리고 '언제든지 또다시 만납시다!' 하던 청년의 말소리를 생각한 그는,

'그동안에는 나도 배우고 알아서 다시 만날 그때에는 그와 같이 손을 잡고 일할 만한 훌륭한 나의 자태를 보여 주자!'

하고 처녀답지 않은 용감스러운 결심을 마음속에 굳게 맺었다.

어둠을 뚫고 열차는 맥진하였다.

어둠의 거리는 각각으로 줄어 갔다.

밤은 어느덧 새벽을 바라보았다.

새 아침을 향하여 맹렬히 달리는 수레바퀴의 우렁찬 음향, 그것은 위대한 행진곡같이 '소년'의 피 속에 울려왔다.

— **주**

1) 도리우치: '헌팅캡'의 일어.
2) 아라사俄羅斯: '러시아'의 음역어.
3) 해삼위海蔘威: 블라디보스토크.
4) 노서아露西亞: '러시아'의 음역어.
5) 궐자厥者: '그'를 낮잡아 이르는 말.
6) 자벨: 프랑스의 작가 빅토르 위고의 소설 「레미제라블」에 나오는 형사. 주인공 장발장을 끊임없이 쫓아다니며 괴롭히는 인물.

기우奇遇

계순이와 나는 그의 평생에 세 번의 기이한 해후를 가졌으니 불과 7년을 두고 일어난 이 세 번의 기우, 그때마다 그의 생활은 어떻게 변천하였으며 그의 운명은 어떻게 전개되었던가. 이 세 번의 기우는 다만 파란 많은 그의 생애의 세 단면을 보여 줌에 지나지 아니하나 이것으로써 능히 그의 기구한 일생도 엿볼 수 있다.

세 번의 기우가 일어났으리만큼 그와 나 사이에 그 어떤 기연의 실마리를 생각하지 않을 수 없는 나로서는 그의 박명한 생애를 한없이 슬퍼하고 그를 생각할 때마다 가슴속에는 크나큰 울분과 무서운 결심이 항상 새로워진다.

다음에 나는 이 세 번의 기우를 순서대로 기록하려 한다. 아무 연락 없는 무미한 세 조각의 단편이 될지라도 그것은 나의 죄가 아니라 인생을 항상 그렇게 꾸며 놓는 '우주의 의지'(?)의 죄일 것이다.

1

8년 전이었다.

당시에 나는 우연한 관계로 어떤 괴상한 노파와 알게 되었다. 넓은 장안

천지에는 생활의 어두운 이면에 무수히 잠겨 그들의 독특한 수단으로 생활을 도모하여 가는 한 계급이 있으니 그들은 침침한 어둠 속에 있어서 화려한 꽃과 꽃 사이의 중개의 역할을 하여 그들의 과거를 빛나게 하는 찬란한 꿈의 조각을 마음속에 어렴풋이 꽃피우며 아울러 그들의 실생활을 도모하여 가는 늙은 '나비'의 무리이다. 나와 알게 된 노파도 말하자면 이러한 무리의 한 사람이었다.

노파와 나 사이에는 어떤 '상업적' 약속이 있어서 그의 연출할 '나비'의 역할에 대하여 나는 이미 그의 요구하는 상당한 보수까지 치러 준 터였다. 그는 그의 역할의 제일보로 나를 약속한 곳으로 이끌고 갔다. 거기에서 나는 아직 알지 못하는 꽃을 선보려는 것이었다.

"만나 보시우만 사람은 그만하면 괜찮습니다. 학교 공부했것다, 속 잘 쓰것다, 생김생김도 숭굴숭굴하것다, 살림살이에야 아주 맞춰 놓았지 뭐…… 자꾸 인물만 찾으시니 어데 그렇게 붓으로 그려 논 듯한 일색이 있단 말유. 두구 보시우만 여자는 그래두 뭐니 뭐니 해두 살림살이가 첫째라우."

약간 허리 굽은 노파는 앞장을 서서 길을 인도하면서 이 늘 하는 소리를 몇 번이나 몇 번이나 되풀이하였다.

"게다가 또 숫색시요, 영어 일어가 능란하구……."

큰 거리에서 뒷골목으로 들어서고 뒷골목에서 다시 좁은 골목으로 구부러져 이렇게 지껄이는 동안에 어느덧 세 가닥진 골목 조그만 반찬 가게 앞까지 오자 노파는 발을 머물렀다. 바로 그 집이 목적하고 온 집이었다. 가게에 아무도 없음을 깨닫자 노파는 뒤로 돌아가 대문 앞에 이르렀다.

다 쓰러져 가는 초옥이었다. 문패의 글자조차 알아보지 못하리만큼 그슬린 집이었다. 그러나 나는 아직도 가슴속에 예상한 아름다운 꿈을 버리지는 않았다. 깊은 바다 진흙 속에 항상 진주는 잠겨 있는 법이다. 이 다 그슬린 초옥 안에 얼마나…… 녹은 '진주'가 숨어 있을 것인가.

손쉽게 대문을 열더니 노파는 서슴지 않고 안으로 들어갔다. 그러나 아름다운 꿈과 가벼운 수치의 염으로 자못 흥분된 나는 그리 쉽사리 들어서지도 못하고 문밖에 서서 한참 주저주저하였다.

무슨 담판이 그리 잦은지 꽤 오랫동안을 지체시킨 다음에야 겨우 노파는 나와서 웃음과 눈짓으로 나를 맞아들였다. 처음 겪는 터라 퍽도 열적어서 주저하고 있으려니 노파는 나의 손목을 잡아끌었다.

얕은 지붕, 헐어진 벽, 찢어진 문, 무너진 장독대…… 모든 것에 쇠퇴와 파멸의 빛이 역력히 드러나 보였다. 조그만 반찬 가게를 경영하여 가지고 각각으로 기울어져 가는 살림을 간신히 끌어가는 듯한 그 집의 형편이 첫눈에 똑똑히 짐작되었다.

그러나 그것은 아무래도 좋았다. 나의 목적하고 온 바는 그 속에 숨은 아름다운 '진주'에 있으니까.

빨래할 옷가지로 구저분히 널어놓은 마루를 주섬주섬 치우더니 노파는 나에게 앉기를 권하였다. 마루 끝에 허리를 걸치고 한참이나 기다리고 있어도 아름다운 '진주'는 어느 구석에 묻혔는지 속히 나오지도 않았다.

"뭘 그러우 시체 양반이…… 기대리는데 얼른 나오구려……."

초조한 나의 마음을 예민히 살핀 노파는 안방을 향하여 이렇게 소리쳤다.

"어이구, 저렇게 수집어하면서 학교는 어떻게 댕겼누."

또 한번 노파가 외치면서 껄껄 웃자 안방 문이 가볍게 열리며 사뿐히 걸어 나오는 것이 있었다.

'이것이다!'

하고 직각하자 가슴속은 알 수 없이 수물거렸다. 그러나 결국 보아야 할 것이매 나는 용기를 다하여 얼굴을 들어 그를 쳐다보았다.

'찰나의 죽음!'이 있었다.

그 찰나가 지나자 놀람, 의혹, 동요의 회오리바람이 불었다.

그 회오리바람이 지나자 계순이! 나에게는 겨우 바른 의식이 돌아왔다.

"계순이!"

그는 갈데없는 계순이었다.

역시 나를 똑바로 인식한 그의 얼굴에는 놀람인지 기쁨인지 슬픔인지 복잡한 표정이 흘렀다. 그는 마침내 고개를 숙여 버렸다.

이것이 최초의 기우奇遇였으니 이 기우까지에는 약 3년의 과거가 있었다…….

그 3년 전의 당시.

낙원동 네거리에 넓은 간판 달린 한 채의 와가가 있었으니 장안에서 손꼽는 큰 여관이었다. 당시 일개의 서생인 나는 이 하숙을 겸한 여관에 기숙하고 있었다.

이 번잡한 집안에 고이고이 자라나는 한 송이의 꽃이 있었다. 그것이 곧 주인의 딸 계순이었다. 날마다 수십 명의 여객이 드나들고 10여 명의 학생이 뒤끓는 이 여관 안에서 그만은 맑게 맑게 자라났다. 그러나 공부가 점점 차가고 나이가 바야흐로 익어 감에 주인은 은근히 그의 배우를 물색하기 시작하였다.

이러는 즈음 무엇이 눈에 들었던지 간에 수많은 사람 가운데에서 그는 나를 가장 많이 마음속에 두었다. 그래서 차차 나는 그와도 알게 되고 사귀게도 되었다.

마침내 그의 어머니는 그에게 영어책을 들려서 나의 방에 보내게까지 되었다. 사쿠라가 필 때엔 창경원에 동반하였고, 달이 밝으면 고요한 마루까지 우리에게 터 주었다.

그러나 어쩐 일인지 나의 마음은 타오르지 않았다. 첫 순간에 타오르지 않더라도 차차 때가 가면 타는 수가 있으되 이것은 달이 가고 해가 넘어도 종시 타오르지는 않았다. 나의 마음은 끝끝내 맑고 굳었다. 그쪽에서 적극적으로 나오면 나올수록 나의 태도는 진중하고 소극적이었다. 말하자면 그만큼 그에게는 나의 열정에 불 지를 아무것도 없었던 것이다. 타지 않는 곳에는 장난도 있을 수 없거늘 하물며 사랑이야. 나는 그 집을 떠남에 피차의 안전과 해방을 느꼈다.

　이때로부터 첫 기우에 이르기까지의 긴 동안 도무지 그를 만나지 못하였다. 떠난 후 월여에 그 집을 찾았을 때에는 이미 그들은 어디론지 떠나 버린 뒤였고 여관은 다른 이의 소유 밑에서 경영되어 나갔다. 물론 그 후 다시 찾으려는 노력도 필요도 없었거니와 약 3년동안 그들의 종적은 묘연하였다. 나중에는 계순이라는 이름까지 점점 나의 기억 속에 희미하여 갔었던 것이다.

　한참 동안이나 숙였던 고개를 들었을 때에 계순이의 볼에는 두 줄의 눈물이 빛났다. 나를 쳐다보는 그의 젖은 눈은 원망하는 듯도 하고 호소하는 듯도 하였다.

　나는 그를 똑바로 바라볼 수 없었다. 푹 빠진 눈, 툭 꺼진 볼, 수십 칸의 와가가 단칸의 초옥으로 변한 것과 같이 팽팽하던 전날의 용모는 여지없이 이지러져 버렸다.

　끝까지 지조는 굳었고 마음속에 한 점의 흐린 흔적도 없었던 나였지만 그의 이지러진 자태와 호소하는 듯한 눈물을 대할 때에는 약간의 가책과 미안을 느끼지 않을 수 없었다.

　한참 동안은 멍멍히 할 말조차 몰랐다.

　"그러믄 벌써들 이렇게 됐었군요."

　기대치 아니한 돌연한 연극에 적지 아니 당혹한 노파는 이렇게 침묵을 깨트렸다.

"그러믄 그렇지, 시체 양반들이 지금까지 가만있을 수 있나…… 찬찬히 앉아서 쌓였던 회포들이나 마음껏 풀어들 보시우."

하고 노파는 한 걸음 먼저 나가 버렸다.

노파의 아첨하는 어조가 지금 와서는 심히 불유쾌한 것이었다. 그리고 계순이에게 대하여서는 이렇게 노파를 따라온 내 자신을 한없이 부끄러워하였다.

그러나 이왕 한 걸음을 들여논 이상 그들의 현재에 이르른 곡절이 궁금하였다. 불과 수년 동안에 수십 칸의 와가가 단칸의 초옥으로 변하고 장안에서 손꼽던 여관이 뒷골목의 조그만 반찬 가게로 변하고 금지옥엽같이 귀여워하던 딸의 처지를 알지 못할 괴상한 노파의 손에 맡기게 되었다는 것은 너무도 큰 변화였다. 나는 이 모든 것을 알고자 하였다.

"어머니는 어데 가셨어요?"

겨우 입을 열어 그에게 묻자 방에 있던 그의 어머니는 미안한 듯이 문을 열고 나왔다.

"이게 웬일이요!"

너무도 의외의 해후에 그 역시 놀랐다. 나는 묵묵히 반가운 마음을 표하고는 뒤미처 물었다.

"대체 어떻게 된 곡절입니까?"

감개무량한 듯이 길게 한숨 쉬는 그의 표정은 자못 어두운 듯도 하였고, 어느덧 주름만이 잡힌 그의 얼굴은 부끄러운 마음에 약간 붉어지는 듯도 하였다. 그러나 그의 대답은 극히 간단하였다.

원래 부채가 많았었다. 그 위에 장사에 서투른 그들이라 경영하는 여관에서도 별로 이[1]가 없었고 갚을 수 없는 부채는 점점 늘어 갔다. 무서운 채귀債鬼[2]의 독촉은 날로 심하였고 나중에는 별도리 없는 그들은 결국 여관집까지 차압을 당하고야 말았다. 새파란 목숨을 끊을 수 없는 이상 목숨 붙어 있는 동안까지는 살아야 하는지라 헐 수 할 수 없이 단칸 초옥을 얻어 가지고 애달픈 그날그날의 생활을 이어 가는 것이었다.

너무도 단순하고 평범한 이야기였으나 그의 엄숙하고 감개 많은 어조는 무서운 진실성을 가지고 뼛속까지 젖어 들어가는 듯하였다. 흔히 있는 평범한 사실이지만 그것은 단순한 것이 아닐 것이다. 그들의 영락한 자태가 이것을 말하였다.

"그래서 그저 살림이구 말구 죽지 못하니 살아가지요."

암담한 그의 어조에는 호화롭던 전날의 그림자는 한 점도 찾아볼 수 없었다.

조만간 필경은 몰락하여 가고야 마는 저들의 운명을 그들은 한 걸음 먼저 걸었을 뿐이었다만 그들의 돌연한 삽시간의 몰락에는 또한 놀라지 않을 수 없었다.

"저 애나 얼른 임자를 찾아 줘야 우리야 우리대로 살아가든지 어떻게 하든지 할 터인데."

이야기가 계순이의 일신상으로 떨어졌을 때에 나는 괴로웠다. 될 수 있는 대로 그의 일에는 접촉하고 싶지 않은 나는 다만 침묵할 따름이었다.

"나이는 차 가고 궁한 살림에 집에만 붙어 있어야 별수 없고……."

딱한 일이었다. 그러나 모든 것에 아무리 동정한다고 하더라도 이 일만은 난들 어떻게 하랴. 과거에 있어서 이미 싸늘하던 나의 마음이 이제 와서 새로 끓어오를 리는 만무하였다. 다만 전날에 있어서 두 사람의 거리가 가까웠던 것이 불행하였고 이제 와서 또다시 그들의 현재를 알게 된 것만 실책이었다. 첫째로는 노파가 미웠고 다시 한층 내 자신이 비루하게 보였다.

"오래간만에 뵈니 이렇게 반가울 덴 없구려!"

그의 어머니는 '모처럼 찾아온' 나에게서 그 무슨 암시라도 얻으려는 듯하었다. 그러나 더 깊이 들어가기를 두려워하는 나는 한시라도 속히 그 자리를 떠나고 싶었다. 마침내 선명한 태도로 그 자리를 일어서려 하였다.

별안간 안방문이 거칠게 열리더니 한 사람의 사나이가 문득 마루에 나섰다. 전에 본 적 없던 초면의 사나이였다.

약간 상기된 듯한 그 사나이는 어쩐지 나를 한참이나 노려보았다. 나는 나 스스로의 시선을 옮겨 버렸으리만큼 험상궂은 시선이었다. 그는 똑같은 억센 눈초리로 계순 어머니와 계순이를 차례로 노리더니 나중에 계순이에게 뭐라고 두어 마디 거칠게 끼어 붓고는 맨머리 바람으로 황망히 나가 버렸다.

괴상한 사나이였다. 그의 험상스러운 태도는 더욱 알지 못할 것이었다. 무슨 까닭으로 초면의 나를 그렇게까지 노려보지 않으면 안 되었던가. 그 험상궂은 사나이와 처녀와 어머니가 어두운 방 안에서 무엇을 의론하고 무엇을 계획하였던가. 생각 안 하려 하면서도 나는 여기까지 어둡게 생각하지 않을 수 없었다.

"시골서 온 일가 사람이랍니다."

그의 어머니는 묻지도 않은 나에게 변명하는 듯이 이렇게 설명하였다. 그러나 나에게는 아무 변명도 필요치 않았다. 옳든지 그르든지 간에 나는 직각한 대로 믿을 수밖에는 없었다. 필연코 그 사나이에게도 나를 변명하기를 '시골서 온 일가 사람'이라고 하였을는지 모르니까.

그러나 그러면 그럴수록 나는 그 집을 떠남에 점점 몰락하여 가는 그 집안과 계순이의 장래를 한없이 슬퍼하였다.

2

3년 후…….

이 짧은 3년 동안 나의 생활에도 많은 변천이 있었으나 아직도 젊은 나의 마음은 퍽도 로맨틱하였다(고 하여도 그것은 참담하고 비장한 로맨티시즘이었다). 이 로맨틱한 마음에 항상 아름다운 꿈을 가슴에 품고 끊임없이 항구에서 항구로 옮아 다녔다. 쉴 새 없이 꿈을 찾는 마음에 항구는 가장 매력 있는 곳이었다. 맑은 거리, 붉은 등불, 밝은 술집, 푸른 술, 젊은 계집, 푸른 하늘, 기름진 바다, 그 위에 뜬 배, 아물아물한 수평선…… 이 모든 것이 무조건으로 좋았다.

새파란 바다 건너 저쪽 편에는
새파란 하늘 닿은 그 나라에는

항상 무엇이 손짓하고 부르는 듯하였다. 아름다운 생각을 그편 하늘 멀리 날릴 때에 아물아물한 수평선은 어여쁜 처녀의 손짓과도 같았다. 그럴 때마다 배에다 꿈을 싣고 낮에는 바람에 돛대 달고 밤에는 달빛에 젖어 가며 쉬지 않고 먼 나라로 달아나고 싶은 충동을 금할 수 없었다.

이 아름다운 공상은 구체화하여 가서 필경은 실현되게까지 되었다. '방랑'이라는 시점 개념에 취하였던 박군과 나에게는 오래전부터 계획하여 오던 '해삼위행'을 마침내 단행할 날이 왔었던 것이다.

동해안의 어떤 항구였다.

푸른 하늘은 건강히 빛나고 5월의 바다는 유심히도 파랬다. 그 위에 꿈꾸는 듯이 배 한 척, 그것이 우리를 싣고 떠날 배였다.

눈코 뜰 새 없이 바빠야 할 출범의 전날이었으나 단지 붉은 몸 하나로 굴러다니는 방랑의 객이라 삼등 선표를 사서 주머니 속에 수습하니 우리의 항해의 준비는 그만이었다. 나머지의 반일을 그 항구의 마지막 날을 우리는 우리를 보내는 김군과 함께 항구의 술집에서 작별의 술을 나누기로 하였다.

앞으로 바다를 바라보고 높이 서 있는 조그마한 카페는 정하고도 고요하였다. 오리알빛 같은 벽, 진홍빛 커튼, 스탠드 위에 푸른 화초, 이 모든 것이 창으로 멀리 내다보이는 바닷빛과 양기로운3) 조화를 띠고 있었다. 벽 위에 괘종이 2시를 땡땡 울리는 고요한 오후였다.

"술!"

창 옆에 진 치고 앉은 우리는 알지 못하는 땅에 대한 꿈과 장래의 포부를 피로하여 가면서 술잔을 높이 들었다. 유리잔 부딪치는 소리가 옆에 앉은 계집아이의 가늘게 부르는 콧노래와 겹쳐서 고요한 카페 안에 반영하였다.

"흐르고 흘러서……."

애조를 담뿍 띤 유랑의 한 곡조가 이상히도 방랑의 흥을 북돋았다. 흐르고 흘러서…… 이것이 그나 우리나 피차의 운명일 것이다. 북은 서백리아西伯利亞4)가 되든 남은 남양南洋5)이 되든 흐르고 흘러서 안주할 바를 모르는 것이 곧 피차의 자태였다. 아직 길 떠나지 않은 우리는 이제 이 항구 이 술집에서 이미 바다 먼 해외에나 나간 듯한 이국정서를 느꼈다.

계집아이는 심상치 않은 정서를 가지고 노래를 불렀다. 애수를 담뿍 품은 노랫가락은 면면히 흘렀다. 이제 이 고요한 술집 안에서는 모두들 제각각 자기들의 꿈을 꾸고 있었다. 노래 부르는 그 계집 아이 노래에 귀 기울이는 우리 세 사람, 그리고 아까부터 저편 창 기슭에 의지하여 시름없이 바다를 바라보고 있는 그 계집아이, 모두 흐르고 흐르는 자기 자신을 반성하는 듯이 순간 고요하였다.

"술이다!"

"잔 가득 부어라!"

모든 애수를 씻어 버리고 나는 늠름히 소리쳤다. 마치 '꿈을 죽여라, 행동이다!' 하는 듯이 늠름히 부르짖었다. 노래 부르던 계집아이는 또다시 붉은 입술에 웃음을 띠면서 술을 따랐다. 우리는 모든 감상을 극복하려는 듯이 함부로 술을 켰다. 가득히 부으면 한숨에 켜고 또 청하였다.

그러나 저편 창 기슭에 의지하여 시름없이 바다만 바라보고 있는 그에게 눈이 갈 때에는 알 수 없이 마음을 치는 것이 있었다. 직업을 떠난 그의 초연한 태도에는 술집 계집아이 아닌 품이 있었고 뜨거운 석양을 담뿍 등지고 잠자코 바다만 바라보고 있는 그의 모양에는 그 무슨 깊은 것이 있었다. 옛꿈에 잠겼는지, 현재를 한탄하는지, 미래를 응시하는지, 바다 건너편을 생각하는지, 그곳의 사랑하는 이를 그리워하는지, 시름없이 바다만 바라보는 그의 자태는 몹시도 애처로웠다. 나는 일어서서 그에게로 가 보고 싶은 충동까지 느꼈으나 고요한 그의 기분을 깨칠까 두려워하여 술 따르는 계집아이에게 물어보았다.

"유리 짱[6]!"

하고 그가 건너편을 향하여 부르자 바다만 바라보고 있던 그는 손수건으로 고요히 눈물을 씻으면서 이쪽을 향하였다. 얼굴 모습은 똑똑히 안 보였으나 흐트러진 머리, 눈물에 이지러진 분기가 흐릿하게보였다. 그는 이쪽에는 아무 관심도 안 가지고 또다시 바다를 향하였다.

"아노히도이쓰데모 나이데박카리이루노요."

다마(玉) 짱은 이렇게 설명하였다. 그리고 그가 약 1주일 전에 이 카페에 왔다는 것, 카페 여급으로는 처음이라는 것, 따라서 손님 접대에 능란치 못하다는 것, 그의 과거에 대하여서는 한 마디도 입을 열지 않는다는 것, 언제든지 혼자 눈물만 흘린다는 것……을 대충대충 이야기하였다.

그의 태도로 보나 이 이야기로 보나 센티멘털한 부르주아 소녀가 아닐 것이매, 그 역亦[7] 남과 같은 밝은 인생을 살아오지 못하는 불행한 사람임을 짐작할 수 있었다. 어디로부터 흘러오고 장차는 어디로 흘러갈 슬픈 인생인가. 흐르고 흐르고…… 모두 똑같은 운명이로구나 하고 생각할 때에 서로 알지 못하는 그와 나이지만 나는 그에게로 기울어지는 한 조각의 마음을 어찌할 수 없었다. 멀리 방랑의 길을 떠나려는 이 마지막 날에 깊은 인생을 이해하는 듯한 그와 이야기라도 한마디 건네 보고 싶었다.

"유리코 상!"

나는 마침 그를 불렀다. 그러나 그는 여전히 명상에 잠겨 있을 뿐이었다. 대답을 못 얻은 나는 열적어서 그만 침묵하여 버렸다.

그러자 이 고요한 카페는 새 손님을 맞아들이자 잔잔하던 공기를 깨트렸다. 정복한 일인 순사 한 사람과 형사인 듯한 사복한 사나이가 거칠게 문을 밀고 들어왔다. 정복 순사가 카페에 온다는 것은 어울리지 않고 하기에 나는 문득 우리 세 사람 위에 무슨 불행이나 일어나지 않을까 하는 좋지 못한 첫 느낌을 받았다. 벼르고 벼르던 '해삼위행'이 또 깨어지나 보다 하는 불안에 떨었다.

"단나와도코다?"

사복한 사나이는 이렇게 소리치더니 저 혼자 서슴지 않고 2층으로 올라갔다.

그는 방 안을 자세히 휘둘러보았다.

아무래도 일은 일어나고야 말 형세였다. 우리는 속히 그 자리를 떠나려 하였으나 일이 벌써 이렇게 된 이상 그것은 더욱 불리할 듯하였다. 꼼짝없이 가만히 앉아서 당할 일이 있으면 당할 수밖에는 없었다.

우리를 노리던 그는 그 시선을 건너편 유리코에게로 옮겼다. 그리고 한 걸음 한 걸음 그에게로 가까이 가더니 나중에 정신없이 생각에 잠겨 있는 그의 등을 쳤다.

유리코는 깜짝 놀라 그를 쳐다보더니 기절이나 할 듯이 두 팔로 얼굴을 가리고는 두어 걸음 뒤로 물러섰다. 그는 무엇인지 높이 소리치더니 거칠게 그를 붙들었다. 심히 놀란 듯한 유리코는 말없이 몸을 빼치려고 애썼다.

일을 당하는 것이 우리가 아니고 유리코라는 것을 알았을 때에 우리는 적지 않은 안도를 느꼈으나 꿈꾸는 듯한 유리코에게 불행이 닥쳐오는 것을 볼 때에는 미안하고도 애처로웠다.

몸을 빼치려고 무수히 애쓰던 유리코는 기진맥진하여 그 자리에 쓰러져 버렸다.……(중략)……별안간 막았던 보나 터지는 듯이 높은 울음소리가 유리코의 심장에서 터져 나왔다. 애를 못 이기고 설움을 못 이긴 듯한 울음소리였다.

나는 곧 일어나서……(중략)……그러나 그것도 쓸데없는 무력한 의분에 지나지 못함을 깨달을 때에 나는 애달팠다.

2층에 올라갔던 사복한 사람이 황망히 내려왔다. 그의 뒤에는 단나와오카미 상인 듯한 두 양주가 공손히 따라 내려왔다. 그들은 두 양주에게 뭐라고 이르더니 쓰러진 유리코를 잡아 일으켰다.

"사 잇쇼니유쿤다!"

필연코 밀매라도 하였거나 돈 많은 손님을 집어먹었거나 하였으리라고 생각하였다.

싫다고 발버둥치는 유리코를 그들은 그 옷 입은 그대로 흩어진 머리 그대로 눈물에 젖은 얼굴 그대로 그를 끌어냈다.

눈물에 젖은 그의 얼굴! 나는 이제야 그를 똑똑히 보았다. 나의 시선은 잠시간 그의 얼굴에 못 박혔다. 그리고 두 번째의 '찰나의 죽음!'이 있었고 놀람과 동요의 회오리바람이 불었다. 유리코…… 그는 두말할 것도 없이 계순이었다. 기모노를 입은 계순이었다.

나는 그에게로 달려들어 나라는 것을 알리고 싶었다. 그러나 벌써 그는 문밖까지 끌려 나간 뒤였다. 그 역시 나를 보지는 못하였다. 그것이 운명이었다.

폭풍우가 지난 뒤 같았다. 어떻게 하면 좋을지를 모르는 나는 잠시 술집 주부酒婦[8]의 이야기에 귀를 기울였다.

그의 이야기에 의하면 유리코는 1주일 전에 서울에서 도망온 여자였다. 집이 가난하여서 어떤 사나이에게 '팔려' 갔다가 난폭한 그 사나이에게 버림을 받자 두 번째 ○○○○에게로 '팔려' 갔었다. 그러나 그가 징글징글하고 몹시도 싫어서 마침내 그 집을 벗어나서 멋대로 도망하여 왔던 것이다.

생각하지 말자 접촉하지 말자 하던 계순의 운명에 또다시 이렇게 스친 것을 나는 슬퍼하였다. 무슨 몹쓸 운명의 장난인가.

계순의 애처로운 마지막 자태가 문득 눈앞에 떠올랐다. 나는 전에 없던 애착을 이제 새삼스럽게 느꼈다. 그리고 그의 집안에 대하여서도 생각났다. 3년 전에 보았던 그 집안은 지금 어떻게나 되었을 것인가. 뒷골목의 반찬 가게 초가집, 그의 어머니 아버지, 나중에 단 하나의 외딸까지 이렇게 '팔아' 먹게 된 그들의 몰락의 과정이 눈앞에 역력히 비치는 듯하였다.

계순의 자태가 또다시 눈앞에 떠올랐다. 나의 정신은 혼란하였다. 나로서 어떻게 하였으면 좋을지를 몰랐다. 그의 뒤를 쫓아가 볼까. 그러나 무슨 소용이 있으리오. 그를 건지기에는 나는 너무도 무력하였다. 그리고 내일은 동무와 같이 해삼위로 떠날 날이다. 나는 미래에 대한 큰 뜻이 있다. 그 뜻을 위하여서는 나갈 데로 나가지 않으면 안 되었다······. 다만 그에 대하여서는 마음으로부터 미안한 생각을 억제할 수 없었다.

동무들에게 끌려 카페를 나와 저물어 가는 해안을 걸어가는 나의 마음속에는 우울의 구름장이 뭉게뭉게 피어올랐다.

3

바다와 항구와 거리를 헤매고 헤매고······ 나는 넓은 세상과 수많은 인간 생활을 활연히 해득하였다. 짓시달린 심장에는 굳은 결심이 못 박혔다. 마침내 나는 새빨간 피의 전부를 바쳐서······ 몸을 던졌다. 여름도 차차 늙어 가는 작년 9월 ○○총동맹의 위원의 한 사람인 나는 어떤 사건의 조사의 책임을 지고 하얼빈까지 갔었다.

의외로 일은 쉽게 끝나고 예정보다는 이틀의 여유가 있었다. 동지 박군과도 오래간만에 만났고 나에게 하얼빈은 처음 길이기도 하기에 나는 박군의 안내를 받아 하얼빈의 사생활을 자세히 구경할 생각이었다.

그래서 마침 나는 크고 작은 거리거리도 구경하고 노서아 사람 많이 사는 유명한 키타이스카야[9] 거리의 마굴魔窟[10]도 엿보았다. 보드카에 취하여도 보고 아름다운 얼굴을 가진 계집 소냐도 알았다. (소냐의 이야기는 여기에서 나오지 않는다.)

밤의 하얼빈은 더한층 아름다운 도회였다. 깊은 어둠 속에 총총히 박힌 무수한 등불이 하늘의 별과 연하여 보였다. 그날 밤에도 박 군과 헤어진 나는 보드카의 취흥을 못 이겨서 시원한 바람을 쏘이면서 쑹화 강(松花江) 연안을 거닐었다. 아름다운 하얼빈의 야경과 쑹화 강을 불어 건너오는 싸늘한 바람에 무상의 쾌감을 느끼는 나는 강 연안을 거닐면서 한 걸음 두 걸음 조그만 중국 사람 거리로 발을 옮겨 놓았다.

얕은 집, 수많은 노점, 바퀴 작은 수레, 불유쾌한 취기…… 어느덧 나는 강 연안을 벗어져 나서 중국인 거리의 복판까지 들어갔다. 야경은 해삼위보다 낫고 복잡하기는 상해에 어림없고 아름답기는 청도에 몇 층 떨어지고 번화하기는 서울의 몇 곱절이고…… 이렇게 막연히 하얼빈을 비평하면서 취흥에 끌린 나는 그칠 바를 모르고 거리에서 거리로 몽유병자같이 자꾸 걸어 들어갔다.

그렇게 함부로 걷는 동안에 길을 어떻게 들었는지 나중에 나는 조그만 알지 못할 거리에까지 갔다. 등불도 없고 인기척도 없는 어둡고 고요한 거리였다. 그 거리를 굽어서 더욱 작은 거리로 몇 간 걸어가자 나는 지붕도 없고 처마도 없는 석유통같이 네모지게 짠 괴상한 집이 졸로리[11] 들어 있는 것을 발견하였다. 그중 몇 집만은 문이 열려 있고 그 안에서 행길로 향하여 희미한 등불이 흘러나왔다.

흐릿한 정신에도 괴상한 느낌을 받았다.

'빈민굴이로구나!'

하고 나는 생각하였다. 세상에 도회 쳐 놓고 빈민굴 없는 곳이 없다. 굉장한 돌집이 즐비하여 있는 그 반면에 반드시 쓰러져 가는 빈민굴이 숨어 있으니 이 뼈저린 대조를 현재의 도회는 모두 보이고 있다. 하얼빈의 빈민굴은 또한 어떠한 것인가를 보아 두어야 할 것이매 나는 늘어 있는 집 앞으로 가까이 걸어갔다.

희미한 등불이 흘러나오는 집 문간에까지 가까이 가 안을 흘끗 엿본 나는 그 자리에 장승같이 서 버리고 말았다.

그 속은 한 칸의 방이었다. 방 안에는 높직한 단이 있고 단 위에는 자리와 요가 펴 있었다. 그 위에 젊은 중국 여자가 두 다리를 뻗고 음란히 앉아 있었다. 두 팔을 드러내 놓고 새파란 중국복에 싸인 젊은 여자였다.

그는 나를 보았는지 이쪽을 향하여 웃음을 던지면서 손짓을 하였다. 그러다가 나중에는 두 다리를 안으로 쪼그리고 두 팔로 옷을 걷어올리더니 발가벗은 하반신을 서슴지 않고 나타내 보였다. 새파란 옷과 희미한 등불에 비쳐 그것은 마치 신비로운 황홀의 연못 그것으로 보였다. 백설 같은 현란한 감각에 현기를 느낀 나는 정신없이 몽롱히 서 있었다. 그러는 동안에 어디서 나타났는지 두 사람의 거한이 비틀걸음을 치면서 방 안으로 들어가더니 음란하게 여자에게로 달려들었다. 어느 결엔지 판장문板牆門[12]이 덜컥 닫히고 문 잠그는 쇠 노래가 들렸다.

'마굴이다!'

나는 그것이 빈민굴이 아니고 마굴임을 깨달았다. 전율할 만한 마굴…… 그 속에서는 어떤 무서운 죄악이 일어나는지도 생각할 새 없이 한번 불 지른 이상 타오르는 새빨간 관능의 불길에서 나는 벗어나려야 벗어날 수 없었다. 아직까지도 몽롱히 서 있던 나는 부끄러운 말이지만 몇 간 건너 역시 행길로 향하여 희미한 등불이 흘러나오는 그곳으로 발을 옮겨 놓았다.

똑같은 방 안에 똑같이 차린 중국 소녀가 앉아 있었다. 새파란 옷, 흰 팔, 눈부신 감각…… 나는 아무것도 반성할 여유 없이 서슴지 않고 안으로 들어가 버렸다.

하룻밤에 몇 놈이나 거친 사나이에게 부대끼는지 젊은 중국 소녀는 피로할 대로 피로한 듯이 손님이 들어가도 머리도 들 생각하지 않고 나른히 앉아 있었다. 아까의 소녀와 같은 난잡한 추태도 지어 보이지는 않았다. 너무도 잠잠한 그의 태도에 나는 기가 빠졌다. 그러나 이왕 이렇게 들어온 이상 염치 불구하고 그의 옆에 가 주저앉으면서 전신을 그에게로 쏠렸다. 그리고 두 팔로 그의 목을 걸어 졸고 있는 듯이 숙인 그의 얼굴을 번쩍 들었다.

'응?'

순간! 나의 전신은 화석하여 버린 듯하였다.

놀람, 의혹, 동요의 회오리바람이 세 번째 또 불었다.

그 회오리바람이 지나가자 그의 목에 걸었던 나의 두 팔은 힘없이 떨어져 버렸다.

눈의 착각이나 아닌가 하여 나는 두 눈을 비비고 또다시 그를 쳐다보았다. 그러나 이미 주기조차 깨어 버린 나의 인식에는 한 점의 틀림도 없었다. 확실히 그였다.

무슨 괴이한 인연인가. 멀고 먼 외국의 밤 낯모르는 도회의 어두운 이 한 귀퉁이에서 그를 또다시 이렇게 만날 줄이야 꿈엔들 생각하였으랴. 거짓말 같은 이야기다. 그러나 운명의 신은 항상 그런 괴이하고 심술궂은 트릭을 좋아하는 얄미운 계집아이 같다.

"무슨 인연입니까? 네, 계순 씨!"

풀 죽은 나의 목소리는 부드러웠다.

나를 힘 있게 붙들었던 그는 말없이 나의 무릎에 얼굴을 파묻고 소리쳐 울 따름이었다.

어디서인지 돌연히 몇 사람의 거친 호인이 몰려 들었다. 코를 찌르는 고약한 냄새가 그들에게서 흘러왔다. 그들의 침입에 나는 적지 아니 놀랐다.

"오늘 저녁 이 조선 계집애는 내 차지다."

그중의 한 자가 술김에 똑똑지 못한 청어淸語로 이렇게 지껄이면서 나를 무시하여 버리고 쓰러져 있는 계순의 등을 잡아 일으켰다. 잇대어 또 한 놈이 비틀비틀 달려들었다.

나는 크나큰 모욕과 분노를 느꼈다. 그리고 계순이를 보호하여야 할 의무까지 느꼈다. 그 자리에 일어서서 아무 분별없이 나는 그에게 달려드는 놈의 팔을 뿌리치고 주먹을 하나 앵겼다.

세 놈이 무서운 기세를 가지고 일제히 나에게 달려들 형세였다. 나 한 사람과 장대한 세 사람의 거한과, 물론 나는 능히 당할 바가 아니었다. 계순이는 나의 팔을 붙들면서 말렸다. 그러자 문득 나는 뒤에 서 있는 장승같이 후리후리한 사나이를 발견하였다. 그런 속을 짐작하는 나는 눈치 빨리 주머니 속에서 집어낸 몇 장의 지폐를 그 사나이의 손에 얼른 쥐어 주었다.

그 사나이는 나에게 만족한 듯한 웃음을 보이고 높이 호령을 하더니 세 놈을 밖으로 쫓아냈다. 그리고 자기도 문을 닫고 나가 버렸다.

우리는 겨우 안심하고 그 자리에 앉을 수 있었다. 안존한 마음으로 그렇게 대면하여 앉기는 낙원동 여관에서의 작별 후 꼭 10년 만이었다. 나는 전무후무 처음으로 그의 손을 잡아 보았다. 그 역시 그의 생전 처음으로 나에게 몸을 의지하였다. 이제는 피차에 부끄러운 마음도 아무것도 없었다. 산 설고 물 설은 이역에 와 있는 외로운 두 개의 혼이었다. 우리는 벌써 살 파는 사람, 살 사러 들어온 사 람은 아니었다.

그 경지를 높이 초월한 두 개의 고결한 영혼이었다.

그에게 대하여 나는 이제 전에 없던 사랑을 느꼈다. 그러나 그것은 욕심 많은 한 개의 사나이로서의 사랑이 아니라 오빠나 어머니로서의 위대한 사랑이었다. 나는 오빠의 사랑을 가지고 그를 안았다. 그는 어머니에게나 안기는 듯이 나를 신뢰하였다. 외로운 땅에 와 어머니의 사랑에도 많이 주렸을 것이다.

어머니…… 어머니라면 대체 그의 어머니는 어떻게 되었을 것인가. 외딸을 이렇게 버려 놓고 망쳐 놓지 않으면 안 된 그의 어머니를 나는 물어보았다. 그의 눈에는 눈물이 새롭게 용솟음쳤다. 그리고 떨리는 목소리로 간신히 한마디를 말하였다.

"죽었는지 살았는지도 몰라요."

"……"

그러면 대체 어떻게 되었단 말인가. 모를 노릇이다. 그러나 나는 더 물으려고도 하지 않았다. 그것보다도 한시라도 속히 둘이 이 자리를 벗어나야 할 것이다. 그를 그 이상 그대로 그 무서운 곳에 버려 둘 수는 없다. 어머니를 찾든지 새 생활을 도모하든지 어쩌든지 서울까지라도 같이 데리고 가야 할 것이라고 나는 결심하였다.

"자, 이대로라도 속히 나와 같이 갑시다."

"네? 가다니요!"

그는 놀라서 거절하였다. 그리고 마굴 안의 무서운 제도와 호인의 포악 무도한 제재를 대강 이야기하였다. 만약 들키면 두 사람의 생명이 위태하다는 것이었다. 그래도 나는 그를 설유하고 용기를 북돋아 주었다. 주인의 양해를 얻어서 요구하는 대가로 그의 몸을 빼내려고까지 계획하였을 때에 계순이는 감격의 눈물을 흘렸다. 그러나 한참이나 있다가 그는 극도의 절망한 태도로 서슴지 않고 두 팔을 걷어 보였다. 가련한 일이었다. 두 팔, 어깻죽지 할 것 없이 흰 살 위에는 무서운 자색 반점이 군데군데 솟아 있었다. 감염된 외국인의 독한 병독으로 하여 젊은 살이 점점 썩어 들어가는 것이었다.

나는 다시 놀랐다. 그러나 침착한 태도로 그를 위로하고 굳은 결심을 요구하였다. 그리고 내일 아침에 일찍이 상당한 액을 변통하여 가지고 와서 주인과 담판하여 모든 일을 결정하기로 굳게 약속하여 놓고 그곳을 나왔다. 번잡하던 도회는 고요히 잠들고 이역의 밤은 깊었다. 취중에 정신없이 헤매던 거리지만 맑은 정신에는 극히 단순한 거리였다. 나는 손쉽게 거리거리를 빠져서 마침내 밤 이슥히 박군의 숙소를 찾았다.

경성행을 하루 동안 연기하기로 하고 이튿날 아침 일찍이 나는 박군의 호의로 상당한 금액을 수중에 차고 박군과 같이 어젯밤 그곳을 찾아갔다.

수면 부족으로 흐린 나의 머릿속에는 전날 밤 일이 마치 필름같이 전개되었다. 생각하고 생각하여도 계순의 이때까지 운명이 너무도 참혹하였다. 그러나 생활이란 항상 '이로부터다'. 이로부터 사람답게 뜻있게 살아간다면 그만 아닌가. 나는 모든 것을 억지로라도 밝게 생각하려 하였다.

쑹화 강을 옆으로 끼고 어제 걷던 거리거리를 찬찬히 찾아 내려가면서 결국 그곳까지 갔다.

석유통같이 네모로 짠 집들, 그것은 낮에 보니 더한층 참담한 것이었다. 그 속에 계순이가…… 모두 거짓말 같았다. 그러나 그것은 거짓말이라면 오죽이나 좋으랴.

아직 문이 닫힌 집도 있고 열린 집도 있었다. 우리는 몇 집을 거쳐 놓고 그것인 듯 짐작되는 집 앞까지 가서 문을 열고 들어갔다.

좁은 방 안에 2~3인의 호인이 들어서서 황망한 태도로 무엇인지 수군수군 의론하고 있었다. 우리의 들어감을 보고 그들은 깜짝 놀라 일제히 이쪽을 향하였다. 그중의 후리후리한 사나이는 주인인 듯한 어젯밤의 그 사나이였다.

나는 그들을 헤치고 들어가서 무엇보다도 먼저 단 위의 계순이를 찾았다. 이불을 푹 쓰고 있는 그는 아직까지 잠자고 있는 듯하였다. 나는 단 위에 올라가서 그를 깨웠다. 후리후리한 사나이는 나를 붙들면서 만류하는 듯하였다. 그것도 불구하고 나는 깨웠다. 흔들었다. 그러나 그의 잠은 너무도 깊이 들었다. 너무도 깊이…… 영원히 깊이.

나는 황망하였다. 정신이 산란되었다. 다시 흔들고 흔들었으나 맥은 이미 끊어졌고 전신은 싸늘하였다. 핼쑥한 얼굴을 들여다보았을 때의 나의 가슴은 무너지는 듯이 비통하였다.

"계순이, 계순이!"

뜨거운 눈물에 세상이 캄캄하여졌다.

그칠 줄 모르고 쏟아지는 눈물 사이로 나는 그의 머리맡에 놓인 조그만 약병과 한 장의 글발을 발견하였다. 나에게 주는 유서였다. 눈물을 뿌려 가면서 나는 그것을 읽었다.

찬호 씨, 놀라지 마세요. 경솔하다고 책하지 마세요. 저의 취할 길은 이밖에는 없었습니다. 이 몸을 가지고 어디 가서 무슨 새 생활을 꾸며 보겠습니까. 결국 일각일각 죽음을 기다려야 할 것이니 차라리 한시라도 속히 죽어 버리는 것이 편할 줄로 믿었습니다. 너무나 고마운 생각에 죽어도 한이 없습니다. 이 밤에 저에게 보여 주신 고결한 사랑, 저는 마지막으로 사람답게 살았습니다. 아무것도 한할 것이 없어요. 다만 세상은 저에게 너무도 쓰렸습니다.

어머니 아버지는 죽었는지도 모릅니다. 서울에서 작별한 것이 마지막 작별이었습니다. 저보다도 더 불쌍한 이들이에요. 이 낯선 땅에 와 있어도 그이들만은 한시도 잊은 적이 없었습니다. 죽은 뒤에 뼈나 추려 주세요. 그 뼈라도 어머니의 품에 들어간다면 저에게는 더없는 기쁨이겠습니다. 계순.

쏟아지는 눈물을 나는 금할 수 없었다. 싸늘한 그의 얼굴을 들어 마지막으로 품에 안아 보았다. 그의 말도 옳기는 옳다만 어젯밤에 약속까지 하여 놓고서 왜 이렇게 죽는단 말인가. 낯선 땅 이 한구석에서 이별한 지 오래인 아버지 어머니도 못 보고 반 50의 젊은 청춘을 죽어 버린다는 것은 너무도 비참하였다.

나와 박군과 세 사람의 호인은 그를 둘러싸고 앉아서 외로운 영을 위하여 묵도를 올렸다.

비통의 눈물은 참회의 눈물로 변하였다. 반은 나의 죄라고 할까. 그러나 반은 누구의 죄인가?

빌어먹을 놈의 ○○이다. 어금니로 바작바작 씹고 씹고 또 씹어도 시원치 않을 놈의 ○○이다. 나의 새빨간 심장에는 무서운 저주와 굳은 신념의 연륜이 또 한 바퀴 새겨졌다.

이 새빨간 염통이 두 조각이 나는 한이 있더라도 그의 맺히고 맺힌 원한만은 풀어 주고야 말 것이다. 그의 영혼 앞에 고개 숙이고 앉은 나는 마음속 깊이 그의 외로운 영혼과 맹서 지었다.

— 주

1) 이: 이익. 이문.
2) 채귀債鬼: 악착같이 이자를 받고 빚 갚기를 몹시 졸라 대는 빚쟁이를 비유적으로 이르는 말.
3) 양기로운: 만물이 살아 움직이는 듯 활발한 기운이 있는.
4) 서백리아西伯利亞: '시베리아'의 음역어.
5) 남양南洋: 태평양의 적도를 경계로 하여 그 남북에 걸쳐 있는 지역을 통틀어 이르는 말.
6) 짱: 일어로, 아주 친근함을 나타내는 호칭.
7) 역亦: 또한.
8) 주부酒婦: 주모酒母.
9) 키타이스카야: 하얼빈의 번화가로, 러시아 어로 '중국인 거리'라는 뜻임.
10) 마굴魔窟: 못된 무리나 매춘부, 아편 중독자 따위가 모여 있는 곳을 비유적으로 이르는 말.
11) 졸로리: '나란히'의 방언.
12) 판장문板牆門: 널빤지로 만든 문. 널문.

노령근해露領近海

동해안의 마지막 항구를 떠나 북으로 북으로! 밤을 새우고 날을 지나니 바다는 더욱 푸르다.

하늘은 차고 수평선은 멀고.

뱃전을 물어뜯는 파도의 흰 이빨을 차면서 배는 비장한 행진을 계속하고 있다.

마스트 위에 깃발이 높이 날리고 연기가 찬바람에 가리가리 찢겨 날린다.

두만강 넓은 하구를 건너 국경선을 넘어서니 노령露領[1] 연해의 연봉이 바라보인다. 하얗게 눈을 쓰고 북국 석양에 우뚝우뚝 빛나는 금자색 연봉이.

저물어 가는 갑판 위는 고요하다.

살롱에서 술타령하는 일등 선객들의 웃음소리가 간간이 새어 나올 뿐이요, 그 외에는 인기척조차 없다.

배꼬리 살롱 뒤 갑판. 은은한 뱃전에 의지하여 뭔지 의론하는 두 사람의 선객이 있다. 한 사람은 대모테[2] 쓴 청년이요, 한 사람은 코 높은 마우자馬牛子[3]이다.

낙타빛 가죽 셔츠 위에 띤 검은 에나멜 혁대며 온 세상을 구를 만한 굵은 발소리를 생각케 하는 두툼한 구두가 챙 빠른 모자와 아울러 그를 한층 영웅적으로 보이게 한다.

연해주의 각지를 위시하여 네르친스크 치타 방면을 끊임없이 휘돌아치느니만큼 그들에게는 슬라브 족다운 큼직한 호활한 풍모가 떠돈다.

마우자는 대모테 청년과 조선말 아닌 말로 은은히 지껄인다.

냄새 잘 맡는 ○○는 빨빨거리며 어디든지 안 쫓아오는 곳이 없다.

정신없이 의론하다가도 그들은 가끔 말을 그치고 살롱 쪽을 흘깃흘깃 돌아본다.

거기에는 확실히 ○○에서 쫓아오는 친구가 있을 것이다.

푸른 바다는 안개 속으로 저물어 간다.

어디서 나타났는지 흰 갈매기 두어 마리 끽끽 소리치며 배 앞을 건너 안개 속으로 사라진다.

갈매기 소리 사라지니 갑판 위는 더한층 고요하다.

페인트 냄새 새로운 살롱에서는 육지 부럽지 않은 잔치가 열렸다.

국경선을 넘어서 외지에 한 걸음 들여놓았을 때에 꺼릴 것 없이 진탕으로 마시고 얼근히 취하는 것이 그들의 하는 상습이다.

흰 탁자 위에는 고기와 과일 접시가 수없이 놓였고 술병과 유리잔이 쉴 새 없이 돌아다닌다.

대개가 상인이니만치 그들 사이에는 주권株券 이야기, 미두米豆[4] 이야기가 꽃피었다.

그들에게는 모든 것이 유리한 시장에서 어떻게 하면 싫도록 돈을 짜내 볼까 하는 것이 대머리를 기름지게 번쩍이는 그들의 똑같은 공론이다.

'서의 명령이니 쫓아만 오면 그만이지 바득바득 애쓰며 직무를 다할 것은 없다'고 생각하는 ○○의 친구도 한편 구석에서 은근히 어떻게 하면 배를 좀 불려 볼까 하는 생각에 똑같이 취하고 있다.

유쾌한 취흥과 유쾌한 생각에 그들은 마음껏 즐겁다.

술병이 쉴 새 없이 거품을 쏟는다.

유리잔이 쉴 새 없이 기울어진다.

흰옷 입은 보이가 쉴 새 없이 휘돌아친다.

'놈들, 도야지같이 처먹기도 한다.'

취사장에서 요리 접시를 나르던 보이는 중얼거리며 윈치 옆을 돌아올 때에 남몰래 요리 접시 두엇을 감쪽같이 빼서 윈치 뒤에 감춰 두었다.

'놈들의 양을 줄여서 나의 동무를 살려야겠다.'

살롱 갑판에서 몇 길 밑 쇠줄 사다리를 타고 내려간 곳에 기관실이 있다. 흰 식탁 위에 술이 있고 해가 비치고 뻥끼[5] 냄새 새로운 선창에 푸른 바다가 보이고 간혹 달빛조차 비끼는 살롱이 선경이라면 초열과 암흑의 기관실은 온전히 지옥이다. 육지의 이 그릇된 대조를 바다 위의 이 작은 집합 안에서도 역시 똑같이 노골적으로 드러내 놓고 있다.

어둡고 숨차고 보일러의 열로 찌는 듯한 이 지옥은 이브를 꾀다가 아흐레 동안이나 아래로 아래로 떨어진 사탄의 귀양 간 불비 오는 지옥에야 스스로 비길 바가 아니겠지만 그러나 또한 이 시인의 환영으로 짜 놓은 상상의 지옥이 이 세상의 간교로 짜 놓은 현실의 지옥에야 어찌 비길 바 되랴.

얼굴을 익혀 가며 아궁[6] 앞에서 불 때는 화부들, 마치 지옥에서 불장난 치는 악마들같이도 보이고 어둠 속에 웅크린 반나체의 그들은 마치 원시림 속에 웅크린 고릴라와도 흡사하다.

교체한 지 몇 분이 못 되어 살은 이그러지고 땀은 멋대로 쏟아진다.

폭이 두 간에 남지 않는 좁은 데서 두 간에 남는 긴 화저火箸[7]로 아궁을 쑤시면 화기와 석탄재가 보얗게 화실火室을 덮는다.

다 탄 끄트러기를 바께쓰에 그뜩그뜩 담아내고 그 뒤에 삽으로 석탄을 퍼 던지면 널름거리는 독사의 혀끝 같은 불꽃이 확확 붙어 오른다.

둘째 아궁과 셋째 아궁마저 이렇게 조절하여 놓으면 기관실은 온전히 불붙는 지옥이다.

아궁 위의 여섯 개의 보일러는 100파운드가 넘는 증기를 올리면서 용솟음친다.

불을 쑤시고 또 석탄을 넣고…….

땀은 쏟아지고 전신은 글자대로 발갛게 익는다.

양동이에 떠 온 물이 세 사람의 화부 사이에서 볼[8] 동안에 사라지고 만다. 사실 물이라도 안 마시면 잠시라도 견뎌 나갈 수가 없다.

북국의 바다 오히려 이러하니 적도 직하의 인도양을 넘을 때에야 오죽하랴.

이렇게 하여 배는 움직이는 것이다. 살롱은 취흥을 돋우리만치 경쾌하게 흔들리는 것이다.

교체한 지 반 시간만 넘으면 화부의 체력은 낙지 다리같이 느른해진다. 부삽 하나 처들 기맥조차 없어진다.

보일러의 파운드가 내리기 시작한다.

먼 브리지에서 항구의 계집을 몽상하던 선장은 전화통으로 소리 친다.

"기관에 주의!"

"속력을 늘려라!"

역시 항구 계집의 젖가슴을 환상하던 기관장은 이 명령에 벌떡 일어나 화실로 쫓아온다.

"무엇들 하느냐!"

화부는 느릿느릿 아궁에 석탄을 집어넣는다.

'무엇 해, 일하지. 너희들같이 편한 줄 아니.'

그러나 이것이 입 밖에 나오지는 않았다. 폭발은 마땅한 때를 얻어야 할 것이다.

"부지런히 해라, 이놈들아!"

기관장의 무서운 시선이 화부들의 등날을 재촉질한다.

'부삽으로 쳐서 아궁 속에 태워 버릴까. 3분이 못 되어 재가 되어버릴 것이다.'

이 똑같은 생각이 세 사람의 머릿속에 똑같이 솟아올랐다.

깊은 암흑.

이 세상과는 인연을 끊어 놓은 듯한 암흑의 공간.

철벽으로 네모지게 이 세상을 막은 석탄고 속은 영원의 밤이다.

간단없는 동요, 기관 소리가 어렴풋이 흘러올 따름.

이 죽음 속에 확실히 허부적거리는 동체가 있다. 허부적거릴 때마다 석탄 덩이가 와르르 흩어진다.

"으……."

"아……."

이 원시적 모음의 발성은 구원을 부르는 소리라느니보다는 자기의 목소리를 시험하려는, 즉 생명이 아직 남아 있나 없나를 시험하여 보려는 듯한 목소리이다.

"으……."

"아……."

기맥이 쇠진하여 그 자리에 쓰러졌는지 잠시 고요하다.

와르르 흩어지는 석탄 더미 위에 네 활개를 펴고 엎드린 청년의 초췌한 얼굴을 비춘다.

허벅숭이 밑에 그슬린 얼굴은 푸른빛을 받아 처참하고 저 혼자 살아 있는 듯한 말뚱한 눈동자에는 찬바람이 휙휙 돈다.

"물!"

절망적으로 외치면서 다시 불을 그었다.

불빛에 조각조각 부서진 빵 조각과 물병이 보인다.

흔드는 물병 속에는 한 방울의 물도 없다.

물병을 던지고 청년은 허둥허둥 일어서 또 외친다.

"물!"

"물!"

"무―울!"

어둠 속에서 미친놈같이 그는 싸움의 대상도 없이 혼자 날뛴다.

아니 싸움의 대상이 없는 것은 아니다. ○○이 없는 것은 아니다. 그러나 눈앞에 보이는 것은 어둠뿐이요, 기갈뿐이다.

석탄 덩이가 어둠 속에서 난다.

두 주먹으로 철벽을 두드리는 소리가 난다.

그러나 세상과 담쌓은 이 암흑의 공간에서 아무리 들볶아친다 하여도 그것은 결국 이 버림받은 공간에서의 헛된 노력에 지나지 못 할 것이다. 독에 빠진 쥐의 필사적 노력이 독 밖의 세상과는 아무 인연을 가지지 못한 것같이…….

"아―앗!"

"물, 물, 무―울!"

그는 몸을 철벽에 부딪치면서 마지막 힘을 냈다.

급한 걸음으로 쇠줄 사다리를 타고 내려오는 발자취가 있다.

발자취 소리는 석탄고 앞에서 그쳤다.

회중전등의 광선이 달덩이 같은 윤곽을 석탄고 문 위에 어지럽게 던진다.

광선은 칠 벗은 검붉은 뼁끼 위에 한 점을 노리더니 그곳이 마침 열쇠로 열렸다.

찬바람이 얼굴을 스치고 어둠이 앞을 협박한다. 회중전등의 광선이 석탄고 속을 어지럽게 비추더니 나중에 한가운데에 쓰러져 있는 처참한 청년의 얼굴 위에 머물렀다.

"물!"

"물!"

두 팔을 내밀면서 그는 부르짖는다.

세상과 인연 끊겼던 이 암흑의 공간에 한 줄기의 광명을 인도한 사람은 살롱의 보이였다.

"미안하네."

하면서 그는 청년을 붙들고 그의 입에 물병을 기울인다.

"술을 따러라, 잔을 날러라 하면서 놈들이 잠시라도 놓아야지."

보이는 사과하는 듯이 그를 위로한다.

정신없이 물을 켜던 청년은 입을 씻고 숨을 내쉰다.

"정신을 차리고 이것을 먹게!"

보이는 가져왔던 바스켓을 열고 가지가지의 먹을 것을 낸다.

고기, 빵, 과일, 그리고 금빛 레테르 붙은 이름 모를 고급 양주…… 일등 선객의 요리를 감춘 것이니 범연할 리 없다.

"그들의 한 때의 양을 줄이면 우리의 열 때의 양은 찰 걸세."

고마운 권고에 청년은 신선한 식욕으로 빵 조각을 뜯으면서 동무에게 묻는다.

"대관절 몇 리나 남었나?"

"눈꾹 감고 하루만 더 참게."

"또 하루?"

"하루만 참으면 목적한 곳에, 그리고 자네 일상 꿈꾸던 나라에 깜쪽같이 내리게 되네."

"오, 그 나라에!"

청년은 빵 조각을 떨어뜨리고 비장한 미소를 띠면서 꿈꾸는 듯이 잠시 명상에 잠겼다가 감동에 넘쳐 흘러내리는 한줄기 눈물을 부끄러운 듯이 손등으로 씻는다.

"그곳에 가면 나도 이놈의 옷을 벗어 버리고 이제까지의 생활을 버리겠네."

"아! 그곳에 가면 동무가 있다. 마우자와 같이 일하는 동무가 있다!"

울려 오는 배의 동요에 석탄 덩이가 굴러 내린다.

파도 소리와 기관 소리가 새롭게 들려온다.

"그럼, 난 그만 가 보겠네. 종일 동안만은 충실해야 하잖겠나."

동무는 자리를 일어선다.

"하루! 배나 든든히 채우고 하루만 꾹 참게. 틈나는 대로 그들의 눈을 피해 내 또 한번 오리."

회중전등을 청년의 손에 쥐이고 입었던 속옷을 한 꺼풀 벗어 몸을 둘러 주고는 그는 석탄고를 나갔다.

두 층으로 된 삼등 선실은 층 위나 층 아래가 다 만원이다.

오래지 않은 항해이지만 동요와 괴롬에 지친 수많은 얼굴들이 생기를 잃고 떡잎같이 시들었다.

누덕[9] 감발에 머리를 질끈 동이고 돈 벌러 가는 사람이 있다. 돈 벌기 좋다던 '부령 청진 가신 낭군'이 이제 또다시 돈 벌기 좋은 북으로 가는 것이다. 미주 동부 사람들이 금 나는 서부 캘리포니아를 꿈꾸듯이 그는 막연히 금덩이 구르는 북국을 환상하고 있다.

'부자도 없고 가난한 사람도 없고 다 같이 살기 좋은 나라'를 막연히 찾아가는 사람도 많다. 그중에는 '3년 동안이나 한 닢 두 닢 모아 두었던 동전'으로 마지막 뱃삯을 삼아서 떠난 50이 넘은 노인도 있다.

'서울로 공부 간다고 집 떠난 지 열세 해 만에 아라사에 가서 객사한' 아들의 뼈를 추리러 가는 불쌍한 어머니도 있다.

색달리 옷 입고 분 바른 젊은 여자는 역시 '돈 벌기 좋은 항구'를 찾아가는 항구의 여자이다. '돈 많은 마우자는 빛깔 다른 조선 계집을 유달리 좋아한다'니 '그런 나그네는 하룻밤에 둘만 겪어도 한 달 먹을 것은 넉넉히 생긴다'는 돈 많은 항구를 찾아가는 여자이다.

이 여러 가지 층의 사람 숲에 섞여서 입으로 무엇인지 중얼중얼 외는 청년이 있다.

품에 지닌 만국 지도 한 권과 손에 든 노서아어의 회화책 한 권이 그의 전 재산이다.

거개擧皆[10] 배에 취하여 악취에 코를 박고 드러누운 그 가운데에서 그만은 말끔한 정신을 가지고 노서아어 단어를 한 마디 한 마디 외워 간다.

'가난한 노동자…… 베드느이 라보-취이.'

'역사…… 이스토-리야.'

'전쟁…… 보이나.'

책을 덮고 눈을 감고 다시 한 마디 한 마디 속으로 외워 간다.

'깃발…… 즈나-먀.'

'아름다운 내일…… 크라시브이 자브트라.'

창구멍같이 뽕 뚫린 선창에는 파도가 출렁출렁 들이친다.

흐린 유리창 밖으로 안개 깊은 수평선을 바라보는 젊은 여자, 그에게는 며칠 전 항구를 떠날 때의 생각이 가슴속에 떠오른다.

윈치가 덜컥덜컥 닻 감는 소리 항구 안에 요란히 울렸다. 닻이 감기자 출범의 기적 소리 뚜- 하고 길게 울리며 배가 고요히 움직이기 시작하니 부두와 갑판에서 보내고 가는 사람 손 흔들며 소리 지르며 수건 날렸다. 어머니도 오빠도 이웃 사람도 자기를 보내는 사람은 아무도 없었으나 배와 부두의 거리가 멀어지자 그에게는 눈물이 푹 솟았다. 어쩐지 다시 돌아오지 못할 길을 마지막으로 떠나는 것 같아서 배가 항구를 벗어나 산모롱이를 돌 때까지 정든 산천을 돌아보며 그는 눈물지었다. 눈물지었다! 눈물을 담뿍 뿜은 깊은 안개 선창 밖에 서렸고 갤 줄 모르는 애수 흐린 가슴속에 서렸다.

대모테와 마우자는 뭔지 여전히 은근히 지껄이며 삼등 선실 안으로 들어와 각각 자리로 간다.

노서아어에 정신없던 청년은 마우자를 보자 웃음을 띠며 뭔지 말하고 싶은 충동을 금할 수 없는 듯하다.

"루스키 하라쇼!"

"루스키 하라쇼!"

능치 못한 말로 되고 말고 그는 이렇게 호의를 표한다.

마우자 역시 반가운 듯이 웃음을 띠며 그에게로 손을 내민다.

밤은 깊었다.

바다도 깊고 하늘도 깊고.

깊은 하늘 먼 한편에 별 하나 반짝반짝.

연해의 하늘에 굽이친 연봉도 깊은 잠 속에 그의 윤곽을 감추었다.

높은 마스트 위의 붉은 불 푸른 불이 잠자는 밤의 아련한 숨소리같이 빛날 뿐이요, 갑판 위는 고요하다. 고요한 갑판 난간에 의지하여 얕은 목소리로 수군거리는 두 개의 그림자가 있으니 대모테와 마우자이다.

인기척 없고 발자취 소리 끊어진 갑판 위에서 그래도 그들은 가끔 뒤를 돌아보며 뭔지 은근히 의론한다.

뱃전을 고요히 스치는 파도 소리가 때때로 그들의 회화를 끊을 뿐이다.

— 주

1) 노령露領: 러시아의 영토. 시베리아 일대를 가리킴.
2) 대모테: 대모玳瑁(바다거북) 껍데기로 만든 안경테.
3) 마우자馬牛子: 러시아 사람을 일컫는 말.
4) 미두米豆: 현물 없이 쌀을 팔고 사는 일. 실제 거래를 목적으로 하는 것이 아니고 쌀의 시세를 이용하여 약속으로만 거래하는 일종의 투기 행위.
5) 뼁끼: '페인트'의 일본식 발음.
6) 아궁: 아궁이.
7) 화저火箸: 부젓가락.
8) 뽈: '잠깐'의 방언.
9) 누덕: '누더기'의 방언.
10) 거개擧皆: 거의 모두.

깨트려진 홍등

1

"여보세요."

"이야기가 있으니 이리 좀 오세요."

"잠깐 들어와 놀다 가세요."

"너무 히야카시[1] 마시구 이리 좀 와요."

"앗다, 들어오세요."

"여보세요."

"여보세요."

"여보세요."

……저문 거리 붉은 등에 저녁 불이 무르녹기 시작할 때면 피를 말리고 목을 짜내며 경칩의 개구리 떼같이 울고 외치던 이 소리가 이 청루에서는 벌써 들리지 않았고 나비를 부르는 꽃들이 누樓 앞에 난만히 피지도 않았다.

'상품'의 매매와 흥정으로 그 어느 밤을 막론하고 이른 아침의 저자같이 외치고 들끓는 이 '화려한' 이 저자에서 이 누 앞만은 심히도 적막하였다.

문은 쓸쓸히 닫혔고 그 위에 걸린 홍등이 문 앞을 희미하게 비추고 있을 따름이다.

사시장청四時長靑[2] 어느 때를 두고든지 시들어 본 적 없는 이곳이 이렇게 쓸쓸히 시들었을 적에는 반드시 심상치 않은 일이 일어났음이 틀림없었다.

2

몇 백 원이나 몇 천 원 계약에 팔려서 처음으로 이 지옥에 들어오면 너무도 기막힌 일에 무섭고 겁이 나서 몇 주일 동안은 눈물과 울음으로 세상이 어두웠다. 밤이 되어 손님을 맡아 가지고 제 방으로 들어갈 때에는 도살장으로 끌리는 양이었다. 너무도 겁이 나서 울고 몸부림을 하면 어떤 사람은 가여워서 그대로 가 버리고 어떤 사람은 소리를 치고 주인을 부르고 포악을 부렸다. 그러면 주인이 쫓아와서 사정없이 매질하였다. 눈물과 공포와 매질에 차차 길든다 하더라도 1년 열두 달 하루도 안 내놓고 밤새도록 부대끼고 나면 몸은 점점 피곤하여 가서 나중에는 도저히 체력을 지탱하여 갈 수 없었다. 그러나 병이 들어 누웠을 때면 미음 한술은커녕 약 한 첩 안 달여 주었다. 몸 팔고 매 맞고 학대받고…… 개나 돼지에도 떨어지는 생활을 그들은 하여 왔던 것이다.

사람으로서의 대접을 못 받아 오는 그들이 불평을 품고 별러 온 지는 이미 오래였다. 학대받으면 받을수록 원은 맺혀 가고 분은 자라갔다. 비록 그들의 원과 분이 어떤 같은 목표를 향하여 통일은 되지 못하였을망정 여덟이면 여덟 사람 억울한 심사와 한 많은 감정만은 똑같이 가졌던 것이었다.

유심히도 피곤한 날이었다.

오정 때쯤은 되어서 아침들을 마치고 나른한 몸으로 층 아래 넓은 방에 모였을 때에 누구의 입에선지 이런 탄식이 새어 나왔다.

"우리가 왜 이렇게 고생을 하는가."

말할 기맥조차 없는 듯이 모두 잠자코 있는 가운데서 봉선이라는 좀 나 어린 창기가 뛰어 나서며 말하였다.

"너나 내가 팔자가 기박해서 그렇지 않으냐. 그야 남처럼 버젓한 남편을 섬겨서 아들딸 낳고 잘살고 싶은 생각이야 누가 없겠니만 타고난 팔자가 기박한 것을 어떻게 하니."

무엇을 생각하는지 한참이나 잠자코 있던 부영이라는 나 찬 창기가 이 말에 찬동하지 못하겠다는 듯이 항의를 하였다.

"팔자가 다 뭐냐. 다 같이 이목구비를 갖추고 무엇이 남만 못해서 부모를 버리고 동기를 잃고 고향을 떠나 이 짓까지 하게 되었단 말이냐. 이렇게 많은 사람이 왜 모두 그런 기박한 팔자만 타고났겠니."

"그것이 다 팔자 탓이 아니냐."

"그래도 너는 팔자구나…… 아무리 생각해도 나는 팔자 밖에 우리를 요렇게 맨들어 놓은 무엇이 있는 것 같더라."

경상도 어느 시골에서 새로 팔려와 밤마다의 울음과 매에 지친 채봉이가 뛰어 나서면서 쉰 목소리로 외쳤다.

"내 세상에 보다 보다 ○팔아먹는 놈의 장사 처음 보았다. 문둥이 같은 놈의 세상!"

눈물 많은 그는 제 입으로 나온 이 말에 벌써 감동이 되어 눈에 눈물이 글썽하였다.

부영이가 그 뒤를 이었다.

"그래, 채봉이 말마따나 문둥이 같은 놈의 세상? 우리를 요렇게 맨들어 논 것이 기박한 팔자가 아니라 이 문둥이 같은 놈의 세상이란다."

"세상이 우리를 기구하게 맨들었단 말이냐?"

봉선이는 미심한 듯하였다.

"그렇지 않으냐. 생각해 보려무나. 애초에 우리가 이리로 넘어올 때에 게

약인지 무엇인지 해 가지구 우리를 팔아먹은 놈은 누구며 지금 우리가 버는 돈을 푼푼이 뺏어 내는 놈은 누구냐. 밤마다 피를 말리고 살을 팔면서도 우리야 돈한푼 얻어 보았니."

"그야 그렇지."

"한 사람이 하룻밤에 적어도 6원씩만 번다고 하여도 우리 여덟 사람이 벌써 근 50원 돈을 버는구나. 그 50원 돈이 다 뉘 주머니 속에 들어가고 마니. 하루에 단 5원어치도 못 얻어먹으면서 우리 여덟이 애쓰고 벌어서 생판 모르는 남 좋은 일만 시켜 주지 않았니."

한참이나 있다가 봉선이기 탄식하였다.

"그러고 보니 우리가 멍텅구리가 아니냐."

"암, 그렇구말구. 우리는 사람이 아니구 물건이란다. 놈들의 농간으로 이리저리 팔려 다니며 피를 짜 놈들을 살찌게 하는 물건이란다."

"니 정말 그런고."

"생각해 봐라. 곰곰이 생각해 보려무나, 안 그런가."

"그럼 우리가 멀건 천치 아이가."

"천치란다. 멀건 천치란다. 팔자가 기박하고 이목구비가 남만 못한 것이 아니라 이런 천치 짓을 하는 우리가 못났단다."

"……."

"우리가 사람 같은 대접을 받아 왔나 생각해 봐라. 개나 도야지보다도 더 천하게 여기어 오지 않았니."

부영이의 목소리는 어쩐지 여기서 떨렸다.

"먹고 싶은 것 먹어 봤니, 놀고 싶을 때 놀아 봤니, 앓을 때에 마음 한술 약 한 모금 얻어먹었니. 처음 들어오면 매질과 눈물에 세상이 어둡고 기한이 되어도 내놓지 않는구나."

어느덧 그의 눈에는 눈물이 돌았다. 그러나 떨리는 목소리로 여전히 계속하였다.

"저 명자만 해두 올 때에 계약한 돈을 다 벌어 주지 않었니. 그리고 기한이 넘은 지도 벌써 두 달이 아니냐. 그런데두 주인은 어데 내놓나 보아라. 한 방울이라도 더 우려내고 한 푼이라도 더 뜯어낼려고 꼭 잡고 내놓지 않는구나."

이 소리를 듣는 명자의 눈에는 눈물이 괴었다. 기어코 참을 수 없이 그만 울음이 터져 나오고야 말았다.

채봉이도 따라 울었다.

나어린 봉선이는 설움을 못 이겨서 몸부림을 치면서 흑흑 느끼기까지 하였다.

이렇게 하여 이윽고 각각 설운 처지를 회상하는 그들은 일제히 울어 버리고야 말았던 것이다.

부영이만은 입술을 지그시 깨물고 울음을 억제하면서 말 뒤를 이었다.

"우리는 사람이 아니다. 이 개나 도야지만도 못한 천대를 너희들은 더 참을 수 있니. 꾸역꾸역 더 참을 수 있겠니."

"……."

"이 천대를 더 참을 수 있겠니."

"참을 수 없으면 어이 하노."

채봉이는 눈물 섞인 목소리로 한탄하였다.

부영이는 한참 동안이나 대답이 없었다.

그러다가 마침내 그는 좌중을 돌아보면서,

"울지를 말아라. 울면 무엇하니."

하고 고요히 우려내는 듯이 한마디 또렷또렷이 뱉어 냈다.

"울지 말고 우리 한번 해 보자!"

"뭘해 보노."

"우리 여덟이 짜고 주인과 한번 해 보자!"

"해 보다니, 어떻게 한단 말이냐."

눈물 어린 얼굴들이 일제히 부영이를 향하였다.

"우리 원이 많지 않으냐. 그 원을 들어 달라고 주인한테 떼써 보자꾸나."

"우리 원을 주인이 들어준다디."

채봉이 생각에는 얼토당토않은 듯하였다.

"그러니까 떼써서 안 들어주면 우리는 우리 할 대로 하잔 말이다."

"우리 할 대로?"

눈물에 젖은 눈들이 의아히여서 다시 부영이를 바라보았다.

"모두 짜고 말을 안 들어주면 그만이 아니냐. 돈을 안 벌어 주면 그만이 아니냐."

"그렇게 하게 하겠니."

"일제히 결심하고 죽어도 말 안 듣는데 젙들 어떻게 한단 말이냐."

"옳지!"

"그렇지!"

그들은 차차 알아들 갔다.

마침내 부영이의 설명과 방침을 잘 새겨들은 그들은 두 손을 들고 기쁨에 넘쳐서 뛰고 외쳤다.

"좋다!"

"좋다!"

"부영아 이년아, 니 어디서 그런 생각 배웠나."

"그전에 공장에 다니던 우리 오빠에게서 들었단다. 그때 공장에서도 그렇게 해서 월급 오르고 일 시간 적어지고 망나니 감독까지 내쫓았다더라."

"니 이년아 맹랑하다."

"우리도 하자!"

"하자!"

"하자!"

수많은 가냘픈 주먹이 꿋꿋이 쥐이고 눈물에 흐렸던 방 안은 이제 계획과 광명에 활짝 개어 올랐다.

이렇게 하여 결국 그들은 어여쁜 결심을 한 끈에 맺어 일을 단행하게 되었다. 이때까지 이 세상에서 받아 온 학대에 대한 크나큰 원한과 분이 이제 이 집주인과의 대항이라는 한 구체적 형식으로 표현되었던 것이다.

처음인 그들은 일의 교섭을 부영이에게 일임하였다. 부영이는 전에 오빠에게서 들은 것이 있어서 구두로 주인과 담판하기를 피하고 오빠들의 예를 본받아서 요구서 비슷한 것을 작성하기로 하였다.

여덟 사람 입에서 나오는 수많은 조목 중에서 대강 다음과 같은 요구의 조목을 추려서 능치는 못하나 대강 읽을 줄 알고 쓸 줄 아는 부영이는 한 장의 종이를 도톨도톨한 다다미 위에 놓은 채 그 위에 연필로 공을 들여서 내리 적었다.

1. 기한 넘은 명자를 하루라도 속히 내놓을 일.
1. 영업 시간은 오후 6시부터 새로 2시까지로 할 일(즉 2시 이후에는 손님을 더 들이지 말 일).
1. 낮 동안에는 외출을 마음대로 시킬 일.
1. 한 달에 하루씩 놀릴 일.
1. 처음 들어온 사람을 매질하지 말 일.
1. 앓을 때에는 낫도록 치료를 하여 줄 일.

이렇게 여섯 가지 조목을 적고 그다음에 만약 이 조목의 요구를 하나라도 안 들어주면 동맹하여 손님을 안 받겠다는 뜻을 간단히 쓰고 끝에 여덟 사람의 이름을 연서하고 각각 제 이름 밑에 지장을 찍었다.

다 쓴 뒤에 부영이가 한번 읽어 주었다. 제 입으로 한 마디 한 마디 떠듬떠듬 뜯어들 읽기도 하였다.

다 읽은 뒤에 그들은 벌써 일이 다 되고 주인이 굽실굽실 꿀려 오는 듯하여서 손을 치고 소리 지르고 한없이 기뻐들 하였다. 전에는 생각지도 못하였던 합력의 공이 끔찍이도 큰 것을 처음으로 안 것도 기쁜 일이었다.

뛰고 붙잡고 마음껏 기뻐들 한 끝에 그들은 제비를 뽑아서 공을 집은 사람이 요구서를 주인한테 가지고 가서 내기로 하였다.

3

"아, 요런 년들."

"아니꼬운 년들 다 보겠다."

"되지 못한 년들."

"주제넘은 년들."

주인 양주는 팔짝 뛰면서 번차례로 외치면서 방으로 쫓아왔다.

"같잖은 년들, 이것이 다 뭐냐."

요구서가 약 오른 그의 손끝에서 바르르 떨렸다.

"너희 할 일이나 하구 애초에 작정한 돈이나 벌어 주면 그만이지, 요 꼴들에 요건 다 뭐냐."

한 사람 한 사람씩 노리면서 그는 떨리는 손으로 요구서를 쪽쪽 찢어 버렸다.

"되지 못한 년들, 일일이 너희들 시중만 들란 말이냐. 돈은 눈곱만큼 벌어 주고 큰소리가 무슨 큰소리냐."

분은 터져 오르나 주인의 암팡스러운 말에 모두들 잠자코 있는 사이에 참고 있던 부영이가 마침내 입을 열었다.

"당신이 그럼 우리를 사람으로 대접해 왔단 말요."

"이년아, 그럼 너희들을 부자집 아가씨처럼 대접하란 말이냐."

"부자집 아가씨구 빌어먹을 것이구 당신이 우리를 개나 도야지만큼이나 여겨 왔소."

"그렇게 호강하고 싶은 년들이 애초에 팔려 오기는 왜 팔려 왔단 말이냐."

"우리가 팔려 오고 싶어 팔려 왔소."

"그러게 말이다. 한껏 이런 데 팔려 오는 너희 년들이 무슨 건방진 소리냐 말이다."

"이런데 팔려 오는 사람은 다 죽을 거란 말요. 너무 괄세 말구려."

"요 꼴들에 괄세는 다 뭐냐 같잖게."

"같잖다는 건 다 뭐야."

"아, 요런 년! 버릇없이."

팔짝 뛰면서 그는 부영이의 따귀를 찰싹 갈겼다.

순간 약 오른 그들의 얼굴에는 핏대가 쭉 뻗쳐 올랐다.

"이놈아, 왜 치니."

"무슨 재세[3]로 사람을 함부로 치느냐."

"너한테 매여만 지낼 줄 알었드냐."

"발길 놈아."

"죽일 놈아."

그들은 약속한 바 없었으나 약속하였던 것같이 일제히 일어서서 소리 높이 발악을 하였다.

"하, 같잖은 것들."

주인은 '같잖아서' 보다도 예기치 아니한 소리 높은 발악에 기를 뺏겨서 목소리를 낮추고 주춤 물러섰다.

"이때까지 너희들 먹여 살린 것이 누구냐. 은혜도 모르고 너희들이 그래야 옳단 말이냐."

"은혜? 같잖다. 누가 누구의 은혜를 입었단 말이냐."

"배가 부르니까 괜 듯만 싶으냐. 밥알이 창자 속에 곤두서니까 너희들 세상만 싶으냐."

"두말 말고 우리 말을 들어줄랴면 주고 안 들어줄랴면 그만이고 생각대로 하구려."

"흥, 누가 몸이 다나 두고 보자. 굶어 죽거나 말거나 이년들 밥 한 술 주나 봐라."

이렇게 위협하면서 주인은 방을 나가 버렸다.

"원, 나중엔 별것들 다 보겠네."

한쪽 구석에 말없이 서 있던 주인 여편네도 중얼거리며 따라 나갔다.

4

이렇게 하여 주인과 대전한 지 사흘이었다.

식료는 온전히 끊기었다.

사흘 동안 속에 곡식 한 톨 넣지 못한 그들은 기맥이 쇠진하였다.

오늘도 명자는 2층 한구석 제 방에서 엎드려 울기만 하였다.

며칠 동안 손님을 안 받으니 몸이 거뿐하기는 하였으나 그 대신 배가 고파서 견딜 수 없었다.

"공연히 이 짓을 했지, 이 탓으로 나갈 기한이 더 늦어지면 어떻게 하나."

고픈 배를 부둥켜안고 엎드렸다 일어났다 하면서 그는 걱정하였다.

이 생각 저 생각에 설워지면 품에 지닌 사진을 몇 번이고 몇 번이고 꺼내 보았다. 사진을 들여다보면 그는 어김없이 한바탕 울고야 말았다. 그러나 눈물이 마를 만하면 또다시 사진을 꺼내 보았다.

이 지옥에 들어온 지 3년 동안 그 사진만이 그의 유일한 동무였고 위안이었다. 그것은 정든 임의 사진이 아니라 그의 어렸을 때의 집안 식구와 같이 박은 것이었다. (그의 집안은 그때에는 남부럽지 않게 살았던 것이다.) 아버지 어머니가 뒤에 서고 그는 어린 동생들과 손을 잡고 앞줄에 서서 박은 것이다. 추석날 읍에서 사진쟁이가 들어왔을 때에 머리 빗고 새 옷 입고 박은 것이었다. 벌써 7년 전이다. 그 후에 어찌함인지 가운이 기울기 시작하여 집에 화재가 난다 땅이 떠내려간다 하여 불과 4년 동안에 가계가 폭삭 주저앉았던 것이다. 그리하여 3년 전에 서리서리 뒤틀린 괴상한 연줄로 명자가 이리로 넘어오게까지 되었다. 고향을 끌러 나올 때에 단 한 가지 몸에 지니고 나온 것이 곧 이 한 장의 사진이었다.

어머니 아버지가 보고 싶을 때마다 동생들이 생각날 때마다 그는 사진을 꺼내 보고 실컷 울었다. 집도 절도 없는 고향에 지금 아버지 어머니가 있을 리 만무할 것이다. 그릇 이고 쪽박 차고 알지 못하는 마을을 헤매고 있을는지도 모른다. 그러나 그것도 저것도 고향에 가야 알 것이다. 얼른 고향에 가야 그들의 간 곳도 찾아낼 수 있을 것이다.

이렇게 생각하는 그는 하루도 몇 번 사진과 눈씨름하면서 얼른 3년이 지나 계약한 기한이 오기만 고대하였다. 그러나 3년이 지나 기한이 넘어도 주인은 그를 내놓으려고 하지 않았다.

이 생각 저 생각에 분하고 원통하여서 오늘도 종일 사진을 보며 울기만 하였다.

사진 보고 생각하고 울고 하는 동안에 오늘 하루도 다 가고 어느새 밤이 되었다.

명자는 눈물을 씻고 일어나서 커튼을 열었다.

창밖에는 넓은 장안이 끝없이 깔렸고 암흑의 거리거리가 층층의 생활을 집어삼키고 바다같이 깊다.

그 속에 수많은 등불이 초저녁의 별같이 쏟아져서 깜박깜박 사람을 부르는 듯하였다.

명자는 창을 열고 찬 야기를 쏘이면서 시름없이 거리를 내려다보았다.

그 속은 어쩐지 자유로울 것 같았다. 속히 이곳을 벗어나 저 속에 마음껏 헤엄쳐 볼까 하고도 그는 생각하였다.

매력 있는 거리를 한참이나 바라보다가 그는 다시 창을 닫고 커튼을 쳤다.

새삼스럽게 기갈이 복받쳐 왔다.

그는 그길로 바로 곧은 층층대를 타고 내려가 층 아랫방으로 갔다.

넓은 방에는 사흘 동안의 단식에 눈이 푹 꺼진 동무들이 맥없이 눕기도 하고 혹은 말없이 앉았기도 하였다.

"배고파 못 살겠다."

명자는 더 참을 수 없어 항복하여 버렸다.

말없는 그들도 따라서 외쳤다.

"속 쓰리다."

"배고프다."

"이게 무슨 못할 짓인고."

"○을 팔면 팔지 내사 배곯구는 몬 살겠다."

누웠던 부영이가 일어나서 그들을 진정시키려고 쇠진한 의기를 채질하였다.

"사흘 동안 굶어서 설마 죽겠니. 옛날의 영악한 사람은 한 달이나 굶어도 늠실하였다드라."

"옛날은 옛날이고 지금은 지금이 아니냐."

"지금 사람이 더 영악해야 하잖겠니. 저희가 아쉬운가 우리가 꿀리나 어데 더 참아 보자꾸나."

부영이가 이렇게 말하면,

"죽든지 살든지 해보자!"

"더 참아 보자!"

하는 한패와 그래도,

"못 살겠다."

"배고파 죽겠다."

하는 패가 있었다.

"그다지도 고프냐."

부영이는 이제 더 달래 갈 수는 없었다.

"눈이 뒤집히는 것 같고 몸이 뒤틀리는 것 같아서 못 살겠다."

"그럼 있는 대로 모아서 요기라도 하자꾸나."

부영이는 치마춤을 뒤지더니 백통전을 두어 닢 방바닥에 던졌다.

"자, 너희들도 있는 대로 내놓아라. 보자."

치마춤에서들 백통전이 한닢두 닢씩 방바닥에 떨어졌다.

그것은 손님을 받을 때에만 가외로 한닢두닢 얻어 둔 것이었다.

볼 동안에 여남은 닢 모인 백통전을 긁어모아서 부영이는 채봉이에게 주었다.

"자, 너 좀 가서 무엇이든지 먹을 것을 사 오려무나."

채봉이는 돈을 가지고 건너편 가게에 나가서 두 팔에 수북이 빵을 사 들고 들어왔다.

5

"년들, 맹랑하거든."

하루도 채 못 가 항복하리라고 생각한 것이 사흘이나 끌어 왔으니 주인은 놀라지 않을 수 없었다. '년들의 소행이 괘씸'하기도 하였으나 애초에 잘

달래 놓을 것을 그런 줄 모르고 뻗대 온 것이 큰 실책인 듯도 생각되었다. 하룻밤이 아까운 이 시절에 사흘 밤이나 문을 닫치는 것은 그에게 곧 막대한 손해를 의미한다. 더구나 다른 누구보다도 유달리 번창하는 이 누이니만치 손해는 더욱 큰 것이다. 숫자적 타산이 언제든지 머릿속을 떠날 새 없는 주인은 한 시간이 아까워 견딜 수 없었다. 더구나 밤이 시작됨에 따라 밖에서 더욱 요란하여지는 사내들 노래를 들으려니 한시도 더 참을 수 없어서 그는 또 방으로 쫓아왔다.

"얘들, 배 안 고프냐."

목소리를 힘써 부드럽게 하였다.

"우리 배 고프든 안 고프든 무슨 상관이요."

용기를 얻은 봉선이는 대담스럽게 톡 쏘아붙였다.

"공연히 그렇게 악만 쓰면 너희만 곯지 않느냐. 이를 때에 고분고분히 잘 들으려무나. 나중에 후회 말구."

"우리야 후회를 하든지 말든지 남의 걱정 퍽 하우."

이제 빵으로 배를 다진 그들은 쉽게 넘어가지는 않았다.

"제발 그만들 마음을 돌려라."

"그럼 우리의 원을 들어주겠단 말요."

"아예 그런 딴소리는 말고 밥들이나 먹고 할 일들이나 해라."

"딴소리가 다 뭐요. 우리의 원을 들어주겠느냐 안 들어주겠느냐 말요."

"자, 일어들 나거라. 벌써 사흘 밤이 아니냐."

"사흘 아니라 석 달이래도 우리는 원을 이루고야 말 테요."

"글쎄, 너희들 일이 됐니. 밥 먹여 살리는 주인한테 이렇게 대드는 법이 세상에 어데 있단 말이냐."

"잔소리는 그만두어요. 우리의 원을 들어주겠으면 주고 싶으면 그만이지 딴소리가 웬 딴소리요."

부영이가 한 마디 한 마디 또박또박 캐서 들이밀었다.

"너 이년들, 말 안 들을 테냐."

누그러졌던 주인은 별안간에 발끈하였다. 노기에 세모진 눈이 노랗게 빛났다.

"얼리니까 괜 듯만 싶어서 년들이."

"앗다, 얼리지 않으면 어떻게 할 테요. 어떻게 할 테야."

"그래도 그년이."

"그년이란 다 뭐야."

"아, 요런 년."

주인은 팔짝 뛰면서 부영이의 볼을 갈겼다. 푹 고꾸라지는 그의 머리통을 뒤미처 갈기고 풀어진 머리채를 한 손에 감아 쥐면서 그는 큰 소리로 그들을 위협하였다.

"이년들, 다들 덤벼 봐라."

그러나 약 오른 것은 그만이 아니었다.

동무가 이렇게 얻어맞고 창피한 욕을 당하는 것을 보는 그들은 일시에 똑같이 분이 터져 올랐다. 전신에 새빨간 핏대가 쭉 뻗쳤다. 그러나 너무도 악이 복받쳐서 한참 동안은 벌벌 떨기만 하고 입이 붙어 말이 안 나왔다.

"이년들, 다들 덤벼라."

놈은 머리채를 지그시 감아 쥐면서 범같이 짖었다.

"이놈아, 사람을 또 친단 말이냐."

"너 듣기 싫으면 그만이지 왜 사람을 치느냐."

"몹쓸 놈아!"

"개 같은 놈아."

맥은 없으나마 힘은 모자라마나 그들은 악과 분을 한데 모아 일제히 놈에게 달려들었다. 놈의 옷자락도 붙들고 놈의 따귀도 치고 놈의 머리도 들고 놈의 다리에도 매달리고 놈의 살도 물어뜯고 그들은 악 나는 대로 힘자라는 대로 벌 떼같이 놈의 몸에 움켜 붙었다. 나 찬 몸에 힘이 좀 부치기는 하였으나 원체 뼈대가 단단하고 매서운 사나이라 놈은 몸에 들어붙은 그들을 한 손으로 뿌리쳐 뜯기도 하고 발길로 차서 떨어트리기도 하면서 여전히 부영이의 머리채를 휘어잡은 채 이 구석 저 구석 넓은 방 안을 질질 몰고 다녔다.

밑에서 밟히고 끌리는 부영이의 입에서는 피가 흘렀다. 이리저리 끌리는 대로 넓은 방바닥에 핏줄이 구불구불 고패[4)]를 쳤다.

이윽고 한쪽에서는 분을 못 이기는 울음소리가 터져 나왔다.

"몹쓸 놈아, 쳐라."

"너도 사람의 종자냐."

"벼락을 맞을 놈아."

"혀를 빼물고 꺼꾸러져도 남지 않을 놈아."

"사람을 죽이네!"

"순사를 불러라!"

그들은 소리를 다하고 악을 다하였다. 나중에 주인 여편네가 기겁을 하고 쫓아왔다.

옷이 찢기고 멍이 들고 피가 흘렀다.

그것도 저것도 다 헤아리지 않고 그들은 온갖 힘을 다하여 이를 악물고 놈과 세상과 접전하였다.

6

"문 열어라."

"자고 가자."

밤이 익어 감에 따라 문밖에서는 취객들의 외치는 소리가 쉴 새 없이 높이 났다.

"다들 죽었니."

"명자야."

"부영아."

"채봉아."

문 두드리는 소리가 새를 두고 흘렀다. 그래도 안에서 대답이 없으면 부서져라 하고 난폭하게 한참씩 문을 흔들다가는 무엇이라고 욕지거리를 하면서 다른 곳으로 가 버렸다.

이렇게 한 떼가 버리고 나면 다음에 또 한 떼가 나타났다.

"문 열어라."

"웬일이냐? 사흘이나!"

"봉선아."

"채봉아."

"봉선아."

방에서는 모두들 맥을 잃고 누웠다.

극렬한 싸움 뒤에 피곤—하였다느니보다도 실신한 듯이 잔약한 여병졸들은 피와 비린내와 난잡 속에 코를 막고 죽은 듯이 이리저리 눕고 있었다. 분이 나서 쌔근쌔근……—하지도 못하였던 것이다. 그러기에는 너무나 기맥이 쇠진하였다. 말없이 죽은 듯이 그들은 다만 누워 있었다. 그러나 그들은 한 사람도 아직 그들이 졌다고는 생각하지 않았다. 잠시 피곤할 따름이다. 맥이 나면 놈과 또다시 싸워야 할 것이다 하고 그들은 생각하고 있었다.

"봉선아."

"내다, 봉선아."

"너 이년, 나를 괄세하니."

"봉선아."

깨트려진 홍등 _ 159

"봉선아."

밖에서 부르는 소리가 하도 시끄럽기에 봉선이는 일어나서 방을 나가 문을 열었다.

"봉선아, 너 이년 나를 몰라보니."

하면서 달려드는 사내는 자기를 맡아 놓고 사 주는 나지미[5]였다. 그러나 봉선이는 오늘만은 그를 반가운 낯으로 대하지 않았다.

"아녜요. 오늘은 안 돼요."

하면서 그를 붙드는 사내를 밀치고 문을 닫치려 하였다.

"안 되긴 왜 안 된단 말이냐? 사흘이나."

사내는 그를 붙들고 놓지 않았다.

"주인 녀석과 싸우고 벌이 않기로 했어요."

"주인과 싸웠어?"

사내들은 새삼스럽게 그의 찢긴 옷, 헝클어진 머리, 피 흔적을 자세히 들여다보았다.

"자, 다음날 오구 오늘들은 가세요."

"아니, 왜 싸웠단 말이냐?"

"주인 놈이 몹쓸 녀석이라우…… 우리 말을 들어주기 전에는 우리가 일을 하나 봐라."

"주인이 몹쓸 놈이어서 싸웠단 말이냐."

봉선이는 주춤하고 뜰을 내려서 목소리를 높였다.

"사람을 굶기고 그 위에 죽도록 치고…… 주인 놈이 천하에 고약한 놈이지 지금 저 방에는 죽도록 얻어맞고 피를 토한 동무들이 죽은 듯이 누워 있다우."

하면서 방을 가리키는 그의 눈에는 눈물이 핑 돌았다.

봉선이의 높은 목소리에 이웃집 문전에서 떠들고 흥정하고 노래하던 사내와 계집들이 한 사람 두 사람씩 옹기종기 이리로 모여들었다.

봉선이는 설워서 견딜 수 없었다. 맡길 곳 없는 설움을 이제 이 많은 사람 앞에서 마음껏 하소연하여 보고 싶었다.

그는 뜰에 올라서서 두 손을 들고 고함을 쳤다.

"들어 보시오! 당신들도 피가 있거든 들어 보시오! 우리는 사람이 아니오. 우리가 사람 같은 대접을 받아 온 줄 아오. 개나 도야지보다도 더 천대를 받아 왔소. 당신네들이 우리의 몸을 살 때에 한 번이나 우리를 불쌍히 여겨 본 적이 있었소. 우리는 개만도 못하고 도야지만도 못하고, 먹고 싶은 것 먹어 봤나 놀고 싶을 때 놀아 봤나 앓을 때에 미음 한 술 약 한 모금 얻어먹었나. 처음 들어오면 매질과 눈물에 세상이 어둡고 계약한 기한이 지나도 주인 놈이 내놓기를 하나, 한 방울이라도 더 우려내려고 한 푼이라도 더 뜯어내려고 꼭 잡고 내놓지 않는다. 우리는 사람이 아니다. 사람이 아니구 물건이다. 애초에 우리가 이리로 넘어올 때에 계약인지 무엇인지 해 가지고 우리를 팔아먹은 놈 누구며, 지금 우리의 버는 돈을 한푼한푼 다 빨아내는 놈은 누군가. 우리는 그놈들을 위해서 피를 짜내고 살을 말리우는 물건이다. 부모를 버리고 동기를 잃고 고향을 떠나 개나 도야지만도 못한 천대를 받게 한 것은 누구인가, 누구인가."

그는 흥분이 되어서 그도 모르게 정신없이 이렇게 외쳤다. 며칠 전 부영이에게서 들어 두었던 말이 이제 그의 입에서 순서는 뒤바뀌었을망정 마치 제 속에서 우러나오는 말같이 한 마디 한 마디 뒤를 이어서 쏟아져 나왔던 것이다. 장황은 하나 그는 이것을 다 말하지 않고는 배길 수 없었다. 그는 여전히 흥분된 어조로 계속하였다.

"다 같은 이목구비를 갖추고 무엇이 남보다 못나서 이 짓을 하게 되었나. 이 더러운 짓을 하게 되었는가. 남처럼 버젓하게 살지 못하고 왜 이렇게 되었는가. 우리의 팔자가 기박해서 그런가. 팔자가 무슨 빌어먹을 놈의 팔잔

가."

　사흘 전에 부영이에게 반대하여 팔자를 주장하던 그가 이제 와서 확실히 팔자를 부정하였다. 그는 벌써 사흘 전의 그는 아니었다. 사흘 후인 이제 그는 똑바로 세상을 볼 줄 알았던 것이다.

　"이 문둥이 같은 놈의 세상이, 놈들의 농간이, 우리를 이렇게 기구하게 맨들지 않았는가."

　봉선이가 주먹을 쥐고 이렇게 높게 외치자 사람 숲에서는 여러 가지 소리가 들려오고 가운데에는 감동하여 손뼉 치는 사람도 있었다.

　"옳다!"

　"고년, 맹랑하다."

　"똑똑하다."

　같은 처지에 있느니만큼 그중에 모여 섰던 이웃집 창기들에게는 봉선이의 말이 뼛속까지 젖어 들어가서 그들은 감격한 끝에 길게 한숨도 쉬고 남몰래 눈물도 씻으면서 얕은 목소리로 각각 탄식하였다.

　"정말 우리는 사람이 아니다."

　"개만도 못한 천대를 받아 오지만 않니."

　"부모 형제 다 버리고 이것이 무슨 죄냐."

　"몹쓸 놈의 세상 같으니."

　맡길 곳 없는 설움을 이제 이렇게 뭇사람 앞에서 마음껏 하소연한 봉선이의 속은 자못 시원하였다. 동시에 여러 사람 앞에서 한 번도 지껄여 본 적 없고 남이 하는 연설 한마디 들어 본 적 없는 무식하고 철모르던 그가 어느 틈에 이렇게 철이 들고 구변이 늘었는가를 생각하매 자기 스스로 은근히 탄복하지 않을 수 없었다.

　그는 이를 악물고 높은 구변으로 계속하였다.

　"우리는 이 천대를 더 참을 수 없다. 천치같이 더 속아 넘어갈 수 없다. 우리는 일제히 짜고 주인 놈과 싸웠다. 놈은 우리의 말을 한 마디도 안 들어 주고 우리를 사흘 동안이나 굶기면서 됩데[6] 우리를 때리고 차고 죽일 놈 같으니. 지금 저 방에는 죽도록 얻어맞은 동무들이 피를 토하고 누워 있다. 저 방에, 저 방에……."

하면서 가리키는 그의 손을 따라 사람들은 그쪽을 향하였다.

정신없이 지껄인 바람에 잠깐 사라졌던 분이 이제 또다시 그의 가슴에 새삼스럽게 타올랐다. 그는 악을 다하여 소리, 소리쳤다.

"주인 놈이 죽일 놈이다. 우리가 다시 일을 하나 봐라. 다시 이 짓을 하나 봐라. 우리는 벌써 너에게 매인 몸이 아니다. 깍정이 같은 놈. 다시 돈 벌어 주나 봐라."

주인이 바로 눈앞에 있는 것처럼 그는 눈을 노리고 욕을 퍼부었다.

분통이 터져서 전신이 바르르 떨렸다.

"다시 일을 하나 봐라. 이놈의 집에, 이 더러운 놈의 집에 다시 있는가 봐라."

그는 이제 집 그것을 저주하는 듯이 터지는 분과 떨리는 몸을 문에다 갖다 탁 부딪쳤다.

문살이 부서지며 유리가 깨트러졌다.

미친 사람같이 그는 허둥지둥 다시 일어나 땅에서 돌을 한 개 찾아 들더니 '봉학루'라고 쓰인 문 위에 달린 붉은 등을 겨누었다.

다음 순간, 뎅그렁하고 깨트러지는 홍등이 땅에 떨어지기가 무섭게 으쌕하고 조밥이 되어 버렸다.

해끗한 유리 조각이 주위에 팍삭 날고 집 앞은 순식간에 암흑으로 변하였다.

잠시 숨을 죽이고 그의 거동을 살피던 사람들은 어둠 속에서 수물거리기 시작하였다.

"봉선아, 너 미쳤구나."

"주인 놈을 잡아내라!"

"잘 했다. 질내[7] 이놈의 짓을 하겠니."

"동맹 파업이다."

"잘했다!"

"요 아래 추월루에서도 했다드라!"

깨트려진 홍등. 어두운 이 문전을 중심으로 이 밤의 이 거리, 이 저자는 심히도 수물거리고 동요하였다.

— 주

1) 히야카시: '희롱'이라는 뜻의 일어.
2) 사시장청四時長靑: 소나무나 대나무같이 식물의 잎이 일 년 내내 푸름.
3) 재세: 어떤 힘이나 세력 따위를 믿고 교만하게 굶.
4) 고패: '고팽이'의 방언. 단청에서, 나선형 무늬를 이르는 말.
5) 나지미: '단골손님'이라는 뜻의 일어.
6) 됩데: '도리어'의 방언.
7) 질내: '끝내'의 방언.

추억

옛이야기의 하나이다.

옛이야기라니 태고적 이야기가 아니라 나의 생애의 비교적 이른 시간에 속하는 이야기란 말이다.

이른 시절이라고 하여도 나의 나이 지금 50의 고개를 반도 채 못 넘었으니 이르고 지지고 할 것이 없지만 철들고 눈뜸이 나날이 새로운 지금으로 보면 무폭하고 주책없던 그때는 옛 시절이었다. 따라서 이 이야기에나 이야기 속의 행동에 지금으로서 본다면 어리고 불미한 점이 많을 것이다. 그러나 그것은 그만한 시간의 핸디캡을 붙여 가지고 읽어 주어야 할 것이다.

해마다 해마다 겨울이 되어 굵은 눈송이가 함박같이 퍼붓는 시절이면 스스로 생각나는 이 많다. 깊은 겨울 고요한 밤 가난한 화롯전을 끼고 창밖에 퍼붓는 눈 소리를 들을 때에 해마다 겨울마다 변치 않고 생각나는 것은 일찍이 작별한 노군이다. 이글이글 타는 페치카를 둘러싸고 탁탁 튀는 석탄 소리와 사모바르[1]의 물 끓는 소리를 들으며 검은 창밖에 날리는 눈을 때 아닌 꽃으로 알며 붉은 책 노랑 책 들치면서 옛날의 왕자와 왕비 이야기에 꽃피울 그 북국의 겨울을 이 땅을 떠난 지 오래인 그는 지금 어떻게나 지내고 있을까 하고 생각할 때에는 그에 대한 회포도 한층 더 깊다. 어떤 눈덩이에 가 파묻히지나 않았을까 깃들일 곳 없이 깊은 밤의 추운 거리를 벌벌 떨며 헤매 지나 않을까, 그렇지 않으면 마을 끝에 딸랑딸랑 방울 소리 남기며 개에 매인 썰매 타고 눈 깊은 벌판을 달리고 있을까, 혹은 어떤 거리의 으슥한 회관에 모여서 낯선 동지들과 함께 일을 꾀하고 있을까…… 생각할수록 궁금하여지고 동무의 자태가 그리워진다. 그러나 그가 이곳을 떠나 북에 잠긴 지 이미 오래이고 그 후로는 도무지 소식이 없었으니 그의 생사조차 알 길이 아득하다.

이제 고요한 밤 홀로 화롯전을 끼고 앉아 밖의 함박눈 소리를 들으려니 그의 뒷일을 궁금히 여기는 회포 심히 간절하다.

큼직하던 노군. 호기롭던 노군. 그를 생각할 때마다 변함없이 나의 머릿속에 떠오르는 것은 당시 군의 가정에 일어났던 조그만 이야기다. 옛날의 왕비 이야기는 페치카를 둘러싸고 사모바르 끓는 소리에 귀 기울이는 그들에게 맡겨 두고 노군을 생각하는 나는 눈 깊은 이 밤 여기서 이야기를 되풀이하려 한다.

생각하면 노군은 나의 가장 친한 동무의 한 사람이었다. 죽마고우는 아닐지라도 막역지정이 두 마음속에 깊이 뿌리박고 있었다. 하기는 세상에 죽마고우라는 것도 다 믿을 것이 못 된다. 자라서 뜻이 다르고 길이 어긋나면 대천지원수로 변하는 수도 없지 않아 있으니까 말이다. 이와 반대로 이르는 바 죽마고우가 아니고 사귄 지 불과 사흘일지라도 생각이 맞고 행동이 같다면 죽마고우지정 이상 몇몇 배의 더 굳은 정이 두 마음을 한 끈에 굳게 얽어매 놓을 것이다. 이미 중학을 같이하였으니 비록 사흘의 사귐은 아닐지라도 노군과 나와의 경우가 이러하였다.

중학도 3년을 마치고 4년이 되면서부터는 바야흐로 철이 들 때이다. 단순하고도 하잘것없는 학과를 파지만 말고 좀 더 눈을 넓이 떠서 유다른 책도 읽어 보고 동무와 모여 앉으면 색다른 이야기도 하여 볼 때이다. 환경과 생활을 의식하고 넓은 세상을 짐작하고 사회를 알고 시대를 느끼고 세상의 여론에 모름지기 관심을 가지기 시작하여야 할 때이다.

노군과 나와의 사이가 가까워진 것도 이런 때였다. 몇 해 동안 서로 무심하였던 것만큼 뜻이 맞은 이상 두 사람의 친분은 컸다. 틈만 있으면 같이 모이고 모여만 앉으면 이야기였다. 철저치는 못하나마 일찍이 크로포트킨을 애독하고 레닌을 알고 마르크스를 짐작하였다. 여름의 서늘한 나무 그늘 속을 찾을 때나 겨울의 따뜻한 화롯전을 낄 때에나 항상 이런 이들의 저서를 품에 지니지 않은 때는 없었다.

『상호부조론』의 영역英譯을 샀을 때이다. 어찌도 그것을 애지중지하였던지 표지를 싸고 속을 아끼고 둘 없는 보배로 여겼다. 다른 책 다 제쳐 놓고 읽기 시작하여 좀 부치는 영어의 힘에 수많은 단어를 충실히 찾아가면서 한 줄 두 줄 한 장 두 장 꾸준히 읽어 간 것이 불과 몇 달이 안 되어 『상호부조론』 영역 한 권을 훌륭히 독파하였다. 읽고만 나면 아낌없이 동무들에게 돌려 가면서 빌려 주었다. 좀 앎 직한 동무들을 모아서 책 읽고 토론하는 토요회土曜會를 조직하여 끝까지 꾸준히 끌고 나간 것도 노군이었다. 어떻든 잘 읽고 잘 배우고 잘 이야기하였다. 때로는 입에 거품을 품으면서 모여 앉은 학우 앞에서 마음껏 떠들어도 보고, 때로는 분기등등하게 세상을 비분강개도 하였다.

사실 그 열정만은 누구나 다 마땅히 가져야 할 것이었다. 그리고 이때에 벌써 그에게는 상당한 이론의 체계가 보금자리 잡고 있었다. 말하자면 그는 이미 손아귀에 든든히 파악한 것이 있었다. 그리고 그 체계가 점점 조직적으로 굳어 갈수록 그 열정도 차차 커 가고 익어 갔다. 그때로 보아서는 자못 놀라운 일이었다.

이러한 노군과 뜻과 생각이 맞는 나와는 나날이 절친하여졌다. 책도 책이려니와 나중에는 돈주머니까지 내 것 네 것 없게 된 모든 착한 마음씨도 시원한 것이지만 그의 굳센 용모도 나의 흥미를 끄는 것의 하나였다. 거친 끌로 되고 말고 쪼아 논 선 굵은 조각—이런 느낌을 주는 것이 그의 얼굴이었다. 크고도 검은 눈에는 열정이 출출 넘치고 반듯한 콧날은 강한 의지의 초점이었다. 넓은 이마는 밝은 지혜의 권화인 듯하고 단단한 몸집에 굵게 뿌리박은 목덜미는 무진장의 정력을 감추고 있는 듯하다. 이런 얼굴에 어울려 이를 데 없이 조화를 주는 것은 그의 검은 대모테 안경이었다.

노군 역시 반갑지 않은 중산 계급에 태어난 한 사람이었다. 군의 부친은 당시 수급 관청의 벼슬아치였다. 그러니 노군과 뜻이 맞을 리 만무하였다. 그러므로 그는 가정의 따뜻한 맛이라고는 모르고 자랐다. 자연히 집을 싫어하고 밖을 그리워하였다. 현대 교육의 허위를 느끼고 일본으로 가만히 건너뛴 것은 그가 중학을 마치던 해 봄이었다. 거기서 노동을 하면서 세상을 알자는 생각이었다. 다시 바다를 건너와 마지막 편지를 남겨 놓고 끔찍이도 큰 포부를 품고 북으로 영영 종적을 감춰 버린 것은 바로 그해 여름이었다.

이만하여 두고 잠깐 이야기로 옮겨 가자…….

노군이 중학을 다닐 때였다.

이른 여름 어느 날 아침 노군의 집에 난데없는 도적이 들었다. 집안은 한바탕 발끈 뒤집혔다—고 하여도 현장에서 범행하는 도적을 잡은 것이 아니라 겨우 알아채고 집안이 들썩하였을 때에는 이미 도적을 맞은 뒤였다.

도적맞은 뒤에 도적이야! 한들 무슨 소용이 있으랴. 아침에 들었는지 그 전날 밤에 들었는지도 모르는 도적을 이제 와서 야단을 한대야 도적이 나설 리 만무하였다. 그런 변을 당한 것이 처음도 처음이려니와 무엇보다도 피해가 적지 않았으니 법석을 안 할 수도 없었다. 현금 100원만 하여도 보기에 따라서는 결코 적은 돈이 아니니 게다가 시계, 양복, 은잔 하고 보면 결코 피해가 적다고 볼 수는 없었다. 집안은 요란하였다. 그러나 노군과 그의 아우들은 이미 학교에 간 뒤였다.

일도 딱하게 되기는 되었다. 도적이 들어도 하필 노군의 부친의 방이었다. 밖에 일이 있어 방을 비우자 공교롭게도 도적이었다. 다른 것은 고사하여 두고 단벌의 양복이 없어졌으니 제일 시급한 것이 출근 문제였다. 의걸이를 열어젖히고 장 속을 들치고 벽장 속을 뒤진대야 없어진 양복이 생길 리 만무하였다. 아무리 소동을 일으켰으나 집안 사람은 한 사람도 도적의 그럴듯한 실마리를 종잡는 이 없었다. 아침에도 그 전날 밤에도 이상스러운 사람의 출입은 없었고 물론 집안 사람의 나들이도 없었다. 방이래야 빤히 건너다 보이는 사랑방이니 잠시 비워 두거나 안 비워 두거나 별다름은 없을 것이다. 그러나 현재 도적을 맞은 것을 어떻게 하랴. 가방 속에 든 돈을 쥐가 안 물어 가고 벽에 걸린 양복이 제 발로 안 걸어갔다면야 도적은 확실한 도적이다. 도적이라면 쥐도 마음대로 못 드나드는 성벽 같은 가정에 예사로 침입하였으니 용하기도 하다.

양복과 시계 같은 것이야 눈에 뜨이는 것이니 손쉽게 집어 갈 수 있으려니와 가방 속에 깊이 묻힌 현금 100원을 감쪽같이 빼낸 것은 사실 귀신을 울릴 노릇이었고, 더 놀라운 것은 농 속 깊이 싸 두었던 은잔을 들어간 것이다. 이것은 너무도 놀라운 일이었다. 그만큼 수상도 하였다. 깊이 파묻힌 그 은잔의 존재를 발견하려면 적어도 하루 종일 동안을 허비하여야 할 것을 불과 몇 분 동안에 곱게 들어갔으니 어찌 놀랍지 않으랴. 동시에 괴상한 일이요, 의심쩍은 일이었다. 이것이 마침 그 어떤 암시를 주었다…….

두말없이 안잠자기[2]를 다그쳤다. 범행을 하였거든 곱게 자백을 하라고 권유도 하여 보고 벌을 주겠다고 위협도 하여 보았다. 그러나 아무리 다진다 하여도 없는 죄야 어찌 있다고 할 수 있으랴. 마침내 밖에 있는 행랑어멈까지 불러들였으나 그들의 태도로 보아서든지 말을 듣든지 역시 혐의를 건

것이 애매할 뿐이었다.

그리고 그들의 말을 들으면 전날 밤에 대문은 단단히 잠갔고 행랑과 안채 사이에 있는 중문도 단단히 단속하였던 것이었다. 그리고 자정 때까지는 별다른 사람의 출입은 일절 없었다 한다. 담이 높고 문이 단단한 다음에야 어찌 밖에서 도적이 들 수 있으랴. 그러면 안에도 도적이 없고 밖에서도 들지 않았다면 하늘에서 떨어지거나 땅에서 솟지 않은 다음에야 그 도적이 어디서 생겼단 말인가.

나중에는 도난계盜難屆[3]까지 하고 가까운 전당포까지 수소문하여 보았으나 역시 아무 단서도 잡을 수 없었다. 그러는 동안에 학교에 갔던 노군과 그의 아우들도 학교를 파하고 돌아들 왔다. 그러나 그들에게는 더구나 아무 생각나는 바 없었다. 요새 가난한 사람이 날로 생기니 도적맞기도 예사가 아니냐는 것이 노군의 단 한마디의 말이었다.

그러자 그날 저녁때는 되어서 사랑방 책상 위에서 다음과 같은 글발이 발견되었다. 이것으로 하여 사건의 진상을 얼마쯤 밝힐 수 있었다. 그것은 가해자가 피해자에게 써 놓은 글발이었다. 가해의 동기, 가해자의 심경, 사과, 양해를 비는 말을 급한 글씨로 획획 내 적어 놓은 것이었다.

너무도 미안합니다. 미안한 줄 알면서 이런 짓을 하지 않으면 안 된 것이 더욱 미안합니다.

그러나 결코 사복을 채우려는 것은 아닙니다. 저는 지금 어떤 조그만 회의 일을 보고 나갑니다. 여기서 무슨 회라고 회의 이름을 못 가르쳐 드리는 것을 용서하시오. 요번에 마침 어떤 일이 돌발하여 회에 얼마간의 경비가 꼭 필요하였습니다.

원래가 가난한 회이므로 회의 얼마 안 되는 경비로는 도저히 그런 것을 일일이 꺼 갈 수 없기에 여러 가지로 주선하여 보았으나 뜻대

로 되지 않고 그렇다고 마땅히 처리하여야 할 일을 그대로 내버려
둘 수는 절대로 없고 일도 원체 급한 일이므로 마침내 이 짓에까지
미치게 되었습니다. 결코 사복을 채우려는 것은 아닙니다. 수많은
사람을 위한 일에 바치려는 것입니다. 그것을 믿어 주시고 양해하
여 주셔야 합니다.

그럼 왜 당당하게 와서 보조라도 해 달라고 못하고 이따위 짓을
하느냐고 하시겠지요. 그러나 그렇게 하여서 일이 잘된다면 오죽
이나 고마운 세상이겠습니까. 그렇지 못한 세상에 나서 이런 향기
롭지 못한 짓을 하게 된 것만 슬픈 일이 아닐까요. 어떻든 잘 양해
하여 주시고 너무 노여워는 마시오.

요번 일이 잘 해결되고 후일 회의 경비도 충실하여지면 이번의 피
해는 반드시 되로 갚아 드리겠습니다. 일이 원체 급해서 이 짓까지
나왔다는 것을 거푸 말합니다. 너무 요란하게 하시지는 마시오.

주제넘게 이런 글발도 안 남겨 놓을 것이오나 처음으로 이런 일을
당하신다면 너무도 가증한 행동에 놀라실 듯하여서 두어 자 적어
양해를 비는 바이올시다.

—오전 2시쯤, 가해자

종일 동안 볶아쳐도 알 길이 없던 도적의 정체는 여기 와서 명백히 나타났
다. 가난한 회를 위하여 일을 하여 나가는 사람이 긴급히 필요한 회의 경비
를 얻으려고 마침내 범행을 하였다는 것을 알았을 때에 그런 일을 당한 것
은 섭섭하였으나 그런 줄을 안 것은 도리어 시원한 일이었다. 범행을 하였
으면 그만이지 그 뒤에 자기의 마음 속을 고백하여 놓는다는 것은 한편으로
보면 얄밉기도 하나 다시 한편으로 보면 그 넉넉한 태도가 사랑스럽기도 하
였다. 집안 사람들은 같잖은 듯이 나중에는 웃어 버렸다.

"오래 살려니 별꼴을 다 보겠구나. 도적질을 하면서 편지질은 웬 편지질야."

"시체 도적은 문명을 해서 그렇답니다."

하나 그런 글발이라도 남겨서 그런 줄을 알게 한 것은 시원한 일이었지만 그래도 마음에 폭 씌이지 않는 것은 가해자의 침입한 경로와 손쉽게 한 범행의 맑은 흔적이었다.

새로 2시쯤에 침입하였다면 대체 어디로부터 침입하였단 말인가. 높은 담을 뛰어넘지 못하였을 이상 반드시 대문으로 들어왔을 것이니 그때에 걸려 있었을 대문을 따 준 것은 누구이며 아침에 일어났을 때에 대문은 역시 빈틈없이 닫혀 있었으니 그가 나간 뒤에 대문을 이렇게 빈틈없이 닫은 것은 대체 누구인가. 아무리 보아도 괴상한 일이었다. 그리고 가방 속에 든 현금을 곱게 꺼낸 것도 이상하거니와 농 속에 든 은잔을 그런 줄 알고 꺼낸 것은 더욱 놀라운 일이었다. 그렇다고 그 필적으로든지 글투로 보아서 밖에서 확실히 가해자가 침입한 것이지 집안에 범인이 잠재하여 있다고는 볼 수 없었다.

어떻든 마음에 폭 씌이지 않는 점이 많았다. 그러자 그 이튿날 아침에 노군에게 어디선지 다음과 같은 편지가 왔다. 이 편지는 이 사건의 비밀의 열쇠를 쥐고 있는 것이나 물론 노군의 집안 사람들에게는 보일 수 없는 것이었다. 그러나 차차 날이 가니 소동도 가라앉고 달이 넘으니 도적맞았다는 기억조차 점점 흐려 갔다. 그 편지의 내용은 대강 아래와 같았다.

노군에게.

아침 차로 내려왔네.

하룻밤 수면 부족에 피곤하기 짝이 없네. 이렇게 힘이 든다면야 어디 일을 해 갈 수 있겠나. 그러나 요번에 주선된 것만은 기쁜 일일세. 이만하면 요번 일은 훌륭히 처리하여 나갈 수 있을 것일세.

무엇이라고 다 군에게 감사하였으면 좋을는지 모르겠네. 군의 계획과 권유도 고마웠거니와 이 조그만 운동을 위하여 다하는 군의 지극한 열성과 노력은 한갓 동무로서의 눈물로 사의를 표할 따름일세.

한 가지 마음에 걸리는 것은 요번 우리 행동이 당당치 못하였다는 것일세. 너무도 못생기고 치사스럽고 부끄러운 일이 아닐까. 물론 목적을 위하여서는 수단이야 고를 바 아니겠지만 그래도 같은 값이면 수단조차 좋아야 할 것이 아닌가.

그러나 지금 와서 그것을 바란들 무엇하겠나. 아마도 새로 2시쯤이나 되었던지 군은 문밖에 섰고 내가 방에 선뜻 들어섰을 때 그때부터 벌써 마음에 알 수 없는 고통을 느꼈네. 그런 데다가 이렇게 일을 저질러 놓고 나니 나는 것은 한갓 후회의 염뿐일세. 황겁히 주섬주섬 걷어 가지고 군의 집을 나왔을 때! 그때의 초조와 불안이란 참 이를 데 없었네. 왜 이런 짓을 하면서까지 우리의 일을 하여 나가지 않으면 안 되나 함을 생각할 때 세상이 야속하고 알지 못할 것이었네.

더구나 군의 가정에 대한 미안한 생각이야 어찌 다 말할 수 있겠나. 나의 마음이 이럴 제는 군의 마음이야 오죽이나 쓰리겠나. 아무리 우리의 밟는 길과 어긋난다 할지라도 군이 그렇게까지 가정에 반역한다는 것은 슬픈 일이니 말일세.

너무나 미안한 마음에 방을 나올 때에 두어 자 사과의 말을 적어 놓았네. 이것으로 하여 너무 집안이 소동이나 안 되면 다행일 줄 아네.

그럼 우선 이만하고 일 되어 나가는 대로 또 편지함세.

—○○역두에서, P

노군의 집안에 소동을 일으킨 가해자가 P였고 이 일을 인도한 이는 곧 노군 자신이었음이 다시 말하지 않아도 명백하여졌을 것이다. P는 당시 우리의 선배였다. 노군과 나와의 서생 시대에 P는 이미 적으나마 한 사람의 농민 운동자였다. 노군과 P의 사이는 친하였다. 따라서 나와의 사이도 친하였다—고 하여도 그 친함은 더 많이 선배에 대한 경모의 염에 가까운 것이었다. 사실 그로 하여 미숙한 생각이 많이 계발되었다.

이야기는 이만이니 이것으로도 능히 노군의 큼직한 풍모의 일단을 엿볼 수 있을 것이다. 그럼 왜 그가 그렇게까지 자기 가정과 어긋났느냐 하는 것이 의심될 것이나 이것을 말하자면 이 짧은 이야기에서는 너무도 장황할 것이다. 그러나 어떻든 이미 생각이 남보다 한 걸음 앞선 그로서는 그의 옛 가정과는 당연히 딴 걸음을 걷지 않을 수 없었던 것이다.

나는 지금 여기서 그들의 행동의 시비를 비판하려는 것이 아니요, 독자의 비판을 바라는 것도 아니다. 나어린 시절에 벌써 그의 생각이 그만큼 달랐다는 것을 알아주면 그만이다.

무릇 비판이라는 것, 그것이 벌써 절대적인 것이 아니다. 털끝 하나의 용납도 허락지 않을 만한 그런 엄숙한 객관적 절대적 판단이라는 것이 이 세상에(존재시킬 수는 있겠지만) 존재할 수는 없을 것이다. 그리고 그런 판단이 일상생활에 그다지 필요치도 않을 것이며 그런 판단으로만은 이 복잡한 세상을 해석하지도 못할 것이다. 대체 세상 물상이라는 것이 이 모로 보면 이렇게 보이고 저 모로 보면 저렇게 보이고 시각의 각도와 입장에 따라서 눈에 비치는 바 마음에 비치는 바가 다 각각 다를 것이다.

밤은 깊었다.

화롯불은 마저마저 이스러지고 창밖에 눈송이 더욱 깊다.

생각나는 것은 노군.

그는 지금 눈덩이에 가서 파묻혀 있을까, 깊은 밤 추운 거리를 잠 잘 곳 찾아서 헤매고 있을까, 혹은 방울 소리 딸랑딸랑 개에 매인 썰매를 타고 눈 깊은 벌판을 달리고 있을까, 그렇지 않으면 북국의 거리 으슥한 회관에 모여서 낯선 동지들과 일을 꾀하고 있을 것인가……. 어디를 가 있든 비나니 건재하라! 잘 싸워라!

— 주

1) 사모바르: 러시아 전래의 특유한 주전자. 구리, 은, 주석 따위로 만드는데 중앙에 상하로 통하는 관이 있어 그 속에 숯불을 넣어 물을 끓임.
2) 안잠자기: 여자가 남의 집에서 먹고 자며 그 집의 일을 도와주는 일. 또는 그런 여자.
3) 도난계盜難屆: 도적맞은 것을 경찰에 신고함.

상륙
—어떤 이야기의 서장

아세아 대륙의 동방. 소비에트 연방의 일단.

눈앞에 거슬리는 한 구비의 산도 없이 훤히 터진 넓은 대륙의 풍경과 그 끝에 전개되어 있는 근대적 다각미를 띤 도시를 정면으로 바라보면서 배가 반가운 기적을 뚜-뚜- 울리며 붉은 기 날리는 수많은 배 사이를 뚫고 두 가닥진 반도의 사이를 들어가 항구 안에 슬며시 꼬리를 돌렸을 때에 그는 석탄고 속에서 문득 곤한 잠을 깨었다.

요란한 기관 소리와 끊임없는 동요가 별안간 문득 그쳤기 때문이었다.

"이제 다 왔구나!"

닻줄 내리는 요란한 윈치 소리를 들을 때에 그는 숨을 길게 내쉬었다.

동해안의 항구를 떠나 석탄고 속에 신음한 지 밤낮 사흘이었다.

미친놈 같이 앉았다 섰다 누웠다 소리쳤다 하면서 암흑과 고독과 괴롬과 사흘 동안 싸워 왔다.

사흘 되는 이제 꿈꾸던 나라의 목적한 곳에 탈없이 이르렀음을 깨달았을 때에 그는 어둠 속에서 정신을 가다듬고 석탄 더미 위에 일어나 앉았다.

파도는 잔잔하고 배는 고요히 섰으나 그는 아직도 배가 흔들리는 듯한 착각을 느꼈다. 갑판에서는 세관과 해상 국가 보안부에서 서기와 역원들이 와서 취조와 검사가 잦은지 배는 오랫동안 고요히 섰다가 다시 움직이기 시작하여 부두 석벽에 갖다 바싹 대는 듯하였다.

수많은 선객들이 갑판 위에 열을 짓고 비로소 대륙의 바람을 쏘이면서 일각을 다투어 가며 상륙을 재촉하고 있으리라고 생각하매 그의 가슴도 시각이 바쁘게 울렁거렸다. 오래전부터 사모하여 오던 땅! 마음속에 그려 오던 풍경! 가죽 옷 입고 에나멜 혁대 띤 굵직한 마우자들 숲에 한시라도 속히 싸여 보고 싶었다.

……푸른 하늘. 푸른 항구. 수많은 기선. 화물선. 정크. 무수히 날리는 붉은 기. 돌로 모지게 쌓은 부두. 쿨리[1]. 노동자. 마우자. 기중기. 창고. 공장 흰 연돌. 침착한 색조의 시가. 돌집. 회관. 거리거리를 훈련하고 돌아다니는 피오닐[2]. 콤소몰카[3]들의 활보. 탄력 있는 신흥 계급의 기상…….

어두운 석탄고 속에서 아직 밟지 않은 이 땅에 대한 가지가지의 환영을 마음속에 꽃피울 때 가슴은 감격과 초조에 몹시도 수물거렸다.

그러나 버젓하게 선표를 사 가지고 선실에서 여행한 것이 아니니 남과 같이 제법 떳떳하게 상륙할 수는 없는 처지였다. 하는 수 없이 밤이 될 때까지 어둠이 항구를 쌀 때까지 석탄고 속에서 초조하게 속을 앓으면서 더 기다릴 수밖에는 없었다.

이윽고 밤이 되어서야 한 걸음 먼저 상륙하였던 살롱의 김군이 총총한 걸음으로 석탄고를 찾아와 주었다. 그의 하얗던 보이 복색은 어느덧 검은 루바슈카[4]로 변하여 있었다.

"자, 이것으로 갈아입게."

하면서 역시 검은 루바슈카와 바지 한 벌을 그에게 주었다.

"결국 목적한 곳에 다 왔단 말일세그려!"

이렇게 새삼스럽게 반문하여 보았으리만치 그의 마음은 끔쩍이도 반가웠던 것이다.

"박군도 부두에 와서 기다리니 얼른 갈아입고 나가게."

하나에서 열까지 도와주고 위로하여 주고 힘 돋우어 주는 김군의 호의와 친절에는 눈물겨운 것이 있었다.

그의 비추어 주는 회중전등의 광선에 의지하여 그는 새 옷을 갈아입고 헌 옷을 똘똘 뭉쳐 한 손에 들고 김군과 같이 석탄고를 나갔다.

지루하던 석탄고, 그것은 사흘 동안의 감옥이었고 암흑의 지옥이었다. 그러나 동시에 그것은 그에게는 아름다운 꿈의 보금자리였고 이 땅과 저 땅을 행동과 행동을 연락하여 주는 고마운 중매였다. 그보다 이전에 얼마나 많은 친구가 이 고마운 중매의 은혜를 입었으며 현재 수많은 바다를 항해하고 있는 수많은 배 속 그 어두운 구석에서 얼마나 많은 동무가 아름다운 꿈을 꾸고 있으며 장차 또 얼마나 많은 동무가 이 고마운 보금자리를 이용할 것인가. 생각하면 우리의 생활과 뗄 수 없는 인연 깊은 곳이다. 바라건대 새 날이 올 그때까지 길이길이 우리의 비장한 꿈의 보금자리가 되고 중매가 되어라!

그는 마음속으로 이렇게 부르짖으면서 칠 벗은 검붉은 석탄고의 문을 지그시 닫고 그 위에 마지막 고별의 시선을 오랫동안 던졌다.

쇠줄 사다리를 타고 올라가 인기척 없는 갑판 위에 나서니 신선한 바람이 얼굴을 스쳤다.

그는 헌 옷 뭉치를 들고 난간에 의지하였다.

주머니 속에 들었던 단 한 권의 노서아어 회화책을 새 호주머니 속으로 옮겨 넣고 헌 옷을 다시 똘똘 뭉쳐 들었다.

"자, 그럼 너와도 작별이다."

아무 미련도 남기지 아니하고 그는 헌 옷을 바닷물 속에 장사 지내 버렸다. 오랫동안 몸에 걸쳤던 단벌의 옷…… 어두운 등잔 밑에서 침침한 눈을 비벼 가면서 고국의 어머니가 바늘귀 촘촘하게 정성껏 기워 준 피눈물 나는 그 옷이건만 그는 이제 아무 미련도 남기지 아니하고 바다 속에 시원히 장사 지내 버렸다. 물론 아울러 지금까지의 모든 과거도 헌 옷 뭉치와 함께 이 바다 속에 청산하여 버렸던 것이다.

'고국의 어머니여, 다시 뵈올 그때까지 부디부디 건재하여 주시오!'

마음속으로는 늙으신 어머니의 건재를 이렇게 빌어 드렸다.

김군이 따라 주는 물에 낯을 씻고 머리를 가다듬어 올리고 나니 새 정신이 번쩍 들었다. 고국에 대한 새삼스러운 애수를 바다 멀리 떨쳐 버리고 배를 내려 부두에 한 걸음 나서 굳은 땅을 밟으니 그립던 대륙! 말할 수 없는 감개와 안도를 일시에 느꼈다.

부두 한편 등불 밑에서 기다리고 섰던 동지 로만박이 어느덧 쫓아왔다.

"칵 파쥐빠-에테?"

거친 이 한마디를 건네면서 억센 손아귀와 손아귀가 한데 맞닿으니 단순한 이 동작 가운데에 수만 언어로도 바꾸기 어려운 깊은 동지의 정미가 스스로 넘쳐흘렀다.

밤의 부두는 안개 속에 자욱하였다.

때마침 5월이라 항구는 한창 안개의 시절이었던 것이다. 석 달 동안 항구 안에 꽁꽁 얼었던 얼음이 4월에 들어가서야 풀려 버리고 그믐께부터는 안개의 시절이 시작되어 5월을 잡아들면 바야흐로 농후하여지는 때이다.

굵은 기선의 선체, 높은 마스트, 육중한 기중기, 연하여 늘어서 있는 창고, 얼크러진 철로…… 이 모든 것이 마치 필름 속의 화폭같이 안개 속에 웅장하게 흐려져 있는 부두 지대를 벗어나 세 사람은 묵은 회포를 이야기하면서 약간 경사진 높은 거리로! 밝은 시가로! 걸어 올라갔다.

……이렇게 하여 그는 처음으로 이 땅을 밟았고 새 살림의 첫 계단에 올랐던 것이다.

── 주

1) 쿨리coolie: 육체노동에 종사하는 하층의 중국인·인도인 노동자. 19세기에 아프리카·인도·아시아의 식민지에서 혹사당하였음.
2) 피오닐: 러시아 말로 영어의 pioneer에 해당됨. '개척자, 선구자'라는 뜻과 함께 '소년 공산 단원'(9세~14세)을 일컫는 말이기도 함.
3) 콤소몰카Komsomolka: 소련에서 사회주의 정치 교육을 위하여 공산당의 지도 아래 조직한 청년 단체인 콤소몰Komsomol의 단원을 가리키는 말. 15세~26세의 남녀를 대상으로 1918년에 조직하였음.
4) 루바슈카rubashka: 블라우스와 비슷한 러시아의 남성용 겉저고리.

마작 철학麻雀哲學

1

내려 찌는 복더위에 거리는 풀잎같이 시들었다. 시들은 거리 가로수 그늘에는 실업한 노동자의 얼굴이 노랗게 여위어 가고 나흘 동안…… 바로 나흘 동안 굶은 아이가 도적질할 도리를 궁리하고 뒷골목에서는 분 바른 부녀가 별수 없이 백동전 한 닢에 그의 마지막 상품을 투매하고 결코 센티멘털리즘에 잠겨 본 적 없던 청년이 진정으로 자살할 방법을 생각하고 자살하기 전에 그는 마지막으로 테러리스트가 되기를 원하였다.

도무지가 무겁고 시들고 괴로운 해이다. 속히 해결이 되어야지 이대로 나가다가는 나중에는 종자도 못 찾을 것이다. 이 말할 수 없이 시들고 쪼들려 가는 거리, 이 백성들 가운데에 아직도 약간 맥이 붙어 있는 곳이 있다면 그것은 정 주사네 사랑일까?

며칠이나 갈 맥인지는 모르나 이 무더운 당장에 그곳에는 적어도 더위는 없다. 대신에 맥주 거품과 마작麻雀과 유흥이 있으니 내려 찌는 복더위에 풀잎같이 시들은 이 거리, 서늘한 이 사랑에서는 오늘도 마작판이 어우러졌던 것이다. 3간이 넘는 장간방長間房[1]의 사이를 트고 아래 윗방에 두 패로 벌인 마작판을 싸고 전당포 홍 전위, 정미소 심 참봉, 대서소 최 석사, 자하골 내시 송씨, 그 외에 정체 모를 수많은 유민들이 둘러앉아서 때 묻은 마작 쪽에 시들어 가는 그들의 열정을 다져서 마작판을 탕탕 울린다.

"펑!"

"깡!"

그러나 흥겨운 이 소리가 실상인즉 헐려 가는 이 계급의 단조한 생활을 상징하는 풀기 없는 음성으로밖에는 들리지 않았다. 한 끗에 맥주 한 병 씩을 걸고 날이 밝도록 세월없이 마작판을 두드리는 그들의 기력 없는 생활의 자멸을 재촉하는 단말마적 종소리로밖에는 들리지 않았던 것이다.

"펑!"

"깡!"

"홀나!"

양동이에 얼음을 깨트러 넣고 그 속에 채운 맥주를 잔 가득 나누고 마작 쪽이 와르르 흩어지니 판은 또다시 시작되었다.

"오늘이나 소식이 있을까."

판 한 모에서 대전하고 있던 정 주사는 마작과는 관계없는 딴생각에 마음을 은근히 앓으면서 홍중紅中[2] 쪽을 정성스럽게 모아들였다. 그는 끗수의 타산으로가 아니라 본능적으로 어쩐 일인지 홍중을 좋아하고 백판白板[3]을 극도로 싫어하였다. 홍중으로 방을 달면 길하고 백판으로 달면 흉하다는 이 비논리적 저 혼자의 원리에 본능적으로 지배를 받으면서 이것으로써 은근히 마음먹은 일을 점치는 것이다. 그 심리는 마치 연애에 빠진 계집아이가 이기든지 말든지 간에 남몰래 트럼프의 화투장을 정성껏 모아들이는 그 심리와도 흡사하였다.

정 주사는 오늘도 아들의 편지를 고대하면서 홍중으로 방 짜기에 애를 썼다. 그러나 재수없는 백판만 여러 쪽 들어오고 홍중은 판판이 한 쪽도 들어오지는 않았다. 그래도 그는 추근추근히 세 쪽이나 들어온 백판을 헐어내 버리면서도 수중에 한 쪽도 없는 홍중을 한 장 두 장 판에서 모아들이기에 헛애를 썼다.

결과는 방 달기가 심히 늦고 남이 벌써 "훌나!"를 부를 때에도 그는 방은 커녕 엉망진창인 수많은 마작 쪽을 가지고 미처 주체를 못해서 쩔쩔맸다. 그러나 물론 그는 "훌나!"를 바라는 바도 아니요, 맥주를 아끼는 터도 아니었다. 다만 홍중으로 훌륭하게 방 한번 달기가 원이었다. 그러나 종일 마작판을 노려도 홍중은 안 들어오고 편지는 안 오고…… 그의 마음은 말할 수 없이 우울하였다.

"에, 화난다!"

마음 유하게 판에 앉았던 정 주사도 나중에는 화가 버럭 나서 마작 쪽을 던지고 벌떡 자리를 일어났다.

"운송(정 주사의 호), 요새 웬일이오?"

같이 놀던 친구들은 정 주사의 은근한 심정은 모르고 그의 연패하는 것이 보기 딱해서 그의 손속4) 없는 것을 민망히 여겼다.

"최 석사, 대신 들어서시오."

옆에서 바라보고 있던 최 석사에게 자리를 사양하고 정 주사는 윗목에 서 있는 넓은 침대에 가서 몸을 던지고 마작 소리를 옆 귀로 흘리면서 자기 스스로의 생각에 잠겼던 것이다.

정 주사의 사랑하는 외아들이 일확만금을 꿈꾸고 새 실업을 꾀하여 동해안으로 떠난 것은 벌써 작년 봄이었다. 대학을 마친 풋지식을 놀려 두기보다는 아버지의 뜻을 이어 수년 전부터 동해안 일대에 왕성히 일어난 정어리업에 기울였던 것이다. 바다 일이라는 것이 항상 위험하기는 위험한 것이나 천여 석지기의 자본을 시세 좋은 정어리업에 들이밀면 만금이 금시에 정어리 쏟아지듯 쏟아질 것이다—고 생각한 그는 대번에 300석지기가 넘는 옥토를 은행에 잡히고 2만여 원의 자본금을 낸 것이다.

10여 척의 어선과 어부를 사고 수십 채의 그물을 사고 해변에 공장을 세우고 기름 짜는 기계를 설치하고 공장 노동자와 수백여 명의 능률 노동자를 써 가면서 사업을 시작하였던 것이다. 얼떨떨한 흥분과 모험감으로 1년 동안을 계속하여 분주한 어기漁期를 지내놓고 연말에 가서 이익을 타산하여 보았을 때에 웬일인지 예측과는 딴판으로 수지가 가량없이 어긋났다.

결국 2만여 원을 배와 공장에 깔아 놓았을 뿐이요, 한 푼의 이익도 건지지는 못하였던 것이다. 그러나 첫술에 배부른 법 없는지라 첫 사업의 첫해인 만큼 모든 실패를 서투른 수단과 노련치 못한 풋지식의 탓으로 돌려보내고 금년에는 1년 동안에 얻은 경험을 토대로 사업을 확대하여 또 300여 마지기의 옥토를 같은 은행에 잡히고 2만여 원을 내서 배를 늘리고 공장을 늘려서 한층 더 큰 규모로 일을 시작하였다. 그러나 뉘 알았으랴, 금해금金解禁[5]이 단행되고 금융계와 모든 사업계에 침체가 오자 무서운 불경기의 조수는 별수 없이 정어리업에까지 밀려오고야 말았다.

물화 상통과 금전 융통의 길이 끊어지니 정어리의 시세는 대중없이 폭락되었다. 닷 말들이 한 자루에 2원 60전 하던 정어리가 금년에 들어와서는 1원 30전으로 폭락되고, 기름 한 통에 2원 80전 하던 것이 금년에는 1원 50전으로, 정어리 비료 한 관 시가 5원이 2원 50전으로…… 도대체 반값으로 폭락되었다. 이 대세는 도저히 막아내는 장사가 없었다.

정 주사는 앞도 못 내다보고 공연히 사업을 확대한 것을 후회하였다. 그러나 저질러 놓은 것을 이제 와서 한탄한들 무슨 소용이 있으리오. 흥하든 망하든 하는 데까지는 해 보아야 할 것이다. 다만 한 가지 애처로운 것은 그의 아들의 고생하는 꼴이었다. 유약한 몸으로 편안한 집을 떠나 낯선 해변에 가서 폭양에 쪼여 가면서 갖은 신고를 다하리라고 생각하매 아버지의 마음은 한시도 편한 적이 없었다. 자기 혼자 시원한 사랑에서 친구들과 맥주 내기 마작을 울리는 것이 죄스럽게도 생각되었다. 게다가 요사이는 어찌 된 일인지 아들에게서 한 장의 소식도 없었다.

　이 어려운 시세에 고기라도 많이 잡혀야 할 터인데 과연 많이 잡히는지, 배와 공장에도 별 고장이 없는지, 더위에 몸도 성한지 모든 것이 퍽도 궁금하였다. 봄에 잠깐 집에 왔다 간 지 벌써 넉 달이나 되었으니 이 여름에 또 한번쯤 다녀가도 좋으련만 이 바쁜 시절에 그것도 원하기 어려운 일이었다.

　이래저래 정 주사는 요사이 매우 걱정이다. 마작의 홍중을 모아 친구 몰래 은근히 점쳐 보았으나 오늘도 역시 길패는 얻지 못하였던 것이다.

　침대에 누운 정 주사는 괴로운 심사와 가지가지의 무거운 생각을 이기지 못하여 바로 누웠다 돌아누웠다 하면서 긴 한숨을 내쉬었다.

　"펑!"

　"홀나!"

　어우러진 두 패의 마작판에서는 마작 울리는 소리가 맹렬히 들렸다.

　'밤이나 낮이나 모여서 펑들만 찾으니 우리네 살림에도 머지않아 펑이 날 것이다!'

　침대 위에서 마작에 열중된 친구들을 내려다보는 정 주사에게는 돌연히 이런 생각이 떠올랐다. 그 순간 가련한 친구들과 자기 자신의 자태가 머릿속에 전광적으로 번쩍였다.

　'오, 악몽이다!'

　정 주사는 우연한 이 생각에 스스로 전율하고 불길한 환영을 떨쳐 버리려고 애쓰면서 돌아누워 시선을 문득 푸른 하늘로 옮겨 버렸다.

　　　　　　　　　　2

　종일 동안 들볶아치던 포구는 밤이 되니 낮 동안의 소란과는 반비례로 심히 고요하였다. 하늘도 어둡고 바다도 어둡고 뾰족한 초승달이 깊은 하늘에 간드러지게 걸리고 언덕 위에 우뚝 서 있는 정어리 공장 사무소 창에서 흐르는 등불이 어두운 해변의 한 줄기의 숨소리와도 같다. 규칙적으로 몰려오는 파도의 소리가 쐐- 쐐- 들려올 뿐이다.

'정구태 온어溫魚[6] 공장 사무소'라고 굵게 쓰인 간판 달린 언덕 위의 공장 사무소 안에는 젊은 주인공이 등불을 돋워 놓고 이슥하도록 장부 정리에 열중하고 있다. 옆방 침실에서는 공장의 감독 격으로 있는 최군과 서기 격으로 있는 박군의 코 고는 소리가 높이 들렸다. 코 고는 소리에 이끌려 걸핏하면 저절로 내려 감기는 두 눈을 비벼 가면서 낮 동안의 피곤도 무시하여 버리고 그는 장부 정리에 열중하였다. 장부의 숫자를 대조하여 가는 동안에 정신도 차차 맑아 갔다.

등불에 비치는 그의 얼굴은 검어 무뚝뚝하게 보였다. 그러나 그것도 원래 그런 것이 아니라 이태 동안이나 해변에 서서 바닷바람과 폭양을 쏘였음으로였다.

연전에 서울 있어서 카페에나 돌아다니고 기생들과 자동차나 몰고 할 때에는 그도 얼굴빛 희고 기개 높은 청년이었다. 그것이 두 해 여름이나 해변에서 그슬고 타고 하는 동안에 이렇게 몰라볼 만큼 풍골이 변하였던 것이다. 카페에서 술 마시면 울고 기생 앞에서 발라맞추던[7] 연약하던 그의 성격도 껄끄러운 뱃사람들과 접촉하는 동안에 어느덧 굵직하고 거칠게 변하였던 것이다.

장부에 가늘게 적힌 숫자와 주판 위에 나타나는 액수를 비교하여 가는 그의 얼굴은 차차 흐려지고 암담하여 갔다.

'괴상한 일이다!'

까만 주판알을 떨어 버리고 다시 놓고 또다시 놓아 보아도 장부의 숫자와는 어림없이 차가 났다.

'이 숫자의 차는 어데서 생겨났는가?'

이것을 궁리하기보다는 그는 먼저 이 너무나 큰 차이에 다만 입을 벌리고 놀랐다. 그러나 주판에 나타난 수는 엄연히 그를 노렸다.

작년 봄 사업을 시작하기 전에 조용한 그의 서재 책상 위에서 주판을 잘각거리고 장래를 응시하였을 때에 그의 얼굴에는 상기된 미소가 떠올랐다. 서재 책상 위에서 잘각거리는 주판은 미인의 눈맵시와도 같이 사람을 항상 황홀케 하는 법이다. 뜨거운 차에 혀를 꼬부리는 그의 얼굴에는 흥분된 혈색이 불그스름하게 빛났으니 주판의 까만 알이 화려한 그의 미래를 약속하였기 때문이다. 성공…… 일확만금, 사치한 문화주택, 피아노, 자가용 고급차 하드슨 한 대, 당당한 청년 실업가, 화려한 꿈의 전당이 그의 머릿속에 끝없이 전개되었다.

그러나 주판의 농간을 그 어찌 알았으랴.

서재 책상의 주판은 그를 온전히 속여 버리고야 말았던 것이다. 1년 전에 그를 황홀케 하던 주판은 이제 이 해변 사무소에서 그를 비웃고 있다. 끝없이 화려하게 전개되던 꿈의 전당은 이제 그의 눈앞에서 와르르 헐어져 버렸던 것이다. 그뿐 아니라. 파산, 몰락, 장차 닥쳐올 비참한 이 과정이 그의 눈앞을 캄캄하게 가렸다.

그는 장부와 주판을 던져 버리고 책상에서 머리를 들고 몸을 펴서 교의에 지그시 전신을 의지하였다. 눈앞에는 창밖으로 캄캄한 어둠만이 내다보였다.

'나의 앞길도 이렇게 어두우렷다!' 하는 생각에 잠겼는지 그는 뚫어져라 하고 어둠 속을 바라보았다. 그러나 결국 보이는 것은 어둠뿐이요, 들리는 것은 늠름한 파도 소리와 옆방에서 나는 최군과 박군의 코 고는 소리뿐이었다. 1년 전의 그 같으면 이 애타는 마음에 울었을 것이다. 그러나 이제 그는 못생기게 울지 않았다. 이것 하나가 바다에 와서 얻은 득이라면 득일까.

창밖에서 시선을 옮기고 그는 교의에서 일어서서 담배를 태워 물고 잠 안

오는 울울한 마음에 사무소를 나왔다.

언덕을 내려와서 해변으로 걸어가는 그의 다리는 맥없이 허전허전하였다.

기울어진 초승달 밑에서 4만금을 집어삼킨 검은 바다는 탐욕의 괴물같이 이빨을 갈면서 그를 향하여 으르렁거렸다.

일순 그는 불쾌하여서 바다에서 몸을 돌려 포구로 향하였다. 잠들어 고요한 포구는 그를 대하여 으르렁거리지는 않았다. 그러나 거기에도 그의 '적'은 기다리고 있으니, 그를 상대로 살아가는 수백 명의 부녀 노동자들과 공장 노동자는 임금 문제로 그와 다투었다.

그는 마지막으로 하늘을 우러렀다. 그러나 하늘 역시 그에게는 적이었다. 북으로 모여드는 검은 구름…… 언제 쏟아질지 모르는 위험한 날씨이니 한바탕 장황히 쏟아지기만 한다면 정어리가 바다에서 끓는다 하더라도 배는 낼 수 없는 터이다.

하늘을 우러러도 바다를 향하여도 포구를 대하여도 어느 것 하나 그에게 적 아닌 것이 없다. 그리고 이 모든 적의 배후에는 시세의 농간을 부리는 더 큰 괴물이 선웃음 치고 있는 것을 그는 당장 눈앞에 보는 듯하였다. 이 모든 적을 상대로 싸워 나갈 생각을 하니 앞이 아득하였다. 그러나 이제 이대로 주저앉을 수는 없는 터이니 싸울 데까지는 싸워 나가야겠다고 그는 이를 갈고 '거룩한 결심'을 하였다.

촉촉한 모래를 밟으며 으슥한 해변을 거니는 그에게는 낮 동안에 무심하던 해초 냄새가 이제 새삼스럽게 신선하게 흘러왔다. 신선한 해초 냄새에 그는 문득 오래간만에 건강한 성욕을 느꼈다. 서울에 멀리 떨어져 있는 아내의 생각이 간절하였다. 뒤를 이어 오랫동안 소식 안 보낸 아버지의 생각도 났다.

3

해변의 낮은 길고 북국의 바다는 쪽 잎같이 푸르다. 푸른 바다를 향하여 반원형으로 딸린 포구는 푸른 생활을 싣고 긴 하루 동안 굿을 하듯이 들볶아친다.

바닷물 찰락거리는 넓은 백사장…… 그곳은 포구 사람들의 살림터로 아울러 싸움터이니 거기에서 그들은 종일 동안 부르짖고, 땀 흘리고, 청춘을 허비하고, 죽음을 기다리고, 일생을 계산한다.

무거운 해와 건강한 해초의 냄새를 맡으면서 적동색으로 그을린 수백여 명의 부녀 노동자는 백사장 군데군데에 떼를 짓고 정어리 배가 들어오기를 초조히 기다렸다. 배가 들어와야 그들에게는 할 일이 생기는 것이니 어부가 잡아들인 정어리를 그물코에서 따서 어장까지 나르는 것이 곧 그들의 노동인 것이다.

"어째 배가 애이 들어오?"

"마······."

"저기 들어옵네. 우승기 날리며 배가 들어옵네."

"옳소, 옳소!"

먼 수평선 위에 나타난 검은 일점을 노리던 수백의 눈은 일시 빛나고 백사장에는 환희와 훤조가 끓어올랐다.

검은 일점이 그의 정체를 드러내 놓기에는 꽤 긴 시간이 걸렸다. 거의 반시간이 넘어서야 그럴듯한 선체와 붉은 돛과 선두에 날리는 우승기가 차차 드러났다. 남풍에 휘날리는 붉은 돛을 감아 내리더니 배는 노를 저어 포구로 향하였다. 선두에는 우승기 외에 청기 홍기가 휘날렸다. 청기 홍기는 어획의 풍산豊産을 의미하는 것이니 백사장에는 새로운 환희의 소리가 높이 났다.

"뉘 배요?"

"명팔이 배 애이요."

"우승기 달고 우쭐했소!"

"저-기 또 배 들어오."

"저기 애이요. 하나 둘 서 너……."

"야……."

수평선 위에는 연하여 검은 점이 나타나더니 그것이 차차 커지며 일정한 거리에 와서 일제히 돛을 내리고 굵은 노를 저으면서 역시 포구를 향하여 일직선을 그었다.

기다리던 배가 들어옴을 볼 때에 정구태 공장 사무소에서도 각각 출동의 준비를 하였다.

젊은 공장주도 어젯밤 우울은 씻어 버린 듯이 새로운 기쁨을 가지고 밀짚모자를 쓰고 고무장화를 신었다.

박과 최를 거느리고 사무소를 나와 언덕을 내려왔을 때에 배는 쌍쌍이 뒤를 이어 포구 안으로 들어왔다.

배는 말할 것도 없이 거의 모두 구태네 배였다. 그는 금년 봄에 사업을 확장할 때에 그의 영업 정책상 포구 안에 산재하여 있는 수많은 군소 어업자의 태반을 매수하고 배와 공장을 거의 독점하다시피 하여 버렸던 것이다. 따라서 이 포구 안의 정어리업자라면 정구태가 첫손가락에 꼽혔고 백사장에 모이는 주인 없는 수백여 명의 부녀 노동자들도 기실은 정구태에게 전속하여 있는 셈이었다.

"공장주 나옵네."

떠들고 뒤끓던 부녀 노동자들은 젊은 공장주를 위하여 길을 틔었다.

그들 사이에는 형언하기 어려운 기쁨이 떠돌았다. 그것은 배가 들어오기 때문이다. 날마다 몇 차례씩 당하는 일이지만 이 기쁨만은 언제든지 변치 않고 일어나는 것이니 해변 사람 아니면 맛볼 수 없는 기쁨이다. 허연 고기를 배 속에 그득히 싣고 순풍에 돛을 달고 쌍쌍이 노를 저어 들어올 때 그것은 서로 이해관계는 다를지라도 뱃사람 자신들에게나 공장주에게나 부녀 노동자들에게나 똑같은 기쁨을 가져왔다. 생산의 기쁨이라고 할까…… 속일 수 없는 기쁨이다.

포구 안에 들어온 배가 차례차례로 해변 모래 기슭에 바싹 대었을 때에 그들은 벌 떼같이 일제히 그리로 몰렸다.

검붉게 탄 웃통을 드러내는 뱃사람들은 배에서 내려서 밧줄을 모래밭 기둥에 든든히 매 놓고 모래 위에 부대 조각, 먹서리[8] 조각 등을 넓적하게 펴고 배와의 사이에 널판으로 다리를 놓고 그 위로 고기 달린 그물을 끌어내려 육지로 옮겼다. 한데 이은 여러 채의 그물이 한 줄에 달려 내려와서 부대 조각 위에는 허연 고기의 산을 이루었다. 이 고기 더미를 둘러싸고 부녀 노동자들은 그 주위에 각각 알 맞은 곳을 차지하고 볼 동안에 원을 그렸다.

부녀 노동자 가운데에는 열두어 살씩 먹은 소녀가 가장 많으나 그 외에 열칠팔 세 되는 처녀도 있고, 30을 넘은 부녀도 있고, 혹은 60에 가까운 노파도 섞여 있었다. 그들은 순전히 일한 분량에 의하여 임금을 받는 것이니, 즉 그들은 대개 동무들과 몇 사람씩 어울리거나 혹은 두 모녀가 어울러서 함지에 고기를 따 담아 가지고 감독 있는 어장까지 날라서 큰 나무통에 한 통씩 채우는데 대개 15전 씩의 임금을 받으니 이것을 어우른 동무들과 똑같이 분담하는 것이다.

그러니 배가 잘 들어오고 고기가 잘 잡혀서 하루 종일 일하게 된다 하여도 한 사람 앞에 불과 몇 십 전의 임금밖에는 배당되지 않는 것이다. 그러므로 순전히 이것으로 생활을 도모하여 나가는 그들에게는 한 푼이 새롭고 아까운 것이다. 그들은 될 수 있는 대로 능률을 올려서 서로 다투어 가면서 재치 있게 부랴부랴 일을 하는 것이다.

여섯 척의 배에서 내린 여섯 개소의 그물 더미로 각각 분배되니 수백여 명의 노동자는 거의 다 풀렸다. 백사장 위에 일렬로 뭉친 여섯 개의 떼는 꿀집을 둘러싼 여섯 개의 벌 떼와도 흡사하였다.

그들은 이렇게 쉽게 여섯 개소를 뭉치기는 뭉쳤으나 일은 즉시 시작하지 않았다. 오늘은 일을 시작하기 전에 기어이 공장주와 따질 일이 있었으니 그것은 임금 문제였다. 이때까지 한 통 임금 15전씩 하던 것을 5전을 내려 10전씩을 공장주 측에서 며칠 전부터 굳게 주장하여 나중에는 어업 조합에까지 걸어서 결정적 시행을 보게 되었던 것이다. 정어리 시세가 떨어졌으므로라는 '당연한 이유'를 내세우나 이 '당연한 이유'가 부녀 노동자들에게는 곧 주림을 가져온다는 것을 공장주도 모르는 바 아닐 것이다. 그들은 하는 수 없이 며칠 동안 10전 임금에 복종하여 왔으나 그것으로 인하여 현저히 생활에 위협을 받는 그들은 더 참을 수 없어서 오늘은 공장주와 철저히 따져 볼 작정이었다. 비록 아직 통일적 행동으로 동원되도록 조직은 못 되었으나 그들은 똑같은 항의를 다 같이 가슴속에 감추고 있었던 것이다.

"오늘은 한 통에 얼매요?"

그들은 공장주를 붙들고 임금 결정을 요구하였다.

"조합에서 작정한 것이 있지 않소. 10전이요, 10전."

젊은 공장주의 태도는 퍽도 뻑뻑하였다.

"10전 아이 되오."

그들은 이구동성으로 항의하였다.

"이 무서운 세월에 10전도 과하오."

"야 이 나그네, 10전 통에 이 숱한 사람이 굶는 줄은 모르는가! 5전 더 낸다고 당신네야 곧 굶어 죽겠슴나?"

"굶든지 말든지 조합에서 정한 것을 내가 어떻게 한단 말요."

"조합 놈 새끼들 마사⁹⁾ 놓겠다!"

수백 명은 일시에 소란하여지면서 분개하였다.

"자, 어서들 일이나 하시오."

"15전 아이 주면 아이 하겠소."

"일하기 싫은 사람들은 그만두시오."

"옳소! 그만두겠소꼬. 누가 끓나나 두고 봄세. 야들아, 오늘은 일들 그만두어라!"

극히 간단하였다. 공장주의 거만한 태도에 분개한 그들은 둘러쌌던 원을 풀면서 벌 떼같이 어지럽게 백사장에 흩어졌다.

"일하는 년들 썩어진다!"

집안 형편이 하도 딱해서 그런대로 여기서 일하여 볼까 하던 부녀들도 이 위협의 소리에 겁이 나서 자리를 비실비실 떠나 버렸다.

노동자가 헤져 버린 백사장에는 손대지 않은 여섯 개의 그물 더미가 노동자를 기다리면서 우뚝우뚝 서 있을 뿐이다.

그들의 집단적 행동에 공장주는 새삼스럽게 놀랐다. 이렇게 뻣뻣하게 나올 줄은 예측하지 못하였던 것이다. 그들을 다시 부르자니 같잖고 그들 대신에 새 노동자를 불러들이자니 이 포구 안에서는 불가능한 일이요, 그는 어쩔 줄 모르고 황망히 날뛰었다.

그날 저녁 야학은 다른 때보다 일찍이 끝났다.

맨 뒷줄에 앉아 하루 동안의 피곤을 못 이겨 공책에 코를 박고 있던 순야는 소란한 주위의 이야기 소리에 문득 눈을 떴다. 100여 명의 학생들—이라고 하여도 10여 명의 사내아이를 제하면 전부가 낮 동안에 해변에서 볶아치던 부녀 노동자였다—은 공책을 덮고 자리에서 수군거렸다.

　1. 우리는 왜 가난한가.
　1. 정어리 삯전 10전 절대 반대.
　1. ……

국문으로 칠판 위에 크게 쓰인 이 토막토막의 글을 순야는 눈을 비벼 가면서 공책 위에 공들여 베꼈다. 국문을 가제[10] 깨친 그는 이 단순한 글줄을 읽고 쓰는 데 5분이 넘어 걸렸다.

"그럼 이 길로 바로 장개 앞 해변으로들 모이시오."

순야가 칠판의 토막글을 다 베끼고 나자 강 선생은 그들에게 이렇게 분부하였다. 그가 졸고 있는 동안에 무슨 이야기가 있었는지 별안간 장개 해변으로 모이라는 이 분부에 순야는 영문을 몰랐다. 그러나 소란한 이 자리에서 그는 어쩐지 알 수 없이 가슴이 울렁거렸다.

100여 명의 야학생들은 제각각 감동과 흥분을 가지고 교실을 나와 마당에 쏟아졌다. 그들은 한 사람도 빼놓지 않고 즉시 장개 해변으로 향할 생각이었다. 강 선생의 명령이라면 절대로 복종이었다. 그만큼 그들은 어디서 들어왔는지 고향조차 모를 강 선생을 퍽도 존경하고 사모하였다.

눈이 매섭고 영악한 한편에 강 선생은 학생들에게는 극히 순하고 친절하고 의리가 밝았다. 어디로부터서인지 돌연히 이 포구에 나타난 지 벌써 1년이 넘도록 그는 한 푼의 이해관계도 없는 수많은 그들을 모아 놓고 충실히 글을 가르쳐 주어 왔다. 그는 어쩐지 조합 사람이나 면소 사람들보다도 뱃사람이나 노동자들과 더 친하게 굴었다. 새빨간 표지의 두툼한 책과 깨알 쏟은 듯한 꼬부랑 양서를 열심히 공부하는 반면에 그는 간간이 해변에 나와 바람을 쏘이며 이런 사람들과 오랫동안 여러 가지 이야기에 잠길 때가 많았다. 그리고 밤만 되면 학생들을 모아 놓고 열심히 글을 가르쳐 주었던 것이다.

어느 모로 뜯어보든지 이런 촌구석에 와서 박혀 있을 사람이 아닌 이 정체 모를 강 선생은 그들에게는 알지 못할 수수께끼였다. 그는 가령 말하면 공장주 정구태와 같이 이 포구로 돈 벌러 온 것은 아니다—그들 중에 어떤 사람은 아무 관련도 없으나 가끔 이렇게 강 선생과 공장주를 비교하여 보았다. 한 사람은 그들을 위하여 주고 한 사람은 그들을 어르고 빼앗아 간다. 즉 강 선생은 그들의 동무요, 정구태는 그들의 원수이라—고 그들은 생각하고 판단하여 왔던 것이다.

순야는 이제 이렇게 강 선생에 대한 가지가지의 생각에 잠기면서 동무들과 휩쓸려 고요히 잠든 포구의 앞 모래밭을 지나 약 3마장가량 되는 장개 고개로 향하였다.

"진선아, 이 밤에 장개에 가서 무스거 한다디?"

길 가운데서 순야는 동무에게 물어보았다.

"너 괴실(교실이라는 말)에서 선생님 말 아이 들었니? 정어리 삯전 올릴 운동을 한다드라."

"운동이 무스기야?"

순야는 '운동'이라는 말의 뜻을 몰랐다.

"정어리 뜨는 삯전을 요즈막에 10전씩 아이 했니. 그것을 되로 15전씩으로 올려 달라고 재주(공장주)와 괴섭(교섭)하기로 했단다."

"재주가 뭐 장개에 있다니?"

"재주에게는 내일 말하기로 하고 오늘은 장개에 가서 우리끼리만 의론한단 말이다. 나래(이따가) 가 보면 알 일이지."

동무의 설명에 순야는 이 밤에 장개로 가는 목적이 대강 짐작되었다. 그리고 아까 칠판에 쓰였던 토막글의 뜻도 알 듯하였다. '정어리 삯전 10전 절대 반대'의 '절대 반대'라는 말을 그는 몰랐던 것이다. 이제 대강 그 뜻이 짐작되었던 것이다.

어지러운 발소리를 고요한 밤하늘에 울리면서 흥분된 일단이 장개 고개를 넘어서니 먼 어둠 속에 장개의 작은 마을이 그럴 듯이 짐작되었다. 고개 밑 넓은 해변 모래밭에서는 붉은 횃불이 타올랐으니 그곳이 곧 그들이 목적하고 온 곳이다. 파도 소리 은은한 캄캄한 해변에 붉게 타오르는 횃불을 멀리 바라볼 때에 그들의 가슴은 이유 모를 감격에 울렁거렸다. 오늘 밤에는 파도 소리조차 유심히도 은은하다.

고개를 걸어내려 모래밭까지 다다랐을 때에 그곳에는 벌써 햇불을 둘러싸고 100여 명의 동무들이 모여 있었다. 그들은 야학생들뿐이 아니라 낮 동안에 해변에 나와 같이 일하는 부녀 노동자들의 거의 전부가 망라되어 있었던 것이다. 강 선생도 물론 벌써 와 있었고, 그뿐 아니라 역시 정구태 공장에서 일하는 군칠이와 중실이, 그 외 그들과 같이 일하는 여러 명의 남자 노동자들도 와 있었다. 전부 200여 명이 넘는 그들은 햇불을 중심으로 모래밭 위에 첩첩이 둘러 앉았다.

"올 사람 다들 왔소?"

바로 햇불 밑에 선 강 선생은 좌중을 휘돌아보고 말을 이었다.

"밤이 이슥한데 미안은 하나 오늘 이곳까지 이렇게 모이게 한 것은 다른 것이 아니라 여러분에게 있어서 가장 시급하고 중대한 정어리 삯전 문제에 대하여 의론하고 앞으로 밟을 길을 작정하려는 생각으로였소."

이것을 서언으로 하고 그는 숨을 갈아 쉬더니 단도직입적으로 용건에 들어갔다.

"공장에서 일하는 분은 나중으로 밀고 정어리 따는 이들 중에 한 통 10전에 반대하는 이들 손들어 보시오!"

말이 떨어지기도 전에 수많은 손이 한 사람도 남기지 않고 그들은 다 손을 들었고 가운데에는 두 손을 한꺼번에 든 사람도 있었다. 그럴 줄 모르고 강 선생이 이 어리석은 질문을 한 것은 아니었다. 일하여 나가는 순서상 그들의 다짐을 더 한번 굳게 하려고 그렇게 질문한 것에 지나지 않았다.

"손들 내리시오."

"10전 삯전에는 절대로 반대합시다. 대체 남의 사정 모르는 것은 재주이니 아무리 시세가 폭락하였다 할지라도 어디서 그 벌충을 못 대서 하필 가난한 노동자들의 간지러운 삯전을 줄여 버리니 이 얼마나 더럽고 추잡한 짓이오. 그의 욕심은 만금을 벌자는 무도한 탐욕이요, 여러분의 욕심은 다만 그날그날 목숨을 이어 나가는 정당한 요구가 아니오? 시세의 폭락도 그에게는 다만 만금을 못 벌게 하는 폭락이지만 5전 삯전 내리는 것은 여러분에게는 곧 죽음을 가져오는 것이 아니오? 이 가련한 노동자의 사정은 못 살피고 가증스러운 재주 편에만 가담하여 그의 말만 솔곳이 듣고 수백 명의 삯전을 멋대로 작정하는 어업 조합 놈들도 죽일 놈이오. 이것은 참으로 노동자의 이익을 위한 우리들의 조합이 아니기 때문이오. 여러분! 여러분은 재주와 같이 이 조합에도 철저히 대항하여야 되오!"

알아듣기 쉽게 말하자고 애쓰면서도 그는 이보다 더 쉽게는 말할 수 없었다. 그러나 이것으로써 족하였다. 그들의 가슴을 울리는 '아지[11])'의 효과는 충분히 있었던 것이다.

"옳소!"

"강 선생님 말이 맞았소!"

"10전 반대, 15전 좋소꼬!"

그들은 비록 박수는 할 줄 몰랐으나 이런 찬동의 소리가 뒤를 이어서 맹렬히 들렸다.

"10전 반대, 15전 찬성! 이 여러분의 요구를 실시케 하려면 여러분은 어떻게 하여야 되겠소?"

강 선생은 이렇게 반문하여 놓고 차근차근 그 방법을 설명하였다.

"이때까지 이왕 일하여 준 것은 그만두고 내일로 즉시 여러분은 재주에게 이 요구를 들어 달라고 담판하여야 할 것이오. 그러자면 여러분이 제각각 떠들기만 해서는 효과가 없으니 여러분 가운데에서 몇 사람의 대표를 추려서 그가 직접 재주에게 가서 정식으로 교섭을 하여야 할 것이오."

말이 끝나자 또 찬동의 소리가 뒤를 이어서 요란히 들렸다.

"그러나 여기에 한 가지 난관이 있으니 그렇게 정식으로 교섭을 하여도 재주가 요구를 안 들어주는 때에는 여러분은 어떻게 할 테요?"

강 선생은 침착하게 그들의 열정의 도를 시험하였다.

"안 들어주면 일을 아이 하겠소꼬!"

"재주 썩어지지!"

"조합을 마사 놓겠소꼬!"

그들은 열렬하게 의기를 토하고 결심의 빛을 보였다.

"재주가 요구를 안 들어주면 일하지 않겠다는 분은 그 자리에 일어서 보시오."

그의 말이 떨어지기가 바쁘게 200여 명의 노동자는 일제히 그 자리에서 일어섰다. 물론 한 사람도 주저하는 사람은 없었던 것이다.

"손을 들고 맹서하시오!"

서슴지 않고 손들이 일제히 높이 들렸다. 이만하면 유망하다고 은근히 기뻐하는 강 선생은 그들을 그 자리에 다시 앉히고 침착한 어조로 그들의 결심을 다졌다.

"여러분, 지금 이 자리에서 맹서하였소! 이 중에 한 분이라도 비록 굶어 죽는 한이 있을지라도 이 맹서를 어기면 안 될 것이오. 무릇 어떠한 사람과 대적할 때에는 일치와 단결의 힘이 필요한 것이오. 하나보다는 열, 열보다는 백, 백보다는 천…… 이렇게 수많은 것이 한데 굳게 뭉치면 자기의 생각지 못한 큰 힘이 생기는 법이니 그 힘 앞에는 제아무리 강한 것이라도 필경은 몰려 넘어질 것이오. 여러분도 이것을 굳게 믿고 맹서를 어기지 말고 끝까지 버티어 나가야만 여러분의 뜻을 이룰 것이오!"

횃불을 빨갛게 받은 수백의 얼굴이 강 선생의 말이 끝나기까지 조금도 긴장을 잃지 않고 결의와 맹서에 엄숙하게 빛났다.

이렇게 하여 으슥한 이 해변에서는 포구 사람 잠자는 동안에 비밀 회합이 무사히 끝났던 것이다.

 끝으로 강 선생은 그들 중에서 네 사람의 교섭원을 뽑았다. 공장의 순칠이, 중실이, 부녀 측에서는 임봉네와 일순네—이 네 사람은 모든 사람의 환영리에 기쁜 낯으로 책임을 맡았다. 내일 아침 배 들어오기 전에 네 사람은 다음의 세 가지 요구를 가지고 재주와 직접 담판하기로 하였다.

 1. 정어리 뜨는 임금 한 통에 15전씩 하소.
 1. 기름 짜는 임금 6두 한 통에 10전씩 하소.
 1. 비료 가마니 묶는 임금 매개에 30전씩 하소.

 나중에 일어날 여러 가지 시끄러운 장해를 피하기 위하여 그들은 이 조목을 구두로 담판하기로 하고 요구서는 작성치 않았던 것이다.
 질의를 다 마친 그들이 강 선생을 선두로 긴 열을 지어 장개 고개를 넘어 다시 포구로 향하였을 때에 밤은 어느덧 바다 멀리 훤한 새벽을 바라보았다.

 이튿날 아침.
 포구 안 백사장에는 일찍부터 수백의 부녀 노동자들이 도착, 수물거렸다. 전날 밤의 피곤도 잊어버리고 그들은 이제 조마조마한 마음으로 공장 사무소로 담판 간 네 사람의 교섭 위원과 공장주의 대답을 기다리고 있었던 것이다.
 백사장에 끌어올린 배를 중심으로 혹은 배 속에 앉기도 하고 혹은 기대기도 하여 별로 말들도 없이 그들은 언덕 위의 공장 사무소만 한결같이 바라보고들 있었다.
 강 선생도 그들과 연락을 취하려고, 그러나 보기에는 아무런 낙도 없는 듯이 혼자 떨어져서 해변을 거닐고 있었다.

"아즈바이네 나옵네!"

언덕 위를 바라보고 있던 그들은 일시에 부르짖었다. 사무소를 나와 부지런히 해변으로 걸어 내려오는 네 사람을 바라보는 그들의 가슴에는 형언할 수 없는 감정이 떠올랐던 것이다.

"어찌됐소?"

"무스기랍데?"

해변에 다다르기가 바쁘게 네 사람을 둘러싸고 결과를 묻는 그들은 그러나 이미 불리한 결말을 짐작하였다.

"야, 과연 도모지 말을 아이 듣습데."

중실이는 숨을 헐떡거리며 분개하였다.

"한 가지도 아이 들어줍든가?"

"들어주는 게 무스기요. 저는 모르겠다고 하면서 자꾸 조합에만 밉데."

임봉네는 괘씸하여서 입에 거품을 품겼다.

그러자 언덕 위에서는 조급하게 사무소를 나오는 공장주가 보였다. 그는 그러나 해변으로는 내려오지 않고 어디론지 포구 쪽으로 급하게 걸어갔다.

"어디엘 가는가, 이리 오쟁이코……."

"마 알 거 있소…… 엥가이 뿔이 뿌룩 나야지. 그 자리에서 볼을 콱 줴박을까 했소."

군칠이는 멀리 공장주를 향하여 헛주먹질을 하였다.

"그래 아즈바이네 무스기랬소? 모다 일 아니 하겠다고 했소?"

"야- 그러니 우리보고 무스기라고 하는고 하니 어전 공장 일을 그만두랍디다."

공장주는 몇 사람 안 되는 공장 노동자쯤은 포구 안에서 즉시 새로 끌어

올 수 있다는 타산 아래에서 중실이와 군칠이 외 수명의 공장 노동자를 전부 해고시킨 것이었다.

"일 있소? 일 아이하면 그만이지!"

네 사람을 둘러쌌던 부녀 노동자들은 흩어지면서 제각각 수물거렸다.

"그러면 여러분, 여러분은 어젯밤에 맹서한 것같이 이 자리를 움직이지 말고 공장주가 여러분의 요구를 들어줄 때까지 한 사람이라도 결코 일을 하여서는 안 될 것이오. 그리고 이따 배 들어온 뒤에 몇 사람은 공장으로 가서 새로 들어올 노동자에게 우리의 뜻을 알리고 결코 일을 하지 말도록 권유하도록 할 것이오!"

강 선생은 수물거리는 그들을 통제하고 그 자리에 그대로 진을 친 채 끝까지 공장주와 대항하기로 하였다.

그러는 동안에 아침 배가 들어왔다. 여러 척의 배는 전날에 떨어지지 않는 풍부한 수확을 싣고 쌍쌍이 들어와 해변에 매였다.

포구에 갔던 공장주는 다시 사무소에 가서 감독을 거느리고 해변으로 내려왔다.

그들의 뒤를 이어 주재소의 부장과 순사 세 사람이 역시 해변으로 따라 내려오는 것을 그들은 보았다. 그러나 그것은 무슨 일로인지 그들은 도무지 생각지 않던 영문 모를 일이었다.

"삯전은 여러 번 말한 바와 같이 단연코 한 푼도 올리지는 않겠으니 그런 줄들 알고 일하고 싶은 사람은 하고 싫은 사람은 그만두시오. 그것은 당신네 생각대로들 하시오."

백사장에까지 이른 공장주는 노동자들을 보고 비웃는 듯이 의기 있고 다구지게 말하였다.

그러나 노동자들은 그것도 들은 체 만 체하고 다만 결의의 빛을 보일 뿐이요, 요란하게 대꾸는 하지 않았다. 그것은 그의 말에 관심을 갖기보다도 더 시급한 일이 목전에 일어나고 있었기 때문이었다. 공장주를 따라온 부장과 순사는 말도 없이 강 선생과 중실이, 군칠이, 임봉네, 일순네, 즉 네 사람의 교섭 위원을 잡아끌었던 것이다.

"무엇 때문에?"

거기에는 아무 설명도 없이 그들은 자꾸 다섯 사람을 끌기만 하였다.

영문 모르게 장수를 빼앗기는 수백의 군중들은 불길한 예감에 겁내면서 이 장면을 둘러싸고 실랑이를 쳤으나 아무 소용도 없이 다섯 사람은 불의의 ○의 손에 끌려갈 뿐이었다.

그러나 그들에게는 이제 아까 공장주가 급한 걸음으로 포구로 향하던 뜻을 짐작할 수 있었다. 주재소에 가서 꿍꿍이 수작을 대고 모든 것을 꼬여 바친 공장주의 비열한 행동을 알아챈 그들은 극도로 분개하였다.

"그놈 새끼 더러운 짓을 한다이."

"행세가 고약한 놈이오."

"그 썩어질 놈 쳐 죽이시오!"

"공장을 마사 버리오!"

격분에 타오르는 그들은 아무에게도 지휘는 안 받았으나 마치 지휘를 받은 듯이 두 패로 풀려 한 패는 해변 공장주에게로, 또 한 패는 언덕 공장 사무소로 맹렬히 밀려갔다. 너무도 격분된 그들은 분을 못 이겨 폭행에 나섰던 것이다.

감독의 제제도 아무 힘없이 언덕 위에 밀린 파도는 사무소를 둘러쌌다.

"돌을 줍어라!"

"사무소를 마사라!"

그들은 좍 흩어졌다.

돌이 날랐다.

사무소 유리창이 깨트려졌다.

빈 사무소 안에 와르르 밀려 들어간 그들은 책상을 깨트리고 공장 장부를 찢어 버렸다.

"조합으로 몰려가오!"

사무소 습격이 끝나자 그들은 또다시 일제히 어업 조합으로 밀려 갔다.

거기에서도 사무소에서와 똑같은 일이 일어났다. 돌이 날랐다. 창이 깨트려졌다.

"썩어질 놈들, 처먹고 배때기가 부르니 한 통에 10전이 무스기야."

"한 사람이 부자되고 이 수백 명 사람은 굶어 죽어도 괘이찬탄 말이냐."

돌연한 습격에 어찌할 바를 모르는 이사와 감독과 서기들은 조합 사무실 안에서 날아 들어오는 돌과 고함에 새우 새끼같이 오그라졌다.

그들은 다시 해변으로 발을 옮겼다. 전날 밤에 강 선생을 선두로 장개 고개를 넘어올 때 같은 긴 행렬을 지었던 것이다. 그들의 가슴은 이제 복수의 쾌감에 끓어올랐다. 다행히 주재소가 멀리 떨어져 있는 까닭에 그들은 별로 피해도 입지 아니하고 사무소와 조합을 습격하여 계획하지 않은 시위 행동을 즉흥적으로 보기 좋게 하였던 것이다. 행렬의 열정에 발맞추는 그들의 가슴은 높이 뛰었다.

해변에 이르렀을 때에 거기에는 동무들만 수물거리고 공장주와 감독은 어디로 뺐는지 보이지 않았다.

배에서 내린 허연 그물 더미가 모래 위에 여러 더미 노동을 기다리며 척척 뭉쳐 있었다. 그러나 그들은 이제 노동을 제공하지는 않고 도리어 발길로 고기 더미를 박차 버렸다. 요구가 관철되기 전에는 고기가 썩어지는 한이 있더라도 결코 노동을 제공하지는 않을 것이다. 발길에 차인 정어리가 햇빛을 받아 은빛으로 빛났다.

4

달포를 두고 내려 찌는 장마는 마침 5년 이래의 기록을 깨트려 버리고야 말았다. 집이 뜨고, 사람이 상하고, 마을이 흩어지고, 백성의 마음이 불안하였다.

그러나 그것이 마작꾼에게는 아무 영향도 미치지 않았으니 재동 정 주사 집에서는 이 긴 장마 동안 하루도 어기는 법 없이 낮상 밤상으로 마작이 울렸고 장마가 지나간 이제까지 변치 않고 계속되어 왔던 것이다. 빈 맥주병이 가마니 속으로 그득그득 세 가마니를 세고 아침마다 사랑마루에는 요리 접시가 널려 있었다.

그러나 정 주사에게는 이 긴 장마가 스스로 다른 의미를 가졌으니 그는 장마와는 무관심으로 마작을 탕탕 울리기에는 마음이 허락지 않았다.

마작꾼과 떨어져 침대 위에 누워서 신문을 뒤적거리는 정 주사의 가슴속은 심히 안타까웠다. 그것은 그러나 집이 뜨고 마을이 흩어진 것을 슬퍼하여서가 아니라 보다도 더 중한 이유로이니, 즉 시골에서 경영하는 정어리업에 막대한 손해를 입었기 때문이었다. 달포 지간의 장마는 고기잡이를 온전히 봉쇄하여 버렸고 그 위에 폭풍우는 바다에 나갔던 다섯 척의 어선과 어부를 그림자도 남기지 않고 집어삼켜 버렸던 것이다.

어선 5척 유실.

오늘 아침에 정 주사는 아들에게서 이런 전보를 받았다. 다섯 척이면 여러 천 원의 손해이다. 그리고 달포 동안 고기잡이 못한 데서 생긴 손해 역시 막대할 것이다. 그나 그뿐인가. 그는 달포 전 장마가 시작하기 전에는 아들에게서 또 다음과 같은 전보를 받았던 것이다.

짐작하건대 이 파업에서 생긴 손해 역시 적지 않을 것이며 이 모든 손해 위에 폭락된 시세는 여전히 계속되니 이 일을 장차 어떻게 하면 좋을 것인가…….

정 주사는 기가 막혔다. 신문을 던지고 한숨을 지으면서 정 주사는 드러누운 채 끙끙 속을 앓았다.

"홀나!"

마작판에서는 흥겨운 소리가 나더니 뒤를 이어 요란한 휜소와 마작 흩어지는 소리가 들렸다. 마작 쪽은 잘그닥잘그닥하고 경쾌한 소리를 내면서 다시 쌓였다.

"운송, 내려오시오. 한 상 합시다."

최 석사가 판에서 빠지자 심 참봉은 침대 위의 정 주사를 꾀었다.

"필경 망히기는 일반 아니오, 망해서 빌어먹게 될 때까지 짱이나 부릅시다그려!"

심 참봉의 자포자기의 이 말은 정 주사에게는 뼈저리게 들렸다. 역시 불경기의 함정에 빠져 여러 해 동안 경영하여 오던 정미업을 마침내 며칠 전에 폐쇄하여 버린 심 참봉의 요사이의 태도와 언사에는 어두운 자포자기의 음영이 떠돌았다. 그는 폭리를 바란 바 아니었으나 드디어 오늘의 파산을 보고 정미소의 문까지 닫아 버렸던 것이다. 이것은 곧 자기의 전도를 암시하는 듯도 하여서 정 주사는 심 참봉의 자포적 언사를 들 때마다 가슴이 뭉클하였던 것이다.

"내려오시오, 운송!"

"어서들 하시오."

정 주사는 억지로 사양하여 버리고 침대 위에서 돌아누웠다. 머릿속에는 여전히 여러 가지 생각이 피어올랐다.

규모 무섭던 심 참봉이 드디어 저 꼴이 되고 말았다. 나의 앞길은 며칠이나 남았을까. 머지않아 같은 꼴이 되어 버릴 것이다. 아니 심 참봉과 나뿐만이 아니라 쪼들려 가는 우리의 앞길이 모두 그럴 것이 아닌가. 요사이 종로 네거리에 나서면 문 닫히는 상점이 나날이 늘어감을 우리는 볼 수 있고, 손꼽는 큰 백화점에서도 종을 울리며 마지막 경매를 부르짖는 참혹한 꼴들이 보이지 않는가. 그러나 다시 남촌南村[12]으로 발을 돌릴 때에 거기에서 우리는 무엇을 보는가. 그곳에는 그래도 활기가 있다. 큰 백화점이 더욱 번창하여 감을 본다. 히로다[13]와 미쓰코시[14]의 대진출을 본다. 작은 놈은 망해 가고 큰 놈은 더욱 커지며 한 장수가 공을 이루매 만 명 병졸의 뼈 말리는 격으로 수만의 피를 뽑아 몇 놈의 살을 찌게 하니 이것이 대체 무슨 이치인고…….

정 주사가 좀 센티멘털한 마음에 자기 자신을 비참한 경우에 놓고 이리저리 뒤틀어 여기까지 생각하여 왔을 때에 밖에서 별안간 대문 열리는 소리가 나며 낯선 젊은 양복쟁이 한 사람이 들어왔다.

정 주사는 침대에서 벌떡 일어나고 마작하던 친구들도 조심스럽게 마작을 중지하였다. 맥주병이나 혹은 돈푼을 거는 관계상 그들은 낯선 사람을 경계하지 않으면 안 되었던 것이다.

"여기에 박태심이라는 사람 오지 않았소?"

양복쟁이는 마작놀이는 책하지 않고 마작하던 사람들을 둘러보며 이 개인의 이름을 불렀을 뿐이었다.

그러나 불려 자리를 일어서는 박씨의 얼굴은 어쩐 일인지 금시에 빛이 변하였다. 그것을 보는 친구들도 알지 못할 불길한 예감을 느꼈다.

"나는 종로서에서 온 사람이오. 일이 좀 있으니 이 길로 바로 서에까지 같이 갑시다."

양복쟁이는, 아니 형사는 어쩐 일인지 박씨를 날카롭게 노렸다. 평소에 말이 많고 선웃음을 잘 치던 박씨는 이 자리에서 별안간 얼굴이 파랗게 질리며 입술이 부들부들 떨리는 것을 친구들은 똑똑히 보았다.

"무슨 일입니까?"

방 안에서 떨면서 주저하는 박씨를 형사는 다시 노렸다.

"무슨 일인지 가 봐야 알지, 제가 진 죄를 제가 몰라? 괴악한 사기한 같으니!"

파랗게 질린 박씨는 다시는 아무 말없이 허둥지둥 두루마기를 걸치면서 뜰로 내려섰다.

그 잘 떠들던 박씨가 이제 고양이 앞에 쥐처럼 숨을 죽이고 형사의 앞을 서서 문을 나가는 것을 보는 친구들은 몹시 딱한 생각이 났다.

"대체 무슨 일일까?"

친구를 잃은 그들은 의아하고 불안한 가운데에서 친구의 일을 궁금히 여겼다.

'괴악한 사기한'이라니 그가 무슨 사기를 하였단 말인가. 하기는 며칠 전부터 그는 돈 100원이 꼭 있어야 하겠다고 말버릇처럼 하여 오기는 왔다. 그리고 직업도 없고 수입도 없는 순진한 유민인 그가 대체 어떻게 나날이 살아왔는지 그것이 친구들에게는 한 수수께끼였다. 오늘의 형사는 말하자면 이 수수께끼를 풀어낼 한 갈래의 단서였던 것이다.

즉 기적적으로만 알았던 그의 생활의 배후에는 그 어떤 불순한 수단이 숨어 있었던 것을 그들은 알았던 것이다. 그들의 마음은 암담한 동시에 친구의 일이 자기들의 일과 다름없이 불안하여졌다. 사실 이 남아 있는 그들 가운데에 박씨와 같은 운명을 가진 사람이 또 있을지 없을지는 온전히 보증할 수 없는 일인 까닭이다.

"결국 마작꾼을 또 한 사람 잃었구나!"

심 참봉의 자포적 탄식에는 헐려 가는 이 계급의 운명이 역력히 반영되어 있는 듯하였다.

정 주사는 그날 밤 오래간만에 다방골 첩의 집을 찾아갔다. 비도 비려니와 이럭저럭 마음이 상해서 그는 이 며칠 동안 첩의 집과 발을 끊었던 것이다.

"왜 그동안 안 오셨어요?"

첩은 전날에 기생의 몸이었던 것만큼 아양과 애교를 다하여, 그러나 남편이 며칠 동안 자기를 버렸다는 것이 괘씸하여서 샐쭉하면서 정 주사를 책하였다. 그러나 기실 속 심정으로는 퍽도 반가웠던 것이다. 그만큼 그날 밤 식탁에는 손수 그의 공과 정성을 다 베풀었다. 그의 어머니―인 동시에 어멈인―를 시켜서 사 온 고급 위스키 한 병까지 찬란한 식탁 위에 올랐던 것이다.

"오늘 보험 회사에서 왔다 갔어요."

식탁 옆에 앉아 그에게 술을 따라 바치던 첩은 문득 생각난 듯이 일어나 의걸이 서랍에서 한 장의 종잇조각을 집어내어 남편에게 보였다.

"다 귀찮다!"

종잇조각을 펴 본 정 주사는 그것을 다시 구겨 옆으로 던져 버리고 술잔을 쭉 들이켰다. 그것은 '일금 85원'의 생명 보험료 불입 고지서였다. 연전에 첩을 새로 얻었을 때에 그는 지금의 이 조촐한 와가 한 채를 사서 모녀에게 맡기고 훗훗한 살림을 따로 벌리는 동시에 첩을 끔찍이도 사랑하고 귀여워하는 마음에 비싼 보험료를 치르면서 첩을 생명 보험에까지 넣어 주었던 것이다. 그러나 그것도 지금 와서는 모두 그에게 귀찮았다. 사실인즉, 85원이란 돈도 그에게는 지금 아까웠던 것이다.

"술은 그만하시고 일찍 주무시지요."

첩은 보험료에 관하여서는 더 말이 없이 얼큰한 남편을 위로하면서 술상을 치웠다. 그리고 어머니는 건넌방으로 쫓고 안방에 두 사람의 잠자리를 두툼하게 폈다.

정 주사는 며칠 만에 처음으로 옷 벗은 첩의 몸을 품 안에 안았다. 흥분의 절정에서 눈을 가늘게 뜬 법열을 못 이겨서 그의 몸 밑에서 정열이 뱀같이 탄력 있게 꿈틀거렸다. 그러나 정 주사는 별로 신기한 기쁨과 새로운 흥분은 느끼지 않았다. 늘 맡던 그 살 냄새, 늘 느끼던 그 감촉, 늘 쓰던 그 기교…… 그뿐이요, 그 외에 신기한 자극과 매력을 느끼지 못하였던 것이다.

두 사람에게만 허락된 이 절대의 순간에서도 정 주사는 오히려 사업과 재산 생각에 마음을 빼앗겨 버렸던 것이다.

심 참봉의 밟아 온 길, 오늘 박태심이가 당하던 꼴, 그에게 닥쳐올 장래…… 술과 계집에 마음껏 취하여 보리라고 마음먹었던 이 밤의 정 주사는 이제 품 안에 아름다운 계집을 안은 채 이런 무거운 가지가지의 생각에 천근 같은 압박을 한결같이 느꼈던 것이다.

여름이 지나고 가을도 깊어 가니 고기잡이는 바야흐로 번창기에 들어갈 때이다. 늦은 가을의 도시기…… 그것은 여름 동안 해변에서 수백 리 떨어진 먼 바다에 흩어져 있던 정어리 떼가 해변으로 와글와글 몰려 들어오는 때이니 정어리 업자가 생명으로 여기는 1년 중의 가장 중한 때이다. 모든 손해와 타격 가운데에서 한 줄기의 희망의 실마리를 붙이는 것도 곧 이때이다. 배 속에 퍼담고 또 퍼담아도 끊임없이 뒤를 이어 와글와글 밀려오는 고기 떼. 그물이 모자라고 배가 모자라고 사람이 모자라는 판이니 해변 사람들의 흥을 가장 북돋우는 때이다. 그러나 대자연의 장난과 해류의 희롱을 그 뉘 알랴. 무슨 바람 어떤 해류의 장난인지 이해의 바다는 도시기에 이르러도 고기 떼를 해변으로 와글와글 밀어 들이지는 않았다. 여러 해 동안 정들었던 정어리 영업자들을 바다는 돌연히 배반하여 버렸던 것이다. 바다는 푸르고 하늘을 유유하고 파도는 찰락거리고…… 모두 여전하다만 포구의 활기만은 여전하지 않았으니 지나간 해의 가을같이 활기 있게 들볶아치지는 않았던 것이다. 언덕 위 공장에서는 가마가 끓고 고기가 짜이고 해변 모래밭에서는 정어리 뜯는 소리가 끓어오르기는 하였으나 그것은 도시기의 활기 그것은 아니었다.

애타는 마음에 해변에 나가지 않고 공장 사무소에 앉은 채 해변을 바라보는 공장주의 가슴에는 1년 동안 받은 수많은 상처가 이제 또다시 생생하게 살아났다.

시세 폭락, 폭풍우, 노동자들의 파업, 활기 없는 도시기…… 그중에서도 폭풍우와 도시기의 천연적 대세에서 받은 상처보다도 시세 폭락과 노동자의 파업에 공장주는 사업의 불리를 각오하면서도 세 부득 한 걸음 물러섰던 것이다. 노동자들의 단결이 굳었고 이 포구에서는 불시에 그들을 대신할 노동자들을 끌어오지 못하였기 때문이었다. 별수 없이 그들의 세 가지의 요구 조건은 벼락같이 관철되고 파업을 일으킨 다음 날부터 노동은 다시 활기 있게 시작되었던 것이다. 그러나 그 공장주는 파업에서 받은 경제적 타격을 애석히는 여기지 않았다. 그는 이제 파업이라는 행동을 다른 의미, 다른 각도로 해석하게 되었던 것이다. 수많은 노동자들의 단결에서 생기는 위대한 힘!……(중략)……두려운 한편 부러운 힘이다…….

또 한 가지 그의 가슴을 울리는 것은 시세 폭락의 배후에 숨은 농간의 힘이었다. 불같이 닥쳐온 어유魚油 시가의 대중없는 폭락은 서구 노르웨이 근해에서만 잡히는 고래 기름의 풍족한 산액이 조선 정어리 기름의 수출을 압도하는 자연적 대세라느니보다 실로 일본에 있는 대자본의 회사 합동 유지 글리세린 회사의 임의의 책동인 것을 그는 알았던 것이다. 이 폭락 대책을 강구하기 위하여 도道 당국과 총독부 수산과에서는 각각 기술자를 보내어 실정을 조사시키고 정어리업 대표들을 참가시켜 어비 제조 간담회니 폭락 방지 대책 협의회니 등을 열었으나 결국 정어리 업자들에게는 그럴듯한 유리한 결과는 지어 주지 못하였던 것이다. 대재벌의 힘, 무도한 것은 이것이라고 그는 생각하였다. 노동자들이 그를 미워한 것같이 그는 이제 이 대재벌을 미워하였다. 노동자에게서 미움을 산 그는 실상인즉 대재벌의 손에 매어 있고 꿀려 있는 셈이었다. 위에서는 대재벌, 밑에서는 노동자의 대군, 이 두 힘 사이에서 부대끼는 그의 갈 길은 어딘가. 위 아니면 밑, 이 두 길 중의 한 길을 취하여야 할 것이다. 그러나 새삼스럽게 윗길을 못 밟을 바에야 그의 길은 뻔한 길이 아닌가……

이렇게 명상에 잠기면서 한결같이 해변을 바라보는 공장주의 눈에서는 이제 눈물이 푹 솟았다. 그러나 그것은 감상의 눈물도 아니요, 분함의 눈물도 아니요, 감격과 희망의 눈물이었으니 해변에서 떼를 짓고 고함치며 노동하는 수많은 노동자들, 그 속에서 그는 새로운 철학을 발견하였던 것이다. 그는 사업에 실패하였다. 그러나 그것이 이제 그다지 원통치는 않았다. 더 큰 마음과 넓은 보조로 앞 길을 자랑스럽게 밟으려고 결심한 그가 이제 흘리는 눈물은 흔연한 감격의 눈물이었던 것이다. 그에게 바른길을 틔어 준 이태 동안의 해변 생활, 그것은 대학에서 배운 사업의 이론과 비결 이상 몇 곱절 그에게 뜻있는 것이었다.

강 선생! 그는 오래간만에 문득 강 선생 생각이 났다. 모든 것을 집어치우고 오늘 밤에는 서울로 떠날 것이다. 떠나기 전에 강 선생과 만나 이야기라도 실컷 해 보겠다는 충동을 느낀 그는 이제 자리를 일어나 눈물을 씻고 사무소를 나갔던 것이다.

재동 사랑에서 한 사람 두 사람 줄어 가는 마작꾼 숲에서 정 주사가 흩어지는 마작 쪽에 '헐려 가는' 철학을 절실히 느낀 것은 바로 이때였던 것이다.

— 주

1) 장간방長間房: 가운데 벽이 없이 탁 트인 긴 방.
2) 홍중紅中: 마작 패의 하나.
3) 백판白板: 마작 패의 하나.
4) 손속: 노름할 때에, 힘들이지 아니하여도 손대는 대로 잘 맞아 나오는 운수.
5) 금해금金解禁: 금 수출 해제. 금 수출 금지를 해제하여 금화나 금괴를 자유롭게 수출할 수 있게 하는 일. 금 본위 제도로 복귀하는 것을 의미함.
6) 온어溫魚: 정어리.
7) 발라맞추던: 말이나 행동을 남의 비위에 맞게 하던.
8) 멱서리: 짚으로 날을 촘촘히 결어서 만든 그릇의 하나. 주로 곡식을 담는 데 씀.
9) 마사: '부수어'의 방언.
10) 가제: '이제'의 방언.
11) 아지: '선전'을 뜻하는 '애드버타이즈advertise'의 준말.
12) 남촌南村: 서울 안에서 남쪽으로 치우쳐 있는 마을들을 통틀어 이르던 말.
13) 히로다: 일제 시대에 있었던 백화점 이름. 지금의 충무로에 있었음.
14) 미쓰코시: 일제 시대에 있었던 백화점 이름. 지금의 신세계백화점 건물.

약령기弱齡記

해가 쪼이면서도 바다에서는 안개가 흘러온다. 훤칠한 벌판에 얕게 깔려 살금살금 기어오는 자줏빛 안개는 마치 그 무슨 동물과도 같다. 안개를 입은 교장 관사의 푸른 지붕이 딴 세상의 것같이 바라보인다. 실습지가 오늘에는 유난히도 넓어 보이고 안개 속에서 일하는 동물들의 모양이 몹시도 굼뜨다. 능금꽃이 피는 시절임에도 실습복이 떨리리만큼 날씨가 차다.

쇠스랑으로 퇴비를 푹 찍어 올리니 김이 무럭 나며 뜨뜻한 기운이 솟아오른다. 그 속에 발을 묻으니 제법 훈훈한 온기가 몸을 싸고 오른다. 학수는 그대로 그 위에 힘없이 풀썩 주저앉았다. 그 속에 전신을 묻고 훈훈한 퇴비 냄새를 실컷 맡고 싶다.

"너 피곤한가 부구나."

맥없는 학수의 거동을 바라보고 섰던 문오가 학수의 어깨를 치며 그의 쇠스랑을 뺏아 들고 그 대신 목코[1]에 퇴비를 담기 시작하였다.

"점심도 안 먹었지?"

"……."

"(중략)…… 배우는 학과의 실험이라면 자그마한 실습지면 그만이지 이렇게 넓은 땅을 지을 필요가 있나. (중략)…….”

혼잣말같이 중얼거리며 문오는 퇴비를 다 담고 나서,

"자, 이것만 갖다 붓고 그만 쉬지."

학수는 힘없이 일어나서 목코의 한 끝을 메었다.

제3 가족의 오늘의 실습 배당은 제2 온상溫床의 정리였다. 학수는 온상까지 가는 길에 한 시간 동안에 나른 목코의 수효를 속으로 헤어 보았다. 열일곱 번째였다. 그사이에 조금이라도 게을리 하여서는 안 되는 것이다. 퇴비를 새로 만드는 온상에 갖다 붓고 나니 마침 휴식의 종이 울린다.

"젖 먹은 힘 다 든다. 실습만 그만두라면 나는 별일 다 하겠다."

옆에서 새 온상의 터를 파고 있던 3학년생이 부삽을 던지고 함정 속에서 뛰어나온다. 그도 점심을 못 먹은 패였다. 흐르는 땀을 손등으로 받아 뿌리치면서 물을 켜러 허둥지둥 수도 있는 곳으로 걸어 갔다.

학교를 둘러싸고 있는 사면의 실습지 구석구석에 퍼져서 300여 명의 생도는 그 종적조차 모르겠더니 휴식 시간이 되니 우줄우줄 모여들어 학교 앞 수도를 둘러싸고 금시에 활기를 띠었다.

온상을 맡은 가족은 그곳으로 가는 사람이 적고, 대개 그 자리에 주저앉아 땀을 들였다. 학수도 문오도(같은 4학년인 두 사람은 각별히 친밀한 사이였다) 떨어지지 아니하고 실습복 채로 땅 위에 주저앉았다.

"능금꽃이 피었구나."

확실한 초점 없는 그의 시야 속에 앞 밭에 능금나무가 어렸다. 흰 꽃에 차차 시선이 집중되자 '능금꽃'의 의식이 새삼스럽게 마음속에 떠올랐다.

"……아니, 마른 가지에."

보고 있는 동안에 하도 괴이하여서 학수는 일어서서 그곳으로 갔다. 확실히 마른 가지에 꽃이 피어 있다! 그 알 수 없는 힘의 성장을 경탄하고 있을 때에 등 뒤에서 부르는 소리에 그는 뒤로 돌아섰다.

남부 농장에서 실습하던 같은 급의 창구가 온상 옆에 서 있다.

"꽃구경하고 있다."

싱글싱글 웃으며,

"능금꽃 필 때 시집가는 사람은 오죽 좋을까."

괭이 자루를 무의미하게 두드리고 앉았던 다른 동무가 문득 생각난 듯이,

"아, 참! 금옥이가 쉬이 시집간다지."

창구가 맞장구를 치며,

"마을의 자랑거리가 또 하나 없어지는구나. 두헌이가 ○으로 넘어갔을 때 우리는 마을의 자랑거리를 하나 잃었더니 이제 우리는 마을의 명물을 또 하나 잃어버리는구나. 물동이 이고 울타리 안으로 사라지는 민출한 자태도 더 볼 수 없겠지."

"신랑은 ○○ 사는 쌀장수라지. 금옥이네도 가난하던 차에 밥은 굶지 않겠군."

"우리도 섭섭하지만 저 두고 지내던 학수 입맛이 어떤가."

싱글싱글 웃으면서 창구는 학수를 바라본다. 빈속에 슬픈 기억이 소생되어 학수는 현기증이 나며 정신이 흐려졌다.

"헛물만 켜고 분하지 않은가. 그러나 가난한 학생에게는 안 준다니 할 수 없지만."

창구의 애꿎은 한마디에 학수는 별안간 아찔하여지며 정신을 잃고 그 자리에 쓰러졌다.

핏기 한 점 없는 해쓱한 얼굴로 뻣뻣하게 쓰러지는 학수를 문오는 날쌔게 달려와서 등 뒤로 붙들었다. 창구가 달려와서 그의 다리를 붙들었다.

"웬일이냐?"

보고 있던 동무들이 우르르 모여들었다.

"가끔 빈혈증을 일으키니."

"주림과 실습과 번민과…… 이 속에서 부대끼고야 졸도하기 첩경이지."

그 어느 한편을 부축하려고 가엾은 동무를 둘러싸고 그들은 우줄우줄하였다.

"공연히 실없는 소리를 했더니 야유가 지나쳤나 부다."

창구는 미안한 생각을 금할 수 없어서 몇 번이나 사과하는 듯이 말하면서 문오와 같이 뻣뻣한 학수를 맞들고 숙직실로 향하였다.

다른 가족의 동무들이 의아하여 울레줄레 따라왔다. 감독 선생이 두어 사람 먼 데서 이것을 보고 쫓아왔다.

숙직실에 데려다 눕히고 다리를 높이 고였다. 웃통을 활짝 풀어헤치고 물을 축여 가슴을 식히고 있는 동안에 핏기가 얼굴에 오르면서 차차 피어나기 시작한다. 10분도 채 못 되어 의사가 달려왔을 때에는 학수는 회복하고 눈을 떴다. 의사가 따라 주는 포도주를 반 잔쯤 마시고 나니 새 정신이 들었다. 골이 아직 떵하였으나 겸연쩍은 생각에 학수는 벌떡 일어났다.

"겨우 마음 놓았다. 사람을 그렇게 놀래니."

창구는 정말 안심한 듯이 웃으며,

"실없는 말 다시 안 하마."

"감독 선생께 말할 터이니 실습 그만두구 더 누워 있어라."

문오는 학수 혼자 남겨 두고 창구와 같이 실습지로 나갔다.

숙직실에 혼자 남아 있기도 거북하여 학수는 허둥지둥 방을 나와 마음 편한 부란기孵卵器[2] 당번실로 갔다.

훈훈한 빈방에 혼자 누워 있으려니 여러 가지 생각과 정서가 좁은 가슴 속을 넘쳐 흘러나왔다.

'병아리만도 못한 신세!'

윗목 우리 속에서 울고 돌아치는 병아리의 무리…… 그보다도 못한 신세라고 학수는 생각하였다.

'병아리에게는 나의 것과 같은 괴롬은 없겠지.'

창밖으로 민출한 버드나무가 내다보였다. 자랄 대로 자라는 밋밋한 버드나무…… 그만도 못한 신세라고 학수는 생각하였다. 아무 생각없이 순진하게 자라야 할 어린 그에게 너무도 괴롬이 많다. 그 가지가지의 괴롬이 밋밋하게 자라는 그의 혼을 숫제 무너트린다. 기구한 사정에 시달려 기개는 꺾어지고 의지는 찌그러진다. 금옥이, 서로 정 두고 지내던 그를 잃어버리는 것은 피차에 큰 슬픔이었다. 성밖 능금밭에서 만나던 밤, 금옥이도 울고 그도 울었다. 그러나 학수의 괴롬은 그 틀어지는 사랑의 길뿐이 아니다. 집에 가도 괴롭고, 학교에 와도 괴롭고, 가난과 부자유—이것이 가지가지의 괴롬을 낳고 어린 혼의 생장을 짓밟았다.

생각하고 있는 동안에 두 눈에는 더운 것이 넘쳐 나왔다. 뒤를 이어 자꾸만 흘러나왔다. 웬만큼 눈물을 흘리면 몸이 가뿐하여지건만 마음속에 서러운 검은 구름이 풀리지 않는 이상 눈물은 비 쏟아지듯 무진장으로 흘러내렸다. 흐릿한 눈물 속으로 학수는 실습을 마치고 들어온 문오의 찌그러진 얼굴을 보았다.

"너무 흥분하지 말아라."

어지러운 그의 꼴이 문오의 눈에는 퍽도 딱하였다.

"……금옥이 때문에?"

"보다도 나는 학교가 싫어졌다."

"학교가 싫어진 것은 지금에 시작된 일이냐? 좋아서 학교 오는 사람이 어디 있겠니. 기계가 움직이듯 아무 의지도 없이 맹목적으로 오는 데가 학교야. 그렇다고 학교에 안 오면 별수가 있어야지."

"즐겁게 뛰노는 곳이 아니고 사람을 ○○하는 곳이야."

"흙과 친하라고 말하나……(중략)……흙과 친할 수 있는가."

"어디로든지 먼 곳으로 가고 싶어."

"가서는 어떻게 하게? 지금 세상 가는 곳마다 다 괴롭지 편한 곳이 어디 있겠니?"

"너무도 괴로우니 말이다."

"가 버리면 집안 사람들은 어떻게 하겠니. 꾹 참고 있는 때까지 있어 보자꾸나."

"……."

"오늘 밤에 용걸이한테 놀러나 갈까."

문오는 학수를 데리고 당번실을 나갔다.

아침.

조례 시간에 각 학년 결석 보고가 끝난 후 교장이 성큼성큼 등단하였다.

엄숙하게 정렬한 300여 명의 대열이 일순 긴장하였다. 교장의 설화가 있을 때마다 근심 반 호기심 반의 600의 눈이 단 위로 집중되는 것이다.

"다달이 주의하는 것이지만.……."

깨어진 양철같이 울리는 목소리의 첫마디를 들은 순간 학수는 넉넉히 그 다음 마디를 짐작할 수 있었다.

"번번이 수업료 미납자가 많아서 회계 처리에 대단히 곤란하다……."

짐작한 대로였다. 다달이 한 번씩 이 말을 들을 때마다 학수는 마치 죄진 사람같이 마음이 우울하였다. 다달이 불과 몇 원 안 되는 금액이지만 가난한 농가의 자제에게는 무거운 짐이었다. 교장의 설유가 있을 때마다 매 맞는 양같이 마음이 움츠러졌다.

"이번 주일 안으로 안 바치면 단연코 처분할 테니……."

판에 박은 듯한 늘 듣는 선고이지만 학수의 마음은 아프고 걱정되었다.

종일 동안 마음이 우울하였다.

때도 떳떳이 못 먹는 처지에 그만큼의 돈을 변통할 도리는 도저히 없었다. 달마다 괴롭히는 늙은 아버지의 까맣게 그을린 꼴을 생각만 하여도 가슴이 저렸다. 가난한 집안을 업고 가기에 소나무같이 구부러진 가련한 꼴이 그림같이 그의 마음속에 들어붙어 떨어지지 않았다. 1년 동안이나 공들여 길렀던 돼지는 달포 전에 세금에 졸려 팔아 버렸다. 1년 더 길러 명년 봄에 팔아 감자밭을 몇 고랑 더 화리花利[3] 맡으려던 아까운 돼지를 하는 수 없이 팔아 버렸다. 그만큼 세금의 재촉이 불같이 심하였던 것이다.

그날 일을 학수는 지금까지도 잘 기억하고 있다. 면소에서는 나중에 면서기가 술기[4]를 끌고 나왔다. 어머니는 그것을 소용없는 일인 줄 알면서도 욕지거리를 하였다. 아버지는 뜰 앞에 앉아 말없이 까만 얼굴에 담배만 푹푹 피웠다. 밥솥을 뺏어 실은 술기가 문 앞을 굴러 나갈 때 어머니는 울 모퉁이까지 따라 나가며 소리를 치며 울었다. 하는 수 없이 아버지는 다음 날 아끼던 돼지를 팔고 밥솥을 찾아냈다. 돼지를 없애고 어머니는 세 때나 밥술을 들지 않았다. 그때 일을 학수는 잊을 수가 없다.

'돼지도 없으니 이달 수업료를 어떻게 하노.'

걱정의 반날을 지우고 집에 돌아갔을 때 밭에 나간 아버지는 아직 돌아오지 않았다.

호미를 쥐고 뜰 앞 나물밭을 가꾸고 있는 동안에 아버지가 돌아왔다. 그러나 피곤하여 맥없는 그 꼴을 볼 때 귀찮은 말로 그를 더 괴롭힐 용기가 나지 않았다.

가난한 저녁상을 마주 대하고 앉았을 때 아버지 쪽에서 무거운 입을 열었다.

"요사이 학교 별일 없니?"

"늘 한 모양이지요."

"공부 열심히 해라. 졸업한 후 직업에라도 속히 붙어야지 늙은 몸으로 나는 더 집안을 다스려 갈 수 없다."

그것이 너무도 진정의 말이기 때문에 학수는 도리어 적당한 대답을 찾지 못하였다.

"날씨가 고약해서 농사가 올해도 또 낭패될 것 같다. 비료도 몇 가마니 사서 부어야겠는데 큰일이다. 작년에도 비료를 못 쳤더니 땅을 버렸다고 최 직장이 야단야단 치는 것을 올해는 빌고 빌어서 간신히 한 해 더 얻어 부치게 되지 않았니."

학수는 다시 우울하여져서 중간에서 밥숟갈을 놓아 버렸다.

"암만해도 돼지를 또 한 마리 사서 기를 수밖에는 도리가 없다. 닭을 쳐도 시원치 못하고 그저 돼지밖에는 없어…… 학교 돼지 새끼 낳았니?"

아버지는 단 한 사람의 골육인 아들에게 모든 것을 이야기하고 의논하였다.

그러나 농사일에 정신없는 아버지 앞에서 학수는 차마 수업료 말을 꺼내지 못하였다. 물을 마시고는 방을 뛰어나갔다.

밤이 이슥하였을 때 학수는 울타리 밖 우물에 물 길러 온 금옥이에게 눈짓하여 성밖에서 만나기로 하였다.

달이 너무도 밝기에 따로따로 떨어져 학수는 먼저 성밖으로 나가 능금밭 초막 뒤편에 의지하여 금옥이가 나오기를 기다렸다.

보름달이 박덩이같이 희다. 벌판 끝에 바다가 그윽한 파도 소리와 함께 우련한 밤 속에 멀다. 윤곽이 선명한 초막의 그림자가 그 무슨 동물과도 같이 시꺼멓게 능금밭 속까지 뻗쳐 있고 그 속에 능금나무가 잎사귀와 꽃이 같은 푸르스름한 빛으로 우뚝 솟아 있다. 달밤의 색채는 반드시 흰빛과 목화빛만이 아니다. 달빛과 밤빛이 짜내는 미묘한 색채, 자연은 이것을 그 현실의 색채 위에 쓰고 나타난다. 이것은 확실히 현실을 떠난 신비로운 치장이다. 그러나 달밤은 또한 이 신비로운 색채뿐이 아니다. 색채 외에 확실히 일종의 독특한 향기를 품고 있다. 알지 못할 그윽한 밤의 향기, 이것이 있기 때문에 달밤은 더한층 아름다운 것이다. 인류가 태고적부터 가진 이 낡은 달밤, 낡았다고 빛이 변하는 법 없이 마치 훌륭한 고전古典과 같이 언제든지 아름다운 달밤!

그러나 괴롬 많은 학수에게는 이 달밤의 아름다운 모양이 새삼스럽게 의식에 오르지 않았다. 금옥의 생각이 달보다 먼저 섰던 것이다. 만나는 마지막 밤에 다른 생각 다 제쳐 버리고 금옥이를 실컷 생각하고 그 아름답고 안타까운 마지막 기억을 마음속에 곱게 접어 두고 싶었다.

초막 건너편 능금나무 사이에 금옥이가 나타났다. 능금꽃과 같은 빛으로 솟아 보이는 민출한 자태와 달빛에 젖은 올올의 머리카락…… 마지막으로 보는 이런 것이 지금까지 본 그 어느 때보다도 더한층 아름다웠다.

"겨우 빠져나왔어요."

너무도 밝은 달빛을 꺼리는 듯이 손등으로 얼굴을 가리고 금옥이는 가까이 왔다.

"요새는 웬일인지 집안 사람들이 별로 나의 거동을 살피게 되었어요. 날이 가까웠으니 몸조심하라고 늘 당부하겠지요."

학수는 금옥이의 손을 잡으면서,

"며칠 안 남았군."

"그 소리는 그만두세요."

"그날을 기다리는 생각이 어떻소?"

"놀리는 말씀예요."

"놀리다니, 내가 금옥이를 놀릴 권리가 있나?"

"그렇지 않아도 슬픈 마음을 바늘로 찌르는 셈예요."

"누가 누구의 마음을 찌르는고!"

"팔려 가는 몸을 비웃으려거든 그날이 오기 전에 나를 어떻게든지 처치해 주세요."

"아, 어떻게 하면 좋은가! 나같이 힘없고 못생긴 놈이 또 있을까!"

말도 끝마치기 전에 학수에게는 참고 있던 울음이 탁 터져 나왔다. 목소리가 높아지며 어린아이 모양으로 엉엉 울었다. 금옥이의 얼굴도 달빛에 편적편적 빛났다.

그는 벌써 아까부터 학수의 눈에 띄지 않게 눈물을 흘리고 있었던 것이다.

"어떻게든지 처치해 주세요."

느끼는 목소리로 간신히 말하고 얼굴을 학수의 가슴에 푹 파묻었다. 울음소리가 별안간 높아졌다.

"처치라니, 지금의 나에게 무슨 힘이 있고 수단이 있나? 도망…… 그것은 이야기 속에나 나오는 일이지. 맨주먹의 우리가 어떻게 그것을 하노."

학수는 가슴을 쥐어뜯었다.

"그것도 할 수 없다면 두 가지 길밖에는 없지요. 불쌍한 집안 사람들의 뜻은 어길 수가 없으니 그날을 점잖게 기다리든지, 그렇지 않으면 내 한 목숨을 없애든지……."

금옥이의 목소리는 떨렸다. 며칠 동안에 눈에 띄리만큼 여윈 것이 학수의 눈에 닿는 그의 얼굴 모습으로도 알았다. 턱이 몹시 얇아지고 손목이 놀라리만큼 가늘어졌다.

"어떻게 하면 좋은고."

학수는 괴로운 심장을 빼내 버린 듯이 몸부림을 쳤다.

"사람의 일이란 될 대로밖에 안 되는 것 같아요. 이것이 우리들의 만나는 마지막이 될는지도 모르지요."

울음 속에서도 금옥이의 태도는 부자연스러우리만큼 침착하였다.

아무 해결도 없는 연극의 막을 닫는 듯이, 달이 구름 속에 숨기고 파도 소리가 별안간 요란히 들린다.

눈물에 젖은 금옥이의 치맛자락이 배꽃같이 시들었다.

모든 것을 단념한 후의 무서운 괴롬과 낙망 속에 금옥이의 혼인 날이 가까워 왔다. 능금밭 초막에서 만난 밤 이후 학수는 다시 금옥이를 만나지 못한 채 그날을 당하였다.

통곡하는 마음을 부둥켜안고 학교에도 갈 생각 없이 그는 아침부터 바닷가로 나갔다.

무슨 심술로인지 공교롭게도 훌륭한 날씨이다. 너무도 찬란히 빛나는 햇빛에 학수는 얼굴을 정면으로 들기가 어려웠다. 한들한들 피어난 나뭇잎이 은가루같이 반짝반짝 빛났다. 굵게 모여 와서 깨트려지는 파도 조각에 눈이 부셨다. 정어리 냄새와 해초 냄새와…… 그의 쇠잔한 가슴에는 너무도 센 바다 냄새가 흘러왔다.

포구에는 고깃배가 들어와 사람들의 요란히 떠드는 소리가, 생활의 노래가 멀리 흘러왔다. 사람 자취 없는 물녘[5]에는 다만 햇빛과 바람과 파도 소리가 있을 뿐이다. 끝이 없는 먼 바다의 너무도 진한 빛에 눈동자가, 전신이, 푸르게 물드는 듯도 하다. 두 다리를 뻗고 앉아서 학수는 모래를 집어 바다에 뿌리면서 금옥이와 같이 물녘에서 놀던 가지가지의 장면을 추억하였다. 뿌리는 모래와 함께 모든 과거를 바다 속에 묻으려는 듯이 이제는 눈물도 없고 울음도 나오지 않았다. 다만 빠직빠직 타는 속에 바닷바람도 오히려 시원찮았다.

주머니 속에 지니고 왔던 하이네를 이제 마지막으로 또 한번 되풀이하고 싶었다. 그것으로서 슬픈 첫사랑의 막을 내릴 작정이었다.

수없는 사랑의 노래와 실망의 노래…… 아무 실감 없이 읽던 실망의 노래가 지금의 그에게 또렷한 감정을 가지고 가슴속에 울려왔다. 다음 시에 이르렀을 때 그는 그것을 두 번 세 번 거푸 읽었다. 그것은 곧 학수 자신의 정의 표시요, 사랑을 묻은 묘의 비석이었다.

낡아 빠진 노래의 가락가락 음과
마음을 괴롭히는 꿈의 가지가지를
이제 모두 다 장사 지내 버리련다.
저 커다란 관을 가져 오너라…… 그리고 열두 사람의 장정을 데려 오너라.
쾰른의 절간에 있는
그리스도 성자의 상像보다도 더 굳센 열두 사람의 장정을.
장정들에게 관을 지워서 바다 속 깊이 갖다 버려라.
이렇게 큰 관을 묻으려면 커다란 묘가 필요할 터이지.

여기에서 그만 슬픔의 결말을 맺고 책을 덮어 버리려다가 그는 시의 힘에 끌려 더욱더욱 책장을 넘겨 갔다. 낮이 지나고 해가 기울었다. 연지 찍고 눈을 감은 금옥이가 채 밑에서 신랑과 마주 앉아 상을 받고 있을 때였다. 학수는 모래 위에 누운 채 몸도 요동하지 않고 시에 열중하였다.

가느다란 갈대 끝으로 모래 위에 쓰기를,
"아그네스, 나는 너를 사랑하노라!"
그러나 심술궂은 파도가 한바탕 밀려와
이 아름다운 마음의 고백을 여지없이 지워 버렸다.
약한 갈대여. 무른 모래여.
깨어지기 쉬운 파도여. 너희들은 벌써 믿을 수없구나.
어두워지니 나의 마음 용솟음치네.
억센 손아귀로 노르웨이 숲 속에서

제일 큰 전나무 한 대 잡아 뽑아다
타오르는 에트나의 화산 속에 담가
새빨갛게 단 그 위대한 붓으로
어두운 하늘에 줄기차게 써 볼까.
"아그네스, 나는 너를 사랑하노라!"

학수는 두 번 세 번 거듭 여남은 이 시를 읽었다. 읽을수록 알지 못할 위대한 흥이 솟아 나왔다. '아그네스'를 '금옥이'로 고쳤다가 다시 여러 가지 다른 것으로 고쳐 보았다. '동무'로 해 보았다. '이 땅'을 놓아 보았다. 나중에는 '세상'으로 고쳐 보았다. 그것이 무엇이라고 꼬집어 말할 수 없는 위대한 감격이 가슴속에 그득히 복받쳐 올라왔다.

"백두산 꼭대기에서 제일 큰 참나무 한 대 뽑아다 이 가슴의 열정으로 시뻘겋게 달궈 가지고 어두운 하늘에 줄기차게 써 볼까. 그 무엇이여, 나는 너를 사랑하노라!고."

모래를 차고 학수는 벌떡 일어났다. 저물어 가는 바다가 아득하게 멀고 쉴 새 없이 날아오는 파도 빗발에 전신이 축축이 젖었다.

그날 밤에 학수는 며칠 전 문오와 같이 찾아갔던 후로는 다시 만나지 못한 용걸이를 찾아갔다. 오래전에 빌려 온 몇 권의 책자도 돌려보낼 겸.

독서에 열중하고 있던 용걸이는 책상 앞에서 몸을 돌리고 학수를 맞이하였다. 좁은 방에는 사면에 각색 표지의 책이 그득히 쌓여 있다. 그 책의 위치가 구름의 좌향같이 자주 변하였다. 책상 위에 펴 있는 두터운 책의 활자가 아물아물하게 검고 각테 안경 속에 담은 동무의 열정이 시꺼멓게 빛났다. 열정에 빛나는 그 눈. 바다 같은 매력을 가지고 항상 학수의 마음을 끄는 것은 그 눈이었다. 깊고 광채 있고 믿음직한 그 눈이었다. 학교에 안 가도 좋고 눈에 띄게 하는 일 없이 그는 두 눈의 열정을 모아 날마다 독서에 열중하는 것이 일과였다.

그가 서울에서 쫓겨 고향으로 내려온 지 거의 반년이 넘는다. 근 4년 동안 어떤 사립 학교에서 공부하다가 작년 가을에 휴교 사건으로 학교를 쫓겨난 후 즉시 고향으로 내려온 것이다. 학교를 쫓겨났다고 결코 실망하는 빛 없이 도리어 싱싱한 기운에 넘쳐 그는 고향을 찾아왔다. 부끄러워하는 대신에 그에게는 엄연한 자랑의 티조차 있었다. 그 부끄러워하지 않고 겁내는 법 없는 파들파들한 기운에 학수들은 처음에 적지 아니 놀랐다. 그들의 어둡고 우울한 마음에 비겨 볼 때 용걸이의 그 파들파들한 기운과 광채는 얼마나 부러운 것이던가. 같은 마을에서 같은 어린 시절을 보낸 그들을 이렇게 다른 두 길로 나누어 놓은 것은 용걸이가 고향을 떠난 4년 동안의 시간이었다. 4년 동안에 용걸이는 서울에서 무엇을 배우고 무엇을 하고 그의 굳은 신념은 무엇에서 나왔던가를 학수는 문호와 같이 그의 집에 자주 드나드는 동안에 듣고 짐작하고 배워 왔다. 마을에서는 용걸이를 위험시하고 각가지의 소문을 냈으나 그는 모든 것을 모르는 체하고 싱싱한 열정으로 공부에 열중하였다. 그 늠름한 태도가 또한 학수들의 마음을 끌고 잡아 흔들었다.

"요사이 번민이 심하지?"

용걸이는 학수의 사정을 대강 알고 그의 괴롬을 짐작할 수 있었다.

"아니, 오늘 잔칫날 아닌가?"

다시 생각하고 용걸이는 검은 눈에 광채를 더하여 숭굴숭굴 웃었다.

학수에게 아무 대답이 없으니 용걸이는 웃음을 수습하고 어조를 변하였다.

"그러나 그런 개인적 번민은 누구에게나 한두 가지씩은 다 있는 것이네."

이어서,

"가지가지의 번민을 거치는 동안에 차차 사람이 되지."

경험 많은 노인과 같은 목소리가 침착하고 무겁다.

성공하지 못한 용걸이의 과거의 연애 사건을 학수도 잘 알고 있다. 근 1년을 넘은 연애가 상대자의 의사와 그 집안의 반대로 깨어지고 말았다. 물론 그들의 반대의 이유가 용걸이의 가난에 있다는 것은 말하지 않아도 확실한 것이었다. 용걸이의 번민은 지금의 학수의 그것과 같이 컸고 그의 생각에 큰 변동이 생긴 것도 이때부터였다. 그는 이를 갈고 독서에 열중하였다. 그러는 동안에 배척받은 열정을 정신적으로 바칠 다른 큰 것을 발견하였던 것이다.

"개인적 번민보다도 우리에게는 전 인류적 더 큰 번민이 있지 않은가."

드디어 이렇게 말하게까지 된 것이다.

"그러기 때문에 나도 오늘에는 개인적 번민을 청산하고 새로 솟는 위대한 열정을 얻었단 말이네."

하고 학수는 해변에서 느낀 감격이 사라질까를 두려워하는 듯이 흥분한 어조로 그 하루를 해변에서 지낸 이야기와 하이네 시에서 얻은 위대한 감격을 이야기하였다.

"하, 그렇게 훌륭한 시가 있던가…… 읽은 지 오래여서 하이네도 이제는 다 잊어버렸군."

하이네의 시를 듣고 용걸이도 새삼스럽게 감탄하였다.

"백두산 꼭대기에서 제일 큰 참나무 한 대 잡아 뽑아다 이 가슴의 열정으로 시뻘겋게 달궈 가지고 어두운 하늘에 줄기차게 써 볼까. 짓밟힌 ○○○이여 나는 너를 사랑하노라!고."

'백두산'의 구절이 조금 편벽된 것 같다고는 하면서도 용걸이는 학수가 고친 이 시의 구절을 두 번 세 번 감동된 목소리로 읊었다.

"용걸이 있나?"

이때에 귀익은 목소리가 나며 문이 펄떡 열렸다.

들어온 것은 성안의 현규였다.

"현균가?"

학수는 그의 출현을 예측하지 않았기 때문에 오래간만의 그를 반갑게 바라보고 있다.

"공부 잘하나."

현규는 한껏 이렇게 대꾸하면서 학수를 보았다. 그만큼 그들의 관계와 교섭은 그다지 친밀한 것이 못 되었다. 그가 들어왔기 때문에 학수와 용걸이의 회화가 중턱에서 끊어졌고 또 학수가 있기 때문에 용걸이와 현규의 사이도 어울리지 아니하고 서먹서먹한 것 같았다.

현규, 그도 역시 용걸이와 같은 경우에 있었다. 학교를 중도에서 폐한 후부터는 용걸이와 같은 길을 걷게 되었던 것이다. 두 사람은 자주 만났다. 그러나 그것은 결코 사람들의 눈에 역력히 띄지 않게 교묘하게 하였다. 용걸이는 학수를 만나 보는 것과는 또 다른 의도와 내용으로 현규와 만나는 것 같았다.

오늘 밤에도 그 무슨 일로 미리 약속하고 현규가 찾아온 것이 확실하리라 생각하고 학수는 그만 자리를 일어섰다.

"그러면 이번에는 이것을 가지고 가서 읽어 보게."

나가는 학수에게 용걸이는 두어 권의 작은 책자를 시렁에서 뽑아 주었다.

그것을 가지고 학수는 집을 나갔다.

기울어지는 반달이 흐릿하게 빛났다.

좁은 방에서 으슥하게 만나는 두 사람의 청년, 그 뜻 깊은 풍경을 학수는 믿음직하게 마음속에 그렸다.

무슨 새인지, 으슥한 밤중에 숲 속에서 우는 새소리를 들으면서 희미한 밤길을 더끔더끔 걸었다.

이튿날, 학수는 수업료 미납으로 정학 처분 중에 있는 줄을 번연히 알면서도 오후부터 학교에 나갔다. 그날 학우회 총회가 있는 것을 안 까닭이다. 학우회에는 기어이 출석할 생각이었다. 예산 편성 등으로 가난한 그들에게 직접 이해관계가 큰 총회를 철모르는 어린 동무들에게 맡겨 망치고 싶지 않았던 것이다.

실습을 폐하고 총회는 오후부터 즉시 시작되었다. 4월에 열어야 할 총회가 일이 바쁜 까닭에 변칙적으로 5월에 들어가는 수가 많았다.

새로 선 강당은 요란하게 붉어 올랐다. 학생들은 하루 동안 실습이 없어진 그 사실만으로 벌써 흥분하고 기뻐하였다.

천장과 벽과 바닥의 새 재목 빛에 해가 비쳐 들어와 누렇게 반사하였다. 그 속에 수많은 얼굴이 떡잎같이 누르칙칙하게 빛났다. 재목 냄새와 땀 냄새에 강당 안은 금시에 기가 막혔다. 발 벗은 학생이 많았다. 가끔 양말을 신은 사람이 있어도 다 떨어져 발허리만에 걸치고 있는 형편의 것이었다. 냄새가 몹시 났다. 맨발에는 개기름과 땀이 지르르 흘러 무더운 냄새가 파도같이 화끈화끈 넘쳐 밀려왔다.

여러 번 창을 열고 공기를 갈면서 회가 진행되었다.

교장의 사회가 끝난 후에 즉시 각부 예산 편성 결정으로 들어갔다. 학교에서 작성한 예산안 초안을 앞에 놓고 와글와글 떠들기 시작하였다. 부마다 각각 자기의 부를 지키고 한 푼의 예산도 양보하지 않았다. 떠들고 뒤끓으며 별것 아니요, 벌 떼의 싸움이었다. 하다못해 공책 한번 쥐어 본 적 없는 아무 부에도 속하지 않는 중간층의 학생들은 이 부에도 저 부에도 붙지 못하고 중간에서 유동하였다. 두 시간 동안이 지나도 각부의 예산은 결정되지 못하였다.

뒷줄 벤치 위에 숨어 앉은 학수는 무더운 화기에 정신이 얼떨떨하였다. 지지할 만한 또렷한 한 부에 속하지 않은 그는 한 마디도 입을 열지 아니하고 싸우는 꼴들을 냉정히 바라보고 있을 뿐이었다. 생각으로는 운동의 각부보다도 변론부, 음악부, 학예부 등을 지지하고 싶었으나 예산 편성이 끝난 후 열을 토하고 ○○지 않으면 안 될 더 중대한 가지가지의 조목을 위하여 그는 열정의 낭비를 피하고 입을 꾹 다물었다. 해마다 문제되는 스포츠 원정비의 적립을 철저히 반대할 일……(중략)

이것이 제일 중요한 조목이었다. 다음에 "학우회 기본금과 입회금의 적립 반대, 가족 실습의 수입 이익은 가족에게 분배할 일……" 등등의 일반 학생의 이익을 위하여 싸워 뺏지 않으면 안 될 여러 가지 조목이 그의 가슴속에 뱅 돌고 있었다.

거의 네 시간이 지났을 때에야 겨우 예산이 이럭저럭 결정되고 선수 원정비 시비에 들어갔다.

서울과의 거리가 먼 까닭에 스포츠, 더욱이 정구와 축구의 원정에는 막대한 비용이 들었다. 빈약한 학우회비만으로는 도저히 지출할 수 없는 까닭에 기왕에는 기부금 등으로 이럭저럭 미봉하여 왔으나 금년부터는 매월 학우회비를 특별히 더하여 원정비로 채우려는 설이 학교 당국에서부터 일어났다. 이 제의를 총회에 걸어 그 시비를 결정하자는 것이었다.

교장의 설명이 있은 후 즉시 운동부장인 ○○이가 직원 좌석에서 일어섰다. 개인 개인의 산만한 운동보다도 규율 있는 단체적 스포츠가 필요함을 그는 역설하고 그럼으로써 원정비 적립을 지지하라는 일장의 설화를 하였다.

학생들의 의견도 나기 전에 미리 뭇 의견의 방향을 결정하려는 그 심사가 괘씸하여서 학수는 벌떡 자리에서 일어서서 첫소리를 쳤다.

"지금의 학우회비로서 지출할 수 없다면 원정은 그만두자. 우리들의 처지로 새로이 회비를 더 내서까지 원정을 갈 필요가 있는가?"

회장이 물 뿌린 듯이 고요하다.

어린 학생들은 대개 어떻게 하는 것이 옳은지를 몰라 갈팡질팡하는 때가 많다. 그것을 잘 아는 학수는 절실한 인상으로 그들을 바른 방향으로 인도하겠다고 그 자리에 선 채 말을 이었다.

"지금의 수업료도 과한 가난한 농군의 자식인 우리들에게는 다만 이 20전이 결코 적은 돈이 아니다. 지금의 수업료조차 못 내서 쩔쩔매면서 이 위에 또 더 바칠 여유가 있는가. 철없는 행동은 모두들 삼가자!"

그가 앉기가 바쁘게 다른 학년의 축구 선수가 한 사람 일어서서 잘 돌아가지 않는 혀로 원정의 필요를 말한 후, 기왕에 원정 가서 얻어 온 우승기, 그것을 영구히 학교의 것으로 만들 작정이니 원정을 후원하라고 거의 애걸하다시피 하였다.

우승기, 이것이 철모르는 눈을 어둡게 하고 이끄는 것임을 문득 느끼고 학수는 한층 목소리를 높였다.

"그렇게 말하는 너부터 잘 생각해 보아라. 한 사람의 선수를, 한 사람의 영웅을 내기 위하여 이 많은 사람이 마음에도 없는 희생을 당하여야 옳단 말이냐. 한 사람의 선수가 우리에게 무엇을 가져왔나, 우승기? 아무 잇속 없는 한 폭의 허수아비에 지나지 못한다. 학교의 명예? 대체 무엇 하는 것이냐. 그따위 명예가 우리에게 무슨 이익을 갖다 주었나. 우승기, 명예…… 일종의 허영에 지나지 못하는 것이다. 동무들아, 선수 원정을 반대하자! 원정비 적립을 반대하자!"

"옳다!"

"원정비 반대다!"

동의의 소리가 이 구석 저 구석에서 일어났다.

○○이의 얼굴이 붉어지고 직원석이 수물수물 움직였다.

하급생 좌석에서 어린 학생이 일어서서 수물거리는 시선과 주의를 일신에 모았다. 등 뒤에 커다란 조각을 댄 양복을 입은 그는 이마에 빠지지 흐르는 땀을 씻으면서 가느다란 목소리를 냈다.

"실습, 그것이 우리에게는 훌륭한 운동이다. 이외에 무슨 운동이 더 필요한가. 알맞은 체육이면 그만이지 우리에게 그 이상의 기술과 재주는 필요하지 않다. 가난한 우리는 너무도 건강하기 때문에 배가 고픈데 이 위에 더 운동까지 해서 배를 곯릴 것이 있는가?"

허리춤에서 수건을 뽑아서 땀을 씻고 한참 무주무주하다가 걸어앉았다. 그 희극적 효과에 웃음소리가 왁 터져 나왔다. 수물거리는 당 안을 정리하려고 학수는 다시 자리를 일어서서 목소리를 더한층 높였다.

"옳다.······(중략)······괴로워하는 집안 사람들을 이 위에 더 괴롭힐 용기가 있는가. 수업료가 며칠 늦으면 담임 선생이 불러들여 학교를 그만두라고 은근히 퇴학을 권유할 때······(중략)······우리는 우리들의 처지를 생각하여야 한다."

같은 형편과 생활에서 나온 절실한 실감이 동무들의 가슴을 뒤집어 흔들었다.

"그렇다."

"원정비 적립을 그만두자."

찬동의 소리가 강당을 들어갈 듯이 요란히 울렸다.

"학수, 학수!"

요란한 가운데에서 별안간 날카로운 고함이 들렸다. 직원 좌석이 어지럽게 동요하고 그 속에서 ○○이의 성낸 얼굴이 학수를 무섭게 노렸다.

"학수, 너는 당장에 퇴장하여라. 수업료도 안 내고 가만히 와서 총회에 출석할 권리가 없다."

······(중략)······

그는 아무 일도 안 일어났던 듯이 시치미를 떼고 천연스럽게 집으로 돌아갔다.

정주鼎廚[6]에서 어머니가 뛰어나왔다.

"학수야."

그을린 얼굴과 심상치 않은 목소리에 학수는 황당한 어머니를 보았다.

"학수야, 금옥이가……."

어머니는 달려와서 그의 옷자락을 붙들었다.

"금옥이가……."

어머니의 눈에 그렁그렁하는 눈물을 보고 학수는 놀라서,

"금옥이가 어떻게 했단 말예요?"

"……떠났단다."

"예?"

"바다에 빠져서."

"금옥이가 죽었단 말예요? 금옥이가……."

"대체 어떻게 된 노릇이냐. 혼인날 종일 네 이름만 부르더니 밤중에 신방을 도망해 나갔단다."

"그래 지금 어디 있어요? 지금 어디……."

"금옥이네 집안 식구들은 지금 모두 바다에 몰려가 있다. 아까 포구 사람이 달려와 시체를 건졌다고 전했단다. 지금 모두 해변에 몰려가 있다."

"바다…… 금옥이."

학수는 엉겁결에 허둥지둥 뛰어나갔다. 바다로 향하여 5리나 되는 길을 줄달음쳤다.

며칠 전에 학수가 사랑을 잊으려고 하이네를 읽으며 하루를 보낸 바로 그 자리를 금옥이는 마지막의 장소로 골랐던 것이다. 가지가지의 추억을 가진 그곳을 특별히 고른 그 애처로운 마음을 학수는 더한층 슬피 여겼다.

물녘에는 통곡 소리가 흘렀다. 집안 사람들은 시체를 둘러싸고 가슴을 뜯으며 어지럽게 울었다.

얼굴을 가린 시체…… 보기에도 참혹한 것이었다. 사람의 몸이 아니고

물통이었다. 입에서는 샘솟듯 물이 흘러나왔다. 혼인날 입은 새 복색 그대로였다. 바다에서 올린 지 얼마 안 되는지 전신에서 물이 지어서 흘렀다. 그 자리만 모래가 축축이 젖어 있다.

미칠 듯한 심사였다.

학수는 달려들어 그 자리에 푹 쓰러졌다. 수건을 벗기고 얼굴을 보았다. 물에 씻긴 연지의 자리가 이지러진 얼굴에 불그스레하게 퍼져 있다. 홉뜬 흰 눈이 원망하듯이 학수를 보았다.

"금옥이……."

얼굴이 돌같이 차다.

"왜 이리 빨리 갔소."

가슴이 터질 듯이 더워지며 눈물이 솟았다.

"학수, 어쩌자고 이럭해 놓았소."

금옥이의 어머니가 원망하는 듯이 학수를 보며 들고 있던 한 장의 사진을 주었다.

"학수의 사진을 품고 죽을 줄이야 꿈에나 생각했겠소."

받아 보니 언젠가 박아 준 그의 사진이었다. 학수 대신에 영혼 없는 사진을 품고 간 것이다.

겉장을 벗기니 물에 젖어 피어난 글씨가 흐릿하게 읽혔다.

> 학수. 나는 가오. 태산같이 막힌 골짜기에서 나는 제일 쉬운 이 길을 취하였소. 당신에게만 정을 바친 채 맑은 몸으로 나는 가오. 혼자 간다고 결코 당신을 원망하지 않으리다. 공부 잘해서 가난한 집안을 구하시오.

"결국 내가 못난 탓이지……. 그러나 이렇게 쉽게 갈 줄이야 몰랐소."

학수는 시체를 무릎 위에 얹고 차디찬 얼굴을 어루만졌다.

"금옥아, 학수 왔다. 금옥아, 눈을 떠라."

어머니는 마주 앉아서 찬 수족을 만지면서 몸을 전후로 요동하며 울었다.

"학수, 생사람을 잡으니 어쩌잔 말이오. 그러면 그렇다고 혼인 전에 진작 말이나 해 주었더면 좋지 않았겠소? 금옥이가 갔으니 어떻게 하면 좋소."

통곡하는 소리가 학수의 뼛속을 살근살근 갈아 내는 듯하였다.

"집으로 데리고 갑시다."

학수는 눈물을 수습하고 일어났다.

"금옥아, 이 꼴을 하고 집으로 다시 들어오려고 나갔더냐?"

금옥이의 아버지가 시체를 일으켰다.

"내가 업지요."

들것에 메이기가 너무도 가엾어서 학수는 시체를 등에 업었다.

돌같이 무거웠다. 중량밖에는 아무 감각이 없는 무감동한 육체였다. 똑똑 떨어지는 물이 모래 위와 길 위에 줄을 그었다.

조그만 행렬이 길 위에 뻗쳤다.

어두워 가는 벌판에 통곡 소리가 처량히 울렸다.

짧은 그의 생애가 너무도 기구하여서 학수는 금옥이의 옆을 떠나지 않고 그를 지켰다.

피어오르는 향불의 향기…… 일전에 능금밭에서 마지막으로 만났을 때 맡은 달밤의 향기와 너무도 뼈저린 대조였다.

촛불에 녹은 초가 눈물과 같이 흘러내렸다.

(이 소설은 부득이한 사정으로 중간에서 6회를 생략하고 오늘로써 최종회를 내어 끝을 막겠습니다. ─『삼천리』편집자)

금옥이의 장삿날이 왔다.

진한 안개가 잔뜩 끼어 외로이 가는 어린 혼과도 같이 슬픈 날이었다.

너무도 짧은 장사의 행렬이었다. 빨리 간 그의 청춘과도 같이 너무도 짧은……. 시집에서는 배반하고 나간 그의 혼을 끝까지 돌보지 아니하였고 장례는 전부 친가에서 서둘러 하였다.

상여 뒤에는 바로 학수가 서고 그 뒤에 집안 사람들이 따라 섰다.

짧은 행렬이 걸핏하면 안개 속에 사라지려 하였다. 외로운 영혼을 남몰래 고이 장사 지내 버리려는 듯이.

앞에서 울리는 요령 소리조차 안개 속에 마디마디 사라져 버렸다.

학수의 속눈썹에도 안개가 진하게 맺혀 눈물과 함께 흘러내렸다.

어린 초목의 잎이 요령 소리에 떨리는 듯이 안개 속에서 가늘게 흔들렸다.

산모롱이를 돌아 행렬은 산골짜기로 들어갔다.

묘지까지 이르렀을 때에 상여는 슬픔과 안개에 푹 젖었다.

주검을 묻는 것이 첫 경험인 학수에게는 그것이 너무도 끔찍한 짓같이 생각되어 뼈를 긁어내는 듯도 한 느낌이었다.

젖은 흙 속에 살이 묻혀지는 것이다. 사람의 의식儀式으로 이보다 더 참혹한 것이 있는가. 퍼붓는 눈물이 흙을 적셨다.

'너도 같이 가거라.'

학수는 지니고 왔던 하이네 시집을, 해변에서 금옥이를 생각하며 읽던 그 시집을 금옥이의 관 위에 같이 던졌다. 금옥이를 보내는 마지막 선물로 그의 관 위에 뿌려 줄 꽃 대신으로 생전에 같이 읽던 노래를 던져 주었다. 그는 장사 지내는 하이네 시집 속에서 "백두산 꼭대기에서 제일 큰 참나무 한 대 뽑아"의 위대한 열정을 얻은 것과 같이 금옥이의 죽음에서도 슬픔만이 온 것이 아니라 말할 수 없는 일종의 힘이 솟아나왔다.

'그대의 혼을 지키면서 나는 나의 힘이 진할 때까지 일하고 싸워보겠다.'

시집과 관이 흙 속에 완전히 사라졌을 때에 학수는 그 위에 다시 흙을 뿌리며 피의 눈물과 말의 슬픔으로 그 조그만 묘를 다졌다.

어느덧 황혼이 짙어 안개가 더 깊었다.

'나도 떠나겠다.'

어느 때까지 울어도 슬픔은 새로워질 뿐이지 한이 없었다.

학수는 시에서 얻은 열정과 죽음에서 얻은 힘을 가지고 묘 앞을 떠났다.

그러나 뒷걸음질하여 마을 길로 돌아서지 아니하고 고개를 향하여 앞으로 앞으로 걸음을 떼어 놓았다.

"어디로 가오?"

금옥이네 식구들이 물었다.

"고개 너머 먼 곳으로 가겠소."

"먼 곳이라니."

"이곳에서 무엇을 바라고 살겠소."

대답하고 학수는 속으로 혼자 중얼거렸다.

"용걸이의 걸은 길을 밟도록 먼 곳에 가서 길을 닦겠소이다."

그들과 작별하고 학수는 고개를 향하였다.

고개 너머 정거장에서 기차를 타고 어디로든지 향할 작정이었다.

'어디로? 너무도 막연하다. 그러나 항상 막연한 데서 일은 열리고 시작되는 것이 아닌가. 막연한 모험과 비약…… 이것이 없이 큰 일을 할 수 있는가.'

고개 위에 올라서니 거리가 내려다보이고 그 속에 정거장이 짐작되었다.

'아버지는? 집안 사람은?'

고향을 이별하는 마지막 순간에 그에게는 여러 가지의 생각이 한꺼번에 솟아올랐다.

'내가 학교를 충실히 다닌다고 아버지와 집안을 근본적으로 건질 수 있

을까? 차라리 이제 가서 장래의 큰길을 닦는 것만 같지 못하다.'

중얼거리며 주먹을 지그시 쥐었다.

'아버지여. 금옥이여. 문오들이여. 고향이여…… 다 잘 있으오. 더 장한 얼굴로 다시 만날 날이 있으리니.'

눈물을 뿌리고 학수는 고향을 등졌다. 한 걸음 두 걸음 고개를 걸어 내려가는 그의 마음속에서는 결심이 한층 더 새로워질 뿐이었다.

── 주

1) 목코: 주머니 모양으로 된 그물의 앞 모서리에 대어 그물이 견디어 내게 하는 부분.
2) 부란기孵卵器: 달걀이나 물고기의 알을 인공적으로 까는 기구.
3) 화리花利: 경작권.
4) 술기: '수레'의 방언.
5) 물녘: 물가.
6) 정주鼎廚: 정주간. 부엌과 안방 사이에 벽이 없이 부뚜막에 방바닥을 잇달아 꾸민 부엌.

북국사신北國私信

R군!

　북국의 이 항구에 두텁던 안개도 차차 엷어 갈 제는 아마 봄도 퍽은 짙었나 보네. 그동안 동지들과 무사히 건투하여 왔는가? 항구에 안개 끼고 부두에 등불 흐리니 고국을 그리워하는 회포 무던히도 깊어 가네.

　내가 이곳에 상륙한 지도 어언 두 주일이 넘지 않았나. 그동안 찾을 사람도 찾았고 볼 것도 모조리 보았네. 모든 인상이 꿈꾸고 상상하였던 것과 빈틈없이 합치되는 것이 어찌도 반가운지 모르겠네. 남녀노소를 물론하고 다 같이 위대한 건설 사업에 힘쓰고 있는 씩씩한 기상과 신흥의 기분! 이것이 나의 얼마나 보고자 하고 배우고자 한 것인지 이것을 이제 매일같이 눈앞에 보고 접대하는 내 자신 신이 나고 흥이 난다면 군도 대강은 짐작할 수 있겠지. 더구나 차근차근 줄기 찾고 가지 찾아서 빈틈없이 일을 진행하여 나가는 제삼인터내셔널[1]의 비범한 활동이야말로 오직 탄복하고 놀라지 않을 수밖에 없네.

　여기에 관한 자세한 이야기야 하려 들면 한이 없을 듯하기에 그것은 다음 기회로 밀고 이 편지는 내가 이곳에 온 후의 첫 편지이고 군 역시 이곳을 무한히 그리워하던 터이므로 여기서는 대강 이 도시의 인상과 나의 사생활에 관한 재미있는 한 편의 에피소드를 군에게 소개하려네.

두 가닥의 반도가 바다를 폭 싸고 있는 것만큼 항구는 으슥하고도 잔잔하네. 잔잔한 그 안에 새로운 기를 펄펄 날리는 수많은 기선과 정크와 화물선. 항구 위로 훤히 터진 도시. 발달된 지 오래인 만큼 건축이 대개는 낡았고 생각하였던 것보다는 좀 고색을 띤 듯하네. 가장 번화한 거리인 해안과 평행하여 길게 뻗친 레닌 가, 그 속에 즐비한 건축—은행, 극장, 호텔, 국영 백화점, 그 외 각 회관, 구락부, 극동 ○○ 대학 등이 모두 제정 시대의 건물 그대로 있고 언덕 중턱에는 백의동포의 거리가 있으니 역시 정결치 못한 낡은 거리이데. 그러나 대체로 보아 희고 노란 석조의 건축들이 시가의 전체에 밝은 색조를 주는, 밝은 풍경 맑은 도시임은 틀림없네.

국영 판매소 앞에는 언제든지 사람의 행렬이 끊일 새 없고 노파, 젊은이, 아이들이 길게 열을 짓고 움직이면서 차례를 기다려서 여러 가지의 필요한 식료품을 사는 것이네. 흐레쁘(빵), 먀쏘(고기), 아보스취(야채), 싸—하르(사탕), 보드카 등의 모든 식료품이 국영 판매소에서만 팔리고 사사로이 경영하는 소매상이라고는 시중에 극히 희소하다는 것은 군도 아는 바이겠지. 빵을 사려는 노파는 바구니를 들고 보드카를 사려는 늙은이는 병을 들고 긴 행렬 속에 끼어서 결코 조급하게 덤비는 법 없이 행렬과 같이 유유히 움직이는 풍경, 이것은 오로지 새 시대의 풍경의 하나일 것이니 옛날의 생활 형태를 철저히 청산하여 버린 이 신흥의 도시에서만 볼 수 있는 풍경일 것이네.

오후 5시만 되면 시가는 온전히 노동자의 거리이니 한 시간 에누리 없이 꼭 여덟 시간의 노동을 마친 수많은 노동자들이 공장에서 일터에서 무수히 거리를 쏟아져 나오네. 검소하게 옷 입은 그들이 자랑스러운 걸음으로 당당하게 거리를 활보할 때 거리는 우리의 것이다, 세상은 우리의 것이다!—그들의 자랑스러운 태도와 굵은 보조가 이것을 또렷이 말하는 듯하네.

이것으로 보면 고색을 띤 이 거리가 실상은 가장 활기를 띤 새날의 거리라는 것은 누구나 다 느끼겠지. 신흥의 기상이, 신선한 생장력이 거리의 구석구석에 충만하여 있고 그 속에서 굵은 조직의 크나큰 건설이 한층 한층 굳어가는 것이네. 노동자들이 노동을 마치고도 날마다 각가지 의회에 출석하기 위하여 분주히 돌아치고 젊은 학생들과 청년들이 질소한 옷을 입고 책을 끼고 역시 건설의 사업에 분주히 휘돌아치고 있는 것은 물론이거니와 오직 남자뿐이 아니라 신흥 계급의 여자 역시 그러하네. 노동 부인이나 여학생이나 다 같이 수건으로 머리를 싸고 굽 얕은 구두를 신고 건강한 걸음으로 거리를 걸어 다니네. 북국의 능금같이 신선한 그들의 얼굴빛, 밋밋하고 탄력 있는 그들의 다리! 굽 높은 구두 끝에 불안정한 체력을 싣고 휘춘휘춘 걸어가는 엷은 다리에 멸망하여 가는 계급의 불건강한 미학이 있다면 굽 얕은 구두에 전신을 든든히 싣고 탄력 있게 걸어가는 밋밋한 다리에는 신흥한 이 나라의 건강한 미학이 있다고 나는 생각하네.

이 나라의 미인—자유롭고 순진하고 건강하고 그야말로 기쁨과 힘의 상징이요, 새날의 매력이 아니면 무엇일까.

도시의 인상은 이만하여 두고 나는 아까 말한 나의 사생활에 관한 에피소드라는 것을 다음에 소개하겠네. 그것은 나답지 않은 끔찍이도 달콤하고 재미있는 이야기이니……. 다른 것이 아니라 이 내가 (결코 자랑스러운 일은 아니나) 아름다운 이 나라의 미인의 키스를 받고 사랑을 얻은 이야기라네. 설마 군이 사치하고 불건강하다고 비웃지는 않을 줄 믿네. 일상 소설을 좋아하는 나는 이 이야기에 예술적 윤택을 가하여 소설의 형식으로 쓰겠으니 난센스의 한 편이 되고 말지라도 이 북국의 봄 나의 첫 선물로만 알고 과히 허물은 말게.

상륙한 지 1주일이 되니 항구의 지리도 대강 터득되고 그들의 기풍도 차차 알아는 졌으나 아직 할 일이 손에 잡히지 않은 관계상 나는 일정한 숙소도 없이 박군과 김군에게 번차례로 폐를 끼칠 뿐이었다.

카페 '우스리'…… 안정치 못한 이 며칠 동안 자주 출입하게 된 것은 이 부두 가까이 외롭게 서 있는 카페 우스리였다. 저녁부터 자욱한 안개 속에 붉은 불을 희미하게 던지고 있는 카페 우스리, 그곳은 온전히 노동자들의 오아시스였다.

모던 보이들이 재즈를 추고 룸펜들이 호장豪壯된 기염을 토하는 곳이 아니요, 그야말로 똑바른 의미에서의 노동자의 안식처였다. 마도로스 파이프에서 피어오르는 담배 연기 속에 서린 이 나라의 제일 큰 공로자의 초상 밑에는 유쾌한 노동자의 웃음이 있고 건강한 선원들의 흥이 있었다. 하루의 노동을 마치고 긴 항해를 마치고 동무들과 카페 우스리를 찾아오는 것은 곧 그들의 기쁨의 하나인 듯도 하였다. 그것은 물론 순진한 노동자 숲에서만 우러나오는 이 집의 유쾌하고 건강한 기분을 사랑하여서지만 솔직하게 말한다면 보다 더 카페 주인의 딸 되는 사샤의 매력에 끌려서라고 할까.

늙은 아버지가 타는 수풍금에 맞춰 기타를 뜯는 사샤. 낭랑한 목소리로 슬라브의 민요를 노래하는 사샤. 손님 숲을 유쾌히 돌아치는 사샤. 그의 한마디 한 동작이 다 말할 수 없이 귀여운 사샤였다. 슬라브 독특한 아름다운 살결. 능금같이 신선한 용모. 북국의 하늘 같이 맑은 눈. 어글어글한 몸맵시. 풍부한 육체…… 북국의 헬레네[2]이다. 손가락 하나 대지 말고 신선한 향기 그대로 맑은 자태를 그대로를 하루면 종일 바라보고도 싶고 가지째 곱게 꺾어 향기째 꽃송이째 한입에 넣고 잘강잘강 씹어 버리고도 싶은 아름다운 꽃이다.

상륙 당시 내가 이 카페에 자주 출입하게 된 것도 실상인즉 사샤의 매력에 끌린 까닭이었다. 붉은 수건으로 머리를 싸고 기타에 맞춰서 순박한 민요를 읊을 때의 사샤. 한 번 보고 두 번 봄에 따라 넓은 세상에는 그와 같은 존재는 다시없으리라고까지 생각되었다. 사샤!

세상에 둘도 없는 사샤! 가련한 웃음을 띠고 낭랑한 목소리로 "야 류쁘류-빠-스" 하면서 품에 와서 넘싯 안긴다면 그 순간에 죽어도 이 세상에 났던 보람이 있겠다고 평소의 나답지 않은 이러한 당치 않은 생각에 나중에는 센티멘털하게까지 되었다. 일이 많고 짐이 무거운 몸에 이러한 헛된 생각과 사치한 욕심에 마음을 괴롭게 할 처지가 아니라고 스스로 꾸짖어 보았으나 사람으로서의 이 영원한 감정만은 어찌할 수 없었다.

우스리를 찾은 지 사흘 되는 밤이었다.

육중한 기중기와 창고와 기선의 허리가 안개 속에 몽롱한 밤 부두에는 우스리의 창에서 흐르는 향기로운 불빛을 향하여 선원들의 검은 그림자가 하나씩 둘씩 모여들기 시작하였다.

김군과 박군과 나의 세 사람도 그들 중에 가까이 쓸렸던 것이다.

넓은 카페 안에는 어느덧 사람들이 분주하였고 사샤는 한편 구석 소파 위에 걸어앉아서 기타의 줄을 한 오리 한 오리 맞추고 있었다.

붉은 수건으로 머리를 싸고 기타의 줄을 은은히 울리는 사샤의 목가적 자태를 볼 때에 그가 낮 동안에 부두에 나와 바닷바람을 쏘여 가면서 새로 닻 내린 배에 올라 정신없이 무엇을 적으면서 선객들을 한 사람 한 사람 취조하는 해상 국가 보안부의 여서기인 줄이야 누가 첫눈에 짐작할 수 있으랴. 그리고 그가 몇 해 전에 모스크바에 있을 때에 열렬한 콤소몰카의 한 사람으로 낮 동안에는 회관에서 일보고 밤에는 또한 동무들과 혁명사 강의를 들으러 다니던 그 사샤일 줄이야 누가 짐작하랴. 혁명에 오빠와 어머니를 잃은 사샤는 모스크바에서 열심히 공부하고 일보던 그때에도 외로이 떨어져 있는 늙은 아버지를 지극히 사랑하였던 끝에 마침내 도읍을 떠나 동쪽 항구까지 멀리 아버지를 찾아왔던 것이다. 그리하여 여서기로서 바쁜 일을 보아 가면서도 아버지를 위하여 그가 경영하는 카페를 또한 도와 나갔던 것이다.

낮에는 바쁘게 휘돌아치면서도 밤에는 수많은 노동자와 선원들을 상대로 목가와 기쁨에 취하는 이 두 가지의 생활을 사샤는 가장 자유롭고 양기롭게 해 나갔던 것이다.

사샤는 한참이나 기타의 줄을 맞추더니 익숙한 기술로 마주르카의 한 곡조를 뜯기 시작하였다.

우리 세 사람은 한편 구석 탁자를 차지하고 유쾌한 흥에 잠기면서 사샤의 기타 소리에 귀를 기울였다.

잡담과 웃음에 요란하던 사람들도 그 음조에 취한 듯이 방 안은 고요하였다. 힘과 땀의 노동을 마친 뒤에 고요한 마주르카의 한 곡조는 사실 한 모금의 청량제일 것이다. 방 안은 이 고요한 맛에 취한 듯하였다. 그러나 나는 은은한 음조보다도 능란히 놀리는 그의 손맵시보다도 더 많이 어여쁜 사샤의 용모에 정신이 쏠렸다.

한 곡조가 그치자 박수하는 소리가 파도같이 일어나고 치하의 소리가 물 퍼붓듯 쏟아졌다.

"사샤!"

"부라보!"

이 물 끓듯 하는 훤조의 사이에서 선원인 듯한 건장한 한 사나이가 문득 자리를 일어서더니 무엇이라고 높게 외치면서 사샤의 앞으로 걸어갔다.

"크라씨-빠야 떼-뽀슈카!"

만면에 웃음을 띠고 이렇게 외치더니 그는 다짜고짜로 사샤를 번쩍 들어 탁자 위에 올려 세웠다. 사람들은 의아하여서 그의 거동을 잠자코 보고만 있었다. 사샤 역시 영문을 모르나 그러나 그는 여전히 양기로운 웃음을 띠면서 기타를 한 손에 든 채 탁자 위에 서슴지 않고 올라섰다.

사나이는 또 소리 높여 외쳤다.

"아욱숀니 톨기."

"!"

"?"

"아나 파쎄루-이."

당돌한 그 사나이의 거동에 의아해하고 있던 사람들은 그의 외치는 이 한 마디에 기뻐하고 소리치고 박수하면서 찬동의 뜻을 표하였다.

"하라쇼!"

"부라보!"

그러나 나는 생각할 수 없었다. 그리고 그들의 장난에는 놀라지 않을 수 없었다. 키스를 경매하다니! 나의 은근히 생각하여 오던 사샤의 키스를! 생각할 수 없었다. 허락할 수 없었다. 나의 가슴은 알 수 없이 떨렸다.

그러나 사샤의 얼굴을 보았을 때에는…… 이 순진한 처녀는 그들의 제의에 승낙하는 듯이 양기롭게 웃고만 있었다. 그리고 그의 아버지 역시 박수를 하면서 동의의 뜻을 표하고 있었다.

'모를 백성들이다.'

그들의 미친 장난을 이해하기 어려운 나는 속으로 이렇게 중얼거렸다.

세 사람이 수군수군 이야기하고 있는 동안에 열광적 흥분과 훤조 가운데에서 경매의 막은 드디어 열리고 말았다.

건장한 사나이는 사샤의 옆에 선 채 군중을 향하여 소리쳤다.

"취토 스토-야트?"

이 말이 끝나기가 무섭게 먼 구석 한편 탁자 옆에 앉았던 키 작은 노인이 일어서면서 마도로스 파이프를 입에서 빼더니 모깃소리만한 목소리로 가늘게 불렀다.

"아딘 루-브랴."

별안간 웃음소리가 봇살[3] 터지듯이 방 안에 그득히 터져 나왔다. 키스 한 번에 1루블이라는 것이 결코 망발된 값은 아니었으나 개시로 그것을 부른 것이 호호한 노인이었고, 또 그의 태도가 하도 우스운 까닭에 모두들 터지는 웃음을 금할 수 없었던 것이다.

"오-첸 됴쉐보!"

무참하여서 자리에 도로 주저앉은 노인을 보고 사나이는 이렇게 말하고 다시 "쥐토 스토-야트!"를 부르니 시세는 차차 올라가기 시작하였다.

"드바 루-브랴."

"트리 루-브랴."

"퍄티 루-브랴."

5루블까지 오르더니 시세는 더 오르지 않고 잠깐 머물렀다.

건장한 사나이는 "퍄티", "퍄티"를 연발하면서 사람 숲을 휘둘아보았으나 거기에는 침묵이 있을 뿐이요, 값을 더 올리는 사람은 없었다.

그러자 한참이나 있다가,

"데-퍄샤티!"

하고 한편 구석에서 벌떡 일어서는 사나이가 있었으니 그것이 곧 나였다.

처음에는 그들의 당돌한 행동에 자못 놀랐으나 차차 그들의 무작위한 태도와 사샤의 유쾌한 자태를 봄에 따라 나도 그 속에 한몫 끼어 아름다운 사샤의 한 송이의 사랑을 얻어 볼까 하고 알맞은 때를 기다려 오던 터였다.

10루블이 결코 많은 돈은 아니다. 그러나 그것으로 사샤의 아름다운 입술을 살 수가 있다면 그것은 얼마나 귀중한 10루블이며 영광스러운 10루블일 것인가! 흥분된 나는 이런 생각을 하면서 탁자 옆에 일어서서 사샤를 바라보았다.

사샤 역시 나를 똑바로 바라보았다. 지긋이 이쪽을 바라보는 묵직한 응시 속에는 그 무슨 깊은 의미가 있다—고 적어도 나는 생각하였다. 사흘이나 이곳을 찾아온 만큼 그는 나의 존재도 이미 짐작하였을 것이다. 그의 응시에는 차차 미소가 떠올랐다. 미소를 띤 그를 이렇게 정면으로 대하니 그는 얼마나 더 아름다운가. 아름다운 그의 입술이 10루블에…… 단 생각에 취하면서 나는 나에게 쏠려 있는 수많은 시선을 무시하면서 정신없이 사샤를 바라보았다.

그러나 이 단 생각도 중턱에서 끊어져 버리고야 말았다.

"드바따티!"

엄청나게 큰 소리로 부르짖으면서 나의 옆 탁자에 앉았던 늠름한 한 사나이가 나의 흥정을 가로챘기 때문이다. 그리고 그가 뭇사람의 시선과 사샤의 시선을 독점하였기 때문이었다.

그러나 이 역시 또 다른 사람에게 가로채어 버리고 시세는 또다시 차차 폭등하기 시작하였다.

"트리따티."

"소-로크."

"파티데샤티."

처음에는 1루블씩 오르던 것이 이제 와서는 10루블씩 올라갔다. 그리고 한 사람이 봉을 떠 놓으면 웬일인지 그것이 가속도적으로 급속하게 올라갔다. 올라갈 때마다 나의 속은 죄이고 떨리고 흥분되어 갔던 것이다.

"쉐스티데샤티."

"쎔데샤티."

"부쎔데샤티."

드디어 80루블까지 올라갔다. 키스 한 번에 80루블, 그것을 아름다운 사샤와 달아 볼 때에는 별로 무거운 것이 아니지만 넉넉지 못한 노동자나 선원들의 처지와 달아 볼 때에는 80루블은 곧 저울대가 휘리만치 무거운 돈일 것이다. 사샤의 아름다운 자태를 눈앞에 놓고도 시세가 이 80루블까지 와서는 그대로 침체하여 버리고 더 올라갈 형세를 보이지 않은 것도 그 때문일 것이다.

이 80루블을 부른 사나이는 몸이 부대한 것이라든지 해군모를 엇비슷하게 쓴 품이 틀림없는 선장 격의 사나이였다.

그는 그가 부른 가격에 십분의 만족과 자신을 가지고 자랑스럽게 주위를 휘돌아보았다. 그리고 그를 좇으려는 사람이 없음을 깨달았을 때에 그는 유유히 자리를 일어서서 사샤에게로 가려 하였다.

처음에는 무작위하게 장난으로 시작한 것이 일이 차차 이렇게 참스럽게 되고 나중에는 한 사나이가, 그것도 그다지 마음먹지 않은 사나이가 자기 앞으로 서슴지 않고 달려듦을 볼 때에 사샤는 적지 아니 실망한 듯하였다.

드디어 그는 군중을 돌아보면서 호소하는 듯이 두 손을 들었다. 그러는 즈음에 기타줄에 걸려선지 그의 치마가 높게 들리며 양말 속에 향기로운 하얀 두 다리가 무릎 위에까지 드러났다. 새빨간 드로어즈 밑으로 기름지게 드러난 백설 같은 감각이 전깃불을 받아 눈이 부시게 현란하였다.

"데뱌노-스토."

이 우연히 드러난 현란한 관능의 공인지는 모르나 잠시 중단되었던 시세는 별안간 80루블을 차 버리고 90루블로 올랐다.

90루블을 부른 사나이는 역시 모자를 엇비슷하게 쓴 젊은 사나이였다. 그는 늠름히 일어서서 백분의 자신을 가지고 주위를 휘돌아보았다. 그러나 벌써 더 부를 만한 사람은 보이지 않았다. 2분이 지나고 3분이 지나고 5분이 지났다. 그러나 이 시세를 돌파할 새 시세는 나오지 않았다. 90루블이 최후의 결정적 기록인 듯하였다. 젊은 사나이는 최대의 자신을 가지고 한 걸음 두 걸음 사샤의 앞으로 걸어갔다.

한 걸음 두 걸음…… 나는 참을 수 없었다. 사샤의 사랑이 결국 이 사나이의 것이 된단 말인가 하고 생각할 때에 나는 모욕이나 받은 듯하였다. 안 된다. 안 된다. 그럴 수 없다. 사샤가 사샤가…… 나는 부지중에 벌떡 자리를 일어섰다. 그리고 어느 결엔지 모르게,

"스토!"

하고 정신없이 100루블을 불러 버렸다. 물론 아무 분별도 주책도 없이었다. 다만 머릿속에 있는 것은 사샤를 뺏겨서는 안 되겠다는 생각뿐이었다.

박군과 김군은 의아하여 나를 똑바로 바라보았고 뭇사람의 시선 역시 일제히 나에게로 쏠렸다. 나를 정면으로 응시하는 사샤의 얼굴에는 말할 수 없이 요조한 미소가 떠올랐다. 그리고 그 미소 가운데에는 처음에 내가 "데-샤티!"를 불렀을 때에 보여 준 그것 이상 몇몇 배의 깊은 의미와 호의의 표정이 떠올라 있는 것은 속일 수 없는 사실이었다. 그의 눈은 나를 부르는 듯도 하지 않았던가.

사샤의 옆에 섰던 건장한 사나이는 군중을 향하여 "스토!", "스토!"를 연호하였으나 그 이상 올리는 사람도 올릴 만한 사람도 보이지는 않았다.

사샤는 결국 내 차지였다. 나는 당당히 자리를 나서서 한 걸음 두 걸음 사샤에게로 발을 옮겨 놓았다.

사샤 역시 반기는 낯으로 두 팔을 내밀면서 나에게로 가까이 달려왔다.

결국 나는 사샤의 손을 잡고 그 역시 말없이 나의 손을 든든히 잡았다. 그의 맑은 눈, 거룩한 미소, 든든한 파악把握…… 이 모든 그의 무언의 자태가 기실 나의 꿈꾸고 있던 "야 류뿌류-빠-스"를 한 마디 한 마디 또렷또렷이 속삭였다. 나는 꿈이나 아닌가 하였다. 꿈이 아니고는 이렇게 끔찍한 행복이 나에게 굴러 떨어질 리 만무할 것이다. 세상에도 아름다운 사샤…… 희랍의 헬레네인들 애란愛蘭⁴⁾의 데아드라인들 어찌 사샤에게 미칠 수 있었을까…… 해를 비웃고 달을 비웃을 사샤! (동무여, 나의 이때의 이 감상을 허락하라.) 그는 나의 생애에 처음으로 나타났고 또 마지막으로 나타난 유일의 사람인 듯하였다.

황홀과 행복감에 흥분된 나는 몽롱한 의식 가운데에서도 감사의 눈으로 사샤를 똑바로 대하면서 손을 옮겨 그의 팔을 붙들었다.

별안간 나의 팔을 꽉 잡고 사샤와 나의 사이를 가로막는 것이 있었으니 그것은 곧 처음부터 사샤의 옆에 서 있던 건장한 사나이였다.

그는 사샤를 나에게서 떼더니 자기 옆에 세워 놓고,

"드베스티!"

하고 부르짖더니 주머니 속에서 200루블의 지폐 뭉치를 집어냈다.

처음에 경매를 제의한 것이 이 사나이였던 것을 보고 이제 또 이 그의 행동을 보매 그가 처음부터 사샤에게 마음을 둔 것이 확실하였다. 시세가 오를 대로 올라 그 이상 더 오르지 못할 형세를 살펴서 그보다 높은 시세로 사샤를 손에 넣겠다는 것이 이 사나이의 처음부터의 계획이었던 것이 틀림없었다.

나는 말할 수 없이 흥분되고 당혹하였다.

사샤의 표정 역시 적지 아니 혼란되어 있음을 보았을 때에 나는 정신없이 부르짖었다.

"트리스타!"

300루블이 나의 주머니 속에 있고 없고는 문제가 아니었다. 나는 아무 분별도 없이 당혹한 가운데에서 그저 이렇게 불렀던 것이다.

"체트레스티!"

그 사나이 역시 나에게 지지 않을 만한 높은 소리로 이렇게 부르짖으면서 또 200루블의 지폐 뭉치를 주머니 속에서 집어내서 합 400루블의 지폐를 두 손에 갈라 쥐었다.

이렇게 되면 죽든 살든 필사적이었다.

"퍄티소-티!"

나는 100루블을 더 올렸다.

이때까지 늠름하던 그 사나이는 여기서 적지 않은 당혹의 빛을 나타냈다. 눈을 동그랗게 뜨고 불안과 의혹의 표정으로 나를 똑바로 바라보더니 손등으로 입을 씻고 어떤 결의의 빛을 보이면서 마지막이다 하는 듯이 최후의 분발을 하였다.

"쉐스티소-티!"

주머니 속을 툭툭 긁어모아 합 600루블을 탁자 위에 던지더니 입맛이 쓴 듯이 그는 맥없이 의자 위에 주저앉아서 나의 입만 쳐다보았다.

이것이 마지막이로구나 하고 깨달았으나 나는 더 올려야 좋을지 안 올려야 좋을지 반은 광태에 빠진 나의 의식은 몽롱할 뿐이었다.

사샤의 애원하는 듯한 시선이 매질하는 듯이 나의 전신에 흘렀다. 나는 그 시선을 배반하여 버릴 수 없었다. 온전히 미친 듯이 나는 목소리를 다하여 마지막으로,

"티샤차!!"

하고 외치고는 의식을 잃고 그 자리에 쓰러져 버렸던 것이었다. 나의 입만 바라보고 앉았던 그 사나이가 실망한 듯이 탁자 위의 지폐 뭉치를 도로 주섬주섬 주머니 속에 넣고 알지 못할 웃음을 커다랗게 웃으면서 군중 숲에서 사라진 것과 그 뒤에 파도 같은 박수와 휜조가 군중 사이에서 일어난 것과, 그리고 영문 모를 〈신세계〉의 노래가 집을 들어갈 듯이 높게 울린 것이 어렴풋이 짐작될 뿐이요, 그 뒷일은 도무지 의식 밖의 일이었다.

어느 맘 때는 되었는지 새로 의식을 회복하였을 때 나는 그 카페 안의 넓은 소파 위에 누워 있었다.

요란하던 손님들은 다 가 버리고 밤 깊은 카페 안은 고요하였다.

나의 깨어나기를 기다리기에 지쳤는지 박군과 김군은 건너편 탁자 위에 두 팔로 머리를 괸 채 잠들어 있고 나의 옆에는 사샤가 꿇어앉아 있었다.

내가 눈을 방긋 떴을 때에 거기에는 두 팔을 소파에 걸치고 곤하지도 않은지 지긋이 나를 바라보고 있는 사샤의 시선이 있었다. 그는 그때까지 나를 지키고 있었던 것이다. 나의 옆에 꿇어앉아 나의 깨어나기를 기다리고 있

었던 것이다.

나는 그의 키스를 사려고 모든 대적을 물리치고 1,000루블을 불렀다. 그러나 물론 나의 수중에 1,000루블이라는 큰돈이 있는 것은 아니었다. 1,000루블은커녕 100루블도, 아니 단 10루블도 없었던 것이다. 몸을 전부 팔아도 단 10루블이 안 될 내가 대담하게도 1,000루블이라는 값을 붙인 것은 온전히 광태 속에서였다. 사샤를 뺏겨서는 안 되겠다는 열중된 광태 속에서였다. 그러나 이제 이렇게 새 정신으로 실상 그를 대하였을 때에는 그에 대한 미안한 생각과 부끄러운 마음을 금할 수 없었다. 무슨 주제에 1,000루블의 끔찍한 대금을 부르고 그를 이렇게 붙들어 두었던가.

사샤를 생각하던 열정도 간곳없고 다만 짝 없이 부끄럽기만 한 나는 말없이 소파에서 일어나서 동무를 깨워 가지고 이 집을 나갈 작정으로 자리를 일어섰다.

그러나 나의 표정을 일일이 바라보고 있던 사샤는 벌떡 일어나면서 나를 붙들었다.

"니에트! 니에트!"

다시 나를 소파 위에 앉히고 그 역시 나의 앞에 바싹 다가앉더니 두 팔을 나의 어깨 위에 걸었다.

나는 그의 행동을 이해하기 어려웠다.

그러던 차에 다음과 같은 연연한 그의 한마디는 나를 이를 데 없이 혼란하게 하였다.

"야 류쀼류-카레이스쿠!"

"……?"

나는 잠시 멍멍하였다. 그러나 그것은 어처구니가 없어서가 아니라 너무도 큰 기쁨에 놀라서였다. 그는 그의 입으로 틀림없이 "야 류쀼류-카레이스쿠!"를 연연히 부르짖었다.

모든 것은 명백하였다. 내가 사샤를 생각하였던 것같이 그 역시 처음부터 나를 생각하였던 것이다. 그는 아무러한 인종적 편견도 가지지 아니하고 조선 사람인 나를 사랑하였던 것이다.

나는 기쁘고말고 정신이 없이 좋았다.

만면에 웃음을 띠고 두 팔로 그의 어깨를 든든히 잡았을 때에 거기에는 모든 것을 허락하는 사샤가 있었다. 향기로운 용모가, 애원하는 듯한 가련한 눈초리가, 방긋 열린 입술이…… 황홀한 사랑이 나를 기다리고 있었던 것이다…….

이렇게 하여 나는 아름다운 사샤의 키스와 사랑을 샀네…… 아니 얻었네. 그리고 지금 역시 받고 있네. 그나 내가 낮에는 바쁘게 일하고 밤에 다시 우스리에서 만날 때에는 사랑과 안식이 있다네. 이제는 벌써 우스리에 모이는 사람들 가운데에는 누구 한 사람 그의 키스를 경매하려고 하는 사람은 없다네.

경매라니 말이지 처녀의 키스를 경매한다면 퍽 음란하고 야비하게 들릴 것일세. 그러나 알고 보면 그것이 이곳에서는 극히 건강하고 허물없는 장난에 지나지 못하네. 퇴폐적 비열한 행동인 줄 알았던 것이 실상인즉 단순하고 무작위한 노름에 지나지 못함을 나는 깨달았네. 여기에 또한 슬라브다운 기풍이 나타나 있으니 이곳이 아니면 도저히 보기 어려운 장난일 것일세.

R군!

내가 지금 이런 쓸데없는 이야기를 이렇게 길게 써 보낼 처지는 아니로되 낯모르던 땅에 처음으로 상륙하자마자 우연히 겪은 나의 사생활을 잊지 못할 한 장의 이야기인 만큼 큼직한 슬라브의 풍모의 일단도 소개할 겸 허물없는 군에게만은 기탄없이 말하고 싶었던 것일세. 그런 줄 알고 너그럽게 용서하게.

요다음에는 무게 있는 좋은 소식 많이 들려줌세. 내내 군과 여러 동지의 건투를 빌고 이만 그치네.

― 주

1) 제삼인터내셔널: 공산당의 통일적인 국제 조직. 1919년에 레닌의 주도 아래 소련 공산당과 독일 사회 민주당 좌파를 중심으로 창립되어 국제 공산주의 운동을 지도하다가 1943년에 해산되었음.
1) 헬레네Helene: 그리스 전설에 나오는 인물. 그리스에서 가장 아름다운 여인이었으며 트로이 전쟁의 간접적인 원인이 되었음.
1) 봇살: 봇물의 물살.
1) 애란愛蘭: '아일랜드'의 음역어.

오후의 해조諧調[1]

 사무소 안의 기맥을 조심스럽게 살피며 그가 인쇄소의 문을 연 것은 오정을 조금 넘어서였다.
 마음과 몸이 으르르 떨렸다.
 그의 계획하여 가는 일의 위험성에서 흘러나오는 불안과 또 한 가지 쌀쌀한 일기에서 받는 추위 때문에서였다.
 11월을 반도 넘지 않은 날씨이니 그다지 매울 때가 아니련만 늦은 비가 한줄기 뿌리더니 며칠 전부터 일기는 별안간 쌀쌀해졌다.
 어젯밤 M·H서점 좁은 온돌방에서 그 집 가족들 속에 섞여 동무들과 늦도록 일하다가 그 자리에 쓰러져서 설핏 새우잠을 잔 것이 더한층 그를 으스스하게 하였을 것이나 그것보다도 더 많이 마음을 압도하는 일의 중량이 그를 물리적으로 떨게 하였던 것이다.
 사건이 폭발한 지 불과 며칠 안 되는 이제 물샐틈없는 경계망은 실로 어마어마하였다. 길 가는 사나이는 모두 그를 노리는 것 같고 거리의 구석구석에는 수많은 눈이 숨어 그의 행동을 감시하는 것도 같았다. 인쇄소를 찾아 뒷골목으로 들어올 때 그는 몇 번이나 두리번거렸으며 인쇄소 마당에서는 또한 얼마나 기웃거렸던가.

문선부의 최군에게 끌려서 전에도 한번 이곳을 찾은 일이 있었지만 주인은 매일 회사에 출근하므로 사무소는 안주인 혼자 지키고 있었다. 인쇄 기계가 세 대나 놓였고 직공이 20명이 가까운 결코 소규모가 아닌 이 인쇄소를 찾은 것은, 첫째로는 문선의 최군과 굳은 약속이 있기 때문이었고, 둘째로는 이러한 인쇄소의 허술한 기회를 타서였다.

"신간 광고 삐라를 5,000장 박을 텐데 오늘 중으로 할 수 있을까요?"

"잡지사에서 오셨습니까?"

우둥퉁하고[2] 이가 약간 밖으로 뻗은 호인일 듯한 일녀日女가 반가이 맞이하면서,

"지금 마침 손이 비어 있으니 될 수 있지요."

하고 이 '잡지사에서 오신 손님'에게 의자를 권하였다.

물론 손이 비어 있는 줄도 최군에게서 들어서 알고 있는 터였다.

창 하나를 격하여 바로 공장이었다.

점심 시간이므로 기계 소리는 멈추었고 물주전자를 가지고 왔다 갔다 하는 직공들이 창으로 들여다보았다. 그들 속에 섞여 최군의 그림자도 어른거렸다.

"아마 미농지美濃紙[3] 판으로 해야 할걸요."

하고 그는 여러 장 되는 원고를 서슴지 않고 그에게 내보였다.

전부가 국문이요 한자는 약간 섞였을 뿐이므로 물론 그에게는 내용을 알리 만무하였다.

"그럼 곧 시작하겠습니다."

일녀는 원고를 들고 공장으로 들어갔다.

기계 소리가 울리며 일이 시작된 것은 불과 몇 분 후였다.

원고는 물론 우리들의 계획대로 최군에게로 돌려 채자探字와 식자植字를 그가 아울러 맡았다.

"여러 번 정판할 것도 없도록 단번에 주의하여 고르게."

하코⁴⁾를 들고 케이스 앞에 서서 채자에 정신없는 최군에게 이렇게 당부하고 그는 공장을 나왔다.

여주인은 부엌에서 칼 소리를 내고 사무소는 텅 비었다.

그는 혼자 화로를 끼고 앉아서 지금 침침한 방에서는 동무들이 롤러를 밀며 역시 등사실에 분주하게 있을 것을 생각하며 창밖을 내다보았다.

뒷골목의 오후는 고요하였다.

중국 창기의 집 벽돌집 2층에는 단발한 중국 창기가 차에 의지하며 가을 햇빛을 향락하고 있었다. 단발 밑의 간들거리는 금 귀걸이가 햇빛을 받아 반짝반짝 빛났다. 여자는 한참이나 창밖을 내다보더니 다시 일어서서 창을 닫고 커튼을 내려 버렸다. 그가 이러한 무의미한 뒷골목의 풍경을 시름없이 내다보고 있을 때에 등 뒤에 최군의 목소리가 들렸다.

"속히 교정을 보게."

손에는 먹이 진한 초판이 들려 있었으니 채자와 식자에 시간 반도 안 걸린 그의 숙련된 기술에는 놀라지 않을 수 없었다.

"오식은 아마 없으리."

자신 있는 최군의 말과 같이 내려 읽는 동안에 한 자의 오식도 발견하지 못한 것 또한 유쾌한 일이었다.

두 사람은 즉시 공장으로 들어가 꼭 짜인 현판을 가지고 기계부로 갔다.

16페이지 롤 한 대, 8페이지 롤 한 대, 4페이지 롤 한 대, 차례로 세 대의 기계가 놓였으나 그들은 가운데 8페이지 롤을 쓰게 되었다.

"좀 속히 해 주게!"

최군은 기계부 직공에게 터놓고 부탁하였다. 그러나 이것이 무식한 그에게는 그다지 수상하게 들리지 않았을 것이다.

현판을 꼭 짜 넣고 잉크를 새로 붓고 '스톱'을 젖히니 기계는 돌기 시작하였다.

여섯 개의 롤러의 회전도 부드럽고 단순한 해조諧調가 경쾌히 울렸다.

덜거덕덜거덕 인쇄가 되어 실린더의 몸에 감기는 삐라를 손바닥 같은 '채'가 한 장 한 장 받아넘겼다.

그가 신선한 잉크 냄새와 입체적 활자의 감각에 쾌감을 느끼면서 흥분된 채 기계 옆에 서 있을 때에,

"손님 전화 왔습니다."

사무소 문을 열고 여주인이 그를 불러냈다.

그는 공장을 나가 약간의 불안을 가지고 사무소의 탁상 전화를 받았다.

"누구요?"

"저예요- 나루."

"아, 나루인가. 웬일요?"

전화가 서점의 나루에게서 온 것이 적이 안심되는 한편 기쁘기도 하였다.

M·H서점에 그가 자주 드나들게 된 것은 오래전부터였다. 주인을 여러 해 동안 옥중에 빼앗기고 나루들 남매를 데리고 가난과 눈물 속에서 이 소규모의 서점을 경영해 가는 김씨의 정경에 유다른 호의를 가졌기 때문이라는 것보다도 전체로 이 혁명가의 가정과 그와의 사이에 스스로 감정의 합류가 있었기 때문이었다. 이 가족들 중에서도 특히 나루와는 더한층 친밀히 지내 오는 터였다.

"잊어버린 것 없으세요?"

"잊어버린 것?"

"네, 서점에 놓고 가신 것이 있지요."

"무엇인지 모르겠는데."

"돈지갑 말예요."

"아!"

그제야 그는 주머니를 어루만지며 지갑을 빠뜨린 자기의 경솔을 발견하였다.

지갑 속에는 인쇄비가 들었다. 어젯밤 M·H서점에서 늦도록 일하다가 간단한 밤참을 먹을 때에 지갑을 나루에게 맡겼었다.

서점의 가족들과 그와의 사이는 지갑까지 맡기리만큼 친밀하고 거리낌이 없었던 것이다.

아침에 서점을 나올 때에 피곤한 정신에 지갑을 깜박 잊었다.

"지금 가지고 가겠습니다."

"곧 오구려."

전화를 끊고 그는 다시 공장으로 들어갔다.

종이를 메이는 사람, 인쇄된 것을 받는 사람, 상쾌한 기계의 해조에 맞추어 스스로 손들이 들어맞았다.

규칙적으로 오르내리는 '채' 옆에 삐라가 어느덧 꽤 두터운 부피로 쌓였다.

잉크 냄새 신선한 특호와 1호의 굵은 활자를 서두로 미농지 판대의 지면에 가득 박힌 4호 활자가 시각을 아름답게 압박하고 명문의 구절구절이 또한 가슴을 울렸다.

'이 통쾌한 한 마디 한 구절이 수많은 젊은이의 가슴을 찌르렷다!'

그는 별안간 눈이 뜨거워졌다.

밤을 새우며 붉은 피를 기울여서 초잡아 놓은 이 통쾌한 글의 아지의 효과를 생각하매 불시에 솟아오르는 감격이 가슴과 눈을 뜨겁게 하였던 것이다.

8페이지 롤이니 앞으로 한 시간이면 인쇄가 끝날 것이다. 나루와 나누어 책보에 싸 가지고 거리의 눈을 피하여 서점에 갔다가 밤이 됨을 기다려 동무들과 분담하여 전주와 판장과 벽돌담에, 거리의 구석구석에 일제히 뿌릴 것이다. 그리고 일부는 동무들의 등사한 것과 같이 중요한 도시와 각 단체에 우편으로 배포할 것이니 날이 지나면 거리거리에서 붉은 열정과 고함이 일시에 지동地動[5] 치듯 솟아오를 것이다.

"한민 씨!"

공장 문을 열고 뛰어들어오는 사랑스러운 나루의 목소리에 그의 생각은 중단되고 덜커덕! 덜커덕! 부드러운 롤러의 회전이 연쇄한 기계의 음조가 여전히 아름답게 오후의 인쇄소 안에 그윽이 울릴 뿐이다.

— 주

1) 해조諧調: 즐거운 가락.
2) 우등퉁하고: 몸집이 크며 퉁퉁하고.
3) 미농지美濃紙: 닥나무 껍질로 만든 썩 질기고 얇은 종이의 하나. 묵지墨紙를 받치고 글씨를 쓰거나 장지문 따위에 바르는 데에 쓰는 종이로, 일본 기후(岐阜) 현 미노(美濃) 지방의 특산물인 데서 생긴 이름임.
4) 하코: '상자箱子'의 일어.
5) 지동地動: 지진地震.

프렐류드
―여기에도 한 서곡이 있다

1

'나…… 한 사람의 마르크시스트라고 자칭한들 그다지 실언은 아니겠지…… 그리고 마르크시스트라고 그러지 말라는 법 없으렷다.'

중얼거리며 몸을 트는 바람에 새까맣게 그슬린 낡은 등의자가 삐걱삐걱 울렸다. 난마같이 어지러운 허벅숭이 밑에서는 윤택을 잃은 두 눈이 초점 없는 흐릿한 시선을 맞은편 벽 위에 던졌다. 윤택은 없을망정 그의 두 눈이 어둠침침한 방 안에서(실로 어둠침침하므로) 부엉이의 눈 같은 괴상한 광채를 띠었다.

'그러지 말라'는 '죽지 말라'의 대명사였다.

가련한 마르크시스트 주화는 밤낮 이틀 동안 어두운 방에 틀어박혀 죽음의 생각에 잠겨 왔다. 그가 자살을 생각한 것은 오래되었으나 며칠 전부터 그것은 강렬한 매력을 가지고 그의 마음을 전부 차지하였던 것이다. 그는 진정으로 자살을 꾀하였다. 첫째 그는 자살의 정당성을 이론화시키려고 애쓰고 다음에 그 방법을 강구하고, 그리고 가지가지의 자살의 광경을 머릿속에 그렸다.

자살의 '정당성'의 이론화(삶의 부정과 죽음의 긍정), 이것이 가장 난관이었다. 그래도 많은 사람이 무조건으로 긍정을 하여 왔을망정 한 사람도 일찍이 밝혀 보지 못한 '인류 문화 축적의 뜻과 목적'을 그는 생각하였다. 인류 이전에 이 지구를 차지하였던 동물은 파충류였고 그 이전의 동물이 맘모스였음은 학자가 증명하는 바이다. 이러한 역사에 비추어 보더라도 인류가 영원히 지구를 차지하고 있을 수는 없는 것이니 인류 다음에 올 고등동물은 캥거루라고 간파한 학자도 이미 있지 않은가. 캥거루의 세상에서도 인류의 문화가 의연히 통용될 수 있을 것인가. 쌓이고 쌓인 인류 문화의 찬란한 탑은 자취도 없이 헐려져 버릴 것이다.

그때에 어디에 가서 인류 문화의 뜻과 간 곳을 찾을 수 있으리오. 문화의 탑, 그것은 잠시간의 화려한 신기루에 지나지 못하는 것이다. 그 신기루를 둘러싸고 춤추고 애쓰는 것이 그것이 벌써 애달픈 노력이고 우울한 사실이 아닌가—이렇게 주화는 생각하였다.

세상의 1만 가지 물상이 변증법적으로 변천하여 가는 것은 사실이다. 그러므로 또한 혁명이 있은 후의 상태라고 결코 완전무결한 마지막의 상태는 아닐 것이니 티가 없다고 생각되는 그 상태 속에는 어느 결에 이미 모순이 포태되어 그것이 차차 자라서 다음의 혁명을 가져올 것이다. 결국 변천하고 또 변천하여 그칠 바를 모르는 것이니 최후의 안정된 절대의 상태라는 것을 사람은 바랄 수 없을 것이다.

이 또한 안타까운 사실이 아닌가. 그리고 어디까지든지 통일을 구하여 마지않는 사람은 이 그칠 줄 모르는 변천 가운데에서 공연한 헛수고에 피로하여 버릴 것이다. 인류의 모든 움직임과 혁명을 조종하는 근본은 식과 색이니 이 단순한 동물적 충동에 끌려 보기 흉하게 날뛰는 사람들의 꼴, 이것이 또한 우울한 것이 아닌가—이렇게도 주화는 생각하였다.

혁명과 문화의 뜻이 이미 이러하거늘 그래도 괴롬을 억제하고 바득바득 애쓰며 건설자의 한 사람으로서의 힘을 다하지 않으면 안 될 필요가 나변那邊[1]에 있는가. 그것은 밝히지도 못하고 세상 사람이 공연히 삶을 위한 삶을 주장하고 용기를 위한 용기를 외침은 가소로운 일이다. 사람은 왜 살지 않으면 안 되느냐? '장하고 거룩한' 문화를 세우려. 문화는 왜 세우느냐? 여기에는 대답이 없고 설명이 없다. 요컨대 문제는 '취미'의 문제요, '흥미'의 문제인 것이다. 사람은 삶에 '취미'를 가졌기 때문에 사는 것이다. 그러므로 삶에 '취미'를 잃는 때에는 죽는 것이다. 즉 삶도 죽음도 결국 '취미'의 문제이다.

삶에 '취미'를 가지거나 죽음에 취미를 가지거나 그것은 누구나의 자유로운 동등한 권리이다. 삶에 '취미'를 가지고 사는 사람이 죽음에 '취미'를 가지고 죽는 사람을 논란할 권리와 자격은 조금도 없는 것이다. 자살의 길을 패배의 길이라고 비난한다면 자살가의 입장으로서는 죽지도 못하고 질질 끌려가며 살려고 애쓰는 사람의 가련한 꼴이야말로 그대로가 바로 패배의 자태라고 비난할 수 있을 것이다. 자살이 삶의 도피라면 삶은 죽음의 도피가 아닌가. 어떻든 삶에 '흥미'를 잃은 때에 삶과 대립되는, 그러나 동등한 지위에 있는 죽음의 길을 취함은 극히 정당한 일이다. 그는 제삼자의 어리석은 비판을 초월하여 높게 서는 것이다.

마르크시즘과 자살, 마르크시즘은 삶 이후의 문제이다. 혹 삶이 마르크시즘 이전의 문제인 만큼 죽음도 마르크시즘 이전의 문제이다. 마르크시스트의 자살, 결코 우스운 현상이 아니다. 비웃는 자를 도리어 가련히 여겨 자살한 마르크시스트의 얼굴이 창백한 웃음을 띠리라.

밤이 마르도록 날이 마르도록 이렇게 생각하고 되풀이하고 고쳐 생각하여 이틀 동안에 주화는 어떻든 처음부터 계획하였던 그의 얻고자 한 결론을 얻었다. 마르크시스트인 그가 무릇 마르크시즘의 입장과 범주와는 멀리멀리 떠난—'마르크시스트'의 이름을 상할지언정 위하지는 못할 이러한 경지에서 방황하여 그의 요구하는 결론을 얻기 전에 뒤틀어서 꾸며냈던 것이다.

그러나 '스켑티시즘'과 '로맨티시즘'과 '소피즘'과 '니힐리즘'의 이 모든 것을 섞은 칵테일과 범벅 가운데에서 나온 그의 이론과 결론이 아무리 구부러지고 휘어진 것이었든지 간에 그의 마음은 이제 일종의 안정을 얻었다. 어지러운 머릿속과 어수선한 감정이 구부러졌든 말았든 간에 마지막의 통일을 내렸던 까닭이다. 혹은 그 일류의 칵테일의 향취에 취한 까닭일지도 모른다.

"……나는 단연코 죽을 것이다."

어떻든 이 결론을 마지막으로 중얼거렸을 때에 주화의 창백한 얼굴에는 한 단락을 지은 뒤의 비장하고 침착한 표정이 떠오랐다.

마지막 작정을 하고 등의자에서 일어난 주화는 문득 책시렁 위에 놓인 거울 속에 비친 그의 이지러진 용모에 새삼스럽게 놀라지 않을 수 없었다. 깎아 내린 듯이 여윈 두 볼, 윤택 없는 두 눈, 그 자신 정이 떨어졌다. '이렇게 여위고서야 사실 죽는 것이 마땅할 것이다'고 그는 생각하였다. 벽 위에 붙인 마르크스의 초상이 가련히 여겨서인지 그를 넌지시 내려다보았다. 주화는 그의 체면으로는 차마 정면으로는 마르크스를 딱 쳐다보지 못하였다.

'마르크스도 지금의 나와 같이 마음과 물질에 있어서 이렇게까지 궁해 본 적이 있었을까?' 하고 생각하였을 때에 그러나 주화는 별안간 불끈 솟아오르는 반감을 느꼈다. 그의 조상이요, 동지인 마르크스에 대하여 그는 전에 없던 반감을 이제 불현듯이 느꼈던 것이다.

신경질로 떨리는 그의 손은 어느 결엔지 벽 위의 초상을 뜯어 물었다. 다음 순간 마르크스의 수염이 한 사람의 제자의 손에서 가엾게도 쭉쭉 찢겼다.

'죽어 가는 마지막 날에 이 호인인 아저씨에게 작별의 절은 못할 망정 이렇게까지 참혹하게 그를 모욕할 필요가 있었을까.'

찢어진 초상화의 조각조각이 어지러운 방바닥에 휘날려 떨어질 때 주화에게는 한 줌의 후회가 없을 수 없었다. 별안간의 그의 신경의 격동과 경솔한 거동을 책망하지 않을 수 없었다. 이렇게까지 히스테리컬한 것도 결국 이 며칠 동안 굶었던 탓이 아닐까 하고 생각하니 그 자신의 가련한 신세에 눈물이 푹 솟았다.

눈을 꾹 감아 눈물을 떨어트려 버리고 그는 가난한 책시렁에서 가장 값있는 『자본론』의 원서 두어 권을 빼어 들었다. 그가 대학에서 공부할 때부터 그를 인도하고 배양하여 온 머리의 양식이 이제 그의 자살의 약값으로 변하는 것이다.

재학 시대의 유물인 단벌의 쓰메에리²⁾를 떨쳐 입고 책을 낀 채 주화는 어두운 방을 뛰어나갔다.

2

아무 미련도 남기지 아니하고 오랫동안 숭배하여 오던 마르크스를 두어 장의 얇은 지폐와 바꾼 주화는 단골인 매약점에 가서 잠 안 옴을 칭탁하고 사기 어려운 아로날³⁾ 한 갑을 손에 넣었다. 칼모린, 쥐약, 헤로인, 청산가리, 스토리키니네, 아로날…… 병원에 있는 친구에게 틈틈이 농담 삼아 물어 두었던 이 수많은 약 가운데에서 그는 아로날을 골랐던 것이다. 한 주먹 안에도 차지 않는 조그만 한 갑에서 1원 25전은 확실히 과한 값이었으나 그것이 또한 영원의 안락을 가져올 최후의 대상이라는 것을 생각하였을 때에 그는 두말없이 새파란 미소를 남기고 약점을 나왔다.

저무는 가을 저녁이 쌀쌀하게 압박하여 왔다. 오랫동안 거리에 나오지 않았던 그에게는 지나치게 신선한 가을이었다.

맑은 하늘에는 이지러진 달이 차게 빛났다. 오늘의 번화한 이 거리를 내려다보고 또한 내일의 폐허가 되어 버릴 이 거리를 아울러 내려다볼 그 달이므로인지 몹시도 쌀쌀한 용모다—고 주화는 느꼈다.

어두운 방으로 돌아가 세상을 하직하기 전에 신선한 밤거리를 한 바퀴 돌아볼 작정으로 그는 번화한 거리에 막연히 발을 넣었다.

'어리석은 인간들의' 참혹한, 혹은 화려한 각가지의 생활상이 구석구석에 애달프게 빛났다. 거기에는 천편일률인 '습관'의 연속과 '평범한 철학'의 되풀이 이외의 아무것도 없다. 부르주아나 프롤레타리아나 그 모래 같은 평범 속에 '취미'를 느끼는 꼴들이 그에게는 한없이 어리석게 보였다.

찬란한 일루미네이션의 난사를 받는 거리에는 가뜬하게 단장한 계집들이 흐르고 밝은 백화점 안에는 여러 가지 시설의 생활품과 식료품이 화려하게 진열되어 있으나 한 가지도 그를 끄는 것은 없다. 라디오와 레코드가 양기롭게 노래하나 그의 마음은 춤추지 않았다. '죽기 전에 먹고 싶은 것은 없나?' 하고 휘둘러보았으나 그의 마음은 '없다' 하고 확연히 대답하였다. 진열장에 얼굴을 바싹 대고 겨울 옷감을 고르고 섰는 아름다운 한 쌍의 부부의 회화도 그를 유혹하지는 못하였다.

'이 거리에는 한 점의 미련도 없다!'

결국 이렇게 결론한 그는 올라가던 거리를 중도에서 되돌아섰다. 찌그러진 나의 마음속에는 확실히 호장豪壯된 고집이 뿌리박고 있을는지는 모르나 적어도 지금의 나의 감정은 바른 것이다—고 주화는 마음속으로 중얼거렸다.

번잡한 거리를 나와 넓은 거리를 지나고 다시 좁은 거리거리를 빠져나온 그는 집으로 향하는 길에 역시 마지막으로 그가 일상 사랑하던 정동 고개에 이르렀다.

'결국 나는 싸늘한 저 달과 동무하여야 할 것이다.'

인기척이 없고 거리의 음향이 멀리 들리는 적막한 고개를 넘으면서 그는 다시 달을 쳐다보았다. 차고 맑고 높은 달의 기개에 취하여서인지 그의 마음은 죽음의 나라로 길 떠나기 전의 맑은 정신, 고요한 심경 그것이었다.

별안간 그의 귀를 스치는 것이 있었다.

그것은 확실히 달려오는 발소리였다.

무심코 돌아섰을 때에 멀리서 달려오는 한 개의 동체가 있었다. 상반은 희고 하반은 검은 단순한 색채가 흐릿한 달빛 속을 급하게 헤엄쳐 올라오는 것이다.

주화는 그 자리에 문득 머물러 서서 그 난데없는 인물의 동향을 살폈다.

숨차게 고개를 헤엄쳐 올라온 색채는 주화의 앞에 바싹 달려들어 머물렀다. 스물을 넘을락 말락 한 가뜬한 소녀였다. 한편 팔에는 종이 뭉치를 수북이 들고 있었다.

"당신은 무엇입니까?"

낯모르는 소녀의 이 돌연한 질문에 주화는 가슴이 혼란하였다.

"무엇…… 무엇이라니요?"

"형사 아니에요?"

"형사? 아니외다."

순간 약간 긴장이 풀린 듯한 소녀의 자태는 비상히 아름다웠다. 솟아 보이는 오똑한 코와 굵은 눈방울이 높은 향기같이 달빛 속에 진동 쳤다. 거룩한 것을 대한 듯이 주화의 가슴속은 몽롱하게 빛났다.

"뒤에서 나를 쫓아오는 사람이 있으니 만나거든 이 고개를 곧게 내려갔다고만 말해 주세요."

"……?"

"그리고 미안하지만 이 삐라를 이곳에 어지럽게 뿌려 주세요."

소녀는 날쌔게 말하고 들었던 삐라 뭉치를 주화의 손에 넘겨주고는 길옆 긴 담 모퉁이 으슥한 곳에 부리나케 가서 숨어 버렸다.

아름다운 소녀의 광채로 인하여 몽롱해진 주화는 영문 모를 소녀의 분부와 거동에 다시 정신이 혼란하였다. 그러나 막연하나마 소녀의 신변에 위험이 있다는 것을 직각한 그는 소녀의 분부대로 삐라를 그곳에 난잡히 뿌리면서 소녀가 달려온 고개를 내려다보았다.

시커먼 두 개의 그림자가 날쌔게 뛰어 올라오는 것이 보였다.

주화는 시침을 떼고 돌아서서 그의 길을 태연히 걸어 내려갔다.

몇 걸음 못 가서 그는 고개를 뛰어 넘어온 두 사람의 사나이에게 붙들렸다.

"뛰어가는 여자 한 사람 못 보았소?"

인상이 좋지 못한 한 사람의 사나이가 황급하게 물었다.

"이 길로 곧게 내려갑디다."

"이 삐라는 웬 것이야?"

"그 여자가 뿌리길래 주운 것이외다."

"이런 것 주워서는 안 돼."

사나이는 거칠게 주화의 손에서 삐라를 빼앗았다. 그리고 주위에 흐트러진 삐라를 공들여 한 장 한 장 모조리 다 주워 가지고는 소녀의 간 곳을 찾아 언덕을 날래게 뛰어 내려갔다.

그러나 남은 한 사람의 사나이는 동료의 뒤를 쫓지는 않고 그 자리에 머무른 채 주화를 날카롭게 노렸다.

"나는 서뿔의 사람인데 자네 무엇 하는 사람인가?"

그러리라고 짐작하지 못한 바는 아니었으나 이렇게 정면으로 당하고 보니 주화는 마음이 언짢고 불안하였다.

"별로 하는 것 없소이다."

"무직이란 말인가. 장차 하려고 하는 일은 무엇인가?"

"장차…… 죽으려고 하는 중이외다."

"죽어……?"

형사는 주화의 대답이 그를 모욕하려는 농담인 줄로 알고 괘씸하다는 듯이 주화를 노렸다.

"가진 것 뭐?"

"없소이다."

형사는 그의 손으로 주화의 주머니 속을 마음대로 뒤졌다. 윗주머니 속에서 몇 장의 명함이 나와 길바닥에 우수수 헤어지고 아랫주머니 속에서는 아로날의 갑이 나왔을 뿐이었다.

"무엇이야?"

"잠자는 약이외다."

"흠······."

형사는 무엇을 깨달은 듯이 아로날의 갑을 달빛에 비추어 보면서 질문을 계속하였다.

"······아까의 그 여자와는 어떠한 관계가 있나?"

"관계라니요. 나는 그를 모릅니다."

"정말인가?"

"거짓말이 아니외다."

"그 여자가 어데로 갔나?"

"이 길로 곧게 내려갑디다."

"정말인가?"

"거짓말이 아니외다."

아까의 구조口調[4] 그대로 시침을 떼고 대답한 것이 아무 부자연한 기색을 형사에게 보이지는 않았다.

그러나 그는 주화를 한참이나 찬찬히 다시 훑어보더니 나중에 제의하였다.

"더 물을 것이 있으니 잠깐 서에까지 같이 가야 돼."

그다지 마음에 쓰이지 않는 제의였다.

"물을 것이 있거든 여기에서 다 물어 주시오."

"잠깐만 가."

그의 손을 붙들었다.

"죽을 사람이 서에 가서는 무엇 한단 말요."

손을 뿌리쳤으나 형사는 다시 그의 손을 든든히 잡아끌었다.

자살하기 전에 거리 구경을 나왔다가 마지막 이 고개에서 이 돌연한 변을 당하는 것이 주화에게는 뼈저린 희극으로밖에는 생각되지 않았다. 서로 끌려가는 것이 그로서 겁날 것은 없었으나 소녀에게 대하여 좀 더 곡절을 알고 싶은 충동이 그의 뒤를 궁금하게 하였다. 아까 소녀가 주던 삐라의 내용은 대체 무엇인지 황급한 바람에 그것도 읽지 못한 자기의 경솔을 그는 책하였다. 형사에게 끌려 고개를 내려가는 주화는 몸을 엇비슷이 틀어 소녀가 숨어 있는 담 모퉁이를 멀리 흘긋흘긋 바라보았다.

아름다운 소녀의 자태가, 어글어글한 눈방울이, 오똑한 코가, 높은 향기같이 그의 마음속에 흘러왔다. 이 거리의 이 세상의 아무것에도 미련을 느끼지 않던 그의 가슴속에 이제 확실히 처음 본 그 빛나는 소녀에 대한 미련이 길게 길게 여운의 꼬리를 진동시켰던 것이다.

3

호모 毫毛[5]도 그 자신의 탓도 아니요, 전연 뜻하지 아니하였던 아름다운 처녀와의 우연한 교섭으로 인하여 애매한 사흘 동안의 검속구류를 마친 주화는 나흘 되는 날 늦은 오후 C서를 나왔다. 물론 사흘 동안의 취조에도 불구하고 그에게서 우러나는 것은 아무것도 없었고 공연히 막연한 혐의에 사흘씩이나 고생하게 된 것이 그에게는 매우 애매한 것이었다. 그러나 그는 이 억울한 첫 경험을 그다지 분하게는 여기지 않았다. 이 첫 경험을 인도한 것은 아름다운 처녀였고, 그 아름다운 처녀의 자태는 그를 만난 첫 순간부터 주화의 가슴 속에 빛나기 시작하였으니까.

처녀의 오똑한 코와 어글어글한 눈방울이 어두운 사흘 동안 높은 향기같이 그의 가슴속에 흘렀고 지옥같이 어둡던 그의 마음속을 우렷이 비추었다. 실로 그의 앞에 나타난 그 돌연한 등불로 인하여 그는 한번 잃었던 삶에 대한 미련을 회복하였고 나흘 전의 무서운 악몽은 그의 마음속에서 자취도 없이 사라졌던 것이다. 그러므로 그는 억울한 사흘을 그다지 괴롭게는 여기지는 않았기에 서를 나오는 이제 그의 마음은 명랑히 개이고 그의 걸음은 스스로 가벼웠다.

'뜻하지 아니하였던 한 점을 중심으로 하고 고요히 열린 재생의 날…… 또한 아름답기도 하다!'

이렇게 중얼거리고 그가 아침에 취조실에서 그를 빈정거리며 아로날의 갑을 감추어 버리던 형사의 시늉을 이제는 도리어 귀엽게 생각하며 서의 문을 나섰을 때에 쾌청한 가을 오후의 햇빛이 뜻하고서인지 그의 전신을 폭신히 둘러쌌다. 따뜻한 젖에 목이 매여 느끼는 어린아이와 같이 그는 따뜻한 햇빛에 전신이 느껴졌다.

며칠 전 차디찬 달빛 밑에서 죽음의 지옥을 생각하던 그의 마음은 이제 이 따뜻한 햇빛 밑에서 재생의 기쁨에 타오르는 것이다. 이 끔찍하고 신기한 마음의 변동에 그는 그 자신 놀라지 않을 수 없었다. 달빛과 햇빛만큼이나 차이가 큰 죽음과 삶의 사이를 수일 동안에 결정적으로 헤매던 움직이기 쉬운 그의 마음에 그는 놀라지 않을 수 없었다. 그만큼 또 그는 그때의 그의 감정은 어떠한 것이었든지 간에 쉽게 자살을 작정한 경망한 그의 이론과 생각을 꾸짖지 않을 수 없었다.

그러나 어떻든 이제는 재생의 햇빛이 그의 전신을 둘러쌌고 그의 마음은 기쁨에 뛰노는 것이다.

서의 앞을 떠나 거리를 걸어가던 주화의 눈에는 이제 거리의 모든 것이 일률로 신선하게 비치고 그의 마음의 백지 위에 새로운 뜻을 가지고 뛰놀았다.

'이 기쁜 마음으로 속히 나의 마음의 등불 그 처녀를 만났으면…….'

며칠 전의 '니힐리즘'을 쏘아 죽이고 이제 새로이 '삶'에 대한 취미를 발연히 일으키는 햇빛 및 '새로운' 거리거리를 걸어가는 그의 뛰노는 가슴속에는 아름다운 처녀의 자태가 유연히 솟아올랐다. 그러나 그 처녀의 사는 곳을 당장에 찾을 길이 없는 그는 우선 자기 숙소로 향할 수밖에는 없었다.

어수선한 뒷골목을 지나 주인집에 이르렀을 때 그는 그슬린 대문을 조용히 열고 들어섰다. 방세 밀린 주인을 행여나 만날까 두려워하면서 어둠침침한 방, 어지럽게 늘어놓은 방—방문을 연 순간 그는 정이 뚝 떨어지는 듯하였다. 명랑한 밖 일기에 비하여 얼마나 음울한 분위기인가. 이러한 어둡고 음울한 분위기 속에 들어박히고야 사실 죽음밖에는 생각할 것이 없으리라고 생각하매 그는 그가 나흘 전 마지막으로 죽음을 작정한 것은 실로 그의 사는 방이 어둡고 침침한 까닭이라는 것을 깨달았다. 어두운 방에 살게 된 것은 그에게 일정한 생활의 보증이 없는 까닭이요, 일정한 생활의 보증이 없음은 그에게 일정한 직업이 없고 그렇다고 부유한 계급에 속하지도 못하는 까닭이다. 결국 그가 결정적으로 자살을 꾀한 것은 그가 빈한한 계급에 속하고 그 위에 몸과 마음을 바쳐서 해 나가는 일이 없는 까닭이었다. 즉 그가 삶에 '취미'를 잃은 것은 풍족한 생활에 포화飽和된 탓이 아니요, 실로 모든 물질에 있어서 극도로 빈궁한 까닭이었다는 것을 깨달았다. 이 단순한 논리를 이제야 겨우 깨닫게 된 것이 그에게는 오히려 괴이한 일이었다.

침침한 방에 들어서니 어수선한 발밑에는 조각조각 찢어진 마르크스의 수염이 어지럽게 밟혔다.

그는 몸을 굽혀 나흘 전에 그의 손으로 쪽쪽 찢어 버렸던 마르크스의 초상화를 조각조각 공들여 주웠다. 나흘 전에 신경질적으로 격분에 떨리던 그의 손은 이제 스승에 대한 죄송한 참회의 염에 떨렸다. 떨리는 손으로 그가 초상화의 조각을 한 조각 두 조각 주워 가노라니 어지러운 휴지 가운데에서 문득 그의 시선을 끄는 한 장의 종이가 있었다.

날쌔게 집어드니 한 장의 엽서였다. 서신의 내왕조차 끊인 지 이미 오래인 그에게 돌연히 어디서 온 편지일까 하고 들여다보니 표면에는 발신인의 씨명이 없고 이면 본문 끝에 '주남죽朱南竹'이라는 여자의 솜씨다운 가는 필적이 눈에 띄었다. 낯모르는 초면의 여성에게서 온 편지! 호기에 뛰노는 마음에 그의 시선은 서면의 글자를 한 자 한 자 탐내어 훑어 내려갔다. 훑어 내려가는 동안에 그 미지의 여성의 정체가 요연히 그에게 짐작 되었다.

> 전날 밤 정동 고개에서는 초면에 돌연히 실례가 많았습니다. 저 때문에 뜻하지 아니한 변을 당하시는 것을 담 옆에서 엿보고 있으려니 미안한 생각을 금할 수 없었습니다. 들어가셔서 그다지 고생이나 안 하셨는지요? 나오시는 대로 한번 찾아와 주시기를 바랍니다. 그날 밤 가신 뒤 행길 바닥에서 선생의 명함을 주웠고 그 속에서 선생의 주소를 발견하였던 까닭에 이제 사례 겸 두어 자 적어 올리는 터입니다.
>
> ─ ○○동 89 주남죽.

'그가 주남죽이었던가…… 주남죽!'

그는 너무도 기쁜 마음에 한참이나 엽서를 손에 든 채 다시 탐스럽게 한 자 한 자 내려 읽었다. 그리고 몇 번이나 몇 번이나 '주남죽!'을 부르며 속으로 그에게 감사하였다.

'주남죽. 고맙다.'

돌연히 솟아오르는 기쁨에 그는 마침 자리를 뛰어 일어났다.

'이 길로 곧 찾아가 볼 것이다.'

엽서를 주머니 속에 집어넣고 초상화의 조각을 어지러운 방 속에 그대로 버려둔 채 그는 방을 뛰어나갔다.

저무는 석양의 거리를 급한 걸음으로 재촉하여 화동길을 올라가 그가 좀 복잡한 골목을 이리저리 빠져서 목표의 번지를 찾고 보니 그슬린 대문의 낡은 집이었다.

두근거리는 마음으로 대문을 열었을 때에 바로 대문 옆 행랑방에서 십오륙 세의 단정한 소녀가 나와서 그를 맞았다.

"주남죽 씨 계십니까?"

"안 계십니다."

"밖에 나가셨나요?"

"공장에서 아직 안 돌아오셨어요."

"공장에서요?"

"네. 요새 공장에 풍파가 생겨서 언니의 돌아오시는 시간이 날마다 이렇게 늦답니다."

"바로 그분이 언니가 되시나요?"

"그렇습니다."

그렇다면 어쩐지 전날 밤 달빛 밑에서 만난 짧은 순간의 기억이건만 그의 인상과 이 소녀의 용모와의 사이에는 콧날이며 눈방울이며 비슷한 점이 많음을 그는 쉽게 발견할 수 있었다.

소녀에게 대하여 돌연히 친밀한 느낌이 버썩 나서 그는 지나친 짓이라고는 생각하면서도 마침내 그들의 일신상에까지 말을 돌렸다.

"부모님도 이 댁에 같이 계신가요?"

"아니에요. 고향은 시골인데 우리 두 형제만이 올라와서 이 방을 빌려 가지고 살아간답니다."

하며 소녀는 약간 주저되는 듯이 행랑방을 가리켰다. 그 태도가 귀엽게 생각되어서 주화는 미소를 띠며 소녀의 신상을 물었다.

"그래 학교에 다니시나?"

소녀는 부끄러운 듯이 고개를 숙이며,

"아직 아무 데도 다니는 곳은 없어요."

"그럼 놀고 계시나?"

"시골 학교에서 동맹 파업 사건으로 출학을 당하였지요. 그래서 집에서 놀고만 있기도 멋쩍어서 언니를 따라 올라온 것이지 별로 학교를 목적한 것은 아니에요."

"흠, 그러고 보니 어린 투사이시군."

부끄러워서 다시 고개를 숙이는 소녀의 귀여운 용모 가운데에 사실 장래의 투사를 약속하는 듯한 굳센 선이 흘러 있음이 그에게는 반갑고 믿음직하게 생각되었다.

소녀와의 몇 마디의 문답으로 하여 주화는 그 두 자매의 내력과 위인을 대강 짐작하였고 처녀의 처지와 방향을 한 가닥 두 가닥 알아 가면 갈수록 그의 처녀에 대한 애착과 희망은 더하여 갈 따름이었다.

그러나 처녀도 없는 동안에 대문간에 오랫동안 서서 소녀와 너무 장황하게 문답하는 것도 떳떳한 짓이 아닌 듯하여 그는 명함 한 장을 내서 소녀에게 주고 부탁하였다.

"언니가 돌아오시거든 이것을 드리고 찾아왔었다는 것을 말하여 주시오."

말이 막 끝나자마자 그의 등 뒤에서 대문이 삐걱 열리며 단순한 색채가 가볍게 흘러 들어왔다.

"이제 오세요, 언니."

하고 반갑게 맞는 소녀의 목소리를 듣지 않았을지라도 상반은 희고 하반은 검은 그 단순한 색채가 전날 밤 정동 고개에서 만난 바로 그 색채임을 주화가 직각하지 못할 리 없었다. 그의 가슴속은 다시 몽롱히 빛나며 약간 후둑이는 것을 또한 억제할 수 없었다.

"손님이 찾아오셨어요."

소녀가 이렇게 고하기보다도 먼저 처녀는 벌써 주화를 인식하였던 것이다.

"주화 씨예요!"

하며 반갑게 인사하는 처녀에게 주화도 고개를 숙이며 반갑게 답례하였다.

"주신 편지 감사히 받았습니다."

그러는 즈음 다시 대문이 열리며 처녀와 같이 와서 대문 밖에서 기다리고 섰는 듯한 30줄을 훨씬 넘어 보이는 어른 한 분이 들어왔다.

"방으로 들어오세요."

한 걸음 먼저 방에 들어간 두 자매는 주화에게 들어오기를 청하였다.

"서 선생님도 들어오세요."

처녀의 청에 응하여 중년의 어른은 서슴지 않고 방으로 들어가고 주화도 누차의 청을 거절하기 어려워서 마침내 방으로 들어갔다.

두 사람의 손님을 맞아들이니 좁은 방은 빽빽하였다. 그러나 주화는 그다지 협착한 느낌을 받지는 않고 도리어 넉넉하고 안온한 느낌을 받았다.

두 손님에게 자리를 권하고 나중에 사뿐히 자리에 앉는 처녀는 두 사람에게 미소를 등분으로 던지다가 나중에 '서 선생님'을 바라보며 입을 열었다.

"이분이 바로 일전에 말씀한 그분예요."

별안간 소개를 입은 주화는 어쩔 줄을 모르고 황급히 고개를 숙였다.

"하, 그러신가. 이 자리에서 돌연히 만나게 되어 미안하외다."

이렇게 겸손하게 답례한 서 선생은 그의 성명을 통한 후,

"일전에는 얼마나 수고하셨습니까?"

하며 그의 손을 청하여 굳은 악수를 하여 주었다. 겸손한 서 선생의 이 의외의 굳은 악수를 주화는 깊이 감사하지 않을 수 없었다. 동시에 그는 서 선생들의 엄숙한 영토 안에 이미 한 걸음 들여놓은 듯한 엄숙한 느낌을 받았다.

"얼마나 고생하셨어요?"

처녀는 미소를 띠고 그의 며칠 동안의 구류를 위로하였다. 그러나 단 사흘의 고생을 가지고 이 아름답고 장한 처녀의 과한 치하에 대답하기에는 자못 겸연쩍어서 주화는 바른 대답을 발견하지 못하였던 것이다.

이럭저럭 10분 동안이나 이야기가 어우러진 뒤였을까, 서 선생은 시계를 내보더니 어조를 변하여 가지고 처녀에게 말하였다.

"자, 그럼 이만 가 봅시다."

"네."

처녀는 대답하고 미안한 듯이 주화에게 양해를 빌었다.

"요사이 공장에서 일이 터진 까닭에 동무 직공들을 조종해 나가기에 매우 바쁘답니다. 모처럼 오셨는데 미안하지만 또 와 주세요. 저도 쉬이 한번 가 뵙겠습니다."

뒤를 이어 서 선생의 당부였다.

"앞으로 자주 만날 기회가 있었으면 좋겠소이다."

이 처녀의 사죄와 서 선생의 당부가 그에게는 과분한 듯이 생각되어서 주화는 또 바른 대답을 발견하지 못하였다.

집을 같이 나와 뒷골목에서 서 선생과 처녀에게 작별하고 혼자 거리를 걸어 내려오는 주화의 가슴속에는 아름다운 처녀의 자태가 더한층 빛나기 시작하였고 그의 행동이 처음 만난 서 선생의 인상과 아울러 그의 마음속에 굳

게 들어붙었던 것이다.

4

 뜨거운 샘물같이 뒤를 이어 솟고 또 솟았다. 그득히 고여서는 양편 볼을 타고 줄줄 흘러내렸다. 붉은 피가 고여 있을 사람의 몸 어느 구석에 맑은 물이 이렇게 많이 고여 있을까 하고 의심하지 않을 수 없으리만치 그것은 쉴 새 없이 흘러내렸다.
 어느덧 베고 누운 베개의 양편이 축축이 젖었다. 시력이 흐려져 버린 눈앞에는 고향의 자태가 번갈아 눈앞을 지나갔다. 그들의 구체적 자태는 눈물로 어지러워진 주화의 시각 앞에서 어느덧 가난한 계급 일반의 늙은 양친, 어린 누이동생들의 추상적 자태로 변하였다가 다시 주화 자신의 양친과 누이동생들의 구체적 자태로 변하였다. 눈을 부르대고 그를 책망하는 공격적 태도가 아니요, 빈곤과 쇠약에 쪼들려 단 하나 믿었던 한 사람의 자식이요 한 사람의 오빠인 주화 자신을 원망스럽게 바라보는 가련한 그들의 자태이므로 그것은 더욱 힘 있는 공격이요 그들의 무력한 화살이 주화의 가슴을 더욱 찌르는 것이었다.
 답답한 가슴을 쥐어뜯으려 할 때에 바른손에 꾸겨 들었던 고향 아버지에게서 온 편지의 한 구절이 다시 그의 눈에 띄었다.

> ……장차 주림이 닥쳐올 날도 앞으로 며칠 남지 않은 듯하다. 이제는 다만 매일과 같이 어린것들과 손잡고 울밖에는 별도리가 없다는 것을 너도 짐작할 줄로 생각한다…….

 단순한 사실의 기록이 기실은 무거운 호소의 쇠공이가 되어서 그의 전신을 내려치는 듯도 하다.

'세상에 가난한 어버이를 가진 것은 너 한 사람뿐이 아니다.'

늘 들어오던 이 경계에도 불구하고 이러한 비색한 처지에 놓이니 그에게는 오히려 가난한 어버이를 가진 것은 그 한 사람뿐인 듯한 느낌을 금할 수 없었다. 사실 몇 해 전부터 벌써 쇠운의 걸음을 떼어 놓기 시작한 그의 집안이 그가 돌아가 보지 못한 여러 해 동안 얼마나 많이 기울어졌을까가 그에게는 아프게 짐작되었다.

그러나 대체 어떻게 하였으면 좋은가. 어떻게 하면 가련한 그의 집안을 건질 수 있을 것인가를 생각하면 다만 눈앞이 캄캄해질 뿐이었다.

캄캄해지는 눈에서는 여전히 눈물이 솟아 흘렀다. 흐르는 눈물 사이로 집안 식구들의 자태가 다시 한 사람 한 사람씩 희미하게 떠올랐다. 헐벗은 누이동생들의 이름을 하나씩 하나씩 불러 보고 싶은 충동을 그는 느꼈다.

오래간만에—며칠 전 그가 죽음을 꾀하였을 때에도 집안엔 대한 걱정과 절망적 염려가 그의 의식 속에 잠재하여 있지 않은 바는 아니었으나—끊어졌던 아버지의 편지를 문득 받으니 집안에 대한 걱정이 새로이 그의 말랐던 눈물을 푹 짜냈던 것이다.

돌연히 고요한 그의 방문을 노크하는 소리가 그의 귀를 스치지 않았던들 진종일 흐르는 그의 눈물은 어느 때까지나 그칠 바를 몰랐을 것이다.

벌떡 일어나서 눈물을 씻고 문을 여니 의외의 손님임에 그는 먼저 놀랐다.

"참으로 뜻밖입니다."

"돌연히 찾아올 일이 있어서요."

양기로운 미소를 띠며 들어오는 손님의 명랑한 표정을 주화는 이때까지 침울한 눈물을 흘리면서 누웠던 그 자신의 어지러운 표정으로 대하기가 부끄러워서 얼굴을 정면으로 들기조차 주저되었다.

"대단히 어지럽습니다."

방도 어지럽거니와 그의 주제도 어지러워서 그는 이렇게 변명하면서 얼굴을 돌려 버렸다.

그러나 손님은 그의 표정을 날쌔게 살핀 듯하였다.

"너무 침울하게만 지내실 때가 아니지요."

좀 지나친 충고였지만 지나친 것이므로 주화에게는 그것이 더욱 친밀한 느낌을 가지고 고맙게 들렸다. 주화가 그를 만나는 것은 이것이 단 세 번째임에 지나지 않았으나 주화의 어느 모를 관찰하고서인지 이렇게 믿음직한 말을 던져 주는 것이 일전의 그의 행동과 어울러 주화에게는 말할 수 없이 고맙게 들렸다.

"지금 시절에 있어서 개인적 형편이 딱하지 않은 사람이 어데 있겠어요."

친밀한 손님(주남죽)은 주화의 괴로운 형편의 내용까지 짐작하였는지 한층 친밀한 어조로 그를 위로하며 말을 이었다.

"한 개인의 난관으로나 가정의 형편으로나, 혹은 기타 여러 가지의 계루係累[6]로 인한 번민을 가지지 않은 사람이야 없겠지요. 그러나 한 걸음 나아가 그런 번민을 떨쳐 버리고……."

그에게 대하여서는 계몽적 언사에 지나지 않으나 남죽의 친밀한 충고이므로 그것이 주화에게 같잖게 들리지는 않고 도리어 고맙게 생각되었다.

"집안 형편이 하도 딱해서요."

"그러니까 더욱 용기를 내서서 나서야지요."

"작정은 벌써 하였으나 간간이 마음이 침울해지는 것은 어쩔 수 없어요."

"든든한 신념으로 그것을 극복해 가야지요."

알 맺힌 말을 주화는 속으로 은근히 기뻐하는 한편 감사히 여겼다.

"마음이 침울하신 것은 아마 일이 없는 까닭이겠지요."

"그런지도 모르지요."

"그러면 일을 좀 맡으세요. 사실 오늘 이렇게 돌연히 찾아온 것은 친한 부탁이 있어선데요."

"무슨 부탁입니까?"

"들어주시겠지요?"

무거운 시선으로 주화의 안색을 깊이 살피며 그는 가져왔던 책보를 조심스럽게 풀기 시작하였다.

근 500매나 될까, 도련刀鍊[7]이 단정한 반지판대半紙版大의 종이뭉치가 나왔다.

그것을 들어서 주화의 앞에 내놓았다.

"이것을 좀 처치해 주서야겠는데요."

"……."

좁은 지면에서 진한 먹 냄새가 신선하게 흘러왔다. 굵고 작은 활자의 나열과 그것이 가져오는 의미가 그의 시각을 쏘았다. 순간 박하를 마신 듯한 짜릿한 느낌을 받았다. 항상 이지러진 문자와 말살된 구절에 익어 온 그의 시선이 이제 이렇게 처음으로 자유롭고 신선하고 완전한 문자를 대하니 찬란한 감동을 받지 않을 수 없었다. 사실 낱낱의 명사와 동사와 형용사에서 박하의 신선미가 흘러왔던 것이다.

"전일의 것과 성질은 비슷한 거예요."

"그날 밤 것 말씀이지요."

입으로 물을 뿐이요, 주화의 시선은 지면에서 떨어지지 않았다. 감동에 타는 시선이 그것을 한 줄 한 줄 탐스럽게 훑어 내려갔다.

"손이 부족하기에 할 수 없이 주화 씨에게까지 청을 왔어요."

"고맙습니다."

하고 감사하기보다도 먼저 그런 일은 처음 당하는 터라 주화는 가슴이 움칫해짐을 깨달았다. 그러나 그렇게까지 그를 신뢰하여 주는 것이 그에게는 금찍이도 기쁘고 고맙게 생각되었다. 그들 자신 주화를 예민히 관찰하여 믿음직한 점을 발견한 탓도 탓이겠지만 전일 정동 고개에서 그를 처음으로 만나던 때부터 그 후 그를 찾아갔을 때에 서 선생과 같이 그를 친하게 대하여 주던 일이며, 또 오늘 이렇게 친히 찾아와서 중한 일을 맡기는 것이며…… 이렇게까지 그를 믿어 주는 것이 주화에게는 말할 수 없이 고마웠다.

그 고마운 마음에 무거운 임무에 대한 염려와 불안을 차 버리고 주화의 가슴에는 대담한 감격이 솟아올랐다. 그러나 그의 마음에 단연한 결정을 준 것은 다만 이 대담한 감격뿐이 아니요 그의 마음속에 깊이 숨은 무거운 양심의 채찍이었으나, 하여간 그는 돌아온 이 첫 책임을 기쁘게 승낙하였던 것이다.

"맡어 보지요!"

듬직한 그의 승낙에 남죽은 무거운 미소를 던지며 감사를 표하였다. 어글어글한 두 눈, 정동 고개에서부터 그에게 깊은 인상을 준 그 두 눈이 기름진 윤택을 띠고 주화를 넌지시 바라보았다. 아까의 수심과 눈물을 완전히 잊은 주화의 두 눈이 역시 감격에 빛나며 '동지'의 시선이 일직선상을 같이 더듬었다.

"오늘 밤에 꼭 처치해 주세요."

"하지요!"

그날 밤이 깊어 가기를 기다렸다가 주화는 드디어 그 일을 하여 버렸다.

예측하지 아니한 열정이 솟아오름을 느꼈다.

맡은 구역은 넓고 달빛은 지나치게 밝았다. 달빛에 끌리는 그림자를 귀찮게 여겨 빌딩 옆으로 바싹 붙어 긴 거리를 달렸다. 날도 쌀쌀은 하였지만 첫 경험이라 가슴과 손이 가늘게 떨렸다. 그러나 장장을 알뜰히 붙이고 널어 놓으면서 긴 거리를 훑어 달리니 전신에는 진땀이 빠지지 흘러내렸다.

가끔 뒤를 돌아다보며 일해 놓은 뒷자리를 살펴볼 여유조차 없도록 마음과 손이 바빴다.

일을 다 마친 것은 거의 삼경을 넘은 뒤였을까.

고요히 잠든 거리를 바쁜 걸음으로 달려서 집에 돌아왔을 때에 겨우 안심의 숨이 길게 새어 나왔다.

5

이튿날 오후 주화는 공장의 파업 시간을 대중하여 남죽을 집으로 찾았다.

지난밤 맡은 임무의 자취 고운 성과를 보고도 할 겸, 또 다른 그 무슨 소리도 들을 겸.

그러나 공장에서 나올 시간이 훨씬 지났을 터인데도 남죽의 자태는 보이지 않고 전일과 같이 그의 동생이 그를 맞을 뿐이었다.

그 동생의 자태에도 전일과 같이 기뻐하는 기색은 없고 만면 침울한 기색이 돌고 있음이 주화에게는 이상스럽게 생각되었다.

방에서 혼자 울고 있는 듯한 침울한 기색…… 아니, 두 볼에는 확실히 눈물 흔적이 고여 있음을 주화는 발견하였다.

"왜 울었소?"

"끌려갔어요."

"응?"

"이른 새벽에 몰려들 와서 언니를 끌고 갔어요."

주화는 가슴이 뭉큿하였다. '아차!' 하는 때늦은 탄식이 입을 새어 나왔다.

누이동생은 노여운 구조로 말을 이었다.

"저도 같이 끌려가서 종일 부대끼다가 이제야 겨우 나온 길예요. 언니는 언제 나올는지도 모르지요."

"무슨 일입니까?"

"아마 어젯밤 ○문 사건인가 봐요."

"호……."

그러려니 짐작은 하였지만 이런 변을 당하고 보니 주화는 가슴이 내려앉으며 감정이 요동하였다.

"새벽에 들어가니 서 선생님도 어느 결엔지 벌써 와 계시더군요."

"호……."

"일은 심상치 않은가 봐요."

주화의 불안은 더하여 갔다.

"그다지 고생이나 하지 않았소?"

"간단한 취조만 하더니 내보내더군요. 저야 그까짓 하루 동안이니 고생이라고 할 것이 있나요. 그러나 언니들은 아마도 좀 고생할 것 같애요."

"너무 걱정 마시오."

그러나 이렇게 위로하여 주던 주화 자신 그들의 신변이 매우 걱정되었다.

우두커니 침울한 기색에 빠져 있던 소녀는 별안간 정신을 가다듬고 주화를 바라보았다.

"참, 얼른 가세요!"

"예?"

"여기에 오래 서 계시지 말고 얼른 집으로 돌아가세요."

"왜, 왜요?"

"이곳은 위험 지대예요."

소녀는 황급한 구조로 설명하였다.

"아마 이 근처를 샅샅이 뒤지고 우리 집은 이 며칠 동안 감시할 것이에요. 아까 제가 서를 나올 때에도 오늘 우리 집에 오는 사람의 이름을 일일이 적어 두라고 같같은 부탁을 하더군요. 이따쯤은 우리 집에다 하리코미[8]의 감시망을 베풀 것이에요. 그러니 대단히 위험해요. 속히 이곳을 떠나시는 것이 좋아요."

주화는 소녀의 충고를 요연히 양해하였다. 임박하여 있는 그 자신의 위험을 깨닫고 전신이 긴장되었다.

"가겠소."

"언니가 나오시면 일러 드리겠으니 그때까지는 찾아오지 않으시는 것이 유리할 것 같애요."

"알았소. 고맙소."

소녀의 건재를 빌고 주화는 그곳을 떠났다.

별안간 골목쟁이에서 쑥 내달아 붙잡지나 않을까를 염려하여 바른 걸음으로 골목 골목을 빠져서 화동 거리에 나섰을 때에 그는 약간 침착한 의식을 회복하였다.

자신의 신변의 위험과 남죽들에게 대한 걱정으로 인하여 어수선한 그의 머릿속에는 지난밤의 그의 행동에 대한 사상이 이제 가닥가닥 풀려 나왔다.

지난밤의 사소한 그의 행동에 대하여 물론 '영웅적' 자랑을 느끼는 바는 아니었으나 자취 맑게 행한 그의 첫 임무에 대하여서 그는 일종의 기쁨과 쾌감을 느끼지 아니하지 못하였다. 거대한 기계의 중추에는 참례하지 못하였다 할지라도 그의 행동이 그 복잡한 작용 속의 한 조그만 나사의 작용은 되리라고 생각하매 혼연한 쾌감을 금할 수 없었다. 그리고 그에게 대한 남죽의 신뢰를 감사히 여기는 동시에 그들의 엄숙한 영토 안에 이미 한 걸음 완전히 들어선 듯한 느낌을 받지 않을 수 없었다.

날이 얕고 경력이 적은 그로서, 물론 그 느낌은 지나친 자부自負 일는지도 모른다. 그러나 적어도 그 영토 안에 들어설 줄은 잡은 것이요, 또 그가 그것을 애쓰는 것만은 사실임을 부정할 수는 없었다. 한 여자를 줄로 하여 그 줄을 더듬어서 엄숙한 세상 속에 들어가고 있는 현재의 과정을 부정할 수는 없는 것이다.

처녀를 처음 만났을 때에 그의 마음속에 비친 처녀의 뜻은 다만 그가 한 사람의 일꾼이라는 뜻과는 다른 것이었고 지금까지도 역시 그의 심정 속에 비치는 처녀의 인상과 인격 속에는 일면 그러한 뜻이 흘러 있는 것은 사실이나, 그러나 주화가 지금의 그의 과정에 이른 것은 다만 '그러한 뜻'의 시킨 바뿐이 아니라 그 배후에는 실로 그 자신의 잠을 깬 양심의 명령과 지도가 엄연히 서 있었던 것이다. 즉 말하자면 잠을 깬 그의 양심이 처녀의 울리는 종소리를 듣고 벌떡 일어났던 것이다. 다시 말하면 양심의 불에 처녀가 기름을 부었던 것이다.

'여기에……'

그의 '서곡'이 있고 생애의 출발이 시작되었다고 주화는 생각하였다. '서곡'에는 여러 가지의 음조가 있을 것이다. 그 여러 가지의 음조 속에서 주화의 경우와 같은 것도 확실히 그 음조의 한 가지의 양식樣式이리라고 그는 생각하였다.

그렇다고는 하더라도 현재의 그의 심경과 수일 전 자살을 계획하던 때의 심경과의 사이에는 얼마나 한 큰 변천과 차이가 있는가. 그 소양지판霄壤之判[9]의 변천을 생각할 때에 그는 처녀의 공덕을 크다고 아니할 수 없으며 그에게 대한 애착과 감사를 깊이 깨닫지 않을 수 없었다.

화동길을 걸어 내려가 넓은 거리에 나선 주화의 머릿속에는 남죽에게 대한 걱정이 서려 오르며 동시에 그의 앞에는 앞으로 닥쳐올 고롬과 위험의 험한 길이 구불구불 내다보임을 깨달았다.

저무는 서편 하늘 일대는 때 아닌 노을이 뱉어 놓은 붉은 피에 젖어 있었다. 붉은 피 속으로는 무거운 해가 몰락을 섭섭히 여겨 최후의 일순을 주저하고 있었다. 피투성이가 되어서도 뻔히 결정된 마지막 운명을 게두덜거리며[10] 다투고 있는 해의 꼴이 주화의 눈에는 흉측스럽게 비치었다.

내일의 여명은 찬란히 빛나리라!

─ 주

1) 나변那邊: 어느 곳 또는 어디.
2) 쓰메에리: 깃의 높이가 4cm쯤 되게 하여, 목을 둘러 바싹 여미게 지은 양복으로 학생복으로 많이 지었음.
3) 아로날: 수면제 이름.
4) 구조口調: '어조語調'의 방언.
5) 호모毫毛: 매우 가는 털이라는 뜻으로, 아주 근소함을 비유적으로 이르는 말.
6) 계루係累: 다른 일이나 사물에 얽매어 당하는 괴로움.
7) 도련刀鍊: 종이 따위의 가장자리를 가지런하게 베는 일.
8) 하리코미: 잠복해 감시한다는 뜻의 일본 말로, 주로 형사들이 쓰는 용어.
9) 소양지판霄壤之判: 하늘과 땅 사이의 차이라는 뜻으로, 사물들이 서로 엄청나게 다름을 이르는 말.
10) 게두덜거리며: 굵고 거친 목소리로 자꾸 불평을 늘어놓으며.

북국 점경北國點景

능금

능금나무 동산 아름다운 옛 동산, 지금에는 찾을 수 없는 그 동산……. 타락은 하였든 말았든 간에 아담 때부터 좋아하던 능금이다. 혀를 찌르는 선연한 감각, 꿈꾸게 하는 향기로운 꽃, 그리고 그리운 옛 향기…….

그 옛날 이곳에
그대여 아는가
꽃피고 열매 맺던
향기로운 능금밭!

언덕 위에서 시작되어 경사를 지으면서 개울가까지 뻗친 능금밭. 북국의 찬 눈이 녹아 개울가 버들가지에 물오를 때 자줏빛 능금나무 가지가지에 햇빛 흘러 동으로 10리 남으로 평퍼짐한 능금밭이 기름지게 아름아름 빛났다. 들의 보리 이삭 패고 마을 밖에 피리 소리 고요할 때 능금꽃 푹신하게 언덕을 싸고 우거진 꽃향기 언덕을 넘고 밭을 넘고 개울 건너 들을 건너 마을까지 살랑살랑 흘러왔다. 남쪽 나라 레몬 향기 꿈꿀 것 없이 이곳의 능금꽃이 곧 마을 사람의 꿈이었다. 마을의 처녀 다홍치마 입고 시집갈 때 능금나무 꽃 지고 들에 황금 파도치는 늦은 가을 서리 맞은 능금 송이송이 아지[1] 벌게 무거웠다. 따뜻한 석양 언덕 위에 비길 때 능금 실은 수레 마을길로 향하였다. 황금 햇발에 머리카락 물들이며 수레 위에 앉아서 능금 먹은 처녀와 총각…… 타락의 시초인지 몰락의 첫걸음인지 그 뉘 알리오만은 너 한입, 나 한입 거기에는 아름다운 이야기 있고 순진한 목가가 넘쳤다.

그 옛날 이곳에
그대여 아는가
꽃피고 열매 맺던
향기로운 능금밭!

그러나 그것도 옛이야기 옛 그림.

해가 흐르고 달이 흐르고 북두칠성의 위치 변하니 아름다운 이 풍경도 이지러져 버리고 고요하던 북국도 스스로 움직였다.

산이 움직이고 언덕 밑 물줄기 돌아 버리니 목마른 능금밭 점점 말라 갔다.

산모롱이에 남포[2] 소리 어지럽더니 논 깎아 신작로 뻗치고 밭 파고 전봇대 섰다.

짚신이 골로시[3]로 변하고 관솔불이 전깃불로 변하고 풀무간이 철공장으로 변하고 물레방아가 정미소로 변하였다.

꽃피고 열매 맺는 향기로운 능금밭! 그것을 까뭉개고 그 위에 정거장이 섰다.

능금 수레 구르는 석양의 마을길. 그 위에는 두 줄기의 철로가 낯선 꿈을 신고 한없이 뻗쳤다.

그리고 창고와 회관의 모난 집이 언덕을 넘어 우뚝우뚝 섰다.

시커먼 연기 아름다운 이야기를 뺏고 페인트 냄새 꽃향기를 집어삼켰다.

철로는 만주 속을 실어 오고 이사꾼을 실어 갔다. 처녀는 청루로 실어 나르고 청년은 감옥으로 실어 날랐다.

연기, 페인트, 철로, 정거장, 고장, 창고, 회관…… 이것이 이제 북국의 이 마을의 새로운 풍경이다. 이지러진 그림이다.

사문四門[4]의 독기 온전히 마을의 시를 죽여 버렸다.

그러나 변치 않고 아름다운 것은 햇빛과 달빛이다. 무거운 능금 송이 익히던 햇빛, 밤의 능금꽃 비추던 달빛, 여전히 같은 빛으로 철로, 공장, 회관을 비추고 있다.

마우자

깊은 마을. 우거진 산. 솟은 바위. 더운 온천. 맑은 시내. 숲 속에서 새어 오는 비둘기 소리와 엎드러서 흐르는 맑은 시내. 시내를 따라 올라가 고요하고 으슥한 푸른 언덕 위에 우뚝 솟은 청쇄靑瑣[5]한 별장. 낙천지樂天地 같은 동산. 그것이 마우자의 별장이다. 혁명이 폭발되자 도읍을 쫓겨나 멀리 동으로 달아 온 백계白系[6] 노인 양코스키 일족의 별장이다.

기차가 되고 세상이 변하니 사포와 사벨만 보아도 겁내던 이 벽촌에 지금은 코 높고 빛 다른 마우자까지 들어오게 되었다. 옛적에 여진인女眞人이 들어왔던 옛 성터 남은 이 마을에 이제 빛 다른 마우자 들어와 흰옷 사이에 네 활개를 폈다.

팔과 목덜미를 드러내 놓고 거리를 거니는 아라사 미인, 온천물에 철벅거리는 아라사 미인, 마을의 기관奇觀이다.

찬 나라의 언 살을 녹이는 뜨거운 물 그 속에 헤적이는 미인의 무리, 안개 깊은 바다의 인어의 무리같이 깊숙이 물에 잠겼다가 샘 전에 나와 느릿한 허리를 척척 누이는 풍류, 옛적 양귀비의 그것보다도 훨씬 정취가 깊을 것 같다. 창으로 새어 드는 햇빛에 비쳐 김 오르는 살빛, 젖가슴, 허리, 배, 두 다리 할 것 없이 백설같이 현란하다. 미끈미끈한 짐승의 무리. 하아얀 짐승의 무리.

여름의 별장 푸른 잔디 위에 진홍빛 초록빛 옷에 싸여 흰 테이블을 둘러싸고 마시고 웃고 아이들 잔디밭 가를 뛰고 노는 광경. 경쾌한 자동차를 마을길로 몰아 거리로 해수욕장으로 드라이브하는 광경. 탐나는 정경이다. 마을의 양기로운 풍경이다. 나라를 쫓겨 가질 것도 못 가지고 삽시간에 도망해 온 그들로서 오히려 이러하다. 산 깊은 이 벽촌에 와서도 그들의 호화는 오히려 다름없다. 부르주아는 어디를 가든지 간에 생활을 윤 있게 할 줄 알고 향락할 줄을 안다.

어떻든 온천의 마우자. 탐나는 정경이요, 아니꼬운 풍경이다.

C역의 풍경

두 줄로 뻗친 철로 등날 싸늘한 촉감을 주고 단 위의 코스모스 간들바람에 회촌회촌[7] 흔들리는 고요한 촌 정거장.

차 시간이 가까웠는지 앞마당에 소학생의 지껄이는 소리 요란히 나고 대합실 안에는 갱개[8] 함지 인 안깐[9] 두어 사람 장에서 산 동전을 절렁절렁 세었다.

별안간 플랫폼이 시끄러웠다.

나그네들 지껄이는 소리, 역부들 떠드는 소리가 요란히 들려왔다.

동안을 두고 터지는 웃음소리 바람결같이 불어오고 그 속에 섞여 무엇인지 고함 높이 부르짖는 소리 들렸다.

하나씩 둘씩 모이는 사람 개찰구 밖 플랫폼 위에 무엇을 둘러싸고 실랑이를 친다.

움직이는 숲으로 들여다보이는 것은 나발나발 남루한 늙은 여인네였다. 골로시는 외짝만 끌고 포기포기 찢어진 치맛자락이 헙수룩하게 그슬린 머리카락과 함께 바람에 펄렁펄렁 날렸다.

꾀죄죄한 눈으로 이 사람 저 사람 돌려다보면서 여인네는 호소하는 듯이 외쳤다.

"내 아들 어데를 갔소?"

"이 나그네들 날래 내 아들 내놓소."

킥킥 웃음소리가 터져 나오면서 여인네의 눈을 피하여 사람들은 수물거렸다.

역원들은 귀찮은 듯이 그의 팔을 내끌었다.

"날래 나가오."

"새빨간 복색한 마우자들이 당신 아들 데리고 갑데."

그러나 여인네는 그 자리를 움직이려고도 아니하고 구슬피 외쳤다.

"모지리[10] 눈 오는 날 밤 고개 너머 길 떠난 내 아들 어째 끝내 돌아오지 앵이오?"

"도장관道長官[11]하러 공부 간 내 아들 이 에미 혼자 두고 어데를 갔소?"

차 떠날 때마다 차 들어올 때마다 정거장 플랫폼에 와서 구슬피 '내 아들'을 외치는 이 여인네. 그는 '미친 여자'라고 손가락질받는 이 마을의 가엾은 여인네였다.

서울로 공부시키러 떠내 놓은 외아들, 7년이 되어도 8년이 되어도 '도장관 따 가지고' 돌아오지는 않았다. 하늘에 별을 따러 갔어도 이미 돌아왔을 날에 '도장관 따러 간 아들'은 돌아오지 않았다. 그러나 불쌍한 외어머니를 배반해 버릴 불효막심한 자식은 아닌지라 나날이 여위어 가는 몸을 삽작문에 의지하여 마을 앞을 바라보면서 청기 홍기 앞세우고 의기 있게 돌아올 아들의 금의환향을 꿈꾸었다. 앞을 가리는 눈물을 찬란한 환영으로 억지로 씻어 버렸던 것이다.

그러나 10년이 넘어 마을 앞에 철로가 깔려도 바라는 그림자 안 보이고 요란한 소문만 귀에 잦았다. 주의자가 되어 신문에 났느니, 감옥에 갔느니, 붉은 기 든 마우자와 같이 아라사로 들어갔느니, 뒤를 잇는 어지러운 소문에 그의 어머니 까마귀만 짖어도 애태우고 달빛만 흐려도 속 썩였다.

10년이 넘어 두 해가 가고 세 해가 가고 마침 열세 해 되는 봄이었다. 마을에 개 짖고 나무의 갈까마귀 떼 유심히 요란한 하루 아침 눈물에 잠긴 이 오막살이 안에 조그만 소포 한 개를 체전부가 가져왔다. 나무로 네모지게 싼 괴상한 통. 아! 그것이 그의 아들일 줄이야 어찌 알았으랴. '도장관'을 꿈꾸게 하고 의문지망倚門之望[12]에 그를 늙게 한 그의 아들일 줄이야! 바라고 바라던 그의 아들 조그만 나무 통 속에 쪼그리고 앉아서 열세 해 만에 돌아왔다. 무명 보자기 집어 내니 굵게 추린 뼈 두어 개 어머니 무릎 위에 앙크렇게 흩어졌다. 해외에 나가 싸우다가 객사한 그의 시체, 동무가 뼈 추려서 고국에 멀리 장사 지낸 것이었다.

'웬일이냐 이게!' 하는 말도 입 안의 생각뿐 너무도 큰 놀람에 어머니는 그 자리에 기절해 버렸다. 그날이 새어서야 비로소 이 집에서는 통곡 소리가 흘러나왔다.

그 후부터 어머니는 나날이 실성해 갔다. 옛날의 멀쩡하던 그 어머니는 아니었다. 날이면 날, 밤이면 밤, 마을을 돌아다니며 처량히 울고 정거장을 헤매면서 '내 아들'을 외쳤다. 비 오는 날이나 눈 오는 밤이나 차 떠날 때마다 차 들어올 때마다 정거장 플랫폼 위에 '내 아들' 찾는 소리 구슬피 흘렀다.

"내 아들 어데메 갔소?"

"눈 오는 날 밤 고개 너머 길 떠난 내 아들 이 에미 혼자 두고 어데메 갔소?"

산모롱이에 기적 소리 나더니 기차가 들어왔다. 역원들, 차 탈 사람들, 플랫폼 위에 모인 사람, 제각기 헤어졌다.

여인네는 객차의 창을 차례차례 엿보며 두 팔로 창을 두드리면서 애달프게 외쳤다.

"내 아들 어데메 있소?"

"일순이 어데메 있소?"

창으로 고개 내밀던 사람들 침 뱉으며 창을 닫혀 버렸다.

흰옷과 양복에 섞여 온천을 찾아가는 듯한 마우자 두 양주 차를 내렸다.

여인네는 두 주먹을 쥐고 부리나케 그리로 달려가 두 양주를 붙들고,

"내 아들 내놓소."

"내 아들 데려간 마우자, 날래 내 아들 찾어 놓소."

"……."

영문을 모르는 두 양주 멍하니 한참 섰다가 양 짖는 소리로 뭐라 지절대며 앞을 뿌리치고 개찰구로 향하였다.

그러나 여인네는 두 팔로 양주의 옷을 붙들고 뒤따라가면서 여전히 소리 높게 부르짖었다.

"이 나그네, 내 아들 내놓소."

"마우자, 날래 내 아들 찾어 놓소."

비행기

도라지꽃 쥐어짜 쏟아 놓은 만지면 물들 듯한 새파란 북국 창공을 비행기 쌍쌍이 날아왔다.

햇발에 하얗게 빛나는 날개 해발 수천 척의 첩첩한 산맥을 넘어 가볍고 경

쾌한 음향 무거운 공기를 진동 쳤다.

"비행기!"

"비행기!"

고개 넘고 물 건너 비행기 구경 오는 사람 새벽부터 거리에 빽빽이 밀렸다.

연병장 모래 언덕 위에 흰옷의 파도 울렁출렁.

"야- 과연!"

"모지리 높지 앵요."

"무슨 재조 저렇겠소."

연병장 큰 벌판에 칼자루 번쩍번쩍 노란 복장 우쭐하며 벌 떼 같은 노란 군사 들 복판에 진을 치니 기동 연습 시작되었다.

별안간 총소리, 속사포 소리 콩볶듯 토닥거리고 천지를 삼킬 듯한 대포 소리에 산과 들이 움직였다.

비행기 쌍쌍이 흰옷 위를 얕게 스치자 폭탄 덩이 뒤를 이어 모래 언덕 깎아 내렸다.

연기와 약 냄새가 언덕을 둘러쌌다.

흰옷의 파도 어지럽게 와르르 흩어졌다.

비행기 구경 왔던 사람 고개 넘고 물 건너 꽁무니가 빠지게 줄행랑을 놓았다.

"비행기!"

"비행기!"

"난리가 난다네."

"어데메로 가면 좋소."

고맙지 않은 비행기 등쌀에 이 밤의 마을 사람들 불안에 잠 못 이루었다.

모던 걸 멜론

　서백리아를 불어오는 억센 바람과 두만강 기슭을 스쳐 내리는 눈보라의 모진 겨울을 가진 반면에 회령은 미인과 참외의 신선한 여름을 가졌다. 물 맑은 두만강을 끼고 난 곳이기 때문인지 회령에는 살빛 고운 미인이 많다. 미인과 참외, 그 사이에 어떠한 인과 관계가 있는지는 모르나 미인 많은 회령에 참외 또한 많다. 회령을 중심으로 북으로 들어가는 철로 연변이 거개 다 참외의 명산지이다.
　행길 바닥에 산더미같이 쌓인 회령 참외의 이 사이에 살강살강 갈리는 조막만큼씩 한 노랑 참외, 신선한 북국의 멜론, 여름의 향기. 집집마다 문 너머로 탐스럽게 보이는 서늘한 적삼 속의 미인, 한 가지 꺾고 싶은 울 너머의 앵두 송이 또한 여름의 향기이다.
　집에서는 살 향기, 거리에는 멜론 향기, 여름의 회령은 향기의 고을이다.
　회령, 여름, 참외, 미인…….
　여기에 한 폭의 회령 풍경이 있으니 역시 미인과 참외의 산뜻한 풍경이다.
　무더운 오후였다.
　국경선을 스치고 들어오는 열차의 기적이 요란히 울리자 정거장 앞마당에 국경 경비의 눈이 날카롭게 빛났다.
　기차가 김을 뿜으니 넓은 마당에 승객이 쏟아져 나왔다.
　흰옷, 양복, 게다, 중국 군인, 쿨리, 마우자, 국경의 도시에는 이제 국적을 달리한 뭇사람이 쏟아져 나왔다.
　그 가운데에 색달리 눈을 끄는 일점홍이 있다. 단발하고 양장한 현대적 미인, 한 의지의 표현인 반듯한 콧날, 자랑 높은 눈맵시, 꼭 다문 입, 범하기 어려운 엄숙한 얼굴…… 평범하지 않은 교양 있는 모던 걸이다. 그 위에 눈을 끄는 새빨간 웃저고리, 단발 밑으로 가늘게 휜 목덜미, 은초록색 스커트 밑으로 밋밋한 다리, 현대 미인의 제일 조건인 고운 다리…… 향기 높은 회령 미인이다.

장패가 되든지 쿨리가 되든지 간에 어떻든 호복 입은 사나이나 그렇지 않으면 루바슈카 입고 더벅머리 한 청년이면 모조리 취조를 하거나 몸을 뒤지거나 그럴듯한 일이지만 아름다운 미인 교양 있는 모던 걸에게야 몸 뒤지고 취조할 아무 혐의도 없을 것이다. 그러나 그것이 전문가라 평범한 우리로는 도저히 생각지 못할 만큼 날카로운 그들에게는 무슨 의미로 어떻게 비치었든지 간에 그들은 거룩한 이 모던 걸을 붙들었다.

가방 속과 남루한 이불 보따리 속을 넓은 마당에 속속으로 풀어 헤치면서 몇 사람의 호인의 취조를 마친 후 그들의 순서는 초조히 기다리는 미인에게로 돌아왔다.

새까만 수첩에 무엇인지 기록하면서 잠시간 심문을 하더니 나중에 그들은 미인이 휴대한 조그만 바스켓을 열라고 명령하였다.

미인의 상자 속! 그 속에 설마 아편이 들었을 것인가, 폭탄이 들었을 것인가, 귀여운 젊은 여자의 비밀 상자가 이제 이 대로상에서 마치 수술대에 오른 여인의 나체같이 함부로 열리려 함을 슬퍼해서인지 여자의 얼굴은 일순간에 흐렸다. 그러나 그것도 국경이니 관의 명령이니 어쩔 수 없는 일이다.

미인은 바스켓을 조심스럽게 열고 속을 들여다보았다. 경비 순사는 호색적인지 경계적인지 가느다란 눈초리로 속의 것 집어내기를 강청하였다.

미인은 부끄럼인지 불안스러움인지 말없이 한 가지 두 가지 속의 것을 집어냈다.

수건, 화장품, 오페라백.

미인은 한참 주저하다가 계속해서 비단 양말, 새빨간 드로어즈를 집어냈다.

보기만 하여도 유혹적인 새빨간 도로어즈, 살 냄새 나는 비단 양말을 큰 행길 위에서 순사는 휙휙 털어 보았다.

부끄러워서 얼굴이 붉어진 미인은 황급하게 그것을 도로 상자 속에 쑤셔 넣으려고 하였으나 순사의 손이 그것을 막으면서 상자 속을 가리켰다.

"뭔가, 이것은?"

"……."

말없이 집어낸 것은 실망태에 넣은 참외였다.

"참외?"

언제 어디서 사 놓은 것인지 생기와 신선미를 잃은 참외 그물 속에 두어 개 쪼글쪼글 시들었다. 조막만큼씩 하고 노란, 역시 회령 참외의 종자임에는 틀림없었다.

"참외!"

참외보다 유다른 그 무엇을 기대하였던 경관은 고갯짓을 하면서 또 한번 외쳤다.

보일 것을 다 보였으니 미인은 주섬주섬 행장을 수습하여 가지고 그 자리를 일어섰다. 애매한 모던 걸, 그의 상자 속에 들었으면 무엇이 들었단 말인가. 공연히 대로상에 양말을 흔들며 속옷을 내보이며 수치만 당한 것이 분한 듯이 미인은 의기 넘치게 거리를 향하여 정거장 넓은 마당을 건넜다.

경관들은 머리를 한데 모으고 검은 수첩을 들여다보면서 무엇인지 의론이 분분하였다. 전문가이니만큼 그들의 눈치는 뭇사람의 그것과는 다르다. 우리들이 생각지 못할 만큼 날카로운 시선이 가자 그들은 미인을 다시 불렀다.

그러나 열 번 열어도 백 번 열어도 그 바스켓이 그 바스켓이지 그 동안에 신기한 기적이 일어났단 말인가, 다른 무엇이 또 들었을 것인가.

여전히 수건, 화장품, 오페라백, 양말, 드로어즈, 참외 망태가 길바닥에 쏟아져 나왔다. 아무 기적도 일어나지는 않았다.

"참외!"

참외 많은 회령 바닥에서 그래도 참외가 탐나는 듯이 경관은 망태 속에서 참외를 하나 집어냈다. 시들어 쪼그라진 참외 그것이 그다지 탐나는가. 하기는 길거리의 싱싱한 것보다도 시들었을망정 미인의 수중에 저장한 것이니 탐도 날 것이다. 금방 입에나 넣을 듯이 탐을 내면서 그들은 시든 참외의 향기를 맡았다.

"안 돼요, 그것은."

미인은 별안간 참외를 그들의 손에서 뺏으려 하였다.

"집의 어린것 줄 거예요."

"집의 어린것?"

경관은 의미 있게 웃었다.

"안 돼요, 그것은."

이 실랑이를 치는 판에…… 가엾다! 손에 들었던 참외 하나 땅에 떨어지고 말았다. 떨어져 부서진 참외…… 그 속에서 한 자루의 새까만 무기가 나왔다. 브로우닝 식인지, 콜트 식인지, 혹은 모젤 식인지 퍽도 귀여운 무기이다.

계속하여 또 한 개 떨어트린 참외, 그 속에서는 새까만 콩알이 우수수 헤어졌다.

정거장 넓은 마당에 근대적 역학미를 띤 푸른 총신과 검은 총알이 국경의 석양을 받아 무섭게 빛났다.

역시 석양을 받아 반짝이는 경관의 시선이 평범하지 않은 모던 걸의 얼굴을 날카롭게 쏘았다.

― 주

1) 아지: '가지'의 방언.
2) 남포: 도화선 장치를 하여 폭발시킬 수 있게 만든 다이너마이트.
3) 골로시: '고무신'의 러시아 어.
4) 사문四門: 사방의 문.
5) 청쇄青瑣: 임금이 있던 궁궐의 문을 이르던 말. 문짝에 자물쇠 모양을 새기고 푸른 칠을 하였음.
6) 백계白系: 러시아 혁명 때 혁명을 반대한 러시아 인의 한 파派. 당시 좌익이 붉은 색을 그들의 상징으로 삼은 데 대하여, 보수적인 반대파는 흰색을 그들의 상징으로 삼았기 때문에 이렇게 불렀음.
7) 회촌회촌: 얇은 판자나 긴 나무 따위가 휘어지면서 조금 탄력성 있게 자꾸 흔들리는 모양.
8) 갱개: '감자'의 방언.
9) 안깐: '여인네'의 방언.
10) 모지리: '매우'의 방언.
11) 도장관道長官: 예전에, '도지사'를 이르던 말.
12) 의문지망倚門之望: 어머니가 대문에 기대어 서서 자식이 돌아오기를 기다림. 또는 그런 어머니의 마음.

오리온과 능금

1

나오미가 입회한 지는 두 주일밖에 안 되었고, 따라서 그가 연구회에 출석하기는 단 두 번임에도 불구하고 어느덧 그의 태도가 전연 예측하지 아니하였던 방향으로 흐름을 알았을 때에 나는 놀라지 않을 수 없었다. 사람의 감정의 움직임이란 예측하기 어려운 것이지만 짧은 시간에 그가 나에 대하여 그러한 정서를 품게 되었다는 것은 도무지 뜻밖의 일이었음을 나는 놀라는 한편 현혹한 느낌을 마지않았던 것이다.

하기는 나오미가 S의 소개로 입회하게 된 첫날부터 벌써 나는 그에게서 '동지'라는 느낌보다도 '여자'라는 느낌을 더 많이 받았다. 그것은 나오미가 현재 어떤 백화점의 여점원이요, 따라서 몸치장이 다소 사치하고 사치한 까닭이다. 몸이 몹시 가늘고 입이 가볍고 눈의 표정이 너무도 풍부하였다. 그의 먼촌 아저씨가 과거에 있어서 한 사람의 굳건한 ○○으로서 현재 영어의 몸이 되어 있다는 소식도 S를 통하여 가끔 들은 나였건만 그러한 나의 지식과 나오미의 인상과의 사이에는 한 점의 부합의 연상도 없고 물에 뜬 기름 모양으로 서로 동떨어진 것이었다. 그것은 마치 같은 가지에 붉은 꽃과 푸른 꽃의 이 전연 색다른 두 송이의 꽃이 천연스럽게 맺히는 것과도 같은 격이었다. 그러나 연약한 인상이라고 그의 미래를 약속하지 못하는 법은 없을 것이다.

그러므로 진실한 회원이요, 믿음직한 동지인 S가 그를 소개하였을 때에 우리는 그의 입회를 승낙하기에 조금도 인색하지 않았던 것이다.

그러나 차차 그를 만나게 될수록 '동지'라는 느낌은 엷어 가고 '여자'라는 느낌이 그에게서 받는 느낌의 거의 전부였다.

한편 나에 대한 그의 태도와 행동은 심히 암시적이었다. 내가 그것을 깨닫게 된 것은 물론 다음과 같은 일이 있은 후로부터였지만.

나오미가 입회한 후 두 번째 연구회에 출석하던 날이었다. 5~6인 되는 회원들이 S의 여공을 비롯하여 학생 점원 등 층층을 망라한 관계상 자연 모이는 시간이 엄수되지 못하였고, 또 독일어 번역과 대조하여 읽고 토의해 가던 『○○○○』에 어려운 대문大文이 많았던 까닭에 분량이 많이 나가지 못하는 데다가 회를 마치고 나면 모두 피곤해지는 까닭에 될 수 있는 대로 초저녁에 모여서 밤이 깊기 전에 파하는 것이 일쑤였다. 그날 밤도 일찍이 파하고 S의 집을 나오니 집에의 방향이 같은 관계상 나는 또 나오미와 동행이 되었다.

"어떻소. 우리들의 기분을 대강은 이해할 만하게 되었소?"

회원들 가운데에서 피를 달리한 사람은 나오미 한 사람뿐이므로 낯익지 않은 그룹 속에 들어와서 거북한 부조화와 고독을 느끼지 않는가를 염려해 오던 나는 어두운 골목을 걸어 나오면서 그의 생각도 들어 보고 또 그를 위로도 할 겸 이런 말을 던졌다.

"이해하고말고요. 그리고 저는 이 분위기를 대단히 좋아해요. 저를 맞아 주는 동무들의 심정도 좋고 선생님께 대하여서는 더구나 친밀한 느낌을 더 많이 품게 되었어요."

"그렇다면 다행이외다. 혈족에 대한 그릇된 편견으로 인하여 잘못을 범하는 예가 아직도 간간이 있으니까요."

"깨달음이 부족한 까닭이겠지요. 어떻든 저는 우리 회합에서 한 점의 거북한 부자유도 느끼지 않아요. 마음이 이렇게 즐겁고 좋아요."

진실로 즐거운 듯이 나오미는 몸을 가늘게 요동하며 목소리를 내서 웃었다.

미묘하게 움직이는 그의 시선을 옆얼굴에 인식하면서 골목을 벗어나오니 네거리에 나섰다.

늘 하는 버릇으로 모퉁이 서점에 들러 신간을 한 바퀴 살펴본 후 다시 서점을 나올 그때까지 나오미의 미소는 꺼지지 않았다.

서점 옆 과일점 앞을 지날 때에 나오미는 그 미소를 정면으로 나에게 던지면서 복잡한 표정으로 나를 쳐다보며 제의하였다.

"능금이 먹고 싶어요!"

"능금이?"

그로서는 의외의 제의인 까닭에 나는 반문하면서 그를 바라보았다.

"신선한 능금 한입 베어먹었으면!"

나오미는 마치 내 자신이 한 개의 능금인 것같이 과일점의 능금 대신에 나를 똑바로 쳐다보며 바싹 나에게로 붙었다.

나는 은전 몇 닢을 던져 주고 받은 능금 봉지를 나오미에게 쥐어주었다.

걸으면서 나오미는 밝은 거리를 꺼리는 법 없이 새빨간 능금을 껍질째 버적버적 먹었다.

"대담하군요."

"어때요, 행길에서 능금? 프롤레타리아답지 않아요?"

나오미의 하아얀 이빨이 웃음을 띠며 능금 속에서 빛났다.

"금욕은 프롤레타리아의 도덕이 아니에요. 솔직한 감정을 정직하게 표현하는 것이 프롤레타리아가 아닐까요?"

그러나 밝은 밤거리에서 아름다운 여자가 능금을 버적버적 먹는 풍경은 프롤레타리아답다느니보다는 차라리 한 폭의 아름다운 모던 풍경이었다. 그만큼 아름다운 나오미의 자태에는 프롤레타리아다운 점은 한 점도 없으며 미래에도 그가 얼마 만한 정도의 프롤레타리아 투사가 될까도 자못 의문이었다. 너무도 아름답고 사치하고 모던한 나오미였다.

"능금 좋아하세요?"

"능금 싫어하는 사람이 어데 있겠소."

"모두 아담의 아들이요, 이브의 딸이니까요. 자. 그럼 한 개 잡수세요."

나오미는 여전히 미소하면서 능금 한 개를 나의 손에 쥐어 주었다.

"그렇지요. 조상 때부터 좋아하던 능금과 우리는 인연을 끊을 수는 없어요. 능금은 누구나 좋아하는 것이고 또 영원히 좋은 것이겠지요. 공간과 시간을 초월하여 높게 빛나는 능금이지요. 마치 저 하늘의 오리온과 같이 길이 길이 빛나는 것이에요."

"능금의 철학?"

"이라고 해도 좋지요. 그러니까 프롤레타리아 투사에게라고 결코 능금이 금단의 과일이 아니겠지요. 밥을 먹지 않으면 안 되는 투사가 능금을 먹지 말라는 법이 어데 있어."

나오미의 암시가 나에게는 노골적 고백으로 들렸다. 그러므로 나는 예민하게 나의 방패를 내들지 않을 수 없었다.

"그것이 진리임은 사실이나 문제는 가치와 효과에 있을 것이오. 그리고 또 우리에게는 일정한 체계와 절제가 있어야겠지요. 아무리 아름다운 능금이기로 난식을 하여서 그것이 도리어 계급적 사업에 해를 끼치게 된다면 그것은 가엾은 짓이 아니겠소."

2

이런 일이 있은 후로부터는 나는 웬일인지 항상 나오미와 능금을 연상하게 되어서 그를 생각할 때에나 만날 때에는 반드시 먼저 능금의 연상이 머릿속을 스치게 되었다. 그렇게 하여 때로는 그가 마치 능금의 화신같이 생각되는 때도 있었다. 물론 다음과 같은 일이 있은 후로부터는 그런 인상은 더욱 두터워 갔다.

두 주일가량 후였을까. 오랫동안 생각 중에 있던 어떤 행동에 있어서의 다른 어떤 회와의 합류 문제가 돌연한 결정을 지었던 까닭에 그 뜻을 회원들에게 급히 알려야 할 필요상 나는 그 보고를 가지고 회원의 집을 일일이 방문하지 않으면 안 되었다. 그날 저녁때 마지막으로 찾은 것이 나오미였다. 직접 그의 숙소가 아니요, 그의 일터인 백화점으로 찾은 까닭에 그 자리에서 그에게 장황한 소식도 말할 수 없는 터이므로 진열되어 있는 화장품 사이로 간단한 보고만을 몇 마디 입 재게 전해 줄 따름이었다.

그러나 낯선 손님도 아니요, 그렇다고 동지도 아니요, 마치 정다운 애인을 대하는 듯이 귀여운 미소를 띠며 귀를 바싹 대고 나의 보고를 고요히 듣고 섰던 나오미는 나의 말이 끝나자 은근한 눈짓을 하고 그 자리를 떠나면서 나에게 그의 뒤를 따르기를 청하였다. 영문을 모르는 나는 의아하면서도 시침을 떼고 그의 뒤를 따라 같이 올라가는 승강기를 탔다. 위층에서 승강기를 버린 나오미는 층층대를 올라가 옥상 정원까지 나섰을 때에 다시 은근한 한편 구석 철난간으로 나를 인도하였다.

"무슨 일요?"

심상치 않은 일이 있은 것같이 예측되었기에 그곳까지 이르자 나는 조급하게 물었다.

"선생님께 드릴 것이 있어서요."

철난간에 피곤한 몸을 의지하여 흐트러진 머리카락을 쓸어 올리는 나오미는 조금도 조급한 기색은 없이 천천히 대답하면서 나를 넌지시 바라보았다.

"무엇이란 말요?"

"무엇인 듯해요?"

"글쎄……."

그러나 나오미는 거기서 곧 대답은 하지 않고 피곤한 듯한 손짓으로 이지러진 옷자락과 모양을 고치면서 탄식하였다.

"하루에 열 시간 이상의 노동을 하려니까 피곤해서 못 배기겠어요."

"그러니까 부르짖게 되지요."

"열 시간 이상 노동 절대 반대. 그러나 지내 보니까 이 속에는 한 사람도 똑똑한 아이가 없어요. 결국 이런 곳의 조직의 필요성은 아직 제 시기에 이르지 못한 것 같아요."

"그것은 그렇다고 해 두고 지금 나에게 줄 것이 대체 무엇이란 말요?"

"참 드릴 것은 드려야지요."

하면서 나오미는 새까만 원피스 주머니 속에 손을 넣었다.

"일전에 제가 선생님께서 능금을 받았지요. 그러니까 저도 능금을 드려야지요."

그의 바른손에는 한 개의 새빨간 능금이 들려 있었다.

"능금?"

"왜 실망하세요. 능금같이 귀한 것이 세상에 또 있을까요?"

동의를 구하려는 듯이 나오미는 나를 반듯이 바라보았다.

"저곳을 내려다보세요. 번잡한 거리에서 헤매고 꾸물거리는 저 많은 사람들이 찾는 것이 결국 무엇일까요? 한 그릇의 밥과 한 개의 능금이 아닌가요. 번잡한 이 거리의 부감도俯瞰圖는 아름다운 능금의 탐색도探索圖인 것 같아요."

하면서 나오미는 거리로 향한 몸을 엇비슷이 틀면서 손에 든 능금을 높이 쳐들었다. 두어 오리 흐트러진 머리카락과 옆얼굴의 윤곽과 부드러운 다리와 손에 든 능금에 찬란한 석양이 반사되어 완연 그의 전신에서 황금빛 햇발이 발사되는 듯도 하여 그의 자태는 마치 능금을 든 이브와도 같이 성스럽고 신비로운 한 폭의 그림같이 보였다.

"능금을 받으세요."

원피스를 떨쳐 입은 모던 이브는 단 한 개의 능금을 나의 앞에 내밀었다. 그의 자태와 행동에 너무도 현혹하여 묵묵히 서 있으려니 그는 어떻게 생각했던지 한 개의 능금을 두 손 사이에 넣고 힘을 썼다.

"코카서스 지방에서는 결혼할 때에 한 개의 능금을 두 쪽을 내어서 신랑 신부가 그 자리에서 한 쪽씩 먹는다지요."

하면서 나오미는 두 쪽으로 낸 능금의 한 쪽을 나의 손에 쥐여 주고 나머지 한 쪽을 그의 입으로 가져갔다.

철난간에 의지하여 곁눈으로 저물어 가는 거리의 부감도를 내려다보며 반쪽의 능금을 먹는 나오미의 자태는 아까의 성스러운 그림과는 정반대로 속되고 평범한 지상적 풍경으로밖에는 보이지 않았다.

3

"그래, 나오미는 어떻게 생각하오?"

"콜론타이[1] 자신 말예요."

"보다도 왓시릿사[2]에 대해서 말요."

"가지가지의 붉은 사랑을 맺어 가는 왓시릿사의 가슴속에는 물론 든든한 이지의 조종도 있었겠지만 그보다도 끓는 피와 감정에 순종함이 더 많았겠지요. 이런 점에 있어서 저도 왓시릿사를 좋아하고 찬미할 수 있어요."

"사업 제일, 연애 제이, 어디까지든지 이 신조를 굽히지 않고 나간 것이 용감하지 않소."

"그러나 사업 제일이라는 것은 결국 왓시릿사에게는 한 개의 방패와 이유에 지나지 못하는 것이 아닐까요? 한 사람의 사나이로부터 다른 사나이에게 옮아갈 때 거기에는 사업이라는 아름다운 표면의 간판보다도 먼저 일의 적인 좋고 싫다는 감정의 시킴이 있을 것이 아닌가요? 결국 근본에 있어서는 감정 제일 사업 제이일 거예요. 사랑은, 그것이 장난이 아니고 사랑인 이상, 도저히 사업을 통하여서만은 들 수 없는 것이요, 무엇보다도 먼저 피차의 시각視覺을 통해서 드는 것이니까요."

"그렇다고 왓시릿사의 행동을 갖다가 곧 감정 제일 사업 제이로 판단하는 것은 좀 심하지 않소?"

"그것이 솔직한 판단이지요. 그렇게 판단하지 않고는 왓시릿사의 행동을 이해하기는 어려울 거예요. 그리고 왓시릿사 자신의 본심으로 실상은 그런 판단을 받는 것이 본의가 아닐까요? 결국 왓시릿사는 능금을 대단히 좋아하였고 그 좋아하는 감정을 솔직하게 표현하였다고 할 수 있지요. 다만 그는 심히 약고 영리한 까닭에 그것을 표현함에 사업이라는 방패를 써서 교묘하게 그 자신을 카무플라주하고 그의 체면을 보존하려고 했을 뿐이지요."

감격된 구변으로 인하여 상기된 나오미의 얼굴은 책상 위에 촛불을 받아 더한층 타는 듯이 보였다. 진한 눈썹 밑에 열정을 그득히 담은 눈동자는 마치 동물과 같이 교교한 광채를 던지고 불빛에 물든 머리카락은 그 주위의 붉은 열정의 윤곽을 뚜렷이 발산하고 있지 않는가!

"결국 능금이구려."

"그럼은요. 능금이 아니고는 모든 것을 설명할 수 없지요."

"아, 능금······."

나는 내 자신의 의견과 판단도 있었지만 그것을 장황하게 말하기를 피하고 그 이야기는 그만 끝을 맺어 버리려고 이렇게 짧은 탄식을 하면서 거짓

하품을 하려 할 때에 문득 나의 팔의 시계가 눈에 띄었다.

"시간이 훨씬 넘었는데 웬일일까."

"글쎄요. 아마 공장에 무슨 변이 있나 보군요."

"다른 회원들은 웬일인고."

연구회가 시작될 시간이 훨씬 넘었고, 또 그곳이 S의 방임에도 불구하고 회원인 나오미와 나 두 사람이 먼저 와서 기다리고 있은 지도 이미 오래이고 콜론타이의 화제가 끝났을 그때까지도 S 자신은 새로에[3] 다른 회원들의 자태가 아직 한 사람도 안 보임이 이상하여서 나는 궁금한 한편 초조한 마음을 금할 수 없었다.

"공장의 폭발할 듯한 기세가 농후해졌다더니 기어코 폭발되었나 보군요."

"글쎄, S는 그래서 늦는 것 같은데……."

나는 초조한 한편 또 무료도 하여서 중얼거리며 S가 펴 놓고 간 책상 위의 로자[4] 전기에 무심코 시선을 던지고 무의미하게 훑어 내려갔다.

"능금이라니 말이지 로자도……."

같이 쓸려 역시 로자 전기 위에 시선을 던진 나오미는 이렇게 화제를 돌리며 말을 이었다.

"그가 본국에 돌아올 때에 사업을 위한 정책상 하는 수 없이 기묘한 연극을 하여 뜻에 없는 능금을 딴 일이 있었지만 그것도 실상은 속의 속을 캐어 보면 전연 뜻에 없는 능금은 아니었겠지요. 적어도 저는 그렇게 생각하고 싶어요."

나오미의 말에 끌려 새삼스럽게 나는 그와 같이 시선을 책상 위편 벽에 걸린 로자의 초상으로(전등이 끊긴 할 수 없이 희미한 촛불 속에 뚜렷이 가난한 방 안과 그 속에서 로자를 말하고 있는 젊은 여자를 넌지시 내려다보고 있는 로자의 초상으로) 무심코 던지지 않을 수 없었다.

그러자 웬일인지 돌연히! 의외로 로자의 초상이 우리들의 시선을 거부하는 듯이 걸렸던 그 자리를 떠나서 별안간 책상 위에 떨어졌던 것이다.

순간 책상 모서리에 부딪친 초상화판의 유리가 바싹 부서지고 같은 순간에 화판 밑에 깔린 촛불이 쓰러지며 방 안은 별안간 어둠 속에 잠겨 버렸다.

"에그머니!"

돌연히 놀란 나오미는 반사적으로 나에게 바싹 붙었다.

'그에게 대하여 공연히 불손한 언사로 희롱한 것을 노여워함이 아닌가.'

돌연한 변에 뜨끔하여서 이렇게 직각적으로 느끼며 어찌할 바를 몰라 잠시 잠자코 있던 나는 그러나 더 놀라운 것을 당하였다. 별안간 목덜미와 얼굴 위에 의외의 따뜻하고 부드러운 촉감을 받았던 것이다. 그리고 피의 향기가 나의 전신을 후끈하게 둘러쌌다.

다음 순간 목덜미의 부드럽던 촉감은 든든한 압박감으로 변하고 얼굴에는 전면 뜨거운 피를 끼얹는 듯한 화끈한 김과 향기가 숨차게 흘러오고…… 입술에는 타는 입술이 와서 맞닿았다.

그리고 물론 동시에 다음과 같은 떨리는 나오미의 애원하는 목소리가 후둑이는 그의 염통의 고동과 함께 구절구절 찢기면서 나의 귀를 스쳤던 것이다.

"안아 주세요! 저를 힘껏 힘껏 좀 안아 주세요."

― 주

1) 콜론타이(Aleksandra Mikhaylovna Kollontay, 1872~1952): 러시아의 여성 정치가로 세계 최초의 여성외교관. 노르웨이·멕시코 공사, 스웨덴 공사와 대사를 역임하였고 『붉은 사랑』 등 여성해방에 관한 많은 저서를 남겼음.
2) 왓시릿사: 콜론타이의 저서 『붉은 사랑』에 나오는 여주인공.
3) 새로에: '고사하고', '그만두고', '커녕'의 뜻을 나타내는 보조사.
4) 로자: 폴란드 태생 독일의 혁명가 로자 룩셈부르크(Rosa Luxemburg, 1871~1999)를 말함.

10월에 피는 능금꽃

민출한 자작나무 밑에서 아귀아귀 종이 먹는 하얀 산양—1년 동안이나 나와 벗한 너는 나의 이 무위의 1년을 설명하려 하지 않는가. 종이를, 이야기를 좋아하는 양. 한 권의 책도 많다 하지 않고 두 권의 책도 사양하지 않는구나. 이 이야기에 배부르면 풀 위에 누워 가지가지의 꿈을 되풀이하는 애잔한 자태. 너에게 이야기를 먹이고 꿈을 주기에 나의 무위의 1년이 마저마저 지나려 한다.

옛성 모롱이 저편에 아리숭하게 내다보이는 한 줄기의 바다, 마을의 시절은 거기서부터 시작된다. 진하던 바다의 빛이 엷어지기 시작하더니 마을의 가을은 어느덧 깊어졌다. 관모봉은 어느 결엔지 눈을 하얗게 썼고 헐벗은 마을은 앙크린 해골을 드러내 놓았다.

훤칠한 벌판에 능금꽃이 피고 나무가 우거지고 벼 이삭이 무거울 때에는 그래도 마을은 기름지게 빛나더니 이제 풍성한 윤택을 잃은 마을은 하는 수 없이 가난한 참혹한 꼴을 그대로 드러내 놓았다. 마을의 꼴이 참혹하기 때문에 나는 눈을 돌려 도리어 마을의 자연을 사랑하려고 하였다. 마을의 현실에서 눈을 덮고 풍성한 자연 속에서 노래를 찾으려 하고. 책상 위에 쌓인 활자의 산 속에서 진리를 캐려고 애썼다.

이때부터 서재와 양과 능금밭 사이의 한가한 돈키호테적 방황이 시작되었다. 거칠은 안개 속에서 구태여 시를 찾으려고 하고 연지빛 능금빛 봉오리 앞에 서서 피지 못하는 내 자신의 하염없는 꼴을 한탄하는 동안에 값없는 우울한 시간이 흘렀다. 마을의 산문은 그러나 이 무위의 방황을 암독하게 매질하지 않았던가.

보리의 시절을 앞둔 앞집에서는 별안간의 소동이었다.

"이왕 못 살 바에야 솥 아니라 집까지 빼 가시오. 이 나그네들, 세○만 세○이구 그래 이 백성들은 어쩌잔 말요."

농사꾼은 펄펄 뛰면서 고함을 쳤다.

그러나 이 고함과는 아무 관계도 없는 듯이 소에게 끌린 한 대의 술기가 유유히 뜰 앞을 굴러 나왔다. 장부를 든 면○ 서기가 두 사람 그 뒤를 따랐다. 술기 위에는 ○금 체납으로 처분한 가마밥솥 등이 삐죽이 솟아 나와 보고 섰는 이웃 사람들의 간담을 서늘하게 찔렀다.

뼛속까지 파고드는 이 야살스러운 풍경을 말살해 버리려고 애쓰면서 나는 마을을 벗어나 사방으로 뛰어나갔다. 들에서 능금밭으로, 능금밭에서 자작나무 밑으로. 생활을 떠난 초목의 풍경은 가련한 햄릿을 용납하기에 진실로 관대함을 깨달은 까닭이다.

그러나 현실은 또한 추근추근하게 척지고 뒤를 좇았다. 집에 돌아왔을 때에 나는 책상 위 활자의 진리 속에서 한 장의 편지를 발견하였다. 봉투 속에는 한 장의 편지와 함께 흙덩이도 아니요, ○덩이도 아닌 괴상한 한 개의 덩어리가 들어 있었다. 의아한 생각으로 편지를 읽어 가는 동안에 나는 촌에 있는 동무의 설명에 다시 놀라지 않을 수 없었다.

　　동무여, 놀라지 마시오. 이것은 한 조각의 떡이외다. 마을 사람들이 아침저녁으로 먹고 살아가는 떡이외다. 이른 봄에 벌써 양식이 떨어져 버린 마을 사람들은 하는 수 없이 소나무 껍질을 벗겨다가 약간 남은 수수쌀을 섞어서 빚기 시작하였소이다. 현명한 동무여, 보시오. 이것은 결코 사람이 먹을 것이 못 됩니다. 마을 사람들은 인간으로서 다다를 최하층의 세상에 떨어져서 이제는 벌써 인간 이하의 지옥의 길을 걷고 있는 것이외다. 백 마디의 나의 감상보다도 이 한 조각의 떡을 참으로 현명한 동무에게 보내는 터이외다…….

'실로 인간 이하이다.'

다시 우울해진 나는 속으로 중얼거리면서 집을 뛰어나가 저물어버린 마을 밖으로 향하였다.

먼 산에는 난데없는 불이 나서 어두워 가는 밤 속에 새빨간 색채가 선명하게 피어올랐다. 그것은 마치 세상을 불사르려는 아귀의 혓바닥같이 널름널름 어둠을 먹어 들어갔다. 찬란한 광채의 반사를 받은 듯이 어둠에 젖은 능금꽃은 밤 속에 우렷이 빛났다.

여름이 오고 가을을 맞이함에 따라 자연은 기름지게 빛나나 마을의 생활은 한층 한층 더 여위어 갈 뿐이었다. 능금밭에는 아름다운 꽃이 지고 열매가 맺혔다. 새빨간 별을 뿌려 놓은 듯이 아름다운 능금이 송이송이 벌판을 수놓았다.

그러나 이 동안에도 피지 못하는 나는 여전히 초라한 햄릿을 계속해 왔을 따름이다. 시간과 방황 속에 곧은 낚시를 드리워 왔을 뿐이다.

10월이 짙어 동짓달을 바라보니 성 모롱이 저편의 바닷빛이 엷어지고 훤칠한 벌판을 배경으로 앙클한 마을이 속임 없는 똑바른 자태를 그대로 드러내 놓았다. 앙클한 해골이 이제는 가리울 것 없이 마음을 아프게 에웠다.

그 거칠은 벌판에서 나는 하루 아침 놀라운 것을 발견하였다. 헐벗은 능금밭 마른 가지에 돌연히 꽃이 핀 것이다. 희고 조촐한 두어 떨기의 꽃이 마치 기적같이 마른 나뭇가지에 열려 있지 않은가. 대체 이런 법도 있는가. 너무도 놀란 나는 잠시 말없이 물끄러미 꽃을 바라보았다. 건너편 관모봉의 흰눈과 10월에 피는 능금꽃, 이것을 비겨 볼 때 이 시절을 무시한 능금꽃의 아름다운 기개에 다시 탄복하지 않을 수 없었다.

'슬퍼 말라. 10월에도 능금꽃은 피는 것이다!'

별안간 솟아오르는 힘을 전신에 느낀 나는 감동에 취하여 쉽사리 그곳을 떠나기가 어려웠다.

돈豚

 옛성 모퉁이 버드나무 까치 둥우리 위에 푸르둥한 하늘이 얕게 드리웠다. 토끼 우리에서 하얀 양토끼가 고슴도치 모양으로 까칠하게 웅크리고 있다. 능금나무 가지를 간들간들 흔들면서 벌판을 불어오는 바닷바람이 채 녹지 않은 눈 속에 덮인 종묘장 보리밭에 휩쓸려 돼지우리에 모질게 부딪힌다.

 우리 밖 네 귀의 말뚝 안에 얽어매인 암퇘지는 바람을 맞으면서 유난히 소리를 친다. 말뚝을 싸고도는 종묘장 씨돈(種豚)은 시뻘건 입에 거품을 뿜으면서 말뚝의 뒤를 돌아 그 위에 덥석 앞다리를 걸었다. 시꺼먼 바위 밑에 눌린 자라 모양인 암퇘지는 날카로운 비명을 울리며 전신을 요동한다. 미끄러진 씨돈은 게걸떡거리며 다시 말뚝을 싸고돈다. 앞뒤 우리에서 응하는 돼지들의 고함에 오후의 종묘장 안은 떠들썩했다.

 반 시간이 넘어도 여의치 않았다. 둘러싸고 보던 사람들도 흥이 식어서 주춤주춤 움직인다. 여러 번째 말뚝 위에 덮쳤을 때에 육중한 힘에 말뚝이 와싹 무너지면서 그 바람에 밑에 깔렸던 돼지는 말뚝의 테두리로 벗어져서 달아났다.

"어려서 안 되겠군."

종묘장 기수가 껄껄 웃는다.

"황소 앞에 암탉 같으니 쟁그러워서 볼 수 있나."

"겁을 먹고 달아나는데."

농부는 날쌔게 우리 옆을 돌아 뛰어가는 돼지의 앞을 막았다.

"달포 전에 한번 왔다 갔으나 씨가 붙지 않아서 또 끌고 왔는데요."

식이는 겸연쩍어서 얼굴을 붉혔다.

"아무리 짐승이기로 저렇게 어리구야 씨가 붙을 수 있나."

농부의 말에 식이는 다시 얼굴을 붉혔다.

"빌어먹을 놈의 짐승."

무안도 무안이려니와 귀찮게 구는 짐승에 식이는 화를 버럭 내면서 농부의 부축을 하여 달아나는 돼지의 뒤를 쫓는다. 고무신이 진창에 빠지고 바지춤이 흘러내린다.

돼지의 허리를 맨 바를 붙잡았을 때에 그는 홧김에 바를 뒤로 잡아 낚으며 기운껏 매질한다. 어린 짐승은 바들바들 뛰면서 비명을 울린다. 농가 1년의 생명선…… 좀 있으면 나올 제1기분 세금과 첫여름 감자가 나올 때까지의 가족의 양식의 예산의 부담을 맡은 이 어린 짐승에 대한 측은한 뉘우침이 나중에는 필연코 나련만 종묘장 사람들 숲에서의 무안을 못 이겨 식이의 흔드는 매는 자연 가련한 짐승 위에 잦게 내렸다.

"그만 갖대 매시오."

말뚝을 고쳐 든든히 박고 난 농부는 식이에게 손짓한다. 겁과 불안에 떨며 허둥거리는 짐승을 이번에는 한결 더 든든히 말뚝 안에 우겨 넣고 나뭇대를 가로질러 배까지 떠받쳐 올려 꼼짝 요동하지 못하게 탐탁하게 얽어맸다.

털 몸을 근실근실 부딪히며 그의 곁을 감돌던 씨돈은 미처 식이의 손이 떨어지기도 전에 화차와도 같이 말뚝 위를 엄습한다. 시뻘건 입이 욕심에 목멘

풀무같이 요란히 울린다. 깔린 암돈은 목이 찢어져라 날카롭게 고함을 친다.

둘러선 좌중은 일제히 웃음소리를 멈추고 일시 농담조차 잊은 듯하였다.

문득 분이의 자태가 눈앞에 떠오른다. 식이는 말뚝에서 시선을 돌려 딴전을 보았다.

'분이 고것 지금엔 어디 가 있는구.'

제2기분은새로에 1기분 세금조차 밀려오는 농가의 형편에 돼지보다 나은 부업이 없었다. 한 마리를 1년 동안 충실히 기르면 세금도 세금이려니와 잔돈푼의 가용돈은 훌륭히 우러나왔다. 이 돼지의 공용을 잘 아는 식이다. 푼푼이 모든 돈으로 마을 사람들의 본을 받아 종묘장에서 가제 낳은 양돼지 한 자웅을 사 온 것이 지난여름이었다. 기름이 자르르 흐르는 새까만 자웅을 식이는 사람보다도 더 귀히 여겨 가제 사 왔을 무렵에는 우리에 넣기가 아까워 그의 방 한구석에 짚을 펴고 그 위에 재우기까지 하던 것이 젖이 그리워서인지 한 달도 못 돼서 수놈이 죽었다. 나머지의 암놈을 식이는 애지중지하여 단 한 벌의 그의 밥그릇에 물을 받아 먹이기까지 하였다. 물도 먹지 않고 꿀꿀 앓을 때에는 그는 나무하러 가는 것도 그만두고 종일 짐승의 시중을 들었다. 여섯 달을 키우니 겨우 암돼지 티가 났다. 달포 전에 식이는 첫 시험으로 10리가 넘는 종묘장으로 끌고 왔었다. 피돈 50전이나 내서 씨를 받은 것이 종시 붙지 않았다. 식이는 화가 났다. 때마침 정을 두고 지내던 이웃집 분이가 어디론지 도망을 갔다. 식이는 속이 상해서 며칠 동안 일이 손에 잡히지 않았다. 늘 뾰로통해서 쌀쌀하게 대꾸하더니 그 고운 살을 한 번도 허락하지 않고 늙은 아비를 혼자 둔 채 기어이 도망을 가 버렸구나 생각하니 분이가 괘씸하였다. 그러나 속 깊은 박 초시의 일이니 자기 딸 조처에 무슨 꿍꿍이 수작을 대었는지 도무지 모를 노릇이었다. 청진으로 갔느니 서울로 갔느니 며칠 전에 박 초시에게 돈 10원이 왔느니 소문은 갈피갈피였으나 하나도 종잡을 수 없었다. 이래저래 상할 대로 속이 상했다. 능금꽃 같은 두 볼을 잘강잘강 씹어먹고 싶던 분이인 만큼 식이는 오늘까지 솟아오르는 심화를 억제할 수 없었다.

"다 됐군."

딴전만 보고 섰던 식이는 농부의 목소리에 그쪽을 보았다. 씨돝은 만족한 듯이 여전히 꿀꿀 짖으면서 그곳을 떠나지 않고 빙빙 돈다.

파장 후의 광경이건만 분이의 그림자가 눈앞에 어른거리는 식이는 몹시도 겸연쩍었다. 잠자코 섰는 까칠한 암퇘지와 분이는 자태가 서로 얽혀서 그의 머릿속에 추근하게 떠올랐다. 음란한 잡담과 허리 꺾는 웃음소리에 얼굴이 더한층 붉어졌다. 환영을 떨쳐 버리려고 애쓰면서 식이는 얽어맸던 돼지를 풀기 시작하였다. 농부는 여전히 게걸떡거리며 어른어른 싸도는 욕심 많은 씨돝을 몰아 우리 속에 가두었다.

'이번에는 틀림없겠지.'

장부에 이름을 올리고 50전을 치뤄 주고 종묘장을 나오니 오후의 해가 느지막하였다. 능금밭 건너편 양옥 관사의 지붕이 흐린 석양에 푸르뎅뎅하게 빛난다. 옛성 어귀에는 드나드는 장꾼의 그림자가 어른어른한다. 성안에서 한 채의 버스가 나오더니 폭넓은 이등도로二等道路[1]를 요란히 달려온다. 돼지를 몰고 길 왼편 가로 피한 식이는 퍼뜩 지나가는 버스 안을 흘끗 살펴본다. 분이를 잃은 후로부터는 그는 달아나는 버스 안까지 조심스럽게 살피게 되었다. 일전에 나남에서 버스 차장 시험이 있었다더니 그런 데로나 뽑혀 들어가지 않았을까. 분이의 간 길을 이렇게도 상상해 보았기 때문이다.

'장이나 한 바퀴 돌아올까.'

북문 어귀 성밑돌 틈에 돼지를 매 놓고 식이는 성을 들어가 남문 거리로 향하였다.

분이가 없는 이제, 장꾼의 눈을 피하여 으슥한 가게 앞에 가서 겸연쩍은 태도로 매화분을 살 필요도 없어진 식이는, 석유 한 병과 마른 명태 몇 마리를 사 들고 장판을 오르락내리락하였다. 한 동네 사람의 그림자도 눈에 띄지 않기에 그는 곧게 성밖을 나와 마을로 향하였다.

어기죽거리며 돼지의 걸음이 올 때만큼 재지 못하였다. 그러나 매질할 용기는 없었다.

철로를 끼고 올라가 정거장 앞을 지나 오촌포 한길에 나서니 장 보고 돌아가는 사람의 그림자가 드문드문 보인다. 산모퉁이가 바닷바람을 막아 아늑한 저녁 빛이 한길 위를 덮었다. 먼 산 위에는 전기의 고가선이 솟고 산 밑을 물줄기가 돌아내렸다. 온천 가는 넓은 도로가 철로와 나란히 누워서 남쪽으로 줄기차게 뻗쳤다. 저물어 가는 강산 속에 아득하게 뻗친 이 두 줄의 길이 새삼스럽게 식이의 마음을 끌었다. 걸어가는 그의 등 뒤에서는 산모퉁이를 돌아오는 기차 소리가 아련히 들린다. 별안간 식이에게는 이상한 생각이 들었다.

'이 길로 아무 데로나 달아날까.'

장에 가서 돼지를 팔면 노자가 되겠지. 차 타고 노자 자라는 곳까지 달아나면 그곳에 분이가 있지 않을까, 어디서 들었는지 공장에 들어가기가 분이의 소원이라더니 그곳에서 여직공 노릇하는 분이와 만나 나도 노동자가 되어 같이 살면 오죽 재미있을까. 공장에서 버는 돈을 달마다 고향에 부치면 아버지도 더 고생하실 것 없겠지. 돼지를 방에서 기르지 않아도 좋고 세금 못 냈다고 면소 서기들한테 밥솥을 빼앗길 염려도 없을 테지. 농사같이 초라한 업이 세상에 또 있을지. 아무리 부지런히 일해도 못 살기는 일반이니…… 분이 있는 곳이 어디인가……. 돼지를 팔면 얼마를 받을까. 이 돼지. 암 돼지, 양돼지…….

"앗!"

날카로운 소리에 번쩍 정신이 깼다.

찬바람이 휙 앞을 스치고 불시에 일신이 딴 세상에 뜬 것 같았다. 눈 보이지 않고, 귀 들리지 않고, 잠시간 전신이 죽고, 감각이 없어졌다. 캄캄하던 눈앞이 차차 밝아지며 거물거물 움직이는 것이 보이고 귀가 뚫리며 요란한 음향이 전신을 쓸어 없앨 듯이 우렁차게 들렸다. 우레 소리가…… 바다 소리가…… 바퀴 소리가…… 별안간 눈앞이 환해지더니 열차의 마지막 바퀴가 쏜살같이 눈앞을 달아났다.

"앗, 기차!"

다 지나간 이제 식이는 정신이 아찔하며 몸이 부르르 떨린다.

진땀이 나는 대신 소름이 쪽 돋는다. 전신이 불시에 빈 듯이 거뿐하다. 글자대로 전신이 비었다. 한쪽 팔에 들었던 석유병도 명태 마리도 간 곳이 없고 바른손으로 이끌던 돼지도 종적이 없다.

"아, 돼지!"

"돼지구 뭐구 미친놈이지. 어디라고 건널목을 막 건너."

따귀를 철썩 맞고 바라보니 철로 망보는 사람이 성난 얼굴로 그를 노리고 섰다.

"돼지는 어찌 됐단 말이오?"

"어젯밤 꿈 잘 꾸었지. 네 몸 안 친 것이 다행이다."

"아니, 그럼 돼지가 치였단 말요?"

"다음부터 차에 주의해."

독하게 쏘아붙이면서 철로 망꾼은 식이의 팔을 잡아 낚아 건널목 밖으로 끌어냈다.

"아, 돼지가 치였다니…… 두 번 종묘장에 가서 씨를 받은 내 돼지 암돼지 양돼지……."

영겁결에 외치면서 훑어보았으나 피 한 방울 찾아볼 수 없다. 흔적조차 없다니…… 기차가 달랑 들고 간 것 같아서 아득한 철로 위를 바라보았으나 기차는 벌써 그림자조차 없다.

"한방에서 잠재우고, 한 그릇에 물 먹여서 기른 돼지, 불쌍한 돼지……."

정신이 아찔하고 일신이 허전하여서 식이는 금시에 그 자리에 푹 쓰러질 것 같았다.

— **주**

1) 이등도로二等道路: 지방도.

수탉

 을손은 요사이 울적한 마음에 닭 시중도 게을리하게 되었다. 그 알뜰히 기르던 닭들이 도무지 눈에도 들지 않으며 마음을 당기지 못하였다. 모이는 새로에 뜰 앞을 어른거리는 꼴을 보면 나뭇개비를 집어 들게 되었다. 치우지 않은 우리 속은 지저분하기 짝이 없다.
 두 마리를 팔면 한 달 수업료가 된다. 우리 안의 수효가 차차 줄어 짐이 그다지 애틋한 것은 아니었다. 도리어 제때 가질 운명을 못 가지고 우리 안을 헤매는 한 달 동안의 운명을 벗어난 두 마리의 꼴이 눈에 거슬렸다. 학교에 안 가는 그 한 달 수업료가 늘려진 것이다.
 그 두 마리 중에서도 못난 한 마리의 수탉—가장 초라한 꼴이었다. 허울이 변변치 못한 위에 이웃집 닭과 싸우면 판판이 졌다. 물어 뜯긴 맨드라미[1]에는 언제 보아도 피가 새로이 흘러 있다. 거적눈[2]인 데다 한쪽 다리를 전다. 죽지의 깃이 가지런하지 못하고 꼬리조차 짧았다. 어떤 때는 암탉에게까지 쫓겼다. 수탉 구실을 못하는 수탉이 보기에도 민망하였으나 요사이 와서는 민망한 정도를 넘어 보기 싫은 것이었다. 더구나 한 달의 운명을 우리 안에 더 붙이게 된 것이 을손에게는 밉살스럽고 흉측스럽게 보일 뿐이었다.

학교에 못 가는 마음이 몹시 답답하였다.

능금을 따고 낙원을 쫓겨난 것은 전설이나, 능금을 따다 학원을 쫓겨난 것은 현실이다.

농장의 능금은 금단의 과실이었다.

을손들은 그 율칙을 어긴 것이다.

동무들의 꾐에 빠졌다느니보다도 을손 자신 능금의 유혹에 빠졌던 것이다. 능금은 사치한 욕망이 아니다. 필요한 식욕이었다.

당번은 다섯 명이었다. 누에를 다 올린 후라 별로 할 일 없이 한가하였던 것이 일을 저지른 시초일는지 모른다. 잡담으로 자정이 되기를 기다렸다가 일제히 방을 나가 어둠 속에 몸을 감추고 과수원의 철망을 넘었다.

먹다 남은 것을 아궁이 속에 넣은 것은 감쪽같았으나 마지막 한 개를 방 구석 뽕잎 속에 간직한 것이 실책이었다.

이튿날 아침 과수원 속의 발자취가 문제되었을 때 공교롭게도 뽕잎 속의 그 한 개가 발견되었다.

수색의 길은 빤하다. 간밤의 다섯 명의 당번이 차례로 반 담임 앞에 불리게 되었다.

굳게 언약을 해 놓고서도 어느 때나 마찬가지로 그 어디로부터인지 교묘하게 부서진다. 약한 한 사람의 동무의 입에서 기어이 실토가 된 모양이었다. 한 사람씩 거듭 불려 들어갔다.

두 번째 호출이 시작되었을 때 을손은 괴상한 곳에 있었다.

몸이 무거워 그곳에 들어간 것이 아니라 얼마 동안의 귀찮은 시간을 피하려 일부러 그곳을 고른 것이었다.

한 사람이 들어가 간신히 웅크리고 앉았을 만한 네모진 그 좁은 공간. 거북스럽기는 하여도 가장 마음 편한 곳도 그곳이었다. 그곳에 앉았으면 마치 바닷물 속에 잠겨 있는 것과도 같이 몸이 거뿐한 까닭이다.

밖 운동장에서는 동무들의 지껄이는 소리, 웃음소리, 닫는³⁾ 소리에 섞여 공 구르는 가벼운 소리가 쉴 새 없이 흘러와 몸은 그 즐거운 소리를 타고 뜬 것 같다.

을손은 현재 취조를 받고 있을 당번의 동무들과 자신의 형편조차 잊어버리고 유유히 주머니 속에서 담배를 한 개 집어내서 불을 붙였다. 실상인즉 담배도 능금과 같이 금단의 것이었으나 율칙을 어김은 인류의 조상이 끼쳐준 아름다운 공덕이다. 더구나 그곳에서 한 모금 피우기란 무상의 기쁨이라고 을손은 생각하는 것이었다.

이것도 그곳의 특이한 풍속으로 벽에는 옷을 입지 않을 때의 남녀의 원시적 자태가 유치한 필치로 낙서되어 있다. 간단한 선, 서툰 그림이면서도 그것은 일종의 기쁨이었다.

을손도 알 수 없는 유혹을 받아 주머니 속에서 무딘 연필을 찾아 향기로운 연기를 길게 뿜으면서 상상을 기울여 그림을 그리기 시작하였다.

능금을 먹은 위에 담배를 피우며 낙서를 하며, 위반을 거듭하는 동안에 을손은 문득 학교가 싫은 생각이 불현듯이 들었다. 가령 학교에서 능금 딴 제자를 문초한 교사가 일단 집에 돌아갔을 때 이웃집 밭의 능금을 딴 어린 아들을 무슨 방법으로 처벌할 것이며 그 자신 능금을 따던 소년 시대를 추억할 때 어떤 감상과 반성이 생길 것인가. 또 혹은 학교에서 절제의 미덕을 가르치는 교사 자신이 불의의 정욕에 빠졌을 때 그 경우는 어떻게 설명하여야 옳을 것인가. 마치 십계명을 설교하는 목사 자신이 간음의 죄에 신음하는 것과도 흡사한 그 경우를.

가깝게 생각하여 특수한 과학과 기술을 배워야 그것을 이용할 자신의 농토조차 없는 형편이 아닌가.

변변치 못하다. 초라하다. 잗다란⁴⁾ 보수를 바라 이 굴욕을 받는 것보다는 차라리 좁고 거북한 굴레를 벗어나 아무 데로나 넓은 세상으로 뛰고 싶다.

을손의 생각은 고삐를 놓은 말같이 그칠 바를 몰랐다.

아마도 오래된 듯하다.

하학 종소리가 어지럽게 울렸다.

이튿날 아버지는 단벌의 나들이 두루마기를 입고 학교에 불렸다.

무기정학의 처분이었다.

아버지는 어안이 벙벙한 모양이었다. 정든 아들을 매질할 수도 없었으므로.

을손은 우리 안의 닭을 모조리 홀두드려 팔아 가지고 내빼고 싶은 생각이 불같이 났으나 그것도 할 수 없어 빈손으로 집을 떠났다.

이웃 고을을 헤매다가 사흘 만에 다시 집으로 돌아왔다.

밭일도 거들 맥 없어 며칠은 천치같이 보낼 수밖에 없었다.

우리 안의 닭의 무리가 눈에 나 보였다. 가운데에서도 못난 수탉의 꼴은 한층 초라하다. 고추장에 밥을 비벼 먹여도 이웃집 닭에게 지는 가련한 신세가 보기에도 안타까웠다.

못난 수탉, 내 꼴이 아닌가? 을손은 화가 버럭 났다.

한가한 판이라 복녀와는 자주 만날 수는 있는 처지였으나 겸연쩍은 마음에 도리어 주저되었다.

을손의 처분을 복녀는 확실히 좋게 여기지는 않는 눈치였다.

복녀는 의지의 여자였다. 반년 동안의 원잠종原蠶種[5] 제조소의 견습생 강습을 마친 터라, 오는 봄부터는 면의 잠업 지도생으로 나갈 처지였다. 걸핏하면 게을리 되는 을손의 공부를 권하여 주고 매질[6]하여 주는 복녀였다.

학교를 마치면 맞들고 벌자는 언약이었으나 을손의 이번 실수가 복녀를 실망시킨 것은 확실하였다. 무능한 사내, 복녀에게 이같이 의미 없는 것은 없었다.

하루저녁 복녀를 찾았을 때 을손은 모든 것을 확적히 알았다.

나온 것은 복녀가 아니요, 복녀의 어머니였다.

"앞으론 출입도 피차에 잦지 못하게 될 것을 생각하니 섭섭하기 그지없네."

뜻을 몰라 우두커니 서 있으려니 복녀의 어머니는 말을 이었다.

"기어이 알맞은 사람을 하나 구해 봤네."

천근 같은 무쇠가 등골을 내리쳤다.

"조합에 얌전한 사람이 있다기에 더 캐지도 않고 작정해 버렸어."

복녀는 찾아볼 생각도 못하고 을손은 허전허전 뛰어나왔다.

'복녀의 뜻일까, 춘향 모의 짓일까.'

물을 필요도 없었다.

눈앞이 어둡고 천지가 헐어지는 것 같았다.

며칠 동안은 눈에 아무것도 어리지 않았다.

앙상한 밤송이 같은 현실.

한 달이 넘어도 학교에서는 복교의 통지도 없었다.

저녁때였다.

닭이 우리 안에 들어 각각 잠자리를 차지하였을 때 마을 갔던 수탉이 어슬어슬 돌아왔다.

또 싸운 모양이었다.

찢어진 맨드라미에는 피가 생생하고 퉁겨진 죽지의 깃이 거꾸로 뻗쳤다.

다리를 저는 것은 일반이나 걸어오는 방향이 단정치 못하다. 자세히 보니 눈이 한쪽 찌그러진 것이었다. 감긴 눈으로 피가 흘러 털을 물들였다.

참혹한 꼴이었다.

측은한 생각은 금시에 미움의 감정으로 변하였다. 을손은 불 같은 화가 버럭 났다.

'그 꼴을 하고 살아서는 무엇 해.'

살기를 띤 손이 부르르 떨렸다. 손에 잡히는 것을 되건 말건 닭에게 던졌다.

공칙하게도[7] 명중되어 순간 다리를 뻗고 푸득거리는 꼴에서 을손은 시선을 피해 버렸다. 끊었다 이었다 하는 가엾은 비명이 을손의 오장을 뒤흔들어 놓는 듯하였다.

― **주**

1) 맨드라미: 닭의 볏.
2) 거적눈: 윗눈시울이 축 처진 눈.
3) 닫는: 빨리 뛰어가는.
4) 잗다란: 하찮은.
5) 원잠종原蠶種: 좋은 누에씨를 받으려고 계통을 바르게 한 누에씨.
6) 매질: 잘못을 고쳐 좋은 길로 이끌어 주기 위한 지적이나 비판을 비유적으로 이르는 말.
7) 공칙하게도: 공교롭게도.

독백*

아침에 세수할 때 어디서 날아왔는지 버들 잎새 한 잎 대야 물 위에 떨어진 것을 움켜 드니 물도 차거니와 누렇게 물든 버들잎의 싸늘한 감각! 가을이 전신에 흐름을 느끼자 뜰 저편의 여윈 화단이 새삼스럽게 눈에 들어왔다. 장승같이 민출한 해바라기와 코스모스…… 모르는 결에 가을이 짙었구나. 제비초와 애스터[1]와 도라지꽃, 하늘같이 차고 푸르다. 금어초, 카카리아, 샐비어의 붉은빛은 가을의 마지막 열정인가. 로탄제, 종이꽃같이 꺼슬꺼슬하고 생명 없고 마치 맥이 끊어진 처녀의 살빛과도 같은 이 꽃이야말로 바로 가을의 상징이 아닐까. 반쯤 썩어져 버린 홍초와 글라디올러스, 양귀비의 썩은 육체와도 같은 지저분한 진홍빛 열정의 뒷꼴, 가을 화초로는 추접하고 부적당하다. 가을은 차고 맑다. 마치 바닷물에 젖은 조개껍질과도 같이.

나의 두 귀는 조개껍질이 아니나 그리운 바다 소리가 너무나 또렷이 들려온다. 이것도 가을 하늘이 지나치게 맑은 탓이겠지. 화단을 어정거릴 때에나 방에 누웠을 때에나, 그 무엇을 생각할 때에나, 한결같이 또렷이 울려오는

---

* 1933년 12월 『삼천리』에 「가을의 서정」이란 제목으로 발표되었으나, 1941년 박문서관에서 간행된 『이효석 단편선』에서는 「독백」이란 제목으로 개제해서 수록한 작품임.

바다 소리…… 궂은 비 같은 바다 소리…… 느껴 우는 울음과도 같은 바다 소리…… 가을 바다는 소리만 들어도 처량해. 어저께 저녁 바닷가 모래밭을 거닐 때에도 등에 업은 어린것만 아니라도 처량한 소리에 이끌려 그대로 푸른 바다 속에 걸어 들어갈 뻔하지 않았던가. 그렇지 않아도 산란하고 뒤숭숭한 심사가 바다 소리를 들으면 그대로 미쳐 버릴 듯도 하다. 그러면서도 날마다 바다를 찾는 가을의 모순된 마음. 어지러운 마음을 꿰뚫고 한 줄기 곧게 뻗치는 추억의 실마리. 그 추억의 실마리에 조개껍질을 무수히 꿰어서 그에게 보냈건만, 소포 속에 조개껍질을 포기포기 싸서 멀리 그에게 차입하여 보냈건만 국한된 네 쪽의 육중한 벽 안에 갇혀 있는 그가 그것을 받았는지 어쨌는지. 받았으면 조개껍질을 귀에 대고 오죽이나 바다 소리를 그리워할까. 손바닥만한 높은 창으로 좌향달은 별을 쳐다보면서 오죽이나 고향을 그리워할까. 서대문에서 묵은 지 두 해요, 서대문에서 다시 대전으로 넘어 간 지 반년이다. 서울에 있어서 차입 시중을 들던 나는 대전까지 쫓아갈 수는 없어서 그가 그리로 떠난 다음 날 하는 수 없이 반대의 방향인 이 고향으로 내려온 것이다.

얼크러진 실뭉치같이 어수선하던 사건과 마음. 그 속에서 모든 것이 꿈결 같이 흘렀다.

지금 와서는 뒤숭숭한 마음속으로 3년 동안이나 손가락 하나 대어 보지 못한 남편의 육체에 대한 열정이 송곳같이 날카롭게 솟아오를 뿐이다. 모든 분한과 원망이 한 줄기의 육체적 열정으로 환원된 듯도 하다. 싸늘한 가을임에도 불구하고 마음의 불길은 뜨겁게 타오른다. 화단에 피어 있는 새빨간 샐비어, 이것의 표정이 나의 마음을 그대로 번역해 놓은 것이 아닐까. 조개같이 방긋이 벌어진 떨기 사이로 불꽃같이 피어오르는 한 송이의 붉은 꽃, 이것이 곧 나의 마음의 상징인 것이다. 이것도 모두 남편과 나와의 육체적 거리가 가져온 것임을 생각할 때 마음은 더한층 안타깝게 뒤끓는다. 가을이 짙을수록 꿈자리가 어지럽고 머리가 땡하고 전신에 뜨겁게 열이 솟는다. 골을 동이고 자리에 누우면 가슴이 죄어지고 모르는 결에 입에서 신음 소리가 새어 난다. 대낮에 홀연히 잠이 들었다가 부끄러운 꿈을 꾸고 얼굴을 붉히며 깜짝 놀라 깨어나는 때가 많다. 복받치는 열을 식히려 하는 수 없이 날마다 바다로 향한다. 바다로 가는 길에 종묘장을 지나게 되고 종묘장을 지날 때에 반드시 돼지우리의 그것이 눈에 띄는 것이다. 이 무례한 돼지우리의 풍속, 이것이 마치 마법사와도 같이 나의 민첩한 마음을 활활 붙여 준다.

사실 타오르는 나의 마음의 동요가 모두 이 야릇한 돼지우리의 풍속의 죄가 아닌가도 생각한다. 거기에는 원시의 욕망 이외의 아무것도 없다. 그러나 그 원시의 자태가 사람의 일면과 흡사함을 볼 때에 나는 일부러 면을 쓰는 사람의 꼴을 더 밉게 생각할 때조차 있다. 우리 밖에는 날마다 씨돈을 끼고 여러 마리의 돼지가 네 귀로 짠 말뚝에 매었다. 육중한 씨돈은 울고 고함치는 돼지 사이로 돌아다니면서 기관차와도 같이 한 마리씩 엄습하였다. 힘과 부르짖음과 거기에는 생활의 최고 노력의 표현이 있는 것이다. 그 금단의 풍경을 나도 모르게 한참이나 물끄러미 바라보고 섰다가 문득 정신을 차리고 나는 황당하게 그곳을 떠나는 것이다. 그 꼴을 누구에게 들키지나 않았을까 하고 한참 동안은 얼굴을 푹 숙인 채 종종걸음으로 재게 걷는다. 붉어진 얼굴이 쉽사리 꺼지지 아니하고 전신이 불같이 탄다. 바닷가까지 허둥허둥 한달음에 내걷는다. 도장같이 가슴속에 찍힌 새빨간 풍경이 생생한 꽃같이 살아서 바닷바람에도 쉽게 꺼지지 않았다. 그리고 타는 몸, 바닷물에 빠지기 전에는 그것이 식을 리 없다. 번번이 왜 그것을 보았던가 하고 후회하면서 결국 또 보는 것이다. 그것은 일종의 마술이다. 이렇게밖에는 생각할 수 없다. 오늘 그곳을 지날 때에도 나는 역시 그 풍경에 눈을 감지 않았던 것이다. 바다에 이르니 마음이 산란하고 추억이 날카로웠다. 모래 위에 발자취가 어지럽고 상기된 눈동자에 바다가 무거웠다. 벌판을 휘돌아 집에 돌아왔을 때까지 몸은 식지 않았다. 대야에 물을 떠 놓고 그 속에 주워 온 조개와 손을 담았으나 아침의 싸늘하던 대야의 감각은 먼 옛날의 기억과도 같이 아득하게 사라져 있지 않은가. 저물어 가는 뜰 한구석에서는 깻잎 냄새가 진하게 흘러왔다. 그 높은 향기 또한 가지가지의 추억을 품고 있는 것이다. 허전허전 걸어가서(그 맥없고 휘뚱휘뚱한 꼴이야 마치 도깨비나 허수아비의 그것과도 같지 않았을까) 깻잎을 뜯어 주먹 위에 얹고 손바닥으로 치니 부드럽고 둥글둥글한 음향이 저녁의 적막을 깨트렸다. 이 깻잎의 음향 역시 가지가지의 옛이야기를 가지고 있다. 깻잎 으끄러진 냄새가 콧속을 화끈 찔렀다. 그 냄새에 더운 몸이 더한층 무덥고 괴롭다. 이 고요한 저녁에 네 쪽의 벽 속에 웅크리고 앉은 남편의 회포인들 오죽할까. 더구나 서울 있을 때에는 별것을 다 차입해 달라고 청하던 그가 아니던가. 그의 청대로 차입하는 책갈피에 몸의 털을 두어 오리 뽑아서 넣었더니 태워 먹었는지 삼켜 버렸는지. 지금의 나의 감정 같아서는 3년 전에 그가 수군거리고 돌아다닐 때에 그를 붙들고 말렸더라면 하는 안된 생각조차 난다. 동무들이 이 소리를 들으면 얼마나 나를 비웃고 꾸짖을까. 그러나 이것은 거짓 없는 참된 마음인 것이다. 나는 지금 어색한 투갑을 입은 영웅되기보다도 한 사람의 천한 지어미됨에 만족하는 것이다. 그리운 남편에게도 이것을 원하는 것이다. 어색한 영웅과 천한 지아비, 어느 것이 더 뜻있고 값있는 것인가는 다른 문제이다. 뜻과 값의 문제를 떠나서 지금의 나의 심회는 솔직하게 똑바로 솟아오른다. 사람이란 진실을 말하기가 하늘의 별을 따기보다도 어렵다. 마음속과 입 밖에 내놓는 말과의 사이에는 항상 먼 거리가 있다. 이제 천한 지어미에 만족하는 나의 고백은 한 점의 티끌도 거짓도 없는 새빨간 마음 그대로이다. 영웅의 투갑을 버릴 때에 사람의 마음이 이렇게까지 진실하게 됨은 그러나 대체 무슨 까닭인고.

높은 창에 비끼는 별을 바라보면서 괴롭게 몸을 뒤틀고 앉았을 남편의 꼴을 생각하니 이 마음 쓰리고 안타깝다. 별이라니 벌써 가을 하늘에 별이 총총 돋았네. 저것이 오리온인가. 빛이 제일 청청하고 밝으면서도 일상 청승맞고 처량한 것이 저 별이야. 견우와 직녀성…… 긴 강을 사이에 두고 오늘 밤에는 왜 저리 흐리고 슬픈 꼴을 지니고 있는가. 서로 빤히 건너다보면서도 해를 두고 서로 보지도 못하는 이 땅 위의 인간은 어쩌란 말인고.

아니 방에 누인 어린것이 몹시 울고 있네. 어느 틈에 깨어났노. 아비를 알 나이에 아비의 얼굴조차 모르고 지내는 어린것의 꼴이 울 때에는 더한층 측은히 생각된다. 젖도 벌써 이렇게 지었네. 가난한 젖이나 먹고 무럭무럭 자라기나 하여라. 별안간 요란한 이 벌레 소리! 가을 벌레는 무슨 까닭으로 또 이렇게 청승맞게 우노. 모르는 결에 내린 이슬에 전신이 촉촉이 젖었네. 이슬이 눅고 하늘이 맑고 밤이 차건만 나의 몸은 아직도 덥다. 화단 위의 샐비어는 밤기운에 오므라졌건만 나의 마음의 붉은 꽃은 아직까지도 조개같이 방긋이 열린 채 닫혀지지 않는구나. 익을 대로 익은 능금 송이 같은 새빨간 별이 열린 조개 틈으로 엿보고 있네. 그가 그 밑에 잠들어 있을 먼 남쪽 하늘이 붉게 타오르누나. 그렇게 맑던 하늘이, 아니 그것이 정말인가, 나의 눈의 착각인가. 왜 이리 정신이 어지러운가. 이러다가 미치지 않을까. 머릿속이 어질어질한 품이 크게 병들 것도 같다. 괴로운 이 밤을 또 어떻게 새우노…….

— 주
1) 애스터aster: 과꽃.

마음의 의장意匠

1

유라가 소파에 걸어앉아 화집의 장을 넘기고 있는 동안에 나는 방 한구석에서 알코올 풍로에 물을 끓이며 차 넣을 준비를 하고 있었다. 병든 아내가 치료를 청탁하고 시골로 내려간 후로는 손수 차 만드는 것이 나의 일과의 하나였다. 차도구의 일체를 방 안에 들여 놓고 두터운 책상 옆에는 발자크 모양으로 따로 작은 탁자를 붙이고 그 위에 커다란 커피잔을 올려놓았다. 소설은 발자크의 꽁무니에도 못 미치면서…….

파코레터에 두 사람분의 모카 가루를 분량하여 넣으면서 나는 은근히 유라를 관찰하였다. 요전 음악회에 갔던 때보다도 더 여윈 듯하다. 나부죽이 숙인 고개 밑으로 콧등이 오뚝 솟고 눈두덩 밑이 낭떠러지같이 푹 빠졌다. 그 속은 산골짝에 잠긴 조그마한 호수와도 같다. 기다란 속눈썹은 호숫가에 밋밋하게 늘어선 전나무 수풀이다. 창백한 두 볼도 좀 더 실팍하였건만 지금은 대패로 민 듯이 팽팽하게 가늘어 들었다. 그가 보고 있는 그림은 슬픈 그림이다. 하얀 시트 위에 누운 병든 소녀의 그림이다. 깊게 빠진 눈 위에 검게 그림자 지고 가스러진 속눈썹에 맺힌 눈물이 그 그림자 속에서 구슬같이 빛났다. 검게 질린 입술 사이로 두어 대의 이가 힘없이 드러나 보이고 열어 헤친 가슴 위에 옷섶이 어지럽다. 그 그림을 유심히도 오랫동안 들여다 보던 유라는 책장을 넘기면서 문득 나의 시선을 느꼈는지 고개를 쳐들었다. 반짝하는 맑은 눈방울이 호수 속에 비친 별 그림자와도 같다. 미소를 띠기는 하였으나 그것은 지새는 달 그림자와도 같이 여린 것이요, 그의 표정은 마치 그가 들여다보고 있던 그림 속 소녀의 그것과도 같이 애잔하고 슬픈 것이었다.

"손수 넣으시기 수고스럽지요?"

"혼자니까 할 수 없지."

마치 이 대답이 탓인 듯이 유라는 책을 놓고 일어섰다.

"제가 넣을게요."

나는 대신 소파에 앉아 화집을 들고 그가 넘긴 페이지 위를 보았다. 바로 등 뒤의 병든 소녀의 그림과는 정반대로 실팍한 팔 위에 뾰족한 턱을 고이고 만면 미소를 띤 유쾌한 소녀의 그림. 그 한 장의 그림의 양면은 바로 그대로 유라의 우울하고 양기로운 양면과도 같다고 생각하고 있는 동안에 유라는 향기 높은 두 잔의 커피를 탁자 위에 옮겨 놓았다.

"이렇게 진하게 넣으시니! 부인은 결국 이 독한 차와 씨름하다가 지고 내려가신 셈이지요?"

"아내에 관하여서는 더 이야기 맙시다."

"저도 독한 커피와 결단하여 볼까요?"

차를 마시는 사이사이에 호도를 깨면서 나는 그의 말이 호도와 같이 풍미 깊음을 느꼈다. 한편 적이 기꺼워하는 오늘의 그를 귀엽게 여겼다.

그의 기꺼움을 살리기 위하여 차 시간을 마친 후 나는 그의 청대로 거리를 거닐기로 하였다.

나의 생활 속에서 어느 틈엔지 산보의 길로 작정된 거리거리를 지나서 우리는 불란서 교회를 옆에 낀 우뚝 솟은 언덕에까지 이르렀다. 여리고 애잔한 그가 오늘에는 건각이었다. 아내와 세 사람이 같이 다닐 때에는 여짓여짓 말도 잘 안 하고 별로 주밋주밋하며 유라는 세 사람 중의 그림자 같은 존재더니 오늘에는 그가 마치 산보의 주인과도 같이 활기 있고 유쾌하게 서둘렀다.

"곁에 부인이 안 계시니 헙헙하고 섭섭하시지요?"

야유 같기도 하고 조롱 같기도 하면서도 그의 어성에는 슬픈 여음이 흐름은 나는 날렵하게 깨닫지 않을 수 없었다.

"……아이구 오늘은 너무 떠들었나 봐요."

언덕을 내려가던 유라는 별안간 몹시 기침을 하였다. 손수건을 입에 대고 연거푸 쿨룩쿨룩 빈 기침을 지쳤다. 하얀 손수건이 볼 동안에 단풍같이 물들었다.

"안됐군. 어서 가서 주사 맞고 고요히 진정해 누워야지."

나는 황당하게 그의 몸을 어루만지면서 흥분된 그의 몸과 감정을 가라앉히려 애썼다. 날마다 한 대씩 야토코닌을 맞는 그의 몸을 그와 같은 흥분으로 이끈 것이 모두 나의 죄같이도 생각되었다. 한참 동안이나 쿨룩거리고 섰는 유라는 겨우 기침을 가라앉힌 후 고요히 언덕을 걸어 내려갔다.

교회의 뜰 앞 가을 나뭇가지에서 물든 낙엽이 두어 잎 휘날려 떨어지자 교회의 높은 다락에서 별안간 종이 뎅뎅 울리기 시작했다. 종소리에 귀 기울이고 쓰러지는 듯이 주춤 머물러 섰던 유라는 다시 천천히 발을 떼 놓으면서 느끼는 듯한 슬픈 음성으로 한 토막의 시를 읊었다.

레 쌍로 롱

데 비올롱

드 도톤

브레상 몽 쿠올
듀느 랑궤엘
모노톤[1]

불란서 말로 읊은 베를렌의 「샹송 도톤」의 시한 구절이 나의 가슴조차에 울려는 듯이 구슬프게 울렸다. 교회의 종소리가 이 시 속의 '비올롱' 그것이었다. 나는 들까부는 유라의 심회를 어떻게 진정시킬지를 몰랐다.

유라를 보내고 돌아온 나는 그가 오래전에 빌려 갔다 아까 돌려온 나의 소설책 첫 장에서 난잡한 그의 낙서를 발견하였다. 그 역 베를렌의 슬픈 시의 한 구절이었다. 갈팡질팡하는 그의 어지러운 심사와도 같이 불란서어 원문이 심히 난잡히 흘려 있었다.

Il pleure dans mon coeur
Comme il pleut sur la ville
Quelle est cette langueur
Qui penetre mon coeur?

2

맑게 개인 다음 일요일 유라는 적이 건강을 회복한 듯이 홀가분한 치장으로 일찍이 찾아왔다. 기침 없는 그의 얼굴은 대낮의 바다 같이 잔잔하고 고요하다.

"별안간 바다가 보고 싶어요, 가을 바다가."

아스파라거스와도 같이 애잔한 그의 건강을 측은히 여겨 나는 그의 청이면 대개 거절하지 않았다. 느린 기차에 한 시간 남짓이 흔들린 후 우리는 가을 바다를 찾았다.

새까만 드레스에 새빨간 목도리를 감은 맵시 고운 그의 양자가 야트막한 창고가 늘어선 지저분한 부두와는 모래 속의 구슬과도 같이 어울리지 않았다. 그를 둘러싸고 있는 모든 물건과 구성과 배치가 유라의 일신을 마치 보석과도 같이 구별해 놓았다. 그의 옆에 붙어 있는 내 자신조차 그의 기품 높은 모양과는 조화되지 못하고 스스로 구별될는지 모른다. 나는 새삼스럽게 유라의 태양과도 같은 존재를 느꼈다. 하기는 이것이 알 수 없이 침착을 잃은 나의 마음의 탓인지도 모르지만 그만큼 그가 차차 나의 마음의 세상으로 침범해 온 것을 깨닫고 나는 율연히[2] 마음의 떨림을 느꼈다.

부두를 떠나 긴 방축을 건너 섬에 이르렀을 때에 한낮을 훨씬 지난 바다는 차차 거칠게 수물거리기 시작하였다. 만목滿目[3] 거칠은 배경 속에서 유라의 자태는 더한층 뛰어나 보였다. 그것은 맑게 타오르는 한 송이의 성스러운 불덩이였다.

파도 찰락거리는 모래펄을 걸어서 바다 속에 오똘하게 뛰어난 바위를 더듬어 올랐다. 모진 바람에 나부끼는 유라의 붉은 목도리는 활활 붙는 불꽃이었다. 몇 걸음 앞서서 험한 바위 언덕을 더듬는 유라의 치맛자락을 모진 바람이 졸지에 휙 불어 올리는 순간 하얗게 드러난 허벅살의 한 점이 번개같이 나의 눈을 쏘았다. 그것은 마치 한숨의 향기와도 같이 나의 감각을 스친 것이건만, 그리고 나는 그것을 본 순간 즉시 시선을 옮겨 버렸건만 눈총 속에 들어붙어 한참 동안 지워지지 않았다. 검은 것, 붉은 것, 흰 것이 한데 휩쓸려 타는 유라의 불덩어리가 그대로 나의 마음속에 들어와서 나의 가슴을 활활 붙여 올렸다.

내가 우두커니 서 있는 동안에 어느새에 벌써 바위 위에 올라선 유라는 나의 마음의 큰 변동은 살피지 못하고 무심히 나에게 손짓하였다.

그래도 오히려 우두커니 서 있는 나를 내려다보고 그는 드디어 짜증을 냈다.

"안 올라오세요? 가을 바다는 쓸쓸해…… 아, 쓸쓸해…… 그이와 같이 왔더라면!"

유라는 가끔 '그이'라는 명칭으로 그의 '애인'을 불렀다. 그러나 나는 아직도 '그이'가 실제의 인물인지 그렇지 않으면 다만 그가 가상하고 있는 꿈속의 인물인지조차도 모른다. 유라는 가끔 나에게 들으라는 듯이 큰 소리로 '그이'를 외나 나는 아직 '그이'를 본 적도 없는 까닭이다. 자칫하면 '그이'는 유라의 허장성세에서 나오는 가상의 인물인지도 모른다.

그러면서도 나는 이 한마디가 이제 불현듯이 나의 마음을 괴롭힘을 깨달았다. 질투에 가까운 일종의 불쾌한 심사가 솟아오름을 어찌할 수 없었다. 그러면 그럴수록 나는 몸이 더 굳어져서 그가 앉은 바위 위로 뛰어 올라갈 용기를 잃고 그 자리에 못 박힌 것같이 어느 때까지나 서 있지 않을 수 없었다.

3

그날 밤 유라는 드디어 나의 꿈속에 들어왔다. 전에 없던 처음의 일이었다. 나의 아내가 있는 탓도 아니겠지만 나의 굳게 닫힌 마음의 문을 꿈속에서일지라도 유라는 비집고 들어온 적이 없었다. 그러던 유라가 그날 밤 돌연히 나의 꿈속에—굳게 닫힌 문을 뚫고 나의 쓸쓸한 잠자리, 넓은 시트 속에 살며시 숨었던 것이다. 나는 깜짝 놀라 오도깝스럽게[4] 이불을 차고 벌떡 일어났다. 가슴이 두근거리고 웬일인지 몹시도 부끄러워서 얼굴이 화끈 달았다. 밤중을 조금 지난 때였으나 그대로 새벽까지 허다한 생각에 나는 잠 한숨 못 이루고 고시랑거릴 뿐이었다.

이튿날 오후 거리의 으늑한 차점에서 유라를 만났을 때에 나는 아무도 없는 그 자리에서 숫제 그에게 그 꿈 이야기를 할까 하였으나 그보다도 먼저 유라가 그의 꿈 이야기를 끄집어낸 까닭에 그것을 기회로 나는 입을 다

물었다.

"전에도 선생님의 꿈을 안 꾼 바는 아니었으나 어젯밤 꿈 같은 것은 처음예요."

나의 꿈이라는 소리를 듣고 나는 웬일인지 섬뜩하였다. 간밤의 나의 꿈을 다시 생각하면서 그의 꾼 꿈은 또 어떤 것인가 하고 마음이 공연히 서성거림을 느꼈다.

"꿈의 인물은 세 사람이에요. 선생님과 부인과 저와…… 세 사람 사이에 마치 쇠사슬같이 얼크러진 연극이 일어나요. 그 속에서 부인의 표정과 저의 표정이 제일 선명하게 기억에 남아 있어요."

나는 그 꿈의 내용을 알 수 없이 무섭게 여겨 구태여 캐물으려고도 하지 않고 다만 그의 이야기에 조마조마 마음을 죄면서 그 어지러운 심사를 엷히기 위하여 일어나서 축음기에 레코드를 걸었다. 그러나 기타가 가늘게 뜯는 〈바카롤〉의 연연한 음률은 결코 차점 안의 적막을 깨트리지 아니하고 도리어 고요하고 약간 슬픈 정서를 자아냈다. 고요한 정서 속에서 유라는 꿈의 열정을 결코 잃지 않았다.

"꿈속에서 하던 저의 표정을 이 자리에서 또 한번 해 볼까요. 망칙한 표정을 보시지 않으려거든, 자 눈을 감으세요. 저 혼자 그 표정을 또 한번 살려 볼게요."

나는 한참 동안이나 진득이 눈을 감았다가 그것이 어리석음을 깨닫고 반 분 동안이나 지난 후일까, 문득 다시 눈을 떴다. 순간 나는 나의 앞에 바싹 다가 있는 유라의 얼굴을 보았다. 내가 눈을 뜬 다음 순간 그의 얼굴은 마치 달팽이같이 저편으로 움츠러들었다.

같은 순간에 얼굴의 표정도 꺼졌기 때문에 그가 어떤 표정을 지었던가는 물론 알 바가 없이 놓쳐 버렸다. 엄숙한 표정으로 돌아간 유라의 낯색은 붉어졌다 푸르러졌다 하얗다 푸르러졌다가 다시 붉어진 듯도 하였다.

그의 무참해하는 양을 차마 볼 수 없어서 나는 자리를 일어서 마침 끝난 〈바카롤〉의 곡조를 다시 걸었다. 유라가 지었던 표정은 대체 어떠한 것인가를 나는 수수께끼를 풀 듯이 곰곰이 생각하면서.

4

다시 병이 도져서 유라는 그 후 여러 날 동안 모양을 보이지 않았다.

그러나 나의 생일날에는 가뜬하게 단장을 하고 아침부터 왔다. 품 안에 각가지의 선물을 그득히 들고.

"1년에 하루 오는 생일날 이렇게 우울하게 책상 앞에 앉아 계세요."

나의 우울과는 반대로 그는 마치 그 자신의 생일인 것과도 같이 양기롭게 서둘렀다.

한 묶음의 초초한 프리지어를 화병에 세워 책상 위를 장식한 후 그는 그가 가져온 선물의 보를 폈다.

"이 속에 무엇이 들었겠어요? 판도라의 상자가 아니니 설마 괴악한 건 안 나오겠지요?"

대답 없이 보고 있으려니 그는 부피 큰 버스데이 케이크를 내어 책상 복판에 놓았다. 과자 위에는 전면에 그득히 나의 이름이 수놓여 있었다. 나는 그의 세밀한 용의에 놀라는 동시에 너무도 과한 염려를 미안히 여겨 알맞은 감사의 말을 찾지 못하였다.

"오늘은 제가 산타클로스예요."

유라는 마치 신부와도 같이 명랑하게 웃으면서 나의 즐겨하는 호도, 초콜릿 등이 담긴 기다란 양말짝을 모서리에 걸었다. 소설 쓰는 책상은 때 아닌 크리스마스 식탁으로 변했다.

"그리고 밤에는 여기다 불을 그뜩 켜지요."

하고 나의 나이의 수효대로 있는지 여러 대의 가는 양초를 내서 책상 위에 수북 세웠다.

책상 위는 찬란히 빛나고 방 안은 향기에 넘쳤다.

그러나 그렇게 고분고분히 날렵하게 서둘건만 유라의 거동에는 그 어딘지 쇠약하여 허전허전한 것이 있음을 나는 민첩하게 살필 수 있었다. 얼굴은 핏기 한 점 없이 창백하였다. 그러면서도 그는 도리어 나의 우울을 책하는 것이다.

"아니, 왜 이리 나분이 기운이 없으세요? 기분이 좋지 못하면 잠깐 바람을 쏘이고 올까요?"

나도 그것이 좋은 듯하여서 곧 옷을 입고 거리로 나갔다.

가라앉은 마음을 유쾌하게 뛰놀게 하기 위하여 될 수 있는 대로 번잡한 거리를 걸었다.

악기점에 들러 양기로운 재즈를 들은 후 백화점에 들어갔을 때 유라는 의미 있는 듯이 내 팔을 끌어 찬란한 색채 사이를 뚫고 한군데로 인도하였다.

"무엇보다도 넥타이를 사서야겠어요. 오늘의 우울이 모두 그 넥타이의 죄라고 저는 생각해요. 자, 이 중에서 어느 것이든지 하나 유쾌한 빛깔로 고르세요."

나의 눈앞에는 가지각색 넥타이가 무지개의 폭포같이 드리워 있다. 그 속에서 내 비위에 맞는 침착한 색깔의 것을 골랐을 때, 유라는 나의 감식의 정도를 측은히 여기는 듯이 나의 옆얼굴을 바라보며,

"넥타이도 하나 바로 못 고르시는 이가 소설의 여주인공은 어떻게 고르시노. 제가 골라 드리지요…… 우울을 없애 드리지요."

소설의 여주인공을 칭탁하여 은근히, 그러니까 현재의 나의 아내 따위밖에는 못 골랐지 하는 듯한 말속의 뼈를 읽으면서 나는 그의 하는 양을 물끄러미 바라보고 있었다.

"자, 어떠세요? 이것 마음에 드시지요. 마음에 드시면 이 자리에서 곧 갈

아 매세요. 헌것은 주머니 속에 넣어 두시구.”

 진한 바닷빛 사이로 붉은 줄이 얼기설기 건너간 바둑판 모양의 넥타이. 그 속에는 유라 자신의 교양과 세련된 지혜가 은근히 나타나 있기는 하나 그렇다고 일률로 양기로운 빛깔도 아니라고 생각하면서(그것은 마치 유라 자신의 양면과도 같이 양기로운 반면에 슬픈 것이 아닐까) 나는 그의 귀여운 명령대로 그가 골라 준 그 넥타이를 그 자리에서 갈아 매고 헌것을 꾸깃꾸깃 주머니 속에 수습하였다. 다음 순간 그것이 암시하는 의미에 율연히 떨면서.

 “꼭 어울리시는군요. 이제 버젓하게 거리를 거닐 수가 있잖아요.”

 그 역 무심히 할 리는 없겠지만 그의 하는 말의 겹겹의 속뜻에 나는 자릿자릿하였다. 아내의 자태가 문득 머릿속에 떠올랐다. 그러나 새 넥타이에 한결 몸이 거뿐함은 사실이었다. 유라 말마따나 뭉쳤던 우울도 적이 지새어 버린 듯하였다.

 그러나 나의 제의를 물리치고 유라가 그의 수중으로 돈을 갚은 후 한 걸음 백화점의 문을 나왔을 때에 나는 돌연히 놀라운 것을 발견하고 문득 섰다. 팔에서 뗀 적이 없던 그의 왼팔의 시계가 오늘에는 보이지 아니함을 문득 깨달은 것이다. 유라의 살림을 막연히밖에는 짐작하지 못하는 나는 돌연히 이상스러운 것을 생각하였다. 자칫하면 이 넥타이도 아까의 버스데이 케이크도 꽃묶음도 오늘의 선물이 모두 그 시계 속에서 나온 것이 아닐까.

 “유라! 시계를 어찌하였소?”

 “그까짓 건 왜 물으세요? 나는 왜 우두커니 서셨다구요.”

 유라는 천연스럽게 말하고 나의 팔을 내끌었으나 약간 붉어진 그의 옆얼굴을 나는 예민히 보아 버렸다.

 “특별히 오늘만 왜 안 찬단 말요?”

 “시계가 별안간 싫어졌어요. 그것이 마치 저의 병을 일각일각 재촉하는 것도 같아서요.”

그러나 그것이 물론 그의 영리한 변명에 지나지 못함을 아는 나는 그의 심정을 도리어 아프게 여기는 한편 미안한 마음을 금할 수 없었다.

"쓸데없는 걱정 마세요. 시계는 집에 풀어 두었어요."

그렇게 말하는 유라는 몹시도 핼쑥하게 보였다. 애잔한 몸이 허전허전하였다. 또 기침이 나오지 않을까 하고 염려하는 나는 그를 부축하는 듯이 이끌고 넓은 거리로 나와 십자가를 건너려 할 때에 돌연히 나타난 난데없는 상여의 행렬에 앞길을 막혀 버렸다.

"에그……."

상여를 몹시 싫어하고 무서워하는 유라는 별안간 소스라치면서 나에게 전신을 의지하였다. 입술이 볼 동안에 핏기를 잃고 파랗게 질렸다. 마치 붉은 꽃판이 약병 속에서 하얗게 표백되는 것과도 같이 전신이 순식간에 백짓장같이 엷어졌다. 홀가분한 그의 몸이건만 의식을 잃음에 따라 나의 팔 안에 무겁게 드리웠다.

나는 불길한 상여 행렬에 침을 뱉고 황급히 지나는 택시를 불러 유라의 몸을 실었다. 그의 집조차 모르는 나는 하는 수 없이 나의 가난한 집으로 그를 실어 왔다. 휘장 속 침대 위에 누이고 곧 의사를 불렀다. 의사의 응급 수단에 유라는 최면술에 걸렸던 사람같이 맥없이 깨어났다. 나는 안심은 하였으나, 그러나 그의 안색은 여전히 창백하고 전신은 맥이 약하고 두 눈의 광채조차 심히 엷다. 가지가지의 여러 대의 주사를 베푼 후 의사는 가 버렸다.

의사가 나가자마자 유라는 벌떡 일어나면서 슬픈 얼굴에 미소를 띠었다. 물론 이전보다는 못하였으나 두 눈에는 광채조차 띠었다.

"아니, 예가 어디요? 선생님의 방, 선생님의 침대…… 기어코 선생님의 침대에 누웠군요! 선생님의 커피와 씨름해서 이긴 셈이지요!"

"일어나서는 안 되오. 떠들어서는 안 되오."

나는 뛰어가서 그를 다시 침대 위에 눕히고 들뜬 그의 감정을 가라앉히려 애썼다. 상기된 그의 감정, 그것은 마치 타고 난 나머지를 마지막으로 한번 활짝 타오르는 불꽃과도 같이 아름다운 것이었다.

"저는 이제 올 곳에 온 것 같아요. 긴 여행을 마치고 기어코 목적지에 도달한 셈예요. 안심하고 눈을 감겠어요. 내일에 이 목숨이 진한다 하더라도 한할 것 없어요."

흥분 속에서 나다분히[5] 지껄이는 한 마디 한 마디가 그의 건강을 방울방울 해롭히는 것을 아는 나는 하는 수 없이 싫은 소리로 그를 위협할 수밖에는 없었다.

"유라가 너무 떠들면 나는 거리로 나가 버리겠소."

"안 지껄일 게 나가지 마세요. 나가지 마시고 언제까지든지 제 옆에 앉아 계세요. 이 침대 위에 시트 위에. 그러면 언젠가 꾼 꿈 이야기를 해 드릴게요."

"이야기를 하면 도로 지껄이는 셈이 아니오?"

"그럼 이야기는 그만두고 그때의 표정을 해 보일게요. 어두웠으니 양초에 불을 켜 주세요. 선생님의 나이 수효대로 있는 양초에 죄다 불을 켜 주세요. 오늘은 왜 선생님의 탄생일이 아니에요?"

나는 사실 나의 나이 수효대로 있는 수십 가락의 초에 일일이 불을 달면서 그의 주밀한 용의에 다시 놀라지 않을 수 없었다. 다 켜고 난 후에 전깃불을 죽였다. 방 안은 일시에 꽃핀 듯이 밝고 책상 위는 잔칫상같이 찬란하였다. 그러나 그것은 나의 생일을 위한 찬란이라는 것보다도 유라의 병상을 장식하는 광채와도 같아서 불길한 예감이 한결같이 나의 마음을 괴롭혔다.

"선생님의 나이대로 있는 촛불은 선생님의 광명이지요. 이 광명 속에서 저는 마치 천사와도 같이 몸이 거뿐함을 느껴요."

유라의 맑은 눈총이 촛불의 광채를 받아 아름답게 타올랐다. 얼굴에는 만족의 빛이 그득히 넘쳤다.

심드렁해서 책상 앞에도 앉지 아니하고 넋을 잃은 듯이 우두커니 서 있는 나에게는 하얀 프리지어의 향기가 마치 죽음의 향기 같은 생각이 불현듯이 들었다.

5

그해도 못 넘기고 유라는 드디어 떠나 버렸다. 마치 꽃의 향기같이도 여리게 사라져 버렸다.

그와는 반대로 고향에서 정양하던 아내는 건강을 회복하고 다시 올라왔다.

아내 역시 그의 죽음을 지극히 슬퍼하였다.

유라가 나에게 남기고 간 것은 베를렌의 시의 낙서와 아롱아롱한 넥타이와 그리고 가지가지의 은근한 마음의 향기였다.

마음의 향기, 그는 짧은 생애를 마음으로만 산 마음의 귀족이었다. 그의 육체의 살림은 빈곤하였으나 마음의 생활은 풍부하였다. 고독하게 사라진 유라, 마음의 귀족.

나는 그를 그립게 생각할 때마다 그의 넥타이로 갈아 매고 거리를 거닌다. 그러면 나는 마치 그가 살아 있을 때와 마찬가지로 나의 옆에 오종오종 따라옴을 느낀다. 여윈 얼굴에 맑은 눈총을 반짝이면서, 기다란 속눈썹에 애수를 담고 한마디 말없이 나의 걸음에 뒤떨어지지 않으려고 애잔한 발을 재게 떼 놓으면서.

그럴 때의 그의 얼굴에는 그가 낙서한 베를렌의 시의 구절이 바로 그대로 번역되어 적혀 있음을 나는 본다.

    거리에 비 퍼붓듯

내 마음에 눈물 솟네

마음속 파고드는 이내 슬픔

대체 어인 연고인고.

― 주

1) 레 쌍로 롱~모노톤: 베를렌의 시 「가을의 노래」의 1연. 원문과 해석은 다음과 같다. Les sanglots longs / Des violons / De l'automne / Blessent mon coeur / D'une langueur / Monotone. 가을날 / 비오롱의 / 서글픈 소리 / 하염없이 / 타는 마음 / 울려 주누나.
2) 율연히: 두려워서 떨 듯이.
3) 만목滿目: 눈에 보이는 데까지의 한계.
4) 오도깝스럽게: 호들갑스럽게.
5) 나다분히: 말이 수다스럽게 길고 조리가 서지 아니하여 따분하게.

일기

며칠 전부터 거리에 유숙하고 있는 순회 극단의 단장의 딸인 여배우가 지난날 아침 여관방에서 돌연히 해산을 하였으나 달이 차지 못한 산아는 산후 즉시 목숨이 꺼져 버렸다는 근래의 진기한 소식을 우연히 아내에게서 듣고 나는 아침 내내 그 생각에 잠겼다.

여배우는 그 전날 밤까지도 무대에 섰다 하니 오랫동안의 불여의 한 지방 순회에 끌려 다니느라고 기차에 흔들리고 무대에 피곤한 끝에 그 참경을 당하였음이 확실하다. 어린 시체를 동무들과 함께 근처 산에 묻고 온 산아의 아비인 남배우는 울적한 심사를 못 이기면서도 저녁 연극이 시작되려 할 때, "낯선 곳에 핏덩어리를 묻은 오늘 오히려 무대에 나서지 않으면 안 되누나" 탄식하고 그의 역편인 〈아리랑〉의 주연의 화장으로 힘없는 얼굴의 표정을 감추었다고 전한다.

열일곱밖에 안 된 영락의 여배우와 그의 애인인 낙백의 남배우. 나는 웬일인지 르노르망[1]의 「낙오자의 무리」를 문득 생각하며 두 사람을 그 작품 속의 '그 여자'와 '그'에 비겨도 보았다. 학교에서는 훈화가 있어 학생들에게 관극을 금하였다. 나는 두 사람의 처지를 생각할수록 그 조그만 극단의 생활을 위협하는 결과가 되는 나의 '교육'의 직무를 슬퍼하지 않을 수 없었다.

하필 이날에 시작된 것은 아니나 이런 생각에서 오는 우울도 겹쳐서 나는 이날 유심히도 출근의 길이 울가망하고[2] 싶은 것이었다.

기어코 좋은 일은 없었다. 나는 이날을 '흉일'로 기억하게 되었다.

아침 수업이 막 시작되려 할 무렵에 급사가 놀라운 소식을 가지고 직원실로 뛰어 들어왔다.

"열차가 전복했어요."

영문을 몰라 모두 눈이 멀뚱했다.

"남행 첫차가 지금 망간[3] 성견 다릿목에서 쓰러지는 것을 보았어요. 연기가 시꺼멓게 피어오른대요."

그 차에는 북쪽 근촌에서 오는 통학생이 많았다. 그러나 그들의 신변을 염려함보다도 먼저 거의 본능적으로 황급한 충동에 끌려 모두들 직원실을 뛰어나갔다.

운동장에는 다리께가 멀리 바라보였다. 분명치는 못하나 엇비슷이 삐뚤어진 열차의 모습도 보이거니와 무엇보다도 시꺼먼 연기, 어느 구석에서 그 많은 연기가 나왔는지 하늘을 구름장같이 한바탕 푹 덮었다. 까마귀 떼 같은 그 불길한 연기의 덕지가 우거지 나뭇잎 사이로 벌써 흉측한 변의 그림자를 엿보이고 있는 듯도 하였다. 고요하고 섬뜩한 한 폭의 그림이었다.

겨우 통학생들의 안부가 머릿속에 떠오르자 머리들을 모으고 불안스럽게 웅절웅절 지껄이기 시작하였다. 꾀바르게 자전거로 현장에 달려가는 동관同官도 벌써 몇 사람 나섰다. 이들이 가져올 정보를 기다리면서 한참 동안이나 여전히 웅절웅절하고 있는 동안에 난을 당한 통학생이 한두 사람씩 학교에 다다랐다.

물에 빠져 양복이 푹 젖은 이, 이마에 피 묻은 이, 턱에 혹을 붙인 이……전장의 부상병같이 이들은 각각 그 무슨 상처와 흔적을 가지고 힘없이 허둥

허둥 교문을 들어왔다. 운동장에 이르기가 바쁘게 궁금히 기다리고 있는 동무들에게 포위를 당하여 버렸다.

"철교 위에 걸리자 날카로운 기적을 연해 울리며 차가 두어 번 주춤주춤 서더니 한쪽으로 넌지시 휘어 떨어진단 말야. 섬뜩하여 눈을 꾹 감고 몸을 웅크리고 있노라니 어느덧 차창이 발밑에 놓였고 물이 몸에 철렁철렁 찬단 말일세. 정신없이 창을 깨트리고 나와 보니 개천가 돌밭에는 벌써 쓰러진 사람, 정신없이 어릿어릿하는 사람, 난장판이야."

흥분에 몰려 정신없이 지껄이던 학생은 문득 어디가 거북해졌는지 몸을 요동하기 시작하였다.

"자세히 볼 여유도 없이 뛰어왔으나 아마 죽은 사람도 여럿 될 것이야."

하고 어릿어릿하더니 그 자신 그 자리에 주저앉아 버렸다. (이 먼저 달려온 패들은 흥분된 판에 생기도 있고 겉에는 대단한 상처도 보이지는 않았으나 기실 각각 그 어딘지를 크게 다쳐 나중에는 결국 모두 병원에 수용된 것이었다.)

남았던 직원들과 학생들은 일제히 학교를 나와 현장을 향하여 급히 달았다. 행길에는 어느덧 같은 방향으로 달리는 마을 사람들이 많았다. 모두들 알 수 없이 수군거리고 수물거렸다.

도중에는 군데군데 조난자의 그림자가 보였다. 막대를 짚고 의관을 정제한 노인의 얼굴과 두루마기 자락은 피투성이였다. 길가에 누워서 정신없는 학생도 있었다. 눈을 홉뜨고 헛소리를 하는 사람도 있었다.

두 대의 객차는 완전히 다리 밑에 떨어졌고 한 대는 다리를 건너 길옆에, 한 대는 다리 어귀에 삐뚜름히 걸려 있었다. 떨어진 차체는 장난감같이도 무르게 땅에 닿은 편이 와싹 부서져 있다. 다리 위 철로는 휘어서 튀고 나무토막은 조밥이 되어 산산이 흩어졌다. 좁은 개천 양편 돌밭에는 수십 명의 부상자가 마른 풀 위에 물건같이 되구 말구 놓여 있다. 조난의 현장…… 무시무시 엿보이는 한 폭의 지옥이다. 얼굴이 전면 피투성이인 것도 보기에 괴로운 것이거늘, 머리가 찢어져 뼈가 엿보이고 가슴이 뚫어져 피가 솟는 것이다. 피는 귀한 것이면서도 가장 흔하고 천한 것 같았다. 유리조각으로 입에서 코밑까지를 뚫린 사람, 이마가 혹같이 부어 나와서 얼굴이 이지러진 사람…… 육체가 물건의 취급을 받아 상자같이 뱃틀어지고 흙같이 으끄러졌다. '하나님'은 사람을 물건 이상으로 귀여워하시는가.

의사가 오기까지는 학생들이 동원되어 응급 시중에 분주하였다. 중상자를 마른 풀 위에 눕히고 한 자리에 4~5인씩 붙어 저고리를 벗어서 덮어도 주고 햇빛을 가려도 주었다. 저고리가 피에 젖건 말건 그런 것쯤은 관심 이외의 일이었다. 초자연의 도움을 빌기 전에 사람은 사람끼리 먼저 피차에 구원하여야 할 것이다. 나는 이 위급한 자리에서 아름다운 사람을 보았다.

한편 부상자를 일시 수용할 천막을 치고 있는 동안에 공의公醫가 달려왔다. 뒤를 이어 도립 병원에서 원장 이하 의사와 간호부 수십 명이 달려왔다. 개천에는 다리가 놓이고 돌밭에는 약그릇, 주사 도구, 탈지면, 등속이 널리고 소독약 냄새가 흘렀다. 들 복판에 별안간 사람의 살림이 시작되고 과학과 자연의 싸움이 열린 것이다. 여린 호박을 바늘로 장난치듯 팔과 가슴에 대중없이 주사 바늘이 나들었다. 굳은살에는 바늘이 휘어지다가 부러도 졌다. 그러나 그 바늘과 약이 신기하게도 꺼지는 목숨을 돌리는 것이었다. 금시에 꺼질 목숨이 확실히 주사로 말미암아 연장되고 구원되는 것이었다.

제복을 입은 철도역원은 얼굴이 샛노래지면서 눈을 감은 채 "의사 왔소, 의사 왔소?" 하고 구원을 불렀다. 겉에 상처가 없는 까닭에 분주히 돌아치는 의사의 눈에 걸리지 않았던 것이다. 한 사람이 발견하고 "하, 이거 안 됐소. 얼굴빛이 글렀소." 하고 서두를 때에야 의사가 달려와서 침을 놓았다. 그러나 이미 때가 늦었다. 그는 벌써 외치지도 않고 얼굴을 괴롭게 찡그린 채 몸이 식기 시작했다. 불과 몇 초 동안의 기회를 놓쳤음으로 말미암아 과학도 그를 구원하지는 못하였다. 좀 더 빨랐던들 건졌을는지 몰랐을 것을…… 이런 것을 '운명'이라고 할까. 그는 무엇보다도 '의사'를 외쳤으나 기어코 의사의 눈에 속히 띄지 못하고 푸른 하늘 밑에서 식어진 것이다. 내일의 푸른 하늘을 더 볼려야 볼 수도 없이. 뱀에게 물린 라오콘과도 같은 괴로운 얼굴…… 그의 지난날이 아름다웠다 한들 얼마나 아름다웠으랴. 그에게 더도 말고 아름다운 하늘을 하루만이라도 더 보였더라면!

중상을 입은 사람들은 눈을 감고 말 한 마디 없이 고요히 누워 있을 뿐이다. 맥박이 어지럽고 가슴에서는 내출혈의 피가 골골 끓었다. 거개 얼굴 모습이 이지러져 누가 누군지 분간할 수 없었다. 철도와 경찰서원이 주소, 씨명을 물으러 돌아다닐 때에 물론 거기에 바로 대답할 능력 있는 사람은 없었다. 어린 생도는 아우성을 치면서 상처보다도 도리어 주사를 무서워하였다. 부상이 대단치 않은 증거라고 의사는 다음 사람에게로 옮아갔다.

머리는 없었으나 얼굴은 어린 여자는 괴로운 듯이 몸을 여러 번 뒤쳤다. 들린 두 다리 사이로는 속옷과 넓적다리께가 사정없이 들여다보였다. 그러나 물론 그것을 여밀 여유도 없었다. 생명의 괴롬 앞에서는 그런 것도 사치한 생각에 지나지 못하였다. 그는 나어린 신부였다. 바로 간밤에 신방을 치르고 이날 아침 급한 첫 근친의 길을 떠난 것이었다. 몸에 감은 새 옷, 그것은 신혼의 치장이었던 것이다. 머리맡에는 조그만 봇짐이 놓여 있었다.

그럭저럭 하는 동안에 그곳 일대는 장바닥 같은 혼잡을 이루었다. 근 천 명에 가까운 사람들이 개천을 중심으로 하고 웅성거렸다. 마을과 근읍에서 달려온 정거장 경찰 병원의 수많은 인원과 신문 기자단이 현장에서 와글와글 수물거리고 개천 건너편 둑에는 구경하는 마을 사람들이 첩첩이 담을 쌓았다. 다리 위와 아래에서는 경찰서원이 호통을 하며 지휘와 장내 정리를 하였다. 사진반 기자와 카메라가 군데군데 머물러 섰다. 한편 철교 위에서는 검사 이하 10여 명의 긴 행렬이 탈선된 지점을 임검臨檢하였다.

천막 속에 모조리 수용하는 한편 중상자로부터 차례차례 도립 병원까지 실어 날랐다. 얼굴을 심히 다친 노인과 중국인 한 사람은 기어코 그 운반 자동차 속에서 병원에 다다르기 전에 운명해 버렸다.

집안 학생도 근 20명 병원에 수용되었다. 이웃 고을에 시합을 갔다가 우승하고 돌아오던 정구 선수는 타 가지고 오던 우승기에 생각지 않은 피를 묻혀 피의 우승을 영원히 기념하게 되었다.

복작거리고 있는 동안에 한낮이 훨씬 넘었다. 학생들의 정리를 대강 마친 후 직원의 일부분은 학교로 돌아왔다. 행길에서는 빽빽이 들어선 사람의 틈을 비집고 걷지 않으면 안 되었다. 큰일을 치르고 난 뒤와도 같은 피곤이 한꺼번에 왔다. 지긋지긋한 기억에 얼굴의 표정이 무착스러워지고 심신이 나른하였다.

"한 치 앞이 어둠이라더니 이것을 보고 한 말이야."

검은 얼굴에 굳은 표정을 지니고 한 사람의 직원이 탄식하였다.

"그러니 다따가[4] 닥쳐오는 천변을…… 사람의 운명을 헤아릴 수 있나."

다른 한 사람은 얼마간 깨달은 듯한 어조였다.

"세상에 마魔라는 것이 있기는 있는 모양이야."

좌중을 돌아보면서,

"일전에 노파가 치인 바로 그 자리에서 하필 오늘의 변이 생기다니!"

나는 며칠 전 일을 생각하였다. 마을에 노파가 밭으로 아침밥을 이고 가느라고 가까운 길을 취한다는 것이 그 철교 위를 걷다가 차에 깔린 것이었다. 노파는 눈이 어둡고 귀가 잘 안 들렸다. 산모롱이를 돌아오는 기차 소리를 듣지 못하였던 것이다. 별안간 앞에 닥쳐오는 기차를 보고 기겁을 하고 뒤로 돌아섰으나 물론 다리를 채 건너지 못한 채 중간에서 참사를 당한 것이었다. 다리 아래 산산이 흩어진 살과 뼈 중에는 잃어진 것이 많아서 대강 추릴 수밖에는 없었다. 동관은 그것을 말하는 것이었다. 그날의 변과 이날의 변이 말하자면 일종의 암합暗合이었다. 공교롭다면 그같이 공교로운 일도 드물 것이다.

"무꾸리[5]라도 해 두었던들 오늘의 변은 없었을는지도 몰랐을 것을."

신교도다운 동관의 걱정이었다. (이들의 이 방면의 신념은 전통적으로 깊은 것이 있었다. 며칠 후 현장에는 천리교의 중이 와서 짜장 무꾸리를 하고 불의의 죽음을 당한 떠도는 넋을 위안하여 물리치는 행사가 있었던 것이다.)

때 지난 점심들을 풀었다. 표정은 검으면서도 식욕들은 여전하였다. 평일의 식욕으로 평일과 같이 먹었다. 살아 있는 사람의 식욕은 참혹한 변과는 아무 관련도 없는 것인 듯하였다.

관련이 없다면—임검이 끝난 오후, 철교 위에서는 즉시 새 토막 나무와 레일을 실어다가 파손된 개소의 회복 공사가 시작되었으니 이것도 철교 아래 참경과는 관련이 없는 것이었다. 불행한 주관을 본체만체하고 현실의 객관은 언제나 쌀쌀하고 엄격하게 진행되는 것 같았다.

근처 신문사의 호외가 돌았다. '마의 철교'라는 커다란 제목이 어마어마하게 전하였다.

그러저럭 해가 기울었다. 입원한 학생 중의 수명이 위독하다는 소식이 왔다.

나는 나른한 신경을 가지고 집에 돌아왔다. 전신이 톱날에 슬겅슬겅 긁힌 듯 맥이 없었다. 평소에 잊은 적 없던 여러 가지의 욕망과 야심조차도 간 곳없이 곱게 사라졌다. 물질이니 사랑이니 목적이니 생명 이외의 욕망은 모두 사치한 야욕 같았다. 현재 살아 있다는 기쁨이 여러 가지의 욕망을 일시 해소시켜 버린 것이었다. 생명의 기쁨, 그것이 새삼스럽게도 끔찍한 행복이었다. 그러므로 평소에 극도로 괴롬을 받아 오는 부채에 대한 걱정도 잠시 꺼져 버린 듯하였다. 입원한 학생을 보러 가야 할 차비조차 없어서 아내를 이웃에 보내는 형편이면서도.

나갔던 아내는 잠깐 있다 눈물을 담뿍 머금고 돌아왔다. 방에 들어오자 목소리를 놓고 엉엉 우는 것이다.

"젖 달라는 어린애도 아니고…… 울기는 왜 울어."

그렇지 않아도 우울한 심사였으므로 나는 신경을 날카롭게 일으키며 목소리를 높였다.

"빚쟁이에게 망신을 당했어요."

"욕먹은 것이 무엇이 원통해. 불의의 변에 없어지는 사람도 있는데."

"욕뿐인가요. 손찌검까지 한단 말예요."

이자도 차근차근히 못 갚는 빚쟁이 여인에게 욕을 당한 것이었다. 빚쟁이, 그것은 글자대로 채귀였다. 채귀에게 괴롬을 받는 것쯤은 수양을 쌓은 나에게는 벌써 여사였으나 미흡한 아내에게는 두통거리였고, 더구나 어버이에게도 맞아 본 일이 없었을 아내가 남에게 손찌검을 당한 것은 기막힌 봉변인 것이었다.

"어머니에게라도 맞은 셈치지."

유하게 아내를 위로는 하였으나 마음은 물론 아팠다. 빚 걱정도 새삼스럽게 났다. 여기 몇 백 원, 저기 몇 백 원, 거기 몇 백 원…… 찬찬히 생각하면 관계를 맺은 채권자의 수효만 하여도 다섯 손가락을 꼽고도 오히려 남았다. 병이 잦기는 하였으나 생활이 대중없이 사치한 것도 아니다. 이태 동안의 생활의 결과에 몸서리가 났다. 여러 상점에 진 숫자까지 합하면 부채의 금액은 실로 놀라운 수에 올랐다. 매년 연말이 되면 1년 동안에 상점과 거래한 계산서의 수가 수백 장의 커다란 한 묶음을 이루는 것이었다. 그 많은 소비의 액이 어디로 사라졌는지 물론 알 바 없다. 고리로 낸 빚은 갚을 도리도 없이 항상 그대로 남아 가는 것이다. 계산서의 묶음을 태워 버릴 때 세상의 고리대금업자도 한 단에 묶어 함께 태워 버렸으면 하는 생각이 났댔자 할 수 없는 노릇이었다. 귀찮은 관계에서 속히 벗어나야 시원히 일도 하게 될 터인데 하고 나는 기적이라도 기다리는 듯한 마음으로 그날을 기다릴 수밖에는 없는 것이다.

"염려 없어. 펴일 날이 있겠지. 돈이 생기거든 궐녀에게 가지고 가서 대거리로 보기 좋게 볼을 갈겨 주거든!"

허울 좋게 아내에게 말은 하였으나 이날은 몹시도 울가망하였다. 밖에서는 기차 사변, 안에서는 부채 사변, 이날은 마치 사변의 날 같았다. 현실이 몹시도 가혹한 날이었다.

"흉일이다. 흉일이다."

입 밖에 내어서까지 지껄여 보았다. 문득 아침에 소문 들은 순회 극단 일행의 사변이 또 한번 생각났다.

— 주

1) 르노르망(Henri-Renè Lenormand, 1882~1951): 프랑스의 극작가. 작품으로 「홀린 사람들」, 「시간은 꿈이다」, 「낙오자의 무리」, 「열풍」 등이 있음.
2) 울가망하고: 근심스럽거나 답답하고.
3) 망간: '방금'의 방언.
4) 다따가: 난데없이 갑자기.
5) 무꾸리: 무당이나 판수에게 가서 길흉을 점침.

수난

아내와 나는 각각 의자의 뒤편 양쪽에 나누어 섰고 유라만이 의자에 걸어앉아 결국 삼각형의 아랫편 정점을 이루었고 세 사람 가운데의 복판의 위치를 차지하였다. 반드시 그가 작고하여 버린 탓도 아니겠지만 이 사진에 나타난 유라의 자태는 그 어딘지 넋을 잃은 듯한 허수한 인상을 준다. 무엇보다도 눈에 정기가 없다. 빌딩의 창이 열려 있듯 두 눈은 다만 기계적으로 무르게 열려 있을 뿐이지 생명의 광채가 엷다. 흐린 가을날 유리창으로 흘러드는 약한 광선 같이도 애잔하고 하염없는 것이다.

머리카락이 부수수한 것은 평소의 그의 치장의 취미라고나 할까. 세 사람이 사진에 나타날 때 한복판의 위치가 불길하다 함은 나중에 들은 말이지만 이 말과 유라의 경우를 합하여 생각할 때 나는 무서운 암합暗合에 마음이 어두워짐을 깨닫는 동시에 이 사진을 박을 때에 유라와 아내는 그러한 흉신을 알고서인지 모르고서인지 의자에 앉으라거니 뒤에 서겠다거니 하고 한참 동안이나 귀여운 실랑이를 쳤던 것을 생각하면 유라의 박명에 더한층 마음이 아프다. 그는 세 사람에 앞서 마치 세 사람의 악운을 휩쓸어 가지고 간 듯하다. 그가 그렇게 빨리 안 간다 하더라도 세 사람 사이의 평균한 안정은 결코 잃어지지 않았을 것을(그는 생명을 조금도 염려하고 사랑할 필요는 없을 것을) 사진을 들여다보면 이러한 감상까지 우러나와 유라의 짧은 생애가 한없이 애달프고 슬퍼진다.

유라가 작고할 무렵에 우리와는 생활상 사정으로 하여 지리적 거리가 멀었고 잠깐 동안 교섭이 끊겼었다. 이른 봄 어느 날 돌연히 유라의 부고를 받았을 때 일순 기가 막혔다. 기다란 전문의 조전을 치고 아내와 나는 연거푸 이틀 동안 여러 차례나 눈물을 쏟았다. 장지인 그의 고향에까지라도 가 보아야 할 처지였고 그것도 일시 생각도 하기는 하였으나 그렇게 하여야 할 나보다 더 적적한 사람이 있을 것을 생각하고 나는 다만 내가 가지고 있는 애정의 푯물―다량의 눈물로써 그의 죽음을 조상하고 슬퍼하였다.

그가 작고하기 두어 달 전 서울에서 고향으로 내려가던 도중 원산에서 띄운 엽서가 내가 받은 마지막 편지가 된 것이었다. 생각건대 그때에 벌써 그의 병은 어지간히 쇠약하였을 터임에도 불구하고 병세에 관하여서는 일언반구의 보고도 없었다. 슬퍼야 할 편지가 늘 즐겁고 명랑하였다. 아내의 어리석은 오해로 말미암아 근 반년 동안이나 끊겼던 우리와의 교섭이 다시 시작된 것은 그 전해 가을부터였다. 나는 그에게서 번번이 기다란 편지를 받고 오랫동안 가라앉았던 정서가 다시 피어올랐다.

그의 장서는 나에게는 한 기쁨이었다. 아내에게도 같은 정도의 애정을 나누어 어떤 때에는 동성애적 열정이 서면書面에 넘쳐 있음을 발견할 수 있었다. 아내가 한 상자의 능금을 선물로 보냈을 때에는 어린아이와도 같은 기쁨을 표현하여 왔다. 이곳까지 한번 다녀가겠다는 것이 소원이었으나 기어코 뜻을 이루지 못하고 따라서 교섭이 부활된 후 한 번도 유라와 만나지 못하고 가 버린 것이다. 병 때문에 괴롭기도 하였으련만 편지에는 한 마디도 비치지 않았다. 그 몇 해 간 가지가지의 수난에 둘러싸였던 그이므로 여러 가지 핍박한 심경에도 무던히 괴로웠으련만 편지는 끝까지 명랑하였다. 그가 이곳에 올 것을 믿고 그날을 기다리고 있는 동안에 그 대신에 참혹한 부고가 온 것이었다. 여러 장의 편지와 한 폭의 넥타이, 이것이 그가 나에게 남긴 유물唯物적 유물의 전부가 된 것이다. 그가 받은 수난의 한 토막을 기록하려는 것이 이 소설의 목적이나 세상에는 부당한 수난, 더구나 여자인 까닭으로 이유 없이 받는 수난이 많은 것 같다. 자유의 행동에 공연히 비난과 구속을 받게 되고 그럼으로써 마음의 자유를 충분히 표현하지 못하고 빛나야 할 모처럼의 생활을 가엾게 말살하지 않으면 안 될 경우가 있는 듯하다. 더구나 연애의 행동에 있어서의 이러한 부당한 수난의 희생은 심히 가엾은 것이다. 유라의 꼴이 한없이 측은하다. 나는 부당한 수난에 항의하려는 것이다.

유라의 학교 시대와 여점원 시대를 나는 모른다. 다만 잡지사에 기자로 있던 그의 마지막 시대를 알 뿐이다. 따라서 그의 사상적 용약勇躍 시대의 생활은 알 수 없다—고는 하여도 그의 그러한 생활의 일단을 흘깃 엿볼 수 있었다. 내가 그를 만나게 된 첫 번이 공교롭게도 바로 그의 그러한 생활이 끝나는 순간이었다. 어느 날 친히 다니는 서점에 앉아서 주인과 다니는 학교의 파업의 주모자로 끌려간 그의 여동생의 뒷일을 궁금히 여기고 있노라니 한 여자가 뛰어들어 왔다. 흥분되고 황급한 양이었다. 여름옷이 몹시도 인상적이었다. 그가 바로 소문의 유라였던 것이다. 서점 주인의 동생의 파업을 배후에서 지휘하고 조종했다는 탓으로 여러 날 들어가 있었던 것이다.

주인과의 회화를 나는 옆에서 타인적 태도로 들을 뿐이었으나 그의 용모에서 오는 인상이 마음속에 몹시도 진하게 엉겼다. 물론 그 자리는 인사도 없이 그대로 헤어졌으나 그 후 얼마 안 되어 그는 나에게 처음으로 원고를 청하러 왔다. 이때부터 사귐이 시작되었다. 원고를 청탁하고 나의 셋방에 자주 찾아왔다. 같이 거리에 차 마시러 가는 걸음도 잦았다. 이지적이었으나 다정하였다.

첫 소설을 써 가지고 왔을 때에 나는 대강 수정한 후에 제목을 고쳐 주었다. 그 소설을 준 잡지의 원고 전부가 그 달에 압수를 당한 까닭에 그 소설이 즉시 세상에 나가지는 못하였으나 그때부터 그의 소원이 소설을 배우겠다는 것이었다. 소설 교수의 임무가 나에게는 과한 과제였으나 근심할 것도 없는 것은 그는 반드시 소설을 배우러만 온 것도 아닌 까닭이다. 실행은 못하였으나 더울 때에는 가까운 바다에 해수욕 가기를 자청도 하였고 가을이면 성북동의 포도원도 찾았다. 토키[1]의 〈파리의 지붕 밑〉[2]을 본 후에는 가끔 능하지 못한 나의 기타를 졸라 콧노래를 흥얼거렸다. 나는 물론 그의 나와의 접촉 면만을 볼 뿐이었지 나와 떨어져 있을 때의 그의 생활은 나의 알 바도 아니었다. 나와 만날 때에 나에게 보여 주는 두터운 우정을 받아들이면 그만이었다. 지금의 아내인 나의 약혼자가 시골에 있다는 소식을 들었을 때의 그의 표정을 잘 살피지는 못하였으나 우리들이 결혼하였을 임시에 잠깐 동안 그와 사이가 뜨게 지냈던 것은 사실이었다. 그러나 다시 사이는 여전하게 회복되었다.

이 무렵에 남의 생활을 엿보기에 어두운 나에게도 유라를 에워싸고 도는 몇 사람의 존재가 어렴풋이 짐작되었다. 그들에 대한 유라의 애정의 정도는 헤아릴 수 없었다. 확실히 안정을 잃고 서성거리는 눈치는 보였다. 어느 날 유라는 나를 찾아왔을 때에 말이 났던 김에 잡지사 같은 편집실에 있는 한 사람의 동료의 호인적 성격을 찬양한 일이 있었다. 추운 겨울에 몸까지 불편하여 온 아내는 명절을 앞두고 잠깐 동안 고향에 가 있기로 하였다. 아내를 보내는 날 밤 유라는 잡지사의 그 동료를 정거장까지 데리고 나와 떠날 시간을 앞둔 차 속에서 황망히 나에게 소개하였다. 이가 유라의 그 후 생활에 비교적 중대한 뜻을 가지게 된 인물임은 물론 후에 알았다. 동료의 호인적 성격을 찬양하는 외에 그에 관한 더 자세한 것을 유라는 나에게 말하지 않았고 성격을 찬양함이 반드시 사랑의 표현이라고는 생각할 수 없었던 까닭이다. 물론 두 사람에 관한 소문만은 가끔 나의 귀를 스쳤으나 세상에 소문 같이 어리석고 겸연쩍은 것은 없는 줄을 잘 아는 나였다. 무엇보다도 또렷한 애정의 목표를 둔 사람으로서의 유라의 나를 대하는 태도에 선명한 것이 없었다. 물론 애정의 표식이 있다고 공연히 나를 미워하고 배반하려는 것은 아니었으나 그가 나를 대할 때의 태도는 적어도 사랑하는 이를 둔 사람의 태도는 아니었다. 사랑을 가진 사람이 사랑에 골몰할 때에는 적어도 일정한 기한 동안은 그 외의 사람에게서 구할 것은 아무것도 없을 것이며 또 없어야 할 것이다. 나에 대한 태도의 설명을 나는 그의 마음의 안테나가 여러 갈래인 탓이라는 것보다도 그의 잔약한 마음의 탓으로 돌려보내고 싶다. 그 잔약한 마음이 실로 수난의 괴롬을 가져온 것이며 부당한 비극을 빚어낸 것이다.

　아내가 고향으로 내려간 후로는 유라가 나를 찾아옴이 확실히 더 잦았고 그의 심사도 적이 자유로운 듯하였다. 하루는 아랫목에 펴 놓은 이불 속에 발을 넣고 찬 몸을 녹이면서 무슨 이유 무슨 생각으로인지 그가 잡지사에 있게 된 후로의 몇 가지의 수난을 비교적 자세히 터놓고 이야기하는 것이다. 직접 그의 입에서 그의 생활을 듣기는 처음이었으므로 나는 적지 않은 흥미와 동정으로 귀를 기울일 수 있었다. 그를 귀찮게 군 몇 사람의 이름을 처음으로 들은 것도 유쾌한 일이었다.

　A는 같은 편집실의 젊은 동료였다. 평소의 친절을 두터운 우정의 표현이라고만 생각하였던 것이 우정의 한계를 넘어 돌연히 사랑의 고백이 되었을 때 유라는 현혹한 마음을 금할 수 없었다. 지금까지의 그의 친절이 별안간 치장된 함정같이 생각되어서 유라는 황급히 신변을 경계하기 시작하였다. 그의 태도와 눈치가 진하면 진할수록 쌀쌀하게 몸을 지녔다. 이것이 도리어 그의 부당한 반감을 사게 되어 마침내 절교까지에 이르렀다. A는 얼마 안 되어 사社를 물러가게 되었으나 그 후 유라는 일신에 관한 대중없는 중상과

소문을 자주 들을 때마다 그것이 A의 유언의 소치나 아닌가 하고 우울한 날이 많았다. 일면 팔 침을 맞았을 때의 남자의 게염[3]과 천려를 슬퍼하고 민망히도 여겼다.

그러나 일단 같은 지붕 밑 편집실을 나가 버린 사람이니 차차 교섭이 엷어짐에 따라 A와의 사이는 완전히 청산되어 버렸으나 그보다 더 추근추근하고 귀찮은 것은 B였다. B역시 A가 가 버린 후의 편집실의 동료였다. 일단 가정에 풍파를 겪은 중년의 신사요, 과거의 빛나던 투사인 그를 유라는 선배로 섬기는 마음으로 일상 경대하였다. 공경한다 함은 실상의 내용으로는 멀리함을 뜻하는 것 같다. 유라는 경대하던 선배를 경원하지 않으면 안 되게 되었다. 그 동기는 물론 그 선배가 가져온 것이다. 선배는 사상적 지도를 칭탁하고 마침내 유라의 마음의 문까지 열려고 하였다. 그러나 그가 가진 열쇠는 유라에게는 맞지 않았다. 감정의 문은 사상만으로는 열 수 없는 것이다. 사랑의 감정은 눈으로부터 드는 것이니 유라의 눈을 정복하기 전에는 구슬보다 더 아름다운 지혜를 가지고 와도 하릴없는 것이다. 지도의 '호의'를 유라는 도리어 귀찮게 여기게 되었다. 달마다의 잡지에 B가 수필을 이름 삼아 가지가지의 암시와 비유를 들어 구애의 도구로 삼는 것이 유라에게는 말할 수 없이 낯간지러운 것이었다. 그러나 그것보다도 더 견딜 수 없는 것은 익명으로 가끔 날아드는 기다란 편지였다. 그 속에서 B는 연연한 글자로 사랑을 하소연하였다. 드디어 유라를 직접 찾아오게까지 되었다. 이렇게까지 되면 유라도 굳은 태도로 냉정하게 몸을 지닐 수밖에는 없었다. 눈치까지 무시하고 둔감하게 구는 사람은 노골적으로 선명하게 차버리지 않을 수 없었던 것이다. 그러나 이것이 A와 똑같은 경우를 일으켰다. B의 소치인 듯한 가지가지의 중상과 소문이 유라의 신변에 빗발치듯 날았다. 소문 속의 인물의 한 사람이 C, 아내가 고향으로 내려갈 때 정거장 차 속에서 나에게 소개한 유라의 동료였다. 유라와 C와의 교우 관계라고도 할 만한 것이 시작된 것은 마침 유라와 B와의 옥신각신이 있은 전후였던 것이다. 사 안에 일이 있을 때마다 유라를 항상 막아 주고 지켜 주는 사람이 C라는 것을 유라는 전에도 누차 나에게 전하여 주었던 듯하다. B와 C는 책상을 나란히 한 같은 방 안의 동료인고로 B의 샘과 비난이 유라와 C와의 관계로 집중되고 과장되었음은 자연의 형세였다.

유라의 이야기는 이 정도의 것이었다. 그러나 나의 귀에도 유라들의 소문은 또 다른 사람의 입을 통하여서도 자꾸 들렸다. 유라는 웬일인지 C와의 소문을 즐겨하지 않았다. 유라의 약한 성격이 여기에도 드러나 있다고 생각한다. 어차피 소문이란 게염스럽고 바람결같이 허황한 것임을 모르는 것이 아닐 터이니 사실이 소문 이상이든 이하이든 있는 대로의 것을 긍정하여 마음의 자유대로 말 달리는 것이 더 양심적이 아닌가. 사회는 이해관계가 엷을 때 개인의 연애 생활까지 손찌검할 염치는 없는 것이다. 개인의 연애 생활을 도마 위에 올려 난도질하여 비판함이 반드시 그 사람의 양심적 생활을 지도함은 안 되는 것이다. 유라는 샘과 억지 많은 세상에 대하여 조금도 그의 사생활을 겸양하고 희생할 필요는 없었다. 하물며 나에게까지 대하여서랴. 유라는 나에게 대하여서도 C와의 관계를 얼버무리고 간간이 희생까지 하였다.

이런 일이 있었다. 어느 날 저녁 다따가 영화 구경 가기를 청하였을 때 유라는 선뜻 승낙은 하였으나 그 어딘지 걱정의 표정이 보였다. 그러나 물론 약속한 시간에 어김없이 오기는 왔다. 나는 의아하게 생각하면서도 같이 상설관까지 갔다. 거기에서 나는 의외로 혼자 앉아 있는 C를 발견하였다. 유라도 C를 돌연히 발견한 듯한 표정을 가졌던지 안 가졌던지까지는 살피지 못하였으나 세 사람의 사이는 확실히 한참 동안 어색하였다. 생각건대 나의 청을 들었을 때의 유라의 걱정스럽던 표정은 C와의 약속을 생각한 결과인 듯하였다. 그러나 먼저 C와 약속을 한 것이라면 나의 청을 시원히 차 버리면 그만이 아닌가. 나와 어깨를 나란히 하여 거리를 건너가 약속한 C를 목적지에서 거북스럽게 만나는 것보다는 도리어 나의 약속을 거절하고 시원히 처음부터 C와 같이 가서 몇 시간을 즐기는 것이 정당하지 않은가. 나에게 겸손하여 도리어 생활의 중요한 부분을 말살할 필요가 있었던가.

나는 그러한 경우의 유라의 심중을 이해할 수 없다. 이때뿐이 아니었다. 수시로 거리를 거닐 때나 차점을 찾을 때는 별것으로 하고 무용 발표회를 구경 갔을 때나 작가들의 원고 전람회인지를 보러 갔을 때에도 일껏 같이 가기는 하였으나 유라의 태도에는 서먹서먹하고 거북스러운 것이 있었다.

하루는 밤늦도록 거리를 거닐다가 백화점에 들렀다. 유라의 권고도 있었고 하여 넥타이를 사려는 것이었다. 수효뿐이지 변변한 넥타이는 하나도 가지지 못하였던 것이다. 제가 골라 드리지요, 하고 유라는 넓은 넥타이의 폭포 속에서 손쉽게 하나를 골라냈다. 검은 빛깔에 붉은 줄이 은은히 섞인 사치하면서도 결코 속되지 않은 몸에 조화되고 취미에 맞는 넥타이였다. 맬수록 몸에 어울리고 마음에 들었다. 카페에서는 안목 높은 여급이 '썩'이라는 형용사를 써서 기품 있는 색조를 칭찬하였다. 그런 소리를 들을수록 나는 그 훌륭함을 다시 깨닫고 아울러 유라의 미에 대한 예민한 감각과 세련된 안식에 탄복하지 않을 수 없었다. 나는 유라의 세련된 취미의 일부분을 빌어 내 몸을 치장한 셈이었다. 유라와 같이 거리를 거닐 때의 경우도 그렇게 설명할 수 있지 않을까. 유라는 거리에서 나의 몸을 치장하는 넥타이의 역할을 한 셈이라고 나는 생각한다. 유라로서는 몸치장 역할을 하는 것보다는 더 중요한 그의 생활을 살리는 것이 정당하지 않았던가.

허황한 소문을 극도로 싫어한 탓이었다면 하필 C와의 소문만을 특히 경계할 필요가 있었던가. 유라와 나와의 동행을 거리에서 자주 목격한 신문사 여기자가 그것을 글거리로 유라를 조롱하였다는 사실을 유라는 나에게 거북하였다는 기색도 없이 도리어 그를 톡톡하게 반박하여 주었다고 하면서 웃음을 머금고 뒤슬뒤슬[4] 이야기하였던 것이다. 어느 날 유라가 내게 와서 저녁 고기를 도마 위에 난도질할 때 나의 동무가 찾아왔다. 소문이 나려면 그때와 같이 공교로운 기회는 없었으나 유라 자신은 그것을 그다지 걱정하는 눈치도 보이지 않았으니 무슨 까닭인지를 알 수 없다. 유라는 본말을 거꾸로 하고 줄기와 가지를 분간하지 못하였다고밖에는 볼 수 없다.

C와의 탄로를 걱정하면 할수록 일은 더 틀어지고 생각지 않은 곳으로 야단스럽게 빗나가 버렸다. B의 과장된 샘과 행동으로 말미암아 드디어 이 관계를 중심으로 하고 한 폭의 의외의 사건이 일어났다. 유라를 심중에 두고 있는 또 한 사람이 있으니 D였다. 운동의 전선에서 완전히 탈락한 후 하는 일 없이 거리로 돌아다니며 기적적으로 살아가는 사나이였다. 거리의 소문을 전하고 가십을 만드는 것이 일이라면 일일까. 과거의 동무들은 그를 이용하려고 하는 외에는 대개 위험시하고 멀리하였다. 표면으로는 그 역시 '지도'를 핑계 삼아 유라의 신변을 그림자와도 같이 항상 굼실굼실 싸고 돌았다. B와도 물론 과거의 동무는 동무였으나 혼자 마음속으로는 유라를 둘러싼 사랑의 적수인 까닭에 유라에 대한 B의 책동을 은근히 질시하며 그것을 기회로 B를 함정에 빠뜨릴 날을 기다리고 있었다. 때마침 한 사람의 동지가 나타났으니 E였다. 당시 합법 운동의 최고 간부의 한 사람인 E를 D는 얼마간 존경한다면 존경하는 터였고 B도 일단 탈락한 몸이라 그에 대하여 떳떳이 고개를 쳐들지 못하는 형편이었다. E가 돌연히 얼기설기 얼크러진 사건의 그물 속으로 불쑥 뛰어들어 오게 된 것은 아직 C의 자태가 표면에 선명히 드러나기 전 B와 유라의 관계만이 뚜렷할 때였다. 잘 지도하면 쓸 만하다고 생각한 것이, 즉 다시 말하면 유라를 '지도'하겠다는 것이 E의 용감한 간섭의 첫째 이유였고, 둘째 목적은 '타락된' B의 행동을 따갑게 책망하여 그의 길을 바로잡자는 것이었다. 유라와 나에게서 B와의 관계의 일절을 들은 후 대책을 강구하고 전술을 세우려고 E와 D는 나의 방에서도 자주 만났다.

나는 유라를 막으려는 그들에게 단칸의 셋방을 때때로 제공하기를 아낄 필요는 없었다. 어떤 때에는 유라까지 합쳐 네 사람이 좁은 방 안에서 만나게 되는 수도 있다. 배짱이 서고 기회가 익은 하루 아침, D는 드디어 잡지사로 달려가 과거의 교우 관계와 모든 의리 일체를 신짝같이 집어던지고 한 사람의 벌거벗은 영웅으로서 B 앞에 늠름히 나타났다. B의 허물을 끄집어내고 행동을 탄로하여 대경실색한 B를 사정없이 우겨 댔다. 세밀히 조사된 재료의 무기로 빈틈없이 난도질한 것이다. 옆에는 유라도 있었을 터, 편집실 안은 별안간의 폭풍우에 발끈 뒤집혔다. B와 D는 마침내 폭력을 가지고 서로 어울려 의자가 날고 주먹이 부딪쳐 편집실은 일장의 수라장이 되었다. 때를 살펴 E가 뛰어갔다. B는 의외의 곳에서 뛰어드는 불의의 공격에 허전허전 힘을 잃고 완전히 넘어진 셈이었다. 소문은 거리에 쫙 날리고 B의 얼굴에는 옳든 그르든 한목에의 진흙이 끼얹어졌다. 사회적으로 와싹 부셔 버리려던 E의 소망은 어느 정도까지 공을 이루었고 속사랑의 적수를 쳐 버린 D의 심중도 어지간히 유쾌하였다. B는 다음 날부터 사를 쉬었다. 그의 진퇴 문제까지 논의되었다. 물론 D들에 대한 그의 미움은 컸고, 한편 유라에 대한 술책도 어금니를 더욱 날카롭게 하였다. 유라도 사건의 중심 인물인 만큼 그 스스로 출근을 부끄러워하여 겸양하는 날이 많았으나 주간의 두터운 호의로 하여 그의 퇴사는 극력 만류를 당하였다.

　이러한 사건이 있은 후 유라와 E들의 사이는 확실히 더 가까워는 갔다. 그것이 애초부터의 E의 소망이었으니 단독으로, 혹은 같이들 만나는 날도 많았다. E가 유라를 '지도'하려 하는 본의의 흑백은 하늘만이 아는 노릇이다. 한편 유라에 대한 B의 공격은 더한층 날카로워지고 적극적이었다. 그의 전면 공격은 유라의 C와의 관계의 탄로로 집중되었다. 이것이 유라의 아픈 곳이었다. 드디어 사건은 사건을 낳았다.

　유라와 C의 숨은 생활이 폭로되었음은 물론이거니와 C에 관한 자세한 속사정까지 겉에 드러나게 되었다. D자신 가끔 유라의 숙소를 살피고는 C

와의 생활을 추측하여 말하게 되고 E는 E로서 또한 여러 가지 들리는 말을 재료 삼아 유라의 생활을 유심히도 캐내고 감시하게 되었다. 이 사이에 있어 유라에게 약간이라도 걸림이 있는 F, G, H…… 여러 인물의 호기심과 책동으로 말미암아 C의 가장 아픈 상처까지 드러나게 되었다.

C에게는 수학 시대의 그를 도와까지 준 조강지처가 있었던 것이다. 그를 버리고 유라를 '잡을 수 없는' 것이다. 유라와 남편의 관계를 안 C의 아내는 남편을 책하는 위에 '뜻하는 사람'에게 편지를 보내 그 사실을 적발하고 비판과 후원을 빌게 된 것이었다. 있는 대로의 사실은 죄다 땅에 팍 쏟아졌다.

일이 여기까지 이르면 수습할 도리도 없는 것이다. 이 사실의 곡절은 다만 이것만으로는 모를 노릇이나 나도 이것을 들음에 이르러서 겨우 유라의 C에 대한 지금까지의 소극적 태도의 원인을 알게 되었다. 물론 이것이 원인의 전부인지 아닌지는 알 바 없지만…… 그러면 그렇다고 도리어 용감히 모든 것을 버리고 사랑을 살릴 용기도 없었던가.

사건이 있은 후의 인심이란 종잇장같이 엷은 것이다. D는 쌀쌀하게 유라를 비웃었다. E도 손을 뒤집은 듯이 표변하여 B를 치던 공격의 화살을 사정없이 유라에게로 돌렸다. 모든 허물과 '도덕적' 비난이 한갓 유라에게로만 돌아갔다. 사회의 도덕이란 값싸고 평범한 상식에 지나지 못하는 것이지만 E도 결국 한 사람의 범상한 사나이에 지나지 못하였다. 긴급한 일이 많을 운동객에게 그다지 중요하지도 않은 한 여자의 사생활에 간섭하여야 할 필요와 여가가 있었는가. 사소한 거리 일에까지 계급적 양심이 발동함은 너무도 값싸고 한가한 짓이다. 몰락한 동지를 책망할 목적으로라면 B의 사건을 끝으로 손을 떼는 것이 옳을 것이다.

C의 사건이 생기자 유라에 대한 표변과 공격은 천박하고 추한 짓이 아닐까. 많은 사람을 이끌고 나가야만 할 아량과 염량이 어디 있는가. 유라를 건져 준 값으로 유라의 순결한 웃음을 얻자는 것이 배짱이었다면 그도 결국

한 사람의 범부에 지나지는 못하였던 것이다. 한때의 후원자요 동지였던 사람들을 하룻밤 사이에 모조리 잃어버린 유라는 고독한 위에 수많은 적수까지 만들어 놓고 외로운 군사로 쓸쓸히 싸우지 않으면 안 되었다. 현실은 맵고 차다. 번민과 괴롬 속에서 유라의 병세는 날로 무거워 간 듯하다.

이 무렵을 한으로 하고 생활의 방편에 따라 우리는 유라와 지리적으로 피차 떨어져 있게 된 까닭에 그 후의 곡절과 C와의 관계의 처리는 나의 모르는 바이나 날로 자심한 비난과 욕설에 묻혀 피를 뱉는 괴롬에 건강을 극도로 상하였을 것은 짐작되는 일이다. 편협스러운 산골에 묻혀 있는 나에게까지 그 후 가끔 유라의 일신에 관한 무서운 풍설이 오히려 흘러왔으니까.

억울한 사면초가 속에서 유라가 얼마나 외롭게 지내는지는 오랫동안의 적조를 깨트리고 편지조차 없던 우리에게 별안간 첫 편지를 띠우고 이어서 번번이 기다란 편지를 주게 된 그 한 사실로 미루어도 짐작할 수 있는 것이다. 편지는 한결같이 명랑은 하나 그 어디엔지 애수가 흐르고 때로는 울적한 심사조차 엿보였다.

잔약한 힘에 한마디의 항의도 못하고 무서운 수난 속에서 아까운 목숨을 한 치 두 치 깎아 간 것이다. 고향으로 내려갈 때 차 속에서 띄운 한 장의 엽서와도 같이 얇게 그는 떨어지고 말았다. 그의 부고는 실로 청천의 벽력이었다.

유라가 없는 이제 무엇을 더 말하랴. 공교롭게도 한동안 그의 옆에 서서 단시간의 그의 생활을 객관하게 된 것이 나에게 다행인지 불행인지는 모르겠으나 그의 참혹한 최후를 알게 된 것은 확실히 나의 불행인 것이다. 생각하면 필요 이상의 호기심과 주책없는 게 염으로 말미암아 잔약한 한 사람의 생존에 무서운 수난의 십자가를 메이는 일이 많은 듯하다. 뒷말이 아무리 장황하여도 한번 당한 수난을 물릴 수는 없는 것이나 한마디 유라에게 말하고 싶었던 것은 생전의 그의 태도였다.

어차피 인간 생활에 엄격한 꼭 한 가지의 비판이라는 것은 없는 이상 소문을 무시하고 여론을 멸시하여 실속 있는 생활을 적극적으로 하는 살림이 더 뜻있지 않았을까. 어줍잖은 여론의 총아가 되고 착한 시민이 되기보다는 차라리 생활의 악마가 되었더라면 유라의 살림은 한층 빛났을 것이다.

이러한 권고는 쓸데없는 나의 역설이고 하릴없는 감상에 지나지 못하는 것일까.

— 주

1) 토키talkie: '유성 영화'를 달리 이르는 말. 1927년에 유성 영화를 처음 들여왔을 때 말하는 영화라는 뜻으로 사용하기 시작하였음.
2) 〈파리의 지붕 밑〉: 유성 영화 초기의 프랑스 영화.
3) 계염: 부러워하며 시샘하여 탐내는 마음.
4) 뒤슬뒤슬: 되지못하게 건방진 태도로 행동하는 모양.

성수부聖樹賦
―생활의 거울

생활의 귀족 되기는 어려우나 마음의 귀족 되기는 쉬운 듯하다. 외로움이 마음의 귀족을 만들었으나 이제는 귀족다운 마음이 도리어 고독을 즐기게 되었다. 고독에 관한 옛사람들의 명언을 적어도 10여 구를 마음속에 준비하는 동안에 고독은 짜장 품에 사무쳐서 둘 없는 동무가 되었다. 동무들에게서 오는 편지, 가끔 문학을 이야기하러 오는 같은 뜻의 벗…… 이런 교섭 이외에는 거의 외로운 마음의 생활이 있을 뿐이다.

쓰지 않은 소설의 장면을 생각하여도 좋고 쓸 곳 없는 외국어의 단어를 기억하는 법도 있으며 하릴없는 지도와 친히 구는 수도 있다. 보지 못한 풍경에 임의의 채색을 칠하여 봄은 마음의 자유니 그 어느 거리에다 붉은 집들과 하얀 집들을 배치도 하여 보고 언덕 위 절당에는 금빛 뾰족탑을 세워 보았다. 파랑빛 둥근 탑으로 고쳐 보았다. 다시 거리에는 자작나무와 사시나무의 가로수를 심고 그 속에 찬 공기와 부신 광선을 느껴도 볼 수 있는 이 아름다운 특권을 둘 없이 고맙게 여긴다. 곱게 채색한 그곳은 포브라니츠나야라도 좋고 생모리츠라도 무관하며 무우동의 교외라도 좋은 것이다. 마음의 꽃 휘날리는 곳에 혼자의 조그만 왕국이 있고 생활이 있으며 천국이 있다.

나는 그 속의 왕이다.

생활이란 무엇인가, 스스로 묻고, 움직임이다, 스스로 대답하고, 움직임에는 방향이 있어야 하지 않는가에 이를 때 귀찮은 생각을 집어치우면 그만이다. 나에게는 산을 뽑을 힘도 없고 바다를 잦힐 열정도 없고 별다른 지혜도 없으며 사치를 살 금덩이도 없다. 다만 가난한 꿈꾸는 재주를 가졌을 뿐이니 꿈속에서만은 장검도 휘둘러보고 땅도 깨트릴 수 있고 하늘의 별도 딸 수 있다. 사람이 있어 식물적 생활이라고 비웃는다 할지라도 나는 아아메녀의 거리 낡은 성문 어귀에 웅크리고 누워 사막의 달밤을 꿈꾸는 털 빠진 낙타의 모양을 업신여길 수 없으며 로맨티시스트의 이름으로 조롱할 수는 없다. 리얼리스트이면서도 로맨티시스트, 사람은 그런 것이다.

꿈을 빚어 주는 것에 아름다운 계절계절이 있다. 여름에는 바다가 푸르고 가을에는 화단이 맑고 봄에는 온실이 화려하며 겨울에는…… 겨울에는 색채가 가난하다. 눈조차 풍성하지 못하면 능금나무 가지는 앙클하며 꿈은 여위어 간다.

크리스마스가 가까워도 눈이 푼푼이 오지 않았다.

나뭇가지는 엉성궂고[1] 벌판은 휑휑하고 차다.

일요일 아침 목욕물에 잠기면서 맞은편 예배당에서 흘러오는 찬송가를 듣기란 그것이 겨울이므로 더한층 정려 있는 것이었다.

평화로운 풍금 소리와 아름다운 합창에 귀를 기울이고 있으면 천국의 세 은문이 탄탄대로같이 눈앞에 드리워 물 위에 너볏이[2] 떠 있는 피곤한 육체에 날개가 돋쳐 그대로 쉽게 천당에 오를 듯한 느낌이다.

가난한 육체를 훑어보면서 성스러운 노래 속에 천국을 느낌은 유쾌한 일이다. 정신으로보다도 먼저 육체로 하늘을 찾고 싶은 것이다. 즐거운 노래의 여음으로 문득 크리스마스가 가까웠음을 깨닫고 아름다운 정서를 살리기 위하여 크리스마스트리를 세우려 생각하였다.

'푸른빛 귀한 방 안에 싱싱한 나무를 세우면 얼마나 아름다울까.'

생각만으로도 마음이 즐겁게 뛰었다.

사람을 시키니 반날 동안이나 깊은 산을 헤맨 후 두 대의 굵은 전나무를 베어 왔다.

초목이란 초목은 모두 아름다운 것이지만 전나무의 아름다움은 새로운 발견이었다. 곧은 줄기, 검푸른 잎새, 탐탁한 자태, 욱신한 향기…… 바꿀 것 없는 산의 선물을 넓은 방 복판에 세워 놓고 나는 무지개를 쳐다볼 때와도 같은 감격을 느꼈다. 산의 정기와 별의 정기를 담뿍 머금은 두 포기의 생명은 잎새의 끝끝 줄기의 마디마디에 가지가지의 전설과 가지가지의 이야기(별 이야기, 밤 이야기, 바람 이야기, 눈 이야기, 새 이야기, 짐승 이야기)를 가지고 있을 것이나 둔한 신경으로 그것을 드러낼 수 없는 것만 한이 된다.

크리스마스이브에는 약간 눈이 내렸으나 땅을 덮을 정도가 못 되고 내리자 녹곤 하였다.

낮부터 꾸미기 시작한 것이 저녁때를 훨씬 넘었다. 아내는 제 일이 바쁘고 아이는 거들 나이 못 되므로 나는 나 혼자의 독창으로 손을 대었다. 멋대로의 소설을 생각하듯이 비위에 맞도록 창작하면 좋아하였으니까.

잎새 위에 편 솜은 물론 눈을 의미하는 것이요, 조롱조롱 단 금방울은 태양의 빛을 나타내자는 것이요, 반짝이는 별들은 산속의 밤을 방불시키자는 뜻이었다. 방울은 바람소리를, 휘연휘연 드리운 금빛 은빛 레이스는 자연의 소리를 듣자는 것이다. 수많은 인형은 산의 정혼들이요, 나무의 모습대로 방울방울 치장한 오색의 색전지는 정혼들의 찬란한 춤이다.

가난한 책시렁과 철 늦은 의자와 벽에는 옛 소설가들의 초상과 타지 않은 파이프만이 있던 방 안이 산의 정기를 맞이하자 신선한 생기를 띠고 빛나기 시작하였다. 책상 위에 오색이 어른거리고 이야기 없는 원고지가 병든 것

같이 하얗다. 나는 찬란한 무지개를 느끼면서 이야기 속 사람처럼 감격 속에 앉았었다.

크리스마스트리만이 색채만이 눈에 들어오는 것이 아니요, 그 너머 꿈의 생활이 눈앞에 어리는 것이다. 이상한 일이다. 나무는 다만 나무로서는 뜻이 없는 것이요, 인물을 배치할 풍경을 그 너머에 생각함으로 뜻이 있다. 현실은 배후에 꿈을 생각함으로 생색이 있다.

나무를 앞에 놓고도 사람들을 생각하는 것이 즐겁다. 식물이 아니요, 역시 동물이 인연이 가까운 것이다.

밤늦게 라디오를 틀고 마닐라에서 오는 노래를 듣노라면 남쪽 계집의 열정적인 콧노래가 크리스마스트리를 휩싸면서 흥에 겨운 야릇한 광경이 안계에 방불하다. 큐라소[3]의 병을 기울이며 투명한 액체를 들여다보면 춤추는 꿀이 잔 속에 거꾸로 비친다. 라디오의 음파를 갈라 놓으면 크리스마스 캐럴의 한 장면이 들리며 스크루지가 가난한 집안의 크리스마스를 구경하고 섰는 그림이 크리스마스트리와 더블로 떠오른다.

생활이란 더 많이 황당한 마음의 그림의 연속이다.

새벽 찬양대의 크리스마스 노래는 지극히 아름다운 것이다. 아련히 흘러오는 고운 멜로디에 잠이 깨었다. 어둠 속에 새벽 노래 줄기줄기 아름답다.

자취 없는 산타클로스는 아이에게는 양푼 덩이 만한 케이크를 가져왔으나 나에게는 아무 선물도 가져오지 못하였다.

크리스마스는 적막하고 고요하고 쓸쓸하다.

전나무가 아직 성성한 동안 선물이라고나 할까, M에게서 편지가 왔다.

M, 꿈의 한 대상이다. 나는 그의 육체의 구석구석을 모르나 알며, 그의 마음의 갈피갈피를 보지 못하나 본다. 꽃봉오리 같은 젖꼭지를 알 수 있으며 눈망울같이 영리한 마음속을 볼 수 있다.

그의 육체가 나의 생 속으로 뛰어들려고 하는 것보다는 그의 마음이 나의 꿈속에 헤매는 편이 피차에 행복스러운 것을 나는 잘 안다. '좁은 문'으로 들어가야 할 형편이며 그것이 실상인즉 피차에 이로운 것이다.

어스름한 저녁이 되면 시골 거리의 앞긴강 다리 위를 일없이 건넜다 돌아왔다 건넜다 돌아왔다 하면서 고요한 강물을 하염없이 내려다보다 지치면 강가의 돌을 집어 물 위에 던져도 보고 쓸데없이 풀포기도 뽑아 보며…….

지난 가을의 소식을 쓸쓸히 지낸 소녀는 이렇게 전하였다. 새까만 눈망울과 가스러져 올라간 속눈썹과 꼭 끼는 앙상블을 입은 자태가 눈앞에 삼삼하도록 글자 사이에 정서가 넘쳤다.

소녀는 또 그가 꾼 이상한 꿈 이야기조차 거리낌없이 고백한다.

─어딘지 문득 주위와 뚝 멀어져 긴 돌층대가 뻗쳐 있다. 층대를 다 올라간 맨 위편에 내가 앉아서 층대 아래에 서 있는 그에게 손짓한다. 그는 응연히 고개를 숙이고 한 단 한 단 조용히 층대를 올라와 나에게까지 이른다.

읽고 보면 나 역 언젠가 그런 꿈을 보지 않았던가 생각되어 그의 꿈과 나의 것이 서로 얼크러져서 어느 것이 뉘의 것인지 판단할 수 없는 착각을 느끼게 된다. 그만큼 서로의 생각이 갈피갈피인 것 같다.

그러나 이러한 꿈의 하소연은 나에게는 지나치게 강렬한 암시요, 자극이다. 큐라소를 마실 때와 같이 단 줄만 안 것이 잔을 거듭하는 동안에 함빡 취해지고 만다. 이 단 마술을 경계하여야 할 것을 알면서도 나는 어연미연간에 답장의 붓을 들게 되는 것이다.

나는 나의 마음이 대체 몇 갈피나 되는지 내 자신으로도 종잡을 수 없다. 한 줄기가 아니요, 낙지다리같이 열 오리 스무 오리(그것이 다 거짓이 아니요, 참스러운 마음이다)…… 사람은 그런 것일까.

답장에 답장이 오고 답장에 답장을 쓰고…… 나무 밑에서 편지를 읽는 때가 많았다.

그러나 편지가 없더라도 꿈이 없는 것은 아니니 그렇기 때문에 편지가 문득 끊어져도 슬픈 것은 아니었다.

그의 객관을 보며 현실에 접하면 나는 도리어 환멸을 느낄 것을 생각한다. 고독하므로 나무 잎새는 푸르고 색전기는 밝다.

소리의 마음은 하늘의 구름과 같다. 생겼다 꺼졌다 개었다 흐렸다 하며 한결같이 떳떳하지 못함이 그것과 흡사하다. 나는 그의 편지에 가끔 여름의 구름을 보나 슬픈 법도 없으며 마음은 돌부처같이 침착하다.

잎새가 시들어 떨어질 때까지 향기가 날아서 없어질 때까지 크리스마스트리를 세워 두려고 생각하였다. 그러는 동안에 봄이 오면 온실이 있을 것이요, 여름이 오면 바다가 아름다워질 테니까. 그 계절계절을 따라 꿈도 새로워질 것이니까.

아름다운 계절들이 차례차례로 지나갔을 때 나는 다시 새로운 크리스마스트리를 외로운 지붕 밑에 세우리라. 새로운 편지를 장식하리라. 새로운 꿈을 꾸미고 새로운 편지를 읽으리라.

생활의 겨울이 빛나리라.

— 주

1) 엉성궂고: 매우 버쩍 마르고 성긴.
2) 너볏이: 반듯하고 의젓하게.
3) 큐라소curaçao: 혼성주混成酒의 하나로, 알코올에 쓴맛이 나는 오렌지의 껍질을 넣어 조미한 단맛이 나는 양주.

계절

1

"천당에 못 갈 바에야 공동 변소에라도 버릴까?"

겹겹으로 싼 그것을 나중에 보에다 수습하고 나서 건은 보배를 보았다.

"아무렇기로 변소에야 버릴 수 있소."

자리에 누운 보배는 무더운 듯이 덮었던 홑이불을 밀치고 가슴을 헤쳤다. 멀쑥한 얼굴에 땀이 이슬같이 맺혔다.

"그럼 쓰레기통에라도?"

"왜 하필 쓰레기통예요?"

"쓰레기통은 쓰레기만을 버리는 덴 줄 아우? 그럼 거지가 쓰레기통을 들쳐낼 필요가 없어지게."

건은 농담을 한 셈이었으나 보배는 그것을 받을 기력조차 없는 듯하였다.

"개천에나 던질 수밖에."

"이왕이면 맑은 물 위에 띄워 주세요."

보배는 얼마간 항의하는 듯한 어조로 말 뒤를 재우쳤다.

"땅속에 못 파묻을 바에야 맑은 강 위에나 띄워 주세요."

"고기의 밥 안 되면 썩어서 흙 되기야 아무 데 버린들 일반이 아니오."

하고 대꾸를 하려다가 건은 입을 다물어 버렸다. 보배에게서 문득 '어머니'를 느낀 까닭이다. 그것이 두 사람의 사랑의 귀찮은 선물일망정(아직 생명을 이루지 못한 핏덩이에 지나지 못할망정) 몇 달 동안 배를 아프게 한 그것에 대하여 역시 어머니로서의 애정이 흘러 있음을 본 것이다.

유물론자인 건이지만 구태여 모처럼의 그의 청을 거역하고 싶지는 않았다.

"소원대로 하리다."

하고 새삼스럽게 운명의 보를, 다음에 보배를 보았다. 눈의 착각으로 보배의 여윈 팔이 실오리같이 가늘어 보였다. 생활과 병에 쪼들려 불과 1년에 풀잎같이 바스러져 버렸다. 눈과 눈썹이 원래 좁은 사이에 주름살이 여러 오리 잡혀졌다.

단칸의 셋방이 몹시 덥다. 소독용 알코올 냄새에 섞여 휘딥딥한 땀 냄새가 욱신욱신하다. 협착한 뜰 안의 광경이 문에 친 발 속에 아지랑이같이 어른거린다.

몇 포기의 화초에 개기름같이 찌르르 흘러 있는 여름 햇볕이 눈부시다. 커브를 도는 전차 바퀴 소리가 신경을 찢을 듯이 날카롭다.

"맑은 물에 띄우면 이 더위에 오죽 시원해할까."

보를 들고 일어서려 할 때 보배는 별안간 몸을 뒤틀며 괴로워하였다. 또 복통이 온 모양이었다.

"아이구……."

입술을 꼭 물었고 이마에는 진땀이 바지지 돋았다. 눈도 뜨지 못하고 전신은 새우같이 꾸부러졌다.

"약이나 먹어 보려우."

별수 없이 건은 매약을 두어 알 보배의 입에 넣어 주고 물을 품겼다. 이불 위로 배를 문질러도 주었다.

한참 동안이나 신음하다가 보배는 일어나서 뒷문으로 갔다. 뒤가 무거운 것이다.

연일 연복한 약이 과한 모양이었다. 약이래야 의사에게 의론할 바 못 되므로 책에서 얻어들은 대로 위산과 피마자 기름을 다량으로 연복한 것이었다. 공교롭게 효험이 있어서 목적을 달하였으나 원체 큰 다섯 달에 가까운 것이었으므로 모체가 받은 영향이 큰 모양이었다. 몸이 쇠약한 위에 복통이 심하였다. 다른 병이나 더 일으키지 말았으면 하는 것이 지금 와서는 건의 유일의 원이었다. 보배는 들어와 다시 요 위에 쓰러졌다.

"가슴이 아파요."

"설상가상으로."

"폐마저 상해 버리는 셈인가요. 상할 대로 상하라지요. 어차피 반갑지 않은 인생!"

"고요히 눕구려."

보배의 표정이 얼마간 평온해진 것을 보고 건은 운명의 보를 들고 거리로 나갔다.

전차에 올랐을 때에 차 안의 시선이 일제히 건에게로 쏠렸다. 알코올 냄새의 탓이거니 하고 시침을 떼고 자리에 걸터앉았으나 보 위에 모인 사람들의 시선이 쉽사리 흩어지지도 않았다.

사람들은 이 보의 것을 무엇으로 생각할까.

가령 맞은편에 앉은 양장한 처녀의 앞에 이것을 갖다가 풀어 보인다면 그의 표정은 어떻게 변할까. 기겁을 하고 아우성을 치면서 달아날 것이 아닌가.

도회란 속속으로 비밀을 감추고 있는 음침한 굴속이 아닌가.

다리 위에 섰을 때에 얼마간의 용기가 필요하였다. 사람들이 다리 위를 지나거나 말거나 건은 한 개의 돌멩이를 던지는 셈치고 그것을 던지지 않으면 안 되었다. 털썩 하고 물 위에 흐린 음성이 났다. 검은 보는 쉽사리 물속에 젖어 버려 다음 순간에는 보의 위치와 모양조차 사라져 버렸다. 슬픔도 두려움도 양심도 죄악의 의식도…… 아무 감정도 없었다. 목석같이 무감정한 그의 마음을 건은 도리어 의아하게 여겼다. 발을 돌릴 때에 마음은 한결 시원하였다. 몸이 자유로워진 것 같고 걸음이 가뿐하였다.

'두서없던 생활에 결말이 났다.'

보배와의 1년 동안의 생활도 끝났고 수년간의 그의 무위의 생활도 끝났다. 이것을 기회로 새로운 생활로(한번 벗어났던 운동의 선위로) 돌아갈 수 있는 것이다. 바다를 건너간 동무들이 그를 부른 지 오래다. 지금에야 네 활개를 펴고 그들의 부름에 응할 수 있는 것이다.

건이 그것을 버린 지 3년이 넘었다. 어찌할 수 없는 커다란 시대의 움직임이었다. 그 역 한 시험이라고 생각할 수밖에는 없었다. 많은 동무들이 선 위에서 떨어졌다.

그 세상에 가 있는 사람 외에는 거개 타락하여 일개의 시민이 되거나 그렇지 않으면 표변해 버렸거나 하였다. 그중에서 양심을 버리지 않은 사람이 어느 결엔지 바다를 건너 날쌔게 달아났다. 당시에는 갈 바를 몰라 마음이 설레던 것도 때를 지남에 따라 초조의 속에서도 차차 마음이 가라앉았다. 반년 동안이나 우물쭈물 지내는 동안에 그는 알맞은 사람을 얻어 잡지를 시작하게 되었다. 물론 그것이 마지막 목적은 아니었으나 그럭저럭 하는 동안에 마음의 안정도 얻고 한편으로 시세도 살피자는 뜻이었다.

그러나 1년도 지탱하지 못하고 잡지는 실패했다. 끌어댄 친구는 가엾게도 얼마 안 되는 자본을 완전히 소탕해 버렸다. 그마저 없어지니 건은 입에 풀칠할 도리조차 없어 가난과 불안의 구렁 속에서 헤맬 수밖에 없었다. 카폐의 여급으로 있는 보배를 알게 되고 가까워진 것은 이런 때였다. 건은 보배를 원하였고 보배도 건을 구하였다. 반드시 연애가 아닌 것도 아니었으나 보배가 건을 구한 것은 그 역 당시 마음의 가난과 불만이 있었기 때문이었다.

보배는 그때에 실연의 괴롬과 상처가 아직 온전히 사라지지 않은 중이었다. 학교 시대의 스승이요, 학교를 나와서는 애인이라고 믿었던 사람이 사랑의 유물까지 남긴 뒤 하필 사람이 없어 그의 동창의 동무를 이끌고 달아난 것이었다. 생각하여 보면 한 사람의 불량한 스승이 장기인 음악을 낚시 삼아 두 사람의 제자를 교묘하게 차례차례로 낚은 셈이었다.

학교를 마쳤을 뿐 인생에 미흡한 보배는 기막힌 생각에 무엇이 무엇인지 분간할 수도 없었다.

애인을 후려 간 상대자가 그의 친우임을 믿을 수 없었던 것이다. 가지가지의 소문을 옆 귀로 흘리며 얼마 동안은 괴롭게 몸부림치지 않으면 안 되었다. 그러나 이때부터 그는 비로소 인생에 눈뜨게 되었다.

눈물을 씻고 새로 분을 발랐다. 직업에서 직업으로 생활을 쫓는 동안에 가슴의 상처는 완전히는 아물지 않았을망정 옛 애인과 동무에 대한 태도는 벌써 관대하고 무심한 것이었다. 그것보다도 날마다의 생활의 걱정과 쇠약해 가는 건강이 의식의 전부를 차지하였다.

건을 알게 된 것은 이런 때였다. 같은 불여의의 처지가 두 사람을 쉽사리 접근시켰고 감정의 소통이 마음의 문을 서로 열게 하였다. 두 사람은 단칸의 셋방에 만족하였다. 반드시 연애가 아닌 것도 아니었으나, 말하자면 일종의 공동 생활이었던 것이다. 건은 일정치 않은 수입을 보배의 것과 합자하였다. 이것도 생활의 한 방편이요, 형식이거니 생각하였다. 이러한 형식으로 모인 살림이기 때문에 보배가 옛 애인과의 소생을 유모에게 맡겨 두고 그의 관심과 수입의 일부분이 그리로 들어간다 하여도 건에게는 아랑곳도 없는 노릇이요, 불쾌히 여길 필요도 없는 것이었다. 물론 보배 역시 건에게 대하여 그것을 미안히 여기지는 않았다. 건은 이러한 공동 생활 속에서도 끊임없이 앞을 내다보고 일을 생각하고 열정을 북돋우면 그만이었다. 공동 생활은 말하자면 그가 다음 일의 실마리를 찾을 때까지 유숙하고 있으면 족한 일종의 정류장이었다. 그렇기 때문에 두 사람의 애정의 산물이 생겼을 때에도 그것을 길러 갈 욕망도 능력도 없는 두 사람은 합의의 결과 그 수단을 써서 그 노릇을 한 것이었다.

무사히 성사된 것만 다행이었다. 건은 이것으로 보배에게 대한 애정이며 지금까지의 무위의 생활이며를 청산한 셈이었다. 자유로운 몸으로 바다 밖에서 부르는 동무의 소리에 응하여 뛰어갈 수 있는 것이다.

백화점 지하층에 들러 보배의 즐겨하는 음식을 사 가지고 돌아왔다.

'보배의 건강만 회복되었으면 시름을 놓으련만.'

걸음걸음 이런 생각을 하고 오던 터라 건은 방문을 열었을 때에 놀라고 낙담하지 않을 수 없었다. 나갈 때에 누웠던 보배는 자리에 웅크리고 앉아서 괴로워하는 것이다. 요 위와 그의 옷자락에는 피가 임리하여 있다.

"웬 피요?"

몸서리를 치면서 소리를 쳤다.

"하혈이 이때 멈추진 않았단 말요?"

"하혈이 아니에요."

절망의 목소리였다.

"그럼 동맥을 끊었단 말요?"

대답하는 대신에 보배는 기침을 두어 번 하였다. 입 안에 고인 것을 뱉었다. 거품 섞인 피였다.

"아니 각혈이란 말요?"

건은 몸을 주물럭거렸다. 보배는 이어서 입 안의 것을 두어 번 그릇에 뱉었다. 가는 핏방울이 옷섶에 튀었다. 얼굴은 도화빛으로 불그레 상기되었다.

요동하는 보배의 몸을 눕히고 건은 급스럽게 방을 나갔다. 오랜 후에 그는 면목이 있는 의사를 데리고 왔다. 토혈은 외출혈이 아니라 역시 폐에서 나온 것이었다. 출혈을 멈추게 하는 주사를 피하에 두어 대 놓은 후 정맥에 야토코인을 놓았다. 입이 무거운 의사는 아무 말도 하지는 않았으나 침착한 표정 그것이 무서운 선고였다.

야토코인을 오랫동안 맞아야 할 것을 말하고 안정을 시키라는 충고를 남긴 후 참고로 보배의 혈담을 싸 가지고 의사는 가 버렸다.

'기어코 올 것이 왔구나' 하는 생각에 건은 도리어 엉거주춤하던 마음이 이상하게도 가라앉음을 느꼈다. 일난이 가고 다시 일난이 오는 기구한 운행을 막아 내려야 막아 낼 수는 없는 것이다. 아직 극히 가벼운 증세라는 의사의 말을 칭탁하여 보배를 위로하고 간호에 힘쓸 뿐이었다. 공교롭게도 각혈은 쉽게 그치고 기침도 차차 가라앉고 열도 내리기 시작하였다. 1주일 동안을 정양하니 안색도 회복하고 식욕이 늘었다.

1주일이 넘었을 때에 보배 다니는 카페에서 사람이 왔다. 보배는 며칠 후부터 다시 나가겠다는 뜻을 품겨서 돌려보냈다.

"그 몸으로 어떻게 일한단 말요. 다 집어치우고 고향으로 돌아가는 수밖에는 없소."

건은 딱하다는 것보다도 보배를 측은히 여겼다.

"이 주제를 하고 고향엔들 어떻게 돌아가요. 좁은 고장에 소문만 요란히 펴 놓고 이제 이 꼴로 헤적헤적 돌아갈 수 있단 말예요."

"고향의 체면을 꺼려서 이 무서운 곳에서 죽어야 한단 말요."

"……."

"별수 없소. 하루라도 속히 내려가도록 생각하우. 완전히 회복한 후에 다시 오면 좋지 않소."

한참 동안 말이 없다가 보배의 어조는 별안간 애달파졌다.

"나를 처치해 놓고 가 버리실 작정이지요? 동경 있는 동무에게서 편지 자주 오는 줄 알고 있어요."

"내 일이야 내 멋대로 처리하겠거니와 보배의 건강을 걱정하여서 말요. 우리에게 무슨 다른 도리가 있소."

"……."

"날을 보아서 하루 바다에 나갔다 옵시다. 몸이 웬만치 가뿐해지면 두말 말고 고향으로 가기로 하고."

건은 혼자 지껄이고 있는 동안에 문득 보배의 눈에 고인 눈물을 보고 말을 끊어 버렸다.

2

보배의 기분이 상쾌한 날을 가려 건은 인천으로 해수욕을 떠났다.

번잡한 곳이니 필연코 그 무슨 귀찮은 것을 만나게 될 듯한 예감도 있는 까닭에 보배는 그다지 마음에 쓰이지 않는 것을 억지로 그의 건강도 시험해 볼 겸 끌어낸 것이었다.

거리에서나 차 속에서 걱정했던 것보다는 비교적 군건한 보배의 몸을 건은 기뻐하였다. 오늘이 보배와의 마지막 날이라는 은근한 생각이 있기 때문에 이날 보배에 대한 그의 애정이 평소보다 더한층 두터움을 느꼈다. 보배의 건강이 웬만하다는 것만 증명되면 건으로서는 이 마지막 날에 더 바랄 것이 없는 것이다. 보배의 한 표정 한 거동이 모두 건의 주의의 과녁이었다. 그의 품속에는 며칠 전 동무에게서 온 급한 편지가 감추어져 있는 것이었다.

여름의 해수욕장은 어지러운 꽃밭이었다. 청춘을 자랑하는 곳이요, 건강을 경쟁하는 곳이었다. 파들파들한 여인의 육체 그것은 탐나는 과실이요, 찬란한 해수욕복 그것은 무지개의 행렬이었다. 사치한 파라솔 밑에는 하얀 살결의 파도가 아깝게 피어 있다. 해수욕장에 오는 사람들은 생각건대 바닷물을 즐기고자 함이 아니라 청춘을 즐기고자 함 같다. 찬란한 광경이 너무도 눈부신 까닭에 건들은 풀께를 떠나 사람의 그림자 없는 북쪽으로 갔다.

더위를 견디기 어려워 건은 요 며칠 답답한 방 안에서 해수욕복을 입고 지냈으나 바다에 잠겨 보고 바다의 고마움을 짜장 느꼈다. 보배도 해수욕복으로 갈아입으니 치마를 입었을 때의 인상보다는 그다지 몸이 축나지 않았음을 알 수 있었다. 허리 아래는 역시 여자답게 활짝 퍼져서 매력을 감추고 있는 것이었다.

물속에 잠겼다 모래펄에 나왔다 하는 동안에 건은 언제부터인지 얼마 떨어지지 않은 물속에서 농탕치고 있는 한 사람의 여자를 보고 있었다.

명랑한 얼굴 탄력 있는 거동을 살피면서 처녀인가 아닌가를 마음속으로 점치며 은근히 보배와 비교도 해 보았다. 처녀의 감정은 어려운 노릇이겠으나 확실히 보배보다는 나이의 테두리가 한 고패 젊고 그의 인생도 그만큼 젊으리라고 생각하고 있는 동안에 그 여자는 이쪽을 보고 뛰어오는 것이다.

"보배! 언니!"

가까이 달려와서,

"얼마만요."

보배의 손을 쥐었다.

"옥련이오. 우연히 만나게 되는구려."

보배의 이 한마디에 건은 그 여자가 바로 공교롭게도 보배의 이왕의 사랑의 적수임을 깨달을 수 있었다. 다시 그를 훑어보았다.

"고생한다는 말을 저쪽에서 잘 듣고 있었지요. 그러나 그렇게까지 사람을 몰라보시게 되었어요."

아무 속심사도 없어 보이는 순진한 목소리였다. 보배는 동하지 않는 침착한 태도였다. 어울리지 않는 듯이 그 어딘지 엿보았다.

"언제 나왔소?"

"한 1주일 될까요."

"동경 재미는 어떱디까?"

"재미가 있으면 나왔겠어요."

"아주 나왔단 말요?"

"생각 같애서는 다시 들어갈 것 같지 않아요."

옥련은 숨김없이 걱실걱실 대답하였다.

"음악 공부는 집어치웠소?"

"공부고 뭐고 허송세월하고 놀았어요."

"옥련이 나오는 날 난 공회당에서 오래간만에 고명한 독창을 듣게 될 줄 알았더니."

농담이 아니었다. 보배는 평소에 생각하고 있던 것을 그대로 말했음에 지나지 않았다.

"작작 놀리세요, 호호호."

하얀 이빨이 신선하게 드러났다. 귀여운 얼굴이었다.

"도회에 가서 걱정 없이 허송세월하는 것도 좋겠지."

"걱정 없이가 뭐예요. 이래 보여도 고생 톡톡히 했어요."

"무슨 고생. 사랑 고생, 안방 고생?"

"그야 언니의 고생에 비기면야 고생이랄 것도 없겠지만. 그래도 가령 화수분이 아닌 이상에야 돈이 떨어져 고생한 때 있었고……."

"사랑에 끌려간 바에야 사랑만 있으면 그만이겠지."

"또 조롱이야."

옥련은 웃을 수밖에는 없었다. 허물이 있는 이상 자연히 겸양의 태도를 지었다. 그러나 보배 자신은 미흡하고 나어린 동무를 측은히 여기면 여겼지 마음속으로 미워하지는 않았다. 그렇기 때문에 미묘한 관계에 있는 두 사람으로서는 다따가 만난 자리에 사이가 화목한 편이었고 피차에 말이 많았다.

"조롱은 무슨 조롱. 고생했다는 얼굴이 전보다 더 푸냥해졌어."

보배는 기어코 한마디 더해 붙이고 요번에는 어조를 부드럽게 했다.

"그래 나오기는 혼자 나왔소?"

"아니에요. 같이 나왔어요."

하고 옥련은 저쪽 모래밭을 턱으로 가리켰다. 보배는 그쪽을 보았다. 건도 그의 시선을 따랐다. 해수욕복을 입은 한 사람의 후리후리한 사나이가 모래를 털면서 이쪽으로 걸어오는 중이었다.

'궐자구나.'

알아차린 순간 건은 어깨를 으쓱하였다. 흉측한 벌레나 본 듯한 떫은 표정을 하였다. 입에 도는 군침을 모래 위에 뱉었다.

이때 옥련은 처음으로 건의 존재를 발견한 듯이 그를 돌려다보면서 몸의 자세를 틀고 보배와 건을 나란히 볼 수 있는 위치에 앉았다.

그러나 보배는 옥련에게 건을 자세히 관찰할 여유를 주지 않고 꾀바르게 또 이야기를 시작하였다. 물론 한편으로는 가까이 걸어오는 사나이 태규―사랑의 배반자에게 시선을 주고 싶지 않은 까닭도 있었다.

"돌아온 건 무슨 목적이오? 앞으로 어떻게 할 작정이냐 말요?"

"작정이나 웬 있나요. 하릴없으니깐 조촐한 차점이나 하나 열어 볼 생각예요."

"돈도 없다면서."

"피아노 한 대 남은 것 팔아 버린다나요."

"흥, 그것도 좋지."

앞에 사람의 그림자가 어른거렸다. 태규가 와서 앞에 선 것이었다.

"보배, 오래간만요."

몹시 겸연쩍은 태도였다.

"풍편에 소식은 가끔 듣고 있었지만."

보배는 고개를 돌리지 않았다. 딴 편을 향할 때 그의 인사를 옆 귀로 흘렸다.

별안간 벌떡 건이 일어서는 눈치였다. 보배가 얼굴을 돌렸을 순간에는 건은 이미 태규의 볼을 보기 좋게 갈긴 뒤였다.

"벌레 같은 것…… 무슨 염치로 간실간실 눈앞에 나타나."

거의 본능적으로 하려는 것을 건은 다리를 걸어 그 자리에 넘어트렸다.

"하, 웬 놈야. 무례한 것…… 비신사적……."

"나는 물론 그 신사 축에 들고 싶지도 않다. 너 같은 것을 용납하여 두는 세상도 무던히는 관대한 셈야. 이 신사! 망할 신사!"

비슬비슬 일어서는 것을 붙들어서 바닷물까지 끌고 가 다시 딴족을 걸어 쓰러트렸다. 일어설 여유도 안 주고 물속에 잠긴 머리를 발로 지긋지긋 밟아 얼굴째 거꾸로 물속에 묻어 버렸다.

"저이가 왜 저래. 다따가 모르는 사람을 무엇으로 여기고. 무례한 양반……."

옥련은 두 주먹을 흔들고 발을 구르면서 어쩔 줄을 모르는 모양이었다. 보배는 무감동한 표정으로 냉정하게 그 광경을 방관할 뿐이었다.

"신사! 힘의 맛이 어때."

물을 켜고 허덕허덕 일어서는 태규를 건은 다시 머리를 밟아 물속에 틀어박았다.

해변에서 한 걸음 먼저 여관으로 돌아온 건은 혼자 식탁을 마주하고 앉아 맥주를 마시면서 보배가 돌아오기를 기다렸다.

보배와의 마지막 날에 최후의 만찬을 성대히 할 작정으로 건은 깨끗한 여관을 골라 사치한 식탁을 분부한 것이었다.

하녀가 가져온 두 번째 병의 맥주를 따랐을 때에 보배가 돌아왔다.

"보배도 한결 몸이 가뿐해졌수?"

건이 바다 이야기, 요리 이야기를 너저분히 꺼냈다. 아무리 기다려야 낮에 해변에서 겪은 사건은 이야기하지 않는 까닭에 보배 쪽에서 그것을 끄집어내지 않을 수 없었다.

"아까는 무슨 망령예요?"

"무엇? 나는 벌써 잊어버리고 있었구려."

건은 엉뚱하게 딴소리를 하였다.

"오래간만에 팔이 근질근질해서."

"그것으로 마음이 시원하단 말예요?"

"시원하구말구. 보배는 시원치 않소?"

뒤슬뒤슬 웃고 나서 잔을 들었다.

"초면에 폭력을 쓰는 것은 어떨까요."

"나 역 궐자가 그다지 미운 것은 아니었으나 그때의 복잡한 감정은 그 방법으로밖에는 정리할 수 없었던 거요."

"원시인의 방법이 아닌가요?"

"병든 현대에 있어서는 원시인의 방법이 가끔 시원한 경우가 많아."

건은 팔을 내저으면서 힘을 자랑하는 듯이 웃었다.

"오늘 저녁은 특별히 부탁한 요리요. 실컷 먹고 푹 쉬고 내일 돌아갑시다."

저녁을 마친 후,

"내 거리를 한번 휘돌고 들어오리다."

하고 건은 자별스럽게 보배를 품 안에 안아 보고는 여관을 나갔다. 새삼스러운 그의 거동을 수상히 생각하였다. 아니나 다를까, 건은 종시 돌아오지 않았다. 보배는 요 위에서 궁싯거리면서 밤중에 여러 번 눈을 떠 보았으나 돌아오는 기척은 없었다. 물론 밤이 훤히 밝은 후까지도.

쓸쓸한 하룻밤을 새우고 이튿날 아침 첫차로 보배는 서울로 돌아왔다.
섭섭한 느낌을 종잡을 수 없었다. 전에는 이런 적이 없었는데 생각하며 마음을 억지로 굳게 가지고 방으로 돌아왔을 때에 구석에 늘 놓여 있던 트렁크가 눈에 띄지 않았다.
'기어코 혼자 가 버렸구나.'
더한층 쓸쓸한 것은 한쪽 벽에 밤낮으로 걸렸던 건의 잠자리옷이 사라졌음이었다.
물론 구석에 놓였던 몇 권의 책자도 간 곳이 없고 책상 위 종잇조각에는 연필 자취가 어지러웠다.

밤차로 돌아와 부랴부랴 짐을 꾸려 가지고 지금 집을 떠나려고 하는 것이오. 보배를 이별하려면 이 수밖에는 없소. 정거장에서 작별하다가는 자칫하면 눈물을 흘리게 될는지도 모르니까. 그러나 지금에는 급하고 바쁜 생각뿐이오. 될 수 있는 대로 속히 고향으로 내려가시오. 간신히 구한 여비 속에서 이것을 떼어 놓았소. 주사 값을 치르고 여비를 삼으시오. 품에 지녔던 시계, 이것도 보배에게 주고 가겠소. 나의 앞으로의 생활에는 밤낮의 구별조차 없을 터이니 시계도 필요치 않을 것이오. 시계 보고 틈틈이 생각이나 해 주오. 나의 가슴은 지금 열정에 뛰놀고 있소. 나의 행동을 양해하여 주시오. 차 시간이 바빠 이만 쓰겠소. 가서 또 편지할 날이 있으리라고 생각하오. 제발 몸 튼튼히 하시 오. 건.

앞에 놓인 봉투 속에서는 지폐 다섯 장과 끼워 놓은 시계가 나왔다.
보배는 순간 눈물이 핑 돌았다. 뼈가 찌르르 아팠다. 평소에 무심히 지냈던 애정이 한꺼번에 솟아오르는 듯하였다.
'언제까지든지 같이 지낼 수 없었는가.'
가지가지의 기억이 머릿속을 퍼뜩퍼뜩 스쳤다. 무뚝뚝은 하였으나 뭔지 굵은 애정으로 항상 보배의 마음을 녹여 주었다. 태규와의 기억이 마음속에 남아 있지 않음에도 불구하고 건과의 기억이 가슴 속에 굵게 굵게 맺히고 있음은 반드시 시간의 거리가 가까운 탓만은 아닌 것 같았다.
건이 버리고 간 헌 옷가지에 얼굴을 묻고 있으려니 어느 때까지라도 눈물이 나올 것 같다. 보배는 일어서서 방 안을 어정어정 걸었다 뜰에 나갔다 하였으나 쉽사리 마음은 개지 않았다.

3

이튿날 보배는 오래간만에 다니던 카페를 찾았다. 근무를 계속할 생각으로가 아니라 마지막 작별차로였다.
교섭을 마치고 아래층으로 내려왔을 때에 대낮의 카페 안에서 술 마시고 있는 태규를 문득 만나 보배는 주춤하였다. 동무 여급들의 눈도 있고 하여 모르는 체하고 나가려고 하다가 기어코 불리고 말았다.
동무들 있는 앞에서 뿌리치고 나가기도 도리어 수상스러워질까 보아 순직하게 의자에 앉아 버렸다.
"일전에는 실례가 많았소."
쌍꺼풀진 눈가에 불그스레한 술기운을 띤 태규는 보배를 보는 눈망울에 몹시 윤택이 있었다.

보배는 그 아름다운 눈을 보아서는 안 되겠다는 듯이 시선을 피하면서 무엇이 실례인가 하고 그가 말한 '실례'의 뜻을 생각하려고 애썼다.

"다따가 실례라니까 잘 모르겠죠."

태규는 보배의 표정을 살펴 가느다란 단장으로 두 손을 받치고 말을 이었다.

"하기야 모욕을 받은 것은 나니까 실례를 한 것은 보배들 쪽이겠지만 나는 그날 집에 돌아가 곰곰이 생각한 결과 역시 실례가 내 쪽에 있다고 판단한 것이오. 오랫동안 실례가 많았소."

두 팔 밑에서 단장이 휘춘휘춘 휘었다.

"낸들 보배를 근본적으로 배반했겠소? 다만 그때의 감정에 충실하였던 거요. 새로운 감정 그대로 행동하였던 거요. 사람은 생각하면 변새[1] 많은 동물 같소. 원래가 늘 다른 것을…… 자유를 원하는 것이 사람의 본성이 아니겠소. 나는 구태여 과거의 행동을 합리화시키려고 하는 것도 아니요, 나의 행동의 정당성을 보배에게 주장하려는 것도 아니오. 원컨대 사람의 자유로운 행동이 그대로 바르게 용납되는 세상이야말로 마지막 이상이 아니겠소. 그런 세상에서는 나의 행동도 응낙될 것이오. 어떻게 말하면 보배에게는 잠꼬대 같이 들릴 것이오. 나는 얼토당토않은 이상주의자일는지도 모르오."

장황한 태규의 말을 새삼스럽게 들을 필요도 없어 보배는 딴 편만 보고 있기에 그 자리가 심히 괴로웠다.

"저쪽에 있을 때에도 보배의 소문이 조각조각 들릴 때마다 마음이 아팠고 적어도 늘 걱정만은 하고 있었던 거요."

보배는 얼마간 귀찮아서 딴 편을 본 채 동무들과 몇 마디 말을 건네고 있었다. 태규는 단장을 놓고 술잔을 들어 보배에게도 권하였다.

보배는 물론 거절하였다. 그러나 그 이상 더 권하지도 않고 태규는 그의 잔을 마시고 일어섰다.

"오래간만에 한 곡조 쳐 보고 싶구려."

하고 구석에 놓인 피아노 옆에 앉았다. 귀 익은 드리고[2]의 〈세레나데〉가 울렸다. 태규는 고개를 들고 창을 노리며 일종의 정서를 가지고 뜯는 모양이었다. 그러나 보배는 몇 해 전 같은 지붕 밑에서 아침저녁으로 듣던 면면한 그 곡조를 이제는 무심히 옆 귀로 흘리는 것이었다. 웬일인지 문득 일전에 해변에서 옥련이가 피아노를 팔아서 차점 열겠다고 전하던 말이 생각났다. 보배는 이 얼토당토않은 딴생각에 잠기면서 피아노에 열중하고 있는 몰락한 피아니스트인 옛 애인의 뒷모양을 물끄러미 바라보았다.

피아노를 마친 후까지도 태규의 얼굴에는 일종의 정서가 쉽사리 사라지지 않았다. 술도 마시지 않고 여급들과 말도 없이 일어선 채 모자를 쓰고 보배를 재촉하였다.

"나갑시다. 차마 보배 다니던 술집에 오래 있고 싶지는 않구려."

거리로 나왔을 때에 태규는 자유롭게 목소리를 냈다.

"해야 할 몇 마디 말도 있소. 보배의 집까지 간대도 물론 안내함이 없으니 알맞은 차점으로 가지 않으려우?"

거리의 한복판에서 실례를 할 수도 없어서 또 하는 수 없이 태규의 뒤를 따라 뒷골목 차점으로 들어갔다.

"어린것 잘 자라오?"

의자에 앉자마자 다짜고짜로 이 소리였다.

"상관할 것 있어요?"

"그렇게 매정하게 굴 것이야 있소. 나는 이 이상 더 보배에게 귀찮게 굴자는 것이 아니오. 다만 오늘 이 몇 시간만 거역 없이 나의 말과 생각을 존중하여 주구려."

태규는 차를 이르고 나서,

"애정 문제는 별것으로 하더라도 어린것의 양육에 관하여서야 내게도 책임이 있는 것이 아니오. 혼자 공연한 수고만 말고 모처럼이니 내 청도 들어달란 말요."

"누가 책임을 지랬어요?"

"내 청이래야 그다지 훌륭하고 넉넉한 것은 못 되오만."

하면서 속주머니를 들쳐 한 장의 두툼한 봉투를 보배의 앞에 내놓았다.

"나중에는 또 다른 도리도 있을는지 모르나 우선 지금에는 이것이 나의 기껏의 정성이니 받아 주시오."

차를 가져온 보이가 간 뒤에 태규는 말을 이었다.

"또 한 가지 청…… 이것도 오늘 하루만의 청이니 거절하지 말고 들어주시오."

차를 한 모금 마시고 나서,

"어린것을 한 번만 보여 주시오."

한참이나 생각하다가 보배는 한마디로 잡아뗐다.

"그럴 것 없어요. 이것도 받을 필요 없고."

봉투마저 그의 앞으로 밀쳐 버렸다. 보배의 생각으로는 돈도 받아서는 안 되고 어린것도 보여서는 안 되었다. 이제 와서 그런 멋대로의 동정과 제의를 하는 것이 보배의 비위에 맞지 않는 것이었다. 후회, 동정…… 이런 것을 보배는 극도로 미워하고 배척하였다.

여러 번의 간청에도 보배의 뜻은 종시 굽히지 않았다.

"만날 필요조차 없는 것을……."

오늘 태규와 만나게 된 것까지 불쾌히 여기면서 물론 차도 마시지 않고 혼자 차점을 뛰어나와 버렸다. 태규가 행여나 쫓아오지나 않을까 하여 골목을 교묘히 빠져 재게 걸었다.

며칠 후 보배는 의외의 신문 기사를 보고 눈을 둥글게 떴다. 3단의 굵은 제목이 태규의 사기 사건을 보도하였다.

낭비에 궁한 결과 부동산의 문서를 위조하여 사기를 한 탓으로 검거되었다는 것이었다. '몰락한 음악가'니 '약관의 피아니스트'니 하는 조롱의 문구가 눈에 띄었다. 보배는 그와의 과거에까지 캐어 올라가지 않은 것을 다행으로 여겼다. 사기까지 하게 된 형편에 일전에 양육비로 내놓던 돈은 대체 어떻게 하여 변통한 것인가. 받지 않기 다행이었다고 보배는 생각하였다. 아마도 차점인가를 경영하기 위하여 그 노릇까지 한 것 같은데 그러면 대체 옥련은 어떻게 되었을까. 태규를 잃은 옥련이라는 것은 생각할 수 없는 가엾은 존재임에 틀림없다. 옥련이 역시 나와 같은 길을 밟게 되지 않을까. 생각하는 보배의 마음은 여러 가지로 궁금하였다.

'세상이란 헤아릴 수 없이 교묘하게 틀어져 나가는구나.'

보배는 모르는 결에 한숨 비슷한 것을 내쉬었다.

4

몸이 괴로워서 보배는 다음 날부터 다시 자리에 누웠다. 아픈 데는 없었으나 어딘지 없이 몸이 노곤하였다. 주사는 계속하여 맞는 중이었다. 물론 각혈의 증세는 없었으나 다만 전신이 괴로울 뿐의 정도였다.

이 생각 저 생각에 지쳐 무료히 누워 있으려니 편지가 왔다. 피봉에 이름은 없었으나 건에게서 온 것이었다. 실종 후의 첫 편지였다. 무료하던 차에, 더구나 건을 생각하고 있던 차이므로 보배는 조급하게 내려 읽었다.

보배, 이것이 보배에게 보내는 첫 편지이고 혹은 마지막 편지일는지도 모르오. 왜 그러냐 하면 앞으로는 자주 편지 쓸 기회도 없을 듯하니까. 지금 이 편지를 쓰는 곳이 어딘 줄 아오. 지도에도 오르지 않은 대동경 동남쪽 구석에 있는 빈민굴이라면 보배는 놀라겠소. 서울의 방을 무덥다고 여겼으나 이 방에 비기면 오히려 사치한 셈이죠. 단칸방에 4~5인의 동무가 살고 있소. 벽이 떨어지고 다다미가 무지러진 것은 말하지 않더라도 보배 자신이 상상할 수 있을 것이오. 세상에서 제일 불결하고 누추한 곳을 머릿속에 떠올려 본다면 족할 것이니까 말이오. 그러나 이 불결한 방과는 반대로 마음은 반드시 불행한 것이 아니오. 도리어 한없이 즐겁소. 피가 뛴다고 말하면 어린애 수작같이 들릴지 모르겠으나 실상 옛날에 느낀 열정을 지금 다시 느끼고 있는 중이오. 날마다 보는 것, 그것은 이 방에 떨어진 벽이 아니고 그 너머의 세상이오. 날마다 생각하는 것, 그것은 반드시 먹고 입는 것에 대한 걱정만이 아니고 날마다 계획하는 것, 그것은 적어도 일상생활을 떠난 앞날에 대한 것이오. 동무들은 아침에 나갔다가 다음 날 새벽에 돌아오고 혹은 며칠씩 안 돌아오는 수도 있소. 피차에 만나면 웃는 법 없고 살림 걱정하는 법 없고 잠자코 무표정한 얼굴로 맡은 일을 볼 뿐이오. 세상 사람들과는 혈족이 다른 감동 없는 무쇠 덩이와도 같은 사람들이오. 그러나 그들 속에서 나는 얼마나 친밀한 애정과 굳은 신념을 느끼고 있는지 모르오. 굳게들 믿고 즐겁게 일하여 가는 것이오. 이 이상 우리의 생활을 구체적으로 적는대야 보배에게는 흥미 없는 일일 것이오. 우리의 혈관 속에 굵게 맺히고 있는 열정만이라도 보배가 알아야 된다면 족하겠소. 내 말만 하다가 문안이 늦었소. 그동안 건강은 웬만치 회복되었소? 아직도 시골 안 갔으면 제발 속히 내려가오. 만일 후일에 다시 만날 날이 있다 하더라도 그것은 보배의 건강이 있은 후의 일이 아니겠소. 내 충고 어기지 마오. 문밖에 돌아오는 동무의 발소리가 나기에 이만 그치겠소. 여기 있는 동무들은 고향에나 동무에게 결코 편지 쓰는 법 없소. 일도 바쁘거니와 그런 마음의 여유를 만들지 않는 것이오. 나는 여기에 온 후로는 서울에서 겪은 일을 차차 잊어 갈 뿐이오. 이만. 건.

편지에는 물론 주소도 번지도 기록되지 않았다. 봉투에 찍힌 일부인日附印에 나타난 '후카가와'라는 흐릿한 글자로 보배는 건의 처소를 막연히 짐작할 수 있을 뿐이었다. 읽고 나니 건이 느끼고 있는 열정이라는 것을 아련히나마 느낄 수 있었다. 건의 건강한 육체, 굵은 감정이 새삼스럽게 생각났다. 나도 몸만 건강하다면 건이 하는 일 속으로 뛰어 들어갈 수 있을까…… 얼토당토않은 생각도 하여 보았다.

괴로운 것도 잊어버리고 이모저모 건을 생각하고 있는 동안에 반날이 지났다.

저녁때 의외로 뜻하지 않은 옥련이 돌연히 찾아왔다.

"일전에 일러 주신 번지를 생각하고 더듬어 왔죠."

두 마디째에 옥련은 다짜고짜로 이야기에 들어갔다.

"신문 보셨어요?"

"어떻게 된 일이오?"

"집에는 들어가지도 않고 방을 빌리고 있었죠. 별안간 습격이에요. 요행히 저는 빠졌지만 차점이고 무엇이고 다 틀렸어요."

"피아노 팔지 않게 됐구려."

"세상일이 왜 그리 잘 깨트려져요. 마치 물거품 모양으로. 언니, 앞으로 어떻게 했으면 좋겠소?"

소녀다운 형용이었으나 실감이 흘렀다.

보배는 결국 너도 나와 같은 운명을 밟게 되었구나 생각하며 미흡한 동무의 미래가 측은하게 내다보이는 것 같았다.

그가 간 후에 보배는 울울한 마음에 건의 일이 다시 생각났다. 별 일이 없으면서도 또 한번 읽고 싶은 생각이 나서 건의 편지를 다시 퍼들었다.

― 주

1) 변새: 달라지는 모양.
2) 드리고(Ricardo Drigo, 1846~1930): 이탈리아의 작곡가·지휘자. 러시아의 상트 페테르부르크에 머물면서 궁전 극장의 악장, 발레의 지휘자로 활약했고 그 기간 중 발레 〈잠자는 숲속의 미녀〉, 〈호두까기 인형〉의 초연을 맡아 공연했음.

데생

B부인은 병오생丙午生이다.

병오생의 여자란 거개 더 많이 동적인 듯하다.

부친 위독의 전보가 반드시 귀국의 전부의 이유가 아님을 나는 잘 안다. 그 돌연사를 기회 삼아 어지러운 신변과 심서心緖[1]를 약간이라도 정리하자는 것이 더 일의적인 뜻이 아니었던가. 그의 생활은 너무도 어처구니없고 감정은 너무도 다단多端하였던 것이다. 상식적 도덕의 굴레로는 달리는 그의 감정을 제어할 수는 없다. 부인은 자유의 준마이다.

그렇다고 남편이 천국으로 간 것은 아니요, 지상 건재이다. 위인이 원래 펄펄은 하나 장구한 세월에 처지고 무지러져서 지금엔 돌부처요, 허수아비다. 진보된 도덕관에 입각한 것이 아니라 하는 수 없는 인내적 달관이 그렇게 만들었다. 한 지붕 밑에 살면서도 두 사람의 생활은 각각 다르다. 남편이 잘 때 아내는 깨어 있고 남편이 깨어 있을 때 아내는 잠자고…… 이것은 남편이 매일 사정하여야 할 처지에 있는 까닭으로라고 하더라도 부부는 식탁을 마주하는 법이 적으며 아내가 내객을 접대하여 차를 마시며 레코드를 걸며 할 때 남편은 외딴방에서 아이들에게 글을 가르쳐 주어야 한다. 침실이 청교도적 규칙을 지켜야 할 것은 물론이요, 그러기 때문에 이 금단을 깨트리려고 한 남편이 아내에게 톡톡히 욕을 당한 것은 도리어 당연하다고나 할까.

남편은 그날 밤 부인의 방에 잠자리를 펴라고 분부하였다. 안잠자기가 고지식하게 자리를 만들어 놓자 부인은 안잠자기인지 남편인지 누구인지를 모르게 날카롭게 호통하며 일껏 편 이불을 들어 맨봉당[2)]에 던져 버렸다. 남편이 눈을 부릅떴는지 머리를 긁었는지는 알 바 없으나 이것은 확실히 '암탉에게 눌린 수탉' 이상의 희극이다.

원래 남편이 전임지를 떠나게 된 것도 곡절이 결코 단순한 것 같지는 않다. 셋째 아이를 얻을 때에 부인은 잠시 임지를 떠났고 남편의 사랑이 그 아이 위에 가장 엷었다 한 것이다.

그래서 부부는 외딴 고장으로 피신한 셈이나 이 열려진 페이지는 벌써 비밀도 아무것도 아니었다. 이 뒤에 올 가지가지의 숨은 이야기야말로 부인만의 책 속에 감추어져야 할 것이나 웬일인지 벽 속의 일이란 벽 밖으로 흘러가는 운명에 있는 듯하다.

여자란 소극적이어서 대수對手[3)]의 적극적 움직임을 기다릴 뿐이라고 부인은 그의 연애술을 겸양하여 말한다.

그가 만약 말대로 그같이 소극적이라면 남자란 남자는 대담하고 적극적이란 말인가. 질그릇 장사도 과자점의 차인꾼도 집안에 부리는 노복까지도 모두 그같이 대담하단 말인가.

그는 고향의 전보를 받았다. 그는 단신 가까운 항구에서 배를 타고 바다를 건넜다. 바다를 건넌 곳이 바로 고국이며 고향이다. 간 곳마다 대수가 있게 되면 고향인들 또 적적할 리 없다.

도리어 그가 간 후로는 마음이 적적하였다. 가지가지 소문을 말하며 그는 다시 돌아오지 않으리라고들 수군거렸다. 다시 돌아오지 않음이 그 일신을 위하여서도 가정을 위하여서도 시끄럽지 않음을 사람들은 뜻함이었으나 그런 원과 추측을 저버리고 부인은 몇 달 후 부숭부숭한 얼굴로 다시 나타났다. 눈썹을 가늘게 밀고 파적거리[4]로 양재洋裁인지를 배워 가지고 아무 티도 없이 돌연히 돌아왔다. 사람들은 반가워하는 법도 없고 별반 신통히도 여기지 않으며 그렇다고 그다지 귀찮게 여길 것도 없다.

여름이 무더우니 그는 해수욕을 갈 것이요, 돌아올 때에는 리어카를 탈 것이며, 밤길을 거닐 때에는 콧노래를 부를 것이다. 나는 해변 모래 위에서 그를 다시 만나야 할 것이나 그의 가느다란 눈초리를 보아도 별 감격이 없다. 원컨대 다시는 영문 소설의 강講을 청하지 않았으면 할 뿐이다.

이런 여자도 있다.

'루루'라고나 부를까. 확실히 궐녀는 일종의 지령地靈임에 틀림없다.

─ 주

1) 심서心緖: 심회心懷.
2) 맨봉당: 아무것도 깔지 아니한 봉당.
3) 대수對手: 적수敵手.
4) 파적거리: 심심풀이가 될 만한 사물.

산

1

나무 하던 손을 쉬고 중실은 발밑의 깨금나무 포기를 들쳤다. 지천으로 떨어지는 깨금알이 손안에 오르르 들었다. 익을 대로 익은 제철의 열매가 어금니 사이에서 오도독 두 쪽으로 갈라졌다.

돌을 집어던지면 깨금알같이 오도독 깨어질 듯한 맑은 하늘, 물고기 등같이 푸르다. 높게 뜬 조각구름 떼가 해변에 뿌려진 조개껍질같이 유난스럽게도 한편에 옹졸봉졸 몰려들 있다. 높은 산등이라 하늘이 가까우련만 마을에서 볼 때와 일반으로 멀다. 9만 리일까 10만 리일까. 골짜기에서의 생각으로는 산기슭에만 오르면 만져질 듯하던 것이 산허리에 나서면 단번에 9만 리를 내빼는 가을 하늘.

산속의 아침나절은 졸고 있는 짐승같이 막막은 하나 숨결이 은근하다. 휘엿한 산등은 누워 있는 황소의 등허리요, 바람결도 없는데 쉴 새 없이 파르르 나부끼는 사시나무 잎새는 산의 숨소리다. 첫눈에 띄는 하얗게 분장한 자작나무는 산속의 일색. 아무리 단장한대야 사람의 살결이 그렇게 흴 수 있을까. 수북 들어선 나무는 마을의 인총보다도 많고 사람의 성보다도 종자가 흔하다. 고요하게 무럭무럭 걱정 없이 잘들 자란다. 산오리나무, 물오리나무, 가락나무, 참나무, 졸참나무, 박달나무, 사스레나무, 떡갈나무, 무치나무, 물가리나무, 싸리나무, 고로쇠나무. 골짜기에는 신나무, 아그배나무, 갈매나무, 개옻나무, 엄나무. 산등에 간간이 섞여 어느 때나 푸르고 향기로운 소나무, 잣나무, 전나무, 노간주나무. 걱정 없이 무럭무럭 잘들 자라는 산속은 고요하나 웅성한 아름다운 세상이다. 과실같이 싱싱한 기운과 향기, 나무 향기, 흙 냄새, 하늘 향기, 마을에서는 찾아볼 수 없는 향기다.

낙엽 속에 파묻혀 앉아 깨금을 알뜰히 바수는 중실은 이제 새삼스럽게 그 향기를 생각하고 나무를 살피고 하늘을 바라보는 것이 아니었다. 그런 것은 한데 합쳐 몸에 함빡 젖어들어 전신을 가지고 모르는 결에 그것을 느낄 뿐이다. 산과 몸이 빈틈없이 한데 얼린 것이다.

눈에는 어느 결엔지 푸른 하늘이 물들었고 피부에는 산 냄새가 배었다. 바심[1]할 때의 짚북데기보다도 부드러운 나뭇잎. 여러 자 깊이로 쌓이고 쌓인 깨금잎, 가락잎, 떡갈잎의 부드러운 보료 속에 몸을 파묻고 있으면 몸뚱어리가 마치 땅에서 솟아난 한 포기의 나무와도 같은 느낌이다. 소나무, 참나무, 총중의 한 대의 나무다. 두 발은 뿌리요, 두 팔은 가지다. 살을 베면 피 대신에 나뭇진[2]이 흐를 듯하다. 잠자코 섰는 나무들이 주고받는 은근한 말을, 나뭇가지의 고갯짓하는 뜻을, 나뭇잎의 소곤거리는 속심을 총중의 한 포기로서 넉넉히 짐작할 수 있다. 해가 쬘 때에 즐거워하고, 바람 불 때에 농탕치고, 날 흐릴 때 얼굴을 찡그리는 나무들의 풍속과 비밀을 역력히 번역해 낼 수 있다. 몸은 한 포기의 나무다. 별안간 부드득 솟아오르는 힘을 느끼고 중실은 벌떡 뛰어 일어났다. 쭉 펴는 네 활개에 힘이 뻗쳐 금시에 그대로 하늘에라도 오를 듯싶었다. 넘치는 힘을 보낼 곳 없어 할 수 없이 입을 크게 벌리고 하늘이 울려라 고함을 쳤다. 땅에서 솟는 산 정기의 힘찬 단순한 목소리다. 산이 대답하고 나뭇가지가 고갯짓한다. 또 하나 그 소리에 대답한 것은 맞은편 산허리에서 불시에 푸드덕 날아 뜨는 한 자웅의 꿩이었다. 살찐 까투리의 꽁지를 물고 나는 장끼의 오색 날개가 맑은 하늘에 찬란하게 빛났다.

살찐 꿩을 보고 중실은 문득 배가 허출함을 깨달았다. 아래편 골짜기 개울 옆에 간직하여 둔 노루 고기와 가랑잎 새에 싸 둔 개꿀[3]이 있음을 생각하고 다시 낫을 집어 들었다. 첫 참 때까지는 한 짐은 채워 놓아야 파장되기 전에 읍내에 다다르겠고, 팔아 가지고는 어둡기 전에 다시 산으로 돌아와야 할 것이다. 한참 쉰 뒤라 팔에는 기운이 남았다. 버스럭거리는 나뭇잎 소리가 품 안에 요란하고 맑은 기운이 몸을 한바탕 떡 감긴 것 같다. 산은 마을보다 몇 곱절 살기가 좋은가! 산에 들어오기를 잘했다고 중실은 생각하였다.

2

세상에 머슴살이같이 잇속 적은 생업은 없다.

싸울려고 싸운 것이 아니라 김 영감 편에서 투정을 건 셈이다. 지금 와 보면 처음부터 쫓아낼 의사였던 것이 확실하다. 중실은 머슴 산 지 7년에 아무 것도 쥔 것 없이 맨주먹으로 살던 집을 쫓겨났다. 원통은 하였으나 애통하지는 않았다.

해마다 사경을 또박또박 받아 본 일 없다. 옷 한 벌 버젓하게 얻어입은 적 없다. 명절에는 놀이할 돈도 푼푼이 없이 늘 개 보름 쇠듯 하였다. 장가들이고 집 사고 살림을 내준다는 것도 헛소리였다. 첩을 건드렸다는 생뚱 같은 다짐이었으나 그것은 처음부터 계책한 억지요, 졸색拙色[4]의 둥글개[5] 따위에는 손댈 염도 없었던 것이다. 빨래하러 갔던 첩과 동구 밖에서 마주쳐 나뭇짐을 지고 앞서고 뒷서서 돌아왔다고 의심받을 법은 없다. 첩과 수상한 놈팡이는 도리어 다른 곳에 있는 것을, 애매한 중실에게 엉뚱한 분풀이가 돌아온 셈이었다. 가살스러운 첩의 행실을 휘어잡지 못하고 늘그막 판에 속태우는 영감의 신세가 하기는 가엾기는 하다. 더욱 엉클어질 앞일을 생각하고 중실은 차라리 하직하고 나온 것이었다. 넓은 하늘 밑에서도 갈 곳이 없다. 제일 친한 곳이 늘 나무 하러 가던 산이었다. 짚북데기보다도 부드러운 두툼한 나뭇잎의 맛이 생각났다. 그 넓은 세상은 사람을 배반할 것 같지는 않았다. 빈 지게만을 걸머지고 산으로 들어갔다. 그 속에서 얼마 동안이나 견딜 수 있을까가 한 시험도 되었다.

박중골에서도 5리나 들어간, 마을과 사람과는 인연이 먼 산협이다. 산등이 펑퍼짐하고 양지쪽에 해가 잘 쬐고, 골짜기에 개울이 흐르고, 개울가에 나무 열매가 지천으로 열려 있는 곳이다. 양지쪽에 서는 나무 하러 왔다 낮잠을 잔 적도 여러 번이었다. 개울가에 불을 피우고 밭에서 뜯어 온 옥수수 이삭을 구웠다. 수풀 속에서 찾은 으름과 나뭇가지에 익어 시든 아그배와 산사로 배가 불렀다. 나뭇잎을 모아 그 속에 푹 파고든 잠자리도 그다지 춥지는 않았다.

이튿날 산을 헤매다가 공교롭게도 주엽나무 가지에 야트막하게 달린 벌집을 찾아냈다. 담배 연기를 피워 벌 떼를 이지러뜨리고 감쪽같이 집을 들어 냈다. 속에는 맑은 꿀이 차 있었다. 사람은 살라고 마련인 듯싶다. 꿀은 조금으로도 요기가 되었다. 개[6]와 함께 여러 날 양식이 되었다.

꿀이 다 떨어지지도 않은 그저께 밤에는 맞은편 심산에 산불이 보였다. 백일홍같이 새빨간 불꽃이 어둠 속에 가깝게 솟아올랐다. 낮부터 타기 시작한 것이 밤에 들어가서 겨우 알려진 것이다. 누에에게 먹이는 뽕잎같이 아물아물 해지는 것 같으나, 기실은 한자리에서 아롱아롱 타는 것이었다. 아귀의 혀끝같이 널름거리는 불꽃이 세상에도 아름다웠다. 울 밑의 꽃보다도, 비단결보다도, 무지개보다도 맨드라미보다도 곱고 장하다.

중실은 알 수 없이 신이 나서 몽둥이를 들고 산등을 따라 오르고 골짜기를 건너 불붙는 곳으로 끌려 들어갔다. 가깝게 보이던 것과는 딴판으로 꽤 멀었다. 불은 산등에서 산등으로 둘러붙어 골짜기로 타 내려갔다. 화기가 확확 튀어 가까이 갈 수 없었다. 후끈후끈 무더웠다. 나무뿌리가 탁탁 튀며 땅이 쨍쨍 울렸다. 민출한 자작나무는 가지가지에 불이 피어올라 한 포기의 산호수 같은 불나무로 변하였다. 헛되이 타는 모두가 아까웠다. 중실은 어쩌는 수 없이 몸둥이를 쓸데없이 휘두르며 불 테두리를 빙빙 돌 뿐이었다. 불은 힘에 부치는 것이었다. 확실히 간 보람은 있었다. 그을린 노루 한 마리를 얻은 것이었다. 불 테두리를 뚫고 나오지 못한 노루는 산골짜기에서 뺑뺑 돌아 결국 불벼락을 맞은 것이다. 물론 그것을 얻을 때는 불도 거의 다 탄 새벽이었으나, 외로운 짐승이 몹시 가엾었다. 그러나 이미 죽은 후의 고기라 중실은 그것을 짊어지고 산으로 돌아갔다. 사람을 살리자는 신의 뜻이라고 비위 좋게 생각하면 그만이었다. 여러 날 동안의 흐뭇한 양식이 되었다. 다만 한 가지 그리운 것이 있었다. 짠맛, 소금이었다. 사람은 그립지 않으나 소금이 그리웠다. 그것을 얻자는 생각으로만 마을이 그리웠다.

3

힘자라는 데까지 졌다.

20리 길을 부지런히 걸으려니 잔등에 땀이 내배었다. 걸음을 따라 나뭇짐이 휘청휘청 앞으로 휘었다.

간신히 파장 전에 대었다.

나무를 판 때의 마음이 이날같이 즐거운 적은 없었다. 물건을 산 때의 마음도 이날같이 즐거운 적은 없었다. 그것은 짜장 필요한 물건이기 때문이다.

나무 판 돈으로 중실은 감자 말과 좁쌀 되와 소금과 냄비를 샀다.

산속의 호젓한 살림에는 이것으로써 족하리라고 생각되었다.

목숨을 이어 가는 데 바닷물고기쯤이 없으면 어떨까도 생각되었다.

올 때보다 짐이 단출하여 지게가 가벼웠다.

거리의 살림은 전과 다름없이 어수선하고 지저분하였다.

더 나아진 것도 없으려니와 못해진 것도 없다.

술집 골방에서 왁자지껄하고 싸우는 것도 전과 다름없었다.

이상스러운 것은 그런 거리의 살림살이가 도무지 마음을 당기지 않는 것이다. 앙상한 사람들의 얼굴이 그다지 그리운 것이 아니었다.

무슨 까닭으로 산이 이렇게도 그리울까. 편벽된 마음을 의심도 하여 보았다. 그러나 별로 이치도 없었다. 덮어놓고 양지쪽이 좋고, 자작나무가 눈에 들고, 떡갈잎이 마음을 끄는 것이다. 평생 산에서 살도록 태어났는지도 모른다.

김 영감의 그 후의 소식은 물어 댈 필요도 없었으나, 거리에서 만난 박 서방 입에서 우연히 한 구절 얻어듣게 되었다.

병든 둥글개 첩은 기어코 김 영감의 눈을 감추고 최 서기와 줄행랑을 놓았다. 종적을 수색 중이나 아직도 오리무중이라 한다.

사랑방에서 고시랑고시랑 잠을 못 이룰 60 노인의 꼴이 측은하게 눈에 떠올랐다. 애매한 머슴을 내쫓았음을 뉘우치리라고 생각되었다. 그러나 중실에게는 물론 다시 살러 들어갈 뜻도, 노인을 위로하고 싶은 친절도 가지기 싫었다. 다만 거리의 살림이라는 것이 더한층 어수선하게 여겨질 뿐이었다.

산으로 향하는 저녁길이 한결 개운하다.

4

개울가에 냄비를 걸고 서투른 솜씨로 지은 저녁을 마쳤을 때에는 밤이 적이 어두웠다.

깊은 하늘에 별이 총총 돋고 초승달이 나뭇가지를 올가미 지웠다.

새들도 깃들고 바람도 자고 개울물만이 쫄쫄쫄쫄 숨쉰다. 검은 산등은 잠든 황소다.

등걸불이 탁탁 튄다. 나뭇잎 타는 냄새가 몸을 휩싸며 구수하다. 불을 쬐며 담배를 피우니 몸이 훈훈하다. 더 바랄 것 없이 마음이 만족스럽다.

한 가지 욕심이 솟아올랐다. 밥 짓는 일이란 머슴애 할 일이 못 된다. 사내자식은 역시 밭 갈고 나무 하는 것이 옳은 것이다. 장가를 들려면 이웃집 용녀만 한 색시는 없다. 용녀를 데려다 밥일을 맡길 수밖에는 없다고 생각하였다.

용녀를 생각만 하여도 즐겁다. 궁리가 차례차례로 솔솔 풀렸다.

굵은 나무를 베어다 껍질째 토막을 내 양지쪽에 쌓아 올려 단칸의 조촐한 오두막을 짓겠다. 펑퍼짐한 산허리를 일궈 밭을 만들고 봄부터 감자와 귀리를 갈 작정이다. 오랍뜰[7]에 우리를 세우고 염소와 돼지와 닭을 칠 터. 산에서 노루를 산 채로 붙들면 우리 속에 같이 기르고 용녀가 집일을 하는 동안에 밭을 가꾸고 나무를 할 것이며, 아이를 낳으면 소같이 산같이 튼튼하게 자라렸다. 용녀가 만약 말을 안 들으면 밤중에 내려가 가만히 업어 올 걸.

한번 산에만 들어오면 별수 없지.

불이 거의거의 아스러지고 물소리가 더한층 맑다.

별들이 어지럽게 깜박거린다.

달이 다른 나뭇가지에 걸렸다.

나머지 등걸불을 발로 비벼 끄니 골짜기는 더한층 막막하다.

어느 때인지 산속에서는 때도 분별할 수 없다.

자기가 이른지 늦은지도 모르면서 나무 및 잠자리로 향하였다.

낟가리같이 두두룩하게 쌓인 낙엽 속에 몸을 송두리째 파묻고 얼굴만을 빠끔히 내놓았다.

몸이 차차 푸근하여 온다.

하늘의 별이 와르르 얼굴 위에 쏟아질 듯싶게 가까웠다 멀어졌다 한다.

별 하나 나 하나, 별 둘 나 둘, 별 셋 나 셋…….

어느 결엔지 별을 세고 있었다. 눈이 아물아물하고 입이 뒤바뀌어 수효가 틀려지면, 다시 목소리를 높여 처음부터 고쳐 세곤 하였다.

별 하나 나 하나, 별 둘 나 둘, 별 셋 나 셋…….

세는 동안에 중실은 제 몸이 스스로 별이 됨을 느꼈다.

— **주**

1) 바심: 채 익기 전의 벼나 보리를 미리 베어 떨거나 훑는 일.
2) 나뭇진: 나무에서 분비되는 끈적끈적한 액체.
3) 개꿀: 벌통에서 떠낸, 벌집에 들어 있는 상태의 꿀.
4) 졸색拙色: 아주 못생긴 용모. 또는 그런 용모의 여자.
5) 등글개: (등의 가려운 곳을 긁어 주는) 늙은이의 젊은 첩.
6) 개: 벌집.
7) 오랍뜰: '오래뜰'의 방언. 대문 안에 있는 뜰.

분녀

1

 우리도 없는 농장에 아닌 때 웬일인가들 의아하게 여기고 있는 동안에 집채 같은 돼지는 헛간 앞을 지나 묘포苗圃[1] 밭으로 달려온다. 산돼지 같기도 하고 마바리[2] 같기도 하여 보통 돼지는 아닌 데다가 뒤미처 난데없는 호개[3] 한 마리가 거위영장[4]같이 껑충대고 쫓아오니 돼지는 불심지[5]가 올라 갈팡질팡 밭 위로 우겨든다. 풀 뽑던 동무들은 간담이 서늘하여 꽁무니가 빠져라 산지사방으로 달아난다. 허구 많은 지향 다 두고 돼지는 굳이 이쪽을 겨누고 욱박아 오는 것이다. 분녀는 기겁을 하고 도망을 하나 아무리 애써도 발이 재게 떨어지지 않는다. 신이 빠지고 허리가 휘는데 엎친 데 덮치기로 공칙히 앞에는 넓은 토벽이 막혀 꼼짝 부득이다. 옆으로 빗빼려고 하는 서슬에 돼지는 앞으로 왈칵 덮친다. 손가락 하나 놀릴 여유도 없다. 육중한 바위 밑에서 금시에 육신이 터지고 사지가 떨어지는 것 같다. 팔을 꼼짝달싹할 수 없고 고함을 치려야 입이 움직이지 않는다.
 분녀粉女는 질색하여 눈을 떴다.
 허리가 뻐근하며 몸이 통세痛勢[6] 난다.

문득 짜장 놀라서 엉겁결에 소리를 치나 소리는 나오지 않는다. 무엇인지 틀어막히고 수건으로 자갈이 물려 있지 않은가. 손을 쓰려 하나 눌렸고 다리도 허리도 머리도 전신이 무거운 돼지 밑에 있는 것이다. 몸에 칼이 돋기 전에는 이 몸도 적을 물리칠 수 없지 않은가.

어둠 속에서도 경풍할 변괴에 부끄러운 생각이 났다. 어머니 앞에서도 보인 법 없는 몸뚱이를 하고 옷으로 덮으려 하나 생각뿐이다. 어머니는, 하고 가까스로 고개를 돌리니 윗목에 누웠고 그 너머로 동생의 코 고는 소리가 들린다. 같은 방에 세 사람씩이나 산 넋이 있으면서도 날도적을 들게 하다니 멀건 등신들이라고 원망할 수도 없는 것은 된 낮일에 노그라져서 함빡 단잠에 취하여 있는 것이다. 발로 차서 어머니를 깨우고도 싶으나 발이 닿기에는 동이 떴다. 삼경이 넘었을까, 밤은 막막하다. 열린 문으로는 바람 한숨 없고 방 안이나 문밖이 일반으로 까마득하다. 먼 하늘에는 별똥 하나 안 흐른다.

'원망할 것 없다. 둘만 알고 있으면 그만야. 내가 누구든…… 아무에게나 다 마찬가진걸.'

더운 날숨이 이마를 덮는다. 부스럭부스럭하더니 저고리 고름을 올가미 지어 매어 주는 눈치다.

간단하고 감쪽같다. 도적은 흔적 없이 '훔칠 것'을 훔치고 늠실하고 나가 버렸다.

몸이 풀리자 분녀는 뛰어 일어나 겨우 입 봉창을 빼기는 하였으나 파장 후에 소리를 치기도 객쩍다.

대체 웬 녀석인가. 뛰어나가 살폈으나 간곳없다. 목소리로 생각해 보아도 알 바 없고 맺혀진 옷고름을 만져 보는 건 뜻 없다. 하늘이 새까맣다. 그 새까만 하늘이 부끄럽고 디딘 땅이 부끄럽고 어두운 밤을 대하기조차 겸연스럽다.

몸이 무시근하다[7]. 우물에서 물을 두어 두레 퍼 올려 얼굴을 씻고 방에 들어가 등잔에 불을 켰다. 어둠 속에서 비밀을 가진 방 안은 밝을 때엔 천연스럽다. 땅 그 어느 한구석이 무지러져 떨어졌을 것 같다. 하늘의 별 한 개가 없어졌을 것 같다. 몸뚱이가 한구석 뭉청 이지러진 것 같다. 반쪽 거울을 찾아 들고 얼굴을 비추어 보았다. 코며 입이며 볼이며가 상하지 않고 제대로 있는 것이 도리어 신기하게 여겨졌다. 어차피 와야 할 것이겠지만 그것이 너무도 벼락으로 급작스레 어처구니없게 온 것이 분녀에게는 알 수 없이 겸연스러웠다.

얼굴과 몸을 어루만지며 어머니의 잠든 양을 물끄러미 바라보려니 별안간 소름이 치며 가슴이 떨린다. 무서운 생각이 선뜻 들며 어머니를 깨우고 싶다. 그러나 곤한 눈을 멀뚱하게 뜨고 상기된 눈방울로 이쪽을 바라보는 것을 보면 분녀는 딴소리밖엔 못하였다.

"새까맣게 흐린 품이 천둥하고 비 올 것 같으우."

묘포 감독 박추의 짓일까. 데설데설하며[8] 엄부렁한[9] 품이 아무 짓인들 못할 것 같지 않다. 계집아이들 틈에 끼여 인부로 오는 명준의 짓일까. 눈질이 영매스러운[10] 것이 보통 아이는 아니나 워낙 집안이 억판[11]인 까닭에 일껏 들어간 중등학교도 중도에서 퇴학하고 묘포 인부로 오는 것이 가엾긴 하다. 그러나 그리고 터놓고 을러멨다고 하면 응낙할 수 있었을까. 군청 급사 섭춘이나 아닐까. 행길에서도 소락소락[12] 말을 거는 쥐알봉수[13]. 그 초라니[14]라면 치가 떨려 어떻게 하나.

잠을 설쳐 버린 분녀는 고시랑고시랑 생각에 밤을 샜다. 이튿날은 공교로이 궂은 까닭에 비를 칭탁하고 일을 쉬고 다음 날 비로소 묘포로 나갔다. 같은 생각이 머릿속에 뱅 돌아 사람을 만나기가 여간 겸연쩍지 않다. 사람마다 기연미연 혐의를 걸어 보기란 면난스러운 일이었다.

하늘이 제대로 개고 땅이 이지러지지 않은 것이 차라리 시뻐스럽다[15]. 천지는 사람의 일신의 괴변쯤은 익지 않은 과실이 벌레에게 긁힌 것만큼도 대수롭게 여기지 않는 모양이다. 하긴 다행이지 몸의 변고가 일일이 하늘에 비치어진다면 기분이, 순야, 옥녀, 모든 동무들에게 그것이 알려질 것이요, 그들의 내정도 역시 속뽑힐[16] 것이다. 이런 생각이 들자 별안간 그들은 대체 성할까 하는 의심이 불현듯 솟아오르며 천연스러운 얼굴들이 능청스럽게 엿보였다.

박추와 명준에게만은 속내를 들킨 것 같아서 고개가 바로 쳐들리지 않았다. 다시 살펴도 가잠나룻[17]이 듬성한 검센 박추, 거드름 부리는 들때밑[18]. 이 녀석한테 당하였다면 이 몸을 어쩌노. 잠자코 풀 뽑는 무죽한 명준이, 새침한 몸집 어느 구석에 그런 우락부락한 힘이 들어 있을꼬. 사람은 외양으론 알 수 없다. 마치 그것이 명준이요, 적어도 명준이었으면 하는 듯이 이렇게 생각은 하나 면상과 눈치로는 그가 그인지 누가 그인지 도무지 거니챌[19] 수 없다. 이러다가는 평생 그 사람을 모르고 지내지나 않을까.

맡은 이랑의 풀을 뽑고 난 명준은 감독의 분부로 이깔[20] 포기에 뿌릴 약재를 풀어 무자위[21]로 치기 시작하였다. 한 손으로 물을 뿜으며 다른 손으로 물줄기를 흔들다가 고무줄이 빗나가는 서슬에 푸른 약물이 옥녀의 낯짝을 쏘았다. 옥녀는 기겁을 하여 놓인 줄만 알고 저 녀석 얼뜨기같이 해 가지고 요새 무슨 곡절이 있어 하고 쏘아붙인다. 명준은 픽 웃으며 마침 손이 빈 분녀에게 고무줄을 쥐여 주고 뿌려 주기를 청하였다. 두 사람이 자연스럽게 한 무자위로 협력하게 되자 옥녀는 더 말이 없었다.

통의 것을 다 쳤을 때 다시 물을 길을 양으로 분녀는 명준의 뒤를 따라 도랑으로 내려갔다. 도랑은 풀이 가려 밭에서 보이지는 않는다. 명준은 손가락으로 물탕을 치며 낯이 부드럽다.

"일하기 싫지 않니?"

대번에 농조로,

"너 어떤 놈에게로 시집가련. 박추한테라도."

"미친 것 다따가."

"시집갔니, 안 갔니?"

관자놀이가 금시에 빨개진 것을 민망히 여겨 곧 뒤를 이었다.

"평생 시집 안갈 테냐?"

"망할 녀석."

"난 이 고장에서 없어지겠다. 살 재미 없어. 계집애들 틈에 끼여 일하기도 낯없다. 일한대야 부모를 살릴 수 없고 잡다한 세금도 못 물어 드잡이를 당하는 판이 아니냐. 이까짓 고향 고맙잖어. 만주로 가겠다. 돌아다니며 금광이나 얻어 보련다. 엄청난 소리지. 그러나 사람의 운수를 알 수 있니."

"정말 가겠니?"

"안 가고 무슨 수 있니. 이까짓 쭉쟁이 땅 파야 소용 있나. 거기도 하늘 밑이니 사람이 살지 설마 짐승만 살겠니."

물을 나르고 다시 도랑으로 내려왔을 때 명준은 다따가 분녀의 팔을 잡았다.

"금덩이를 지고 올 때까지 나를 기다려 주련."

눈앞에 찰락거리는 명준의 옷고름이 새삼스럽게 눈에 띄자 분녀는 번개같이 정신이 번쩍 들었다. 끝을 홀쳐맨 고름이 같은 꼴의 제 옷고름과 함께 나란히 드리운 것이다.

"네 짓이었구나."

분녀는 짧게 외치고 고개를 떨어뜨렸다.

"언제까지든지 나를 기다리고 있으련?"

박추의 소리가 나자 두 사람은 날쌔게 떨어져 밭으로 갔다. 분녀는 눈앞이 아찔하며 별안간 현기증이 났다.

그뿐 명준은 다시 묘포 밭에 나타나지 않았다. 다음 날도 다음 날도, 며칠 후에 짜장 만주로 내뺐다는 소문이 들렸다. 분녀는 마음이 아득하고 산란하여 일을 쉬는 날이 많았다.

2

분녀는 그렇게 눈떴다.

인생의 고패를 겪은 지 이태에 몸은 활짝 피어 지난 비밀의 자취도 어스레하다. 껍질에 새긴 글자가 나무가 자람에 따라 어느 결엔지 형적이 사라진 격이다.

이제 아닌 때 별안간 불풍나게[22] 두 번째 경험을 당하려고 하는 자리에 문득 옛 생각이 떠오르지 않을 수 없었다. 흐르는 향기같이 불시에 전신을 휩싼다. 피가 끓으며 세상이 무섭고 가슴이 두근거리며 손가락이 떨린다. 물동이를 깨뜨린 때와도 같이 겁이 목줄을 조인다.

대체 어떻게 하여서 또 이 지경에 이르렀나 생각하면 눈앞이 막막하다.

거리에 자주 삐쭉거린 것이 잘못일까. 만갑이에게는 어찌되어 이렇게 허름하게 보였을까. 돈도 없으면서 가게에 들어가서 이것저것 탐내는 것부터 틀렸다. 집안이 들구날 판에 든벌[23]의 옷도 과람한데 단오빔은 다 무엇인가. 돈 있는 사람들의 단오놀이지 가난한 멀떠구니의 아랑곳인가. 이곳 질숙 저곳 기웃 하며 만져 보고 물어보고 눈을 까고 한숨 쉬고 하는 동안에 엉큼한 딴꾼[24]에게 온전히 깐보이고[25] 감잡혔다. 만갑이는 가게에 사람이 빈 때를 가늠 보아 미처 겨를 사이도 없게 몸째 덜렁 떠받들어 뒷방에 넣고 안으로 문을 잠근 것이다.

부락스러운[26] 꼴이 사내란 모두 꿈에서 본 돼지요, 엉큼한 날도적이다. 훔친 뒤에는 심드렁하다.

"가지고 싶은 것 말해 봐…… 무엇이든지 소용되는 대로 줄게."

"욕을 주어도 분수가 있지. 사람을 어떻게 알고 이 수작이야."

분녀는 새삼스럽게 짜증을 내며 보기 좋게 볼을 올려붙였다. 엄청난 짓을 당하면서 심상한 낯을 지닐 수도 없고 그렇게라도 할 수 밖엔 없었다.

"미워 그랬나."

"몰라, 녀석."

쏘아붙이고는 팔로 눈을 받치고 다따가 울기 시작하였다. 사실 눈물도 나왔다. 첫 번에는 겁결에 울기란 생각도 안 나던 것이 지금엔 눈물이 솟는 것이다. 그 무엇을 잃은 것 같다. 다시 찾을 수 없을 것 같다. 안타까운 생각에 몸이 떨린다.

"울긴 왜…… 사람은 다 그런 것이야. 단오에 들 것 한 벌 갖추어 줄게."

머리를 만지다 어깨를 지긋거리면서,

"삽삽하게만 굴면야 이 가게라도 반 노나 줄걸."

가게에 인기척이 나는 까닭에 분녀는 문득 울음을 그쳤다. 부르다가 주인의 대답이 없으니 사람은 나가 버렸다. 만갑이는 급작스럽게 말을 이었다.

"여편네가 중풍으로 마저마저 거꾸러져 가는 판이니 그렇게만 된다면야 나는 분녀를 새로 맞어다 가게를 맡길 작정인데 뜻이 어떤가?"

울면서도 분녀는 은연중 귀를 솔깃하고 있었다.

"잘 생각해 볼 일이야."

넌지시 눌러 놓고 만갑이는 한 걸음 먼저 방을 나갔다. 손님을 보내기가 바쁘게 방문을 빠끔히 열고 불러냈다.

"이것 넣어 둬."

소매 속에다 무엇인지를 틀어넣어 주는 것이다. 분녀는 어안이 벙벙하였다.

집에 돌아와 소매 갈피를 헤치니 지전 한 장이 떨어졌다. 항용 보던 것보다는 훨씬 넓고 푸르다. 과람한 것을 앞에 놓고 분녀는 적이 마음이 누근하였다. 군청 관사에 아침저녁으로 식모로 가서 버는 한 달 월급보다 많다. 월급이라야 단돈 4원으로는 한 달 요료(料)[27]의 보탬도 못 된다. 화세火稅[28]로 얻어 부치는 몇 뙈기의 밭을 그래도 어머니와 동생이 드세게 극성으로 가꾸는 덕에 제철 제철의 곡식이 요를 도우니 말이지, 그것도 없다면야 분녀의 월급으로는 코에 바를 나위도 없을 것이다. 웬 곳에 가 있는 오빠가 좀 더 온전하다면 집안이 그처럼도 군색하지는 않으련만 엉망인 집안에 사람조차 망나니여서 이웃 고을 목탄 조합에 가 있어 또박또박 월급 생애를 하면서도 한 푼 이렇다는 법 없었다. 제 처신이나 똑바로 하였으면 걱정이나 없으련만 과당하게 건들거리다 기어코 거덜나고야 말았다. 늦게 배운 오입에 수입을 탕갈蕩竭[29]하다 나중에 공금에까지 손찌검을 한 것이다. 탄로되었을 때에는 500 소수[30]나 감춰 낸 뒤였다. 즉시 그 고을 경찰에 구금되었다가 검사국으로 넘어간 것은 물론이거니와 신분 보증을 선 종가에 배상액을 빗발같이 청구하므로 종가에서는 펏질 뛰어들어 야기[31]를 부리는 것이다. 집안은 망조를 만난 듯이 스산하고 을씨년스럽다.

　불의의 수입을 앞에 놓고 분녀는 엄청나고 대건하였다. 어떻게 했으면 옳을까. 집안일에 보태자니 빛 없고 혼잣일에 쓰자니 끔찍하고 불안스럽다. 대체 집안 사람들에게는 출처를 어떻게 말하면 좋을까. 관사에서 얻어내 왔다고 해서 곧이들을까. 가난에 과람은 도리어 무서운 일이다.

　왈칵 겁도 났다. 술집 계집이나 하는 짓이 아닌가. 집안 사람도 집안 사람이려니와 명준에게 상구에게 들 낯이 있는가. 설사 만주에는 가 있다 하더라도 첫 몸을 준 명준이가 아닌가. 그야말로 불시에 금덩이나 짊어지고 오면 어떻게 되노.

　그러나 명준이보다도 당장 날마다 만나게 되는 상구에 대하여서는 어떻게 한단 말인가. 확실히 그를 깔보고 오기는 했다. 그렇기 때문에 벌써 피차에 정을 두고 지낸 지 반년이 넘는데도 몸 하나 까딱 다치지 못하게 하여 왔다.

그 역 몸은 다칠 염도 하지 않았다. 그러나 그는 깔보일 인금[32]인가. 명준이같이 역시 눈질이 보통 재물은 아니다. 학교도 같은 학교나 명준이같이 중도에서 폐학할 처지도 아니요, 그것을 마치고는 서울 가서 웃학교를 치를 생각이라니 그렇게만 된다면야 취직도 한 층 높아 고을 학교만을 졸업하고 3종 훈도로 나가거나 조합 견습생으로 뽑히는 것과는 격이 다르다. 다만 세월이 너무 장구한 것이 지리하다. 지금 학교를 마치재도 이태 웃학교까지 필함은 어느 천년일까. 그때까지는 집안은 창이 날 것이다. 몸까지 허락하면 일이 됩데 틀어질 것 같아서 언약만 하여 놓고 손가락 하나 까딱 못하게 한 것이다. 상구 역시 그것을 원하지 않았고 공부에 유난스럽게 힘을 들이는 모양이다. 그러는 동안에 이 꼴이 되고 말았다.

허랑한 몸으로 상구를 어찌 대하노. 그렇다고 그를 당장에 단념할 신세도 못 되고, 진 죄를 쏟아 놓고 울고 뛸 수는 더욱 없는 것이다.

생각과 겁과 부끄럼에 분녀는 정신이 섞갈린다.

3

학교가 바쁜 지 여러 날이나 상구를 만날 수 없다. 눈앞에 면대하지 않으니 겁도 차차 으스러지고 도리어 마음은 허랑하게만 든다.

실상은 다음 날로라도 곧 가려 하였으나 겸연쩍은 마음에 그럴 수도 없어 며칠을 넘겼다. 그날 부랴부랴 그곳을 나오느라고 만갑이 가게에 물건을 잊어 둔 것이다. 물건도 물건, 공칙히 손에 걸치는 옷가지인 까닭에 안 찾을 수도 없고 밤이 이슥하기를 기다려 분녀는 조심스럽게 거리로 나갔다.

행길에는 사람들이 듬성듬성하다. 전과는 달라 한결 조물거리는 마음에 사방을 엿보며 가게로 들어가자 기다리고 있던 듯이 만갑이는 성큼 뛰어나온다.

"올 사람도 없을 듯하군."

밀창을 드르렁드르렁 밀고 휘장을 치고 가게를 닫는 것이다.

"곧 갈 텐데……."

"눈어림만 했더니 맞을까."

골방문을 냉큼 열더니 만갑이는 상자를 집어낸다. 덮개를 여니 뾰족한 구두. 새까만 광채에 분녀는 눈이 어지럽다.

팔을 낚아 쪽마루로 이끈다.

반갑기보다도 무섭다.

'그까짓 구두쯤.'

불 하나를 끄니 가게 안은 어둑스레하다.

만갑이는 마루에 걸터앉자 강하게 팔을 잡아 끈다. 뿌리치고 빼다가 전봇대 모서리에서 붙들렸다.

"손가락 겨냥 좀 해 볼까."

우격으로 끌린다.

마루에 이르기 전에 만갑이는 날쌔게 남은 등불을 마저 죽여 버렸다.

어두운 속에서 분녀는 씨름꾼같이 왈칵 쓰러졌다. 더운 날숨이 목덜미를 엄습한다. 굵은 바로 얽어매인 것같이 몸이 가쁘다.

'미친 것.'

즐겨서 들어온 것은 아니나 굳이 거역할 것이 없는 것은 몸이 떨리기는 하나 거듭하는 동안에 마음이 한결 유하여진 것이다. 무엇보다도 어둠에는 눈이 없는 까닭에 부끄러운 생각이 덜하다.

별안간 밀창을 흔드는 인기척에 달팽이같이 몸이 움츠러들었다. 시침을 떼려던 만갑이는 요란한 소리에 잠자코 있을 수 없어 소리를 친다.

"천수냐?"

하는 수 없이 문을 여니 천수가,

"야단났어요."

어느 결엔지 들어와서,

"병환이 더해서 댁에서 곧 들어오시라구요."

"더하다니?"

"풍이 나서 사람을 몰라봐요."

"곧 갈게, 어서 들어가."

천수가 약빠르게 불을 켜는 바람에 분녀는 별수 없이 어지러운 꼴을 등불 아래 드러냈다. 움츠러들며 외면하였으나 천수의 눈이 등에 와 붙은 것 같다.

"녀석, 방정맞게."

만갑이의 호통에보다도 천수는 분녀의 꼴에 더 놀랐다.

이튿날 상구가 왔다.

임시 시험이라고는 칭탁하나 5월도 잡아들지 않았는데 모를 소리였다. 어떻든 그를 만나기는 퍽도 오래간만이다. 거의 하루 건너로 찾아오던 것이 문득 끊어지더니 마침 두 장도막[33]을 넘긴 것이다. 하기는 전 모양 그 모양 지닌 책보도 전의 것대로였다. 다만 얼굴이 좀 그을었고 눈망울이 그 무슨 먼 생각에 멀뚱하다. 필연코 곡절이 있으련만 그것을 꼬싯꼬싯 묻기에 분녀는 심고를 하며 상구의 말과 눈치가 될 수 있는 대로 자기의 일신의 변화 위에 떨어지지 않도록 발뺌을 하느라고 애를 썼다. 속으로는 상구한테서 정이 벌써 이렇게도 떴나 하고 궁리 다른 제 심정을 아프고 민망하게도 여겼다. 거짓 없는 상구의 입을 쳐다보기도 죄만 스럽다.

"시골 학교 재미 적다. 서울로나 갈까 생각하는 중이다."

새삼스러운 소리에 분녀는 의아한 생각이 나서,

"아무 델 가면 시험 없나? 뚱딴지같이 다따가 서울은 왜."

"조사가 심해서 책도 맘대로 읽을 수 없어. 책권이나 뺏겼다. 서울 가면 책도 소원대로 읽을 거, 동무도 흔할 거."

"책 책 하니 학교 책이나 보면 됐지 밤낮 무슨 책이야."

책보를 끌러 활짝 헤치니 교과서 아닌 몇 권의 책이 굴러 나왔다. 영어책도 아니요, 수학책도 아니요, 그렇다고 소설책도 아닌 불그칙칙한 껍질의 두터운 책들이다. 분녀는 전부터도 약간은 상구가 그러스름한 책을 읽고 있는 것과 그것이 무슨 속인가를 짐작하여 행여나 하는 의심을 품고 오기는 왔다.

"집에 두면 귀찮겠기에 몇 권 추려 가져왔다. 소용될 때까지 간직했다 주렴."

"주제넘게 엉큼한 수작하다 망할 장본인야. 까딱하다 건수, 윤패 꼴 되려구."

"함부로 지껄이지 말아. 쥐뿔도 모르거든."

상구는 눈을 부르댔다.

"너 요새 수상하더라. 태도가 틀렸지."

소리를 치며 책을 냉큼 들어 분녀의 볼을 갈긴다.

"어떻게 알고 그런 주제넘은 대꾸야."

돌리는 얼굴을 또 한번 갈기다가 문득 고름 끝에 옭아매인 반지를 보았다.

"웬 것야?"

잡아채니 고름이 떨어진다. 상구는 금시에 눈이 찢어져 올라가며 불이라도 토할 듯 무섭게 외친다.

"어느 놈팽이를 웃어 붙였니. 개차반. 천보[34]."

머리채가 휘어 잡혔다. 볼이 얼얼하고 이빨이 솟는 듯하나 분녀는 아무 대답 없다. 모처럼의 기회에 차라리 죽지가 꺾이게 실컷 맞고 싶다. 미안한 심사가 약간이라도 풀려질 것 같다.

"숫제 그 손으로 죽여 주었으면."

실토였다. 눈물이 솟는다.

"큰 것 죽이지 네까짓 것 죽이러 생겨났겐."

결착을 내려는 듯이 몸째 차 박지르고 상구는 홀쩍 나가 버렸다. 어쩐지 마지막 일만 같아 분녀는 불현듯이 설워지며 공연히 그를 설굿친 것을 뉘우쳤다.

저녁때 밭에서 돌아오기가 바쁘게 어머니는 황당하게 설렌다.

"들었니? 상구 말이다."

분녀의 얼굴에는 아직도 눈물 자국이 부숙부숙한 채로다.

"요새 더러 만나 봤니? 이상한 눈치 보이지 않든? 들어갔단다."

"네, 언제요."

분녀는 눈이 번쩍 뜨인다.

"망간 거리에서 소문 듣고 오는 길이다. 윤패, 건수 들과 한 줄에 달린 모양이다. 사람 일 모르겠다."

"낮쯤 와서 책까지 두고 갔는데요."

"낌새 채고 하직차로 왔었나 보다. 멀건 소소리패[35]들과 휩쓸려 지내더니 아마도 그간 음특한 짓을 꾸민 게야."

"눈치가 이상은 하였으나 그렇게까지 되다니요."

사실 분녀는 거기까지는 어림하지 못하였다. 아까 상구와 끝내 말다툼까지 하다 그의 심사를 설굿치게 된 것도 실상은 그의 말이 전과는 달리 수상하게 나온 까닭이었다.

"녀석들의 언걸[36] 입었거나 그렇지 않으면 철모르고 덤볐거나 한 게야. 사람은 겉볼안[37]이 아니구먼. 이 일을 어쩌노."

어머니로서는 공연한 걱정이었다.

"웃학교는 애시당초 틀렸지. 초라니 같은 것. 사람 잘못 가렸어."

슬그머니 딸을 바라본다. 분녀의 얼굴은 안온한 것도 같고 아득한 것도 같다.

"사람과 생각이 다른 거야 하는 수 없지요."

"넌 어떻게 생각하느냐 말이다. 분하지 않느냐?"

"분하긴요."

멀쑥한 얼굴을 은연중 바라보며 어머니는 은근한 목소리로,

"너희들 그간 아무 일 없었니?"

분녀는 부끄러운 뜻에 화끈 얼굴이 달며 착살스러운[38] 어머니의 눈초리에서 외면해 버렸다.

"있었다면 탈이다."

수삽스러운 생각에 어머니가 자리를 뜬 것이 얼마나 시원한지 알 수 없다. 어머니에 대하여서보다도 애매한 상구에 대하여 더 부끄럽다. 일신이 별안간 더럽고 께끔하다[39].

밤이 늦었을 때 분녀는 골목을 나갔다. 남문 거리에 가서 한 모퉁이에 서기만 하면 웬만한 그날 소식은 거의 귀에 들려온다. 행길 복판 게시판 옆에 두런두런 모여서들 지껄지껄하는 속에서 분녀는 영락없이 상구의 소문을 가닥가닥 훔쳐 낼 수 있었다.

건수가 괴수였다. 모여서 글 읽는 패를 모으려다가 들킨 것이다. 학교에서는 상구 외에도 두 사람, 거리에서는 건수와 윤패네 세 사람. 상구는 건수에게서 책을 빌렸을 뿐이나 집을 속속들이 수색당하고 학교에서는 나오는 대로 퇴학을 맞을 것이다.

상구도 이제는 앞길이 글렀구나 생각하면서 분녀는 발을 돌렸다. 이렇게 될 것을 예료豫料[40]하고 그를 숨기고 허랑하게 처신을 하여 온 것 같아 면목 없고 언짢다.

집에 돌아오니 상구의 두고 간 책이 유난스럽게 눈에 띈다. 그립기보다도 도리어 책망하는 원혼같이 보여서 쓸어 들고 아궁 앞으로 내려갔다.

'차라리 태워 버리는 것이 글거리가 남잖아 피차에 낫지.'

불을 그어 대니 속장부터 부싯부싯 타기 시작한다. 먹과 종이 냄새가 나며 두터운 책이 삽시간에 불덩이가 된다. 어두운 부엌 안이 불길에 환하다. 상구와는 영영 작별 같다. 악착한 것 같아 분녀는 눈앞이 어질어질하다.

4

날이 지남에 따라 무겁던 마음도 차차 홀가분해지고 상구에 대하여 확실히 심드렁하게 된 것을 분녀는 매정한 탓일까 하고도 생각하였다. 굴레를 벗은 것같이 일신이 개운하다. 매일 곳 없으며 책할 사람 없다고 느끼는 동안에 마음이 활짝 열려 엉뚱한 딴사람으로 변한 것 같다.

어느 날 저녁 느직하게 돼지물[41]을 주고 우리에 의지하여 하염없이 들여다보고 있을 때 문득 은근한 목소리에 주물트리고 돌아서니 삽짝문 어귀에 사람의 꼴이 어뜩한다. 홀태[42] 양복을 입고 철 잃은 맥고를 쓴 것이 갈데없는 만갑이다. 혹시 집안 사람에게라도 들키면 하고 밖으로 손짓하며 뛰어갔다.

"동문 밖까지 와 줄 텐가. 성 밑에 기다리고 있을게."

만갑은 외면하여 돌아서며 다짜고짜로 부탁이다.

"의논할 일이 있어. 안 오면 낭패야."

대답할 여지도 없게 다짐하고는 얼굴도 똑똑히 보이지 않고 사람의 눈을 피하는 듯이 획 가 버린다. 어둠 속에 달아나는 꼴이 어렴풋하다. 약빠른 꼴이 믿음직은 하나 너무도 급작스러워서 분녀는 미심하게 뒷모양을 바라본다. 여편네 병이 위중한가.

방에 돌아와 망설이다가 행티[43]가 이상한 까닭에 담보[44]를 내서 가 보기로 하였다. 물론 그에게는 그만큼 마음이 익은 까닭도 있었다.

　동문을 나서니 들판이 까마득하고 늪이 우중충하다. 5리 밖 바다가 보이는지 마는지 달 없는 그믐밤이 금시에 사람을 홀릴 듯하다.

　길 없는 둔덕으로 들어서 성곽 밑으로 다가서기가 섬뜩하고 께끔하다. 여우에게 홀리는 것은 이런 밤일까. 여우보다는 사람에게 홀리는 것이 그래도 낫겠지 하는 생각에 문득 성벽에 납작 붙은 만갑을 발견하였을 때에는 차라리 반가웠다.

　사내는 성큼 뛰어와 날쌔게 몸을 끌었다. 무서운 판에 분녀는 뿌듯한 힘이 믿음직하여 애써 겨루려고도 하지 않고 두 팔에 몸을 맡겨 버렸다.

　"분녀."

　이름을 부를 뿐 다른 말도 없이 급작스레 허리를 죄더니 부락스럽게 밀친다.

　"다짜고짜로 개처럼 뭐야, 원."

　분녀는 세부득이 쓰러지면서 게정거리나[45] 어기찬 얼굴이 입을 덮는다. 팔이 떨리며 몸짓이 어색하다.

　"말이 소용 있나."

　목소리에 분녀는 웅끗하였다.

　"녀석 누구야?"

　소리를 지르나 입이 막힌다.

　"만갑인 줄만 알았니? 어수룩하다."

　"못된 것. 각다귀[46]."

　손으로 뺨을 하나 올려 쳤을 뿐 즉시 눌려 꼼짝할 수도 없다.

　"듣지 않을 듯해서 감쪽같이 만갑이로 변해 보았다. 계집을 속이기란 여반장이야. 맥고 쓰고 홀태 양복만 입으면 그만이니."

　천수도 사내라 당할 수 없이 빡세다.

"딴은 만갑이와 좋긴 좋구나. 여기까지 나오는 것 보니. 녀석도 여편네는 마저마저 거꾸러지는데 말 아니야. 물건을 낚시 삼아 거리의 계집애들 다 망쳐 놓으니."

천수의 심청[47]은 생각할수록 괘씸하였으나 지난 후에야 자취조차 없으니 하릴없는 노릇이다. 마음속에 담고 있을 뿐 호소할 곳도 없으며 물론 말할 곳도 없다. 그러나 이상하게도 날이 지날수록 괘씸한 마음은 차차 스러져 갔다.

어차피 기구하게 시작된 팔자였다. 명준이 때나 천수 때나 누군줄도 모르고 강박으로 몸을 맡겼다. 당초에 몸을 뜯고 울고 하였으나 지금 와 보면 명준이나 천수나 만갑이까지도…… 다 같다. 기운도 욕심도 감동도 사내란 사내는 다 일반이다. 마치 코가 하나요, 팔이 둘인 것같이 뛰어나지 못한 사내도 나은 사내도 없고 몸을 가지고만 아는 한정에서는 그 누구가 굳이 싫은 것도 무서운 것도 없다. 명준에게 준 몸을 만갑에게 못 줄 것 없고 만갑에게 허락한 것을 천수에게 거절할 것이 없다.

다만 부끄러울 뿐이다. 벗은 몸을 본능적으로 가리게 되는 것과 같은 심정으로 그것은 여자의 한 투다.

문만 들어서면 세상의 사내는 다 정답다. 천수를 굳이 괘씸히 여길 것 없다.

분녀는 이렇게까지 생각하게 되었다. 마음이 허랑해졌다고 할까. 확실히 새 세상을 알기 시작한 후로 심정이 활짝 열리기는 열렸다. 아무리 마음속을 노려보아도 이렇게밖엔 생각할 수 없다. 천수를 안된 놈이라고만 칭원할 수 없다.

정신이 산란하여 몸이 노곤하다. 살림은 나아지는 법 없고 일반인 데다가 어느 날 또 발등에 불이 떨어졌다. 이웃 고을 재판소에서 검사국으로 넘어갔던 오빠의 재판이 열리는 것이다. 조합 당사자들에게 호출이 왔을 것은 물론이나 경찰에서 참량參量[48]하여 집에도 통지가 왔다. 들어간 후로는 꼴을 본 지도 하도 오랜 까닭에 어머니만이라도 참례하여 징역으로 넘어가기 전에 단 눈보기만이라도 하였으면 하나 재판을 내일같이 앞두고 기차로 불과 몇 시간이 안 걸리는 곳인데도 골육을 보러 갈 노자가 없는 것이다. 어머니는 딸을, 딸은 어머니를 쳐다만 보며 종일 동안 궁싯거릴 뿐이었다.

생각다 못해 분녀는 밤늦게 거리로 나갔다. 만갑이밖엔 생각나는 것이 없다. 통사정하면 물론 되기는 될 것이다. 말하기가 심히 거북하여서 주저될 뿐이다.

"만갑이 보러 왔니? 온천으로 놀러 갔다."

위인이 없다면 말도 할 수 없기에 얼빠진 것같이 우두커니 섰노라니 천수는 민망한 듯이 덜미를 친다.

"요전 일 노엽니?"

뒤를 이어,

"무슨 일인지 내게 말하렴. 났으니 말이지 만갑이에게 말해도 소용없을 줄이나 알아라. 네게서 벌써 맘 뜬 지 오래야. 요새는 남돗집 월선이와 좋아지내는 모양이더라. 여편네 병은 내일 내일 하는데……."

분녀는 불시에 뒤통수를 얻어맞은 것 같다. 눈앞이 아득하다.

"가게라도 반 떼어 주겠다고 꼬이지 않든? 여편네가 죽으면 후실로 들여가게를 맡기겠다고 하지 않든? 누구에게든지 하는 소리, 그게 수란다."

기둥을 잃은 것 같다. 몸이 떨린다. 그를 장래까지 믿었던 것은 아니나 너무도 간특스럽게 속힌 셈이다.

"만갑이처럼 능청스럽지는 못하나 네게 무엇을 속이겠니. 무슨 일이든 말하렴. 내 힘엔 부친단 말이냐?"

"아무것도 아니다."

"어떻게 생각할지 모르나 돈이라면 여기 잔돈푼이나 있다. 어떻게 여기지 말고 소용되는 대로 쓰려무나."

천수는 지갑을 내서 통째로 손에 쥐여 준다. 분녀는 알 수 없이 눈물이 솟는다. 예측도 못한 정미情味에 가슴이 듬뿍해서 도리어 슬프다.

5

어머니는 재판소에 갔다 온 날부터 심화가 나서 누웠다 일어났다 하였다. 홀렁바지를 입고 용수[49]를 쓴 오빠의 꼴이 눈앞에 어른거려 잠을 못 이루는 눈치다. 눈물이 마를 새 없고 눈시울이 부어서 벌겠다. 몇 해 징역이나 될까. 판결이 궁금하다기보다 무섭다. 엄정한 재판장의 모양이 눈에 삼삼하다. 종가에서는 발조차 일절 끊었다.

스산한 속에도 단오가 가까워 온다.

거리 앞 장대에서는 매년같이 시민 운동회가 성대하게 열린다는 바람에 거리 사람들은 설렌다. 1년에 한 번 오는 이 반가운 명절 때문에 사람들은 사는 보람이 있는 듯하다. 씨름이 있고 그네가 있고 활이 있고 자전거 경주가 있다. 사람들은 철시하고 새 옷 입고 장대로 밀릴 것이다.

분녀는 정황은 못 되었으나 그래도 명절이 은근히 기다려진다. 제사 지낼 떡은 못 빚을지라도 만갑에게서 갖추어 얻은 것으로 이럭저럭 몸치장은 될 것이다. 무엇보다도 올에는 그네를 뛰어 상에 들 가망이 있는 것이다.

"자전거 경주에 또 나가 보겠다."

천수가 뽐내는 것을 들으면 분녀도 마음이 뛰놀았다.

"을손이를 지울 만하냐?"

"올에야 설마 짓구땡이지 어디 갈랴구. 우승기 타 들고 거리를 돌게 되면 나와 살겠니?"

"밤낮 살 공론이야."

이렇게 말한 것이 실상에 당일에는 어쩌된 일인지 도무지 신명이 나지 않왔다.

못을 박은 듯이 빽빽이 선 사람 틈으로 자전거 경주를 들여다보고 있노라니 앞장서서 달아나던 천수는 꽁무니를 쫓는 을손과 마주 스치더니 급작스러운 모서리를 돌 때 기어코 왈칵 쓰러져 일어나는 동안에는 벌써 맨 뒤에 떨어져 버렸다. 을손의 간악한 계교에 얼입었다고[50] 북새를 놓았으나 을손이 벌써 1등을 한 뒤라 공론이 천수에게 이롭지 못하였다. 조마조마 들여다보던 분녀는 낙심이 되어 차례가 와 그네에 올랐을 때에도 마음이 허전허전하였다.

나마저 실패하면 어찌노 생각하며 애써 힘을 주어 솟구기 시작하였다.

희뚝거리던 설개도 차차 편편해지고 두 손아귀의 바도 힘차고 탐탁하게 활같이 휘었다 펴졌다 한다. 그네와 몸이 알맞게 어울려 빨리 닫는 수레를 탄 것같이 유쾌하다. 나갈 때에는 눈앞이 휘연하고 치맛자락이 너볏이 나부낀다. 다리 밑에 울멍줄멍 선 사람들의 수천의 눈방울이 몸을 따라 왔다 갔다 한다. 하늘에 오를 것 같고 땅을 차지한 것도 같다. 땅 위의 걱정은 어디로 날아간 듯싶다.

바에 달린 줄이 휘엿이 뻗쳐 방울이 딸랑 울릴 때도 얼마 남지 않은 것 같다. 아래에서는 연방 추스르는 말과 힘을 메기는 고함이 들린다. 몸은 펴질 대로 펴지고 1등도 머지않다.

그때였다. 들어왔다 마지막 힘을 불끈 내어 강물같이 우렷이 솟아 나갈 때 벌판으로 달리는 눈동자 속에 문득 맞은편 수풀 속의 요절할 한 점의 광경이 들어왔다. 순간 눈이 새까매지고 허리가 휘청 꺾이며 힘이 푹 스러지는 것이었다.

'왕가일까?'

추측하며 재차 솟구며 나가 내려다보니 움직이지도 않고 그대로 서 있는 꼴이 개울 옆 수풀 그늘 아래 완연하다. 그 불측한 녀석은 참다 못해 그 자리에 선 것이 아니요, 확실히 일부러 그 꼴을 하고 서서 이쪽을 정신없이 쳐다보는 것이었다. 아마도 오랫동안 그 목적으로 그 짓을 하고 섰던 것이 요행 주의를 끌어 눈에 뜨인 것이리라. 거리에서 드팀전[51]을 하고 있는 중국인 왕가인 것이다.

'음칙한 것.'

속으로는 혀를 차면서도 이상하게도 한눈이 팔려 분녀는 노리는 동안에 팽팽하게 당기던 기운이 와싹 줄어들며 그네가 줄기 시작하였다. 허리가 꺾이고 다리가 허전해지더니 다시 힘을 주려야 줄 수 없다. 팔이 떨려 바가 휘청거리고 발에 맥이 풀려 설개가 위태스럽다. 벌써 자세가 빗나가고 몸과 그네가 틀리기 시작하였다. 거의 방울이 마저마저 울리려 하던 폿줄이 옴츠려 들게만 되니 그네는 마지막이요, 1등은 날아갔다. 분녀는 아홉 숨음의 공을 한 숨음의 실책으로 단망할 수밖엔 없었다. 줄 아래 사람들은 공중의 비밀은 알 바 없어 혹은 탄식하고 혹은 소리치며 다만 분녀의 못 미치는 재주를 아까워하는 것이었다.

이렇게 된 바에야 하고 분녀는 줄어드는 그네 위에서 담대스럽게 녀석을 노려서 물리치려고 하였다. 그러나 이상한 것은 노리는 동안에 그를 물리치기는커녕 이쪽의 자세가 어지러워질 뿐이다. 오금에 맥이 빠지고 나부끼는 치마폭이 부끄럽다.

일종의 유혹이었다. 천여 명 사람 속에서 왕가의 그 꼴을 보고 있는 것은 분녀뿐이다. 말하자면 두 사람은 많은 총중의 눈을 교묘하게 피하여 비밀히 만나고 있는 셈도 된다. 왕가의 간특스러운 손짓과 마주치는 분녀의 시선은 말없는 대화인 셈이다. 분녀는 부끄러운 생각에 얼굴이 붉어졌다.

줄에서 내렸을 때까지도 좀체 흥분이 사라지지 않았다.

좀 상에는 들었으나 상보다도 기괴한 생각에 몸이 무덥다.

이 괴변을 누구에게 말하면 좋은가. 혼자만 알고 있는 것이 옳을까 생각하며 천수를 찾았으나 많은 눈 속에서 소락소락 말을 붙일 수도 없어서 집으로 돌아와서야 겨우 기회를 잡았으나 천수는 홧김에 술이 거나하게 취하여 있다.

"개울가로 나올련. 요절할 이야기 들려줄게."

"분해 못 견디겠다. 을손이 녀석."

분녀는 혼자 먼저 나갔으나 시납시납 거닐어도 천수의 나오는 꼴이 보이지 않았다. 분김에 을손과 맞붙어 싸우지나 않는가.

양버들 숲을 서성거리는 동안에 어두워졌다. 개울까지 나갔다 다시 수풀께로 돌아오면서 하릴없이 왕가의 생각에 잠겨 본다. 초라한 꼴로 거리에 온 지 5~6년이나 될까. 처음에는 마병[52] 장사를 하던 것이 차차 늘어 지금에는 드팀전으로도 제일 크다. 실속으로는 거리에서 첫째 부자라는 소리도 있으나 아직도 엄지락총각[53]의 신세를 면하지 못하여 가끔 술집에 가서는 지전을 물 쓰듯 뿌린다고 한다. 중국 사람은 왜 장가가 늦을까. 여편네가 귀한 탓일까.

수풀 그늘 속으로 들어가려던 분녀는 기겁을 하고 머물렀다. 제 소리의 범이 있는 것이다. 왕가는 마치 그를 기다리고 있던 것같이 벙글벙글 웃으며 앞에 막아 선다. 하기는 낮에 섰던 바로 그 자리이긴 하다. 도깨비에게 홀린 것도 같다.

쭈뼛 솟았던 머리끝이 가라앉기도 전에 몸이 왕가의 팔 안에 있다. 입을 벌리기에는 너무도 어처구니없고 삽시간이라 겨를 틈도 없다.

'평생이 이다지도 기구할까.'

분녀는 혼자 앉았을 때 스스로 일신이 돌려 보였다.

수풀 속에서 왕가에게 결박을 당하였을 때 악을 다하여 결었다면 겪지 못하였을까. 가령 팔을 물어뜯는다든지 돌을 집어 얼굴을 찧는다든지 하였으면 당장을 모면할 수는 있지 않았던가. 그럼에도 그는 그것을 할 수 없었고 이상한 감동에 몸이 주저들자 기운도 의사도 사라져 버려 그뿐이었다.

마치 당시에는 함빡 술에라도 취하였던 것 싶다.

천수를 대할 꼴도 없다. 하기는 만갑과의 사이를 아는 그가 왕가와의 사이인들 굳이 나무랄 이치도 없기는 하다. 천수는 만갑에서 그를 빼앗았고 차례로 왕가에게 빼앗긴 셈이다. 몸이란 나루에서 나루로 멋대로 흘러가는 한 척의 배 같다. 하기는 만약 그날 저녁 약속한 천수가 어김없이 개울가로 나와 주었더라면 그렇게 신세가 빗나가지는 않았을 것이다. 천수를 한할까, 왕가를 원망할까.

분녀는 길게 한숨지으며 생각에 눈이 흐리멍덩하다. 천수를 한할 바도 못 되거니와 왕가를 미워할 수도 없는 것이다.

생각하기도 부끄러운 일이나 사실 왕가는 특별한 인간이었다. 사내 이상의 것이라고 할까. 그로 말미암아 분녀는 완전히 눈을 뜨게 된 것이다.

왕가를 보는 눈이 전과는 갑자기 달라져서 은근히 그가 그리운 날이 있었다. 피가 수물거려 몸이 덥고 골이 띵할 때조차 있었다. 그런 때에는 뜰 앞을 저적거리거나[54] 성밖에 나가 바람을 쏘일 수 밖에는 없었다. 그러나 그것만으로는 도무지 몸이 식지 않는 때가 있었다.

하룻밤은 성밖까지 나갔다. 돌아오는 길에 거리를 거쳤다. 눈치를 보아 왕가와 만날 수가 있지나 않을까 하는 속심도 없는 바 아니었다.

두근거리는 마음에 남문을 지날 때 돌연히 천수를 만났다. 조바심하는 탓으로 태도가 드러나 보였는지 천수는 어둠 속으로 소매를 이끌더니 첫마디에 싫은 소리였다.

"요새 꼴이 틀렸군."

영문을 몰라 맞장구를 쳤다.

"꼴이 틀렸다니 눈이 뒤집혔단 말이냐?"

"눈도 뒤집혔는지 모르지."

"무슨 소리냐?"

"요새 환장할 지경이지?"

"또 술 취했구나. 을손이한테 지더니 밤낮 술이야."

"어물쩡하게 딴소리 그만둬."

쏘더니 목소리를 갈아,

"사람이 그렇게 헤프면 못쓴다. 아무리 너기로서니 천덕구니가 되면 마지막이야."

"무엇 말이냐?"

"그래도 시침을 떼니? 왕가와의 짓 말야."

분녀는 뜨끔하여 입이 막혀 버렸다.

"수풀 속에서 본 사람이 있어. 하늘은 속여도 사람의 눈은 못 속인다."

따귀를 붙인다. 분녀는 주춤하며 자세가 휘었다.

"다시 그러면 왕가를 찔러라도 눕힐 테야. 치가 떨려 못 살겠다."

한참이나 잠자코 섰던 분녀는 겨우 입을 열었다.

"너 옷섶이 얼마나 넓으냐? 내가 네게 매였단 말이냐. 왕가와 너와 못하고 나은 것이 무엇 있니?"

6

그 후로 천수와의 사이가 뜬 것은 물론이거니와 분녀에게는 여러 가지 궁리가 많아서 얼마간 거리와 일절 발을 끊었다. 아침저녁으로 관사에 다니는 것도 일부러 궁벽한 딴 길을 골랐다. 관사에서 일하는 이외의 여가는 전부 집에서 보냈다.

빈집을 지키며 울밑 콩포기도 가꾸고 우물물을 길어 몸도 씻고 하는 동안에 열이 식어지고 마음도 차차 잡혔다. 몸이 깨끗하고 정신이 맑은데다

뜰 앞의 조촐한 화초 포기를 바라보고 있으면 지난 일이 꿈결같이밖에는 생각나지 않는다. 그 무슨 무더운 대병이나 치르고 난 것같이 몸이 거뿐하다. 모든 것이 지나간 꿈이었다면 차라리 다행이겠다고 생각해 보면 머리채를 땋아 내린 몸으로 엄청난 짓을 한 것이 새삼스럽게 뉘우쳐진다. 명준, 만갑, 천수, 왕가. 머릿속에 차례로 떠오르는 환영을 힘써 지워 버리려고 애쓰면서 날을 보냈다.

그러나 사람의 마음처럼 조화 많은 것은 없는 듯하다. 언제까지든지 찬 우물물을 끼얹어 식히고 얼릴 수는 없었다. 건물생심으로 다시 분녀의 마음을 움직이게 한 변괴가 생겼다. 망측스러운 꼴이 눈에 불을 붙여 놓았다.

여름의 관사는 까딱하면 개망신처가 되기 쉽다. 문이란 문, 창이란 창은 죄다 열어젖히고 대신에 얇은 발이 쳐지면 방 안의 변이 새기 맞춤이다. 문이란 벽 속의 비밀을 귀띔하는 입이다. 그 안에 사는 임자가 밤과 낮조차 구별할 주책이 없을 때에 벽은 즐겨 망신 주기를 좋아하는 것 같다.

그날 저녁 무렵은 유난히도 무더웠다. 더우면 사람들은 해변에서나 집 안에서나 옷 벗기를 즐겨한다. 분녀는 이역 유난스럽게도 일찍이 부엌일을 마치고는 목욕물을 가늠 보러 목욕간으로 들어갔다. 물줄을 틀어 더운물을 맞추면서 한결같이 누구보다도 먼저 시원한 물속에 잠겼으면 하는 불측한 생각뿐이었다. 그러나 대체 주인 양주는 이때껏 무엇을 하고 있나 하고 빈지[55] 틈에 눈을 댔다. 이 괴망스러운 짓이 실수였는지도 모른다. 빈지 틈으로는 맞은편 건넌방이 또렷이 보인다. 분녀는 하는 수 없이 방 안의 행사를 일일이 보지 않을 수 없었다.

거의 숨을 죽였다. 피가 솟아 얼굴이 화끈 단다. 목구멍이 이따금 울린다. 전신의 신경을 살려 두 손을 펴고 도마뱀같이 빈지 위에 납작 붙었다.

수돗물이 쏟아질 대로 쏟아져 목욕통이 넘쳐나는 것도 잊어버리고 분녀는 어느 때까지나 정신없이 빈지에 붙어 앉았다. 더운 김에 서려서인지 눈에 불이 붙어서인지 몸이 불덩이같이 덥다.

날이 지나도 흥분이 쉽사리 사라지지 않는다.

'그런 세상도 있구나.'

거기에 비하면 지금까지 겪은 세상은 너무도 단순하고 아무것도 아닌…… 방 안의 세상이 아니요, 문밖 세상 같은 생각이 든다. 가지가지의 경험을 죄진 것같이 여기던 무거운 생각도 어느 결엔지 개어지고 도리어 자연스럽고 그 위에 그 무엇이 부족하였다는 느낌조차 들었다.

관사의 광경은 확실히 커다란 꼬임이었다. 일시 잠자던 것이 다시 깨어나 이번에는 더 큰 힘으로 움직이기 시작하였다. 아무리 우물물을 퍼서 몸에 퍼부어도 쓸데없다. 한시도 침착하게 앉아 있을 수 없이 육신이 마치 신장대 모양으로 설레는 것이다.

만약 그날로 돌연히 상구가 눈앞에 나타나지 않았더라면 분녀는 어떻게 일신을 정리하였을까.

요술과도 같이 뜻밖에 상구가 찾아왔다. 들어간 지 거의 달포 만이다. 얼굴은 부숭부숭 부었으나 어느 틈엔지 머리까지 깎은 후라 일신은 단정하다. 짜장 반가운 판에 분녀는 조금 수다스럽게 소리를 걸었다.

"고생했구나."

"맞았다! 동무들이 가엾다."

상구는 전과는 사람이 변한 것같이 속도 열리고 말도 걱실걱실 잘 받는 것이 분녀에게는 알 수 없이 반갑다.

"몸이 부은 것 같구나. 거북하지 않으냐?"

"넌 내 생각 안 했니?"

다짜고짜로 몸을 끌어당긴다. 분녀는 굳이 몸을 빼지 않았다.

"이번같이 그리운 때 없다."

"별안간 싼들한 것 같구나."

핑계 겸 일어서서 분녀는 방문을 닫았다.

상구에 대한 지금까지의 불만도 뉘우침도 다 잊어버리고 상구가 하는 대로 몸을 맡겼다. 누구보다도 지금에는 상구가 가장 그리운 것이다. 지난날도 앞날도 없고 불붙는 몸에는 지금이 있을 뿐이다. 상구의 입술이 꽃같이 곱다.

다음 날 관사에 나갔을 때에 분녀는 천연스러운 양주의 얼굴을 속으로 우습게 여기는 한편 천연스러운 자신의 꼴을 한층 더 사특하게 여겼다.

그날 밤도 상구가 오기는 왔으나 간밤같이 기쁜 낯으로가 아니었다. 밤 늦게 오면서도 그는 전과 같이 노여운 태도였다. 퉁명스러운 목소리였다.

"너를 잘못 알았다."

발을 구르며,

"네까짓 것한테 첫 몸을 준 것이 아까워."

이어,

"짐승 같은 것, 너를 또 찾은 내가 잘못이었지. 그렇게까지 된 줄이야 알았니."

기어코 볼을 갈긴다.

"소문 다 들었다."

"……"

"굳이 일일이 이름 들 것도 없겠지. 어떻든 난 쉬 떠나겠다."

7

상구는 말대로 가 버렸다. 차라리 실컷 얻어나 맞았더라면 시원할 것을 더 말도 못 들어 보고 이튿날로 사라졌으니 하릴없다. 서울일까. 사람이란 눈앞에만 안 보이게 되면 왜 이리도 그리운가.

그러나 상구의 실종보다도 더 큰 변이 생기고야 말았다. 마을 갔던 어머니는 화급한 성질에 펄펄 뛰어들더니 손에 몽둥이를 집어 들었다.

"분녀야, 정말이냐?"

분녀에게는 곡절이 번개같이 짐작되었다. 금시에 몸이 솟는 것 같더니 넋 없는 몸뚱이가 허공을 나는 것 같다.

"허구한 곳 다 두고 하필 종가에 가서 이 끔찍한 소문을 듣다니 무슨 망신이냐."

올 때가 왔구나 느끼며 숨을 죽였다.

"일일이 대 봐라, 행실 머릴. 이 자리에서."

첫 매가 내렸다.

"만갑이, 천수, 또 누구냐, 대라. 치가 떨려 견딜 수 있나. 몸치장이 수상하더니 기어코 이 꼴이야."

물매가 내리기 시작하였다. 분녀는 소같이 잠자코만 있다가 견딜 수 없어서 매를 쥔 팔을 붙들었다. 어머니는 더욱 노여워할 뿐이다.

"이 고장에 살 수 없다. 차라리 죽어라."

모진 매에 등줄기가 주저내리는 것 같다. 종아리에서는 피가 튄다. 분녀는 하는 수 없이 매를 벗어나서 집을 뛰어나왔다. 목소리는 나지 않고 눈물만이 바짓바짓 솟는다.

바다에라도 빠질까. 목이라도 맬까. 성문을 나서 환장할 듯한 심사에 정신없이 벌판을 달렸다. 큰길을 닫기도 부끄러워 옆길로 들었다. 허전거리다가 밭두덕에 쓰러졌다. 굳이 다시 일어날 맥도 없이 그 자리에 코를 박고 밤되기를 기다렸다. 바다에까지 나가기도 귀찮아 풀포기에 쓰러진 채 밤을 새웠다.

다음 날도 집에 들어가지 않고 그렇다고 갈 곳도 없어 사람 눈에 안 띄게 종일이나 벌판을 헤매다가 밭 속 초막 안에서 잤다. 그런 지 나흘 만에 벌판으로 찾아 헤매는 식구의 눈에 띄어 하는 수 없이 집으로 끌려갔다. 어머니는 때리는 대신에 눈물을 흘렸다.

큰일이나 치르고 난 것 같다. 몸도 가다듬고 마음도 죄어졌다. 딴 사람으로라도 태어난 것 같다. 관사에서 떨어진 후로는 들에 나가 밭일을 거들었다. 거리를 모르게 되고 밭과 친하였다.

여름이 짙어지자 벌써 가을 기색이었다. 들에는 곡식 냄새에 섞여 들깨 향기가 넘쳤다. 들깨 향기는 그윽한 먼 생각을 가져온다.

분녀는 날마다 들깨 향기에 젖어서 집에 돌아왔다. 그런 하룻날 돌연히 낯선 청년이 찾아왔다.

"날 모르겠어?"

아무리 뜯어보아도 알 듯 알 듯하면서 생각이 미처 들지 않는다.

"명준이야."

듣고 보니 틀림없다. 반갑다. 3년 만인가.

"만주 갔다 오는 길야. 나도 변했지만 분녀도 무던히는 달라졌군."

"금광은 찾았누?"

"금광 대신에 사람 놈이나 때려죽였지."

명준은 빙그레 웃는다. 고생을 하였으련만 그다지 축나지도 않았다. 도리어 몸이 얼마간 인 것 같다.

"고향은 그저 그 모양이군."

분녀는 변화 많은 그의 일신 위에 말이 뻗칠까 봐 날쌔게 말꼬리를 돌렸다.

"어떻게 할 작정인구?"

"밭뙈기나 얻어 갈아 볼까. 수틀리면 또 내빼구."

말투가 허황하면서도 듬직하다. 생각하면 명준은 첫 사람이었다. 귀찮은 금덩이를 가져오지 않은 것이 차라리 개운하다. 허락만 한다면 그와 나 마음잡고 평생을 같이하여 볼까 하고 분녀는 생각하여 보았다.

— 주

1) 묘포苗圃: 모밭.
2) 마바리: 말.
3) 호개: '호견胡犬'의 방언. 주로 사냥개로 썼음.
4) 거위영장: 여위고 키가 크며 목이 긴 사람을 놀림조로 이르는 말.
5) 불심지: 분할 때나 흥분할 때에 격하게 일어나는 마음이나 감정.
6) 통세痛勢: 상처나 병의 아픈 형세.
7) 무시근하다: 성미가 느리고 흐리터분하다.
8) 데설데설하며: 성질이 털털하여 꼼꼼하지 못하며.
9) 엄부렁한: 마음이나 분위기 따위가 안정되지 아니하고 뒤숭숭한.
10) 영매스러운: 성질이 영리하고 비범한 데가 있는.
11) 억판: 매우 가난한 처지.
12) 소락소락: 말이나 행동이 요량 없이 경솔한 모양.
13) 쥐알봉수: 잔꾀가 많고 약은 사람을 놀림조로 이르는 말.
14) 초라니: 행동이 가볍고 방정맞은 사람.
15) 시뻐스럽다: 대수롭지 않다.
16) 속뿝힐: 마음속이 드러날.
17) 가잠나룻: 짧고 성기게 난 구레나룻.
18) 들때밑: 세력 있는 집의 오만하고 고약한 하인을 이르는 말.
19) 거니챌: 어떤 일의 상황이나 분위기를 짐작하여 눈치를 챌.
20) 이깔: '잎갈나무'의 방언.
21) 무자위: 물을 높은 곳으로 퍼 올리는 기계.
22) 불풍나게: 매우 잦고도 바쁘게 드나드는 모양.
23) 든벌: 집 안에서만 입는 옷이나 신는 신발 따위를 통틀어 이르는 말.
24) 딴군: 말이나 하는 짓이 도리에 어그러지고 사나운 사람.
25) 깐보이고: '깔보이고'의 방언.
26) 부락스러운: 말을 잘 듣지 않는.
27) 요료: 양식糧食.
28) 화세火稅: 화전火田에 물리던 세.
29) 탕갈蕩竭: 재물이 남김없이 다 없어짐.
30) 소수: 몇 냥, 몇 말, 몇 달에 조금 넘음을 나타내는 말.
31) 야기: 불만을 품고 야단을 부림.

32) 인금: 인물의 됨됨이.
33) 장도막: 한 장날로부터 다음 장날 사이의 동안을 세는 단위.
34) 천보: 비천하고 누추한 본새나 버릇. 또는 그 본새나 버릇을 가진 사람.
35) 소소리패: 나이가 어리고 경망한 무리.
36) 언걸: 다른 사람 때문에 당하는 괴로움.
37) 겉볼안: 겉을 보면 속은 안 보아도 짐작할 수 있다는 말.
38) 착살스러운: 하는 짓이나 말 따위가 잘고 다라운.
39) 께끔하다: 꺼적지근하고 꺼림하여 마음이 내키지 않다.
40) 예료豫料: 예측.
41) 돼지물: 돼지에게 주는 뜨물 따위의 먹이.
42) 홀태: 좁은 물건.
43) 행티: 행짜를 부리는 버릇.
44) 담보: 겁이 없고 용감한 마음보.
45) 게정거리나: 불평을 품은 말과 행동을 자꾸 하지만.
46) 각다귀: 남의 것을 뜯어먹고 사는 사람을 비유적으로 이르는 말.
47) 심청: '마음보'의 방언.
48) 참량參量: 참작參酌.
49) 용수: 죄수의 얼굴을 보지 못하도록 머리에 씌우는 둥근 통 같은 기구.
50) 얼입었다고: 남의 허물로 인하여 해를 입었다고.
51) 드팀전: 예전에, 온갖 피륙을 팔던 가게.
52) 마병: 오래된 물건.
53) 엄지락총각: '떠꺼머리총각'의 방언.
54) 저적거리거나: 힘없이 천천히 걷거나.
55) 빈지: 한 짝씩 끼웠다 떼었다 할 수 있게 만든 문.

들

1

꽃다지, 질경이, 나생이, 딸장이, 민들레, 솔구장이, 쇠민장이, 길오장이, 달래, 무릇, 시금치, 씀바귀, 돌나물, 비름, 명아주.

들은 온통 초록 전에 덮여 벌써 한 조각의 흙빛도 찾아볼 수 없다. 초록의 바다.

초록은 흙빛보다 찬란하고 눈빛보다 복잡하다. 눈이 보얗게 깔렸을 때에는 흰빛과 능금나무의 자줏빛과 그림자의 옥색빛밖에는 없어 단순하기 옷 벗은 여인의 나체와 같은 것…… 봄은 옷 입고 치장한 여인이다.

흙빛에서 초록으로. 이 기막힌 신비에 다시 한번 놀라 볼 필요가 없을까. 땅은 어디서 어느 때 그렇게 많은 물감을 먹었기에 봄이 되면 한꺼번에 그것을 이렇게 지천으로 뱉어 놓을까. 바닷물을 고래같이 들이켰던가. 하늘의 푸른 정기를 모르는 결에 함빡 마셔 두었던가. 그것을 빗물에 풀어 시절이 되면 땅 위로 솟구쳐 보내는 것일까.

그러나 한 포기의 풀을 뽑아 볼 때 잎새만이 푸를 뿐이지 뿌리와 흙에는 아무 물들인 자취도 없음은 웬일일까. 시험관 속 붉은 물에 약품을 넣으면 그것이 금시에 새파랗게 변하는 비밀, 그것과도 흡사하다. 이 우주의 비밀의 약품, 그것은 결국 알 바 없을까. 한 톨의 보리알이 열 낟으로 나는 이치는 가르치는 이 있어도 그 보리알에서 푸른 잎이 돋는 조화의 동기는 옳게 말하는 이 없는 듯하다. 사람의 지혜란 결국 신비의 테두리를 뱅뱅 돌 뿐이요, 조화의 속의 속은 언제까지나 열리지 않는 판도라의 상자일 듯싶다. 초록 풀에 덮인 땅속의 뜻은 초록 옷을 입은 여자의 마음과도 같이 엿볼 수 없는 저 건너 세상이다.

한들한들 나부끼는 초목의 양자는 부드럽게 솟는 음악. 줄기는 굵고 잎은 연한 멜로디의 마디마디이다. 부피 있는 대궁은 나팔 소리요, 가는 가지는 거문고의 음률이라고도 할까. 알레그로가 지나고 안단테에 들어갔을 때의 감동, 그것이 봄의 걸음이다. 풀 위에 누워 있으면 은근한 음악의 율동에 끌려 마음이 너볏너볏 나부낀다.

꽃다지, 질경이, 민들레……. 가지가지 풋나물을 뜯어 먹으면 몸이 초록으로 물들 것 같다. 물들어야 될 것 같다. 물들어야 옳을 것 같다. 물들지 않음이 거짓말이다. 물들지 않으면 안 될 것 같다.

새가 지저귄다. 꾀꼬리일까.

지평선이 아롱거린다.

들은 내 세상이다.

2

언제까지든지 푸른 하늘을 우러러보고 있으면 나중에는 현기증이 나며 눈이 둘러빠질 듯싶다. 두 눈을 뽑아서 푸른 물에 채웠다가 레모네이드 병 속의 구슬같이 차진 놈을 다시 살 속에 박아 넣은 것과도 같이 눈망울이 차고 어리어리하고 푸른 듯하다. 살과는 동떨어진 유리알이다. 그렇게도 하늘은 맑고 멀다. 눈이 아픈 것은 그 하늘을 발칙하게도 오랫동안 우러러본 벌인 듯싶다. 확실히 마음이 죄송스럽다. 반나절 동안 두려움 없이 하늘을 똑바로 쳐다볼 수 있는 사람이란 세상에서도 가장 착한 사람이거나 그렇지 않으면 가장 용기 있는 악한이어야 할 것이다. 그렇게도 푸른 하늘은 거룩하다.

눈을 돌리면 눈물이 푹 쏟아진다. 벌판이 새파랗게 물들어 눈앞에 아물아물한다. 이런 때에는 웬일인지 구름 한 점도 없다. 곁에는 한 묶음의 꽃이 있다. 오랑캐꽃, 고들빼기, 노고초, 새고사리, 까치무릇, 대계, 마타리, 차치광이. 나는 그것을 섞어 틀어 꽃다발을 겯기 시작한다. 각색 꽃판과 꽃술이 무릎 위에 지천으로 떨어진다. 그것은 헤어지는 석류알보다도 많다.

나는 들이 언제부터 이렇게 좋아졌는지를 모른다. 지금에는 한 그릇의 밥, 한 권의 책과 똑같은 지위를 마음속에 차지하게 되었다. 책에서 읽은 이론도 아니요, 얻어들은 이치도 아니요, 몇 해 동안 하는 일 없이 들과 벗하고 지내는 동안에 이유 없이 그것은 살림 속에 푹 젖었던 것이다. 어릴 때에 동무들과 벌판을 헤매며 찔레를 꺾으러 가시덤불 속에 들어가고 소똥버섯을 따다 화로 속에 굽고, 메¹⁾를 캐러 밭이랑을 들치며 골²⁾로 말을 만들어 끌고 다니느라고 집에서보다도 들에서 더 많이 날을 지우던 그때가 다시 부활하여 돌아온 셈이다. 사람은 들과 떼려야 뗄 수 없는 인연에 있는 것 같다.

자연과 벗하게 됨은 생활에서의 퇴각을 의미하는 것일까. 식물적 애정은 반드시 동물적 열정이 진한 곳에 오는 것일까. 학교를 쫓기어 서울을 물러오게 된 까닭으로 자연을 사랑하게 된 것일까. 그러나 동무들과 골방에서 만나고 눈을 기여 거리를 돌아치다 붙들리고 뛰다 잡히고 쫓기고 하였을 때의 열정이나 지금에 들을 사랑하는 열정이나 일반이다. 지금의 이 기쁨은 그때의 그 기쁨과도 흡사한 것이다. 신념에 목숨을 바치는 영웅이라고 인간 이상이 아닐 것과 같이 들을 사랑하는 졸부라고 인간 이하는 아닐 것이다. 아직도 굳은 신념을 가지면서 지난날에 보던 책들을 들척거리다가도 문득 정신을 놓고 의미 없이 하늘을 우러러보는 때가 많다.

"학보, 이제는 고향이 마음에 붙는 모양이지?"

마을 사람들은 조롱도 아니요, 치사도 아닌 이런 말을 던지게 되었고, 동구 밖에서 만나는 이웃집 머슴은 인사 대신에 흔히,

"해동지 늦에 붕어 떼 많던가?"

고기 사냥 갈 궁리를 하거나 그렇지 않으면,

"십리정 보리 고개 숙었던가?"

하고 곡식의 소식을 묻게 되었다.

마을 사람들보다도 내가 더 들과 친하고 곡식의 소식을 잘 알게 된 증거이다.

나는 책을 외듯이 벌판의 구석구석을 샅샅이 외고 있다.

마음속에는 들의 지도가 세밀히 박혀 있고 사철의 변화가 표같이 적혀 있다. 나는 들사람이요, 들은 내 것과도 같다.

어느 논두렁의 청대콩이 가장 진미이며 어느 이랑의 감자가 제일 굵다는 것을 알 수 있다. 새고사리가 많이 피어 있는 진펄과 종달새 뜨는 보리밭을 짐작할 수 있다. 남대천 어느 모퉁이를 돌 때 가장 고기가 흔하다는 것도 알게 되었다. 개리[3], 쉬리, 불거지가 덕실덕실 끓는 여울과 메기, 뚜구뱅이가 잠겨 있는 웅덩이와 쏘가리 꺽지가 누워 있는 바위 밑과 매재와 고들매기를 잡으려면 철교께서도 몇 마장을 더 올라가야 한다는 것과 쇠치네[4]와 기름종개를 뜨려면 얼마나 벌판을 나가야 될 것을 안다. 물 건너 귀룽나무 수풀과 방치골 으름덩굴 있는 곳을 아는 것은 아마도 나뿐일 듯싶다.

학교를 퇴학 맞고 처음으로 도회를 쫓겨 내려왔을 때에 첫걸음으로 찾은 곳은 일갓집도 아니요, 동무집도 아니요, 실로 이 들이었다. 강가의 사시나무가 제대로 있고 버들숲 둔덕의 잔디가 헐리지 않았으며 과수원의 모습이 그대로 남은 것을 보았을 때의 기쁨이란 형언할 수 없이 큰 것이었다. 고

향을 그리워하는 마음이란 곧 산천을 사랑하고 벌판을 반가워하는 심정이 아닐까. 이런 자연의 풍물을 내놓고야 고향의 그림자가 어디에 알뜰히 남아 있는가. 헐려 가는 초가지붕에 남아 있단 말인가. 고향을 꾸미는 것은 사람이면서도 그리운 것은 더 많이 들과 시냇물이다.

3

시절은 만물을 허랑하게 만드는 듯하다.
짐승은 드러내 놓고 모든 것을 들의 품속에 맡긴다.
새 풀숲에서 새 둥우리를 발견한 것을 나는 알 수 없이 기쁘게 여겼다. 거룩한 것을, 아름다운 것을 찾은 느낌이다. 집과 가족들을 송두리째 안심하고 땅에 맡기는 마음씨가 거룩하다. 풀과 깃을 모아 두툼하게 결은 둥우리 안에는 아직 까지 않은 알이 너덧 알 들어 있다. 아롱아롱 줄이 선 풋대추만큼씩 한 새알. 막 뛰어나려는 생명을 침착하게 간직하고 있는 얇은 껍질. 금시에 딸깍 두 조각으로 깨뜨려질 모태. 창조의 보금자리!

그 고요한 보금자리가 행여나 놀라고 어지럽혀질까를 두려워하여 둥우리 기슭에 손가락 하나 대기조차 주저되어 나는 다만 한참 동안이나 물끄러미 바라보고 섰다가 풀포기를 제대로 덮어 놓고 감쪽같이 발을 옮겨 놓았다. 금시에 알이 쪼개지며 생명이 돋아날 듯싶다. 등 뒤에서 새가 푸드득 날아 뜰 것 같다. 적막을 깨뜨리고 하늘과 들을 놀래키며 푸드득 날았다! 생각에 마음이 즐겁다.

그렇게 늦게 까는 것이 무슨 새일까. 청새일까, 덤불지일까. 고요하게 뛰노는 기쁜 마음을 걷잡을 수 없어 목소리를 내서 노래라도 부를까 느끼며 둑 아래로 발을 옮겨 놓으려다 문득 주춤하고 서 버렸다.

맹랑한 것이 눈에 뜨인 까닭이다. 껄껄 웃고 싶은 것을 참고 풀 위에 주저앉았다. 그 웃고 싶은 마음은 노래라도 부르고 싶던 마음의 연장인지도 모른다. 다시 말하면 그 맹랑한 풍경이 나의 마음을 결코 노엽히거나 모욕한 것이 아니요, 도리어 아까와 똑같은 기쁨을 자아내게 한 것이다. 일반으로 창조의 기쁨을 보여 준 것이다.

개울녘 풀밭에서 한 자웅의 개가 장난치고 있는 것이다. 하늘을 겁내지 않고 들을 부끄러워하지 않고 사람의 눈을 꺼리는 법 없이 자웅은 터놓고 마음의 자유를 표현할 뿐이다. 부끄러운 것은 도리어 이쪽이다. 나는 얼굴을 붉히면서 대중없이 오랫동안 그 요절할 광경을 바라보기가 몹시도 겸연쩍었다. 확실히 시절의 탓이다. 가령 추운 겨울 벌판에서 나는 그런 장난을 목격한 일이 없다. 역시 들이 푸를 때 새가 늦은 알을 깔 때 자웅도 농탕치는 것이다. 나는 그 광경을 성내서는 비웃어서는 안 되었다.

보고 있는 동안에 어디서부터인지 자웅에게로 돌멩이가 날아들었다. 킬킬킬 웃음소리가 나며 두 번째 것이 날았다. 가제나 몸이 떨어지지 않는 자웅은 그제야 겁을 먹고 흘금흘금 눈을 굴리며 어색한 걸음으로 주체스러운 두 몸을 비틀거렸다. 나는 나 이외에 그 광경을 그때까지 은근히 바라보고 있던 또 한 사람이 부근에 숨어 있음을 비로소 알고 더한층 부끄러운 생각이 와락 나며 숨도 크게 못 쉬고 인기척을 죽이고 잠자코만 있을 수밖에는 없었다.

세 번째 돌멩이가 날리더니 이윽고 호담스러운[5] 웃음소리가 왈칵 터지며 아래편 숲속에서 사람의 그림자가 덥석 뛰어나왔다. 빨래 함지를 인 채 한 손으로는 연해 자웅을 쫓으면서 어깨를 떨며 웃음을 금할 수 없다는 자세였다.

그 돌연한 인물에 나는 놀랐다. 한편 엉겼던 마음이 풀리기도 하였다. 옥분이었다. 빨래를 하고 나자 그 광경이매 마음속 은밀히 흠뻑 그것을 즐기고 난 뒤인 모양이었다. 그러나 나의 놀람보다도 옥분이가 문득 나를 보았을 때의 놀람, 그것은 몇 곱절 더 큰 것이었다. 별안간 웃음을 뚝 그치고 주춤 서는 서슬에 머리에 이었던 함지가 왈칵 떨어질 판이었다. 얼굴의 표정이 삽시간에 검붉게 질러 굳어졌다. 눈알이 땅을 향하고 한편 손이 어쩔 줄 몰라 행주치마를 의미 없이 꼬깃거렸다.

별안간 깊은 구렁이에 빠진 것과도 같은 그의 궁착한 처지와 덴 마음을 건져 주기 위하여 나는 마음에도 없는 목소리를 일부러 자아내어 관대한 웃음을 한바탕 웃으면서 그의 곁으로 내려갔다.

"빌어먹을 짐승들!"

마음에도 없는 책망이었으나 옥분의 마음을 풀어 주자는 뜻이었다.

"득추 녀석쯤이 너를 싫달 법 있니. 주제넘은 녀석!"

이어 다짜고짜로 그의 일신의 이야기를 집어낸 것은 그의 주의를 다른 곳으로 돌리자는 생각이었다. 군청 고원雇員[6] 득추는 일껀[7] 옥분과 성혼이 된 것을 이제 와서 마다고 투정을 내고 다른 감을 구하였다. 옥분의 가세가 빈한하여 들고날[8] 판이므로 혼인한 뒤에 닥쳐올 여러 가지 귀찮은 거래를 염려하여 파혼한 것이 확실하다. 득추의 그런 꾀바른 마음씨를 나무라는 것은 나뿐이 아니었다. 마을 사람들은 거개 고원의 불신을 책하였다.

"배반을 당하고 분하지도 않으냐?"

"모른다."

옥분은 도리어 짜증을 내며 발을 떼 놓았다.

"그 녀석 한번 해내[9] 줄까?"

웬일인지 그에게로 쏠리는 동정을 금할 수 없다.

"쓸데없는 짓 할 것 있니."

동정의 눈치를 알면서도 시침을 떼는 옥분의 마음씨에는 말할 수 없이 그윽한 것이 있어 그것이 은연중에 마음을 당긴다.

눈앞에 멀어지는 그의 민출한 자태가 가슴속에 새겨진다. 검은 치마폭 밑으로 드러난 불그레한 늠츳한[10] 두 다리—자작나무보다도 더 아름다운 것—헐벗기 때문에 한결 빛나는 것, 세상에도 가지고 싶은 탐나는 것이다.

4

일요일인 까닭에 오래간만에 문수와 함께 둑 위에서 하루를 보낼 수 있었다. 날마다 거리의 학교에 가야 하는 그를 자주 붙들어 낼 수는 없다. 일요일이 없는 나에게도 일요일이 있는 것이다.

바다를 바라볼 수 있는 둑에 오르면 마음이 활짝 열리는 듯이 시원하다. 바닷바람이 아직 조금 차기는 하나 신선한 맛이다. 잔디밭에는 간간이 피지 않은 해당화 봉오리가 조촐하게 섞였으며 둑 맞은편에 군데군데 모여 선 백양나무 잎새가 햇빛에 반짝반짝 나부껴 은가루를 뿌린 것 같다.

문수는 빌려 갔던 몇 권의 책을 돌려주고 표해 두었던 몇 구절의 뜻을 질문하였다. 나는 그에게는 하루의 선배인 것이다. 돈독하게 띄워 주는 것이 즐거운 의무도 되었다.

'공부'가 끝난 다음 책을 덮어 두고 잡담에 들어갔을 때에 문수는 탄식하는 어조였다.

"학교가 점점 틀려 가는 모양이다."

구체적 실례를 가지가지 들고 나중에는 그 한 사람의 협착한 처지를 말하였다.

"책 읽는 것까지 들켰네. 자네 책도 뺏길 뻔했어."

짐작되었다.

"나와 사귀는 것이 불리하지 않은가?"

"자네 걸은 길대로 되어 나가는 것이 뻔하지. 차라리 그편이 시원하겠네."

너무 궁박한 현실 이야기만도 멋없어 두 사람은 무릎을 툭 털고 일어서 기분을 가다듬고 노래를 불렀다. 아는 말 아는 곡조를 모조리 불렀다.

노래가 진하면 번갈아 서서 연설을 하였다. 눈앞에 수많은 대중을 가상하고 목소리를 다하여 부르짖어 본다. 바닷물이 수물거리나 어쩌나, 새들이 놀라서 떨어지나 어쩌나를 시험하려는 듯이 높게 고함쳐 본다. 박수하는 사람은 수만의 대중 대신에 한 사람의 동무일 뿐이나 지껄이는 동안에 정신이 흥분되고 통쾌하여 간다. 훌륭한 공부 이외 단련이다.

협착한 땅 위에 그렇게 자유로운 벌판이 있음이 새삼스러운 놀람이다. 아무리 자유로운 말을 외쳐도 거기에서만은 '중지'를 당하는 법이 없으니까 말이다. 땅 위는 좁으면서도 넓은 셈인가.

둑은 속 풀리는 시원한 곳이며 문수와 보내는 하루는 언제든지 다시없이 즐거운 날이다.

5

과수원 철망 너머로 엿보이는 철늦은 딸기(잎새 사이로 불긋불긋 돋아난 송이 굵은 양딸기), 지날 때마다 건강한 식욕을 참을 수 없다.

더구나 달빛에 젖은 딸기의 양자란 마치 크림을 끼얹은 것과도 같아서 한층 부드럽게 빛난다.

탐나는 열매에 눈독을 보내며 철망을 넘기에 나는 반드시 가책과 반성으로 모질게 마음을 매질하지는 않았으며 그럴 필요도 없었다. 그것이 누구의 과수원이든 간에 철망을 넘는 것은 차라리 들사람의 일종의 성격이 아닐까.

들사람은 또한 한편 그것을 용납하고 묵인하는 아량도 가지고 있는 것이다. 나는 몇 해 동안에 완전히 이 야취의 성격을 얻어 버린 것 같다.

흐뭇한 송이를 정신없이 따서 입에 넣으면서도 철망 밖에서 다만 탐내고 보기만 할 때보다 한층 높은 감동을 느끼지 못하게 됨은 도리어 웬일일까. 입의 감동이 눈의 감동보다 떨어지는 탓일까. 생각만 할 때의 감동이 실상 당하였을 때의 감동보다 항용 더 나은 까닭일까. 나의 욕심을 만족시키기에는 불과 몇 송이의 딸기가 필요할 뿐이었다. 차라리 벌판에 지천으로 열려 언제든지 딸 수 있는 들딸기 편이 과수원 안의 양딸기보다 나음을 생각하며 나는 다시 철망을 넘었다.

멍석딸기, 중딸기, 장딸기, 나무딸기, 감대딸기, 곰딸기, 닷딸기, 배암딸기…….

능금나무 그늘에 난데없는 사람의 그림자를 발견하자 황급히 뛰어넘다 철망에 걸려 나는 옷을 찢었다. 그러나 옷보다도 행여나 들키지나 않았나 하는 염려가 앞서 허둥허둥 풀 속을 뛰다가 또 공교롭게도 그가 옥분임을 알고 마음이 일시에 턱 놓였다. 그 역 딸기밭을 노리고 있던 터가 아닐까. 철망 기슭을 기웃거리며 능금나무 아래 몸을 간직하고 있지 않았던가.

언젠가 개천 둑에서 기묘하게 만난 후 두 번째의 공교로운 만남임을 이상하게 여기고 있는 동안에 마음이 퍽이나 헐하게 놓여졌다. 가까이 가서 시룽시룽 말을 건 것도 그리 어색하지 않고 자연스러웠다. 그 역시 스스러워하지 않고 수월하게 말을 받고 대답하고 하였다. 전날의 기묘한 만남이 확실히 두 사람의 마음을 방긋이 열어 놓은 것 같다.

"딸기 따 줄까?"

"무서워!"

그의 떨리는 목소리가 왜 그리도 나의 마음을 끌었는지 모른다. 나는 떨리는 그의 팔을 붙들고 풀밭을 지나 버드나무 숲 속으로 들어갔다. 그의 입술은 딸기보다도 더 붉다. 확실히 그는 딸기 이상의 유혹이었다.

"무서워."

"무섭긴."

하고 달래기는 하였으나 기실 딸기를 훔치러 철망을 넘을 때와 똑같이 가슴이 후둑후둑 떨림을 어쩌는 수 없었다. 버드나무 잎새 사이로 달빛이 가늘게 새어 들었다. 옥분은 굳이 거역하려고 하지 않았다.

양딸기 맛이 아니요, 확실히 들딸기 맛이었다. 멍석딸기, 나무딸기의 신선한 감각에 마음은 흐뭇이 찼다.

아무리 야취의 습관에 젖었기로 철망 너머 딸기를 딸 때와 일반으로 아무 가책도 반성도 없었던가. 벌판에서 장난치던 한 자웅의 짐승과 일반이 아닌가. 그것이 바른가, 그래서 옳을까 하는 한 줄기의 곧은 생각이 한결같이 뻗쳐 오름을 억제할 수는 없었다. 결국 마지막 판단은 누가 옳게 내릴 수 있을까.

6

며칠이 지나도 여전히 귀찮은 생각이 머릿속에 뱅 돈다. 어수선한 마음을 활짝 씻어 버릴 양으로 아침부터 그물을 들고 집을 나섰다.

그물을 후릴 곳을 찾으면서 남대천 물줄기를 따라 올라간 것이 시적시적 걷는 동안에 어느덧 철교께에서도 근 10리를 올라가게 되었다. 아무 고기나 닥치는 대로 잡으려던 것이 그렇게 되고 보니 불현듯이 고들매기를 후려 볼 욕심이 솟았다. 고기 사냥 중에서도 가장 운치 있고 흥 있는 고들매기 사냥에 나는 몇 번인지 성공한 일이 있어 그 호젓한 멋을 잘 안다. 그중 많이 모여 있을 듯이 보이는 그럴듯한 여울을 점쳐 첫 그물을 던져 보기로 하였다.

산속에 오목하게 둘러싸인 개울, 물도 맑거니와 물소리도 맑다. 돌을 굴리는 여울 소리가 티끌 한 점 있을 리 없는 공기와 초목을 영롱하게 울린다. 물속에 노는 고기는 산신령이나 아닐까.

옷을 활짝 벗어 붙이고 그물을 메고 물속에 뛰어들었다. 넉넉히 목욕을 할 시절임에도 워낙 산골 물이라 뼈에 차다. 마음이 한꺼번에 씻겨졌다느니보다도 도리어 얼어붙을 지경이다. 며칠 내로 내려오던 어수선한 생각이 확실히 덜해지고 날아갔다고 할까. 그러나 그러면서도 마지막 한 가지 생각이 아직도 철사같이 가늘게 꿰뚫고 흐름을 속일 수는 없었다.

'사람의 사이란 그렇게 수월할까.'

옥분과의 그날 밤 인연이 어처구니없게 쉽사리 맺어진 것이 의심쩍은 것이었다. 아무 마음의 거래도 없던 것이 달빛과 딸기의 꼬임을 받아 그때 그 자리에서 금방 응낙이 되다니. 항용 거기에 이르기까지의 두 사람의 마음의 교섭이란 이야기 속에서 읽을 때에는 기막히게 장황하고 지리한 것이었는데 그것이 그렇게 수월할 리 있을까. 들 복판에서는 수월한 법인가.

'책임 문제는 생기지 않는가?'

생각은 다시 솔솔 풀린다. 물이 찰수록 생각도 점점 차게만 들어간다.

물이 다리목을 넘게 되었을 때 그쯤에서 한 홀기 던져 보려고 그 물을 펴들고 물속을 가늠해 보았다. 속물이 꽤 세어 다리를 훑친다. 물때 낀 돌멩이가 몹시 미끄러워 마음대로 발을 디딜 수 없다. 누르칙칙한 물속이 적확히 보이지 않는다. 몇 걸음 아래편은 바위요, 바위 아래는 소가 되어 있다.

그물을 던질 때의 호흡이란 마치 활을 쏠 때의 그것과도 같이 미묘한 것이어서 일종의 통일된 정신과 긴장된 자세를 요구하는 것임을 나는 경험으로 잘 안다. 그러면서도 그때 자칫하여 기어이 실수를 하게 된 것은 필시 던지는 찰나까지도 통일되지 못한 마음이 어수선하고 정신이 까닥거렸음이 확실하다. 몸이 휘뚱하고 휘더니 휭하고 날아야 할 그물이 물 위에 떨어지자 어지럽게 흩어졌다. 발이 미끄러져 센 물결에 다리가 쓸리니까 그물은 손을 빠져 달아났다. 물속에 넘어져 흐르는 몸을 아무리 버둥거려야 곧추 일으키는 장사 없었다. 생각하면 기가 막히나 별수 없이 몸은 흐를 대로 흐르고야 말았다.

바위에 부딪쳐 기어코 소에 빠졌다. 거품을 날리는 폭포 속에 송두리째 푹 잠겼다가 휘우뚱 솟으면서 푸른 물속을 뱅 돌았다. 요행 헤엄의 습득이 약간 있던 까닭에 많은 고생 없이 허우적거리고 소를 벗어날 수는 있었다.

면상과 어깻죽지에 몇 군데 상처가 있었다. 피가 돋았다. 다리에는 군데

군데 시퍼렇게 멍이 들어 있음을 보았다. 잃어버린 그물은 어느 줄기에 묻혀 흐르는지 알 바도 없거니와 찾을 용기도 없었다. 고들매기는 물론 한 마리도 손에 쥐어 보지 못하였다.

귀가 메고 코에서는 켰던 물이 줄줄 흘렀다. 우연히 욕을 당하게 된 몸뚱어리를 훑어보며 나는 알 수 없는 부끄러움을 느꼈다.

별안간 옥분의 몸이, 향기가 눈앞에 흘러왔다.

비밀을 가진 나의 몸이 다시 돌아보이며 한동안 부끄러운 생각이 쉽게 꺼지지 않았다.

7

문수는 기어코 학교를 쫓겨났다. 기한 없는 정학 처분이었으나 영영 몰려난 것과 같은 결과이다. 덕분에 나도 빌려 주었던 책권을 영영 뺏긴 셈이 되었다.

차라리 시원하다고 문수는 거드름 부렸으나 시원하지 않은 것은 그의 집안 사람들이다. 들볶는 바람에 그는 집을 피하여 더 많이 나와 지내게 되었다. 원망의 물줄기는 나에게까지 튀어 왔다. 나는 애매하게도 그를 타락시켜 놓은 안된 놈으로 몰릴 수밖에는 없다.

별수 없이 나날을 들과 벗하게 되었다. 나는 좋은 들의 동무를 얻은 셈이다.

풀밭에 서면 경주를 하고 시냇가에 서면 납작한 돌을 집어 물 위에 수제비를 뜨기가 일쑤다. 돌을 힘껏 던져 그것이 물 위를 뛰어가는 뜀 수를 세는 것이다. 하나, 둘, 셋, 넷, 다섯, 여섯, 일곱, 여덟……이 최고 기록이다. 돌은 굴러 갈수록 걸음이 좁아지고 빨라지다 나중에는 깜박 물속에 꺼진다. 기차가 차차 멀어지고 작아지다 산모퉁이에서 깜박 사라지는 것과도 같다. 재미있는 장난이다. 나는 몇 번이고 싫지 않게 돌을 집어 시험하는 것이었다.

 팔이 축 처지게 되면 다시 기운을 내어 모래밭에 겨루고 서서 씨름을 한다. 힘이 비등하여 승패가 상반이다. 떠밀기도 하고 샅바씨름도 하고 잡아 낚기도 하고, 다리걸이 딴죽치기 기술도 차차 늘어 가는 것 같다.

 "세상에서 제일 장하고 제일 크고 제일 아름답고 제일 훌륭하고 제일 바른 것이 무엇이냐?"

 되건 말건 수수께끼를 걸고,

 "힘이다!"

 라고 껄껄껄껄 웃으면 오장육부가 물에 헹군 듯이 시원한 것이다. 힘! 무슨 힘이든지 좋다. 씨름을 해 가는 동안에 우리는 힘에 대한 인식을 한층 새롭혀 갔다. 조직의 힘도 장하거니와 그것을 꾸미는 한 사람의 힘이 크다면 더한층 아름다운 것이 아닐까.

8

 문수와 천렵을 나섰다.

 그물을 잃은 나는 하는 수 없이 족대를 들고 쇠치네 사냥을 하러 시냇물을 훑어 내려갔다.

 벌판에 냄비를 걸고 뜬 고기를 끓이고 밥을 지었다.

 먹을 것이 거의 준비되었을 때, 더운 판에 목욕을 들어갔다.

 땀을 씻고 때를 밀고는 깊은 곳에 들어가 물장구와 가댁질[11]이다. 어린 아이 그대로의 순진한 마음이 방울방울 날리는 물방울과 함께 하늘을 휘덮었다가는 쏟아지는 것이다.

 물가에 나와 얼굴을 씻고 물을 들일 때에 문수는 다따가,

 "어깨의 상처가 웬일인가?"

 하고 나의 어깨의 군데군데를 가리켰다.

나는 뜨끔하면서 그때까지 완전히 잊고 있던 고들매기 사냥과 거기에 관련된 옥분과의 일건이 생각났다.

어떻게 할까 망설이다가 그에게까지 기일 바 못 되어 기어코 고기잡이 이야기와 따라서 옥분과의 곡절을 은연중 귀띔하여 주게 되었다.

이상한 것은 그의 태도였다.

"명예의 부상일세그려."

놀리고는 걱실걱실 웃는 것이다. 웃다가 문득 그치더니,

"이왕 말이 났으니 나도 내 비밀을 게울 수밖에는 없게 되었네그려."

정색하고 말을 풀어냈다.

"옥분이…… 나도 그와는 남이 아니야."

어안이 벙벙한 나의 어깨를 치며,

"생각하면 득추와 파혼된 후로부터는 달뜬 마음이 허랑해진 모양이데. 일종의 자포자기야. 죽일 놈은 득추지. 옥분의 형편이 가엾기는 해."

나에게는 이상한 감정이 솟아올랐다. 문수에게 대하여 노염과 질투를 느끼는 대신에 도리어 일종의 안심과 감사를 느끼는 것이었다. 괴롭던 책임이 모면된 것 같고 무거운 짐을 벗어 놓은 듯이 감정이 가벼워지고 엉겼던 마음이 풀리는 것이다. 이것은 교활하고 악한 심보일까. 그러나 나를 단 한 사람으로 생각하지 않는 옥분의 허랑한 태도에 해결의 열쇠는 있다. 그의 태도가 마지막 책임을 저야 될 테니까.

"왜 말이 없나? 거짓말로 알아듣나? 자네가 버드나무 숲에서 만났다면 나는 풀밭에서 만났네."

여전히 잠자코만 있으면서 나는 속으로 한결같이 들의 성격과 마술과도 같은 자연의 매력이라는 것을 생각하였다.

얼마나 이야기가 장황하였던지 밥 타는 냄새가 코를 찔렀다.

무더운 날이 계속된다.

이런 때 마을은 더한층 지내기 어렵고 역시 들이 한결 낫다.

낮은 낮으로 해 두고 밤을, 하룻밤을 온전히 들에서 보낸 적이 없다.

우리는 의논하고 하룻밤을 들에서 야영하기로 하였다.

들의 밤은 두려운 것일까? 이런 의문도 있었기 때문이다.

이왕 의가 통한 후이니 이후로는 옥분이도 데려다가 세 사람이 일단의 '들의 아들'이 되었으면 하는 문수의 의견이었으나 나는 그것을 일종의 악취미라고 배척하였다. 과거의 피차의 정의는 정의로 하여 두고 단체 생활에는 역시 두 사람이 적당하며 수효가 셋이면 어떤 경우에든지 반드시 기울고 불안정하다는 의견을 가지고 있기 때문이다. 그러나 그것도 결국 나의 야성이 철저하지 못한 까닭이 아닐까.

어떻든 두 사람은 들 복판에서 해를 넘기고 어둡기를 기다리고 밤을 맞이하였다.

불을 피우고 이야기하였다.

이야기가 장황하기 때문에 불이 마저 스러질 때에는 마을의 등불도 벌써 다 꺼지고 개 짖는 소리도 수습된 뒤였다. 별만이 깜박거리고 바닷소리가 은은할 뿐이다.

어둠은 깊고 넓고 무한하다.

창조 이전의 혼돈의 세계는 이러하였을까.

무한의 적막. 지구의 자전, 공전의 소리도 들리지는 않는 것이다.

공포. 두려움이란 어디서 오는 감정일까.

어둠에서도 적막에서도 오지는 않는다.

우리는 일부러 두려운 이야기, 무서운 이야기로 마음을 떠보았으나 이렇듯한 새삼스러운 공포의 감정이라는 것은 솟지 않았다.

위에는 하늘이요, 아래는 풀이요, 주위에 어둠이 있을 뿐이지 모두가 결국 낮 동안의 계속이요, 연장이다. 몸에 소름이 돋는 법도 마음이 떨리는 법도 없다.

서로 눈만 말똥거리다가 피곤하여 어느 결엔지 잠이 들어 버렸다.

단잠을 깨었을 때는 아침 해가 높은 후였다.

야영의 밤은 시원하였을 뿐이요, 공포의 새는 결국 잡지 못하였다.

10

그러나 공포는 왔다.

그것은 들에서 온 것이 아니요, 마을에서, 사람에게서 왔다. 공포를 만드는 것은 자연이 아니요, 사람의 사회인 듯싶다.

문수가 돌연히 끌려간 것이다. 학교 사건의 뒷맺음인 듯하다.

이어 나도 들어가게 되었다. 나 혼자에 대하여 혹은 문수와 관련되어 여러 가지 질문을 받았다.

사흘 밤을 지우고 쉽게 나왔으나 문수는 소식이 없다. 오랠 것 같다.

여러 가지 재미있는 여름의 계획도 세웠으나 혼자서는 하릴없다.

가졌던 동무를 잃었을 때의 고독이란 큰 것이다. 들에서 무료히 지내는 날이 많다. 심심파적으로 옥분을 데려올까도 생각되나 여러 가지로 거리끼고 주체스러운 일이다. 깨끗한 것이 좋을 것 같다.

별수 없이 녀석이 하루라도 속히 나오기를 충심으로 바랄 뿐이다.

나오거든 풋콩을 실컷 구워 먹이고 기름종개를 많이 떠먹이고 씨름해서 몸을 불려 줄 작정이다.

들에는 도라지꽃이 피고 개나리꽃이 장하다.

진펄의 새고사리도 어느덧 활짝 피었다.

해오라기가 가끔 조촐한 자태로 물가에 내린다.

시절이 무르녹았다.

— **주**

1) 메: 메꽃의 뿌리. 약으로 쓰거나 먹기도 함.
2) 골: '왕골'의 방언.
3) 개리: '갈겨니'의 사투리. 잉엇과의 민물고기.
4) 쇠치네: '미꾸라지'의 사투리.
5) 호담스러운: 매우 담대한.
6) 고원雇員: 관청에서 사무를 돕기 위하여 두는 임시 직원.
7) 일견: '일껏'의 방언.
8) 들고날: 집 안의 물건을 팔려고 가지고 나갈.
9) 해내: 혼쭐을 내.
10) 늠춧한: 어엿한.
1)1 가댁질: 아이들이 서로 잡으려고 쫓고, 이리저리 피해 달아나며 뛰노는 장난.

천사와 산문시

잠깐 만에 보는 서울에는(표면에 드러난 인상에 관한 한도 안에서는) 그다지 신기한 변화는 보이지 않는다. 그렇기 때문에 반드시 처음으로 여행하는 사람같이 새로 선 건축물에 놀랄 필요도 없고 백화점에 들어가 정신을 빼앗는 것도 없고 상품의 무지쯤은 지릅떠[1] 볼 것 없이 냉정하게 무시할 수도 있다. 도회를 대수롭게 여기지 않는 무례하고 거만한 여행자라고 책하여도 할 수 없는 노릇이다. 그러나 단 한 가지 눈이 가는 것은 솔직하게 말하면 여인 풍경이니 이렇게 실토를 하면 그만한 여행자도 결국 투구를 벗고 흰 기를 든 셈이 되나, 사실 잠깐 만에 보는 장안에 무엇보다도 변하고 있는 것은 여인의 자태인 것이다.

변하여 가는 용모, 철에 맞는 치장이 늘 새로운 풍경을 지어 불과 한 철 만이면서도 자연 괄목상대하게 된다. 결국 도회 문화의 앞잡이를 서는 것은 여인 풍경이요, 색정 문화의 발달이 곧 건전한 도회를 걸어간다고 말함은 일종의 역설일까. 거리에서 만나는 모르는 여인의 표정을 살피고 나부끼는 머플러에 주의를 보내는 마음은 건전하지 못한 것일까. 여행을 하는 마음은 그 무엇을 찾는 마음이니 그 무엇이 바로 그것이 아닐까. 『절대의 탐구』를 쓴 발자크 자신이 찾은 절대는 우주의 마지막 원수도 아니요, 그렇다고 『인간 희극』의 진리도 아니요, 실로 몇 사람의 여인이 아니었던가. 그는 예술의 지팡이를 짚고 여인을 찾은 한 사람의 평범한 나그네였다. 세상에 많은 사람도 결국 그런 여행차가 아닐까.

도서관에 들어가 손때 묻은 『인간 희극』의 진리를 찾기보다 하숙의 방에 들어박혀 추운 변을 보는 것보다도 목적 없이 거리를 거니는 것이 한결 여정을 북돋는다. 세상에서 제일 떨어지는 음악이라도 쓰린 고독보다는 낫고 거리에서 제일 아랫길 가는 술이라도 추위를 덜어 줄 수는 있는 까닭이다.

하숙의 2층은 춥고 을씨년스럽다. 방바닥에는 숯불이 있고 이 방 속에는 식은 물통이 있을 뿐이요, 호텔이 바라보이는 외겹 유리창으로는 먼지와 바람이 새어 들어 가방과 책상만이 있는 방 안을 한층 더 스산하게 휘덮어 놓는다. 얇은 벽 하나를 격한 이웃방에서는 하급 회사원인 홀아비가 어미 없는 4남매를 데리고 쓰린 아침저녁을 보내는 눈치다. 숙성한 맏딸에게서 유행가를 배우며 한 구절 한 구절 서투르게 받는 중년 사나이의 재치 없는 목소리가 밤이면 처량하게 측은하게 흘러온다. 아래층에서는 몇 호실에선지 회사에 다니는 여사무원이 해산한 지 삼칠일도 못 되었다. 유성기 회사에 다니는 아이 아비의 꼴은 볼 수 없이 밤중이면 어린것만이 목에 불이 달리게 우는 것이다. 그 안타까운 아우성이 이웃방 홀아비의 유행가와 우연히 이부합창이 될 때가 있다. 주인 노파는 식당에서 이러쿵저러쿵 갓난애 어미의 흉을 보다가도 그가 들어오면 슬쩍 다른 사람의 흉을 들어내곤 한다. 이 모든 옆방의 사람들은 맞은편 큰 호텔의 모양을 하염없이 바라보면서 각자의 초라한 생활을 좁은 방 속에 꾸깃꾸깃 움츠려 버리는 것이다.

잘났든 못났든 제 생활이다. 하숙의 층 위와 층 아래는 인생의 수술대와 같이 앙상한 뼈대를 감출 바 없다. 수술에 익숙한 2층 끝 방 치과 전문에 다니는 친구는 수술대의 현실을 피하여 때만 먹으면 거리로 나가 버린다. 젊은 마음은 일반인 모양이다. 방의 생활이 주접들 때 거리는 확실히 일종의 유혹인 것 같다.

수많은 찻집, 그것은 벌써 한가한 젊은 사람들과는 떼려야 뗄 수 없는 거의 운명적 인연을 가지게 되었다. 천차만별의 술집 어느 집에서든지 바쿠스는 사람을 푸대접하는 법이 없다. 스치는 여인의 눈동자에 은근한 위안을 발견함은 시인만의 특권은 아닐 법하다. 옆 박스에서 흘러오는 회화에 귀 기울임도 흥미 있는 일이니 여자들의 말재주는 나날이 늘어 가는 듯하다. 맵시와 함께 재주도 더하여 가는 모양이다. 잘된 회화의 단편을 바람결에 얼핏 듣기란 서투른 소설을 읽기보다도 지루한 각본을 듣기보다도 정신이 번쩍 뜨이는 유쾌한 일이다. 간결하고 윤채 있고 은근하고 넘겨 짚어 가는 회화의 구절구절을 줍기란 식탁 위에 풍성한 과실을 찾은 때와도 같은 기쁨을 준다.

회화의 매력! 두 사람의 교섭은 거기서부터 시작되는 것이니 하루 동안 생활의 중요한 부분은 실로 회화인 것이다. 이것을 아는 도회의 여자들은 소설을 착실히 읽어 회화술을 공부하는 모양인가.

술집을 몇 번 거치는 동안에 곤드레만드레 취하였다.

취중에는 마음이 쓸데없이 흥분되고 허랑해지는 것 같다.

그 위에 밤은 용기를 주어 사람을 대판으로 만드는 까닭일까.

혼몽한 정신에 허둥허둥 걸어간 것이 그런 곳이었다.

앞장선 동무는 한 사람의 가장 선량한 시민이요, 얌전한 신사인 것이다.

아침이 천사의 것이라면 밤은 악마의 것이라고 할까. 악마는 가장 착한 사람의 마음도 여반장으로 빼앗는 것이다.

지옥의 문을 들어서 마의 소굴인 으슥한 홀을 거쳐 한쪽의 방에 이르기까지에는 거의 바른 정신이 없이 온전히 취중의 거동이었다. 동무의 모양은 보이지 않고 조촐한 방 부드러운 의자에 홀로 앉아 있는 자신의 꼴을 문득 깨닫고 정신이 들기는 들었으나 그렇다고 완전히 현실 세상으로 돌아온 것은 아니었다. 이 집에는 꿈에 취한 마음으로 방 안을 다시 살피게 되었다.

조촐한 한편의 방. 그것은 지옥의 것이 아니요, 확실히 하늘에 속하는 것이 아니었을까. 적어도 동화 속의 세상같이 아름답다. 지저분한 거리 속에 연속된 부분이 아니요, 공중에 홀연히 솟은 듯한 세상이다. 방을 장식한 가지가지의 세상이 거뭇하면서도 찬란한 색채 속에 침착하게 잠겨 있는 위로 일종의 향기가 그윽하게 우러 있는 것이다. 은근히 타는 난로며 탁자와 의자까지도 현실의 것이 아니고 방 안의 운치를 좋아하기 위하여 놓인 이야기 속의 것 같다. 스크린 저편으로 넓은 침대가 놓이고 그 위에 화려한 금침이 목단같이 피었다. 머리맡 벽에서는 액 속에 넣은 한 폭의 그림이 침대를 굽어보고 있다. 그 이상한 그림은 고요한 방 안에 한 줄기의 기괴한 느낌을 붓고 있다. 그림은 한 사람의 나체를 나타낸 것이나 그것은 아담도 아니요, 이브도 아니다. 아니 아담이며 동시에 이브인 것이다. 한 몸에 한꺼번에 두 가지 성을 갖춘(신화 속에 나오는 태고적의 완전한 일원적 인간과도 같은) 피차 애써 안타깝게 상대의 성을 찾지 않아도 좋은 기괴한 인생의 화상이 스핑크스의 수수께끼를 방 안에 던지고 있는 것이다. 그 그림은 확실히 자란이[2]의 동화의 세상에 속하는 것이니 방 안은 그것으로 말미암아 한층 신비로운 기색을 띠었다.

그 신비로운 무대 위에 이윽고 여주인공이 등장하게 되었다. 그는 물론 지옥의 악마가 아니요, 천사인 것이다. 그렇다. 확실히 거리의 천사임에는 틀림없다. 그러나 거리의 천사라느니보다 동화 속의 천사요, 마음의 천사인 것이다. 홀에서 볼 때와 다른 맵시 다른 의장으로 나타난 그의 자태는 마음을 쥐어 흔들어 끌어당기는 것이다. 흔한 한 사람의 거리의 천사로 보기에는 너무도 가혹하고 아까운 자태이다. 나는 보배나 발견한 듯한 커다란 감격과 놀람을 가지고 그를 바라보았다. 어느덧 다시 맑은 정신도 들었으나 그렇다고 가혹한 현실로 돌아와 자신의 꼴과 처지를 반성하는 것이 아니요, 다시 그의 아름다운 자태에 취하여 그 방의 운명을 한없이 행복하게 여기는 것이었다.

짧은 머리를 풀어 헤트린 천사는 사뿐 날아와서 맞은편 의자에 앉았다. 날개 소리도 내지 않는 고요한 거동이었다. 그림자 깊은 얼굴에 으늑한 미소를 띠었을 뿐이지 한 마디 말도 없다. 그러나 그의 표정을 번역하면 '나는 걱정이 많아요, 그러나 지금은 행복스러워요' 하고 역력히 말하고 있는 것이다. 회화의 매력을 잘 알면서도 말없는 그 장면은 도리어 즐거운 것이었다. 무대의 말을 잊은 등장 인물같이 두 사람은 한참 잠자코만 있었으나 그것은 한 토막의 무언극이 되어서 한층 정서 있는 것이었다.

침묵을 깨트린 것은 불의에 나타난 노파였으나 그는 이야기 속의 잔뜩한 침입자는 아니요, 두 사람에게 차를 가져온 것이다. 탁자 위에 옮겨 놓은 찻잔에서는 향기는 빠졌을망정 부드러운 김이 피어올랐다. 김 너머로 천사의 표정이 한층 부드럽게 녹아졌다. 차는 별수 없이 천사의 입을 열게 되었다. 사랑은 꿈을 빚어내기에 필요한 물건이다. 될 수 있는 대로 차를 달게 하여 마시면서 나는 풀려 나오는 천사의 토막말을 혀끝으로 곰곰이 맛보았다.

"눈이 움푹 빠지고 눈썹이 길고…… 무섭지 않으셔요? 아―우."

오도깝스럽게 굵은 눈알을 굴리며 흘기는 표정이 말할 수 없이 마음을 당긴다. 두 귀를 꽉 붙들고 눈을 홉뜨고 내가 더 무섭다는 것을 알리려다가 나는 즉시 그런 무의미한 거동을 단념하였다.

"제게는 드레스가 맞어요."

하며 나비 날개와도 같은 잠자리옷의 소매를 휘날려 보이는 그의 양자는 바로 천사의 모양 그것이다.

"드레스를 입고 해 나는 날 바다를 구경했으면요. 겨울 바다는 검고 탄탄하고 차고 맑고…… 눈 오는 날이면 검은 파도 사이에 송이송이 떨어져서 금시에 녹아 버리죠. 항구에 뜬 배는 얼어붙은 듯이 고요히 서서 기적도 잊어버리고 흰 치장을 자랑하구요……."

그의 말은 야릇한 마술과도 같고 향기 높은 술과도 같아서 일종의 맑은 환영을 일으키게 한다. 검은 드레스를 입고 붉은 머플러를 날리면서 고요한 겨울 항구를 거니는 그의 자태가 눈앞에 완연히 떠오른다. 희끗희끗 눈이 날려서 뱃전을 스치고 검은 바다 속에 녹아 버린다. 떨어져서는 사라져 버린다. 그러나 쉴 새 없이 눈을 날리고 날린다…….

환상에 잠겨 있는 동안에 문득 짜장 밖에 눈이 오는 듯한 착각이 들었다. 굵은 눈송이가 무대 밖을 방 밖을 보얗게 둘러싸고 부실부실 쉴 새 없이 퍼부어 어느덧 방 안은 허옇게 쌓인 눈 위에 덩실 뜬 듯하다. 방 안은 더한층 이야기 속 세상으로 변할 뿐이다.

"약혼자는 있었으나 한 번도 정을 주어 본 일이 없이 이런 세상에 빠져 들게 되었어요."

현실의 실토도 그 분위기 속에서는 꿈의 거죽을 쓰고 이야기 속의 사실로만 변하는 것이었다.

나는 노파를 시켜서 가져온 한 잔의 양주를 그에게 권하였다. 금시에 얼굴이 붉어진 그는 거동이 재고 말이 많아졌다. 정서가 새로워진 것이다. 눈 속의 불꽃같이 곱게 타오른다. 훨훨 불붙는다.

보고 있는 동안에 나의 마음도 어느덧 불붙어 푸슥푸슥, 펄펄, 훨훨 타오르기 시작하였다. 두 눈으로 들어온 독한 술에 취한 것이다. 사랑은 눈으로 들어와서 몸을 새빨갛게 불 달아 놓고는 그것을 끌 줄을 모르는 영물이다. 외통곬이요, 심술궂은 영물이다.

이윽고 그는 일어나서 춤추는 듯이 날아와 나의 팔을 붙들었다. 더워서 괴로워하는 나비다.

"일어나 춤추시지 않겠어요? 몸이 타서 쓰러질 때까지 밤새도록……."

더운 입김이 목덜미를 엄습한다.

끌려 일어나기는 하였으나 나는 한 걸음의 스텝도 밟을 줄을 모른다. 휘적휘적 끌리며 그의 발등만 밟다가 기어코 다리에 걸려 그 자리에 그대로 풀썩 넘어져 버렸다. 그의 가벼운 작은 몸이 팔 안에 나긋나긋 휘었다. 한 마리의 나비를 손바닥으로 쳐서 단숨에 눌러 버린 듯이 하잘것없이 그의 몸은 고요하게 침묵하였다.

두 몸은 곱절 뜨겁게 타올랐다. 심장의 고동도 곱절 높게 치련만 거친 숨결에 꺼져 버려 들리지는 않았다. 애잔한 천사! 그는 거리의 천사가 아니요, 마음의 천사였다.

엄숙한 표정을 지니고 사랑과 욕심의 구별을 세우려고 골살을 찌푸림은 칼날로 바닷물을 가르려는 것과도 같아 거의 무의미한 헛수고인 듯하다.

사랑과 욕심은 서로 뗄 수 없는 것이니 사랑이 있으면 반드시 욕심이 생기고 욕심 솟는 곳에 자연 사랑도 붙는 것이다. 즉 사랑 없는 곳에는 욕심도 없는 것이며 욕심 없는 곳에 사랑이 있을 리는 더욱 만무하다. 사랑과 욕심을 가를 수 없음은 술에서 향취를 가릴 수 없음과 같으며 꽃에서 향기를 없앨 수 없음과 일반이다. 다시 말하면 욕심은 책이요, 사랑은 내용이다. 책 없는 내용이 없으며 내용 없는 책이 없다. 내용을 담는 것이 책인 것과 같이 사랑을 담는 것은 욕심이다. 찬란한 내용은 책부터 찬란하듯이 찬란한 사랑이면 욕심도 찬란하여야 한다. 이것을 뒤집어 말하면 욕심이 찬란해야 사랑도 찬란해지는 것이다. 문제는 사랑과 욕심의 전후 관계이나 욕심은 반드시 사랑으로부터만 시작되어야 할 법은 없다.

욕심으로부터 시작되는 사랑도 있는 것이니 이렇거든 사랑이 한층 향기롭게 진득한 수가 있는 것이다.

봄이 한 번만 있는 것이 아닌 것과 같이 평생에 사랑도 단 한 번 있기는 드물 듯하다. 사랑으로부터 드는 사랑도 있을 것이며 욕심으로부터 드는 사랑도 있어서 화려하고 찬란한 날과 씨로 일생은 꾸며지는 것이 아닐까. 첫 사람이자 마지막 사람이요, 하늘이 무너지고 바다가 잦아져도 세상에 영원히 그 한 사람뿐이라고 울고불며 설렘은 감상 시대의 한때 열병이며 그 시대를 벗어나서 활달하게 생각하게 될 때 진짜 사랑이 오는 것이 아닐까. 그때의 사랑은 붉은 한 빛이 아니요, 무지개와 같이 다채인 것이다.

거리의 천사라고 반드시 욕심의 대상만이 되는 법은 아닌 듯하다. 거리의 천사도 마음의 천사가 될 수 있다. 욕심으로부터 들어와서 마음을 흔든다. 그런 사랑도 있는 것이다.

그 밤의 천사는 마음속에 새겨져서 좀체 잊혀지지 않는다. 산문의 밤이 아니요, 꿈속의 밤이요, 이야기 속의 밤이었다.

그가 준 명함은 그의 마음의 표시와도 같이 조그맣고 탄탄하고 꿋꿋하다. 새겨진 글자는 그의 눈망울같이 청청하고 또렷하다.

"정초가 지나면 한가해요. 맑은 정신으로 아침부터 와 주시겠다고 약속해 주시지 않겠어요? 디트리히, 가르보, 셔러의 브로마이드를 선물로 갖다 주시겠죠."

옷섶을 붙들고 신신당부하던 약속을 끝내 밟을 시간을 가지지 못하게 되었음이 미안하고 송구스럽다. 그 미안한 생각이 그의 마음속에 대한 대답이 되었으면 다행이리라고 생각한다.

여행은 즐겁다.

하숙의 살림살이, 거리의 여인 풍경, 애잔한 천사의 자태…… 가지가지의 기억이 마음의 경험 위에 차례차례로 쌓여 즐거운 추억이 되는 것이다.

산문의 경험도 마음속에 적히면 아름다운 노래가 되는 모양이다.

— **주**

1) 지릅떠: 부릅떠.
2) 자란이: '어른'의 방언.

인간 산문

1

거리는 왜 이리도 어지러운가.

거의 30년 동안이나 걸어온 사람의 거리가 그렇게까지 어수선하게 눈에 어린 적은 없었다. 사람의 거리란 일종의 지옥 아닌 수라장이다.

'신경을 실다발같이 헝클어 놓자는 작정이지.'

문오는 차라리 눈을 감고 싶었다. 눈을 감고 귀를 가리고 코를 막고 모든 감각을 조개같이 닫아 버리면 어지러운 거리의 꼴은 오관 밖에 멀어지고 마음속에는 고요한 평화가 올 것 같다.

쓰레기통 속 같은 거리, 개천 속 같은 거리. 개신개신하는 게으른 주부가 채 치우지 못한 방 속과도 거리는 흡사하다. 먼지가 쌓이고 책권이 쓰러지고 휴지가 흐트러진 그런 어수선한 방 속이 거리다. 사람들은 모여서 거리를 꾸며 놓고도 그것을 깨끗하게 치울 줄을 모르고 그 난잡한 속에서 그냥 그대로 어지럽게 살아간다. 깨지락깨지락 치운다 하더라도 치우고는 또 늘어놓고 치우고는 늘어놓고 하여 마치 밑 빠진 독에 언제까지든지 헛물을 길어 붓듯이 영원히 그것을 되풀이하는 그 꼴이 바로 인간의 꼴이요, 생활의 모양이라고도 할까. 어지러운 거리. 쓰레기통 같은 거리.

별안간 덜컥 부딪치는 바람에 문오는 감았던 눈을 떴다. 얼마 동안이나 눈을 감고 걸어왔던지 부딪친 것은 바로 집 모퉁이 쓰레기통이었다. 다리뼈가 쓰라리다.

빌어먹을 놈의 쓰레기통. 쓰레기통 같은 놈의 거리. 홧김에 발길로 통을 차고 걸음을 계속할 수밖에는 없었다. 멸시하는 쓰레기통 같은 거리를 그래도 걸어가야만 할 운명에 놓인 것 같다. 어수선한 거리의 꼴은 별수 없이 다시 신경을 어지럽히기 시작한다.

행길 바닥이란 왜 좀 더 곧고 고르지 못하고 삐뚤고 두툴두툴한가. 비스듬히 기울어진 가게의 간판은 차라리 떼어 버리는 것이 시원한 것 같다. 움직이지 않는 낡은 수레를 길바닥에 버려둘 필요가 있을까. 바닷물 속에 장사 지내는 편이 옳지. 마저마저 쓰러져 가는 집, 사람의 신경을 대팻밥같이 꾸겨 놓은 것은 이것이다. 쓰러져 가는 집을 눈앞에 보아야 함은 사람의 가장 괴로운 의무일 것 같다. 숫제 발길로 차서 헐어 버리는 것이 낫지. 사람이란 개신데기[1]여서 원대한 계획도 없이 필요에 따라 그 자리에 흙을 묻고 기둥을 세우고 솥을 걸고 측간을 꾸민다. 사람의 심청머리같이 고식적이요, 일시적이요, 당년치기인 것은 드물 것 같다. 대체 거리의 명예로운 시장은 무엇을 하고 있는 셈인가. 쓰러져 가는 집은 버려두고 무엇을 꿈꾸고 있는가. 현명한 시장이라면 무엇보다도 먼저 거리의 집을 정리하여야 할 것이다. 한 사람의 시민의 이름에 값할 만한, 아니 인간의 위신에 부끄럽지 않을 만한 채의 집을 먼저 장만한 연후에 다스림을 베풀어야 할 것이다. 우리를 가진 사람들에게 떳떳한 백성으로서의 다스림이 아랑곳일까. 집. 집. 신경을 대팻밥같이 꾸겨 놓는구나.

또 한 가지 젊은 사람의 더벅머리, 저것도 다시 생각해 볼 필요가 있을 듯하다. 문학을 하든 철학을 하든 길게 자란 머리란 것은 보는 눈을 몹시 거슬리게 한다. 가위로 싹둑 잘라 버리는 것이 생활 정리의 한 방법도 된다. 얽은 사람, 절름발이, 장님…… 이것은 시장에게 다져 낼 수도 없고 누구에게 문책함이 옳을까. 얽은 얼굴은 대패로 곱게 밀어 버리고 절름발이와 장님에게는 옛날의 기적을 베풀 수 있으면 얼마나 속 시원한 일일까. 배뚱뚱이 신사, 차라리 반으로 갈라 두 쪽의 사람을 만드는 편이 공평도 하려니와 개운도 할 성싶다. 나중에는 외양을 거쳐 심지어 여자들의 양말 속의 살결조차 걱정된다. 일시에 활짝 옷들을 벗겨 본다면 과연 모두 상아같이 하얀 살결들을 가지고 있을까. 만약 총중의 한 사람이 불행히 불결한 몸을 드러내 놓았을 때에 올 환멸은 얼마나 마음을 뒤집어 놓을까……. 어지러운 거리. 어수선한 인생…….

문오의 머릿속은 날아난 벌 떼를 잡아넣은 것과도 같이 웅성거리고 어지럽다. 몹시도 지저분한 거리의 산문이 전신의 신경을 한데 모아 짓이기고 난도질해 놓는다. 혼란의 아름다움을 노래하고 난잡의 운치를 찬미하는 예술 같은 것은 악마에게나 먹혀라. 단조하고 운치는 없다 하더라도 차라리 가지런한 거리와 안정된 규칙과 정리된 생활이 있어야 할 것이다. 최후적 통일을 요구함은 사람의 본성이요, 생활을 정리하려 함은 영원한 과제였으나, 정리와 통일의 마지막 종점에 도달할 날은 영원히 없을 것 같다. 사람은 역사를 가진 지 수십 세기 동안을 탄생한 지 수만 년 동안을 두고 생활을 정리하여 온 셈이나 오늘의 생활이 태고적 카오스 시대보다 대체 얼마나의 위대한 정리를 하여 왔던가. 위대한 정리가 되어 있다면 오늘의 이 혼란과 불안과 괴롬은 대체 웬 것이며 무엇을 의미하는 것일까.

문오가 10년 가까이 공부하여 온 철학의 체계도 이 혼란의 해결의 열쇠는 주지 못하였다. 일종의 해결인 것같이 보이면서 기실 고금 많은 철학자가 제출한 수다한 문제는 전체적으로 보면 도리어 커다란 혼란을 줄 뿐이었다. 귀한 정리의 노력을 보였을 뿐이지 결과에 있어서는 정리와는 인연이 먼 역시 혼란이 있을 뿐이다. 결국 인간 사실은 사실대로 두고 그 표면을, 수박의 껍질 위에 핥으면서 뱅뱅 도는 격이 아닌가. 물론 철학이 행동을 규정하는 때도 있기는 하나 더 많이 행동이 먼저 있는 것이며 혹은 행동이 있을 때 동시에 철학을 생각하는 것 같다. 철학의 체계가 과거의 인간 사실을 정리하였을는지는 모르나 현재의 혼란은 일반이며 따라서 문오의 두뇌 속도 해결의 언덕과는 거리가 멀다. 뇌수의 세포가 종이 위에 인쇄된 철학의 활자에 깜박 취할 때는 있으나 그 도취에서 깨어서 어지러운 생활의 거리를 바라볼 때 활자의 철학은 조각조각 흩어져 없어지고 눈에 어리는 것은 혼란이요, 신경을 난도질하는 것은 여전히 문란의 마귀이다. 철학으로 카오스를 건지려 한 것이 도리어 카오스의 바다 속에 밀려 들어가 팔다리를 허우적거리는 격이 되었다고도 할까. 더욱이 요사이에 이르러 키르케고르니 체스토프니…… 머릿속을 범벅같이 휘저어 놓을 뿐이다. 사람은 항상 생활을 새롭게 꾸며 가는 적극성을 가졌다고는 하더라도 마지막의 완전한 정리를 바랄 수는 없을 것 같다. 영원한 정리를 원하나 오는 것은 영원한 부정리인 것이다. 경제 생활이 완전한 해결을 볼 때 사람은 완전히 구제되고 인간 사실은 빈틈없이 정리될 수 있을까. 쓰러지지 않는 깨끗한 집이 서고 거지가 없어지고 어지럽던 거리가 한결 정리될 것은 사실이나 그러나 그런 거리의 생활의 조건의 영향을 받는다 하더라도 수십 세기 동안 묵어 내려온 사람의 심청이 일조일석에 칼로 벤 듯이 변할 수 있을까. 예를 들어 가령, '미례와 나의 연애는 대체 어떻게 될 것인가.'

  미례와 문오의 연애는 결코 정당한, 정리된 것이 아니었다. 미례는 문오를 사랑하여서는 안 되고 미례를 사랑하여서는 안 된다. 미례는 문오 아닌 남편을 사랑하여야 할 처지에 있고 문오는 그 남편을 배반하지 못할 사정에 있음에도 불구하고 미례와 문오는 남편의 그림자 속에 숨어 금단의 과실을 즐기고 있는 것이다. 거리의 생활이 해결된다 하더라도 반드시 결정적인 한 사람과 한 사람 사이만의 정당하고 떳떳한 연애만이 있고 이런 어지럽고 까다로운 관계는 자취도 없이 사라지리라고는 추측하기 어렵다. 꼬이고 혼란된 마음의 실마리라는 것은 언제든지 있어서 칼로 혹을 도려내듯이 생활의 테두리에서 곱게 도려낼 수는 없을 것이다. 영원한 부정리. 끝없는 카오스!

위대한 정리의 방법으로 무엇이 있는가. 프리기아의 왕 고르디우스가 맨 복잡한 매듭[2]을 사람의 손으로는 도저히 풀어낼 재주가 없는 것이다. 늠름한 왕검으로 그것을 보기 좋게 두 동강으로 낸 알렉산더의 용기는 세상에 없을까. 백두산에서 가장 큰 전나무를 베어내고 장백산의 짐승의 털을 죄다 뽑아 위대한 한 자루의 붓을 만들어 가지고 동해의 푸른 물을 찍어 한 획에 거리와 생활을 말살해 버렸으면 오죽이나 통쾌할까. 그것이 어렵다면 머릿속에서 뇌수를 쏟아 내서 물에 절레절레 헹궈 모든 지식의 기록을 떨어 버리고 백지의 상태로 하여 다시 머릿속에 수습한다면 천치가 되어 마음속이 얼마나 편안하고 시원할까. 그렇게 할 수 있다면 미례와의 사이도 편안하게 안정될 것이나 그렇지 않은 이상 언제까지나 불안한 마음으로 고르디우스의 매듭을 얼싸안고 괴롬의 술래잡기를 계속하는 수밖에는 도리가 없을 듯하다.

이제는 거의 병적 악마적 생각에 잠기면서 문오는 미례와의 약속의 장소로 걸음을 빨리하였다. 그 으늑한 차점은 거리에서 동이 뜨다. 수다스럽지 않은 숨은 그곳에서 문오는 가끔 미례와 만나는 처지였다. 주일에 한 번씩 요리를 먹으러 거리의 식당에 나타나듯 주일에 며칠씩을 미례를 보러 차점에 이르는 것이었다.

거리의 수많은 사람들 속에서 왜 하필 미례는 나를, 나는 미례를 피차의 반쪽으로 구하게 되었을까. 그것은 일원적 통일의 길이 아니요, 도리어 문란의 길이요, 가시덤불의 괴롬인 것을.

어지러운 거리를 어지러운 사랑을 맞으러 걸어가는 자신의 꼴에 문오는 문득 운명적 인간의 꼴을 본 듯 느꼈다.

2

"유도해 보신 일 있어요?"

"호신술을 배우겠단 말요?"

문오는 미례의 낮은 어조를 주의하였다.

"사람이 목을 눌리고 몇 분 동안이나 참을 수 있나 해서요."

"글쎄. 뱀은 죽었다가도 피어난다더구만."

"그럼 사람의 목숨도 뱀만큼 질긴 셈이군요. 저는 목을 눌리고 5분 동안이나, 완전히 담배 한 개 탈 동안 참았으니 말예요."

문오는 놀라 미례를 찬찬히 바라보았다.

"목에 멍이 조금 들었을 뿐이지 생명에는 별 이상 없었으니까요."

미례의 목덜미에 남겨진 손가락 자국만 한 푸른 멍이 문오의 마음을 아프게 하였다. 자기 때문에 받는 미례의 수난이 최근에 와서 더욱 심함을 알고 마음이 말할 수 없이 슬프다. 불안정한 삼각형의 위협이 다시 한번 마음을 스친다. 삼각이 일원으로 통일되려면 개중의 하나가 권리를 버려야 할 것임을, 세 개의 뜻이 균등하니 대체 어떤 해결을 지어야 옳을 것인가. 미례의 남편의 위인을 생각할 때 문오의 마음은 결코 평화스러운 것이 아니었다.

"이름을 자꾸 대라니 견딜 수 있어야지요."

"시원하게 대 보지."

"큰일 나게요. 결투라도 하려고 할 것요."

"결투!"

문오는 어깨를 으쓱하였다. 결투…… 마음이 섬뜩은 하였으나 차라리 그것이 손쉬운 해결의 방법이요, 정리의 길일 것같이 생각되었다.

"결투하지."

"마세요. 그가 당신보다 훨씬 장골이에요."

식은 커피가 입에 쓰다. 잔 바닥에 남은 검은 깡치[3]가 근심스러운 마음같이 걸차게 입술에 엉겨붙는다.

"어떻게 하면 좋아요?"

"……."

해결의 길이 없듯이 대답도 있을 수 없다.

"글쎄……."

하릴없이 흐른 찻방울을 손가락에 찍어 잠자코 탁자 위에 낙서를 하는 문오였다. 글자를 쓰다가는 지우고 쓰다가는 지우고…… 나중에는 그림을 그리기 시작하였다.

"무슨 장난이세요?"

미례는 탁자 위에 그려지는 그림을 하염없이 한참이나 바라보더니 문득 외면해 버렸다.

"왜?"

"점잖지 않게."

미례는 문오의 그림을 오해한 모양이었다. 발갛게 물든 미례의 귓불을 바라보며 문오는 도리어 미소를 띠며,

"무엇으로 알고 그러우?"

"원."

"망칙한 것이 아니오. 미례의 눈이오. 눈방울, 눈시울, 속눈썹 그리고 이것은 눈물, 방울방울 떨어지는 눈물."

문오는 오늘 미례에게 하여야 할 가장 중대한 이야기를 가지고 있었다. 미례를 놀라게 할 그 중대한 소식을 전하려면 엄숙하게보다도 객설스럽게 괴덕스럽게 시작하는 수밖에 없었다.

"눈물은 왜요?"

"내가 지금 한마디 말하면 미례는 이렇게 눈물을 흘릴 것이니까 말요."

"무슨 말이세요? 설마 저를 잊겠다는 말은 아니겠지요."

"결과에 있어서는 그렇게 될지도 모르지."

"뭐라고요? 또 한번 말씀해 보세요."

미례의 어조는 금시 변해졌다. 문오는 눈을 꾹 감고 입을 열었다.

"서울을 떠나게 되었소. 너무도 창졸간에 작정이 되어서 미처 말할 기회가 없었던 거요."

문오는 이번에 학교의 연구실을 나와 지방 어느 회사에 직업을 얻게 되었다. 학교와 연구실에서 오랫동안 철학을 연구하였음에도 당치도 않은 회사로 가게 된 것부터가 생활의 정리와는 무릇 인연이 먼 것이었다.

"언제쯤 떠나세요?"

"남은 일이 대강 정리되는 대로."

갸름하게 내려 감긴 미례의 속눈썹은 안개나 낀 듯이 깊은 그림자 속에 젖었다.

마치 그 괴로운 정경을 구하려는 듯이 이때 가게의 여주인이 두 사람에게 과자 접시를 날라 왔다. 문오는 문득 놀라운 것을 발견하였다. 여주인의 왼편 손에 손가락이 하나 없는 것이다. 무명지가 있어야 할 곳이 비고 따라서 손가락과 손가락 사이가 이 빠진 것같이 떴다. 선천적인지 혹은 후천적인지를 관찰할 여유는 없었으나 오랫동안의 단골임에도 불구하고 모르고 지내던 것을 공교롭게도 이날 처음으로 발견하게 된 것이 한 놀람이었다. 문오는 새삼스럽게 여주인의 얼굴을 바라보고 일신을 훑어보았다. 빈틈없는 용모에 왜 하필 손가락 하나가 빠졌을까. 삼신의 불찰일까 혹은 장난일까. 이상스러운 것은 여주인의 인상이 별안간 그 순간부터 지금까지와는 판이해지는 것이다. 결점 없이 완전하게만 보이던 그가 그 한 점의 흠으로 말미암아 금시에 마치 이 빠진 그릇을 대하는 듯한 인상을 주기 시작하였다. 그것은 곧 문오 자신의 머릿속에 이가 한 대 빠진 것과도 같다. 결국 그의 머릿속에는 부정리의 사실이 또 하나 늘어 그의 마음을 불안정하게 휘젓는 결과가 되었다. 그는 자신의 일도 미례의 처지도 잠깐 잊어버리고 여주인의 일신을 한참 동안이나 생각하는 것이었다.

"적적들 하신 것 같으니 레코드나 한 장 걸까요?"

여주인은 친절하게도 축음기 앞으로 나아갔다. 단골인 터라 두 사람의 은근한 사이도 벌써 대강 짐작하고 동정하는 눈치여서 간간이 그 정도의 친절을 베푸는 것이었다.

이윽고 〈제 두 아무르〉의 노래가 흘렀다. 두 사람의 애인을 가진 여자의 노래가 낭랑하게 흘렀으나 그것은 미례의 현재의 정서와 심경과는 거리가 먼 것이었다. 미례는 꽃같이 잠자코만 앉아서 서글픈 표정으로 노래를 듣고 있다.

'거짓 손가락이라도 하나 맞춰 주었으면…….'

노래가 끝날 때까지도 문오는 여주인의 손가락 걱정을 하고 있었다. 지금에는 무엇보다도 손가락의 일건이 마음속을 파고들었다. 공연한 것을 발견하게 되었다. 모처럼 단골로 다니던 차점도 손가락으로 말미암아 이렇게 마음을 쓰게 된다면서 다시 더 올 수 없지 않은가…… 하고 생각하였다.

3

문오는 돌아오는 길에 친구의 병원에 들렀다. 요사이 의사에게밖에는 말할 수 없는 일종의 육체의 비밀을 가지고 있었다.

모르는 결에 피부의 전면에 일종의 풍진이 쪽 돋은 것이다. 어느 때 어디서부터 시작되었는지는 알 바 없으나 기억의 시초는 처음 몸에 벌레를 얻었을 때였다. 거리의 목욕간에서 얻었는지 그렇지 않으면 비밀한 곳에서 묻혔는지 가릴 수 없으나 벌레는 어느 결엔지 맹렬한 세력으로 번식하기 시작하여 거의 피부를 먹어 버리려는 듯한 형세였다. 즉시 의사에게 의논하지 않고 매약점에서 사 온 수은고水銀膏[4]를 대중없이 바른 것이 일을 저지르게 된 원인인지도 모른다. 몹쓸 벌레 꼴 보라는 듯이 하루도 몇 번씩을 벌레 위에 더덕더덕 바르곤 한 것이 이틀을 지나니 벌레의 형적은 사라진 모양이었으나 이번에는 반대로 수은고의 세력이 거의 피부를 먹어 버리려는 듯이 모질게 헤어지기 시작하였다. 쌀알 같은 붉은 점이 불똥을 끼얹은 것같이 쭉 돋더니 그것이 차차 부분을 중심으로 육신의 위와 아래로 퍼지기 시작하였다. 알고 보면 수은고의 중독이었으나 몹시 가려운 판에 자연 손이 자주 가고 한번 긁기 시작하면 피가 용솟음 치고 머릿속이 뗑하고 마치 미칠 듯이 육신이 수물거렸다. 공교로운 것은 그때를 전후하여 마침 팔에 우두를 맞게 된 것이다. 과거에 한 번도 터 본 적 없던 우두가 이해에는 웬일인지 유난스럽게도 트기 시작하여 팔 위에 온통 커다란 종창을 이루게 되었다. 한편 근실근실 몹시도 부근이 가려웠다. 우연히 만나게 된 이 우두 바람과 수은고의 독증이 한데 어울려 마치 살 곳을 만난 듯이 피부의 전면을 침범하였던 것이다. 그제서야 하는 수 없이 의사에게 뛰어가고 약을 바르고 주사를 맞고 하게 되었으나 물론 좀체 쉽게 가라앉지는 않았다. 그 어떤 서슬에 손이 가기 시작하면 피부가 벗겨져라 살이 으끄러져라 흥분되어 정신없이 긁게 되었다.

"차라리 잘 드는 해부용 메스로 피부를 한 꺼풀 벗겼으면 시원할 것 같구먼."

"왜 그리 악착스럽게 악마적으로만 생각하나? 자네 요새 확실히 신경쇠약증이 농후해."

의사는 친구의 정의로 도리어 문오를 가엾게 여겼다.

"신경쇠약이라면 확실히 요새 그런 증세 같기는 하나……."

"당분간 철학을 그만두는 것이 어떤가? 회사로 가게 된 것은 자네를 위하여는 큰 행복일세. 둘에다 둘 넣으면 넷 되는…… 이같이 완전한 정리가 세상에 또 있나. 얼마 동안 세상과 담을 쌓고 숫자만 노려보고 살면 얼마간 마음이 유하여지리."

"실없이 놀리는 셈이지."

"진정의 말이야. 피부를 벗기느니 뭐니 그렇게 조급하게 구는 것이 자네 말하는 소위 인생 정리의 길은 아닌 듯해. 설레지 말고 과학적으로 천천히 유하게 하는 동안에 정리도 되어 가는 것이 아닌가."

"그렇게 과학이란 안타깝단 말이야."

"과학은 허황한 시가 아니고 확실하고 면밀한 것이야. 과학의 위대함을 설마 자네가 모르는 바 아니겠지만."

"위대함을 아니까 말이네. 그 위대한 힘으로 나의 말초신경을 모조리 뽑아 없애 주지 못하겠나?"

"말초신경을 뽑기 전에 피부를 고치세그려. 피부가 정리되면 예민한 자네 말초신경도 무지러지고 마음은 적이 편안해질 테니."

"생각대로 해 주게. 그러나 자네의 그 위대한 과학의 힘으로도 나의 연애까지야 바로잡아 줄 수 있겠나."

"자네의 연애가 어떤 것인지는 알 바 없으나 어떻든 이것이나 한 대 맞고 가 누워서 애인을 기다리든지 말든지 생각대로 하게그려."

친구는 누런 분말을 푼 약즙을 푸른 주사기에 넣고 바늘을 꽂았다.

"요번엔 무슨 주산가?"

"살균 소독제."

충분히 주의하여 천천히 놓았으나 약즙이 정맥 속에 풀림에 따라 몸이 훈훈히 달고 구역이 날 듯 날 듯 하였다. 마치 칼슘 주사를 맞을 때와도 같은 느낌이었다.

"체질에 따라서는 별안간 신열이 나고 몸이 떨리는 수도 있으니 일찍이 가서 눕는 것이 좋겠네."

"오늘은 과학의 말을 믿을까."

분부대로 문오는 그길로 즉시 셋방으로 돌아와서 책 서류 등 그날로 정리해야 할 것도 많았으나 일찍이 자리 속에 누웠다. 물론 벌써 밤도 가깝기는 하였으나.

어느 결엔지 잠이 깜박 들었다.

얼마 동안이나 잤던지 눈을 떴을 때에는 육신이 부들부들 떨렸다. 눈이 뜨인 것도 몸이 몹시 떨리기 때문인 듯하였다. 떨린다고 생각하니 더한층 휘둘린다. 찬물을 끼얹는 듯이 등허리가 찬 데다가 이빨이 덜덜 갈리고 몸뚱아리는 흡사 영험이 내린 신장대 모양으로 부들부들 흔들렸다. 이를 물고 배에 힘을 쓰고 사지를 곧게 펴보아도 헛일이다. 중심이 둘러 파인 해끼운[5] 육신에 힘을 주려야 줄 곳이 없다. 중추를 잃어버리고도 파도의 희롱을 받는 난파한 기선의 꼴이란 바로 그런 것이 아닐까. 나뭇잎같이도 바람개비같이도 가벼운 사람의 몸. 하잘것없는 육체에 문오는 환멸을 느꼈다. 거리를 거닐 때에 의젓이 서서 의젓이 걸으며 철학이니 과학이니 고집스럽게 논의하는 인간의 꼴이 결국 이렇게 보잘것없이 휘둘리는 한 장의 나뭇잎임을 느낄 때 괴로운 경우임에도 불구하고 한 조각의 서글픈 갈등이 가슴속을 파고들었다.

"어떻게 된 노릇이에요?"

말소리에 겨우 정신을 차리고 보니 옆에 미례가 와 앉았다.

사람의 거래가 빈번한 문오의 방에 미례가 찾아옴은 두 사람 사이에 작정된 금단의 율칙이었으나 문오의 움직이는 소식을 들은 판에 그것을 무릅쓰고 이 밤에 찾아온 모양이었다. 어떻든 몸이 금시에 날아 버리는 것같이 불안스럽고 외롭던 판이라 적이 반가웠다.

"맥이 풀려 기운을 쓸 수가 없구려."

약한 미례의 손이건만 그것이 손아귀에 탐탁하게 믿음직하게 쥐어졌다.

"몸을 좀 눌러 주우. 한결 힘이 날 것 같으니."

미례는 번듯이 몸을 기울여 문오의 배를 눌렀다. 그것을 주초 삼아 문오는 기운을 낼 수 있었다. 든든한 기둥이나 붙든 듯이 몸과 마음이 안정되었다. 잔약한 여자의 몸이지만 이 밤에는 늠름한 위장부偉丈夫[6]의 풍격이 있어 보였다. 문오는 그에게 거의 전신을 의지하고 두 팔로는 그의 어깨를 한사코 붙들었다. 갈리던 이도 안정되고 떨리던 몸도 차차 가라앉아 갔다.

미례의 입이 눈앞에 가깝다.

"별안간 웬일예요?"

"주사를 한 대 맞았더니 그렇구려."

"무슨 주사요?"

"글쎄……."

주사 말을 하고 앞에 가까이 미례의 얼굴을 대하게 되니 문오에게는 문득 아까 병원에서 친구가 던진 말이 생각났다.

'……어떻든 이것이나 한 대 맞고 가 누워서 애인을 기다리든지 말든지 생각대로 하게그려.'

의사가 무심히 던진 그 한마디는 마치 예언과 같이도 적중되어 기대하지도 못하였던 미례가 지금 눈앞에 나타나 있게 되었음을 공교롭게 여기지 않을 수 없었다. 의외로 미례를 눈앞에 불러 괴로운 그에게 의지할 힘과 따뜻한 체온을 주게 한 것은 물론 주사의 힘도 의사의 말도…… 과학의 소치는 아니었으나 결과에 있어서는 그렇게 된 일종의 공교로운 암합이었음을 문오는 괴이하게 여겼다.

그러고 보니 미례와 그런 자태 그런 모양으로 그렇게 가깝게 만나 몸을 서로 의지한 것도 퍽은 오래간만이었다. 피부에 비밀이 생긴 이후 문오는 그 변을 미례에게 이야기하지 않았고 가까이 만나기와 몸을 드러내 놓기를 꺼렸다. 미례의 얼굴에 완연히 보이는 섭섭한 표정을 살피면서도 끝내 몸의 비밀을 보이지 않은 채 그날에 이르렀던 것이다.

"주사는 왜 맞으셨어요?"

거기에까지 이른 이상 문오는 그에게 몸의 비밀을 더 숨길 필요가 없음을 느꼈다. 모든 것을 모조리 이야기하지 않을 수 없었다.

듣고 난 미례는 빙그레 미소를 띠며,

"옳지 알았지. 지금까지 그렇게 까다롭게 괴벽스럽게 냉정하게 쌀쌀하게 군 원인이 피부에 있었구먼요."

하고 문오의 턱을 손끝으로 가볍게 받들었다. 미치 귀여운 아이의 턱을 받드는 듯한 시늉이었다.

"산문으로만 들어찬 세상에서는 피차에 숨겨야 할 일이 있지 않겠소. 세상은 너무도 산문으로 들어찼으니까."

"제게 숨기지 않은들 어때요. 붉은 피부를 본다고 송충이를 본 것 같이 기겁을 하고 뒤로 물러설 줄 알았어요. 망령두……."

"안 그런단 말요?"

"심술쟁이."

미례는 문오의 목에 덜컥 얼굴을 갖다 묻었다. 문득 코를 만지며,

"코끝에 붉은 게 뭐예요?"

"얼굴에까지 내돋나 보군. 얼마 안 있으면 얼굴이 원숭이같이 새빨갛게 될걸."

"새빨갛게 되면 꽃다발 같게요."

미례는 문오의 괴팍스러운 형용을 이렇게 수정하면서 사실 꽃다발을 안 듯이 문오의 얼굴을 안고 전신을 그에게 의지하였다. 문오는 미례의 몸을 받으면서도 주사의 일건과 의사의 말이 한결같이 머릿속에 뱅 돌았다.

4

출발을 앞두고 짐 정리에 문오는 분주하였다.

한 사람의 살림살이가 왜 이리도 복잡한가. 왜 더 단순하고 가뜬하게 공기와 일광만으로 살 수 없을까 생각하며 불필요한 세간은 될 수 있는 대로 덜고 버리려 하였다. 천장의 거미줄과 책상 속의 먼지와…… 사람의 살림에는 그런 쓸데없는 물건까지 덧붙이기로 쫓아다니는 것 같다.

낡은 세간 그릇은 마병 장사에게 팔 수 있고 휴지는 쓰레기통에 버릴 수 있고 수백 권이나 되는 묵은 잡지는 종이 장사에게 팔 수 있고 서랍 속의 서류는 찢어 버릴 수가 있다. 서랍 속의 정리, 그것은 사실 일종의 인생의 쾌사였다. 필요한 것이든 불필요한 것이든 손에 쥐이는 대로 서류와 문서의 조각을 살펴보고 아까워할 것 없이 커다란 용단을 가지고 교만하게 대담하게 쭉쭉 찢어 버림이 인생의 쾌사가 아니고 무엇일까. 숫자같이 똑똑 쪼개지지 않은 인생에 있어서 그와 같이 통쾌하고 자취 맑은 정리가 있을까. 고르디우스의 매듭을 칼로 끊은 알렉산더의 용단과 쾌미와도 흡사하다 할까. 서랍 속을 정리하며 문오는 일찍이 맛본 적 없던 위대한 쾌미와 시원한 감정을 느꼈다.

모든 것을 그와 같은 용단으로 정리할 수 있었으면 오죽이나 좋을까. 눈에 보이는 것을 모조리 찢어 버리고 태워 버렸으면 얼마나 세상은 간단해질까. 그것을 할 수 없는 곳에 범부의 '슬픈 운명'이 있는 듯하다. 가령 수십 장 넘어 거의 한 묶음이나 되는 채무에 관한 서류, 그것을 현실 생활에 얽매어 있는 한 사람의 평범한 시민이 교만하게 대담하게 쭉쭉 찢어 버릴 수 있는가. 현금 차용 증서, 월부 반환 계약서, 여러 상점의 전표…… 그 많은 글발을 한꺼번에 불붙여 소지 올리고 아울러 아귀 같은 채권자까지도 머리를 끌어 한 단에 묶어 불살라 버릴 수 있다면 얼마나 인생은 통쾌하고 세상은 깨끗해질까. 그것을 할 수 없는 선량한 시민의 운명을 문오는 슬퍼할 수밖에는 없었다.

그러나 세간의 정리보다도 더 큰 사건이 차례차례로 왔다. 작별, 출발, 부임, 주택난…….

문제의 주사는 살바르산임을 알았으나 그 위력에도 불구하고 풍진은 쉽사리 사라지지 않고 돋을 대로 돋고 필 데까지 피어 버렸다. 근실거리는 몸을 가지고 차례차례로 일을 겪는 동안에 육신은 지치고 머릿속은 톱밥같이 피곤하였다. 확실히 이마에 주름살이 한 줄 더 잡혔을 것 같다.

어떤 경우에든지 작별이란 거개 귀찮고 마음을 헝클어 놓는 것이지만 미례와의 이별은 더한층 그런 것이었다. 미례와 그와의 사이는 언제 끝날지를 추측하기 어려운 이야기의 도중인 셈이므로 그 이별이 반드시 두 사람의 교섭의 마지막은 아닐 것이나 그래도 그것이 이별인 이상 심히 성가스러운 것이었다. 전송하는 동무들도 많으므로 떠나는 시간에 역에서 만날 수도 없고 하여 전날 밤 차점에서 몇 시간을 같이 지냈으나 미례는 마치 영영 작별하는 사람같이 눈물을 흘리는 것이었다. 대체 눈물이란 일종의 로맨티시즘이요, 감정의 낭비라고 문오는 평소부터 생각하고 있었다. 산문 속에는 눈물이 없는 것이다. 채 정리도 안 된 어지러운 산문 속에서 쓸데없는 눈물로 인하여 공연히 감정을 낭비하게 된 것을 문오는 헛된 짓으로 여겼다.

이별에서 받은 산란한 심사에다 반날 동안 흔들리는 기차 속의 불결, 혼란의 인상이 겹쳐 목적지에 내렸을 때에도 거뿐한 심사는커녕 오히려 무겁고 심란한 생각이 마음을 사로잡았다.

지방의 큰 도회였으나 그 목적지의 인상이 첫째 퍽 산문적이었다. 옛 문화의 유산에서 오는 그윽한 향기와 침착한 윤택 대신에 먼저 눈에 뜨이는 것은 일종의 신흥 도시로서의 분주한 기색과 요란한 혼잡이었다. 대개 아무리 아름다운 곳이라 하더라도 처음으로 찾는 사람에게는 감격을 주는 것보다는 실망과 환멸을 주는 경우가 더 많으니 그것은 그곳을 찾기 전의 꿈이 늘

지나치게 아름다운 까닭이다. 요행 상상에 어그러지지 않는 아름다운 곳이라 하더라도 그곳에 완전히 낯이 익기 전에는 한동안 아무리 하여도 일종의 서먹서먹한 노스탤지어를 느끼는 법이니 문오도 그 예에 빠지지 않았다. 노스탤지어라고는 하여도…… 현대인에게는 그리워할 고향이 없기는 하나 일종의 막연한 애수와 서글픈 심사, 그런 것이 가슴속을 우렷이 휘덮은 것이었다. 낯선 곳에서 불안정한 마음에 정리 안 된 많은 일을 앞두고 문오는 적이 슬퍼졌다.

5

유람과 쾌락을 목적으로 하여 특별히 깨끗하게 세운 도회가 아니고는 세상의 거리란 그 어느 거리를 물론하고 대개 불결하고 산란한 것이 원칙인 듯싶다. 사람의 생활 그것이 그러하듯이.

문오는 이 거리에서도 역시 과거에 있어서 본 그 어느 거리와도 똑같은 어지러움을 느꼈다. 규모 있는 정돈이 없다면 차라리 시적 단편이라도 있었으면 좋을 것을 거리에는 온전히 산문의 독기만이 있다. 고르지 못한 길, 쓰러져 가는 집, 삐뚤어진 간판, 먼지 속에 사는 사람들, 게다가 때마침 부의 청결 시행의 날이라 집집마다 마치 물고기가 창자를 뺄어 놓은 듯이 어지러운 살림 그릇을 행길에 뺄어 놓고 먼지를 털며 한편 그것을 먹는다. 청결의 날은 먼지를 먹는 불청결의 날이다. 사람은 왜 즐겨 다닥다닥 엉겨들어 먼지 속에서 사는가. 먼지 속에서 나서 먼지를 먹으며 먼지 속에서 복작거리다가 한 세기 동안의 역사도 못 보고 기껏 반세기쯤 해서는 다시 먼지 속으로 사라져 버린다. 먼지로 말미암아 확실히 반세기의 목숨은 짧아지는 것 같다. 왜 사람은 맑은 공중에 떠서 살 만한 지혜가 없을까. 얼른 그런 지혜를 가질 날이 오기를 바람이 누구나의 원이 아니면 안 되겠다.

어수선한 거리 속에서 문오는 한 채의 집을 구하지 않으면 안 되었다.

이것이 또한 그에게는 커다란 어려운 과제였다.

집. 사람은 언제부터 이 귀찮은 것을 가지게 되었는지 거의 사람과 운명을 같이하게 되는 이 야릇한 물건, 별을 우러러보며 낙엽 속에 파묻혀 자는 것은 인류의 그리운 옛 꿈이요, 이슬을 피하려면 사람은 불가불 벽과 지붕을 가져야 될 것 같다. 모든 것을 정리하기에 편한 까닭이다. 다 같은 벽과 지붕이나 다 다른 벽과 지붕이다. 집은 각각 다른 성격을 가지고 각각 독특한 때와 전설을 벽에 묻혀 간다. 그 성격은 사는 사람의 성격을 규정하고 꾸며 가는 것이니 어느 집이라도 다 좋은 법은 없다.

그러나 물론 문오는 욕심을 부릴 형편이 못 되었다. 아무 집이나 그 지붕 아래에서 피부를 긁고 철학을 궁리하고 미래를 생각할 그런 한 채를 구하는 것이었으나 그것이 수월하게 나서지 않는 것이었다. 별안간 인총이 늘어 주택난이 심한 거리라 같은 회사의 동무들도 나서고 거간들을 여럿이나 내세우고 하여 이틀 사흘을 구하여도 '작정된' 그 집은 쉽사리 나오지 않았다.

피부는 고패를 넘어 회복기에 들어가 있었다. 붉게 피었던 쌀알은 어느 결엔지 성창이 되어 긁으면 부연 덕지가 일어나 떨어졌다. 가렵기는 일반이었으나 덕지가 부옇게 떨어짐은 일종의 쾌감이었다. 결국 피부가 한 꺼풀 쪽 벗어지는 셈이었다. 아침에 여관방에서 일어나면 전날 밤에 목욕을 했음에도 불구하고 이불 속에는 물고기의 비늘이 허옇게 쌓여 손바닥에 고물같이 쥐어졌다. 그것은 거의 무한히 있는 것 같아서 일어도 일어도 끝이 없었다. 말 털을 손질하듯이 굵은 솔로 서억서억 밀었으면 얼마나 시원할까 하고도 생각하면서 문오는 거리로 집을 구하러 나가곤 하였다.

집도 많고 거간도 흔하여서 하루 동안에 집도 많이는 보지만 거간도 여러 사람 사귀게 되었다. 거간들은 앞잡이를 서서 네거리를 지나고 행길을 거쳐 뒷골목을 뒤지다가도 금시에 언덕 위를 헤매고 다시 골짝으로 내려가곤 하였다. 그들은 마치 신출귀몰하듯이 삽시간에 동에 번쩍 서에 번쩍 거리를 휘줄거렸다. 한사코 거간의 등 뒤만 따르는 문오는 반날쯤을 걸으면 완전히 지쳐 갔다. 한 사람에게 지치면 술값으로 은전푼이나 쥐어 주고는 네거리에서 다른 거간을 붙든다. 나중에는 피곤한 판에 집보다도 거간의 거동에 주의가 쏠리곤 하였다. 집주인을 옹호하였다가도 금시에 문오를 변호하는 구변과 말재주에는 놀라지 않을 수 없었다. 교섭을 성사시키지 못하여 집을 물러나올 때의 거간의 뒷모양은 풀 없는 가엾은 것이었다. 그런 때에 찬찬히 주의하여 보면 거간의 탕건이나 모자에는 먼지와 때가 덕지덕지 절어 붙었다.

그것을 보면 문오는 문득 잊었던 피부를 생각하고 거리 복판에서 벅벅 긁어 비늘을 시원히 떨어트리고 싶은 충동을 느꼈다.

그런지 나흘 만이었을까. 저녁 무렵은 되어 노곤한 몸으로 여관으로 돌아갈 때 문오는 행길에서 우연히 회사의 동무를 만나 집 얻었다는 소식을 들었다. 주위와 동떨어져 부근도 조용하고 뜰에는 나무 포기도 있다는 보고를 듣고 필연코 마음에 들러니 하여 적이 안심되었다. 오랫동안의 심로의 보람이 있었다고 생각되었다. 시급히 새집에 들어 말끔히 목욕하고 방 가운데 누워 더도 말고 온 하루 동안 뜰 앞의 나무를 바라보며 천치같이 지냈으면 하는 충동이 유연히 솟았다.

여관 문을 들어서며 웃음을 띤 것도 오래간만이었다. 웃음에 대답하는 듯이 주부는 다짜고짜로 한 장의 전보를 내주었다. 문오는 뜨끔하여 웃음을 죽이고 불안스럽게 전보를 펴 들었다.

'오후 도착 미례.'

기쁘다고 하느니보다는 아무리 하여도 슬픈 일이었다. 일껏 일신이 조금 정돈되었다고 생각하는 판에 또 무거운 짐이 굴러 들어온 셈이다.

잠시 오는 것일까. 영영 오는 것일까. 은밀히 오는 것일까. 공연히 오는 것일까. 철없이 도망하여 오는 것일까. 계획하고 떳떳이 오는 것일까. 그렇다면 집안 처리는 어떻게 하였을까. 남편과의 사이는 어떻게 해결되었을까. 섣불리 하다가는 짜장 결투라도 하게 되고 칼부림이라도 나게 되지 않을까. 문오에게는 미례를 만나게 되는 반가운 마음보다는 먼저 이런 불안스러운 생각이 한결같이 드는 것이었다.

"팔페. 쥬쉬콩탕드쁘발!"

상상했던 것과는 딴판으로 홈에 내려서는 미례의 자태는 전에 없던 명랑한 것이었다. 차림도 경쾌하거니와 표정도 가을 하늘같이 맑아 오도깝스럽게 지껄이는 한 구절의 외국어가 맵시와 낭랑하게 조화되었다. 근심과 불안의 그림자는 그의 얼굴에서 멀어진 것이다. 근심 속에서 온 사람이 아니요, 확실히 평화 속에서 온 사람임에 틀림없었다.

"노라라고 부르기는 현대적이 아니고 뭐라고 부르면 옳은고."

"노라는 왜 노라예요? 한 사람의 완전한 자유인으로서 떳떳하게 온 것을요."

"자유인!"

"그럼요."

"뒤를 따라오지나 않나?"

주위를 휘돌아보는 문오를 미례는 도리어 조소하였다.

"쓸데없는 걱정하실 것 없어요."

"결투를 안 해도 좋단 말요?"

"정 하시고 싶으면 권투 선수가 권투 연습하듯이 허수아비하고나 겨루시지요."

"도망을 갔단 말요, 승천을 했단 말요?"

"승천이라면 정말 승천한 셈이 되는군요."

"세상을 떠났나?"

"비행가가 되려고 떠났으니 말예요."

"맙소사."

"가정을 없애 버렸지요. 그리고 비행가가 되겠다고 동경으로 내뺐어요."

미례는 시원하다는 듯이 한숨을 뽑으면서 뒤를 이었다.

"잘 생각했지요. 창이 난 가정에 언제까지든지 사람을 붙들어 둘 수도 없고 하니 모든 것을 점잖게 깨달은 셈이지요. 그런 시원한 성격도 한편 가지고는 있나 봐요. 돈푼이나 흘려 보내고 간 모양인데 바른길 잡았지. 부락스러운 것하고 비행가감으로는 똑 떼어 놓았으니까요."

"비행기 위에서 내려다보고 우리들을 흘길 날이 오겠구려."

"그때 우리는 그 기특한 사람을 떨어지지 말도록 축하해 줄 의무가 있잖아요."

"떨어지지 말면 짜장 승천하게."

문오로서는 오래간만의 농이었다.

"미례도 박복은 하우. 돈 구덩이를 버리고 하필 가난뱅이한테로 달려온단 말요."

"농도 한 마디지 두 마디까지 하면 점잖치 못한 법예요."

미례는 눈초리를 가늘게 감으며 귀엽게 항의하였다.

문오 자신도 문득 뜻하지 못하였던 이 저녁의 그의 다변을 깨달았다.

얼크러진 고루디우스의 매듭을 가져올 줄 알았던 미례가 의외로 행복스러운 해결을 가져온 것이 그의 마음을 즐겁게 하였던 것이다.

집과 미례와…… 정리된 이 두 가지의 사실이 문오의 마음을 느긋이 채웠다. 나머지의 모든 불안한 커다란 행복감이 앞에 그림자같이 없어지고 그의 머릿속에서 잠깐 동안 사라져 버렸다. 근실거리는 피부도 손가락 하나가 없는 마담의 왼손도 거리의 혼란도 그 속의 거지도 절름발이도 거간의 탕건에 절어 붙은 때 먼지도 지금 그의 머릿속에는 없었다.

미례와 나란히 서서 걸어가는 앞길에 문득 짙은 갈마빛 하늘이 쳐다 보인다. 그곳에 변치 않고 늘 있는 하늘이지만 잠시 잊었던 것이 이제 새삼스럽게 눈 속에 들어왔을 뿐이나 오늘의 우연한 그 한 조각 하늘은 유심히도 맑게 그의 마음을 비추는 것이었다. 넓고 지천한 하늘이 아니요, 천금의 값있는 한 조각의 거울인 듯싶었다. 불안과 혼란은 구만리의 하늘 밖으로 날아 버리고 잠깐 동안 천지간에는 다만 맑은 하늘과 맑은 마음이 있을 뿐이었다.

— 주
1) 개신데기: 게으른 사람을 뜻하는 방언.
2) 고르디우스~매듭: 고대 그리스에 새로운 왕은 수레를 타고 온다는 전설이 있었다. 어느 날 농부였던 고르디우스가 수레를 타고 나타나자 사람들은 전설에 따라 그를 프리기아라는 나라의 왕으로 세웠다. 그러자 고르디우스는 감사의 뜻으로 자신의 수레를 신전에 바치면서 나무껍질로 단단히 매듭을 지어 놓았다. 그리고 후일 매듭을 푸는 사람이 아시아의 지배자가 될 것이라는 예언을 남겼다. 그때부터 많은 사람들이 매듭을 풀어보려 했지만 워낙 복잡하게 얽혀 있어 모두 실패했다. 세월이 흐르고 알렉산더 대왕이 군대를 이끌고 프리기아에 왔을 때 그 매듭을 보았고 매듭과 관련된 예언을 들었다. 알렉산더 대왕은 매듭을 풀려고 아무리 애써도 풀 수가 없자, 칼을 뽑아 매듭을 잘라 버렸다. 그리고 알렉산더 대왕은 예언대로 아시아를 지배하는 왕이 되었으나, 칼에 잘린 매듭이 여러 조각으로 나뉜 것처럼 그가 정복한 땅도 여러 지역으로 나뉘었다. 따라서 '고르디우스의 매듭'이란 말은 대담하게 행동할 때만 풀 수 있는 문제를 일컫는 속담임.
3) 깡치: 밑에 가라앉은 찌꺼기나 앙금.
4) 수은고水銀膏: 수은, 무수 라놀린, 밀랍, 단연고 따위를 섞어 만든 고약.
5) 해까운: '가벼운'의 방언.
6) 위장부偉丈夫: 인품이나 외모가 몹시 뛰어난 남자.

석류

혀끝에 뱅뱅 돌면서도 쉽사리 무엇인지를 생각해 볼 수 없는 맛과도 흡사하다.

이윽고 석류였음을 깨달았을 때 재희의 마음은 무지개를 본 듯이 뛰놀았다. 옛 병풍 속의 석류의 그림이 기억 속에 소생되어 때를 주름 잡고 눈앞에 떠올랐다. 어디서 흘러오는지도 모르게 그윽하게 코끝에 차는 그리운 옛 향기. 약그릇이 놓이고 어머니가 앉았고 머리맡에 병풍이 둘러처져 있었다. 약 향기가 어머니의 근심스러운 얼굴에 서렸고 병풍 속 나무에 석류가 귀하였다. 익은 송이는 방긋 벌어져 붉은 알이 엿보이고 익으려는 송이는 막 열리려고 살에 금이 갔다. 그런 송이는 어린 기억과 같이 부끄러웠다.

오랫동안 까닭도 없이 몸이 고달프던 것이 이틀 전 학교도 파하기 전에 별안간 허리가 아프기 시작하였다. 숙성한 채봉이란 년이 너 몸 이상스럽지 않느냐 하며 꾀바르게 비밀한 곳을 띠어[1] 주었다.

웅크리고 앉아 있는 동안에 견딜 수 없이 배가 훑었다. 두려운 생각이 버쩍 들어 책보도 교실에 버린 채 집으로 돌아왔다. 밤에 자리 속에서 옷을 말아 내고 어머니 앞에 얼굴을 쳐들 수 없었다. 버들 같은 체질을 걱정하여 어머니는 간호의 시중이 극진하였다. 인생은 웬일인지 서글픈 것이었다.

예나 이제나 일반이다. 지금에는 어머니도 없고 머리맡에 병풍도 없고 석류도 없다. 예를 그리워하는 생각만이 아름답다. 석류는 그윽한 향기다. 향기는 구름같이 잡을 수 없고 꺼지기 쉬운 안타까운 자취, 눈물이 돌았다. 가슴이 뻐근히 저리는 동안에 무지개는 꺼지고 석류는 단걸음에 옛날로 물러가 버렸다. 애달픈 생각에 골이 아프고 신열이 높아졌다. 머리맡에 약이 쓰다. 약도 옛날 것이 한결 향기로웠던 것이다.

체온계를 겨드랑이에 낀 채 홀연히 잠이 들었다. 눈초리에 눈물 자취가 어지러운 지도를 그렸다.

'그런 수도 있을까.'

꿈이나 아닌가 하여 재희는 이야기책을 다시 쳐들었다. 한 편의 자서전적 소설이 그를 놀라게 하였다. 소설가 준보는 바로 학교 때의 그 아이가 아니었던가. 소설 속의 이야기는 바로 그들의 어릴 때 일이 아니었던가. 무지개를 본 듯이 마음이 뛰놀았다. 현혹한 느낌에 가슴이 산란하다.

소년은 동무들의 놀림을 부당하다고 생각하였다. 소문이 높아지면 높아질수록 소녀와의 거리는 도리어 멀어지는 것 같았다. 소년이 비석을 칠 때에는 소녀의 그림자는 안 보였고 소녀가 자세를 받을 때에는 소년은 그 자리를 물러났다. 느티나무 아래에서 술래잡기를 할 때에도 두 사람의 자태는 빛과 그림자같이 서로 어긋났다. 결국 손목 한번 탐탁하게 못 쥐어 보고 소년은 점점 고집스러워만 졌다. 쥐알봉수가 소녀에게는 도리어 가깝게 어른거렸다. 소락소락 말을 걸고 손을 쥐고 하는 것을 소년은 무척 부러워하고 미워하였다. 그렇게 못하는 자기의 고집스러운 성질을 슬퍼하면서 동무들의 부당한 놀림을 억울하게 여길 뿐이었다.

재희가 준보에게 터놓고 다정히 못 굴었음을 뉘우치게 된 것은 그와 작별한 후였다. 채봉이가 자별스럽게 준보를 위함을 알고 마음이 편편치 못하였으나 그와 떨어지고 보니 그것도 쓸데없는 걱정임을 깨달았다. 준보를 마지막으로 본 것은 결국 느티나무 밑이었다. 몸에 급작스러운 변화가 와서 어머니 앞에 부끄러운 생각을 하고 누워 있는 동안에 준보도 고달픈 병으로 학교를 쉬었다. 명예로운 졸업식에도 참가하지 못하고 준보는 병에서 일어나자 바로 서울로 공부를 떠난 까닭이었다.

그를 그리워하는 마음이 불현듯이 솟았다.

재희네 집안이 사정에 따라 서울로 옮겨 앉고 따라서 재희가 웃학교에 들게 된 것은 여러 해 후였으나 준보의 자태는 늘 마음속에 꿈결같이 우렷하였다. 그러나 오늘 소설가로서 눈에 띨 줄은 추측하지 못하였다.

병석에 눕게 된 오늘의 재희에게 준보의 출현은 그 무슨 묵시와도 같았다. 생각에 마음이 산란하고 피곤해졌다.

이야기책을 덮고 눈을 감았다. 문득 생각이 나 준보의 자태가 있는 학교 때의 옛 사진을 찾아낼까 하다가 귀찮은 심사에 단념하였다.

사치한 생각으로가 아니라 재희에게는 실질적으로 결혼이 불행하였다.

준보와는 대차적이던 옛날의 쥐알봉수와도 같은 성격의 사람을 구하게 된 것부터가 뼈저린 착오였다. 은행원이었다. 어머니를 여의고 그 위에 경영하던 회사에 파산까지 당한 불여의의 아버지를 위로하기 위하여 그의 뜻에만 소경같이 좇은 것이 비극의 시초였을까.

결혼은 글자대로 무덤이었다. 남편은 무덤 같은 커다란 뽕침을 가정에 남겨 놓고 자취를 감추었다. 는실녀[2]와 살림을 차린 것도 개차반의 짓이었으나 더욱 거쿨진 것은 은행의 금고를 연 것이었다. 그의 실종은 해를 넘어도 자취가 아득하였다.

재희는 당초의 그의 무의지를 뉘우쳤다. 하릴없는 시가에 더 있을 수도 없어 친가로 돌아오기는 왔으나 더구나 친가에서는 하는 수도 없어 한번 물러섰던 학교에서 다시 생활을 구하게 되었다. 학교는 꿈의 보금자리였다.

소년과 소녀들의 자태 속에 옛날의 그들의 모양을 비추어볼 수 있음으로였다. 그림자 속에서 타는 가느다란 촛불의 청춘이라고나 할까.

아버지는 쓸쓸한 집안에서 돌부처같이 침묵하였다.

반백의 머리에 턱에 주름살이 접고 온종일 늙은 앵무만큼도 말이 적고 서툴렀다. 돌같이 표정이 없고 차다.

개차반의 소행에 대하여서조차 한마디의 책도 없었다. 모든 것을 긍정하고 굽어만 보는 조물주의 의지와도 같이 엄연하였다. 하기는 개차반을 나무랄 처지가 못 되는 까닭이었을까. 그 자신 방불한 길을 걸어왔으니까.

재희의 인생의 기억은 네 살부터 시작되었다.

서울로 달아난 아버지는 네 해를 넘어도 돌아오지 않았다. 공부를 칭탁함이었으나 어지러운 소문에 어머니는 기어코 쫓기를 결심하였다. 물론 공방을 지킴을 측은히 여겨 시가 편에서 떼어 준 것이었다. 좁은 가마 속에 재희도 같이 앉아 반천릿길의 서울길을 서쪽으로 서쪽으로 여러 날이나 흔들렸다.

철교 없는 한강을 쪽배로 건넜다. 귀웅배로 나일강을 건너는 격이었다.

모든 것이 이끼 속에 묻혀 전설과 같이도 멀다. 가마며 쪽배며…….

학교를 마치고 벼슬을 얻은 아버지는 깨끗하게 닦아 놓은 도읍 사람이었다. 포천집과 젊은 꿈속에 있는 그에게 그들의 도착은 큰 놀람이었다.

포천집 등쌀에 모처럼의 서울도 재희 모녀에게는 가시밭이었다. 주일의 예배당을 찾아 아름다운 찬미가 속에 위안을 발견하는 모녀였다. 담배 심부름을 나갔다가 행길에서 뱀 잡아 든 것을 보고 가엾은 짐승의 기괴한 아름다움에 취하여 정신없이 서 있는 재희였다.

공부 온 먼촌 일가의 국현이가 때때로 군밤을 가지고 와서 재희의 마음을 기쁘게 하였다. 인자한 국현이의 무릎 위와 따뜻한 군밤과…… 재희의 전기 속의 축복된 부분이요, 아름다운 한 페이지였다.

그러나 네 살 적 인생은 모든 것이 이끼 속에 묻혀 전설과 같이도 멀다. 예배당의 찬미가며 거리의 뱀이며 따뜻한 무릎이며 군밤이며…….

궂은일이든 좋은 일이든 전설은 모두 아름다운 것이니 재희는 한 번 서울을 떠나 다시 그곳을 바라볼 때 그것을 정확히 느꼈다. 솔가하여 가지고 고향으로 떨어진 것은 늙은 부모를 마지막으로 봉양하자는 아버지의 뜻이었다. 낯선 적막 속에서 포천집은 눈을 감았다. 소생도 뒤를 이어 떠났다. 아버지는 마음을 가다듬고 지방의 속관으로 여생을 보내기로 하였다. 어머니도 비로소 마음의 안정을 얻었다. 재희는 학교에 들 나이에 이르렀다.

이야기를 좋아하는 마음은 어디서 오는 것일까. 재희는 글자를 깨친 지 얼마 안 되었음에도 서울 시대의 묵은 이야기책들을 끔찍이는 사랑하였다.

긴 가을밤에나 혹은 어머니가 그가 가벼운 병석에 있을 때에 그는 병풍 속 자리에 누워 신소설 『추월색』을 낭독하였다. 아름다운 이 공기는 모녀를 울리기에 족하였다. 정남이와 영창이의 기구한 운명의 축복은 한없이 눈물지어 어느덧 한 가락의 초가 다 진하면 새 가락을 켜 놓고 운명의 다음 줄을 계속하여 읽곤 하였다. 어머니는 촛불과 같이 가만히 눈물지었다. 병풍 속 석류는 눈앞에 흐리고 머리맡 약 냄새는 근심스러웠다.

이야기 속의 장면으로 재희는 서울을 상상하기를 즐겨하였다. 그러므로 서울은 지극히 아름다운 것이었고 옛 기억은 전설과 같이 그리운 것이었다. 물론 자란 후 다시 서울을 보았을 때에는 이 소녀 시대의 아름다운 꿈은 그림자조차 찾아볼 수 없이 곱게 사라졌고 서울은 한갓 산만한 거리로 비쳤다.

준보는 학교에서 가장 영리한 아이였다. 새까만 눈동자에 총기가 흘렀다. 시험 때에는 늘 선생들의 혀를 말게 하였다. 재희도 반에서 수석인 까닭으로 두 사람이 가까워진 것은 아니나 재희는 모인 총 중에 준보의 모양이 안 보이면 마음이 적막해지게까지 되었다. 새 치마를 입거나 새 신을 신었을 때에는 누구보다도 먼저 그에게 보이고 싶었다. 선생에게 칭찬받는 것을 들으면 귀가 즐거웠다. 동무들의 요란한 놀림을 겉으로는 귀찮게 여겼으나 속으로는 도리어 기뻐하였다. 웬일인지 재희는 늘 『추월색』의 슬픈 이야기를 생각하였다. 준보를 생각할 때에 어린 마음에 으레 정님이와 영창이의 사실이 떠오르곤 하였다.

먼 산에 원족을 갔을 때에는 준보는 덤불 속을 교묘하게 들쳐 익은 으름을 송이송이 찾다 재희에게 던졌다. 그러면서도 잔잔하게 말을 거는 법은 없이 늘 뿌루퉁하고 퉁명스러운 심술이었다. 새까만 눈방울이 한 피같이 빛났다.

봄이면 학교에서는 산놀이를 떠났다. 제각기 헤어졌을 때 준보들은 바위 위에 진달래꽃을 꺾으러 갔다. 철은 일렀으나 이름 모를 새들이 잎 핀 버들가지에서 지저귀었다. 좁은 지름길을 걸어 바위 위에 이르렀을 때에는 준보와 재희의 한패만이 남고 다른 축들은 한동안 그림자가 보이지 않았다. 산은 험하여 바위 아래는 푸른 강물이 어마어마하게 내려다보였다. 바위코에 담뿍 몰린 한 떨기의 진달래가 마음을 흠뻑 당겼다. 재희의 원에 준보는 두려움도 잊고 날뿜을 냈다.

"내 손을 잡으렴."

바위 끝으로 기어가는 준보를 재희는 조마조마하게 바라보았다.

"일없다. 네 손쯤 붙들어야 소용없어."

"뿜내다 떨어질라."

"떨어지면 너 시원하겠지."

"녀석두 맘에 없는 소리만."

실쭉하고 돌아섰을 때 준보는 벌써 꽃부리에 손이 갔다. 간신히 두어 대 꺾어 쥐고 다시 손이 갔을 때에 팔에 스쳐 돌멩이가 굴렀다. 겁을 먹고 몸을 움츠리는 바람에 디뎠던 발이 빗나가자 무른 바위는 으스러지며 더한층 와르르 헐어져 떨어졌다. 서슬에 준보의 몸은 엎드러지며 손을 빼든 채 앞으로 밀렸다. 재희는 아찔하여 반사적으로 풀썩 쓰러지면서 두 손으로 준보의 발을 붙들었다. 이어 몸을 일으키고 힘을 다하여 간신히 끌어낼 수 있었다. 천행 준보는 떨어지지는 않았으나 대신 팔에 커다란 상처를 받았다.

"나 때문에 안됐구나."

"너 때문에 너 줄려고 꽃 꺾은 줄 아니."

"고집쟁이두."

걷는 동안에 속이 풀려서 몸을 기대리라고 생각하였으나 준보는 꼿꼿이 말도 없이 땅만 보고 걷는 것이 재희에게는 불만스러웠다.

준보를 서울로 보내게 되었을 때 그 불만은 한층 더 컸고 마음은 한갓 서글프기만 하였다.

관직의 한정이 찼을 때 아버지는 선조들의 묘만이 남은 실속 없는 고향을 헌신같이 버리고 다시 솔가하여 가지고 서울로 떠났다.

얼마 안 되는 축재로 아버지가 회사의 한몫을 맡게 되었을 때 재희는 웃학교에 나아갔다.

준보의 자태가 마음속에 없는 바는 아니었으나 시달리는 동안에 새벽 별같이 차차 그림자가 엷어진 것은 사실이었다.

서울은 결코 전설의 서울이 아니었고 꿈의 거리가 아니었다.

거리도 서울도 그칠 바를 모르는 산문의 연속이었다.

재희의 청춘은 회색 장막에 새겨진 회색 글자의 내용이었다.

같은 병풍 속에서 이야기책을 같이 읽은 어머니를 잃은 것은 그대로 큰 꿈을 잃은 셈이었다.

재희가 학교를 채 마치기도 기다리지 않고 아버지의 회사가 기울기 시작한 것도 결코 우연은 아니었다.

아버지의 얼굴은 금계랍金鷄蠟[3]을 먹은 상이었다. 아무리 애쓰나 회복의 도리는 없는 듯하였다.

하는 수 없이 재희는 제단에 오르는 애잔한 양이었다.

학교를 나오기가 바쁘게 꿈도 꾸지 못하였던 곳에서 생활의 길을 구하게 되었다.

흡사 그 자신이 어린 시절을 보냈던 곳과도 같은 어린 학교에서 어린아이들을 데리고 단조한 나날의 생활을 보내게 되었다. 그 속에서는 포부도 희망도 다 으스러져서 한줌의 재로 변하였다.

그러던 차의 결혼이라 아버지는 부쩍 성화였다. 재희는 아버지를 가엾게 여기는 마음으로 자기의 뜻을 휘었다.

은행원이라고 도움이 되기를 바라던 것은 아니었다. 다만 아버지로서는 여러 가지로 불여의한 역경 속에서 한 가지씩이라도 집안일을 정리하자는 뜻이었다.

그러나 결혼은 글자대로 무덤이었다.

공칙하게 회사도 파산이었다.

재희는 별수 없이 다니던 학교 앉던 의자에 다시 들어가 앉았다.

버둥질쳐야 어쩌는 수 없는 인생임을 깨달은 후라 마음은 한결 유하여지고 가라앉아 갔다.

단조한 속에서 생기를 구하려 하였다. 으스러진 재 속에서 옛이야기를 찾으려 하였다. 어린 합창을 힘써 희망의 노래로 들었다. 맡은 반의 소년과 소녀 갑남이와 애순이의 관계에서 어렸을 때의 꿈을 되풀이하려 하였다.

갑남이는 고집쟁이였다. 도화 시간임에도 도화지를 가져오지 않은 때 이유를 물어도 꾸중을 해도 돌같이 책상 앞에 웅크리고 앉아 말도 하는 법 없거니와 얼굴도 결코 쳐들지 않는다. 완전히 말을 잊은 아이 같다.

표정 하나 변하지 않고 검은 눈방울로 책상을 노리면서 한 시간을 보내는 수도 있었다. 애순이는 다정한 소녀였다. 여벌이 있으면 반드시 한 장을 갑남이에게 나누어 주었다. 솔직하게 받을 때도 있으나 종시 고집을 세우고 안 받는 때도 있었다.

"받으렴."

"일없다."

"고집 피우다 꾸중 들을라."

"꾸중 들으면 시원하겠니."

"녀석두 맘에 없는 소리만."

어쩌다 받게 되면 다음 시간에는 곱절을 가져다가 도로 갚곤 하였다. 그 고집으로도 반대로 애순이가 가령 붓을 잊었을 때에는 자진하여 여벌을 빌려 주었다.

갑남이는 가난하였다. 점심을 굶는 때가 많았다. 이상스러운 것은 그런 때에는 애순이도 역시 점심을 굶는 것이었다. 애순이는 결코 갑남이같이 가난하지는 않았다. 점심이 없을 리는 없었다. 수상히 여겨 하루 재희는 점심 시간이 끝나 교실이 비었을 때 은밀히 애순이의 책상 속을 살펴보았다. 놀란 것은 너볏이 점심을 싸 가지고 온 것이었다. 다음 날 갑남이가 점심을 먹을 때에 애순이도 먹었으나 다음 날 갑남이가 굶을 때에는 애순이도 굶었다. 물론 책상 속에는 점심이 있음에도 불구하고. 두 번째 그것을 발견하였을 때 형언할 수 없는 경건한 느낌이 재희의 가슴을 쳤다. 한편 닿아서는 안 될 성스러운 것에 손을 닿은 것 같아서 송구스러운 느낌이 마음을 죄었다. 가만히 애순이를 불러 이유를 들었을 때 문득 가슴이 저리고 눈시울이 더워졌다.

"갑남이가 안 먹으면 먹구 싶지 않아요."

재희는 그날 돌아오던 길로 이불 속에서 혼자 흠뻑 울었다. 그날 같이 산 보람을 느낀 때도 적었다.

그 후로는 갑남이를 꾸짖기는커녕 두 아이를 똑같이 곱절 사랑하게 되었다.

자기들의 옛날이 그지없이 그리웠다.

산란한 심사에 몸이 유난히도 고달팠다.

재희는 학교를 쉬고 자리에 눕는 날이 많았다.

소설가로서의 준보의 이름을 발견한 것은 커다란 놀람이었다.

무지개를 본 듯이 마음이 뛰놀았으나 옛날을 우러러보는 동안에 정신이 무척 피곤도 하였다.

눈초리에 눈물 자취의 어지러운 지도를 그린 채 재희는 눈을 떴다.

체온계를 뽑으니 수은주가 높다. 신열이 나고 몸이 덥다.

고개를 돌리니 준보의 소설책이 다시 눈에 띄었다. 별안간 가슴이 찌르르 하면서 눈물이 솟았다. 오장육부가 둘러 파이고 세상이 검은 구렁텅이 속으로 일시에 빠져 들어가는 듯하다. 그 쓰라린 빈 느낌에 목소리를 놓고 엉엉 울고도 싶다.

저물어 가는 짧은 햇발이 창 기슭에 노랗게 기울었다. 눈물에 젖어 베개가 축축하다.

— 주

1) 뙤어: ① '따 주어'의 방언. 종기나 살갗 따위를 째거나 찔러 터뜨리다.
　　　　② '똥기어'의 방언. 모르는 사실을 깨달아 알도록 암시를 주다.
2) 는실녀: 행실이 잡스럽고 방탕한 여자를 가리키는 방언.
3) 금계랍金鷄蠟: '염산키니네'를 달리 이르는 말.

고사리

홍수는 축 중에서도 숙성하였다. 유달리 일찍이 앙그러지게 익은 고추 송이랄까. 쥐알봉수요, 감발저꾸¹⁾였으나 야무지고 슬기로는 어른 뺨쳤다. 들과 냇가에서는 축들을 거느리고 장거리에서는 어른과 겯었다. 인동은 홍수를 어른같이 장하게 여겼다. 우러러만 볼 뿐이요, 아무리 바라도 올라갈 수 없는 나무 위 세상에 홍수는 속하고 있는 것이었다. 그가 살고 있는 세상은 아이의 세상이 아니요, 어른의 세상이었다. 어른의 세상은 커다란 매력이었다. 그러므로 홍수는 늘 존경의 목표요, 희망의 봉우리였다. 그는 약빨리 어른을 수입한 천재였다.

장 이튿날 거리에서 김 접장을 으른 것만 해도 인동에게는 하늘같이 장하게 생각되었다. 당나귀 발에 징을 박고 있는 김 접장의 상투를 홍수는 뒤로 몰래 가서 보기 좋게 끄들어 흔든 것이다. 영문을 모르고 벌떡 일어서는 김 접장은 서슬에 당나귀 발길에 면상을 차였다. 약이 바짝 올라 쇠망치를 든 채 홍수를 후들겨 쫓았다.

"망종의 후레자식."

홍수는 엎어질락 쓰러질락 쫓겼다. 총중에는 홍수를 안된 놈이라고 사설

하는 사람도 있기는 있었으나 어른들은 차라리 심심파적으로 바라다보고들만 있었다. 인동은 누가 이길까 주먹을 오므려 쥐고 속으로는 홍수 편을 부축하였다.

"요놈! 붙들기만 하면 네 아범하구 한데 묶어 강물에 띄울 테다."

"고치 번더지²⁾만 한 상투를 아주 빼놀까 부다."

대거리하면서도 홍수는 지쳐서 소 장판으로 뛰어들었다. 그곳에는 말뚝이 지천으로 박혀 있었다. 그것을 이용하자는 꾀였다. 가리산지리산³⁾ 말뚝을 헤치고 날래게 몸을 뒤적거리는 홍수를 쫓기가 유들유들한 김 접장에게는 무척 거북한 듯하여 굽은 말뚝 한 개를 돌다가 기어코 다리를 걸쳐 나가 곤드라지고 말았다. 분김에 불심지가 올라 얼얼한 다리를 비비면서 바짝 길을 죄었다. 손아귀에 움켜 든 기름종개같이 홍수는 얼른 손안에 움켜 들렸다.

"어린 놈이 어른에게 대들다니."

"그 잘난 어른."

"아이는 아이와 노는 법인 것을."

"난 어른야. 어른 하는 것 다 알고 있어."

"뭘다 안단 말이야?"

"무엇이든지 다 보았어."

"무서운 생쥐 같으니."

어린 볼을 사정없이 갈기고 다시 발칙한 짓 하겠느냐고 으르며 강종받으려 하였으나 홍수는 홀홀히 휘지 않고 어디까지든지 맞서며 겯거니 틀거니 한참 동안이나 실랑이였다. 수많은 눈과 웃음 속에서 철부지의 하룻강아지를 대수로 하고 그 짓임을 생각하고 김 접장은 열쩍고 경황없어졌다. 사지를 한데 모아 달랑 들어 소장 더미에 갖다 동댕이를 치고 발길로 두어 번 엉덩이를 찼으므로 마음은 한결 누그러졌다. 홍수는 어떻게든지 하여 김 접장의 볼을 한 개 갈겨 보려고 쓰러진 채 손을 휘젓고 애썼으나 헛수고였고 발길을 돌리는 어른에게 침을 두어 번 뱉었다. 침발은 날려서 다시 얼굴 위에 떨어졌다.

인동은 보고 섰는 동안에 눈물이 돌았다. 오히려 눈물 한 방울 안 흘리고 맞서는 담찬 홍수의 마음을 대신하였음일까. 눈물은커녕 홍수는 도리어 새빨간 얼굴에 입술을 꼭 물더니 벌떡 뒤치고 일어서 한층 노기를 띠었다. 돌멩이를 집어 들고 다시 징 박기를 시작한 김 접장의 뒤로 갔다.

"객쩍은 자식한테 실없이 봉변했다. 여편네 하나 거느리지 못하는 맹추가 멀쩡한 뉘게 분풀이야. 느 여편네 요새 난질⁴⁾이 나서는 실난실⁵⁾ 발광인 줄 모르니."

돌멩이는 공교롭게 상투를 맞추었다. 김 접장은 아이가 없어 더 대거리도 하지 않았다. 다만 눈을 부릅뜨고 돌아섰을 때에는 홍수는 쏜살같이 거리를 달아나던 판이었다.

여편네가 난질이 났다는 말이 거짓말인지 정말인지 사람들은 다만 웃음을 머금었을 뿐이었고 김 접장도 더 그 말을 취사하지 않는 것 같았다.

축들은 홍수를 따라 거리를 벗어져 마을 앞으로들 달렸다. 인동도 그 속에 있었다.

"어른과 싸우기 무섭지 않던?"

"도깨비를 만나도 김 접장같이 해낼걸."

"넌 장사다. 어른이다."

"요담에 싸울 때 뒵데 김 접장의 사지를 묶어 덤 속에 처박으련다."

축들은 김 접장을 그만 팔불용八不用⁶⁾으로 여기게 되고 홍수는 김 접장보다 훨씬 나은 장사로 생각하게 되었다. 알 수 없이 기운들을 얻어 뛰고 차고 쓰러지고 하였다. 조그만 발밑에서 풀포기가 짓으끄러져서 쓰러지면 옷자락이 푸르게 물들고 하였다.

홍수에게서 갑내집 이야기를 들었을 때 인동은 피가 불끈 솟으며 소름이 돋았다. 침이 불같이 달다. 홍수의 한마디 한마디를 놓치지 않으려고 몸이 별안간 그에게로 기울어지며 콧방울이 긴장되었다.

"다 보았다. 젖꼭지까지도 발톱 끝까지도 뭐고 뭐고 다 보았어. 무섭더라. 죄 짓는 것 같더라."

홍수를 그 자리에 때려눕히고도 싶고 그를 칭찬하고 위해 주고도 싶다.

"얼른 말을 이어라. 어떻게 해서 보게 되었는지?"

"밤은 깊고 달은 밝은데 뒷모양이 아무리 보아도 갑내집이길래 필연 장거리의 어떤 놈팽이와 만나러 가는 눈치 같아서 슬며시 뒤를 따라 보았다. 중간에서 두어 번 들켜서 쫓기고야 말았다. 그렇기 때문에 그가 가는 곳을 알게 된 것은 사흘 되던 밤이었다. 어디로 간 줄 아니?"

눈망울이 달빛을 받아 구슬같이 빛났다.

"개울가에 이르더니 조약돌 위에 옷을 훌훌 벗어던지고 둑 밑 웅덩이 속에 풍덩 잠기더구나. 밤마다 그곳에 목물하러 가는 줄을 처음으로 알았다. 둑 옆에 왜 큰 버드나무가 있잖니? 나는 숨을 죽이고 가지 위에 올라 개구리같이 줄기 사이에 배를 납작 붙이고 내려다보았다. 다 보았다. 옆구리에 박힌 점까지 알았다. 무섭더라. 하얀 살결이 달빛에 쩔어 눈알이 둘러 파이는 것같이 부시더라."

인동은 전신의 피가 수물거리며 머리가 아찔하였다. 숨이 가쁘다.

"장거리에 뜬 술장사가 많이도 오기는 왔지만 난 갑내집만 한 일색을 모른다. 그런 품속에서 하루라도 지내 보았으면 어머니 품에서 자는 것보담 얼마나 좋겠니. 지금 생각하문 미친 짓 같으나 보고 있는 동안에 별안간 화가 버럭 나더구나. 아무리 그립다고 생각한대야 우리 같은 것에야 눈이나 한번 바로 떠 보겠니. 다 어른 차지야. 어른이 되는 수밖에는 없어. 심술 김에 나는 고이[7] 가달[8]을 걷어 올리고 다리 사이로 오줌을 깔기기 시작했다.

갑내집은 별안간 빗방울이 떠는 줄만 알고 손바닥을 벌리고 하늘을 쳐다보더구나. 톡톡히 혼을 좀 뽑아 보려고 난 목소리를 내서 황급스러운 고함을 쳤다. 저것 봐라. 물 위로 떠 가는 저 구렁이! 갑내집은 악 소리를 치더니 기겁을 하고 철벙철벙 물가로 나와 치마폭으로 젖은 몸을 가리고 허둥허둥 돌밭을 뛰더구나. 구렁이라니 휘젓고 가는 그의 몸뚱아리야말로 흰 구렁이같이 곱더라."

인동은 홍수에게 확실히 한 대 먹은 것 같았다. 그 역 갑내집에 대하여서는 홍수와 같은 생각을 가지고 있었다. 자기가 하고 싶던 것을 홍수가 한 걸음 먼저 가로채서 해 버린 셈이었다. 인동은 자기의 고집쟁이의 성질을 안타깝게 여기고 나무에 오르는 재주 없음을 한탄하는 수밖에는 없었다. 홍수는 민첩한 감동으로 인동의 심중을 족히 헤아릴 수 있었다.

"생각이 있거든 두말 말고 오늘 밤 내 뒤를 대서라. 나무에는 내 떠받들어 올려 줄게. 오늘 밤엔 기막힌 장난해 보지 않으련. 갑내집이 물속에 들어갔을 때 몰래 가 벗어 논 옷을 집어다 감추는 것이다. 얼마나 난탕을 칠까. 우리 말을 듣거든 너븟이 항복을 받고 내주자꾸나. 갑내집과 친해 가지구 됩데 어른들에게 골탕을 먹이잔 말이다. 달이 벌써 높았다. 갑내집은 갔을 게다. 뛰어나가 보자."

꽁하게 맺혔던 인동의 심사도 적이 풀려 이제는 새로운 모험에 가슴이 두렵게 뛰었다.

둘은 짧은 그림자를 발아래 밟으며 달 아래를 돌멩이같이 굴러 달아났다.

갑내집의 자태는 보이지 않았다. 나무에 올라서 기다리기로 하고 홍수는 인동의 발을 떠받쳤다. 뒤미처 다람쥐같이 날쌔게 가지 위에 올랐다.

좁은 나뭇가지 위에서는 몸을 쓰기가 거북하였으나 홍수는 누웠다 섰다 앉았다 하여 교묘하게 몸을 쓰며 결코 무료를 느끼는 법이 없었다. 오래되었어도 물 위에는 그림자가 나타나지 않았다. 별안간 나무 아래에 목소리가 들리기 전까지는 갑내집은 안 오는 것으로만 생각되었다.

"요 가살이[9]들, 나무에는 무엇 하러 올라갔어?"

갑내집임을 알았을 때 인동은 몸이 으쓱해지며 두려운 생각이 났다.

"왜 이리 늦었수?"

침착한 홍수의 태도도 인동의 설레는 마음을 가라앉히지는 못하였다.

"멀쩡한 각다귀. 언제든지 속을 줄만 알았니. 어른을 노리갯감으로 알고…… 년석들."

"어른은 어른 노리개밖엔 안 되나."

"하는 소리가 모두 엉큼해. 이 년석들을 어떻게 하면 좋아. 오늘 밤엔 혼을 뽑아 놓겠다."

"오줌을 깔릴까 부다."

홍수가 대거리를 하며 띠를 풀려고 할 때, 갑내집은 돌연히 기겁을 할 듯이 외면하면서 고함을 쳤다.

"에그머니, 저것 보아라! 뱀? 나무 위에 서리서리 올라가는 저 구렁이, 에그머니나!"

가리산지리산 내렸다.

"으앗!"

나무에 들어붙었던 인동은 짧은 소리를 치며 정신을 잃었다. 팔에 맥이 풀리며 그대로 나무줄기에서 미끄러져 떨어졌다. 그제서야 홍수도 일시에 겁을 먹고 어쩔 줄을 모르다가 황급히 떨어져 버렸다. 요행 아래 풀밭이라 다친 데는 없었으나 인동은 오래 있다 정신을 차렸다. 갑내집은 가고 없었다. 그렇게 그리워하던 것이 불시에 사라진 요물같이 생각되었다.

그 밤 일은 물론 둘만이 알고 있는 비밀이었다.

그 후로 인동은 넋을 떼인 듯이 기운을 잃고 비영거렸으나[10] 들에 나가 뛰고 시내에 나가 잠기고 하는 동안에 차차 기운을 차려 갔다. 홍수는 제 허물도 느끼고 하여 특히 두남두어[11] 뭇 시발[12]을 귀찮게 여기지 않았다. 선왕 숲에서 돌배를 두드려 떨 때에는 굵은 것은 노나 주고 물가에서 삼굿[13]을 할 때에는 잘 익은 옥수수 이삭을 인동에게 물려주곤 하였다.

그러면서도 속궁리는 스스로 달랐다.

홍수는 늘 인동을 한풀 접어 놓고 같은 대접을 하지 않았다. 인동을 아직도 풋동이라고만 생각하였기 때문이다 그것이 인동에게는 맞갖지[14] 않고 슬펐다.

인동이 가진 한 푼의 동전을 탐내면서도 홍수는 속뿝힐까 봐서 터놓고 말을 하지 않았다. 제일 굵은 가래나무 열매와 바꾸자는 청이었으나 곧은 불림[15]으로 말하면 거저라도 줄 것을 하고 인동은 녀석의 심중을 서글프게 여기면서 패장[16] 부리고 싶은 생각조차 들었다.

"무슨 소리인지를 말하려무나."

"싫거든 그만두어라."

되술래잡는[17] 홍수를 야속하게 여기는 한편 두서없는 제 꼴도 경황없게 생각되어 인동은 가래와 동전을 바꿔 버렸다.

장날 저녁때 해가 뉘엿할 때 풀밭에서 삼굿을 시작하였다. 구덩이를 파고 불을 피우고 조약돌을 모아 쌓고 뻘겋게 달구었다. 신명들이 나서 뛰고 법석들이었으나 그때까지도 홍수의 꼴이 보이지 않음을 인동은 괴이하게 여겼다. 또 한 구덩이에 삶을 것을 묻으려 할 때에 홍수는 비로소 뛰어왔다. 품에는 감자와 콩꼬투리를 수북이 안고 왔다. 늦게까지 장판을 헤맨 눈치였다.

익힐 것을 모조리 묻고 단 돌에 물을 주고 제각각 흩어져 잠시 동안 쉴 때 인동들은 잔 버들 숲에 가서 앉았다.

홍수는 어디서 어떻게 후려 넣은 것인지 온 개의 궐련 한 개를 집어내더니 불을 붙였다. 담배와 성냥과…… 인동에게는 무섭고 놀라운 것이다. 어떻게 피우나 하고 보고 있으려니 홍수는 제법 연기를 길게 마시더니 코와 입으로 휘하고 뽑았다. 눈물은커녕 기침도 하는 법 없다. 찔레같이 밋밋한 궐련이 두 손가락 사이에 간드러지게 쥐였다. 그 곤댓짓[18]하고 거드름 부리는 꼴에 인동은 샘조차 느꼈다.

"어느새 그렇게 배웠니? 늠름한 시늉이 어른 같구나."

"너두 한 모금 피워 보렴. 아무렇지도 않단다. 눈 꾹 감고 목구멍으로 후욱 들여마시문 가슴이 시원하고 연기는 저절로 콧구멍으로 술술 새어 나온다."

인동은 연기를 입 안에 물어 본 적은 있어도 넘겨 본 적은 없었다. 잘못하다가는 당장에 정신이 아찔해지며 그 자리에 쓰러져 꼬꾸라질 것 같은 무서운 생각이 들었던 것이다. 넓은 도랑을 뛰어 건널까 말까 망설일 때와도 같았다.

그러나 닦달질하는 홍수의 권고를 못 이겨 결심하고 입에 한 모금 그뜩 머금은 연기를 죽을 셈치고 마셔 보았다. 역시 홍수를 따를 수는 없었다. 금시에 가슴이 훌치는 것 같아 재채기를 하고 눈물이 솟았다. 풀 위에 가슴을 박고 쓰러져 버렸다.

"애초부터 겁을 먹으니 그렇지. 물 마시듯 천연스리 마셔 보렴. 아무렇지도 않지."

홍수는 보라는 듯이 허울 좋게 푹푹 빨아서는 마시고 마시곤 하였다. 인동은 눈물 사이로 하염없이 그 꼴을 바라보았다. 끝끝내 뛰지 못할 도랑 건너편에 있는 홍수였다. 별안간 앵돌아진 홍수의 얼굴이 쏜살같이 뒷걸음질쳐 손 닿지 못할 먼 곳에 달아나곤 하였다.

"담배쯤에 겁을 먹으니 무엇이 되겠니. 넌 아직두 멀었어. 난 너와 놀기 싫다. 암만해두 어울리지 않어."

인동은 서글펐다. 한 마디 더하면 눈물이 푹 솟을 것 같다.
"이까짓 담배쯤에!"
홍수는 목소리를 떨어트리더니 귀에 입을 갖다 대었다.
"순자 말이다. 너를 좋아하는 눈치더라. 수명이더러 널 늘 데려와 놀라구 그러는 눈친데 녀석이 잊어버리는 것 같애. 거리에선 순자가 제일 낫다. 키두 제일 크구 나배기[19]요, 섬도 들대로 들었어. 그러나 너 겁을 먹으문 안 된다. 재채기를 하구 쓰러지문 다 틀려. 천연스럽게 굴문 무서울 것 없어."
인동은 머리가 어찔어찔하고 눈이 부셨다. 담배보다도 독한 말을 들은 것 같다.
"여기 두 개 있다. 한 개 주마. 접때 넣어 주던 동전으로 가만히 샀다. 오늘 장날 아니냐. 어른 몰래 사느라구 이렇게 늦었다."
인동은 두 눈을 말똥하게 뜨고 홍수의 손에 쥔 것을 보았다. 큰일이라도 저지른 듯한 현혹한 느낌이었다. 반지였다. 구리실로 가늘게 휘어 만든 노란 반지였다.
"하나는 내 것이다. 알지. 봉이 말이다. 봉이 손가락에 끼워 주련다. 날더러 사 달랬어."
요란스러운 소리가 나며 벌써들 삼굿으로 몰려 들어가는 눈치에 홍수는 날쌔게 반지 하나를 인동의 주머니 속에 넣어 주고 자리를 일어섰다.
인동은 무시무시한 생각이 나서 여러 차례나 반지를 풀밭에 내버릴까 궁리하면서 시남시남[20] 홍수의 뒤를 따라 걸었다.

"순자 년 혼자 집 지키기 무섭다드라."
수명은 누이를 년이라고 부르기 일쑤였다.
인동은 겸연쩍으면서도 수명의 귀찮은 닦음질 바람에 뒤를 쫓았다. 물론 홍수가 있기 때문도 때문이었으나 아버지는 나무 하러 가고 어머니는 촌으로 술 팔러 간 뒤를 수명 남매가 지키는 때가 많았다. 그런 때는 늘 축들을 불러 놓고 순자는 새로운 장난을 생각해 내곤 하였다. 마구발방[21]의 홍수도 한 고패 위인 순자 앞에서는 한풀 죽고도 겁스럽게 굴었다.

숨바꼭질을 시작하였으나 네 사람만으로는 경황없었다. 인동은 혼자 찾아다니는 동안에 뒤뜰에서 순자를 만나 볼 뿐이요, 수명과 홍수의 꼴은 종시 보이지 않았다. 어느 결엔지 살며시 내뺀 모양이었다.

구럭[22]에 걸린 것 같아 인동도 멋쩍어 그 자리를 감추려 하였으나 순자에게 붙들려 버렸다.

"너 가 버리문 난 어떻게 하니? 무서워서."

나중에는 두 손을 모으고 사정이었다.

"좋아하는 것 줄게."

뒤안[23] 헛간으로 끌고 가더니 겻섬[24] 속에서 문배를 한두 가리 꺼냈다.

이빨에 군물이 도는 잘 여문 돌배는 두려운 맛이었다. 인동은 배 맛도 좋은 둥 만 둥 한결같이 마음이 조물거렸다.

"이 집은 흉가란다. 밤에는 여기 도깨비가 나와."

인동은 섬뜩하여 모르는 결에 순자에게로 몸이 쏠렸다.

"난 보았다. 파아란 불이 하나 나타나문 이어서 어디선지두 모르게 둘 셋 수없이 몰려와 왔다 갔다 하며 모였다 흩어졌다 하다가두 어느 결엔지 웅얼웅얼 부엌으로 몰려 들어가 솥뚜껑 장난이야."

소름이 돋으며 손에 땀이 배었다. 순자의 품이 어머니의 품같이 믿음직하였다.

"무섭두 퍽 탄다. 애기 같구나. 젖 좀 먹으련."

정신이 들었을 때 가슴에 가쿨가쿨 맞히는 것이 있었다. 주머니 속에 손을 넣으니 언젠가 홍수에게 얻은 반지였다. 쓰지 못한 반지였다. 홍수 생각이 났다. 모처럼 간곡히 뙤어 주던 것을 당해 보니 헛것이었다. 순자는 담배보다 곱절 더 무서운 것이었다.

인동은 그날을 잊을 수 없었다.

그것은 그가 세상에서 안, 알 수 있는 처음이자 마지막 비밀이었다. 그 순간을 지경으로 인동은 그때까지의 세상과 작별한 셈이었다. 인동은 벌써 어른들의 세상을 엿본 것이요, 숙성한 홍수의 심중을 알게 된 것이다. 모두가 물론 홍수에게서 왔다.

망울 선 젖가슴이 유심히도 아프고 부어서 꼼짝달싹하기 싫은 것을 홍수에게 끌려서 인동은 그날도 강변에 목욕을 나갔다.

헤엄치고 가댁질하고 물싸움하는 동안에 비 맞은 풀포기같이 퍼들퍼들 살아났다. 파득거리는 조그만 짐승이었다. 물속과 모래밭에는 발가벗은 짐승들이 고기 떼같이 오르르하였다. 휩쓸려 물싸움질을 시작하면 누구든지 하나가 물벼락을 맞고 꼬꾸라질 때까지 쉬지를 않았다. 물방울같이 기운들이 그칠 줄 모르고 줄기차게 어느 때까지 뻗쳤다. 제 힘에 지치든지 싸움이 터지든지 하여야 비로소 기운은 쉬고 잦아든다.

기어코 모래밭에서는 싸움이 터졌다.

패로 갈려 모래가 날고 몸들이 부딪쳐 쓰러지며 하였다. 인동은 홍수에게 끌려 싸움에는 목을 보지 않고 씻겨진 기운을 간직한 채 동떨어진 나무 그늘로 들어갔다.

벌거벗었어도 둘만은 피차에 부끄러운 것이 없었다. 씨름을 하다가 쓰러져 풀을 뽑았다. 씨름의 수로도 당할 수 없는 홍수라는 것을 우두커니 생각하고 있을 때 홍수는 문득 생글생글 웃음을 띠며 인동을 노려보았다.

"너 아직 모르니?"

인동의 따귀를 한 대 갈기며,

"녀석, 오늘은 다 가르켜 주마."

인동은 다 배웠다. 원숭이같이 홍수를 흉내 내면 되었다. 부끄러운 생각에 몸이 달았다.

순간을 지경으로 인동은 알지 못해 안타깝고 야릇하던 어른의 세상을 철이르게 가만히 밀수입한 것이었다. 알 수 없이 마음이 즐겁고 대견하고 흐뭇하였다.

완전히 홍수의 축에 들 수 있음이 말할 수 없이 기뻤다. 모래밭에서 싸움을 하는 동무들을 바라볼 때 마음속 은근히 자랑이 솟아올랐다.

순자에 대한 생각이 달리 들었다. 도깨비같이 그를 무서워하고 질겁하던 일이 어리석게 여겨졌다. 그때와 다른 낯으로 대할 날이 언제일까를 마음속 은밀히 생각하여도 보았다.

그러나 여기에서도 또 홍수가 앞장을 섰다. 앞장을 선 것은 장하고 부러운 일이었으나 끔찍이도 무서운 결과를 가져오게 되었다.

하루저녁 해가 아직도 길게 남았을 때 장거리는 요란한 소동에 한바탕 발끈 뒤집혔다.

술집과 술집 사이 밭둑 헛간에서 일은 터졌다.

홍수는 벌거벗은 채로 들어내졌다. 봉이가 울면서 뒤를 따라 나왔다. 들어낸 것은 봉이 아버지 박 선달이었다.

사람들이 모여들기 전에 든손[25] 처사를 하려고 선달은 홍수를 멱살째 들어 두어 번 후려갈겨 길바닥에 던지고 딸 봉이의 머리채를 잡아끌고 집에 이르러 방구석에 처박았으나 그때는 벌써 거리는 때아닌 장판을 이루어 두런두런 모여들어 요란히들 수물거리는 판이었다.

"세상이 무척 약아는 졌어. 우리 코 흘리던 나일세. 무서운 세월이야. 강릉집 자네 몇 살 때 시집갔나?"

요란스러운 사이로 여인의 웃음소리가 날카롭게 찢어졌다.

"대체 철은 들었을까."

새로 일어나는 웃음소리가 뒤를 이어 울멍줄멍 파도쳤다.

"하기는 어른 흉내 내는 것이 아이의 천성인가 부다."

공론은 그 점에 집중되었다. 의론이 분분하고 실랑이들을 쳤다. 어른들은 이제는 벌써 너그러운 태도로 아이들의 행동을 막아 주고 변호하려는 것이었다.

그러나 김 접장과 갑내집만은 경우가 달랐다. 그들은 홍수가 저지른 일을 고소하게 여겼다. 그 언제와 같이 "망종의 후레자식, 엉큼한 각다귀"로 그를 불러 댔다.

인동은 어른 숲에 들어 여러 가지 말을 들으며 엄청나고 두려운 생각이 났다. 홍수와 같이 생각하고 놀 때에는 그들의 하는 일이 모두 바르고 떳떳하게 생각되었으나 어른들 말을 들으면 어느 편이 바른지를 종잡을 수 없었다. 홍수를 대신하여 그 자신이 그 자리에서 갖은 모욕을 다 당하고 있는 것도 같았다. 한결같이 부끄럽고 두려웠다. 순자의 생각도 가슴속에서 멀어졌다.

그러나 이튿날 홍수를 만났을 때에는 그런 생각은 사라지고 다시 그들 생각으로 돌아갔다.

"실없이 망신했다. 어제는 밤새도록 천장에 달아매여 아버지한테 얻어맞았다. 드러나지 않으문 아무 일 없는 것두 눈에 띄기만 하문 사람들은 법석이란다. 사람은 사람을 놀림감 맨들기를 좋아하는 무도한 짐승이야. 뻔히 저도 하는 짓을 다른 사람이 하문 웃거든. 쓸데없는 짓이야. 겁낼 것 없다. 어른이란 존 것 아니야. 어리석은 물건들이야. 하긴 우리도 이제는 어른이다만."

홍수의 말을 들으면 인동은 다시 기운이 솟았다. 어른에 대한 부끄러움도 두려움도 어디론지 사라져 버리고 그들의 모든 것이 바르다는 생각이 한결같이 들었다.

김 접장과 갑내집을 톡톡히 해낼 날을 마음속에 그려도 보았다. 홍수의 말은 마치 요술같이도 마음을 취하게 하였다.

인동의 가슴속에는 순자의 생각이 요번에는 떳떳하게 떠올랐다. 홍수와 같이 풀밭을 걸어가며 인동은 네 활개를 활짝 펴고 긴 기지개를 켰다.

― 주

1) 감발저뀌: 이익을 노리고 남보다 먼저 약빠르게 달라붙는 사람.
2) 번더지: '번데기'의 방언.
3) 가리산지리산: 이야기나 일이 질서가 없어 갈피를 잡지 못하는 것을 이르는 말.
4) 난질: 여자가 정을 통한 남자와 놀아나는 짓.
5) 는실난실: 성적 충동으로 인하여 야릇하고 잡스럽게 구는 모양.
6) 팔불용八不用: 팔불출.
7) 고이: '속곳'의 방언.
8) 가달: '가랑이'의 방언.
9) 가살이: 말씨나 행동이 가량맞고 야살스러운 사람.
10) 비영거렸으나: 병으로 몸이 야위어 제대로 가누지 못하였으나.
11) 두남두어: 잘못을 두둔하여.
12) 시발: '시중'의 방언.
13) 삼굿: 삼의 껍질을 벗기려고 삼을 찜.
14) 맞갖지: 마음이나 입맛에 꼭 맞지.
15) 곧은불림: 사실대로 바로 말함.
16) 괘장: 처음에는 할 듯하다가 갑자기 딴전을 부리고 하지 않음.
17) 되술래잡는: 범인이 순라巡邏를 잡는다는 뜻으로, 잘못을 빌어야 할 사람이 도리어 남을 나무람을 이르는 말.
18) 곤댓짓: 뽐내어 우쭐거리며 하는 고갯짓.
19) 나배기: '나이배기'의 준말. 겉보기보다 나이가 많은 사람을 낮잡아 이르는 말.
20) 시남시남: '천천히'의 방언.
21) 마구발방: 분별없이 함부로 하는 말이나 행동.
22) 구럭: 새끼를 드물게 떠서 만든 물건.
23) 뒤안: '뒤꼍'의 방언.
24) 겻섬: 겨를 담은 섬.
25) 든손: 일을 시작한 김.

李孝石
全集